W0377353

BASTEI
LÜBBE

CHRIS WOODING

Die Weber von Saramyr

Ins Deutsche übertragen von
Michael Krug

BASTEI
LÜBBE

BASTEI LÜBBE TASCHENBUCH
Band 20 501

1. Auflage: Januar 2005

Vollständige Taschenbuchausgabe

Bastei Lübbe Taschenbücher
ist ein Imprint der Verlagsgruppe Lübbe

Deutsche Erstveröffentlichung
Titel der englischen Originalausgabe:
The Weavers of Saramyr
© 2003 by Chris Wooding
© für die deutschsprachige Ausgabe 2005 by
Verlagsgruppe Lübbe GmbH & Co. KG, Bergisch Gladbach
Lektorat: Rainer Schumacher/Martina Sahler/Stefan Bauer
Titelillustration: Mark Harrison/Agentur Schlück
Kartenzeichnung: Helmut W. Pesch
Umschlaggestaltung: Gisela Kullowatz
Satz: SatzKonzept, Düsseldorf
Druck und Verarbeitung: Maury Imprimeur, Frankreich
Printed in France
ISBN 3-404-20501-4

Sie finden uns im Internet unter
www.luebbe.de
www.bastei.de

Der Preis dieses Bandes versteht sich einschließlich
der gesetzlichen Mehrwertsteuer.

Die Weber von Saramyr

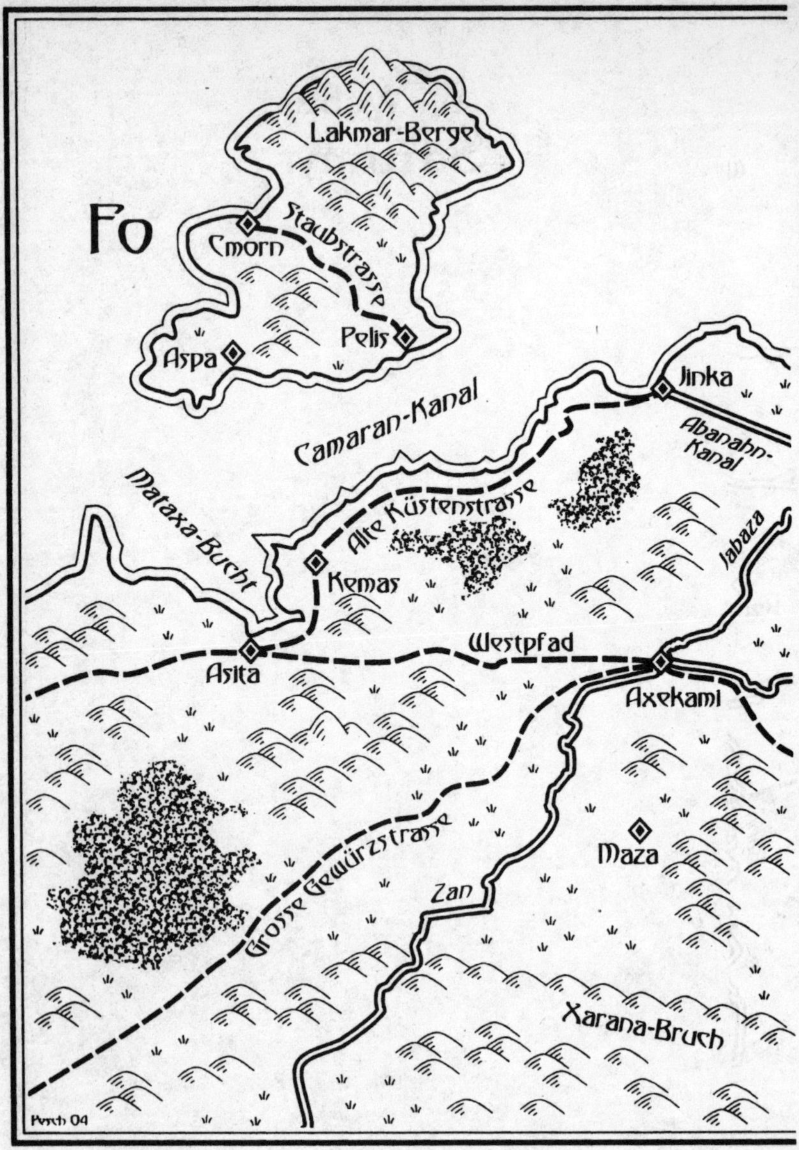

Lakmar-Berge
Fo
Staubstrasse
Cmorn
Pelis
Aspa
Camaran-Kanal
Jinka
Abanahn-Kanal
Mataxa-Bucht
Alte Küstenstrasse
Kemas
Jabaza
Westpfad
Asita
Axekami
Grosse Gewürzstrasse
Maza
Zan
Xarana-Bruch

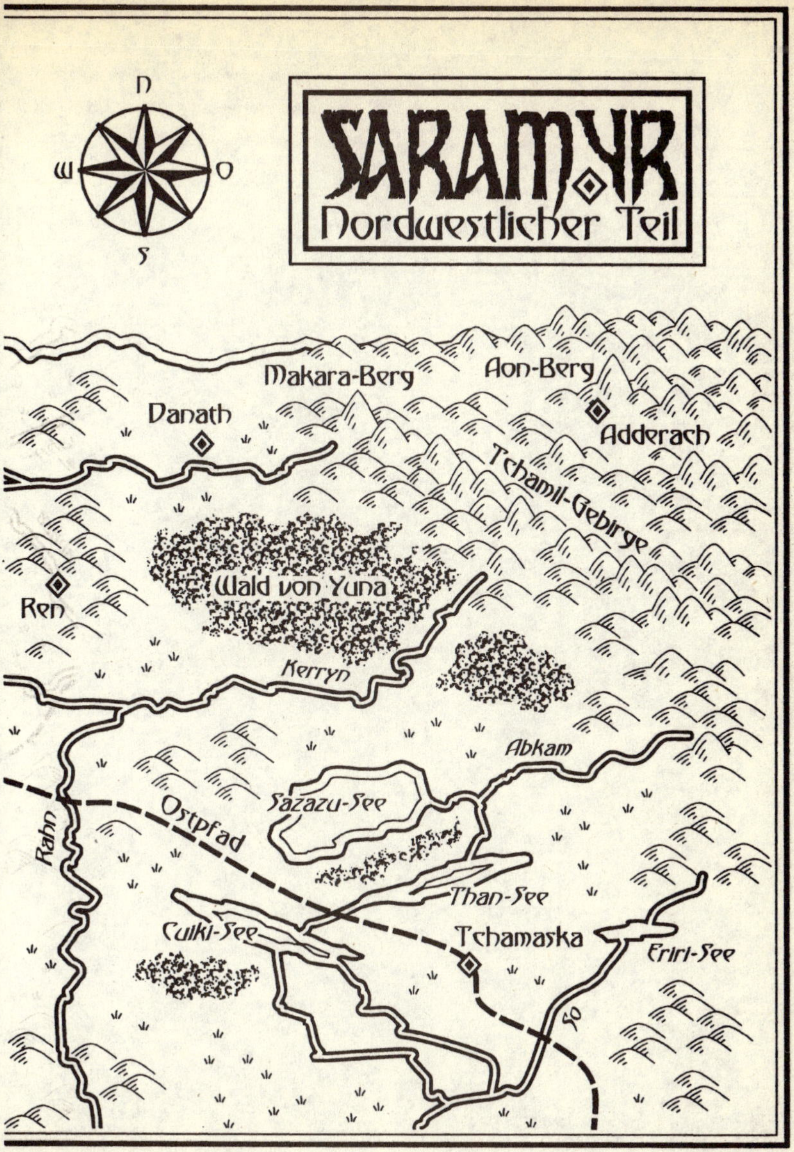

SARAMYR
Nordwestlicher Teil
N
W
O
S
Makara-Berg
Aon-Berg
Danath
Adderach
Tchamil-Gebirge
Wald von Yuna
Ren
Kerryn
Abkam
Sazazu-See
Ostpfad
Rahn
Than-See
Cuiki-See
Tchamaska
Eriri-See
SO

EINS

Kaiku war zwanzig Ernten alt, als sie zum ersten Mal starb.

Sie konnte sich nicht erinnern, wie sie an diesen Ort gelangt war. Die Erinnerung entzog sich ihr, entglitt ihr im Sog der Ekstase, jenes Gefühls vollkommenen Friedens, das jede Faser ihres Körpers durchströmte. Und der Anblick, o dieser Anblick ... Er berührte sie so tief, dass sie geweint hätte, wäre sie dazu in der Lage gewesen. Die Welt präsentierte sich ihr als goldener Schimmer, als Geflecht unzähliger zarter Fäden, die vor ihr waberten und tänzelten. Sanft strichen sie über ihren Leib und wehten sie gemächlich einem verborgenen Ziel entgegen. Einmal teilten sie sich, nahmen eine Gestalt an, die durch sie hindurchglitt, das Aussehen eines flüchtig erspähten Schemens, riesig und wundersam wie die Wale, die Kaiku früher oft vor der Küste an Mishanis Sommersitz beobachtete hatte. Sie versuchte, den Blick darauf zu richten, doch binnen eines Lidschlags war das Wesen verschwunden, und das Geflecht fügte sich dahinter wieder zusammen.

Dies sind die Felder Omechas, dachte sie. Doch wie konnte das sein? Sie hatte weder das Tor durchschritten, noch war sie dessen Hüter Yoru begegnet, jenem stets lachenden, schmerbäuchigen Zwerg mit rötlicher Haut, vorstehenden Hauern, Schweinsohren und dem nie zur Neige gehenden Weinkrug, dem ihm einst Isisya geschenkt hatte, um ihm seine lange Wache zu versüßen. Nein, die Felder konnten es nicht sein; nur der Weg zum Tor, der sanfte Pfad zum Eingang ins Reich der seligen Toten.

Kaiku empfand weder Reue noch Kummer. Sie war von solcher Harmonie erfüllt, dass in ihrem Herzen kein Platz für etwas anderes blieb. Fast vermeinte sie, ob der überwältigenden Pracht dieser goldenen, glitzernden Welt, durch die sie trieb, zerspringen zu müssen. Dies war, wonach die Mönche strebten, wenn sie mit untergeschlagenen Beinen jahrelang auf einem Sockel meditierten; dies war, wonach die greisen Süchtigen in den Rauchkaten trachteten, wenn sie an ihren Amaxawurzelpfeifen sogen. Dies war Vollkommenheit.

Doch plötzlich – ein Ruck, ein grässliches Lodern in ihrer Brust. Sie spürte ein Schaudern der schimmernden Fäden, die sie liebkosten, fühlte, wie sie sich zurückzogen … und dann erkannte sie voller Entsetzen, dass sie fortgesogen wurde, zurück nach unten, von wo sie gekommen war. In der Ferne vermeinte sie, die Umrisse des Tors und Yorus auszumachen, der ihr lachend mit hoch erhobenem Krug zum Abschied winkte. Kaiku wollte schreien, doch sie besaß keine Stimme. Die überwältigende Pracht verließ sie, flüchtete aus ihrem Herzen wie Wasser, das aus einem löchrigen Eimer rinnt. Sie wehrte sich, doch die unbekannte Kraft verstärkte sich, das Lodern wallte auf, und Kaiku wurde fortgerissen …

Jäh schlug sie die Augen auf und nahm verschwommene Eindrücke wahr. Lippen, weiche Lippen drückten heftig auf die ihren, und ihre Lungen brannten, als schmerzlich Luft in sie gepresst wurde. Ein Antlitz, zu nah, um es zu erkennen; schwarzes Haar an ihrer Wange.

Kaiku zuckte unwillkürlich zusammen, als ihr Leib von einem kurzen Krampf geschüttelt wurde, und die Lippen verließen die ihren. Der Besitzer zog sich zurück, und Kaikus Sicht klärte sich. Sie befanden sich auf ihrer Schlafmatte in ihrer Kammer, und ihre Zofe Asara hockte rittlings auf ihren Hüften. Sie wischte sich das lange, seidige Haar über die Schulter zurück und musterte ihre Herrin mit Augen, die aus flüssiger Dunkelheit zu bestehen schienen.

»Na also, du lebst«, bemerkte Asara in seltsamem Tonfall.

Kaiku sah sich furchtsam und verwirrt um. Irgendetwas in der Luft fühlte sich falsch an. Purpurne Blitze zuckten draußen in der Nacht, und im Hintergrund des grässlich schrillen Gebrülls des Himmels trommelte das Prasseln des Regens. Das war kein gewöhnlicher Donner. Der Mondsturm, den ihr Vater seit Tagen vorhergesagt hatte, war letztlich über sie gekommen.

Langsam fügte sich ihre Umgebung zusammen, nahm aus den Bruchstücken in ihrem Bewusstsein eine gewisse Ordnung an. Ein allmählich einsetzendes Gefühl der Unwirklichkeit ließ die einst so vertrauten Anblicke plötzlich fremd und bizarr erscheinen. Die kunstvoll geschnitzten Wirbel und Spiralen auf den Fensterläden wirkten verzerrt, und das Rattern der Läden im Wind hörte sich wie das Klappern einer Wüstenschlange an. Die tiefen Schatten zwischen den polierten Deckenbalken schienen finster auf sie herabzustarren. Sogar der kleine, Ocha gewidmete Schrein in einer Ecke des spärlich eingerichteten Schlafzimmers hatte sich verändert; die sorgsam angeordneten Guyablüten nickten in düsterem Einklang mit dem Sturm, und die herrlich eingelegten Schriftzeichen, die den Namen des Kaisers der Götter darstellten, schienen leicht zu flimmern und zu wabern.

Hinter Asara sah Kaiku unter dem Saum eines schlichten, weißen Gewands einen in einer Sandale steckenden Fuß hervorlugen. Die Besitzerin lag reglos auf dem harten Holzboden.

Karia.

Kaiku richtete sich auf und stieß Asara von sich weg. Karia, ihre andere Zofe, lag ausgestreckt da, als schliefe sie; doch eine schreckliche Eingebung verriet Kaiku, dass es sich um einen Schlaf handelte, aus dem es kein Erwachen gab.

»Was ist hier los?«, stöhnte sie und streckte die Hand aus, um ihre einstige Gefährtin zu berühren.

»Wir haben keine Zeit«, fauchte Asara in ungeduldigem Tonfall, wie Kaiku ihn noch nie von ihr gehört hatte. »Wir müssen los.«

»Sag mir, was geschehen ist!«, herrschte Kaiku sie an. Sie war es nicht gewohnt, dass eine Untergebene so mit ihr sprach.

Asara packte sie so heftig an den Schultern, dass es schmerzte. Kaiku schoss der wirre Gedanke durch den Kopf, sie könnte von ihrer Zofe gar geschlagen werden. »Horch«, zischte Asara.

Kaiku tat, wie ihr geheißen, hauptsächlich aus Bestürzung darüber, wie sie von der sonst so sanftmütigen und beflissenen Asara behandelt wurde. Aber da war *tatsächlich* noch ein anderes Geräusch neben dem fürchterlichen Gebrüll des Mondsturms und dem Prasseln des Regens. Von oben ertönte ein langsames Tippeln wie von Insektenbeinen, die quer über das Dach liefen. Kaiku schaute empor und dann wieder zu Asara; blankes Grauen stand ihr ins Gesicht geschrieben.

»*Shin-shin*«, flüsterte ihre Zofe.

»Wo ist Mutter?«, rief Kaiku, sprang unvermittelt auf und stürzte auf den mit einem Vorhang verhangenen Eingang zu. Asara packte sie am Handgelenk und hielt sie grob zurück. Ihre grimmige Miene verriet Kaiku, dass ihre schlimmsten Befürchtungen richtig waren. Sie konnte ihrer Familie nicht mehr helfen. Kaiku spürte, wie alle Kraft aus ihren Gliedern wich; sie sank auf die Knie und verlor um ein Haar das Bewusstsein.

Als sie den Kopf wieder hob, rannen Tränen über ihr Gesicht. Asara hielt in einer Hand eine Büchse, in der anderen eine Maske, ein hässliches, rot und schwarz lackiertes Ding, das hämisch grinsende Antlitz eines bösen Geistes. Ohne großes Federlesen steckte sie es in ihr Gewand und schaute auf ihre Herrin hinab. Kaikus fransiges braunes Haar war völlig zerzaust und umrahmte ihr Gesicht wie ein Kranz aus gesträubtem Fell. Am Leib trug sie nur ein dünnes, weißes Nachthemd und den juwelenbesetzten Armreif, den sie ohnehin nie abnahm. Einen Augenblick lang bedauerte Asara sie. Kaiku hatte keine Ahnung, was vor sich ging und was für sie auf dem Spiel stand. Noch vor weniger als fünf Minuten war sie tot gewesen; ihr Herzschlag war verstummt und ihr Blut bereits abgekühlt. Vermutlich wünschte sich Kaiku bereits, es wäre dabei geblieben; doch Asara hatte andere Pläne mit ihr.

Irgendwo aus dem Haus ertönte ein gellender Schrei, dünn und brüchig. Die Großmutter. Asara packte Kaiku und zerrte sie in Richtung Tür. Ein schrilles Schnarren, die Stimme des Mondsturms, flutete durch das Haus. Kurz darauf ertönte das Geräusch eines Shin-shin, der polternd über die Dachschindeln lief. Etwas huschte an den Fensterläden vorbei und kroch die Außenwand des Gebäudes hinab. Kaiku sah es und schauderte.

Asara ergriff ihre Hand und schaute ihr in die Augen. Verwirrung, Furcht und Panik sprachen aus ihnen.

»Hör mir zu, Kaiku«, sagte sie in entschlossenem, aber ruhigem Tonfall. »Wir müssen fliehen. Verstehst du mich? Ich werde dich in Sicherheit bringen.«

Kaiku zitterte am ganzen Leib, nickte aber. Asara war zufrieden.

»Bleib bei mir«, forderte sie Kaiku auf, schob den dünnen Türvorhang beiseite und trat auf den Balkon hinaus.

Der Landsitz von Ruito tu Makaima – Kaikus Vater war ein recht angesehener Gelehrter – lag auf einer Lichtung inmitten üppiger Wälder in Form eines hohlen Rechtecks mit einem Garten in der Mitte. Das Gebäude war im Stil des Volkes von Saramyr mit einem Auge für Ästhetik erbaut worden – ohne übertriebenen Prunk, aber bedacht darauf, dass es sich harmonisch in seine Umgebung fügte und so die schlichte Schönheit seiner Form zur Geltung kam. Von der Kargheit der fahlen Mauern hoben sich hölzerne Zierläden und gewundene Steinstürze ab, die an beiden Enden in anmutige Hörner ausliefen. Selbst inmitten des tosenden

Sturms strahlte es eine gespenstische Gelassenheit aus. Ein tadellos gestutzter Rasen umgab das Haus; eine schlichte Brücke führte über einen Bach, und zur Eingangstür gelangte man über einen Pfad, der so makellos wirkte, als wäre er erst gestern angelegt worden. Innerhalb der Lichtung waren die Unregelmäßigkeiten der Natur der Vollkommenheit halber ausgeglichen worden. Erst am Rand der Lichtung übernahm wieder der Wald die Herrschaft und umschloss das Anwesen eifersüchtig.

Entlang der Innenmauer des oberen Stocks verlief ein langer Balkon, von dem man die Steingärten und kleine Wasserfälle, winzige Brücken und kunstvoll zurechtgestutzte Bäume überblickte. Alle Zimmer, auch Kaikus, grenzten an diesen Balkon; und auf diesen Balkon traten sie nun hinaus, während Asara die Büchse im Anschlag hielt.

Die Nacht war heiß, denn es war Frühsommer, und der Regen, der gegen das Haus peitschte, rann geschnitzte Dachrinnen entlang und strömte in den Garten darunter. Schmale Säulen ragten vom hüfthohen Holzgeländer zum geneigten Dach empor. Die Luft war von einem Trommeln und Prasseln erfüllt, dem Geräusch Tausender Tropfen und plätschernder Pfützen – und doch schien es Kaiku so gespenstisch still, dass sie deutlich das Pochen ihres Herzens hörte.

Asara blickte erst in die eine, dann in die andere Richtung; offensichtlich misstraute sie der Ruhe auf dem verwaisten Balkon. Mit festem Griff hielt sie die Büchse in Händen. Es handelte sich um ein langes, zierliches Stück Metall, dessen Lauf Schriftzeichen zierten und dessen Visier zu einer kunstvollen, sich überschlagenden Welle geformt war. Die Büchse war viel zu teuer und elegant, als dass es einer Zofe wie Asara gehören konnte; sie musste die Waffe irgendwo im Haus gestohlen haben.

Kaiku zuckte unwillkürlich zusammen, als Asara sich plötzlich rührte und den Lauf in den Garten hinunter richtete. Etwas Dunkles bewegte sich übermenschlich schnell in den Steingärten, rannte auf vier dürren Beinen darin umher; zu flink für Asara, weshalb sie die Büchse ohne zu feuern wieder zurückzog.

Vorsichtig rückten die beiden Frauen über den Balkon in Richtung der Treppe vor. Kaiku war vor Angst fast wie gelähmt, doch sie zwang sich weiterzugehen. Zu viel hatte sich in zu kurzer Zeit ereignet. Sie fühlte sich überwältigt und hilflos, aber zumindest Asara schien Herrin der Lage zu sein. Stumm folgte Kaiku ihrem Dienstmädchen. Etwas anderes konnte sie ohnehin nicht tun.

Ohne Zwischenfall erreichten sie den Kopf der Treppe. Unten war es dunkel. Heute Nacht waren keine Laternen angezündet worden, und weit und breit war keinerlei Bewegung zu erkennen. Abermals ertönte Geheul am Himmel, und Kaiku schaute unwillkürlich hinauf. Die Wolken dort droben wurden förmlich zerfetzt und ungestüm von den wechselnden Winden hin und her gerissen; sie wirbelten und kräuselten sich, und gelegentlich schienen sie miteinander zu verschmelzen, wenn ein purpurner Blitz eine Kluft überbrückte oder zur Erde herabstieß.

Kaiku wollte gerade etwas zu Asara sagen, als sie den Shinshin erblickte.

Er kroch aus der Finsternis an einem Ende des Balkons, ein Schattendämon, der Kaiku vor Furcht verzagen ließ. Sie konnte nur die Umrisse des Geschöpfs erkennen, denn es wirkte wie ein Teil der Dunkelheit, die es umgab; doch was sie sah, reichte vollkommen. Der Rumpf ähnelte dem eines Menschen, aber die Arme und Beine waren grässlich lang und liefen spitz zusammen, sodass die Kreatur wie ein Mann wirkte, der auf vier Stelzen lief. Der Shin-shin war groß, wesentlich größer als Kaiku, und er musste sich ducken, um sich unter das Dach des Balkons zu zwängen. Kaiku konnte keine Einzelheiten erkennen, nur die Augen, die im Dunkel wie Lampen leuchteten – zwei lodernde Punkte inmitten der Finsternis.

Asara stieß einen wilden Fluch aus und zog Kaiku hinter

sich her die Treppe hinab. Kaiku brauchte keine zweite Aufforderung. Ihr Geist war leer, und geblieben war nur der Drang, dem Dämon zu entkommen, der auf sie zustakste. Sie hörten das Klappern der spinnengleichen Beine, als das Wesen die Jagd auf sie eröffnete, und preschten die Treppe in den schattengetünchten Raum am Fuß der Stufen hinab.

Die Eingangshalle war breit und geräumig. Aufwendig geschnitzte Türbögen aus Holz führten zu den anderen Räumen im Erdgeschoss. Das Haus war für die drückende Hitze des Sommers gebaut, weshalb es keine Innentüren gab. Stattdessen standen überall hübsch gefärbte Trennwände herum, die man verschieben konnte, um des Abends die warmen Brisen bestmöglich durch das Haus ziehen zu lassen. Das Licht der unnatürlichen Blitze des Mondsturms zuckte durch die Zierläden und erhellte vorübergehend den Raum.

Kaiku stürzte die letzten Stufen fast hinunter, doch Asara schob sie beiseite und zielte mit der Büchse die Treppe hinauf zu dem Türbogen, der zum Balkon führte. Einen Lidschlag später erschien der spinnengleiche Umriss des Shin-shin in ihrem Blickfeld; die Augen der Kreatur schimmerten grell in dem düsteren Antlitz. Asara feuerte. Ohrenbetäubend hallte der Knall der Büchse durch das stille Haus. Der Türbogen präsentierte sich jäh verwaist; der Dämon war zurückgeschreckt – zumindest für kurze Zeit. Asara machte die Waffe wieder feuerbereit und scheuchte Kaiku zur Tür nach draußen.

»Asara! Da sind noch mehr!«, rief Kaiku, und tatsächlich lauerten in den Schatten der Türbögen der Eingangshalle zwei weitere Kreaturen. Asara ergriff das Handgelenk ihrer Herrin, und beide erstarrten. Kaikus Hand ruhte auf der Tür, doch sie wagte nicht, sie aufzureißen und loszurennen, denn die Dämonen würden sie schon nach wenigen Metern erwischen. Das blanke, erstickende Entsetzen, das Kaiku erfüllte, seit sie in dieser Nacht die Augen aufgeschlagen hatte, kroch langsam ihre Kehle empor. Ihr Kopf war leer vor Angst, und sie war völlig verwirrt und in einem lebendigen Albtraum gefangen.

Langsam kamen die Shin-shin in die Eingangshalle. Mit insektengleicher Anmut bewegten sie die langen, spitz zulaufenden Glieder, um ihre Leiber unter den Türbögen hindurchzuzwängen. Da Kaikus Augen sich weigerten, sich unmittelbar auf die Kreaturen zu richten und so nur Ansätze ihrer Form ausmachten, wirkten die Ungeheuer umso entsetzlicher. Aus den Augenwinkeln heraus nahm sie wahr, dass Asara nach etwas griff: einer Laterne, die schlummernd und unangezündet auf einem Fenstersims ruhte. Die Dämonen krochen näher und hielten sich dabei in den finstersten Winkeln.

»Mach dich bereit«, flüsterte Asara und schleuderte die Laterne mitten in den Raum. Die Shin-shin wirbelten ob des Geräusches herum; in jenem Augenblick riss Asara die Büchse hoch und feuerte in das glitschige Laternenöl auf dem Boden.

Jäh tauchte ein brüllender Flammenvorhang den Raum in grelles Licht; die Dämonen kreischten in ihrer schaurigen Sprache und stoben linkisch von dem hellen Schein weg. Kaiku war bereits durch die Tür in den Sturm hinausgeprescht und rannte barfuß über den Rasen auf die Bäume zu, die das Haus umgaben. Asara folgte ihr dicht auf den Fersen, während das Feuer gierig an den Holz- und Papierwänden leckte. So stürzten die beiden Frauen durch den Regen und zuckten bei jedem Brüllen des Himmels unwillkürlich zusammen. Kaiku wagte nicht zurückzuschauen, und so tauchte sie in den Wald ein, ohne zu wissen, ob Asara ihr noch folgte.

Alle drei Mondschwestern hatten sich in jener Nacht hervorgewagt und standen dicht über den sich windenden Wolken. Die riesige Aurus, die größte und älteste; Iridima, kleiner aber heller und mit von blauen Rissen durchzogener Haut; und die winzige, grüne Neryn, die scheueste von allen, die ihr Gesicht nur selten zeigte. Legenden zufolge rangen und fochten die drei Schwestern um den Himmel, wenn sie beisammen waren, und das Gebrüll seien Neryns Schreie, hieß es, wenn ihre Geschwister sie ob ihrer grünen Haut hänselten. Kaikus Vater lehrte etwas anderes, nämlich dass die Mondstürme lediglich das Ergebnis der vereinten Schwerkraft der drei Monde seien, die das Gefüge der Atmosphäre durcheinander wirbelte. Aber was auch immer der Wahrheit entsprechen mochte, es galt gemeinhin als anerkannte Binsenweisheit, dass stets Stürme folgten, wenn die drei Schwestern gemeinsam erschienen. Und in solchen Nächten wandelten die Kinder der Monde auf Erden.

Keuchend und wimmernd rannte Kaiku zwischen den Bäumen hindurch. Äste schlugen von allen Seiten auf sie ein und überzogen ihre Arme und ihr Gesicht mit feuchten Peitschenhieben. Ihr Schlafgewand war völlig durchnässt, ihr kinnlanges Haar klebte ihr an den Wangen, und ihre Füße waren voller Schlamm. Blindlings flüchtete sie immer weiter, als könnte sie so der Wirklichkeit entrinnen. Ihr Verstand weigerte sich nach wie vor, die Ungeheuerlichkeit dessen zu erfassen, was sich in den letzten paar Minuten zugetragen hatte. Sie fühlte sich wie ein Kind, hilflos, allein und zu Tode verängstigt.

Schließlich geschah das Unvermeidliche. Kaikus nackter Fuß trat auf einen Stein, der schlüpfriger war, als er aussah. Kaiku fiel vornüber und landete unsanft auf einer Wurzel, die aus dem fortgespülten Schlamm ragte. Der Schmerz trieb ihr erneut die Tränen in die Augen, und sie verharrte schluchzend, dreckig und triefnass im Matsch.

Doch ihr war keine Ruhe vergönnt. Sie spürte, wie Asara sie von hinten packte und in die Höhe zerrte. Kaiku kreischte zusammenhanglos, aber Asara zeigte sich unbarmherzig.

»Ich kenne einen sicheren Ort«, erklärte sie. »Komm mit. Wir haben nicht viel Vorsprung.«

Dann rannten sie wieder, preschten blindlings, stolpernd

und rutschend zwischen den Bäumen hindurch. Die vom Sturm mit einer seltsamen Kraft erfüllte Luft schien an ihnen zu reißen und zu versuchen, sie hochzuheben. Sie spielte ihren Sinnen Streiche, ließ alles etwas wirklicher oder unwirklicher erscheinen. Großmutter Chomi hatte ihre Enkelin stets gewarnt, dass sie nie auf die Erde zurückkehren, sondern in den Himmel schweben würde, sollte sie während eines Mondsturms zu hoch springen. Kaiku verdrängte den Gedanken und besann sich stattdessen auf den brüchigen Schrei, den sie zuvor vernommen hatte. Ihre Großmutter war von dieser Welt gegangen. Alle waren sie von ihr gegangen. Das verriet ihr die Leere in ihrem Herzen, ohne dass sie es wirklich wusste.

Am Ufer eines steinigen Bachs, der ob des Regens angeschwollen war und zornig schäumte, brachen die beiden Frauen aus den Bäumen hervor. Rasch blickte Asara nach links und nach rechts. Ihr langes Haar wirkte vor Feuchtigkeit tiefschwarz und strähnig. Binnen Lidschlägen traf sie eine Entscheidung, setzte sich stromabwärts in Bewegung und zerrte Kaiku hinter sich her. Kaiku war der Erschöpfung nahe; sie taumelte nur noch, und ihr Kopf baumelte kraftlos.

Der Bach ergoss sich auf einer breiten Lichtung in einen seichten Tümpel. Mehrere grasbewachsene Inseln ragten daraus empor, auf denen wahllos verstreut die kahlen Oberflächen halb vergrabener Steine und dichtes Gebüsch prangten. Die mit Abstand größte Insel bildete gleichsam ein Podest für einen riesigen, uralten Baum, der die Umgebung durch seine schieren Ausmaße unbestritten beherrschte. Der durch das Alter knorrige, gewundene Stamm war so dick wie zwei Mann hoch, und das Geäst ragte wie ein gewaltiger Fächer in alle Richtungen. Von den goldenen, braunen und grünen Blättern troffen tränengleich Tropfen in das Wasser darunter. Selbst inmitten des Regens wirkte die Lichtung wie ein Heiligtum und bildete einen Ort unangetasteter Schönheit. Hier fühlte die Luft sich anders an, war von einer kristallenen Zerbrechlichkeit und Stille erfüllt, die an angehaltenen Atem erinnerte. Sogar Kaiku spürte die Veränderung; sie nahm an diesem Ort eine Wesenheit wahr, ein kaltes, träges, sanftmütiges Bewusstsein, das ihre Ankunft mit halbherzigem Interesse beobachtete.

Das Geräusch eines knackenden Zweiges warnte Asara; sie wirbelte herum und erblickte einen der Shin-shin hoch droben in den Bäumen zu ihrer Rechten, wo der Dämon sich schier unmöglich behände durch die Äste bewegte, während seine Laternenaugen starr auf die beiden Frauen gerichtet blieben. Asara zog Kaiku ins Wasser, das ihnen bis zu den Knien reichte und ihre Gewänder durchtränkte. Hastig wateten sie zur größten Insel und kletterten dort ans Ufer. Kaiku brach auf dem Gras zusammen. Asara ließ sie liegen und rannte zu dem Baum. Sie legte die Handflächen und die Stirn an den Stamm und murmelte leise und mit flinken Lippen:

»Großer Ipi, verehrter Geist des Waldes, wir flehen dich an, gewähre uns deinen Schutz. Lass diese Dämonen deine Lichtung nicht mit ihrer Fäulnis besudeln.«

Den Baum schien ein Schauder zu durchlaufen, der einen Tropfenregen von den Blättern löste.

Asara ließ von dem Stamm ab und kehrte an Kaikus Seite zurück. Sie hockte sich nieder, wischte sich die herabhängenden Strähnen aus dem Gesicht und spähte aufmerksam zum Rand der Lichtung. Sie fühlte, dass sie dort lauerten. Drei, vielleicht auch mehr, schlichen außerhalb ihres Sichtfelds umher, verbargen sich in den Bäumen und bannten ihre Beute mit ihren leuchtenden Augen.

Mit der Hand an der Büchse beobachtete Asara die Lichtung. Zwar war sie keine Priesterin, dennoch kannte sie die Geister des Waldes. Der Ipi würde sie beschützen, und sei es nur, weil er die Dämonen nicht in seine Nähe lassen wollte. Ipi waren die Hüter des Waldes, und auf ihren Lichtungen war ihr Einfluss am stärksten. Die Kreaturen umkreisten sie, liefen auf ihren Stelzenbeinen hin und her. Asara fühlte ihre hilflose Wut. Ihre Beute war in Sichtweite, doch die Shin-shin wagten nicht, das Herrschaftsgebiet eines Ipi zu betreten.

Nach einer Weile war Asara überzeugt davon, dass sie in Sicherheit waren. Sie hakte die Arme unter Kaikus Schultern und schleifte die junge Frau in den Schutz der riesigen Wurzeln des Baumes, wo der Regen weniger heftig herabprasselte. Kaiku erwachte nicht einmal. Asara musterte ihre triefendnasse und frierende Gefährten einen Augenblick lang und empfand fast so etwas wie Mitleid mit ihr. Sie kauerte sich neben ihre Herrin und streichelte ihr zärtlich mit dem Handrücken über die Wange.

»Das Leben kann grausam sein, Kaiku«, flüsterte sie. »Ich fürchte, du hast gerade erst begonnen, das zu lernen.«

Während der Mondsturm über ihnen weiter tobte, saß Asara im Schutz des großen Baumes und wartete auf das Morgengrauen.

ZWEI

Kaiku wurde durch das laute Knistern des Feuers geweckt und schlug die Augen auf. Asara war da und rührte in einem kleinen, verkohlten Topf, der an einem Dreibein über den Flammen hing. Daneben brutzelten zwei auf einen Stock gespießte Wendelfische. Die Sonne stand hoch am Himmel, die Luft war schwül und heiß. Der erdige Geruch feuchten Lehms, der nach dem nächtlichen Regenguss trocknete, war allgegenwärtig.

»Gruß zum Tage«, sagte Asara, ohne Kaiku anzusehen. »Ich bin heute Morgen zum Haus zurückgegangen und habe alles gerettet, was ich noch finden konnte.« Sie warf Kaiku ein Bündel Kleider zu. »Viel war nicht übrig, aber der Regen hat das Feuer gelöscht, bevor es alles verzehren konnte. Wir haben Proviant, Kleider und einen hübschen Batzen Geld.«

Kaiku rappelte sich auf und blickte sich um. Sie befanden sich nicht mehr auf der feuchten Lichtung. Stattdessen saßen sie in einer Senke, wo der Boden sandig und voller Kiesel war und außer ein paar Büschen wenig wuchs. Den Rand der Senke schützten Bäume, deren Schatten einen scharfen Gegensatz zum grellen Licht der Sonne bildeten. Rings um sie herum war ein Zwitschern und Trällern zu hören, die Tagesmusik des Waldes. Hatte Asara sie etwa getragen?

Gleich darauf bemerkte sie, dass ihr Armreif verschwunden war.

»Asara! Großmutters Armreif! Ich muss ihn verloren haben … Er …«

»Ich habe ihn genommen und als Opfergabe für den Ipi zurückgelassen, als Dank für seinen Schutz.«

»Den Armreif hat sie mir zur achten Ernte geschenkt!«, rief Kaiku. »Ich habe ihn noch nie abgenommen!«

»Der Sinn einer Opfergabe besteht darin, etwas zu opfern, das einem am Herzen liegt«, erwiderte Asara unbekümmert. »Der Ipi hat uns das Leben gerettet. Ich besaß nichts, das ich ihm hätte geben können, du hingegen schon.«

Ungläubig starrte Kaiku sie an, doch Asara schien es nicht zu bemerken. Sie deutete auf ihre Umgebung. »Ich hielt es für besser, auf der Lichtung des Ipi kein Feuer zu entfachen; deshalb habe ich dich hierher geschafft.«

Kaiku ließ den Kopf hängen. Ihr fehlte die Kraft, um weiter aufzubegehren. Schweigend beobachtete Asara sie eine Weile.

»Ich muss es wissen«, murmelte Kaiku leise. »Meine Familie ...«

Asara legte den Löffel beiseite, mit dem sie im Topf gerührt hatte, kniete sich vor Kaiku und ergriff ihre Hände. »Sie sind alle tot.«

Kaikus Kehle war wie zugeschnürt, doch sie nickte, um Asara zu bedeuten, dass sie verstanden hatte. »Was ist nur geschehen?«

»Möchtest du nicht lieber erst essen und dich sammeln?«

Kaiku hob den Kopf und schaute Asara an. »Ich muss es wissen«, wiederholte sie.

Asara ließ ihre Hände los. »Die meisten von euch wurden vergiftet«, erklärte sie. »Du bist im Schlaf gestorben. Ich vermute, es war eine der Küchenmägde, aber genau weiß ich es nicht. Wer die Täter auch sein mochten, sie waren nicht gründlich. Deine Großmutter hat gestern ihr Abendmahl nicht gegessen, deshalb hat sie noch gelebt, als die Shin-shin gekommen sind. Ich glaube, jemand hat die Dämonen geschickt, um die Bediensteten zu töten und die Beweise zu vernichten. Ohne Zeugen würde das Verbrechen nie geklärt werden.« Sie setzte sich auf die Fersen zurück.

»Wer?«, fragte Kaiku. »Und warum?«

»Das weiß ich nicht«, antwortete Asara. »Noch nicht.«

Asara stand auf und kehrte zum Topf zurück, wo sie gelegentlich die Fische umdrehte. Es dauerte eine Weile, ehe Kaiku wieder das Wort ergriff.

»Bin ich tatsächlich gestorben, Asara? An Gift?«

»Ja«, antwortete die Zofe. »Ich habe dich zurückgeholt.«

»Wie?«

»Ich habe den Atem einer anderen gestohlen und ihn dir eingehaucht.«

Kaiku dachte an Karia, ihre zweite Zofe, die sie tot auf dem Boden ihres Zimmers gesehen hatte.

»Wie ist das möglich?«, flüsterte sie und fürchtete die Antwort.

»Es gibt viele Dinge, die du nicht verstehst, Kaiku«, gab Asara zurück. »Ich bin nur eines davon.«

Was Kaiku allmählich klar wurde. Asara war stets eine vollkommene Zofe gewesen: still, gehorsam und zuverlässig, überaus geschickt beim Haarekämmen und Zurechtlegen von Kleidern. Kaiku hatte sie mehr gemocht als die etwas störrischere Karia. Sie hatte sich oft mit ihr unterhalten, Geheimnisse mit ihr geteilt oder Spiele mit ihr gespielt. Dennoch hatte es zwischen ihnen stets eine Grenze gegeben, die verhindert hatte, dass sie wahrhaft enge Freundinnen geworden waren: das unausgesprochene Verständnis, dass sie jeweils einer anderen Kaste angehörten. Kaiku war von edler Geburt, Asara hingegen nicht, und somit hatte die eine die Pflicht, der anderen zu dienen und zu gehorchen. So war es in Saramyr, und so war es von jeher gewesen.

Und doch erkannte Kaiku nun, dass sie die letzten zwei Jahre getäuscht worden war. Dies war nicht der Mensch, den sie zu kennen glaubte. Diese Asara besaß eine stählerne Ruhe, einen Kern aus kaltem Metall. Diese Asara hatte ihr das Leben gerettet, indem sie das einer anderen gestohlen hatte; sie hatte ihr Haus niedergebrannt und ihr ungestraft das wertvollste Andenken der Liebe ihrer Großmutter abgenommen und verschenkt. Diese Asara hatte sie vor Dämonen gerettet.

Wer war sie wirklich?

»Der Bach ist ganz in der Nähe, Kaiku«, bemerkte Asara und deutete mit dem Löffel in die entsprechende Richtung. »Du solltest dich waschen und umziehen. In dem Zeug holst du dir noch eine Erkältung.« Kaiku war nicht entgangen, dass Asara seit letzter Nacht aufgehört hatte, sie ›Herrin‹ zu nennen, wie es sich eigentlich gehört hätte.

Kaiku gehorchte. Sie hatte das Gefühl, sie sollte ob ihres Zustands Scham empfinden, halb nackt, wie sie war, nur mit einem durchscheinenden, zerknitterten und dreckigen Nachthemd bekleidet; doch im Fahrwasser der jüngsten Ereignisse schien das unbedeutend. Trotz des stundenlangen Schlafs noch immer müde ging sie zum Bach, wo sie das verdreckte Gewand ablegte und sich nackt im heißen Sonnenschein wusch. Das Wasser und die Wärme auf ihrer bloßen Haut vermittelten ihr keinerlei Vergnügen. Ihr Körper war nur noch ein Gefäß für ihren Gram und ihre Trauer.

Kaiku zog die Kleider an, die Asara ihr mitgebracht hatte und stellte fest, dass es sich um eine widerstandsfähige Reisekluft handelte: Lederstiefel, eine formlose beige Hose und ein Hemd mit offenem Kragen in derselben Farbe, das einem Mann besser zu Gesicht gestanden hätte. Kaiku war durchaus zufrieden damit. Sie war schon immer ein Wildfang gewesen, der ebenso mühelos in die Gewänder eines Bauern wie in jene einer edlen Dame gepasst hatte. Ihr älterer Bruder war ihr engster Gefährte gewesen, und sie hatte sich ständig im Wettstreit mit ihm befunden. Immerzu hatten sie versucht, einander beim Reiten, Schießen oder Raufen zu übertrumpfen. Weder Feuerwaffen noch der Wald waren Kaiku fremd.

Als sie zum Lagerfeuer zurückkehrte, war die Luft von funkelnden Flocken erfüllt, die wie Schnee vom Himmel rieselten. Wenn die Sonne sie erfasste, glitzerten sie und strahlten grelles Licht in alle Richtungen. Man nannte das Sternenregen: ein Naturschauspiel, das im Gefolge eines Mondsturms auftrat. Im Mahlstrom der Rangelei der drei Schwestern entstanden winzige, flache Kristalle verschmolzenen Eises, die so leicht waren, dass sie auf ihrem Weg zur Erde schwebten. Schönheit, die auf Chaos folgte. Schon viel war über Sternenregen geschrieben worden, und immer wieder fand er sich als Motiv in einigen der rührendsten Liebesgedichte. Heute jedoch bewegte der Anblick Kaiku in keinster Weise.

Asara reichte ihr eine Schüssel mit Wendelfisch, Gemüse und Salzreis. »Du solltest etwas essen«, sagte sie. Kaiku tat, wie ihr geheißen und bediente sich dabei ihrer Finger, wie sie es als Kind getan hatte, ohne jedoch zu schmecken, was sie aß. Asara kauerte sich hinter sie und begann, Kaikus Haar behutsam mit einem Holzkamm zu entwirren. In Anbetracht der Geschehnisse empfand Kaiku dies als überraschende Liebenswürdigkeit; eine Geste der Vertrautheit von einem Mädchen, das ihr nunmehr wie eine Fremde erschien.

»Danke«, sagte Kaiku, als Asara fertig war. Die Worte kündeten von mehr als schlichter Dankbarkeit. Es war nicht nötig, einer Dienerin für etwas zu danken, das ohnehin von ihr erwartet wurde. Was nach außen wie eine bloße Höflichkeit wirkte, erklärte das stillschweigende Einverständnis, dass Asara ihr nicht mehr untergeben war. Der Umstand, dass Asara sie nicht berichtigte, bestätigte dies.

Kaiku zeigte sich keineswegs überrascht. Asara hatte ihre Umgangsformen ihr gegenüber geändert und redete nunmehr mit ihr, als wären sie gesellschaftlich gleichgestellt, wenngleich einander nicht so nah, um sich als Freundinnen zu bezeichnen. Allein das sprach Bände über die neue Art ihrer Beziehung.

Für einen Außenstehenden war die Sprache Saramyrs schier unendlich verworren. Es handelte sich um eine Anhäufung verschiedener Tonfälle, Ehrenbezeugungen,

Akzente und Einschränkungen, um subtile Bedeutungen auszudrücken, die den schlichten Wortlaut eines Satzes weit überstiegen. Es gab Dutzende unterschiedliche Anreden für unterschiedliche Situationen, die jeweils durch geringfügigste Änderungen der Aussprache und Satzstellung zum Ausdruck gebracht wurden. Für Kinder gab es eigene Formen, je eine für Knaben und Mädchen, außerdem eigene für Kleinkinder jeden Geschlechts. Für gesellschaftlich Höherstehende bediente man sich einer Vielzahl von Formen, je nachdem, um wie viel bedeutender der Angesprochene war als sein Gegenüber, und eine ganz eigene Form war ausschließlich dafür vorgesehen, sich an den Kaiser oder die Kaiserin zu wenden. Daneben gab es Formen für Liebende, wiederum in unterschiedlichsten Graden, wobei es praktisch einem Sakrileg gleichkam, die intimste Form in Gegenwart von jemandem anzuwenden, der nicht das Ziel der Leidenschaft war. Außerdem gab es Formen für Mutter, Vater, Gemahl, Gemahlin, Ladenbesitzer und Händler, Priester, Tiere, für das Beten und Schelten sowie unanständige und anrüchige. Sogar einige neutrale gab es, deren man sich bediente, wenn man sich der Bedeutung desjenigen nicht sicher war, den man ansprach.

Zusätzlich war die Sprache in Hoch-Saramyrrisch – das der Adel und diejenigen verwendeten, die sich eine entsprechende Ausbildung leisten konnten – und Nieder-Saramyrrisch unterteilt, das die Bauern und Diener sprachen. Wenngleich die beiden in gesprochener Form gleichwertig waren – Nieder-Saramyrrisch stellte lediglich eine etwas derbere Abart der höheren Sprache dar –, verkörperten die Schriftformen zwei unterschiedliche Welten. Hoch-Saramyrrisch war jene des Adels, von der das einfache Volk ausgeschlossen war. Es war die Sprache der Gelehrten, in der philosophische und historische Abhandlungen sowie Literatur verfasst wurden; für das gemeine Volk jedoch waren die Schriftzeichen unverständlich. Die höhere Gesellschaftsschicht war von der niedrigeren durch eine sorgsam gehütete Grenze der Unwissenheit strikt getrennt – und diese Grenze stellte die Schriftform des Hoch-Saramyrrischen dar.

»Die Shin-shin fürchten das Licht«, erklärte Asara beiläufig, während sie das Feuer mit Erde löschte. »Tagsüber werden sie sich fern halten. Bis sie zurückkommen, sind wir verschwunden.«

»Wohin gehen wir?«

»An einen sichereren Ort als diesen«, antwortete Asara. Sie sah den Ausdruck in Kaikus Gesicht, erkannte die Enttäuschung ob der unbefriedigenden Antwort und legte eine etwas weniger ausweichende nach. »An einen geheimen Ort, wo Freunde leben und wo wir in Erfahrung bringen können, was hier geschehen ist.«

»Du weißt mehr, als du vorgibst, Asara«, beschuldigte Kaiku sie. »Warum sagst du es mir nicht?«

»Du bist verwirrt«, lautete die Antwort. »Noch vor einem Sonnenaufgang warst du an den Toren Omechas; du hast deine Familie verloren und mehr erlitten, als ein Mensch eigentlich ertragen kann. Vertrau mir; später wirst du mehr erfahren.«

Kaiku durchquerte die Senke und baute sich vor ihrer einstigen Dienerin auf. »Ich will es aber jetzt erfahren.«

Asara musterte sie. Trotz der Spuren, die der Kummer vorübergehend in ihren Zügen hinterlassen hatte, war Kaiku ein hübsches Ding: braune Augen, die zu lachen schienen, wenn sie glücklich war; eine zierliche, leicht schiefe Nase; weiße, ebenmäßige Zähne. Das brünette Haar trug sie in jenem fransigen Stil und modischen Schnitt, den junge Damen in der Hauptstadt bevorzugten: nach vorne über die Wangen hängend. Asara kannte sie lange genug, um zu wissen, dass sie eine störrische Ader besaß, eine unbeugsame Hartnäckigkeit, wenn sie sich etwas in den Kopf gesetzt hatte. Diese sah sie nun in Kaikus Miene, und in jenem Augenblick empfand Asara sogar so etwas wie Bewunderung für die Frau, die sie so lange getäuscht hatte.

Insgeheim hatte sie fast damit gerechnet, dass der Kummer der vergangenen Nacht sie zerbrechen würde, doch sie stellte fest, dass sie sich geirrt hatte. Offensichtlich verfügte Kaiku über eine unerwartete innere Stärke. Gut so. Die würde sie auch brauchen.

Asara nahm einen Beutel aus gehärtetem Leder vom Boden und hielt ihn Kaiku entgegen. »Marschier mit mir.« Kaiku ergriff ihn und schlang ihn sich auf den Rücken. Asara nahm den anderen Beutel und die Büchse, die sie zum Trocknen neben das Feuer gelegt hatte. Der Regen der vergangenen Nacht hatte die Pulverkammer völlig durchtränkt, und die Waffe war noch nicht wieder einsatzbereit.

Sie gingen in den Wald. Die Zweige funkelten vom Sternenregen, der rings um sie herum sanft herniederrieselte und sich weichem Staub gleich auf der Erde sammelte, ehe er schmolz. Kaiku spürte, wie sich neuerlich Tränen in ihren Augen sammelten; sie rang sie jedoch nieder. Sie musste mehr erfahren, musste wenigstens den Ansatz eines Sinns in den Geschehnissen erkennen. Ihre Familie war von dieser Welt gegangen, und doch hatte sie die Realität dessen noch nicht wirklich begriffen. Vorerst musste sie sich zusammenreißen. Entschlossen scheuchte sie den Schmerz in einen schmalen, verbitterten Winkel ihrer Gedankenwelt und kerkerte ihn dort ein. Nur so konnte sie weitermachen, ohne vor Gram den Verstand zu verlieren.

»Wir haben dich schon lange beobachtet«, sagte Asara schließlich. »Dich und auch dein Haus und deine Familie. Zum Teil, weil wir wussten, dass dein Vater unserer Sache wohlgesinnt war und vielleicht zu überzeugen gewesen wäre, sich uns anzuschließen. Er hatte zahlreiche Verbindungen am kaiserlichen Hof. Hauptsächlich warst du aber der Grund, Kaiku ... wegen deines Zustands.«

»Wegen meines Zustands? Und was für ein *Zustand* soll das sein?«, verlangte Kaiku zu wissen.

»Ich muss zugeben, als ich hergeschickt wurde, hatte ich meine Zweifel«, räumte ihre einstige Zofe ein, »aber selbst mir sind die Zeichen irgendwann aufgefallen.«

Kaiku versuchte nachzudenken, aber ihr Geist war verworren, und Asaras Erklärung schien mehr Fragen aufzuwerfen, als sie Antworten zu bieten hatte. So verlangte sie stattdessen unverblümt zu wissen: »Was ist letzte Nacht geschehen?«

»Dein Vater«, sagte Asara. »Gewiss erinnerst du dich, in welcher Verfassung er war, als er von seiner letzten Reise zurückkehrt ist.«

»Er hat gesagt, er sei krank ...«, setzte Kaiku an und verstummte. Sie hörte sich blauäugig an. Die Krankheit, die er vorgetäuscht hatte, war eine Ausrede gewesen. Sie *konnte* sich daran erinnern, wie er gewirkt hatte – bleich und matt, aber auch still und teilnahmslos. Außerdem schien er gehetzt, und sein Gebaren hatte von geistiger Abwesenheit gezeugt. Großmutter hatte sich genauso verhalten, als Großvater vor sieben Jahren gestorben war. Es war eine Art betäubter Ungläubigkeit, wie sie dem Vernehmen nach Soldaten befiel, wenn sie zu lange dem Gebrüll von Feuerkanonen ausgesetzt waren.

»Ja«, pflichtete sie Asara bei. »Es ist etwas geschehen, worüber er nicht hat sprechen wollen. Weißt du, was es gewesen ist?«

»Weißt du es denn?«

Kaiku schüttelte den Kopf. Die nächsten paar Schritte stapften sie schweigend vor sich hin. Mittlerweile hatte der Wald sie umschlungen, und sie bahnten sich im Zickzack einen Weg durch die lose verstreuten Bäume und stiegen über Wurzeln und Steine, die den unebenen Boden übersäten. Rechter Hand ragte ein hüfthoher Erdwall auf, den sanft in der Brise wogende Schattenfinger säumten, auf denen sich fette, rote Bienen tummelten. Vom Himmel brannte die Sonne herab und buk die feuchte Erde in einer trägen Hitze, die die Welt selbstzufrieden und schwerfällig wirken ließ. An jedem anderen Tag hätte Kaiku sich der Beschaulichkeit hingegeben und die Seele baumeln lassen, denn die Natur hatte sie schon immer mit kindlicher Ehrfurcht erfüllt. Nun aber vermochte die Schönheit ihrer Umgebung nicht, sie zu berühren.

»Ich habe ihn die letzten paar Wochen beobachtet«, fuhr Asara fort. »Trotzdem konnte ich nicht mehr in Erfahrung bringen. Vielleicht hat er jemanden erzürnt, einen mächtigen Feind. Ich kann nur raten. Aber ich hege keinerlei Zweifel, dass er es gewesen ist, der letzte Nacht Verderben über euch gebracht hat.«

»Warum? Er war doch nur ein Gelehrter! Er hat *Bücher* gelesen. Warum sollte ihn ... Warum sollte uns alle jemand töten wollen?«

»Dafür«, erwiderte Asara und zog aus ihren schweren Gewändern die Maske hervor, die Kaiku sie aus dem Haus hatte mitnehmen sehen. Sie schwenkte sie vor Kaikus Gesicht. Die rot und schwarz aufgemalte Fratze grinste sie dümmlich an. »Er hat sie von seiner letzten Reise mitgebracht.«

»Das Ding da? Das ist doch nur eine Maske.«

Asara wischte sich die Haare aus dem Gesicht und blickte ihre Gefährtin mit ernster Miene an. »Kaiku, Masken zählen zu den gefährlichsten Waffen der Welt. Sie sind schlimmer als Büchsen, schlimmer als Feuerkanonen, schlimmer als die Geister, die verwunschene Stätten heimsuchen. Sie sind ...«

Jäh verstummte Asara mitten im Satz, als Kaiku ins Wanken geriet und benommen stolperte.

»Fühlst du dich nicht gut?«, fragte sie.

Kaiku blinzelte und legte die Stirn in Falten. Etwas hatte sich in ihren Eingeweiden umgedreht, ein lodernder Wurm der Pein, der sich krümmte und wand. Gleich darauf geschah es abermals, diesmal heftiger, doch nicht aus ihren Eingeweiden, sondern tiefer, aus dem Mutterleib wie der Tritt eines ungeborenen Kindes.

»Asara«, keuchte sie, sank auf ein Knie und stützte sich mit der Hand auf den Boden vor ihr. »Etwas ... ist ...«

Und nun entfaltete es sich, ein Aufflammen greller Schmerzen in ihrem Magen und ihren Lenden, das ihr einen spitzen Schrei aus der Kehle presste. Aber diesmal verebbte es nicht wieder; stattdessen bauschte es sich auf, wurde heißer und heißer, und ein entsetzlicher Druck stieg in ihr auf. Krampfhaft schlang Kaiku die Arme um den Leib, doch der Schmerz ließ nicht nach. Sie kniff die Augen zu, aus deren Winkeln Tränen der Bestürzung und des Unverständnisses troffen.

»Asara ... hilf ... mir ...«

Flehend schaute Kaiku auf, doch die Welt, die sie kannte, war nicht mehr da. Ihre Augen erblickten weder Baum noch Stein oder Blatt, sondern Millionen schillernder Lichtstreifen, ein großes, dreidimensionales Schaubild leuchtender Fäden, die sich wölbten und waberten, um zu umschließen, was sich in ihnen bewegte. Sie konnte Asaras Herz als hellen Knoten im Gespinst ihres Körpers erkennen; sie sah das Kräuseln der Fäden der Luft, als in der Nähe ein Vogel durch sie hindurchflog, und sie sah die Strahlen des Sonnenlichts, die durch das Blätterdach brachen und den Wald durchfluteten, sowie das Funkeln des Sternenregens ringsum.

Ich sterbe wieder, dachte sie, *genau wie letztes Mal.*

Doch diesmal fühlte es sich anders an – da war keine Glückseligkeit, keine Harmonie, kein innerer Friede, nur etwas in ihr, etwas Riesiges, das unaufhörlich anschwoll, bis sie glaubte, ihre Haut würde platzen und sie selbst zerspringen. Die Regenbogenhaut ihrer Augen verdunkelte sich und wurde rot wie Blut. Die Luft um sie herum regte sich, zerzauste ihre Kleider, ihr Haar. Kaiku sah, wie Asaras Miene sich in blankes Entsetzen verwandelte und das Gespinst ihres Antlitzes sich verzog; sie sah, wie ihre einstige Zofe sich umdrehte und blindlings zwischen die Bäume flüchtete.

Kaiku stieß einen gellenden Schrei aus, und mit ihm befreite sich die lodernde Kraft.

Die ihr am nächsten stehenden Bäume zerfielen jäh in flammendes Kleinholz; jene weiter abseits entzündeten sich und wurden binnen eines Lidschlags zu qualmenden Fackeln. Gras verdorrte, Stein verkohlte, und die Luft verschwamm vor Hitze. Die Kraft brach aus Kaikus Körper hervor, schien durch ihre Lungen und ihr Herz zu schneiden, schien sie von innen zu versengen; dennoch verstummte Kaikus Schrei erst, als sie das Bewusstsein verlor.

Kaiku wusste nicht, wie lange sie im Kerker der Ohnmacht geschmort hatte, bis sie wieder in die Wirklichkeit entlassen wurde, doch als sie die Augen aufschlug, herrschte erneut Ruhe. Die Luft war mit dichtem Rauch verhangen, und das Knistern brennender Bäume war zu hören.

Schwerfällig stemmte Kaiku sich hoch. Ihre Muskeln zuckten und verknoteten sich, und ihre Eingeweide fühlten sich wund an. Keuchend rappelte sie sich auf und fand irgendwie das Gleichgewicht. Sie war am Leben, das verrieten ihr schon die Schmerzen. Langsam ließ sie den Blick über den verkohlten inneren Kreis der Zerstörung rings um sie und über die dahinter mürrisch glimmenden Bäume schweifen. Die Feuchtigkeit des vergangenen Tages war bereits dabei, die gierig züngelnden Flammen zu überwältigen und die Glut nach und nach zu löschen.

Krampfhaft versuchte Kaiku, die Umgebung mit jener in Einklang zu bringen, durch die sie gewandelt war, als der Schmerz sie erfasst hatte, doch sie konnte es nicht. Geschwärzte Steinflächen lugen aus der verdorrten Erde hervor. Versengtes Laub kräuselte sich den Fäusten einer Knochenhand gleich. Bäume waren entzweigeborsten, geknickt oder umgestürzt. Die schiere Plötzlichkeit der Verwüstung war geradezu unmöglich zu begreifen. Kaiku konnte kaum glauben, dass sie sich noch am selben Ort befand, an dem sie in Bewusstlosigkeit versunken war.

Die Maske lag unversehrt in der Nähe auf der Erde. Ihr hohler Blick schien Kaiku zu verhöhnen. Mühevoll wankte Kaiku zu ihr hinüber und hob sie auf. An ihrem Körper zehrte eine grässliche Erschöpfung; über ihren Sinnen hing ein verschwommener Schleier, und sie fühlte sich Richtung Schlaf, Ohnmacht oder Tod gedrängt – genau wusste sie es nicht, doch ihr war alles gleichermaßen willkommen.

Dann wanderte ihr Blick über die zerknitterte, weiße Gestalt in der Nähe. Wie benommen stolperte sie hinüber und steckte dabei die Maske in ihren Gürtel.

Es war Asara. Sie lag ausgestreckt in der Senke, in die sie geschleudert worden war. Augenscheinlich hatte der Ausbruch sie an einer Seite mit voller Wucht erwischt. Ihre Kleider waren verkohlt, und ihr Haar war versengt und qualmte. Ihre Hand und ihre Wange waren von Übelkeit erregenden Narben bedeckt. Reglos und still lag sie da.

Kaiku begann zu zittern. Mit tränenumwölktem Blick wich sie zurück. Ihre Finger zerrten an ihrem Gesicht, als könnten sie das Fleisch herunterreißen und darunter wieder die alte Kaiku zum Vorschein bringen, die es noch bis gestern gegeben hatte, bevor sie in den Würgegriff des Wahnsinns geraten war. Bevor sie ihre Familie verloren hatte. Bevor sie ihre Zofe getötet hatte.

Ein ersticktes Schluchzen drang aus ihrer Kehle, ein Laut des Wahnsinns. Im Zurückweichen schüttelte sie den Kopf, wollte leugnen, was sie sah, doch die Last der Wahrheit, die anklagenden Beweise, die ihre Augen ihr offenbarten, zermalmten sie. Blankes Grauen setzte ein und bemächtigte sich ihrer, und mit einem gellenden Schrei rannte sie in den Wald und verschwand darin.

Asara blieb reglos inmitten des Rauchs und der Verheerung zurück; der Sternenregen rieselte sanft auf sie herab und glitzerte kurz auf, ehe er starb.

DREI

Auf den ersten Blick mochten die Dachgärten der Kaiserlichen Feste einem Kind schier endlos erscheinen, da sie einen riesigen, auf mehrere Ebenen verteilten Irrgarten aus Steinpfaden und Schattenlauben, geheimen Plätzen und magischen Verstecken darstellten. Thronerbin Lucia tu Erinima aber, an erster Stelle der Thronfolge Saramyrs, wusste es besser. Sie hatte bereits all die Mauern erkundet und festgestellt, dass dieses Paradies zugleich ein Kerker war, der jeden Tag zu schrumpfen schien.

Gemächlich schlenderte sie den grob gepflasterten Pfad entlang und ließ die Finger über ein von Weinranken überwuchertes Spalier zu ihrer Linken streifen. Irgendwo in der Nähe hörte sie das Rascheln einer Katze auf der Jagd nach den dunklen Eichhörnchen, die um die zierlichen, anmutigen Stämme der Bäume wuselten. Der Garten verkörperte eine Sammlung der prächtigsten Blattpflanzen und Blumen der gesamten bekannten Welt, die um geschützte Zierbänke, Statuen und kunstvoll gefertigte Skulpturen herum angeordnet waren. Exotische Blüten wogten in der sanften Brise; Vögel hüpften und schwirrten hin und her und zwitscherten und trällerten einander mit bebenden Kehlchen fröhlich zu. In der Ferne ragten die vier Turmspitzen der Feste fahl hinter einem Dunstschleier gen Himmel; etwas näher war über den sorgsam angeordneten Kamaka- und Chapapa-Bäumen die Kuppel des großen Tempels zu erkennen, der die Mitte des Festungsdachs krönte. An jenem Tag war es heiß, und die duftende Luft versprach den baldigen Einzug des Sommers. Die Sonne – das Auge Nukis, jenes strahlenden Gottes, dessen Blick die Welt erhellte – stand hoch am Himmel. Lucia genoss die Wärme der Strahlen, während sie die Eichkätzchen beobachtete, die durch die Wipfel turnten und um die Stämme kletterten.

Das Volk von Saramyr neigte von jeher zu bronzefarbener Haut und schlichter Schönheit; Lucias Blässe wirkte im Vergleich dazu aufsehenerregend. Was umso mehr auf ihr Haar zutraf, denn echtes Blond war in Saramyr selten anzutreffen; ihr Gesicht aber umrahmte eine flachsfarbene Mähne, die ihr stufig über den Rücken fiel. Sie trug ein hellgrünes Kleid und schlichte Geschmeide. Ihre Lehrer verlangten, dass sie lernte, sich elegant zu präsentieren, selbst wenn niemand da war, um sie zu sehen. Lucia lauschte ihnen stets mit verträumt leerem Blick, woraufhin sie sich verzweifelt zurückzogen. Dennoch gehorchte sie ihnen. Der Ausdruck ihrer Augen wurde oft als Unaufmerksamkeit gedeutet, doch dem war nicht so.

Manchmal beneidete sie ihre Lehrer. Sie besaßen die wunderbare Gabe, sich ausschließlich einer Sache widmen zu können. Lucia empfand es als bedauerlich, dass sie außerstande waren, ihre Lage so zu verstehen wie sie die ihre; aber zumindest Zaelis wusste, weshalb sie selten mehr als halbherzig an einer Sache interessiert wirkte. Sie hatte über wesentlich mehr nachzudenken als über Menschen, die nur mit fünf Sinnen ausgestattet waren.

Bereits als sie zu sprechen gelernt hatte – im zarten Alter von sechs Monaten –, hatte sie gewusst, dass dies als schlechte Eigenschaft galt. Sie fühlte es mit der Kleinkindern eigenen Eingebung, erkannte es an der Traurigkeit in den Augen ihrer Mutter, wenn sie auf ihre Tochter hinabblickte. Die Kaiserin wusste um Lucias Gabe, noch bevor sie sich nach außen hin zeigte. Deshalb wurde sie vor der Welt versteckt und in diesen goldenen Käfig inmitten des dunklen, weitläufigen Herzens der Kaiserlichen Feste gesperrt. Seither war sie eine Gefangene.

Die Katze brach aus einer Baumgruppe in der Nähe hervor und spazierte scheinbar sorglos und unbekümmert den

Pfad entlang. Kurz musterte sie Lucia mit geradezu beleidigender Respektlosigkeit, dann wandte sie die Aufmerksamkeit den Eichkätzchen zu, die über ihr umhertollten. Eingehend beobachtete sie jene, die gefährlich nahe über dem Boden unterwegs waren. Einen Lidschlag später sprang sie los und hechtete hinter ihnen her. Lucia fühlte das Erschrecken der Eichkätzchen über die jähe Hatz der Katze, empfing das Geschmetter ihrer tierischen Instinkte. Bereits vor Monaten hatte die Katze sich von irgendwoher in die Gärten eingeschlichen, dennoch überraschte ihre Anwesenheit die Eichkätzchen wie beim ersten Mal. Eichkätzchen lernten nie.

Lucias Tiere waren ihre Freunde, denn andere hatte sie nicht. Na ja, vermutlich konnte sie Zaelis als ihren Freund betrachten, ebenso wie ihre Mutter – wenn auch auf eine eigenartige Weise. Doch abgesehen von den beiden war Lucia völlig allein. Etwas anderes als Einsamkeit kannte sie nicht. Deshalb war sie durchaus mit der eigenen Gesellschaft zufrieden – und dennoch: Wenn sie träumte, träumte sie von Freiheit.

Ihre Mutter Anais, Geblütskaiserin von Saramyr und Herrscherin des Landes, besuchte Lucia mindestens einmal täglich, wenn ihre Amtsgeschäfte es zuließen. Da sie die Urheberin ihrer Gefangenschaft verkörperte, erwog Lucia bisweilen, sie zu hassen; doch sie hasste niemanden. Dafür besaß sie ein viel zu versöhnliches, einfühlsames Wesen. Bislang hatte sie noch niemanden mit einem so schwarzen Herzen kennen gelernt, dass sie keinerlei gute Eigenschaften an ihm hatte erkennen können.

Wenn sie das Zaelis sagte, erinnerte er sie stets daran, dass sie noch nicht vielen Menschen begegnet sei.

Es war ihre Mutter, die ihr eingebläut hatte, ihre Fähigkeiten zu verbergen – ihre Mutter, die dafür sorgte, dass Lucias Lehrer über die wahre Natur ihrer Schülerin schwiegen. Und es war auch ihre Mutter gewesen, die bestätigte, was Lucia bereits geahnt hatte: dass die Menschen sie hassen und fürchten würden, wenn sie wüssten, was sie war. Deshalb wurde sie versteckt.

Hundertmal hatte die Kaiserin ihre Tochter um Vergebung dafür gebeten, dass sie sie vor der Welt wegsperrte. Es war ihr innigster Wunsch, Lucia in die Freiheit zu entlassen, doch es war einfach zu gefährlich. Anais' Kummer war, so behauptete sie, ebenso groß wie Lucias ... und Lucia liebte ihre Mutter, denn sie glaubte ihr.

Aber hinter dem Horizont brauten sich dunkle Wolken zusammen, das wusste Lucia. Seit kurzem suchte eine unsichtbare Bedrohung ihre Träume heim.

Oft brach Lucia im Schlaf aus den Grenzen ihrer Gemächer aus und wandelte durch die Gänge der Kaiserlichen Feste. Manchmal besuchte sie auch ihre Mutter, aber diese sah Lucia nie. Lucia beobachtete sie gerne beim Sticken, beim Baden oder wenn sie aus den Fenstern der Feste schaute. Gelegentlich lauschte Lucia, wenn ihre Mutter mit Ratgebern über Staatsgeschäfte sprach. Dann wieder spazierte sie durch die Zimmer der Bediensteten, wenn sie tratschten, kochten oder sich liebten. Bisweilen schien jemand sie zu erblicken, und Panik drohte sie zu erfassen; doch meist schaute man nur durch sie hindurch.

Einmal stellte Lucia ihrer Mutter Fragen über einige Dinge, die sie in ihren Träumen gesehen hatte. Traurigkeit erschien daraufhin im Gesicht der Mutter, und sie küsste ihre Tochter auf die Stirn und schwieg. Daraus schloss Lucia, es sei besser, diese Dinge nicht mehr zu erwähnen; doch sie begriff auch, dass es keine gewöhnlichen Träume waren, sondern dass das, was sie beobachtet hatte, die Wirklichkeit war.

Durch ihre Träume lernte Lucia die Welt außerhalb ihres Kerkers kennen, ohne ihr Zimmer zu verlassen. Dennoch waren ihre Streifzüge auf die Grenzen der Feste beschränkt. Lucia konnte nicht darüber hinaus. Die Stadt Axekami, die sich rings um die Kaiserliche Feste erstreckte, lag schlichtweg zu weit außerhalb ihrer Erfahrung. Lucia konnte sie nicht träumen. Und so hatte sie lediglich die Mauern ihrer Zelle ein wenig nach außen verschoben.

Begonnen hatte sie mit dem Traumwandeln vor etwas mehr als einem Jahr, und bereits kurz darauf war die Traumfürstin erschienen. Aber vor zwei Wochen hatte Lucia einen neuen Fremden entdeckt, der sie in der Dunkelheit heimsuchte. Seither erwachte sie immer wieder schweißgebadet und zitternd, angespannt vor Furcht ob der namenlosen Wesenheit, die sie verstohlen durch die Gänge ihrer Albträume verfolgte und auf unerklärliche Weise stets hinter ihr blieb.

Lucia wusste nicht, wer oder was dieses Wesen war, doch sie wusste, was es bedeutete. Etwas Übles hatte sie gefunden; vielleicht sogar eben jenes Ding, vor dem ihre Mutter sie zu verstecken versuchte. Große Veränderungen standen bevor. Lucia wusste nicht, ob sie sich freuen oder fürchten sollte.

Auf der gegenüberliegenden Seite des Dachgartens regte sich etwas. Die Gärtner hatten hier unlängst gearbeitet und absterbende Winterblüten ausgegraben, um sie durch Sommerblumen zu ersetzen. Neben dem Pfad stand verwaist ein Schubkarren; darin lagen kreuz und quer Forken und Spaten. Unter dem dichten Baldachin der Bäume wartete feucht, schwarz und fruchtbar frisch umgegrabene Erde auf Samen, um ihnen Leben einzuhauchen.

Der Boden schauderte. Erst war es nur eine kaum merkliche Bewegung, dann wölbte sie sich, als der vergrabene Mann sich aufrichtete und die Erde von ihm abfiel. Ein großer, hagerer Mann, der auf seine vierzigste Ernte zuging, mit kurzem, grauen Haar und stoppelbärtigen Wangen. Leise befreite er sich und spuckte das kurze, dicke Bambusrohr aus, das ihm als Atemgerät gedient hatte. Dann putzte er sich so gut wie möglich ab und stand auf.

Purloch tu Irisi war schon immer vom Glück gesegnet gewesen, doch dies hier war nachgerade unglaublich. Er war reichlich Gefahren ausgewichen, die selbst den entschlossensten Eindringling das Leben gekostet hätten. Er hatte sich an Wachen vorbeigemogelt, sich über lotrechte Wände abgeseilt und sich an Beobachtungsposten vorbeigeschlichen. Blindlings war er über einen fünfzehn Meter tiefen Abgrund auf eine dunkle Mauer gesprungen und hatte sich dabei nur auf sein Gefühl verlassen, um den Rand zu finden und zu packen. Er war fest davon überzeugt, dass er mittlerweile längst erwischt worden oder tot sein sollte. Purloch hatte sich stets damit gebrüstet, der beste Fassadenkletterer der Stadt zu sein, der in jedes Bauwerk zu gelangen vermochte; doch selbst er war letzte Nacht drei Mal nur um Haaresbreite der Entdeckung entgangen, und zwei Mal hatte er den kalten Hauch des Todes bereits im Nacken gespürt. Die Thronerbin wurde schärfer bewacht als das kostbarste Juwel.

Purlochs Selbstvertrauen war durch die Ereignisse der vergangenen Nacht schwer erschüttert. Er konnte dem Glück kaum genug danken, das ihn so weit gebracht hatte, aber er bezweifelte, dass es ihn noch viel weiter führen würde. Seine Zeit war geborgt. Purloch wollte nur noch seinen Auftrag hinter sich bringen und in einem Stück wieder hinausgelangen.

Der Mann, der ihm das Angebot überbracht hatte, war offensichtlich ein Mittelsmann gewesen, ein Söldling, der gesandt worden war, um die Identität des eigentlichen Hirns hinter dem Plan zu schützen. Purloch war solchen Menschen schon oft genug begegnet, um das zu wissen. Und das Angebot war so verlockend gewesen, vor allem für einen Mann, der sich seiner Arbeit so rühmte wie Purloch. In die Gemächer der Thronerbin einzudringen ... So etwas galt als nahezu unmöglich!

Aber der Mittelsmann war bemerkenswert gut unterrichtet gewesen, hatte Pläne des Schlosses zur Hand gehabt und mit Auskünften über Schwachpunkte und die Bewegungen der Wachen aufwarten können. Und dann erst der Preis:

Purloch war genug angeboten worden, dass er sich zur Ruhe setzen und den Rest seiner Tage in Wohlstand leben konnte. Man stelle sich das nur einmal vor! Seine ruhmreiche Laufbahn mit solch einem schwindelerregenden Höhepunkt zu beenden! In der Unterwelt würde Purloch mit einem Schlag zur Legende werden, und seine waghalsigen Tage wären vorüber.

Das Angebot war also mehr als verlockend, doch der Auftrag auch zu gefährlich, um ihn nur in gutem Glauben zu übernehmen. Deshalb hatte Purloch den Mittelsmann nach Hause verfolgt und beobachtet, wie er später am Tag einen anderen Mann getroffen hatte. Dieser wiederum traf sich in der folgenden Nacht mit einem weiteren Mann, und über Letzteren gelang es Purloch schließlich, das Angebot zu dessen Quelle zurückzuverfolgen. Es hatte all seines Geschickes bedurft, den Mietlingen auf den Fersen zu bleiben, wenngleich sie nicht bemerkt hatten, dass er ihnen folgte. Sie waren zweifellos gut – aber er war mit Sicherheit besser.

Die Quelle also war: Barak Sonmaga, Oberhaupt des Geblüts Amacha. Das Geblüt Amacha galt als mächtig unter den hohen Familien und zudem als alter Gegner des Geblüts Erinima, dem die Kaiserin und ihre Tochter angehörten. Purloch vermochte zwar nicht zu erraten, was das Geblüt Amacha im Schilde führte, doch er konnte getrost davon ausgehen, dass er Teil von etwas Großem werden sollte, ein Bauer im Spiel zwischen den bedeutendsten Familien des Reiches.

Mit dem Wissen, wie hoch die Einsätze waren, stellte das Angebot sich als entsetzliches Wagnis dar. Dennoch war Purloch außerstande, es abzulehnen, wenngleich er zugeben musste, dass ihm der Inhalt seiner Aufgabe rätselhaft war. Er hatte jede erdenkliche Vorsichtsmaßnahme ergriffen – darunter bestmögliche Vergeltung gegen seinen Auftraggeber, sollte dieser ein doppeltes Spiel mit ihm treiben –, doch letzten Endes waren der Sold und der Ruhm zu verlockend gewesen, um das Angebot einfach so in den Wind zu schlagen.

Nun wünschte Purloch sich innig, er hätte auf seine Vernunft gehört und den Auftrag abgelehnt.

Tagelang hatte er sich als Diener ausgegeben, um das Kommen und Gehen und allgemeine Treiben im Schloss zu beobachten, ehe er zur eigentlichen Tat geschritten war. In die Feste zu gelangen, hatte sich als einfach entpuppt; es gab vergessene Wege, Pfade, die im Verlauf der Geschichte in der Versenkung verschwunden waren, von Purloch jedoch wieder ausgegraben wurden. Die wahre Kunst bestand vielmehr darin, mit viel Geduld einen Weg zu erkunden, um die Schutzmaßnahmen im Inneren des Bauwerks zu umgehen. Selbst mit den tief reichenden Auskünften, die sein Auftraggeber ihm zur Verfügung gestellt hatte, erwies es sich als entsetzlich schwierig, eine Möglichkeit zu ersinnen, zur Thronerbin vorzudringen. Nur wenige Auserwählte hatten sie überhaupt je zu Gesicht bekommen – die vertrauenswürdigsten Wachen, die angesehensten Lehrer –, und somit war der Kreis der Menschen in ihrem Umfeld so klein, dass ein Einschleichen durch Maskerade oder Täuschung vollkommen außer Frage stand.

Aber Purloch war geduldig und schlau. Er unterhielt sich mit den richtigen Leuten und stellte die richtigen Fragen, ohne Argwohn auf sich zu lenken, und alsbald bekam er seine Gelegenheit.

Purloch hatte sich insbesondere bemüht, sich mit einigen der Gärtner anzufreunden, einem arglosen, aufrichtigen Menschenschlag, dessen Gefolgstreue gegenüber seiner Lehnsherrin außer Frage stand, da sie von der fast religiösen Ehrfurcht herrührte, welche die Bauernschaft für ihre Herren und Herrinnen empfand. Ihnen war bei Todesstrafe verboten, über die Thronerbin zu sprechen, obwohl sie das Kind noch nie gesehen hatten, denn die Gartenarbeit wurde ausschließlich in jenen Stunden verrichtet, wenn Lucia nicht draußen war. Trotzdem waren sie auf ihre eigene Art und Weise durchaus mitteilsam. Es war unschwer zu erkennen, dass sie sich geehrt fühlten, für die künftige Herrscherin Saramyrs zu gärtnern, weshalb sie sich unaufhörlich über die Einzelheiten ihrer Arbeit ausließen. Vorgestern hatte Purloch erfahren, dass sie demnächst frische Beete für Sommerblumen anlegen sollten, die in der Hitze nicht welkten. Aus dieser Auskunft war der Einfall entstanden, den er brauchte, und so hatte der Plan Gestalt angenommen.

In den Garten hatte er sich nachts eingeschlichen, denn tagsüber wäre es gewiss unmöglich gewesen. Da wachten sogar für ihn zu viele Soldaten, zu viele Büchsen; es wäre Selbstmord gewesen. Doch im Schutz der Dunkelheit, die ob der fast gänzlich hinter dem Horizont verborgenen Monde geherrscht hatte, war es ihm gelungen – wenngleich knapp.

Nachdem Purloch ins Innere vorgedrungen war, hatte er sich ein Versteck gesucht. Ein harmloses Gift in den Getränken der Gärtner hatte dafür gesorgt, dass sie gezwungen waren, den nächsten Tag im Bett zu verbringen – er wollte nach Möglichkeit vermeiden, dass eine Forke seine Eingeweide durchbohrte, während er unter der Erde versteckt lag. Vor dem Einsetzen der Morgendämmerung grub er sich fachgerecht ein, dann wartete er in seinem irdenen Kokon auf den Tagesanbruch.

Purlochs Ansprechperson hatte ihm mitgeteilt, dass die Soldaten den Garten am Morgen durchsuchten, bevor die Thronerbin nach draußen durfte. Ihnen war genauso bewusst wie Purloch, dass die schützenden Schatten der Nacht einem Eindringling eine hauchdünne Möglichkeit boten, sich an den Wachen vorbeizuschleichen, und selbst diese Möglichkeit war zu viel. Die Auskunft bestätigte sich. Purloch hörte das Klappern von Piken, als die Soldaten an ihm vorbeikamen. Doch da sie den Garten bereits Tausende Male überprüft und nie etwas gefunden hatten, gestalteten sie die Suche eher oberflächlich. Zudem hegten sie keinerlei Verdacht. Die frisch umgegrabene Erde des Blumenbeets zeigte keine der Unregelmäßigkeiten, die Purloch beim Eingraben verursacht hatte.

Mittlerweile waren die Wachen verschwunden, und das Kind war alleine hier. Zeit zu tun, was getan werden musste. Während Purloch sich lautlos in Bewegung setzte, löste er den Verschluss des Dolches an seinem Gürtel.

Purloch fand das Mädchen auf einem kleinen, gepflasterten, von Bäumen gesäumten Oval. Eine Katze jagte dem eigenen Schwanz hinterher, während die Thronerbin sie mit seltsam teilnahmsloser Miene dabei beobachtete. Die Katze war dermaßen in ihre Kapriolen vertieft, dass sie sein Herannahen nicht hörte – Lucia hingegen schon, obwohl Purloch kein Geräusch verursacht hatte. Unvermittelt, aber bedächtig richtete sie die Augen durch das Blattwerk auf ihn und fragte: »Wer seid Ihr?«

Der Mann glitt hinter einem Tumisi-Baum hervor; die Katze stob davon. Lucia musterte den Neuankömmling mit unergründlichem Blick.

»Mein Name ist ohne Belang«, antwortete Purloch. Er war unverkennbar nervös, blickte rastlos umher und schien darauf bedacht, möglichst schnell wieder von hier zu verschwinden.

Lucia beobachtete ihn gelassen.

»Fürstin, ich muss Euch etwas abnehmen«, erklärte er und zog den Dolch aus der Scheide.

Jäh wie ein Knall erfüllte das aufgeregte Schlagen schwarzer Schwingen die Luft, hämmerte auf Purlochs Sinne ein, ließ ihn aufschreien, auf die Knie sinken und den Arm vors Gesicht reißen, um es vor dem plötzlichen Tumult zu schützen.

So unvermittelt, wie das Schauspiel eingesetzt hatte, war es vorüber. Purloch ließ den Arm sinken, und ihm stockte der Atem.

Das Kind war in Raben gehüllt. Die Vögel vergruben Lucia regelrecht unter sich, kauerten auf ihren Schultern und Armen: ein Mantel dunkler Federn. Auch auf dem Boden rings um sie herum scharten sie sich einem dicken Teppich gleich. Dutzende weitere hockten in den Ästen in der Nähe. Ab und an regte sich eines der Tiere, schnäbelte unter einer Schwinge oder trat von einem Bein auf das andere; aber alle beobachteten Purloch mit ihren schrecklichen schwarzen Knopfaugen.

Purloch war vor Entsetzen wie gelähmt.

»Was wolltet Ihr mir abnehmen?«, fragte Lucia mit sanfter Stimme. Ihre Miene und ihr Tonfall standen in krassem Gegensatz zu der Böswilligkeit, die von den Raben ausging.

Purloch schluckte. Die Raben beanspruchten seine gesamte Wahrnehmung. Die Vögel *beschützten* sie. Und mit grauenerregender Gewissheit wusste er, dass sie ihn auf einen einzigen Gedanken des Kindes hin in blutige Fetzen hacken würden.

Er versuchte zu sprechen, doch aus seiner Kehle drang kein Laut. Abermals schluckte er und versuchte es erneut. »Eine ... Eine Locke Eures Haares, Fürstin. Das ist alles.« Er blickte auf den Dolch hinab, den er nach wie vor in der Hand hielt und erkannte, dass seine Hast, die Beute zu erhaschen und zu flüchten, ihn leichtsinnig hatte werden lassen. Er hätte die Klinge nicht ziehen sollen.

Lucia schritt langsam auf ihn zu. Die Raben trippelten beiseite, um sie durchzulassen. Purloch starrte dieses Ungeheuer von einem Kind voll blankem Entsetzen an. Was *war* sie nur?

Und dennoch – was er in den blassblauen Augen sah, erinnerte ganz und gar nicht an ein Ungeheuer. Sie wusste, dass er kein Mörder war. Sie hielt ihn nicht für böse; sie empfand Mitgefühl für ihn, keinen Hass. Und unter all dem schwelte eine Art Traurigkeit, ein Hinnehmen von etwas Unvermeidlichem, das Purloch nicht verstand.

Behutsam löste Lucia den Dolch aus seinem Griff und schnitt sich damit eine Locke ihres blonden, wallenden Haars ab. Dann drückte sie ihm die Strähne in die Hand.

»Geht zurück zu Euren Herren«, forderte sie ihn leise auf, während die Raben sich auf ihrer Schulter regten. »Beginnt, was begonnen werden muss.«

Bebend holte Purloch Luft und senkte, nach wie vor kniend, das Haupt. »Danke«, flüsterte er demütig. Dann verschwand er zwischen den Bäumen, während Lucia ihm nachschaute und sich fragte, welche Konsequenzen ihre Tat wohl haben würde.

VIER

Kaiku wurde am vierten Tage nach der Ermordung ihrer Familie gefunden. Ihr Finder war ein junger Diener der Erdgöttin Enyu, der sich nach einem enttäuschenden Tag erfolglosen Meditierens auf dem Rückweg zum Tempel befand. Sein Name lautete Tane tu Jeribos.

Um ein Haar hätte er Kaiku im Vorbeigehen übersehen, da sie unter einem Laubhaufen am Fuß des dicken Stammes eines Kiji-Baumes vergraben lag. Seine Gedanken kreisten um andere Dinge. Das, so vermutete er, war das Hauptproblem. Die Priester hatten ihm in der Theorie beigebracht, dass er sich in Einklang mit der Natur befinden und den Geist frei und leer machen musste, um den langsamen Herzschlag des Waldes zu vernehmen; ja, die Theorie verstand er durchaus – nur die praktische Umsetzung erwies sich als nahezu unmöglich für ihn.

Die Gegenwart Enyus und ihrer Töchter spürt man erst, wenn man von innerer Ruhe erfüllt ist. Dieses nervtötende Mantra brummte Meister Olec ihm jedes Mal vor, wenn er unruhig wurde. Doch wie ruhig konnte er überhaupt sein? Er hatte sich entspannt, so gut es ging, all das Durcheinander in seinem Verstand entrümpelt, doch es war nie genug ... was umso ärgerlicher war, da Tane bei all seinen anderen Studien hervorragende Leistungen zeigte und die übrigen Meister sich sehr zufrieden über seine Fortschritte äußerten. Diese Lektion hingegen entzog sich ihm, und er begriff nicht weshalb.

Derlei verdrießliche Gedanken wälzte er also, als er die unter dem Laubwerk vergrabene Gestalt erspähte. Der Anblick ließ ihn unwillkürlich zusammenzucken; instinktiv wollte er nach der über seinen Rücken geschlungenen

Büchse greifen. Dann erkannte er, was die Gestalt war: eine junge Frau, die reglos dalag. Vorsichtig näherte er sich ihr. Wenngleich Tane keine Bedrohung in ihr sah, er hatte sein ganzes Leben in den Wäldern Saramyrs verbracht und wusste deshalb, dass man besser daran tat, erst einmal alles grundsätzlich als gefährlich einzustufen. Geister nahmen zahlreiche Formen an, und nicht alle waren freundlich gesinnt. Tatsächlich schienen sie im Verlauf der Jahreszeiten zunehmend feindseliger zu werden, so wie die Tiere Tag um Tag wilder wurden.

Tane streckte die Hand aus, stupste die junge Frau an der Schulter an und hielt sich bereit zurückzuspringen, sollte sie sich jäh bewegen. Als sie jedoch keinerlei Regung zeigte, stupste er sie erneut. Diesmal rührte sie sich und stöhnte leise.

»Kannst du mich hören?«, fragte Tane, doch die junge Frau antwortete nicht. Neuerlich schüttelte er sie, und sie schlug die Augen auf: Ihr Blick wirkte fiebrig und verschwommen. Sie schaute ihn an, schien ihn jedoch nicht zu sehen. Stattdessen seufzte sie etwas Unverständliches und murmelte sich in den Schlaf zurück.

Tane schaute sich nach Hinweisen um, die ihm etwas über sie hätten verraten können, doch im sanften Abendlicht sah er weit und breit nur dichten Wald. Die Frau wirkte ausgehungert, erschöpft und krank. Behutsam wischte er ihr das zerzauste, braune Haar aus dem Gesicht und legte ihr die Hand auf die Stirn. Ihre Haut brannte, und die Augen zuckten rastlos hinter den Lidern.

Während Tane sie untersuchte, strich seine Hand über das Laub, das sie bedeckte. Er hielt inne und ergriff eines der Blätter. Es war frisch vom Baum gefallen. Alle wirkten sie frisch. Der Baum hatte sie vor höchstens einem halben Tag über das unter ihm liegende Mädchen ausgebreitet. Tane lächelte vor sich hin. Kein Baumgeist würde ein böses Wesen auf solche Weise beherbergen. Er richtete sich auf und verneigte sich.

»Danke, Geist des Baumes, dass du dieses Mädchen beschützt hast«, sagte er. »Bitte übermittle meinen Dank auch deiner Herrin Aspinis, Tochter Enyus.«

Der Baum antwortete nicht – wie immer. Im Gegensatz zu den uralten Ipi waren dies junge Bäume. Sie besaßen noch kaum ein Bewusstsein, kaum Sinne. Wie neugeborene Kinder.

Tane hob die junge Frau hoch. Sie war etwas schwerer, als er erwartet hatte, was nach ihrer zierlichen Gestalt zu urteilen jedoch von Muskeln, nicht von Fett herrührte. Wenngleich Tane selbst keineswegs als groß zu bezeichnen war, hatte das Waldleben ihn abgehärtet und seine Muskeln gestählt, und so hatte er keine Mühe, sie zu tragen. Der Weg zum Tempel war kurz, und die junge Frau wachte nicht auf.

Der Tempel lag tief im Wald verborgen am Ufer des Kerryn. Der Fluss strömte aus den Bergen nach Nordosten und wand sich durchs Herz des Waldes von Yuna, ehe er westwärts in Richtung der Hauptstadt abbog. Das Gebäude selbst war niedrig und elegant und wies kaum Zierrat auf, der die Landschaft ringsum hätte überschatten können. Tempel, die Enyu und ihren Töchtern geweiht waren, hielt man aus Demut bewusst schlicht, außer in den Städten, wo Pomp für Kultstätten praktisch eine Grundvoraussetzung zu sein schien. Dieser Tempel war in einfachen beigen und weißen Tönen gefärbt und wurde von schwarzen Eschenholzbalken gestützt, die ein Fachwerkmuster über das Bauwerk zeichneten. Es war zwei Stockwerke hoch, wobei das zweite leicht nach hinten versetzt war, um sich der Neigung des Hügels anzupassen. In den unbehandelten, an einen Steinbogen erinnernden Holzrahmen des Haupteingangs waren huldigende Beschwörungen eingelassen, ein Mantra an die Göttin der Natur, das so schlicht und friedlich wie der Tempel selbst war. Über einem kleinen Schrein neben einer

Seite des Eingangs hing eine Gebetsglocke, während in dem Schrein selbst in Schüsseln auf einem Steinhaufen Weihrauch glomm, und auf einem Sims vor einem Standbild Enyus lagen langstielige Lilien und Früchte als Opfergaben. Das Standbild selbst präsentierte sich als geschnitzte, kleine Holzstatue eines Bären, der seine mächtige Pranke um ein Bärenjunges geschlungen hatte.

Eine gewölbte Brücke spannte sich von einem Ufer des Kerryn zum anderen. Die tief in das Flussbett eingelassenen Pfeiler zierten allerlei ins Holz geschnitzte Vögel, Fische und andere Tiere. Der Fluss war von tiefem, schwermütigen Blau. Die Salze und Minerale, die er aus dem Tchamil-Gebirge herabbeförderte, trübten seine natürliche Klarheit. Er spiegelte das Sonnenlicht mit purpurnem Glitzern wider und zauberte ein endloses Spiel tänzelnden Wasserscheins auf die Unterseite der Brücke, was bewusst Ruhe, Schönheit und Idylle vermittelte.

Tane zog seine Meister zu Rate, und ein greiser Priester untersuchte die junge Frau. Genau wie Tane gelangte er zu dem Schluss, dass sie ausgehungert und fiebrig war, jedoch nicht unter einer ernsthaften Krankheit zu leiden schien. Mit etwas Pflege würde sie sich alsbald wieder erholen.

»Du bist für sie verantwortlich«, erklärte Meister Olec Tane. »Mal sehen, ob du dich zur Abwechslung mal auf etwas konzentrieren kannst.«

Tane kannte Olecs welke, alte und spitze Zunge zu gut, als dass er beleidigt gewesen wäre. Er brachte das Mädchen in ein Gästezimmer im oberen Stock. Die Kammer war karg und weiß. Eine Schlafmatte lag in einer Ecke unter den breiten, quadratischen Fenstern, deren Läden aufgrund der Hitze des Frühsommers offen standen. Wie bei den meisten Fenstern in Saramyr so hatte man auch hier Glas als unnötig empfunden – die meiste Zeit des Jahres über war es ohnehin zu heiß dafür, und gegen die Unbilden der Witterung wirkten die Läden ebenso gut wie Glas.

Während der Nachmittag einem dunkelroten Sonnenuntergang wich, braute Tane einen Tee aus Beinwell, Schafgarbe und Sonnenhut gegen das Fieber der jungen Frau. Alle zwei Stunden flößte er ihre eine halbe Tasse davon ein, so heiß er es wagte. Die junge Frau murmelte, zuckte und wachte nicht auf, aber sie schluckte das Gebräu. Tane holte einen Eimer kühlen Wassers, wischte ihr die Stirn ab und reinigte ihr Gesicht und ihre Wangen. Dann untersuchte er ihre Zunge, indem er ihr behutsam den Mund aufhielt. An Hals und Handgelenk prüfte er ihren rasenden Puls. Nachdem er alles getan hatte, was er tun konnte, ließ er sich auf eine geflochtene Matte nieder und beobachtete die schlafende Frau.

Da es nötig gewesen war festzustellen, ob die junge Frau giftige Dornenstiche, Insektenbisse oder sonst etwas in dieser Art erlitten hatte, das ihre Genesung beeinträchtigen konnte, hatten die Priester sie entkleidet und in ein hellgrünes Schlafgewand gehüllt. Nun lag sie mit einem dünnen Laken zwischen den Beinen und über den Rippen einfach nur da. Durch ihr Herumwälzen hatte sie es abgestreift. Eigentlich war es ohnehin zu heiß dafür, doch um der Sittsamkeit willen hatte Tane sich verpflichtet gefühlt, sie damit zuzudecken. Er hatte sich schon öfter um Kranke gekümmert, junge und alte, Männer und Frauen. Die Priester wussten das und vertrauten ihm. Aber diese Frau schürte seine Neugier mehr als die meisten anderen. Woher war sie gekommen, und wie war sie in diesen Zustand geraten? Allein ihre Hilflosigkeit entfachte in ihm das Verlangen, ihr zu helfen. Im Augenblick war sie außerstande, für sich selbst zu sorgen und zudem mutterseelenallein. Nur die Geister wussten, welche Qualen sie auf ihrer Wanderung durch den Wald erlitten hatte; sie konnte von Glück reden, überhaupt noch am Leben zu sein.

»Wer bist du nur?«, fragte Tane leise und wie gebannt.

Seine Augen strichen über die Erhebungen ihrer Wangenknochen, die nun etwas zu kantig wirkten, sich jedoch wieder glätten würden, sobald sie gesundete. Er beobachtete, wie ihre Lippen sich aufeinander pressten, als sie im Traum unverständliche Worte murmelte. Das von draußen hereinfallende Licht wurde immer schwächer, Tane aber blieb und dachte unablässig über die junge Frau nach.

Zwei Tage später wich das Fieber, dennoch setzte die Genesung der jungen Frau nicht sofort ein. Zwar hatte sie die Krankheit besiegt, aber sie hatte noch nicht überwunden, was sie in den wachen Stunden peinigte und in ihren Träumen heimsuchte. Eine Woche lang schien sie vor Elend geradezu wie gelähmt. Sie konnte sich nicht von der Liegestatt erheben und weinte fast ununterbrochen. Nur wenig, was sie sagte, schien einen Sinn zu ergeben, und die Priester zweifelten allmählich an ihrer geistigen Gesundheit. Tane war anderer Ansicht. Er hatte bei ihr gesessen, während sie geschluchzt und wirr vor sich hin geredet hatte, und die wenigen Bruchstücke, die er verstanden hatte, hatten ihn zu der Überzeugung gelangen lassen, dass sie eine entsetzliche Tragödie durchlebt haben musste, einen Verlust, wie ihn kein Mensch erleiden sollte.

Obwohl Tane nur noch wenig für die junge Frau tun konnte, als es ihr körperlich wieder besser ging, wurde er von seinen weniger dringenden Pflichten befreit, solange er sich um seine Patientin kümmerte. Er überredete sie zu essen, wenngleich sie keinerlei Appetit zeigte; er bereitete ihr ein mildes Beruhigungsmittel zu – eine Tinktur aus Frauenwurzel und Mutterkraut – und verabreichte es ihr, um die schlimmsten Anfälle von Gram zu lindern; er versorgte sie mit einem Aufguss aus Hopfen, Sumpf-Helmkraut und Baldrian, damit sie nachts schlafen konnte. Und er saß bei ihr.

Dann, eines Morgens, als er mit einem Frühstück aus Enteneiern und Weizenkuchen in ihr Zimmer kam, sah er die junge Frau am Fenster stehen und über den Kerryn auf die Bäume dahinter schauen. Insekten summten in der Luft. Tane blieb am Eingang stehen.

»Gruß zum Tage«, sagte er unwillkürlich. Erschrocken drehte die junge Frau sich um. »Fühlst du dich besser?«

»Du bist derjenige, der sich um mich gekümmert hat«, stellte sie fest. »Tane?«

Lächelnd verneigte er sich. »Möchtest du etwas essen?«

Kaiku nickte, hockte sich mit verschränkten Beinen auf ihre Matte und strich das Schlafgewand rings um sich glatt. Sie konnte sich nur an wenig von dem erinnern, was in den vergangenen zwei Wochen geschehen war. Zwar besann sie sich verschwommener Eindrücke, unangenehmer Gefühle der Furcht, des Hungers und der Traurigkeit; die genaueren Begleitumstände waren ihr jedoch entfallen. Nur dieses Antlitz war ihr deutlich im Gedächtnis geblieben: der kahl geschorene Schädel, die ebenmäßigen, sonnengebräunten Züge, die blassgrünen Augen und die beigen Gewänder, die er stets trug. Kaiku hatte nie auch nur daran gedacht, dass es auch junge Priester geben könnte; in ihrer Vorstellung waren alle Priester alt, forsch und verbargen ihre Weisheit in einer griesgrämigen Hülle. Dieser Priester jedoch strahlte zwar den Ernst aus, den sie für gewöhnlich mit heiligen Orden in Verbindung brachte, aber sie erinnerte sich auch an Augenblicke der Heiterkeit, in denen er Witze gerissen und selbst darüber gelacht hatte, da sie es nicht tat. Seiner Sprache nach zu urteilen, stammte er aus einer mäßig wohlhabenden Familie, etwas über der Bauernschaft, aber vermutlich dennoch ortsansässig. Er war zwar gebildet, doch gewiss nicht von edler Geburt. Durch die Verschlungenheit der Sprache Saramyrs war es möglich, die Herkunft eines Menschen allein an seinem Reden zu erkennen. Tanes Ausdrucksweise war freier und nicht so streng und gekünstelt wie die ihre.

»Wie lange bin ich schon hier?«, fragte Kaiku, während sie bedächtig kaute.

»Es sind jetzt zehn Tage vergangen, seit ich dich gefunden habe. Davor musst du einige Zeit umhergestreift sein«, antwortete Tane.

»Zehn Tage? Bei den Geistern, mir kommt es wie eine Ewigkeit vor. Ich dachte, es würde nie vorübergehen. Ich dachte ...« Sie schaute zu ihm auf. »Ich dachte, ich könnte nie mehr aufhören zu weinen.«

»Mit der Zeit heilt auch das Herz«, erwiderte Tane. »Tränen trocknen.«

»Meine Familie ist tot«, sagte Kaiku unvermittelt. Sie musste es laut aussprechen, um zu sehen, ob sie überhaupt dazu in der Lage war. Die Worte beschworen keinen frischen Schmerz in ihr herauf. Offenbar hatte sie ihren Kummer gemeistert, war seiner überdrüssig geworden; wenngleich es eine Weile gedauert hatte, wusste ihr angeborener Dickkopf zu verhindern, dass sie sich unterkriegen ließ. Die Kraft ihres Grams war versiegt, und obschon sie bezweifelte, dass er sie je gänzlich verlassen würde, so konnte er sie doch nicht mehr verschlingen. »Sie wurden ermordet«, fügte sie hinzu.

»Aha«, meinte Tane dazu. Etwas anderes fiel ihm nicht ein.

»Die Maske«, sagte Kaiku. »Ich hatte eine Maske bei mir ... glaube ich.«

»Sie war in deinem Bündel«, bestätigte Tane. »Sie ist unversehrt.«

Kaiku gab ihm den Teller zurück. Gegessen hatte sie nur wenig. »Danke«, sagte sie. »Dafür, dass du dich um mich gekümmert hast. Ich möchte mich jetzt gerne ausruhen.«

»Es war mir eine Ehre«, erwiderte Tane und erhob sich. »Möchtest du einen Tee, der dir beim Einschlafen hilft?«

»Ich glaube, den brauche ich jetzt nicht«, antwortete Kaiku.

Tane zog sich in Richtung Tür zurück, doch ehe er sie erreichte, hielt er inne.

»Ich kenne noch gar nicht deinen Namen ...«

»Kaiku tu Makaima«, lautete die Antwort.

»Kaiku, im Fieberwahn hast du mehrere Male jemanden erwähnt«, erklärte Tane und blickte über die Schulter zu Kaiku zurück. »Jemanden, der wohl mit dir im Wald gewesen ist. Asara. Vielleicht ist sie immer noch …«

»Ein Dämon hat sie getötet«, fiel Kaiku ihm mit zu Boden gerichteten Augen ins Wort. »Sie ist von uns gegangen.«

»Verstehe«, sagte Tane. »Ich bin bald zurück.« Damit ging er.

Ein Dämon hat sie getötet, dachte Kaiku. *Und dieser Dämon bin ich.*

Kaiku ruhte tatsächlich eine Weile, denn die Tortur, die sie durchgemacht hatte, hatte sie geschwächt. Sie fühlte sich ausgelaugter, als sie es je für möglich gehalten hätte, erschöpfter, als sie je gewesen war. Die Empfindung rüttelte eine Erinnerung wach, an die sie seit Monaten nicht mehr gedacht hatte, verursachte einen unwillkürlichen, spitzen Schmerz, der sich an der frischen Wunde ihres Verlusts nährte. Kaiku stählte sich dagegen. Sie würde nicht vergessen. Einige Dinge waren es wert, sich ihrer zu besinnen.

Es war in Mishanis Sommerhaus an der Küste gewesen, wo Kaiku und ihr Bruder Machim sich oft aufgehalten hatten. Sie hatten von jeher in ständigem Wettstreit miteinander gelegen, und durch das Aufwachsen an der Seite eines Bruders war Kaiku mit einigen hoffnungslos undamenhaften Neigungen geschlagen – eine davon war Sturheit, die an Starrsinn grenzte. Eines Morgens waren sie und Machim in ihr übliches Spiel verfallen, damit zu prahlen, wer worin besser war. Der Einsatz wurde höher und höher, bis sie gemeinsam einen Ausdauerwettstreit ersannen, der Bogenschießen, Schwimmen, Felsenklettern, Laufen und Büchsenschießen umfasste und weit über die Leistungsgrenzen der meisten Athleten hinausging, von denen zweier Halbwüchsiger ganz zu schweigen, die bislang ein alles andere als hartes Leben geführt hatten. Da beide jedoch zu stur waren, um nachzugeben, beschlossen sie, es zu versuchen.

Das Bogenschießen war noch das Einfachste: zehn Pfeile, und wer einen Volltreffer landete, durfte zum Strand hinunterlaufen und durch die Bucht zu den Felsen schwimmen – was Machim vor Kaiku gelang. Das Schwimmen gestaltete sich schon anstrengender, denn Kaiku versuchte, ihren Bruder einzuholen und seinen Vorsprung zu verringern. Beim Klettern machte sie Boden wett, doch mittlerweile waren die Schmerzen in ihrer beider Körper offenkundig, und ihre Muskeln zitterten. Machim plagte sich schwer und schaffte es mit Mühe und Not über den Klippenrand, ehe er keuchend zusammensank. Bereits an der Stelle hätte Kaiku es gut sein lassen und den Sieg für sich beanspruchen können; doch ihr reichte das nicht. Stattdessen rannte sie oben an der Felswand zurück zu Mishanis Haus, wo sie einen behelfsmäßigen Schießstand aufgebaut hatten. Ihr ganzer Leib brannte, vor ihren Augen verschwamm alles, und sie war kurz davor, sich zu übergeben; trotzdem zwang sie sich weiter. Schließlich erreichte sie das Haus, aber allein das Aufheben der Büchse war schon zu viel für sie, und sie fiel in Ohnmacht.

Man brachte sie zu Bett, und bis zum heutigen Tage hatte sie sich nie wieder so erschöpft wie damals gefühlt. Die Herausforderung hatte ihr das Letzte abverlangt, und es schien kaum noch genug Kraft in ihr übrig zu sein, um überhaupt weiterzuleben. Mishani schalt sie für ihren Dickkopf, doch als niemand in der Nähe war, schlich ihr Bruder zu ihr und gratulierte ihr zum Sieg.

Aber so schlimm das Erlebnis damals auch gewesen sein mochte, dies hier war schlimmer. Diesmal war auch Kaikus Seele ausgezehrt, hatte sich beim Bannen des Grams über den Tod ihrer Familie völlig verausgabt. Jetzt musste sie feststellen, dass der Gedanke an ihren Bruder keine Tränen hervorrief, nur einen dumpfen Schmerz. Nun, den konnte sie ertragen, wenn es sein musste.

Doch nicht nur der Verlust ihrer Familie bereitete ihr Kummer, sondern auch die Macht ... jene entsetzliche Kraft, die im Wald Asaras Leben gefordert hatte. Etwas war aus Kaikus Innerstem aufgestiegen, etwas Qualvolles und Böses, ein Ding blanker Zerstörung und vernichtender Flammen. War sie *tatsächlich* ein Dämon? Oder war sie von einem besessen? Durfte sie sich überhaupt in die Gesellschaft anderer wagen, eingedenk dessen, was sie ...

»Nein«, sagte sie laut, um ihrer Weigerung Nachdruck zu verleihen. Derlei Gedanken waren nutzlos. Sie war bereits einmal vor dem Grauen geflüchtet; nun musste sie sich ihm stellen. Was auch immer die Ursache für Asaras Tod gewesen sein mochte, es würde sich nicht austreiben lassen, indem Kaiku sich vor der Welt versteckte. Außerdem hatte es seit jenem ersten, verheerenden Ereignis keinerlei Anzeichen für ein neuerliches Auftreten gegeben. Kaiku spürte, wie unnachgiebige Entschlossenheit in ihr reifte. Unvermittelt entschied sie, jener Seite ihres selbst, die sie zuvor nicht gekannt hatte, verbissenen Widerstand zu leisten. Sie würde lernen, sie zu verstehen und sie falls nötig zerstören. Jedenfalls würde sie dieses namenlose Übel nicht den Rest ihres Lebens mit sich herumschleppen. Sie weigerte sich einfach.

Asara. Sie hatte den Schlüssel verkörpert. Sie hatte von einer ›Sache‹ gesprochen. Man hatte Kaikus Vater in der Hoffnung beobachtet, ihn zu überreden, sich der Sache anzuschließen ... und man hatte Kaiku beobachtet, volle zwei Jahre lang.

Hauptsächlich aber deinetwegen, Kaiku. Wegen deines Zustands.

Zustand? Hatte Asara etwa die grausame Flamme gemeint, die ihr Leben hinfortgerissen hatte? Wie lange hatte sie denn schon in ihr geschlummert? Schließlich war Asara bereits zwei Jahre, bevor dieser *Zustand* sich erstmals offenbart hatte, zu ihr gekommen. Kaiku dachte an die Umstände zurück, die Asaras Eintreffen begleitet hatten.

Gewiss, eine ihrer vorherigen Zofen war ohne Vorwarnung oder Nachricht verschwunden, doch war daran etwas verdächtig gewesen? Damals nicht – schließlich war sie nur ein Dienstmädchen gewesen –, aber im Nachhinein betrachtet, verursachte es Kaiku Unbehagen. Nein, sie musste weiter zurückdenken. Sie hatte die Geschichten über die böse werdenden Geister des Waldes gehört. Sie kannte die Gerüchte über die Achicita, jene Dämonendämpfe, die sich in der brütenden Hitze des Sommers durch die Nasen schlafender Männer und Frauen einschlichen und ihr Innerstes mit Krankheit verdarben. Auch um die Baum-ki wusste sie, die wie Schlangen in Knöchel bissen und ihr Gift ins Blut abgaben, wo es ruhte, um sich durch Speichel oder andere, intimere Flüssigkeiten von Mensch zu Mensch zu verbreiten und erst tödlich wurde, wenn es in einem Mutterleib auf ein Kind stieß, das es dann mitsamt der Mutter durch eine grässliche Blutung tötete.

Kaiku fand keine andere Erklärung: Etwas steckte in ihr, etwas Unbekanntes, etwas, das aus ihr hervorgebrochen war und das gemordet hatte. Hatten die Shin-shin sie deshalb verfolgt? Um zu holen, was in ihr schlummerte? Was sie in sich trug? Was genau war der *Zustand*, von dem Asara gesprochen hatte?

Doch Asara war tot und hatte all die Fragen unbeantwortet zurückgelassen. Was für ein Wesen hatte Asara überhaupt verkörpert, dass sie den Atem eines Menschen auszusaugen und einem anderen einzuhauchen vermochte? War sie nur ein weiterer Dämon gewesen, der gesandt worden war, um über den ihren zu wachen? Wer waren ihre Herren, wer hatte sie geschickt? Und worin mochte ihr Vater verstrickt gewesen sein, dass eine solche Tragödie über ihr Haus gekommen war?

Kaiku schlief, und ihre Träume waren von einer schwarzen und roten Fratze erfüllt, einem höhnisch kichernden Geist, der sie in der Finsternis mit der Stimme ihres Vaters heimsuchte.

Die Priester gestatteten Kaiku, ihre heilige Lichtung zu benützen, um Omecha ein Opfer darzubringen, dem stummen Herrn über die Felder, Gott des Todes und Hüter des Lebens danach. Der Ort lag an einem schmalen, gewundenen Pfad, der sich den Hügel hinter dem Tempel emporschlängelte. Tane zeigte Kaiku den Weg und stützte sie, wenn sie stolperte. Nach der langen Zeit der Genesung erwiesen ihre Muskeln sich als erschreckend schwach, und der Aufstieg war fast zu viel für sie; aber immerhin hatte sie den respektvoll schweigenden Tane dabei, mit dessen Hilfe sie es schließlich schaffte.

Die Lichtung war ein Fleckchen übernatürlicher Schönheit, übersät mit glatten, weißen Steinen, die aus der Erde hervorlugten und die verschlungene, eingeritzte und rot aufgemalte Symbole zierten. Es schien keine von Menschenhand geschaffene Grenze zwischen der Lichtung und dem Wald ringsum zu geben – wären da nicht die Steine und der Schrein gewesen, hätte Kaiku sie überhaupt nicht als Kultstätte erkannt. Mitten durch die Lichtung hindurch rann ein schmaler Bach, dessen gegenüberliegendes Ufer höher lag als das andere. Ein großer, alter Kamaka-Baum thronte darauf. Seine dicken, knorrigen Wurzeln durchzogen die Erde, und seine herabbaumelnden Blätterranken hingen traurig über das Wasser und erinnerten an blumengesprenkelte Taue. Auf diesem Ufer des Baches befand sich der Schrein, der kaum größer als jener vor dem Tempel war. Er war aus dem Stamm eines jungen Baumes geschnitzt worden, und in seinem Inneren hingen Windglocken und winzige Gebetsschriftrollen; frische Blumen waren darin ausgelegt, und zu beiden Seiten glommen Räucherstäbchen in kleinen Tontöpfen.

Kaiku bedachte Tane mit einem Nicken und einem matten Lächeln, woraufhin er sich verneigte und ein rasches Gebet an Enyu murmelte, um sich zu entschuldigen. Dann zog er sich den Pfad hinab zurück.

Als sie alleine war, holte Kaiku tief Luft und sammelte ihre

Gedanken. Was sie vorhatte, war frei von Gefühlen, denn die hatte sie bereits endgültig hinter sich gelassen. Dies hier war ein Ritual. Ihr Kummer hatte sie zunächst von innen her aufgefressen und anschließend kehrtgemacht und sich selbst verschlungen. Übrig war nur noch das Unvermeidliche – das, was Ehre und Tradition geboten. Kaiku fügte sich dem klaglos. Alles um sie herum war zusammengebrochen, doch zumindest dies war unantastbar, und der Gedanke barg einen gewissen Trost.

In dem grauen Votivgewand, das die Priester ihr gegeben hatten, kniete Kaiku inmitten des Weihrauchs nieder. Eigene Kleidung für formelle Anlässe besaß sie nicht, und an einem Ort wie diesem gehörte es sich, respektvoll aufzutreten. Sie betete zu ihren Ahnen, dass sie ihre Familie durch das Tor und vorbei am lachenden Yoru auf die goldenen Felder geleiten mochte. Dann nannte sie Omecha laut und deutlich die Namen aller Verstorbenen, damit seine Gemahlin Noctu sie in ihr großes Buch schreiben und ihre Taten im Leben verzeichnen konnte. Und schließlich betete sie zu Ocha, dem Kaiser der Götter und selbst Gott des Krieges, der Vergeltung, der Erkundung und des Strebens. Sie bat um Stärke für ihr Unterfangen, um seinen Segen für die Suche nach demjenigen, der ihre Familie ausgelöscht hatte. Mit seiner Hilfe schwor Kaiku, sie zu rächen, ganz gleich, was es sie auch kosten mochte.

Und mit jenem Eid stand ihr weiterer Lebensweg fest.

Als Kaiku die Lichtung verließ, fühlte sie sich in gewisser Weise befreit. Sie hatte einen Teil ihrer selbst dort zurückgelassen, jenen Teil, der verwirrt, verängstigt und schwermütig vor Gram war. Nun lag ein neuer Weg vor ihr. Die Familienehre gebot es ihr. Kaiku würde den Tod ihrer Lieben nicht einfach auf sich beruhen lassen; sie würde das Unrecht vergelten. Etwas anderes kam für sie nicht in Frage.

Nachdem sie mit Tane in den Tempel zurückgewandert war, holte sie sich von den Priestern die Maske, drehte sie in den Händen und betrachtete sie immer und immer wieder.

Asara meinte, ihr Vater wäre wegen dieser Maske getötet worden. Was war sie, und was mochte sie bedeuten? Bisweilen spielte Kaiku mit dem Gedanken, sie aufzusetzen, doch sie wusste es besser. Wenngleich Asara sie nicht ausdrücklich davor gewarnt hatte, kannte sie reichlich Geschichten über die Weber, um Vorsicht walten zu lassen.

Masken zählen zu den gefährlichsten Waffen der Welt.

Am nächsten Morgen brachte Tane ihr mit dem Frühstück auch Kleider.

»Du liegst schon zu lange nur herum«, meinte er. »Komm mit nach draußen. Du solltest dir das ansehen.«

Teilnahmslos nickte Kaiku. Sie verspürte keinen besonderen Drang, irgendetwas zu unternehmen, doch es schien einfacher, seiner Aufforderung nachzukommen als sich zu weigern. Nachdem er gegangen war, stand sie auf und streckte sich, dann schlüpfte sie in die Reisekluft, die von den Priestern gewaschen und geflickt worden war. Jemand – vermutlich Tane – hatte dem Bündel eine purpurne Schärpe hinzugefügt, die als Farbtupfer aus dem Beige und Braun der übrigen Kleider hervorstach. Kaiku schlang sie sich lose um die Mitte und ließ die Enden über den Oberschenkel hinabhängen. Wenigstens wirkte ihre Aufmachung so etwas weiblicher. Sie schnürte das Hemd mit dem offenen Kragen zu und betrachtete sich mit einem flüchtigen, prüfenden Blick. Ein Lächeln spielte um ihre Lippen, das eher süßsauer denn fröhlich anmutete. Durch die Schärpe sah sie aus wie ein verwegener Bandit.

Im hellen Sonnenschein gesellte sie sich zu Tane. Es war eine gute Zeit, um im Freien zu sein – noch war die aufkommende Hitze nicht unangenehm. Auf eine gedämpfte und entfernte Weise genoss Kaiku die Wärme von Nukis Blick, doch sie drang nicht so zu ihr durch, wie sie es zu Lebzeiten ihrer Familie getan hatte. Rinji-Vögel trieben den Kerryn entlang. Ihre langen, weißen Hälse zuckten herab, um nach

Fischen und Käfern zu schnappen, die sich in ihre Nähe verirrten. Tane beobachtete sie mit abwesendem Blick.

»Sie sind früh dran dieses Jahr«, bemerkte er. »Das wird ein langer, heißer Sommer.«

Kaiku schirmte die Augen mit der Hand ab und schaute dem gemächlichen Tross hinterher. Einige der Priester hatten in der Arbeit innegehalten und musterten die Vögel mit nachdenklichem Blick. Als Kinder waren Machim und Kaiku im Sommer jeden Morgen zum Flussufer gelaufen, um auf die Rinji zu warten, die aus den Nistplätzen im Gebirge auf die Ebenen herunterkamen, wo sie mehr und besseres Futter finden konnten. Die langen, dürren Beinchen eingezogen und die mächtigen Schwingen dicht am Körper gefaltet glitten sie anmutig über die Wogen des Kerryn auf das Tiefland zu.

Nachdem der erste Rinji außer Sicht geraten war – insgesamt bestand der Schwarm nur aus einem Dutzend, offenbar die Vorhut des bevorstehenden Exodus –, führte Tane Kaiku zum Ufer; doch auf ihr Verlangen hin überquerten sie die Brücke, hockten sich auf die Südseite und schauten über das schimmernde, tiefblaue Band des Kerryn zum bescheiden anmutenden Tempel.

»So haben wir sie immer beobachtet«, erklärte sie. »Machim und ich.« Die Vögel von links nach rechts statt umgekehrt an sich vorbeiziehen zu sehen, hatte sich nicht mit ihrer Erinnerung vertragen und ihr unerklärlicherweise Unbehagen verursacht.

Tane nickte. Ob es Kaiku so einfach nur lieber war oder ob sie bewusst versuchte, den kostbaren Erinnerungen Leben einzuhauchen, die sie mit ihrem toten Bruder teilte, er war gerne bereit, es ihr recht zu machen.

»Scheinbar werden es jedes Jahr weniger«, sagte Tane. »Aus den Bergen hört man, dass ihre Nistplätze nicht länger sicher seien.«

Kaiku zog eine Augenbraue hoch. »Wieso das?«

»Zum einen schlüpfen weniger Eier«, antwortete Tane

und rieb sich mit der Handfläche knisternd über das stoppelige Haar. »Außerdem sagt man, es gäbe in den Bergen mittlerweile Wesen, die zu den Nestern klettern können, und diese Wesen vermehren sich. Vor zehn Jahren war das noch anders.«

Unwillkürlich fragte Kaiku sich, weshalb Tane sie überhaupt hier herausgelockt hatte, wo sie beisammenssaßen und sich über Vögel unterhielten.

»So lange ich denken kann, habe ich sie Jahr für Jahr beobachtet«, sagte sie, »und im Herbst bin ich immer aufgeblieben, um nach ihnen Ausschau zu halten, wenn sie zurückgeflogen sind.«

Es war eine wahllose Bemerkung, eine Feststellung, die Kaiku ohne bestimmten Zweck in das Gespräch eingebracht hatte, doch Tane verstand sie als Aufforderung, seinen Gedankengang fortzusetzen.

»Die schönen Dinge liegen im Sterben«, verkündete er mit ernster Stimme und schaute stromaufwärts, wo der Kerryn sich durch die Bäume wand. »Mehr und mehr, schneller und schneller. Die Priester spüren es. *Ich* spüre es. Das Übel verbirgt sich im Wald und in der Erde. Die Bäume wissen es.«

Kaiku wusste nicht recht, was sie darauf erwidern sollte; also schwieg sie lieber.

»Warum können wir nichts dagegen *unternehmen?*«, brummte Tane, doch es war eine rhetorische Frage, ein Ausdruck hilfloser Verzweiflung.

Den ganzen Tag über beobachteten Tane und Kaiku, wie die Vögel über den Fluss zogen, und es schienen tatsächlich weniger als in Kaikus Erinnerung zu sein.

Kaiku blieb noch eine Woche im Tempel, um ihre Kraft wiederzuerlangen. Das Warten nagte an ihr, aber die Priester bestanden darauf, und vermutlich hatten sie Recht. Sie war zu schwach, um aufzubrechen; außerdem brauchte sie Zeit, um einen Plan zu schmieden und zu entscheiden, wohin sie wollte und wie sie dorthin gelangen sollte.

Doch an ihrem Ziel bestanden eigentlich nie wirkliche Zweifel. Es gab nur einen Menschen, der Kaiku helfen konnte, die Umstände im Zusammenhang mit dem Tod ihres Vaters in Erfahrung zu bringen, nur einen Menschen, dem sie bedingungslos vertraute: Mishani, ihre Freundin seit frühester Kindheit und Tochter von Barak Avun tu Koli. Mishani gehörte zum Kaiserlichen Hof in Axekami und war mit den dortigen Machenschaften vertraut. Seit sie und Kaiku ihre achtzehnte Ernte hinter sich gelassen hatten, hatte Kaiku sie nur selten gesehen, denn Mishani war in die Politik des Geblüts Koli eingebunden worden. Dennoch verspürte sie beim Gedanken an ein Wiedersehen mit ihrer Freundin eine wachsende, freudige Erregung.

Im Verlauf jener Woche begleitete sie Tane häufig auf Streifzüge durch den Wald oder am Fluss entlang. Tane wollte mehr über Kaikus Vergangenheit erfahren – wer sie war und wie sie unter dem Baum gelandet war, unter dem er sie entdeckt hatte. Über ihre Familie erzählte sie ungezwungen; es fühlte sich sogar gut an, sich ihrer Errungenschaften, ihrer Gewohnheiten und ihrer kleinen Eigenheiten zu besinnen. Doch sie sprach nie darüber, was in jener Nacht in ihrem Haus geschehen war, und auch Asaras Schicksal erwähnte sie nicht mehr. Im Allgemeinen erwies Tane sich als unbeschwerte Gesellschaft, und Kaiku mochte ihn. Gelegentlich aber neigte er dazu, jäh in eine unergründlich trübsinnige Stimmung zu verfallen, und dann empfand Kaiku ihn als unangenehm und ließ ihn in Ruhe.

»Du wirst bald aufbrechen«, bemerkte Tane eines Tages, als sie Seite an Seite durch die Bäume hinter dem Tempel wanderten. Es war die Stunde zwischen dem morgendlichen Darbringungsgebet und dem Studium, und der junge Priesteranwärter hatte Kaiku eingeladen, sich ihm bei diesem Spaziergang anzuschließen. Im Wald ringsum zwitscherten Vögel, und im Gebüsch raschelte es.

Kaiku spielte mit einer Haarsträhne. Das war eine Unart aus ihrer Kindheit, und ihre Mutter hatte sie dafür stets gescholten. Eigentlich hatte Kaiku geglaubt, dem entwachsen zu sein, doch kürzlich war diese Angewohnheit wieder zurückgekehrt. »Bald«, bestätigte sie.

»Ich wünschte, du würdest mir erzählen, was dich so antreibt. Fliehst du vor den Mördern deiner Familie oder versuchst du, sie zu finden?«

Ein wenig beunruhigt schaute Kaiku ihn an. Tane hatte noch nie so unverblümt mit ihr gesprochen. »Ich will versuchen, sie zu finden«, antwortete sie.

»Rache ist ein gefährlicher Beweggrund, Kaiku.«

»Ich habe keine anderen Beweggründe mehr, mein Freund«, erwiderte Kaiku; doch ein Freund war Tane nur dem Namen nach. Kaiku wollte ihn nicht an sich heranlassen, keine wirklich kostbaren Gedanken mit ihm teilen. Es ergab keinen Sinn, noch mehr Kummer heraufzubeschwören. Kaiku wusste, dass sie ihn verlassen würde; es musste sein, denn sie wusste nichts über das Wesen des Dämons in ihr, und sie fürchtete, sie könnte Tane Leid zufügen ... so wie Asara. Aus demselben Grund hatte sie auch entsetzliche Angst, Mishani durch ihre Gegenwart in Gefahr zu bringen; aber sie wusste, würde sie Mishani fragen, ihre Freundin nähme das Wagnis bereitwillig auf sich. Kaiku hätte dasselbe für sie getan. Zumindest dieser Gedanke spendete ihr ein wenig Trost. Die Vertrauensbande zwischen den beiden Freundinnen standen außer Frage. Zudem hatte Kaiku ohnehin keine andere Wahl; eine andere Möglichkeit fiel ihr nicht ein.

»Mir wäre lieber, du würdest bleiben«, sagte Tane ernst. Kaiku hielt inne und bedachte ihn mit einem merkwürdigen Blick. »Nur ein Weilchen«, fügte er hinzu, wobei er leicht errötete.

Kaiku lächelte, und dieses Lächeln ließ sie förmlich strahlen. Einen Lidschlag lang verspürte sie eine Art von Versuchung. Sie fühlte sich körperlich zu Tane hingezogen, daran bestand kein Zweifel. Sein kahler Schädel, der straffe, muskulöse Körper, den die Arbeit im Freien und ein strenger Speiseplan geformt hatten, seine tief verwurzelte, innere Kraft, all das waren Eigenschaften, die keiner der Hochwohlgeborenen besaß, die Kaiku bislang in den Städten kennen gelernt hatte. Doch obwohl sie im Verlauf der vergangenen Woche viel Zeit miteinander verbracht hatten, konnte sie nicht behaupten, wirklich etwas über Tane erfahren zu haben. Weshalb war er Priester geworden? Wieso verspürte er den Drang, andere zu heilen und ihnen zu helfen, wie er selbst zugab? Er offenbarte ihr genauso wenig über sich wie umgekehrt. Die beiden hatten einander wie Schwertkämpfer umtänzelt und ihre Deckung nie aufgegeben. Näher als durch die letzte Bemerkung war er wahrer Aufrichtigkeit nie gekommen. Kaiku beschloss, die unverhoffte Lücke in seiner Verteidigung auszunutzen.

»Was bedeute ich dir, Tane?«, fragte sie. »Du hast mich gefunden, mir das Leben gerettet und während meiner Krankheit die ganze Zeit über mich gewacht. Dafür bin ich dir auf ewig dankbar. Aber *warum* hast du das getan?«

»Ich bin Priester. Das ist meine ... meine Berufung«, antwortete er und runzelte die Stirn.

»Das reicht mir aber nicht als Antwort«, gab Kaiku zurück und verschränkte die Arme vor der Brust.

Tane bedachte sie mit einem düsteren Blick, scheinbar gekränkt, dass sie ihn derart bedrängte. »Ich habe eine Schwester verloren«, erklärte er schließlich. »Sie wäre jetzt nur ein wenig jünger als du. Ihr konnte ich nicht helfen, dir hingegen schon.« Zornig blickte er zu Boden und scharrte mit den Sandalen in der Erde. »Auch ich habe meine Familie verloren. Das haben wir gemeinsam.«

Kaiku wollte ihn fragen wie, doch es stand ihr nicht zu. Sie wollte keine Geheimnisse mit ihm teilen, und offenbar verhielt es sich bei ihm genauso. Eben darin bestand die Hürde zwischen ihnen, und sie war unüberwindbar.

»Einer der Priester reist morgen flussabwärts ins Dorf

Ban«, sagte Kaiku und nahm die Arme wieder herunter. »Von dort kann ich eine Jolle in die Hauptstadt nehmen.«

»Und du denkst, dass deine Freundin Mishani dir helfen kann?«, fragte Tane; er hörte sich ein wenig verbittert an.

»Sie ist die einzige Hoffnung, die ich habe«, antwortete Kaiku.

»Dann wünsche ich dir eine gute Reise«, erklärte Tane, wenngleich sein Tonfall etwas anderes sprach. »Möge Panazu, Gott des Regens und der Flüsse, dich auf deinem Weg behüten. Ich muss mich jetzt wieder meinen Studien widmen.«

Und mit diesen Worten stapfte er in Richtung Tempel. Kaiku schaute ihm hinterher, bis er zwischen den Bäumen verschwunden war. Zu einer anderen Zeit, an einem anderen Ort ... hätte vielleicht etwas zwischen ihnen entstehen können. Nun, vorerst hatte sie wichtigere Sorgen. Kaiku dachte an die Maske, die hinter einem Balken an der Decke versteckt in ihrer Kammer lag. Sie dachte daran, wie sie nach Axekami gelangen und was sie dort herausfinden würde.

Sie dachte an die Zukunft, und sie fürchtete sich davor.

FÜNF

Es musste ja so kommen, dachte Anais. *Ich habe das Unvermeidliche nur hinausgezögert. Aber bei den Geistern, wie haben sie es herausgefunden?*

Die Geblütskaiserin Saramyrs stand in ihren Gemächern. Ihr zierliches Profil zeichnete sich als Umriss im hellen Schein der Mittagssonne ab. Der heiße Atem der Straßen reichte sogar bis hierher, so hoch droben. Unter Anais lag die Großstadt Axekami, das Herz des Kaiserreichs Saramyr. Sie erstreckte sich den Hügel hinab und von ihr weg, ein Gewirr von Farben und Gebäuden: lange, rote Tempel, die sich von schillernden Märkten abhoben; weiß getünchte Badehäuser, die sich an Museen mit grünen Kuppeln schmiegten; Theater und Gerbereien, Schmieden und Arbeitshäuser. In der Ferne durchschnitt das funkelnde blaue Band des Kerryn das Gewimmel auf seinem Weg zu seiner Schwester, der Jabaza, mit der er sich zum Zan vereinte. Axekami war am Zusammenfluss der drei Ströme erbaut, und ihr weiträumig verteilter Verlauf teilte die Stadt sauber in Viertel, die stolze Brücken miteinander verbanden.

Anais ließ den Blick über die Hauptstadt schweifen, *ihre* Stadt, den Mittelpunkt einer Zivilisation, die sich Tausende Meilen quer über einen gesamten Kontinent erstreckte und Millionen von Menschen einschloss. Hier kannte das Leben keine Rast, hier herrschte stets reges, wunderschönes Treiben in Sachen Handwerk, Wissenschaft und Kunst. Auf dem Rednerplatz hielten Oratoren Vorträge, und Menschen versammelten sich um sie, um sie zu bejubeln und ihnen Beifall zu klatschen; Manxthwa und Pferde stritten sich in ihren Pferchen, während Marktschreier lauthals ihre Waren feilboten und miteinander plapperten; Philosophen hockten meditierend da, während auf der gegenüberliegenden Straßenseite frisch verliebte Paare voll Inbrunst turtelten. Gelehrte führten Fachgespräche in den Parks, und Blut ergoss sich auf Pflastersteine, als die Klinge eines Fleischers die Kehle eines Banathibullen aufschlitzte. Grinsende Gaukler vollführten schier unmögliche Verrenkungen, Geschäftsabmachungen wurden getroffen, gebrochen und neu geschmiedet. Axekami war der Nabel eines so riesigen Reiches, dass es nur mit Hilfe der Nachrichtenübermittlung durch Weber zu verwalten war; die Weber: der Dreh- und Angelpunkt, auf dem die gesamte, unermessliche Weite Saramyrs beruhte. Anais liebte das Reich, liebte dessen immer währende Wandelbarkeit, die Unregelmäßigkeiten der Erneuerung und des unermüdlichen Treibens. Gleichzeitig aber wusste sie genug, um es auch ein wenig zu fürchten, und nun fühlte sie einen Hauch jener Angst.

Die Kaiserliche Feste wachte hoch und prächtig über allem auf einer Hügelkuppe. Es handelte sich um ein riesiges, golden und bronze schimmerndes Bauwerk, das die Form einer stumpfen Pyramide aufwies. Auf dem flachen Dach thronte ein atemberaubender Tempel, der Ocha geweiht war, dem Kaiser der Götter. Das Gebäude strotzte vor Pfeilern und Bögen, aufgelockert durch gewaltige Statuen, die aus den Mauern gewachsen zu sein schienen oder sich entlang der prunkvollen Fassade um glänzende Säulen schlängelten. An den vier, den Himmelsrichtungen entsprechenden Ecken ragten dünne Türme hoch über den Haupttrakt der Feste auf; jeder war einem der Hüter der vier Winde gewidmet. Über die Kluft zwischen den Türmen und der Feste spannten sich schmale Brücken. Das Ganze war von einer mächtigen, über die gesamte Länge mit eingemeißelten Symbolen und Schriftzügen verzierten Mauer umgeben. Darin prangte ein einziges riesiges Tor, dessen hoch aufragenden, goldenen Bogen Segenssprüche schmückten.

Anais wandte sich von der Aussicht ab. Der Raum war groß und luftig, und Wände und Boden bestanden aus einem glatten, leicht schimmernden Stein namens *Lach.* Durch drei Bögen konnte die Kaiserin den Blick auf ihre Stadt genießen; mehrere kleinere stellten den Zugang zu anderen Gemächern dar. In der Mitte plätscherte ein Zierbrunnen in Form zweier Teufelsrochen, deren schwingenartige Flossen einander im Tanz berührten.

Schon den ganzen Tag über trafen Botschaften ein, sowohl von Hand als auch über das Geweb, die samt und sonders eine Ratsversammlung forderten. Anais' Verbündete fühlten sich hintergangen, ihre Feinde waren erbost, und nichts, was sie tun konnte, würde sie besänftigen. Die einzige Thronerbin Saramyrs war eine Ausgeburt. Sie hätte bei der Geburt getötet werden müssen.

Bei Anais im Zimmer befand sich Webfürst Vyrrch, der letzte Mensch, den sie im Augenblick sehen wollte. Die Weber waren diejenigen, die für das Töten verantwortlich waren, und die Kaiserin spürte sein düsteres Missfallen in jeder Silbe, die er sprach. Dennoch war er klug genug, sie nicht dafür zu schelten, dass sie das Kind vor ihnen versteckte. Natürlich wusste sie, dass er genau das haben wollte. Erwartete diese widerwärtige Schauergestalt etwa, dass sie ihr einziges Kind der zweifelhaften Gnade der Weber ausliefern würde?

»Ihr müsst sehr vorsichtig vorgehen, Herrin«, lallte Vyrrch. »Sehr, sehr vorsichtig. Euch stehen nur wenige Möglichkeiten offen, wenn Ihr eine Katastrophe abwenden wollt.«

Der Webfürst trug seine Maske, und zumindest dafür war Anais dankbar. Seine grässlich entstellten Züge verbargen sich hinter einer Fratze aus Bronze, und wenngleich auch die Maske beileibe kein schöner Anblick war, so war sie dem, was sie verbarg, doch allemal vorzuziehen. Sie zeigte ein verzerrtes Antlitz, aus dessen Zügen Pein, Wahnsinn oder blanker Hohn sprechen mochten. Jedenfalls lief Anais allein bei ihrem Anblick ein Schauder über den Rücken. Sie wusste, dass die Maske alt war, sehr alt; und soweit es wahre Masken betraf, bedeutete Alter Macht. Ihr graute bei der Vorstellung, wie viele Männer bereits den Verstand an jene Maske verloren hatten, und sie fragte sich, wie viel von jenem Vyrrchs noch übrig sein mochte ...

»Was also ratet Ihr mir, Webfürst?«, erwiderte sie und verbarg ihre Abscheu mit in vielen Jahren der Übung erworbenem Geschick. Unausgesprochen forderte sie ihn geradezu heraus, die Hinrichtung ihrer Tochter vorzuschlagen.

»Ihr müsst zumindest Eure Bereitschaft zeigen, die Situation zu entspannen. Ihr habt sie getäuscht, und man erwartet von Euch, dass Ihr dies eingesteht. Unterschätzt nicht den Hass, den wir, das Volk Saramyrs für Ausgeburten hegen.«

»Macht Euch nicht lächerlich, Vyrrch«, herrschte die Kaiserin den Webfürst an. Obwohl sie von zierlicher, gertenschlanker Gestalt war und feine Züge besaß, aus denen Unschuld sprach, konnte sie durchaus auch ehern sein, wenn sie es wollte. »Sie ist keine Ausgeburt. Sie ist nur ein Kind mit einer besonderen Gabe. *Mein* Kind.«

»Ich kenne die verschiedenen Auslegungen des Wortes durchaus, Herrin«, keuchte Vyrrch und verlagerte das Gewicht seines buckligen Körpers. Er trug zerlumpte Gewänder, ein Flickwerk aus Stoff, Perlen, Mattenstücken und Tierhäuten, die auf geisteskranke Weise miteinander verwoben waren. Alle Weber kleideten sich so. Anais hatte nie den Wunsch gehegt, tief genug in ihre Welt einzutauchen, um nach dem Grund dafür zu fragen.

Seit weit mehr als hundert Jahren zeichneten die Weber für den Brauch verantwortlich, Ausgeburten zu töten. Sie besaßen die Gabe, die Anzeichen dafür aufzuspüren, indem sie das Geweb mit ihren überirdischen Sinnen durchsuchten, um jegliche Fäulnis in der Reinheit der menschlichen Rasse auszurotten. Obwohl sie grundsätzlich zurückgezogen lebten und es bevorzugten, im Schutz von

Adelshäusern oder in ihren Klöstern in den Bergen zu bleiben, machten sie Ausnahmen, wenn es um Ausgeburten ging. Weber reisten von Weilern zu Dörfern zu Städten, traten bei Festveranstaltungen oder Versammlungen auf, lehrten das gemeine Volk, die Abtrünnigen in ihrer Mitte zu erkennen, und drängten es, jene auszuliefern, die unter ihnen lebten. Der Besuch eines Webers in einem Ort galt als nachgerade religiöses Ereignis, und die Menschen fanden sich gleichermaßen furchtsam wie ehrfürchtig ein, sowohl angewidert als auch fasziniert von den seltsamen Männern mit ihren Masken. Dann lauschten sie den Lehren des Webers und reichten dessen Weisheiten an ihre Kinder weiter. Obwohl der Inhalt ihrer Lehren sich nie änderte, verbreiteten die Weber sie unermüdlich weiter, weshalb sie sich inzwischen so tief in die Seele des Volkes von Saramyr eingebrannt hatten, dass sie jedem vertraut waren wie ein Kinderreim oder der Klang der Stimme einer Mutter.

Vyrrch wartete, bis Anais sich wieder beruhigt hatte, ehe er fortfuhr: »Wie ich über die Angelegenheit denke, ist nicht von Belang. Ihr müsst Euch gegen den Zorn der Familien wappnen. Für sie ist das Kind, das Ihr geboren habt, eine Ausgeburt. Sie werden wenig Unterschied zwischen Lucia und den entstellten, blinden, gliederlosen Kindern erkennen, mit denen wir Weber uns täglich herumschlagen müssen. Beide sind ... *andersartig*. Bis heute haben sie geglaubt, die Linie Erinima hätte eine Erbin. Kränklich zwar – ich glaube, das war der Vorwand, mit dem Ihr sie vor uns versteckt gehalten habt –, aber dennoch eine Erbin. Nun haben sie herausgefunden, dass dem nicht so ist, und zahlreiche Möglichkeiten werden ...«

»Dem ist *sehr wohl* so, Vyrrch«, fiel ihm Anais mit schwelendem Zorn in der Stimme ins Wort. »Mein Kind *wird* den Thron besteigen.«

»Als Ausgeburt?«, kicherte Vyrrch. »Das bezweifle ich.«

Anais wandte sich dem Brunnen zu, um ihr verkniffenes Gesicht vor dem Webfürst zu verbergen. Sie wusste, dass

Vyrrch die Wahrheit sagte. Das Volk würde keine Ausgeburt als Herrscherin dulden. Und dennoch … Was hatten sie schon für eine Wahl?

Abgesehen von der unglaublichen Geschwindigkeit, mit der sie das Sprechen erlernt hatte, hatte Lucia bis zum Alter von zwei Ernten kaum äußerliche Zeichen ihrer Fähigkeiten gezeigt. Dennoch hatte Anais es gewusst. Und wenn sie ehrlich war, musste sie zugeben, dass sie bereits früh in der Schwangerschaft instinktiv gespürt hatte, dass in ihrem Mutterleib ein ungewöhnliches Kind heranwuchs. Anfangs wagte sie nicht, es zu glauben; später, als sie sich der Wirklichkeit der Lage stellen musste, kümmerte es sie nicht mehr. Ihrem Arzt etwas davon zu sagen, hatte sie nie in Erwägung gezogen; er hätte ihr gewiss geraten, das Kind in ihrem Bauch zu vergiften. Nein, sie hätte Lucia um keinen Preis aufgegeben.

Vielleicht würde sich dies nun als ihr Untergang erweisen. Vielleicht hätte sie noch zahlreiche gesunde Kinder ausgetragen, wenn sie Lucia aufgegeben *hätte*. Doch sie hatte ihre Wahl getroffen, und aufgrund von Komplikationen bei der Geburt war sie unfruchtbar geworden. Sie konnte keine weiteren Kinder bekommen. Lucia war das einzige, das sie je haben würde. Die einzige Erbin des Kaiserreichs Saramyr.

Und so hatte Anais ihre Tochter vor der Welt versteckt, da sie gewusst hatte, dass die Welt sie verachten würde. Ihrem sanftmütigen Wesen und den verträumten Augen würde niemand Beachtung schenken; man würde nur ein Wesen sehen, das *nicht menschlich* war, das ausgerottet und vernichtet werden musste, bevor seine Saat die Reinheit des Volkes von Saramyr besudeln konnte. Insgeheim hatte Anais gehofft, das Kind könnte lernen, seine Ungewöhnlichkeit zu verbergen, zu beherrschen und zu unterdrücken; aber diese Hoffnung war nunmehr zerschmettert. Beim Blut des Herzens, wie hatten sie nur davon erfahren? Sie war doch so vorsichtig dabei gewesen, Lucia vor den Augen jener zu verstecken, die ihr Schaden zufügen wollten.

Dieses Land war krank, dachte Anais verbittert, krank und verflucht. Jedes Jahr kamen mehr Kinder als Ausgeburten zur Welt, wurden mehr von ihnen von den Webern geholt. Auch Tiere und Pflanzen waren betroffen. Die Bauern klagten, die Erde selbst sei böse, da ganze Ernten verkümmerten. Die Krankheit breitete sich aus, seit Jahrzehnten schon, und niemand wusste, was sie war, geschweige denn, woher sie kam.

Die Tür schwang so heftig auf, dass sie im Rahmen erzitterte, und Anais' Gemahl toste einem schwarzen Sturm gleich herein.

»Was soll das?«, brüllte er, ergriff Anais am Arm und zog sie ungestüm an sich. »*Was soll das?*«

Anais entzog sich seinem Griff, und er ließ es zu. Er wusste, wer in dieser Beziehung die Macht besaß. Sie war die Geblütskaiserin, Herrscherin durch Abstammung. Er war nur durch die Ehe mit ihr Kaiser; eine Ehe, die jederzeit aufgehoben werden konnte, sollte Anais es wünschen.

»Willkommen daheim, Durun«, antwortete sie süßsäuerlich und funkelte ihn an. »Wie war die Jagd?«

»Was ist hier geschehen, während ich fort war?«, brüllte der Kaiser. »Die Dinge, die ich da höre ... Unser Kind ... Was hast du getan?«

»Lucia ist etwas *Besonderes,* Durun ... wie du vielleicht auch gewusst hättest, wenn du sie öfter als einmal im Jahr besuchen würdest. Und behaupte nicht, sie wäre *unser* Kind ... Du hattest keinerlei Anteil an ihrer Erziehung.«

»Es ist also wahr? Sie ist eine Ausgeburt?«, tobte Durun.

»Nein!«, fauchte Anais, während Vyrrch gleichzeitig, »Ja«, krächzte.

Verdutzt starrte Durun seine Gemahlin an, die seinen Blick unverwandt erwiderte. Ein angespanntes Schweigen breitete sich zwischen ihnen aus.

Anais wusste, wie er sich verhalten würde. Der Kaiser war

äußerst berechenbar. An den meisten Tagen widerte er Anais an mit seiner engen, schwarzen Kluft und dem langen, schimmernden schwarzen Haar, das glatt zu beiden Seiten des Gesichts herabhing. Sie hasste sein stolzes Gehabe und die Hakennase, das schmale Antlitz und die dunklen Augen. Die Vermählung war eine rein politische Angelegenheit gewesen und von ihren Eltern vor deren Tod eingefädelt worden. Doch wenngleich Anais dadurch das Geblüt Batik als eherne und nützliche Verbündete erhielt, hatte sie hinlänglich dafür bezahlt, indem sie diesen gleichgültigen Prahlhans als Ehemann erdulden musste. Zwar hatte er hin und wieder lichte Augenblicke, aber dies hier war keiner davon.

»Du hast eine Ausgeburt geboren?«, flüsterte er.

»Du hast eine gezeugt«, gab sie zurück.

Kurz verzog Durun vor Schmerz das Gesicht.

»Ist dir klar, was das bedeutet? Ist dir bewusst, was du getan hast?«

»Ist dir bewusst, wie der einzige Ausweg ausgesehen hätte?«, schnappte sie wütend. »Hätte ich mein einziges Kind töten und das Geblüt Erinima aussterben lassen sollen? Niemals!«

»Das wäre besser gewesen«, zischte er.

Bevor Anais etwas darauf erwidern konnte, ertönte vor der Tür ein Klingeln.

»Ein weiterer Bote erwartet Euch«, erklärte Vyrrch mit dem ihm eigenen, kehligen Lallen.

Anais schleuderte ihrem Gemahl einen letzten, heißblütigen Blick zu, dann zog sie die Tür auf und schritt an dem Diener vorbei, der davor wartete, ehe dieser ihr mitteilen konnte, was sie bereits wusste. Durun stürmte in seine Gemächer davon, wofür Anais ihm dankbar war. Zwar hatte sie noch immer keine Ahnung, wie sie mit dem Zorn der Adelsfamilien umgehen sollte, doch sie wusste, dass es ohne Durun an ihrer Seite allemal einfacher sein würde.

Die Gemächer des Webfürsten Vyrrch stellten den Inbegriff völliger Verkommenheit dar. Sie waren dreckig, dunkel, heiß und feucht wie ein Sumpf in der Hitze des Frühsommers. Die hohen Läden – dicht verschlossen anstatt geöffnet, um die Brise einzulassen – waren mit buntem Material und Bildteppichen verhangen. Das riesige, feudale Bett war zusammengebrochen und stand schief da; die Laken präsentierten sich schmutzig und fleckig. In der Mitte des Raums befand sich ein achteckiges Badebecken. Das trübe Wasser darin war übersät mit müßig vor sich hin treibenden Trümmern und Ausscheidungen. Vom Grund des Beckens starrte blicklos ein nackter Knabe empor.

Überall waren Zeugnisse der grässlichen Gelüste zu sehen, die den Webfürsten während seines Tobens nach einer Websitzung überkamen. Allerlei Essensreste in verschiedenen Graden des Verfalls lagen ringsum verstreut. Teure Seide war zerrissen und zerfetzt. Hier und da prangten Blutflecken auf dem gekachelten Boden. Unter dem gebrochenen Bett lag eine Peitsche. *Im* Bett lag ein mehrere Wochen alter Leichnam, dessen Geschlecht und Alter mittlerweile gnadenvollerweise nicht mehr zu erkennen waren. Inmitten einer Sumpflandschaft aus verschüttetem Wein und nassen Kleidern qualmte unbeachtet eine Wasserpfeife vor sich hin.

Und in der Mitte hockte mit überkreuzten Beinen der Webfürst, den verkrüppelten Leib in Lumpen gehüllt und mit der Maske im Gesicht.

Die wahre Maske des Webfürsten Vyrrch war alt, uralt. Ihre Herkunft reichte bis Frusric zurück, einem der größten Randväter, die je gelebt hatten. Frusric hatte sie aus dünn gehämmerter Bronze geformt, damit sie leicht genug war, um sie tragen zu können. Die Maske war ein Meisterstück: das Antlitz eines längst in Vergessenheit geratenen Gottes, aus dessen grässlich anzuschauenden Zügen zugleich Wahnsinn und boshafte Vernunft sprachen, mit dichten Brauen über Augen gleich dunklen Löchern. Je nachdem, in welchem Winkel Licht darauf fiel, schien das Gesicht vor Verzweiflung zu schreien, hasserfüllt zu kreischen oder zornig zu brüllen.

Frusric hatte die damals neue Maske Tamala tu Jekkyn geschenkt, der sie bis zu seinem allzu frühen Tod getragen hatte. Danach war sie an Urric tu Hyrst gegangen, selbst ein meisterhafter Weber. Von Urric ließ sich ihr Weg über sieben nachfolgende Träger und über einhundert Jahre verfolgen, bis sie schließlich in Vyrrchs Besitz gelangt war. Er hatte sie von seinem Meister erhalten, der in dem Knaben eine Begabung erkannt hatte, die jede ihm bis dahin untergekommene überstieg.

Wahre Masken nahmen sich alles, was ihre Träger besaßen – sie saugten sie aus, ließen sie von innen her verfaulen. Und sie behielten einen Teil dessen, was sie aufnahmen, und reichten es an den nächsten Träger weiter ... was diesen *veränderte*, da Bruchstücke des Verstandes, der Erinnerungen und der Persönlichkeit der vorigen Träger auf ihn abfärbten. Mit jedem Besitzer wurde mehr aufgenommen und mehr weitergereicht, bis das Aufeinanderprallen all der Einflüsse, Träume und Erfahrungen für einen gesunden Verstand unerträglich wurde. Je älter die Maske, desto mehr Macht barg sie, und desto schneller trieb sie ihren Träger in den Wahnsinn. Weniger begabte Lehrlinge wären allein durch das Aufsetzen der Maske gestorben; Vyrrch hatte zwar drei Jahreszeiten das Krankenbett hüten müssen, sie letzten Endes jedoch gemeistert. Und die Macht, die sie ihm verlieh, war schlichtweg unvorstellbar herrlich.

Weniger herrlich hingegen war, was sie ihm bereits genommen hatte. Er war knapp vierzig Ernten alt, knackte und knarrte aber wie ein dreimal so alter Mensch. Sein Gesicht war zu einer grauenhaften Fratze verkommen. In seinem Körper schwelten Tausende weitere kleine Leiden und Geschwüre; Schmerzen waren allgegenwärtig. Und wenngleich es ihm nicht bewusst war, hatte die Maske seinen Verstand still und heimlich genauso ausgehöhlt wie den jedes anderen, sodass er mittlerweile täglich am Rand des Wahnsinns wandelte.

Im Augenblick spürte er jedoch keinerlei Schmerzen, denn er befand sich im Geweb, und die Verzückung, die eine solche Sitzung vermittelte, ließ ihn auf einem Meer der Glückseligkeit treiben.

Wie allen Webern so war auch ihm beigebracht worden, sich die Empfindung auf seine eigene Weise zu verbildlichen. Ungefiltert war das Geweb überwältigend, und zahlreiche Anfänger mussten feststellen, dass seine unfassbare Schönheit mehr war, als sie zu ertragen vermochten. Sie verloren jeden Willen, es wieder zu verlassen, und so streiften sie auf ewig zwischen dessen Fäden umher, verloren in ihrem eigenen Paradies – schillernde Geister, die als verstandlose Sklaven im Geweb gefangen waren.

Für Vyrrch präsentierte das Geweb sich als Abgrund, als riesige, endlose Schwärze, in der er selbst einen winzigen Lichtpunkt verkörperte. Dennoch war es keineswegs leer. Große, gewundene Tunnel durchzogen die Dunkelheit, grau und dunkel und in allen Regenbogenfarben schillernd, gewaltigen, zuckenden Würmern gleich, deren Köpfe und Schwänze sich in der Unendlichkeit verloren. Die Würmer waren die Fäden des Gewebs, und er trieb in der Finsternis dazwischen, im Nichts, das allein das vollkommene und unverfälschte Hochgefühl der Körperlosigkeit erfüllte. Als Geschöpf reiner Empfindung spürte er das Mitschwingen der Fäden wie einen trägen Wind, der durch ihn hindurchblies und über seine Nerven strich. Am Rand seines Blickfelds glitten riesige, walähnliche Schemen durch die Dunkelheit. Vyrrch hatte nie verstanden, was sie darstellten: Waren sie ein Ergebnis seiner Vorstellung oder etwas gänzlich anderes? Auch war er nie in der Lage gewesen, es herauszufinden, denn sie entzogen sich ihm mühelos, blieben stets außerhalb seiner Reichweite. Letztlich hatte er die Versuche aufgegeben; sie wiederum schenkten ihm keinerlei Beachtung, so als stünde er unter ihrer Würde.

Flink schwebte Vyrrch zwischen den gewaltigen Strängen hindurch, wobei er sich neben ihren auf und ab wogenden Flanken wie eine Mücke ausnahm. Indem er ihre Schwingungen las, fand er den Strang, den er suchte. Dann wappnete er sich und tauchte hinein, brach durch die Haut in den tosenden Tumult darin, wo Chaos ihn verschluckte.

Nun war er ein Funke, ein winziger Punkt, der die Bahnen des Stranges mit schwindelerregender Geschwindigkeit entlangraste, hier eine Abzweigung wählte, da auf eine andere Bahn sprang, schneller dahinpreschte, als der Verstand es zu erfassen vermochte. Er wechselte von Strang zu Strang, sauste bald eine Bahn entlang, bald eine andere, änderte binnen eines Lidschlags Millionen Male die Richtung, bis er schließlich das Ende eines einzelnen Fadens erreichte und daraus hervorbrach.

Seine Sicht klärte sich, seine Sinne kehrten wieder zurück, und er befand sich in einer kleinen, schwach erleuchteten Kammer. Der Raum wirkte in jeder Hinsicht unscheinbar, abgesehen von dem bröckelnden gelbroten Stein, aus dem die Wände bestanden und den Schriftzeichen, die diese willkürlich überzogen: unsinnige Sätze, geistloses Kauderwelsch, dunkle Abartigkeiten und Gelöbnisse ... die Ergüsse eines Wahnsinnigen. Zwei Laternen flackerten unstet in ihren Halterungen und brachten die Schattenränder der Ziegel zum Wabern und Tänzeln. Vor Vyrrch prangte eine geschlossene Holztür mit abblätternder Farbe. Wenngleich er sich fernab jeglicher Anhaltspunkte befand, anhand derer er seine Umgebung hätte erkennen können, besaßen die Wände einen für seine verstärkte Wahrnehmung vertrauten Widerhall. Dies war Adderach, das Kloster der Weber.

Die Kammer war verwaist, doch Vyrrch spürte das Herannahen dreier seiner Brüder. Während er wartete, ließ er sich die Neuigkeiten durch den Kopf gehen, die er zu berichten hatte.

Er konnte sich nicht vorstellen, wie es möglich gewesen war, sie so lange zu verstecken. Dass die Thronerbin eine

Ausgeburt war... Wieso hatte er es nicht schon längst bemerkt? Erst als ihm Berichte verängstigter Diener über ein Geistermädchen zu Ohren gekommen waren, das nachts durch die Gänge der Feste wandelte, hatte sich in ihm der Verdacht geregt, dass etwas nicht stimmte. So hatte er dann begonnen, Nachforschungen anzustellen, hatte die Feste nach verräterischen Echos abgesucht, nach Erschütterungen im Geweb, die darauf hindeuteten, dass sich jemand darin zu schaffen machte, ganz wie eine Spinne, die das Zappeln einer Fliege durch ihr Netz spürt.

Aber er fand nichts. Und doch war da etwas. Was auch immer diese Erscheinungen verursachen mochte, es war entweder so fein, dass selbst er es nicht erkennen konnte, oder von gänzlich anderer Art.

Schließlich fruchtete seine Suche doch, und er fand die Spur des wandelnden Geisterwesens, als es die Gänge der Feste durchstreifte und dabei ein kaum wahrnehmbares Zittern der Luft hinterließ. Aber obwohl er immer wieder spürte, dass er sich der Erscheinung näherte, holte er sie nie ein; sie entzog sich ihm ständig. Enttäuschung nagte an ihm, und seine Bemühungen wurden zunehmend intensiver – was es ihr jedoch nur zu erleichtern schien, ihm auszuweichen. Bis eines Tages einer seiner Spitzel belauschte, wie Anais einen Arzt über die seltsamen Träume ihrer Tochter befragte; dadurch stellte Vyrrch den Zusammenhang her.

Wie so viele so hatte auch er die Thronerbin nie zu Gesicht bekommen, aber er hatte ihr gelegentlich nachgestellt. Die Thronerbin war für ihn viel zu wichtig, als dass er sich dem Wunsch ihrer Mutter gebeugt hätte, sie geheim zu halten. Er hatte auf den ersten Blick erkannt, dass sie nicht so kränklich war, wie Anais vorgab, doch er wusste auch, dass es viele gute Gründe geben konnte, cin so bedeutendes Kind wie dieses vor Leid zu schützen. Damals hatte er es Anais' an Wahn grenzende Sorge um ihre einzige Tochter – das einzige Kind, das sie je haben würde – zugeschrieben und es dabei belassen. Zu jener Zeit war es ihm nicht vordringlich erschienen, und im Verlauf der Jahreszeiten hatte er es vergessen, hatten die Gedanken sich im Nebel seines zunehmend umwölkten Verstandes aufgelöst und verloren.

Es war sein Vertrauen um die eigenen Fähigkeiten gewesen, was ihn die kleine Thronerbin bei seinen ersten Ermittlungen über die Geisterscheinung übersehen ließ, denn er hätte spüren müssen, wenn sie auf irgendeine Weise andersartig gewesen wäre. Anfangs hatte er sie nicht eingehender betrachtet – schließlich hätte er es bereits bemerken müssen, als er sie zum ersten Mal bespitzelte.

In der Nacht, als er von den Träumen der Thronerbin erfahren hatte, hatte er die Maske benutzt, um nach ihr zu suchen und zu enthüllen, was sie wirklich war. Das hätte er schon längst tun sollen. Doch als er es versuchte, konnte er sie nicht finden. Er wusste, wer und wo sie war, dennoch erwies sie sich als unsichtbar für ihn. Sein Bewusstsein schien über sie hinwegzugleiten; sie war schlichtweg unantastbar. Vyrrchs Zorn über sein eigenes Versagen war gewaltig und kostete das Leben dreier Kinder. Die ganze Zeit hatte eine Ausgeburt unmittelbar vor seiner Nase gelebt, und dennoch hatte er acht Jahre gebraucht, um es überhaupt zu bemerken.

Mittlerweile wusste er, dass er es mit etwas zu tun hatte, was ihm noch nie zuvor begegnet war. Er zerbrach sich den Kopf darüber, was sie sein und was es bedeuten könnte, und er fürchtete sie.

Aber trotz allem brauchte er einen Beweis, und zwar einen Beweis, der unmöglich mit ihm in Verbindung zu bringen war. Deshalb hatte er eine Botschaft an Sonmaga tu Amachas Weber gesandt, der den Barak unterrichtete. Dieser wiederum hatte sich einer Reihe von Mittelsmännern bedient, um sich eine Locke der Thronerbin zu beschaffen. Jeder, der die Spur verfolgte, würde lediglich feststellen, dass sie an Sonmaga tu Amachas Tür endete. Nur Bracch,

Sonmagas Weber, wusste, dass Vyrrch die Finger im Spiel hatte.

Ein schlüssiger Beweis für eine Ausgeburt ließ sich ausschließlich durch einen Weber erbringen, der sich körperlich in Sichtweite des betroffenen Menschen befand oder einen Teil des Körpers desselben besaß. Mit Hilfe der Locke war Bracch in der Lage gewesen, Sonmaga von der Wahrheit zu überzeugen.

Das Mädchen stellte eine Bedrohung dar, die es auszulöschen galt. Wenngleich die Lage noch keineswegs besorgniserregend war, schlummerte in ihr die Möglichkeit, dass sie zu einer verheerenden Gefahr für die Weber werden würde. Mit etwas Glück würden die Baraks und die Adelsfamilien das Problem für Vyrrch aus der Welt schaffen, doch falls nicht ... nun, dann musste er sich wohl direkterer Mittel bedienen.

Endlich öffnete sich die Tür zur Kammer, und die zerlumpten Gestalten der drei Weber schlurften herein. Für sie stellte Vyrrch sich als verschwommene, im matten, unsteten Licht kaum wahrnehmbare Erscheinung dar.

»Gruß zum Tage, Webfürst Vyrrch«, krächzte einer der drei, dessen Maske ein Gewirr aus Borke und Laub bildete, das an ein bärtiges Antlitz erinnerte. »Ich nehme an, Ihr habt Neuigkeiten?«

»Schlimme Neuigkeiten, Brüder«, antwortete Vyrrch leise. »Fürwahr schlimme Neuigkeiten ...«

SECHS

Das Stadthaus des Geblüts Koli befand sich an der Westseite des Kaiserviertels von Axekami. Das ursprüngliche Gebäude war über die Jahre verbessert worden, indem hier ein Flügel angebaut, da eine Bibliothek hinzugefügt worden war, bis das niedrige, breite Bauwerk sich über das gesamte, weitläufige Grundstück erstreckte, das es beherbergte. Das Dach bestand aus schwarzem Schiefer und verlief gewunden, sodass es Firste bildete. Die Mauern waren elfenbeinfarben und schlicht. Ab und an lockerten ein paar bewusst gesetzte Winkel oder eine Zierschraffur aus schmalen Holzbalken ihre Ebenmäßigkeit auf. Hinter dem Stadthaus lag eine Gruppe ähnlich schmuckloser Gebäude: Unterkünfte für Wachen, Stallungen, Lagerräume. Den Rest des Anwesens nahm ein so gepflegter und ordentlicher Garten ein, dass seine Schönheit nachgerade streng anmutete. Gewundene Kieselpfade verliefen um einen Teich voller bunter Fische, einen steinernen Brunnen und eine schattige Bank. Umgeben war das Anwesen von einer hohen Mauer mit einem einzigen Tor, die das Grundstück von den breiten Straßen des Kaiserviertels trennte. Die Morgensonne heizte die Stadt auf; die Luft war schwül. In nicht allzu weiter Ferne zeichnete sich auf einer Hügelkuppe die stumpfe Pyramide der Kaiserlichen Feste ab, des höchsten Bauwerks der Stadt.

Im Inneren des Stadthauses saß Mishani tu Koli mit verschränkten Beinen an ihrem Schreibtisch und quälte sich durch die Fischfangquoten des letzten Jahres. Das Geblüt Koli besaß eine große Fischereiflotte, die von der Mataxa-Bucht aus auf Fang ging. Von dort stammte ein Großteil der Einkünfte und der politischen Macht der Familie. Jeder wusste, dass Krabben und Hummer, auf denen das Zeichen des Geblüts Koli prangte, die zartesten und köstlichsten (und somit auch die teuersten) von ganz Saramyr waren. Das sei dem einzigartigen Mineralgehalt des Wassers der Bucht zu verdanken, behauptete Mishanis Vater. Seit nunmehr zwei Jahren wurde Mishani umfassend in allen Belangen der Besitztümer und Geschäfte der Familie ausgebildet. Als Erbin, die nach dem Tod ihres Vaters die Ländereien des Geblüts Koli und den Titel Barakin übernehmen würde, musste sie in der Lage sein, die Verantwortung der Verwaltung zu übernehmen, und so führte sie die Buchhaltung, setzte den Pinsel bald hier, bald dort an, fügte an einer Stelle eine Bemerkung ein, strich an anderer Stelle eine Zeile durch und arbeitete insgesamt so unbeirrbar konzentriert, dass es fast schon beängstigend wirkte.

Mishani war nicht besonders groß, schlank und so zierlich, dass sie geradezu zerbrechlich wirkte. Das schmale, blasse Antlitz war zwar nicht ausgesprochen schön, aber durch die Gelassenheit, die daraus sprach, außergewöhnlich. Keine unwillkürliche Regung huschte je über ihre Züge; ihre Fassung war vollkommen. Kein Zucken der strichdünnen Augenbrauen verriet je Überraschung, es sei denn, sie wollte es; auch die schmalen Lippen zeigten Belustigung nur dann, wenn sie es wünschte. Die seidige Masse schwarzen Haars, das ihr im Stehen bis zu den Knöcheln reichte, umhüllte den zarten Körper fast vollständig. Gezähmt wurde die Pracht durch dunkelblaue Lederstreifen, die sie in zwei große Zöpfe beiderseits des Kopfes und einen langen, frei über ihren Rücken hinabhängenden Schwall teilten.

Draußen vor dem Vorhang des Eingangs zu ihrer Kammer läutete eine Glocke. Mishani beendete die Zeile, an der sie gerade arbeitete, dann klingelte sie zur Erwiderung mit einem Silberglöckchen, um ihre Erlaubnis zum Eintreten kundzutun. Anmutig schlüpfte eine Zofe herein und verneigte sich, während sie die Fingerspitzen einer Hand an die Lippen drückte und den anderen Arm vor die Taille legte, was der weiblichen Form entsprach, einen gesellschaftlich höher stehenden Menschen zu grüßen. »Ihr habt eine Besucherin, Fürstin Mishani. Es ist Fürstin Kaiku tu Makaima.«

Kurz schaute Mishani ihre Zofe mit verbindlichem Blick an; dann breitete sich langsam ein Lächeln über ihre Lippen aus, das sich schließlich in ein freudiges Grinsen verwandelte. Die Zofe erwiderte das Lächeln und freute sich, weil ihre Herrin sich freute. »Soll ich sie hereinführen, Herrin?«

»Tu das«, antwortete Mishani. »Und bring uns Obst und Eiswasser.«

Die Zofe ging, und Mishani räumte ihr Schreibzeug beiseite und machte sich zurecht. In den zwei Jahren seit ihrer achtzehnten Ernte war sie ständig beschäftigt gewesen und hatte nur wenig Zeit für die Gesellschaft von Freunden gehabt. In den meisten Fällen hatte sie das nicht sonderlich gekümmert; aber Kaiku war die Gefährtin ihrer Kindheit und Jugend gewesen, und die lange Trennung hatte Mishani geschmerzt. Zwar hatten sie einander oft im für Hoch-Saramyrrisch üblichen schwülstigen, poetischen Stil geschrieben und einander ihre Träume, Hoffnungen und Ängste geschildert, doch das war irgendwie zu wenig gewesen. Es sah Kaiku ähnlich, einfach so und gänzlich unangekündigt aufzutauchen. Kaiku hatte sich noch nie an das Protokoll gehalten; sie schien seit jeher zu denken, dass sie irgendwie darüber stand, dass es für sie nicht gälte.

»Fürstin Kaiku tu Makaima«, kündigte die Zofe von draußen her an, dann trat Kaiku ein. Mishani schlang die Arme um ihre Freundin, und die beiden drückten einander an die Brust. Schließlich trat sie zurück und hielt Kaikus Hände. Ihre Arme bildeten eine Brücke zwischen ihnen.

»Du hast abgenommen«, bemerkte sie, »und du wirkst blass. Warst du etwa krank?«

Kaiku lachte. Sie kannten sich lange genug, um rücksichtslos ehrlich miteinander umzugehen. »Etwas in der Art«, antwortete sie. »Du hingegen siehst mehr denn je wie eine Adelsdame aus. Das Stadtleben scheint dir gut zu tun.«

»Ich vermisse die Bucht«, gestand Mishani und kniete sich auf eine der eleganten Matten, die den Boden bedeckten. »Zugegeben, es ist alles andere als angenehm, dass ich meine Tage hier mit dem Zählen von Fischen und dem Berechnen von Bootspreisen verbringen muss, wodurch ich auch noch dauernd an die Bucht erinnert werde; aber allmählich gefällt mir die Buchhaltung sogar.«

»Tatsächlich?«, fragte Kaiku ungläubig und ließ sich ihrer Freundin gegenüber nieder. »Ach, Mishani. Langweilige, ewig gleiche Arbeit war schon immer deine Stärke.«

»Da du als Kind stets zu flatterhaft und zappelig warst, um dem Unterricht beizuwohnen, fasse ich das mal als Kompliment auf.«

Kaiku lächelte. Allein der Anblick ihrer Freundin ließ die Schrecken, die sie erlitten hatte, irgendwie ferner und blasser wirken. Mishani verkörperte eine lebendige Erinnerung an die Tage vor der Tragödie ... wenngleich sie sich ein wenig verändert hatte: Die letzten Reste der Jugend waren von ihr abgefallen, und ihre zierlichen Züge waren damenhaft geworden. Und sie sprach formeller, als Kaiku es in Erinnerung hatte; vermutlich hatte sie sich das am Hof angeeignet. Aber trotz allem war sie noch immer dieselbe Mishani, und das war Balsam für Kaikus wundes Herz.

Die Zofe läutete, wie es sich gehörte, und trat ein; da sie von ihrer Herrin einen Auftrag erhalten hatte, brauchte sie nicht auf Antwort zu warten. Sie stellte einen niedrigen Holztisch neben Kaiku und Mishani, legte darauf eine Schüssel mit Obststücken ab und schenkte Eiswasser in zwei Gläser ein. Anschließend ordnete sie die Trennwände so an, dass die sanfte Brise die heiße Morgenluft bestmöglich umwälzen konnte und schlich unauffällig von dannen. Kaiku schaute ihr hinterher und musste an eine andere

Zofe aus einer Zeit denken, bevor sie erstmals mit dem Tod in Berührung gekommen war.

»Also, Kaiku, was verschafft mir die Freude dieses Besuchs?«, verlangte Mishani zu wissen. »Schließlich ist es kein kurzer Weg vom Yuna-Wald nach Axekami. Bleibst du lange? Ich lasse ein Zimmer für dich vorbereiten. Und du brauchst ein paar ordentliche Kleider. Was *trägst* du da nur?!«

Kaikus Lächeln wirkte brüchig, und die Traurigkeit darin schimmerte durch. Als Mishani es erkannte, schlichen sich Sorge und Mitgefühl in ihre Augen. »Was ist geschehen?«, fragte sie.

»Mein Familie ist tot«, antwortete Kaiku schlicht.

Instinktiv unterdrückte Mishani ihre Überraschung; sie zeigte keinerlei Regung. Dann besann sie sich, mit wem sie sprach, ließ die Deckung fallen und verlieh ihrem Entsetzen Ausdruck, indem sie ihre Hand bestürzt an den Mund zucken ließ. »Nein!«, stöhnte sie. »Wie?«

»Das werde ich dir später erzählen«, sagte Kaiku. »Aber da ist noch mehr. Ich bin vielleicht nicht mehr so, wie du mich in Erinnerung hast, Mishani. Etwas ist in mir, etwas ... *Fremdes.* Ich weiß nicht, was es ist, aber es ist gefährlich. Ich bitte dich um deine Hilfe, Mishani. Ich *brauche* deine Hilfe.«

»Selbstverständlich«, erwiderte Mishani und ergriff erneut die Hände ihrer Freundin. »Ich würde alles für dich tun.«

»Sei nicht so voreilig«, warnte Kaiku sie. »Hör dir zuerst meine Geschichte an. Allein, indem du in meiner Nähe bist, schwebst du schon in Gefahr.«

Mishani setzte sich zurück und musterte ihre Freundin. Ein solcher Ernst sah Kaiku überhaupt nicht ähnlich. Sie war immer störrisch gewesen, ein Dickkopf, ein Wildfang, der stets tat, wonach ihm der Sinn stand. Nun hörte ihr Tonfall sich wie der eines verurteilten Verbrechers an. »Erzähl schon«, forderte Mishani sie auf, »und erspar mir nichts.«

Und so erzählte Kaiku alles: eine Geschichte, die mit ihrem eigenen Tod begann und mit ihrer Ankunft in Axekami endete, nachdem sie mit Geld, das sie in ihrem Bündel gefunden hatte, die Überfahrt auf einer Jolle bezahlt hatte. Sie sprach über Asara und schilderte, wie ihre vertraute Zofe gestanden hatte, etwas anderes zu sein, als es schien; und sie berichtete, wie Asara gestorben war. Auch ihre Rettung durch die Priester Enyus beschrieb sie, und die Maske, die ihr Vater von seiner letzten Reise mitgebracht und die Asara aus dem Haus mitgenommen hatte. Und sie erwähnte ihren Schwur an Ocha: dass sie den Mord an ihrer Familie rächen würde.

Nachdem sie geendet hatte, schwieg Mishani. Kaiku beobachtete sie aufmerksam, als könnte sie so ergründen, was hinter dem reglosen Äußeren vor sich ging. Diese neue Haltung war Kaiku nicht vertraut; Mishani musste sie sich angeeignet haben, während sie ihren Vater die vergangenen zwei Jahre über am Hof begleitet hatte. Dort konnte jedes Zucken, jede Winzigkeit ein Geheimnis preisgeben oder ein Leben kosten.

»Hast du die Maske noch?«, fragte Mishani ihre Freundin schließlich.

Kaiku holte die Maske aus ihrem Bündel und reichte sie ihrer Freundin. Mishani betrachtete sie und drehte sie unter ihrem prüfenden Blick in den Händen. Die verschlagene, rote und schwarze Fratze grinste sie höhnisch an. Das Ding war wunderschön und hässlich zugleich, schien aber keinen Deut bemerkenswerter zu sein als jede andere Maske, die sie bislang an Schauspielern im Theater gesehen hatte. Sie wirkte durch und durch gewöhnlich.

»Du hast nicht versucht, sie aufzusetzen?«

»Nein«, antwortete Kaiku. »Was, wenn es eine wahre Maske ist? Ich würde verrückt werden, sterben oder noch Schlimmeres.«

»Das war sehr klug von dir«, bestätigte Mishani.

»Bitte sag mir, dass du meine Geschichte glaubst, Mishani. Ich muss wissen, dass du nicht an mir zweifelst.«

Mishani nickte, wodurch sie ihre üppige, schwarze Haarpracht zum Zittern brachte. »Ich glaube dir«, erklärte sie. »Selbstverständlich glaube ich dir. Und ich will tun, was ich kann, um dir zu helfen, teure Freundin.« Kaiku lächelte vor Erleichterung, und die Tränen traten ihr in die Augen. Mishani gab ihr die Maske zurück. »Was das Ding da angeht, so habe ich einen Freund, der das Wirken der Randväter studiert. Gut möglich, dass er in der Lage ist, uns etwas darüber zu erzählen.«

»Wann können wir zu ihm gehen?«, verlangte Kaiku aufgeregt zu wissen.

Mishani bedachte sie mit einem unergründlichen Blick. »Ganz so einfach ist das nicht.«

Die Gemächer von Lucia tu Erinima lagen tief im Herzen der Kaiserlichen Feste verborgen, wurden schwer bewacht und waren so gut wie uneinnehmbar. Sie bestanden aus zahlreichen Räumen, in denen sich stets Wachen, auf und ab schreitende Lehrer oder geschäftig umhersausende Kindermädchen und Köche aufhielten. In Lucias Welt herrschte ohne Unterlass emsiges Treiben, dennoch war sie allein. Ihr Kerker war enger denn je zuvor; die Gesichter, die sie umgaben, blickten sie bekümmert an und dachten wohl, wie bemitleidenswert das Leben des armen Kindes sein musste, denn es wurde von der ganzen Welt gehasst.

Aber Lucia war nicht traurig. In den letzten paar Wochen hatte sie viele neue Menschen kennen gelernt. Im Vergleich zu ihrem Leben, bevor der Dieb eine Locke ihres Haares mitgenommen hatte, empfing sie dieser Tage regelrechte Menschenmassen. Ihre Mutter besuchte sie häufig und brachte wichtige Leute mit: Baraks, Ur-Baraks, Würdenträger und Händler. Lucia zeigte sich stets von ihrer besten Seite. Manchmal wurde sie mit kaum verhohlener Abscheu gemustert, manchmal mit Unbehagen und manchmal mit freundlichen Blicken. Einige jener, die mit der vorgefassten Haltung gekommen waren, sie zu verachten, zogen verwirrt von dannen und fragten sich, wie ein so kluges und hübsches Kind das Böse beherbergen konnte, vor dem die Weber warnten. Einige ließen ihre Vorurteile zurück, als sie durch die Tür nach draußen gingen; andere hielten sie eifersüchtig umklammert.

»Deine Mutter beweist großen Mut«, bemerkte Zaelis, ihr Lieblingslehrer. »Sie zeigt ihren Verbündeten und Feinden, was für ein braves und schlaues Mädchen du bist. Manchmal ist die Furcht eines Menschen vor dem Unbekannten viel, viel schlimmer als die Wirklichkeit.«

Lucia nahm die Bemerkung auf die ihr eigene, verträumte und geistesabwesende Weise hin. Sie wusste, dass tief unter der Oberfläche mehr dahinter steckte, doch was das war, würde sich schon mit der Zeit ergeben.

Als sie eines milden Nachmittags mit Zaelis beisammen war, kam Geblütskaiserin Anais mit dem Kaiser.

Lucia saß auf einer Matte neben den langen, dreieckigen Fenstern in ihrem Unterrichtszimmer. Das Sonnenlicht fiel in große, blendende Zähne gebrochen auf die Sandsteinkacheln des Bodens vor ihr. Zaelis lehrte sie die Katechismen der Geburt der Sterne und zitierte die Fragen und Antworten mit seiner kehligen, weichen Bassstimme. Lucia kannte die Geschichte bereits recht gut: Abinaxis, der Urstern, barst und übersäte das Universum mit seinen Splittern, und aus jenem Chaos entstand die erste Generation der Götter. Brav hockte Lucia da, wirkte wie üblich unaufmerksam, lauschte und erinnerte sich, während sie im Hinterkopf das Getuschel der Geister des Westwinds hörte, die einander Unsinnigkeiten zuzischten, während sie über die Stadt bliesen.

Zaelis hielt in seiner Litanei inne, als ein Luftzug durch den Raum flatterte, und Lucia blickte jäh auf, so als hätte jemand an ihrer Schulter gesprochen.

»Was sagen sie, Lucia?«, fragte ihr Lehrer.

Lucia erwiderte Zaelis' Blick. Nur er behandelte ihre Fähigkeiten wie etwas Kostbares, nicht wie etwas, das es zu verstecken galt. Alle Lehrer, Kindermädchen und Bediensteten mussten bei Todesstrafe schwören, über Lucias Begabung zu schweigen. Sie schauten rasch weg, wenn sie Lucia beim Spielen mit den Raben ertappten und geboten ihr zu schweigen, wenn sie berichten wollte, was der alte Baum im Garten sagte. Zaelis hingegen ermutigte sie und glaubte ihr. Tatsächlich beunruhigte sie seine Begeisterung bisweilen sogar ein wenig.

»Ich weiß es nicht«, antwortete sie. »Ich kann sie nicht verstehen.«

»Vielleicht wirst du das eines Tages«, sagte Zaelis.

»Vielleicht«, pflichtete Lucia ihm leichthin bei.

Sie fühlte Duruns Kommen einen Lidschlag, bevor sie ihn hörte. Die Inbrunst seiner Leidenschaft ängstigte sie. Er glich einem lodernden Feuer, brannte immer vor Zorn, Stolz, Hass oder Lust. War nichts vorhanden, das die Glut seines Blutes schürte, verfiel er in Lethargie. Feinere Gefühlsregungen waren ihm fremd, ebenso jegliche geistige Interessen oder das Trachten nach Selbsterkenntnis. Seine Flamme loderte blendend grell oder gar nicht.

Forschen Schrittes stapfte der Kaiser ins Zimmer und blieb vor ihnen stehen. Sein schwarzer Umhang senkte sich zögerlich auf die breiten Schultern. Anais war bei ihm. Zaelis erhob sich und zeigte sich geziemend ehrerbietig; Lucia tat es ihm gleich.

»Das ist sie also«, sagte Durun, der Zaelis keinerlei Beachtung schenkte.

»Lucia ist dieselbe *sie*, die du auch zuvor schon gesehen hast, wenn du dir die Mühe gemacht hast, sie zu besuchen«, gab Anais zurück. Das Gebaren der beiden ließ eindeutig darauf schließen, dass sie gerade gestritten hatten. Anais' Gesicht war gerötet.

»Damals hatte ich aber keine Ahnung, dass ich eine

Schlange beherberge«, entgegnete Durun eisig. Er musterte Lucia eingehend. Ruhig und gelassen erwiderte sie seinen Blick. »Wäre da nicht diese Abwesenheit in ihren Augen«, dachte er laut, »könnte man sie fast für ein gewöhnliches Kind halten.«

»Sie *ist* ein gewöhnliches Kind«, fauchte Anais. »Du bist genauso schlimm wie Vyrrch. Ständig haucht er mir in den Nacken und lauert nur auf eine Gelegenheit, um ...« Rasch bremste sie sich und schaute zu Lucia. »Muss das vor ihr sein?«

»Du hast es ihr doch wohl gesagt, oder? Dass die Stadt sich gegen sie erhebt, meine ich.«

Zaelis öffnete den Mund und schloss ihn wieder. Er war weise genug, sich nicht zugunsten des Kindes einzumischen. Wenn der Kaiser schon nicht auf seine Gemahlin hörte, würde er einem Gelehrten erst recht keine Beachtung schenken.

»Dein Bestreben wird dieses Land in den Untergang treiben, Anais«, klagte Durun sie an. »Dein Hochmut, diese Abscheulichkeit zur Thronerbin machen zu wollen, wird Saramyr zerreißen. Jedes einzelne verlorene Leben wird auf deiner Seele lasten!«

»Dann soll es eben so sein«, zischte Anais. »Kriege wurden schon aus belangloseren Gründen gefochten. Sieh sie dir an, Durun! Sie ist ein wundervolles Kind ... *dein* Kind! Sie ist alles, was du dir je von einer Tochter, einer Erbin erhoffen könntest! Lass dich nicht von einem Hass blenden, den *Tradition* und *Überlieferungen* schüren. Du hörst zu sehr auf die Weber und denkst zu wenig selbst.«

»So wie du«, hielt er ihr entgegen, »bevor du *das da* in die Welt gesetzt hast.« Vorwurfsvoll deute er mit dem Finger auf Lucia, die den Wortwechsel teilnahmslos verfolgte. »Jetzt führst du Gründe an, die du in vergangenen Tagen verachtet hast. Sie ist eine Ausgeburt und gewiss nicht mein Kind!«

Mit diesen Worten wirbelte er herum, dass der Umhang

sich melodramatisch bauschte, und stapfte davon. Anais' Züge waren verzerrt vor Zorn, doch ein einziger Blick auf ihre Tochter besänftigte sie wieder. Die Kaiserin kniete sich neben Lucia, sodass ihre Gesichter auf einer Höhe waren, und umarmte sie.

»Hört nicht auf ihn, mein Kind«, murmelte sie. »Dein Vater versteht nicht. Er ist wütend, aber er wird es schon noch lernen. Alle werden es lernen.«

Lucia erwiderte nichts darauf, was jedoch keineswegs ungewöhnlich war.

SIEBEN

Sechs sonnendurchflutete Tage waren im Tempel Enyus am Ufer des Kerryn vergangen, und Tane fühlte sich innerem Frieden mit jedem Sonnenaufgang ferner.

Er war heute weit gewandert, nachdem er seine morgendlichen Pflichten erfüllt hatte. Da er einen Diener Enyus verkörperte, gestanden die Priester ihm reichlich Zeit dafür zu. Der Pfad zu Enyu bestand nicht aus Ritualen und vorgeschriebenen Pflichten, sondern aus Einklang mit der Natur. Jeder musste seinem eigenen Weg zu innerem Frieden folgen. Tane suchte den seinen noch.

Die Welt befand sich gerade im berauschenden Übergang zwischen Frühling und Sommer; die Tage waren heiß, die Luft voller Mücken. Mit um die Hüfte geschlungenem Hemd mühte Tane sich über die Trampelpfade des Waldes. Abgesehen vom Riemen der Büchse, die er über dem Rücken trug, war sein Oberkörper nackt. Inmitten der schwülen Enge zwischen den Bäumen prangten überall Schweißtropfen an seinem drahtigen, sonnengebräunten Körper. Die Sonne neigte sich gen Westen; bald würde er umkehren müssen oder Gefahr laufen, im Wald vom Einbruch der Dunkelheit überrascht zu werden. Nachts wagten sich üble Wesen hervor, dieser Tage häufiger denn je.

Ringsum war die Harmonie gestört. Selbst bei Sonnenlicht wirkte der Wald schwermütig. Die Priester murrten über die Fäulnis im Land und dass die Erde selbst sauer wurde. Die Göttin Enyu wurde zunehmend schwächer; sie litt unter dem Einfluss eines namenlosen Übels unbekannter Herkunft. Tane fühlte, wie dieser Gedanke seine Verzweiflung und seinen Zorn anschwellen ließ. Wozu waren sie als Priester der Natur schon nütze, wenn sie nur herumhocken und über die Krankheit der Erde wehklagen konnten, während der Verfall sich ausbreitete? Wozu waren ihre Beschwörungen, Opfergaben und Segen gut, wenn sie nichts zur Verteidigung der Göttin beitrugen, die zu lieben sie bekundeten? Sie redeten und redeten, aber niemand unternahm etwas. Jenseits des Schleiers menschlicher Sicht wurde ein Krieg ausgefochten, und Tanes Seite war eindeutig auf der Verliererstraße.

Doch derlei Fragen waren nicht das Einzige, was Tanes Verstand zusetzte und jegliche Versuche zunichte machte, inneren Frieden zu erlangen. Obwohl er schwer schuftete, um sich abzulenken, stellte er fest, dass er die junge Frau einfach nicht vergessen konnte, die er unter Blättern vergraben an einem wohlwollenden Baum gefunden hatte. Ihr Bild, der Klang ihrer Stimme und ihr Geruch hatten sich in sein Gedächtnis eingebrannt und weigerten sich, wie andere Erinnerungen zu verblassen. Er erinnerte sich an die Überraschung in ihrem Gesicht, an das Flattern ihres Haars, wenn sie herumwirbelte, weil er unerwartet hinter ihr stand; er erinnerte sich an den Klang ihres Lachens aus einem anderen Zimmer, an ihre Freude über etwas, das Tane nicht sah, und an den Geruch ihrer Tränen, der ihm in die Nase stieg, als er während ihrer Trauer bei ihr gewacht hatte. Er kannte die Züge ihres Gesichts, das im Schlaf so friedvoll wirkte, besser als die seines eigenen. Und er verfluchte sich, weil er ihr nachschwärmte wie ein Kind; trotzdem musste er immerzu an sie denken, und die Erinnerung erneuerte sich mit jedem Besuch, den er ihr abstattete.

Unwillkürlich trugen ihn die Beine zu einer Quelle, wo kaltes Wasser über eine schartige Felswand in ein Becken herabplätscherte, bevor es im Steinboden wieder versickerte. An heißeren Sommertagen war Tane schon ein paar Mal hier gewesen; nun kam die Idee ihm wunderbar vor, sich abzukühlen, ehe er in den Tempel zurückkehrte. Nach einem kurzen Aufstieg über einen Trampelpfad gelangte Tane zu dem Becken, das zwischen den Bäumen verborgen lag. Er zog sich aus, hechtete in den eisigen Teich und genoss den erfrischenden Schock des eisigen Wassers auf der Haut. Mit den Handflächen wusch er sich den salzigen Schweiß vom Körper und tauchte mehrere Male unter. Als die Temperatur des Teichs allmählich unangenehm wurde, schwamm er zum Ufer zurück, um hinauszuklettern.

Zwischen den Bäumen stand auf eine Büchse gestützt eine Frau und beobachtete ihn.

Tane erstarrte; seine Augen zuckten zu seiner eigenen Büchse, die auf dem Kleiderbündel nahe des Teichufers lag. Vielleicht würde es ihm gelingen, sie zu ergreifen, ehe die Frau die Waffe heben konnte, doch er könnte unmöglich laden und feuern, bevor sie ihn erschoss ... falls sie das überhaupt vorhatte. Eigentlich wirkte sie eher leicht belustigt.

Selbst in der tristen, braunen Reisekluft war die Frau atemberaubend schön. Ihr Haar war lang und schwarz wie Onyx mit roten Strähnen dazwischen, und es wallte natürlich um ihr Gesicht. Sie trug keinerlei Schminke und keinen Haarschmuck; die gefärbten Strähnen schienen das einzig Künstliche an ihr zu sein. Ihre Schönheit war vollkommen unverfälscht und kam ohne jegliche Hilfsmittel aus.

»Du schwimmst gut«, bemerkte sie trocken.

Tane zögerte kurz, dann kletterte er aus dem Teich, um seine Kleider zu holen. Nacktheit störte ihn nicht, und er wollte nicht, dass irgendjemand von oben herab mit ihm redete, während er im Teich Wasser trat. Gleichermaßen unbeirrt beobachtete ihn die Frau dabei, wie er die Hose über die nassen Wölbungen der Muskeln seiner Beine und Pobacken streifte. Die Büchse ließ er vorerst liegen, da die Frau keinen feindseligen Eindruck vermittelte.

»Ich suche nach jemandem«, offenbarte ihm die Fremde nach einer Weile. »Nach einer Frau namens Kaiku tu Makaima.« Zu langsam verbannte er die Regung aus seinen Zügen. »Wie ich sehe, kennst du den Namen«, sagte die Frau.

Tane wischte sich das Wasser vom kahl geschorenen Schädel. »Ich weiß, dass ihr jemand großes Leid zugefügt hat«, erwiderte er. »Bist du dieser Jemand?«

»Gewiss nicht«, antwortete die Frau. »Mein Name ist Jin. Ich bin ein kaiserlicher Kurier.« Sie schlang sich die Büchse auf den Rücken und ging zu Tane hinüber, wobei sie den Ärmel hochschob, um ihren Unterarm zu entblößen. Vom Handgelenk bis zur Innenseite des Ellbogens erstreckte sich eine lange, verschnörkelte Tätowierung: das Zeichen der Zunft der Boten. Tane nickte.

»Tane tu Jeribos. Diener Enyus.«

»Aha. Also ist der Tempel nicht weit.«

»Stimmt«, bestätigte er.

»Könntest du mich vielleicht dorthin führen? Es wird bald dunkel, und im Wald ist es nicht sicher.«

Zwar musterte Tane sie leicht argwöhnisch, doch er spielte nie wirklich mit dem Gedanken, sich zu weigern. Lins Akzent und ihre Sprechweise zeugten von Bildung und möglicherweise edler Geburt. Außerdem war es die Pflicht jeden Mannes und jeder Frau, einem kaiserlichen Kurier Schutz und Hilfe zu gewähren, und der Umstand, dass die Botschaft für Kaiku war, machte ihn zudem überaus neugierig. »Nun denn, komm mit«, forderte er Lin auf.

»Erzählst du mir unterwegs von diesem ... Leid?«, fragte Jin.

»Erzählst du mir von der Botschaft, die du für sie hast?«

Jin lachte. »Du weißt, dass ich das nicht darf«, sagte sie. »Ich musste bei meinem Leben schwören, sie nur ihr persönlich zu überbringen.«

Unvermittelt grinste Tane, um ihr zu zeigen, dass er es als Scherz gemeint hatte. Sein Trübsinn war jäh verpufft und hatte ihn in ausgelassener Stimmung zurückgelassen. Seine Launen wechselten ständig; damit hatte er sich schon vor langer Zeit abgefunden. Er nahm an, irgendwo in seiner Vergangenheit gab es einen Grund dafür, doch seine Vergangenheit war ein Ort, den er höchst ungern besuchte.

Seine Kindheit überschattete die Furcht vor dem Schemen, der schwer atmend in der Tür stand und dessen Hände nur Schmerz verhießen.

Während allmählich die Nacht hereinbrach und sie zurück zum Tempel wanderten, unterhielten sie sich. Jin erkundigte sich nach Kaiku, und Tane berichtete ihr, was er von ihrem Besuch wusste. Wohin sie unterwegs war, erwähnte er jedoch nicht. Alles wollte er einer Fremden nun auch wieder nicht offenbaren, kaiserlicher Kurier hin oder her. Er hatte das Gefühl, Kaiku beschützen zu müssen, denn schließlich hatte er ihr das Leben gerettet, sie gesund gepflegt, und diese Verbindung lag ihm am Herzen. Er wollte sich erst einmal über Jin Gewissheit verschaffen, ehe er sie hinter Kaiku her nach Axekami schickte.

Während sie vor sich hin schlenderten, stellte Tane zu seinem Verdruss fest, dass er sich gänzlich verschätzt hatte, was die Zeit anging, die sie für den Rückweg von der Quelle zum Tempel benötigten. Vermutlich hatte er unbewusst die Schritte verlangsamt, um sich an Jin anzupassen, und er war wohl zu sehr ins Gespräch vertieft gewesen, um es zu bemerken. Jedenfalls schwand soeben das letzte Tageslicht vom Himmel, und sie hatten noch eine gute Meile zu gehen. Durch die Bäume hindurch zeichnete sich tief am Horizont bereits die weiße Masse Aurus' ab. Iridima, der hellste Mond, war noch nicht aufgegangen, und Neryn würde heute Nacht wahrscheinlich in ihrem Versteck bleiben.

»Ist es noch weit?«, erkundigte sich Jin. Sie war höflich genug, Tane nicht zu fragen, ob ihm die Zeit davonlief.

»Wir sind fast da«, antwortete er. Seine Verlegenheit, sich verschätzt zu haben, tat seiner guten Laune keinerlei Abbruch. Die einzige Mondschwester spendete ausreichend Licht, sodass man den Weg erkennen konnte. »Sorg dich nicht wegen der Düsternis. Ich bin im Wald aufgewachsen; ich sehe hervorragend im Dunklen.«

»Ich auch«, erwiderte Jin. Tane schaute zu ihr zurück und wollte ihr weiter Mut zusprechen, doch er stellte erschrocken fest, dass ihre Augen im Mondlicht leuchteten wie die einer Katze, zwei helle, weiß widerscheinende Tassen. Dann gerieten sie in einen Schatten, und der Schimmer war verschwunden. Tane schluckte; rasch wandte er sich ab und murmelte stumm einen Schutzsegen. Und er festigte seine Entschlossenheit, Jin kein Sterbenswort über Kaikus Freundin Mishani zu verraten, bevor er sicher war, dass sie nichts Übles im Schilde führte.

Sie hatten den Tempel fast erreicht, als Tane die Schritte jäh verlangsamte. Binnen eines Lidschlags war Jin an seiner Schulter.

»Stimmt etwas nicht?«, flüsterte sie.

Tane bedachte sie mit einem flüchtigen Blick. Was er in ihren Augen gesehen hatte, beunruhigte ihn noch immer ein wenig; doch er vermutete, was er nun empfand, hatte nichts mit ihr zu tun. Der Wald fühlte sich *falsch* an. Die Empfindung war zu stark, um sie einfach so abzutun.

»Die Bäume fürchten sich«, murmelte er.

»Sagen sie dir das?«

»In gewisser Weise, ja.« Tane hatte weder Zeit noch Lust, es Jin näher zu erklären.

»Dann will ich dir vertrauen«, sagte Jin und schob das Haar über die Schulter zurück. »Befinden wir uns in der Nähe deines Zuhauses?«

»Es liegt gleich hinter diesen Bäumen«, bestätigte Tane. »Eben das bereitet mir Sorgen.«

Vorsichtig schlichen sie weiter. Anerkennend bemerkte Tane, wie Jin sich geräuschlos durch den Wald bewegte. Seine Stimmung verwandelte sich rasch in eine dunkle Vorahnung. Er nahm die Büchse vom Rücken und umfasste sie mit festem Griff, als er sich durch die blauen Schatten der Lichtung näherte, auf der sich der Tempel befand.

Am Waldrand kauerten er und Jin nieder, und gemeinsam spähten sie über den grasbewachsenen Abhang, der sich zwischen dem Fluss zu ihrer Linken und dem Tempel erstreckte. In einigen der Tempelfenster schimmerten sanfte Lichter, und der Wind strich zart durch das Geäst der Bäume. Aurus' große Scheibe beherrschte den Horizont vor ihnen und schob sich langsam über die Wipfel. Noch nicht einmal eine Grille zirpte im Unterholz; es war totenstill. Tane spürte, wie sich ihm die Nackenhaare sträubten.

»Ist es immer so still hier?«, verlangte Jin zu wissen.

Tane schenkte ihrer Frage keine Beachtung und ließ stattdessen den Blick prüfend über die Umgebung schweifen. Für gewöhnlich hielten die Priester sich bei Anbruch der Nacht im Gebäude auf. Tane beobachtete den Tempel eine Weile und hoffte, dass ein Licht angezündet oder gelöscht, ein Gesicht an einem der Fenster erscheinen oder sich irgendein Anzeichen von Leben zeigen würde, doch nichts dergleichen geschah.

»Vermutlich bilde ich mir nur etwas ein«, sagte er und schickte sich an, aus der Deckung zu treten.

Mit überraschend kräftigem Griff packte Jin ihn am Arm. »Nein«, widersprach sie, »das tust du nicht.«

Tane musterte sie, und in ihrer Miene erkannte er etwas, das sie verriet. »Du weißt, was es ist«, stellte er fest. »Du weißt, was hier nicht stimmt.«

»Ich vermute es«, schränkte sie ein. »Warte.«

Tane kauerte sich wieder in sein Versteck und richtete die Aufmerksamkeit erneut auf den Tempel. Er kannte jede der beigen Flächen, jeden schwarzen Ebenholzbalken jeder einzelnen Mauer, jedes der schlichten, quadratischen Fenster. Er kannte die Art und Weise, wie das obere Geschoss vom unteren zurückversetzt war, um sich dicht an den Hang des Hügels zu schmiegen. Dieser Tempel stellte seit geraumer Zeit sein Zuhause dar, und doch hatte er nie das Gefühl gehabt, hierher zu gehören, so sehr er sich auch bemüht hatte. Kein Ort fühlte sich für ihn wahrhaft wie eine Heimat an, ganz gleich, wie sehr er versuchte, sich anzupassen.

»Da«, flüsterte Jin, doch Tane hatte ihn bereits gesehen. Er kroch von der blinden Seite des Tempels aus wie eine riesige, vierbeinige Spinne über das Dach: ein *Shin-shin*. Er bewegte sich verstohlen, bahnte sich einen Weg; der dunkle Rumpf hing gleich einer Krippe zwischen den Stelzenbeinen, und seine Augen leuchteten wie Laternen. Während Tane das Wesen voll wachsendem Grauen beobachtete, sah er, wie ein weiteres zwischen den Bäumen hervorhuschte, die Lichtung binnen weniger Lidschläge überquerte und sich nahezu unsichtbar gegen eine der Außenmauern presste. Dann folgte ein dritter Shin-shin dem ersten über das Dach und ließ den Blick über die Baumreihe wandern, hinter der Tane und Jin kauerten.

»Enyu, erbarme dich ...«, stieß Tane hervor.

»Wir müssen weg von hier«, drängte ihn Jin und legte ihm eine Hand auf die Schulter. »Wir können ihnen nicht helfen.«

Doch Tane schien sie nicht zu hören, denn just in diesem Augenblick sah er einen der Priester an einem der oberen Fenster auftauchen und mit gerunzelter Stirn in die Stille des Waldes lauschen. Die dunklen, dürren Schemen, die auf dem Dach unmittelbar über ihm lauerten, nahm er nicht wahr.

»Du kannst nicht kämpfen!«, zischte Jin. »Du besitzt keine Waffe, die du gegen sie einsetzen könntest.«

»Ich werde meine Priester nicht in ihren Betten sterben lassen!«, spie Tane, und mit diesen Worten schüttelte er Jins Hand ab, stand auf und feuerte mit der Büchse in die Luft. Der Knall hallte in der Stille ringsum ohrenbetäubend wider. Die schimmernden Augen der Shin-shin starrten in Tanes Richtung.

»Dämonen im Tempel!«, brüllte er. »Dämonen im Tempel!« Und er lud und feuerte abermals. Diesmal verschwand der Priester vom Fenster, und Tane hörte die Schreie des Mannes, während er ins Herz des Gebäudes rannte.

»Du Narr!«, knurrte Jin. »Du wirst uns noch beide töten. Lauf!« Sie zog ihn mit sich. Taumelnd rappelte Tane sich auf und folgte ihr, denn das Gefühl der Augen der

Shin-shin, die ihn regelrecht durchbohrten, hatte ihm den Mut geraubt.

Einer der Dämonen sprang vom Dach des Tempels und raste auf sie zu. Ein anderer löste sich aus der Waldgrenze und schwenkte in ihre Richtung. Zwei weitere Schatten huschten über die Lichtung, glitten mit heimtückischer Mühelosigkeit durch die offenen Fenster des Tempels – und von drinnen ertönten die ersten Schreie.

Tane und Jin preschten zwischen den Bäumen hindurch, wichen nach ihnen haschende Ästen aus und sprangen über aufragende Wurzeln hinweg. Dinge peitschten in der Düsternis der Nacht auf sie ein, zu schnell, um sie zu erkennen. Hinter sich hörten sie, wie das Gekreisch der einander zurufenden Shin-shin die schwüle Dunkelheit durchbrach. Tanes Gedanken überschlugen sich; eine Hälfte seines Verstandes kreiste um das, was im Tempel vor sich gehen mochte, die andere um Flucht. Indem er davonlief, schlug er seinen Instinkten regelrecht ins Gesicht. Er wollte den Priestern helfen: Das war seine Art, das war seine *Sühne* für die Verbrechen seiner Vergangenheit; doch er wusste genug über Shin-shin, um die Wahrheit in Jins Worten zu erkennen. Er besaß kein Mittel gegen sie. Wie die meisten Dämonen hassten sie die Berührung von Eisen; aber selbst das Eisen in der Kugel einer Büchse vermochte nicht, sie aufzuhalten. Sie anzugreifen, bedeutete Selbstmord.

»Der Fluss!«, rief Jin plötzlich, der das rot-schwarze Haar immer wieder ins Gesicht wehte. »Lauf zum Fluss. Die Shin-shin können nicht schwimmen.«

»Die Strömung ist zu stark!«, brüllte Tane zurück. Dann fiel ihm etwas ein. »Aber es gibt ein Boot!«

»Bring uns hin!«, forderte Jin ihn auf.

Tane preschte an ihr vorbei und stürzte halsbrecherisch einen Hang hinunter. Während sie rannten, wurde es immer steiler, und plötzlich hörte Tane einen Schrei und spürte, wie ihn etwas von hinten packte. Jin war gestolpert und konnte ihren Schwung nicht bremsen; die beiden rollten und holperten den Abhang hinunter. Tane prallte mit solcher Wucht gegen einen Baumstamm, dass er sich um ein Haar etwas gebrochen hätte, aber irgendwie hatte er sich mit Jin verheddert, und als sie vorbeirutschte, riss sie Tane mit. Die beiden kamen am Grund eines breiten, natürlich entstandenen Grabens zum Liegen, der in vergangenen Zeiten ein Flussbett gewesen sein musste. Jin gönnte sich kaum einen Lidschlag Erholung; sofort war sie wieder auf den Beinen und zerrte Tane hinter sich her. Im Laufen bückte sie sich, um ihre Büchse aufzuheben, die ein Stück abseits gelandet war. Das Kreischen der Shin-shin hörte sich entsetzlich nahe an; fast hatten die Dämonen sie eingeholt.

»Rein da!«, zischte Tane und zog Jin in die Gegenrichtung. Wo die Wurzeln eines Baumes die Böschung des Grabens durchdrungen hatten, war ein großer Hohlraum entstanden, der einen Überhang bildete. Tane schnallte die Büchse ab – die auf wundersame Weise während des Sturzes über seine Schulter geschlungen geblieben war –, kroch darunter und presste den Leib hinein. Der Platz reichte gerade aus, dass Jin es ihm gleichtun konnte, indem sie sich dich an ihn schmiegte. Nur wenige Augenblicke danach hörten sie einen dumpfen Aufschlag, als ein Shin-shin aus den Bäumen sprang und mitten im Graben landete.

Die beiden hielten den Atem an. Tane spürte Jins Puls an seiner Brust und roch den Duft ihres Haars. Unter gewöhnlichen Umständen hätte ihn dies wohl erregt – im Gegensatz zu manch anderen Orden wurde von den Priestern Enyus keine strikte Keuschheit verlangt –, doch die Lage, in der sie sich befanden, beraubte ihn jeglicher Leidenschaft. Von ihrem Versteck in Bodenhöhe aus konnten sie nur die spitz zulaufenden Enden der Stelzenbeine des Shin-shin erkennen, die rastlos umhertapsten, während der Dämon nach seiner Beute Ausschau hielt. Als sie gestürzt waren, hatte er sie aus den Augen verloren, und nun suchte er sie von neuem. Nur das leise Herabrieseln von Geröll kündigte das Eintreffen des zweiten Dämons im Graben an; dieser war ihrer Spur über den Hang hinab gefolgt und zeigte sich gleichermaßen verwirrt ob ihres plötzlichen Verschwindens.

Tane stimmte in seinem Kopf ein stummes Mantra an, das er seit seiner Kindheit nicht mehr verwendet hatte – einen frei erfundenen, unsinnigen Reim; früher hatte er sich stets vorgestellt, er könnte ihn unsichtbar machen, wenn er sich nur angestrengt genug darauf konzentrierte. Damals hatte er sich jedoch vor etwas gänzlich Anderem versteckt. Nach einer Weile passte er das Sprüchlein an, indem er ein kurzes Gebet an Enyu einflocht: *Beschütze uns, Erdgöttin, lass sie uns nicht sehen.*

Die spitzen Enden der Shin-shin-Beine tapsten im Mondschein bald hierhin, bald dorthin, gleichsam als Ausdruck ihrer Unsicherheit. Sie wussten, dass ihre Beute hier sein musste, doch sie konnten sie nicht sehen. Tane spürte, wie die kalte Bedrohung, die ihre Gegenwart ausstrahlte, seine Haut durchdrang. In den schmalen Sichtschlitz zwischen Jins Körper und dem Überhang der dicken Wurzeln und Erde konnten sich jeden Augenblick die leuchtenden Augen der Shin-shin schieben, und würden sie entdeckt, wären sie den Dämonen wehrlos ausgeliefert. Tane bildete sich ein, fühlen zu können, wir ihr Blick über ihn strich, die Erde selbst durchdrang und sie darunter erspähte.

Sie schienen schon eine Ewigkeit in ihrem Versteck zu liegen. Tanes Muskeln begannen, sich ob der Anspannung zu verkrampfen. Plötzlich bewegte sich einer der Shin-shin, woraufhin Jin unwillkürlich zusammenzuckte; aber was auch immer der Dämon gesehen haben mochte, sie waren es nicht gewesen. Der Shin-shin kehrte zu seinem Gefährten zurück, und sie setzen ihr seltsames Lauern fort. Zähneknirschend konzentrierte Tane sich auf sein Mantra, um sich zu beruhigen – ohne Erfolg.

Dann ertönte ein neues Geräusch, schwer und träge. Sogleich machten die Shin-shin sich bereit. Tane kannte das

Geräusch, doch er vermochte nicht, es einzuordnen. Es waren die Schritte eines Tieres, aber welches?

Das lang gezogene Brüllen eines Bären löste das Rätsel für ihn.

Wieder ließen die Shin-shin sich verunsichern, was am rastlosen Zappeln ihrer Beine zu erkennen war. Der Bär brüllte erneut, ließ sich geräuschvoll auf die Vorderpfoten nieder und begann, gemächlich auf sie zuzutraben. Die Dämonen kreischten und rasselten, huschten hierhin und dorthin und versuchten, das Tier zu verscheuchen; der Bär aber zeigte sich unerbittlich, richtete sich auf die Hinterbeine auf und plumpste knurrend wieder mit den Vorderbeinen zu Boden. Dann ertönte das Geräusch eines flotten Galopps, als der Bär, gänzlich unbeeindruckt von den Drohgebärden der Dämonen, auf sie zurannte. Die Shin-shin stoben auseinander, als er den Graben entlang auf sie zuhielt, taten kreischend und zischend ihren Unmut kund; aber sie wichen zurück, und kurz darauf waren sie verschwunden und setzen die Suche nach ihrer verlorenen Beute wieder zwischen den Bäumen fort.

Tane stieß den angehaltenen Atem aus, doch noch waren sie nicht außer Gefahr. Sie hörten, wie der Bär sich den breiten Graben herab näherte und geräuschvoll auf der Suche nach ihnen schnüffelte.

»Mein Büchse ...«, flüsterte Jin. »Wenn er uns findet ...«

»Nein«, zischte Tane. »Warte.«

Dann steckte der Bär unvermittelt die braune, borstige Schnauze in den Hohlraum und beschnupperte die beiden Menschen. Jin tastete nach dem Abzug ihrer Büchse, um das Tier zu verscheuchen, doch Tane packte ihr Handgelenk.

»Die Shin-shin würden es hören«, murmelte er. »In Enyus Wald fürchten wir Bären nicht.« In seinem Herzen verspürte er weniger Zuversicht, als seine Worte vermitteln sollten. Wenngleich die Tiere des Waldes einst Freunde der

Priester Enyus gewesen waren, hatte die Fäulnis im Land sie jüngst zunehmend unberechenbarer werden lassen.

Die feuchte Nase des Bären zuckte, während er an ihnen roch. Jin war vor Anspannung wie erstarrt. Dann zog die Schnauze sich mit einem kurzen Schnauben zurück. Der Bär ließ sich schwerfällig vor ihrem Versteck nieder und blieb dort liegen.

Jin regte sich wieder. »Warum hat er uns nicht angegriffen?«, fragte sie leise.

In Tanes Gesicht prangte ein eigenartiges Grinsen. »Bären sind die Geschöpfe Enyus, so wie Welse die Panazus sind, Affen die Aspinis' und Rochen, Füchse und Falken die Misamchas. Sprich ein Dankgebet, Jin. Ich glaube, wir sind gerettet.«

Jin schien eine Weile darüber nachzudenken. »Wir sollten hier bleiben«, erklärte sie schließlich mit Bedacht. »Wenn wir uns vor dem Morgengrauen nach draußen wagen, werden die Shin-shin uns gewiss auflauern.«

»Ich glaube, er denkt dasselbe«, sagte Tane und deutete mit den Augen auf die große, pelzige Masse, die ihnen den Ausgang versperrte.

Die Bärin lag die ganze Nacht hindurch vor ihrem Versteck, und trotz der unbequemen Lage schliefen Tane und Jin. Jins Träume kreisten um Feuer und grässliche, sengende Hitze; Tanes waren wie üblich vom Klang von Schritten erfüllt, die sich seiner Schlafzimmertür näherten – und von dem wachsenden Grauen, das sie begleitete.

ACHT

Webfürst Vyrrch schlurfte die Gänge der Kaiserlichen Feste entlang. Sein buckliger, welker Körper lag unter seinen Flickenlumpen verborgen, das entstellte Gesicht hinter der bronzenen Fratze eines wahnsinnigen und uralten Gottes. Einst war er erhobenen Hauptes, mit forschen Schritten und geradem Rücken durch diese Gänge stolziert, doch das war, bevor die Maske ihn von innen heraus zu einem Zerrbild seiner Selbst verunstaltet hatte. Wie bei allen wahren Masken war ihr Material mit Hexensteinextrakt überzogen, und Hexenstein gab nichts, ohne auch etwas zu nehmen. Überall in Vyrrchs Körper wucherten sowohl gutartige als auch bösartige Geschwüre. Seine Knochen waren morsch, die Knie krumm, seine Haut mit Flecken übersät. Doch das war der Preis der Macht, und Macht besaß er im Überfluss. Er war der Webfürst, der Weber der Kaiserin, und ihm mangelte es an nichts.

In den höheren Gefilden der Gesellschaft Saramyrs galten Weber als geradezu lebensnotwendig. Durch sie konnten Adlige über weite Entfernungen unverzüglich miteinander in Verbindung treten, ohne auf Boten zurückgreifen zu müssen. Sie konnten ihre Feinde bespitzeln oder über ihre Verbündeten und ihre Lieben wachen. Begabtere Weber waren in der Lage, unsichtbar und unnachweisbar zu töten – eine bequeme Möglichkeit, Störenfriede zu beseitigen. Das Verbrechen konnte nur durch einen anderen Weber zurückverfolgt werden, und selbst dafür gab es keine Gewähr.

Die wichtigste Rolle eines Webers aber bestand darin, zur Abschreckung zu dienen; denn die einzige Verteidigung gegen einen Weber stellte ein anderer Weber dar. Man setzte sie ein, um ihresgleichen daran zu hindern, ihre Arbeitgeber zu bespitzeln oder gar zu töten. Hatte ein Adliger einen Weber in seinen Diensten, benötigten all seine Feinde ebenfalls einen, um sich zu schützen. Dasselbe galt für deren Feinde und die Feinde dieser Feinde und so weiter. Die ersten Weber waren vor rund zweieinhalb Jahrhunderten aufgetaucht, und seither waren sie zu einem festen Bestandteil der Adelsschicht geworden. Jede der hochwohlgeborenen Familien beschäftigte einen Weber; keinen zu haben, wäre ein gewaltiger Nachteil gewesen. Und obwohl sie gemeinhin selbst von ihren Arbeitgebern geschmäht und verachtet wurden, zeichnete sich kein Ende ihrer Gegenwart in der Gesellschaft ab.

Der Preis, um einen Weber anzuwerben, war fürwahr beträchtlich, und die Arbeitgeber bezahlten, bis der Weber starb. Natürlich war Geld ein wesentlicher Bestandteil der Beziehung zwischen den Webern und ihren Arbeitgebern, doch das Geld wurde nicht an die Weber selbst bezahlt, sondern an die Randväter in den Tempeln, denn sie stellten die Masken für die Weber her, und somit handelte es sich eigentlich um den Kaufpreis für die Maske. Was den Weber selbst betraf, so bekam er jede Annehmlichkeit, all seine Bedürfnisse wurden erfüllt und auf all seine Launen Rücksicht genommen – und natürlich kümmerte man sich um ihn, wenn er selbst dazu nicht mehr in der Lage war.

Weben war eine gefährliche Angelegenheit. Jedes Mal, wenn Weber ihre Kräfte einsetzten, wandelten sie am Rand des Wahnsinns, und es bedurfte jahrelanger Übung, um der den Masken innewohnenden Energien Herr zu werden. Im Wesentlichen übten die Masken eine berauschende Wirkung aus. Die erhabene Glückseligkeit des Gewebs hob Körper und Geist in schwindelerregende Höhen; doch wenn der Weber wieder zu sich kam, setzte ein entsprechend tiefer Fall ein. Manchmal schlug er sich in entsetzlicher, selbstmörderischer Schwermut nieder, manchmal in Hysterie, und manchmal in wahnsinniger Raserei oder unstillbarer Lust. Die Bedürfnisse der einzelnen Weber unterschieden sich drastisch voneinander, und jeder von ihnen entwickelte andere Gelüste, die befriedigt werden mussten, damit er nicht Hand an sich selbst legte. Kein Arbeitgeber wollte das. Ein toter Weber verkörperte lediglich einen überaus kostspieligen Leichnam.

Die Weber waren Söldner, die ihre Dienste an den Höchstbietenden verkauften. Zugute halten musste man ihnen, dass sie sich stets treu ergeben zeigten, nachdem sie gekauft worden waren; es war kein einziger Fall eines Webers bekannt, der für einen höheren Preis zu einer anderen Familie übergelaufen wäre. Doch alle waren zu einer übergeordneten Gefolgstreue verpflichtet, und die galt Adderach, dem großen Bergkloster, dem Herz ihrer Loge. Für ihre Arbeitgeber taten die Weber alles, töteten sogar andere Weber – im Angesicht der Grausamkeiten, die sie nach ihren Websitzungen begingen, war es schwierig, sich ein Gewissen zu wahren; Adderach und dessen Plänen aber würden sie niemals Schaden zufügen, denn Adderach war das größte der Klöster, und in den Klöstern wurden die Hexensteine verwahrt, und ohne Hexensteine waren Weber nichts.

Vyrrch erreichte die Tür zu seinen Gemächern, die sich hoch im südlichen Ende der Feste befanden. Hier begegnete er nur wenigen Menschen. Wenngleich sich stets Diener in Rufnähe befanden, um jede seiner Launen zu befriedigen, hatten sie gelernt, dass es sicherer war, ihn zu meiden, wenn sie nicht gebraucht wurden. Vyrrchs Vorlieben waren ungewöhnlich, doch andererseits war es üblich, dass die Wünsche eines Webers immer unberechenbarer und abartiger wurden, je fester der Irrsinn ihn umklammerte.

Eines Sommers überkam Vyrrch zunehmend die Wahnvorstellung, jemand könnte seine Habseligkeiten stehlen wollen; er war überzeugt davon, überall tuschelnde Gestalten zu sehen, die sich verschworen, um seine Gemächer ihrer prunkvollen Einrichtung zu berauben. Derlei Gedanken nagten an ihm, bis sie in Besessenheit ausarteten, und mehrere Diener wurden wegen des Diebstahls von Dingen hingerichtet, die es nie gegeben hatte. Danach erklärte er, kein Diener dürfe mehr seine Räumlichkeiten betreten. Sie waren nur durch diese eine Tür zugänglich, die stets verriegelt war, und er war der Einzige, der einen Schlüssel dazu hatte. Hinter jener Tür erstreckte sich ein Irrgarten von Räumen, die seit mittlerweile mehreren Jahren kein Diener mehr betreten hatte.

Vyrrch holte den schweren Messingschlüssel hervor, der um seinen dürren Hals hing und schloss die dicke Tür am Ende des Ganges auf. Er musste sich dagegen stemmen, um sie aufzudrücken. Gleich darauf huschte etwas heraus und an seinen Füßen vorbei. Er wirbelte gerade noch rechtzeitig herum, um zu erkennen, dass es sich um eine Katze handelte, die mit von Brandflecken übersätem Fell den Gang hinabraste. Hinter der reglosen Oberfläche der Maske runzelte Vyrrch kurz die Stirn. Er konnte sich nicht besinnen, nach einer Katze verlangt zu haben. Vyrrch fragte sich, was er mit ihr angestellt haben mochte.

Er trat in die düsteren Gemächer und verriegelte die Tür hinter sich. Den Gestank, der aus dem Inneren drang, nahm er nicht wahr; es war der Moder seines eigenen, verdorbenen Fleisches, gemischt mit einem Dutzend weiterer, gleichermaßen fauliger Gerüche. Das Licht von draußen dämpften mehrerer Schichten herabhängender, längst von Staub und Wasserpfeifenrauch besudelter Seide, weshalb die Kammern selbst am helllichten Tag finster wirkten. Vyrrch schlurfte in den Hauptraum, in dem sich das achteckige Badebecken befand. Er hatte sich des ertrunkenen, nackten Knaben darin entledigt, indem er einen Tank voll Scherenfische bestellt und sie in das Becken gekippt hatte. Im Nu hatten sie erst den Knaben, dann einander vertilgt, und nun war das Wasser dunkelrot, und Fleischbrocken trieben darin. Auch die halb verweste Masse, die sein gebrochenes Bett besetzte, war noch da, wie Vyrrch angewidert feststellte. Allmählich störte sie ihn. Er würde demnächst etwas dagegen unternehmen. Vorerst aber hatte er sich einer wichtigeren Aufgabe zu widmen.

Am nächsten Tag sollte die Kaiserin sich dem Rat stellen. Das war eine gefährliche Begegnung für sie, die sich als verheerend für das Geblüt Erinima erweisen konnte. Mittlerweile hatten die adeligen und hohen Familien sich ein Bild über die Lage bezüglich Lucia gemacht; sie hatten sich zu Bündnissen zusammengeschlossen und Pakte besiegelt. Sie waren bereit, der Kaiserin zu drohen und gegebenenfalls ihre Haltung in Hinblick auf Lucias Anspruch auf den Thron kundzutun: Unterstützung oder Widerstand. Ja, die Kaiserin konnte auch auf Hilfe aus den Reihen des Adels rechnen.

Die letzten paar Tage hatte Vyrrch damit verbracht, Botschaften zwischen den Verbündeten des Geblüts Erinima zu übermitteln, die zahlreicher waren, als er erwartet hatte. Die Kunde, dass Lucias Ausgeburt weder offenkundig gefährlich, noch äußerlich erkennbar war, hatte den Sturm etwas besänftigt, und viele der treuesten Freunde des Geblüts Erinima hatten beschlossen, zur Kaiserin zu halten. Sogar das Geblüt Batik, dem Anais' Gemahl entstammte, hatte trotz Duruns unverhohlener Abscheu gegenüber dem Kind seine Unterstützung zugesagt. Sie glaubten, die Tradition des Thronerbes durch Geblüt sollte gewahrt werden. Auch andere, weniger bedeutende Familien, die in dieser Situation eine Gelegenheit sahen, ihren Rang zu verbessern, hatten sich zu Lucia bekannt. Sie hofften auf Lohn und Anerkennung, indem sie der Kaiserin in der Not beistanden.

Vyrrch war zwar ein wenig bestürzt, aber keineswegs verzagt. Der Widerstand, der das Wohl des Landes über die Tradition stellte, war wenigstens ebenso stark, und zahlreiche Familien zauderten noch unentschlossen. Die Ratssitzung konnte sich in beide Richtungen entwickeln.

Vyrrch hatte beschlossen, selbst auf den Ausgang der Beratungen einzuwirken, und zwar nicht zu Gunsten seiner Arbeitgeberin. Für die Weber und Adderach stellte Lucias Thronfolge eine Gefahr dar, und so arbeitete er klammheimlich am Verrat an der Kaiserin und ihrer Tochter.

Mit überkreuzten Beinen hockte er sich auf seinen üblichen Platz neben dem Becken, beugte sich vor und rollte sich zusammen. Nachdem er zur Ruhe gekommen war, wartete er, bis der Schmerz in seinen Gliedern langsam nachließ. Er entspannte sich, so gut es ging, denn sein Körper peinigte ihn ständig. Nach und nach verfiel er in Trance, wodurch sogar der Schmerz verblasste. Er spürte die hungrige Hitze des in die Maske eingearbeiteten Hexensteinstaubs. Die Maske schien, sein Gesicht zu wärmen, wenngleich ihre Temperatur keineswegs anstieg; die Oberfläche begann, ockergrün zu schimmern.

Das Eindringen in das Geweb war wie das Emporschwimmen durch dunkles Wasser zum strahlenden Himmel darüber. Der Druck des angehaltenen, die Lungen blähenden Atems, das Gefühl, kurz vor dem Platzen zu stehen, die Vorfreude auf den Augenblick der Erlösung … dann brach Vyrrch aus dem Wasser hervor, spie die aufgestaute Luft aus und trieb wieder in der segensreichen Schwärze zwischen den riesigen Strängen des Gewebs.

Die Glückseligkeit, die ihn durchströmte, war überirdisch und ließ im Vergleich zu ihr alle anderen Empfindungen verblassen. Eine Weile aalte Vyrrch sich in der Wonne einer Verzückung, die jedes körperliche Vergnügen weit überstieg. Dann zügelte er sich mit großer Willensanstrengung, um die Ekstase auf ein erträgliches Maß zu reduzieren, sodass er handeln konnte. Das Handwerk der Weber bedurfte strengster Disziplin; für Ungeschulte verhieß das Geweb den Tod.

Vyrrch reiste in ein Gebiet, das er häufig auf Geheiß seiner Herrin besuchte. Es war das Hoheitsgebiet Tabaxas, eines jungen und begabten Webers, der im Dienste des

Baraks Zahn tu Ikati stand. Diesmal jedoch kam Vyrrch nicht, um eine Botschaft zu übermitteln oder eine Unterredung zu führen. Diesmal drang er unbemerkt ein.

Das Geblüt Ikati galt nur von Zeit zu Zeit als Verbündeter des Geblüts Erinima. Die beiden Familien hatten zu viele gegensätzliche Interessen, um wahrhaft treue Freunde zu werden, andererseits bekämpften sie einander auch selten. Zumeist verhielten sie sich respektvoll neutral zueinander. Zwar war das Geblüt Ikati weder besonders reich, noch besaß es große Ländereien, dafür hatte es eine beeindruckende Reihe von Vasallenfamilien vorzuweisen, die dem Geblüt Gefolgstreue geschworen hatten. In ihrer Blütezeit hatte die Familie den Herrscher des Reichs gestellt, und so mancher damals geschmiedete Pakt hielt dank sorgsamer Pflege bis zum heutigen Tage. Das Geblüt Ikati an sich zählte nicht annähernd zu den einflussreichsten Familien des Landes, doch berücksichtigte man die Ränge dahinter, wurde es zu einer Macht, die man keineswegs unterschätzen durfte.

Barak Zahn hatte einen – geheimen – Pakt mit der Kaiserin geschlossen, was bedeutete, dass er beim morgigen Rat seine Unterstützung für sie kundtun würde. Anais war schlau genug, Botschaften nur dann über Vyrrch zu übermitteln, wenn es unbedingt erforderlich war, und in dieser Angelegenheit hatte sie klugerweise entschieden, sich nicht auf seine Treue zu verlassen. Vyrrch bereitete es unsägliches Vergnügen zu beobachten, wie sehr es ihr widerstrebte, sich seiner bedienen zu müssen, um Mitteilungen über große Entfernungen zu senden, denn ihr war der Standpunkt des Webers in Bezug auf Lucia durchaus bekannt. In diesem Fall aber hatte sie stattdessen den Barak eingeladen, sie persönlich in der Feste zu besuchen. Doch dies war Vyrrchs Hoheitsgebiet, und innerhalb des Gemäuers entging nur wenig seiner Aufmerksamkeit; so belauschte er die beiden Ränkeschmiede unbemerkt aus der Ferne.

Anais verließ sich auf die Unterstützung des Geblürts Ikati, um den Rat auf ihre Seite zu ziehen – oder zumindest, um ihn davon abzuhalten, ihr offen feindselig gegenüberzutreten. Vyrrch hingegen hatte andere Pläne. Er beabsichtigte, die Meinung des Baraks zu ändern.

Es war ein gefährliches Unterfangen, aber schließlich waren dies auch gefährliche Zeiten. Würde er entdeckt, gäbe es einen Skandal für die Kaiserin – was an sich nicht übel wäre –, doch es würde Anais auch den Grund geben, den sie brauchte, um sich seiner zu entledigen. Es gab Regeln, um Arbeitgeber davon abzuhalten, Weber hochkant hinauszuwerfen, sobald sie ein Ärgernis wurden, was unvermeidlich war; doch Sabotage ohne Auftrag seiner Herrin stellte einen Regelbruch seinerseits dar.

Der Stand der Weber lebte von seiner Vertrauenswürdigkeit. Die Adligen missbilligten sie ob ihrer Notwendigkeit und hassten den Umstand, dass sie die widerwärtigen, barbarischen Bedürfnisse der Weber stillen mussten; doch ohne sie wäre das riesige Kaiserreich förmlich gelähmt. Es war ein eigenartiges Gleichgewicht, eine Beziehung zu beiderseitigem Nutzen, die gegenseitige Abneigung prägte; und dennoch, trotz all ihrer Macht waren die Weber in Saramyrs Gesellschaft lediglich als Werkzeuge der Adligen eingeflochten, die sie beschäftigten, und so wie alle anderen Werkzeuge auch konnten sie weggeworfen werden. Niemand konnte sich im Umfeld von Geschöpfen sicher fühlen, die in der Lage waren, die innersten Geheimnisse eines Menschen zu lesen; noch schlimmer aber war die Vorstellung, ein Gegner könnte diese Geheimnisse lesen lassen.

Die Weber wandelten auf Messers Schneide, und sollte ein so bekannter Vertreter ihrer Zunft wie Vyrrch dabei ertappt werden, dass er seine Arbeitgeberin hinterging, würden die Auswirkungen die Pläne Adderachs um Jahrzehnte zurückwerfen. Geriete ihre uneingeschränkte Gefolgstreue in Verruf, würde schreckliche Vergeltung folgen, und die Sicherheit der Weber beruhte allein darauf, dass die Adligen sich nicht zusammenschlossen, um sie zu beseitigen. Anais bekäme nur allzu gerne einen neuen Weber, und Vyrrch war mittlerweile zu gebrechlich, um ohne einen Schutzherrn zu überleben.

Vorsichtig, dachte er bei sich, doch inmitten der Glückseligkeit des Gewebs schien das Wort flüchtig wie Nebel.

Tabaxa war kein einfacher Gegner, deshalb beruhte Vyrrchs Strategie ausschließlich darauf, nicht entdeckt zu werden. Weder der Barak noch sein Wachhund durften je bemerken, dass Vyrrch hier gewesen war, um sich verstohlen an seinen Gedanken zu schaffen zu machen und ihn gegen die Kaiserin zu wenden.

Tabaxa hatte sein Hoheitsgebiet als vielschichtiges Geflecht von Netzen gewoben, dessen hauchdünne Fäden sich in die Unendlichkeit erstreckten. Es war die häufigste Verbildlichung des Gewebs, die Meister ihren Schülern beibrachten, dennoch regte sich ob des Anblicks unwillkürlich Ehrfurcht in Vyrrch.

Das schiere Ausmaß des Netzes überstieg jedes Blickfeld. Schicht um Schicht hing in Winkeln, die jede Logik verhöhnten, inmitten vollkommener Schwärze; die Fäden waren irgendwo in so weiter Ferne verankert, dass sie sich am Rand des Sichtfelds verliefen. Das Netz war wesentlich verschlungener als das schlichte Gespinst einer Spinne. Hier, wo die Gesetze der Physik nicht galten, krümmten sich Netze in so unmöglichen Winkeln, dass die Augen sie nicht recht zu erfassen vermochten, und formten ein Gebilde, das in der Welt außerhalb des Gewebs unmöglich gewesen wäre. Zwischen den dicken Strängen wogten zarte Schleier durchscheinender Spinnfäden in einem kalten Wind, dem Grufthauch des Abgrunds. Ein sanftes Klingeln begleitete das Wogen des riesigen Gebildes.

Vyrrch war gezwungen, sich anzupassen und seine Wahrnehmung jener seines Gegners anzugleichen. Er wusste, dass all das nicht wirklich da war, sondern lediglich ein Verfahren darstellte, das es seinem zerbrechlichen, menschlichen Gehirn ermöglichte, die schier unendliche Vielschichtigkeit des Gewebs zu erfassen, ohne augenblicklich in Wahnsinn zu verfallen. Als körperloser Verstand schwebte Vyrrch im Nichts, tastete sich behutsam mit den Sinnen vor und suchte nach Lücken in der Verteidigung seines Gegners. Netz um Netz erstreckte sich vor ihm, und jedes löste eine andere Warnung aus, die Tabaxa herbeirufen würde. Vyrrch war beeindruckt. Das Gespinst war geschickt und sorgsam geflochten; aber nicht so sorgsam, dass ein Webfürst es nicht zu durchdringen vermochte.

Vyrrch verlagerte die Sicht auf eine andere Schwingungsebene und sah zu seiner Freude, dass ein Großteil einer Gewebsschicht verschwunden war. Offenbar war Tabaxa nicht umsichtig genug gewesen, um sein Hoheitsgebiet über die gesamte Bandbreite abzusichern. Nur wenige Weber waren in der Lage, die eigenen Schwingungen auf eine andere Ebene anzupassen – also in gewisser Weise eine neue Dimension innerhalb des Gewebs zu betreten. Vyrrch konnte es. Selbstzufrieden tastete er sich weiter; unsichtbare Gedankenfühler strichen rings um ihn an den Fäden vorbei, ohne sie jedoch zu berühren. Er spürte die pochende Gegenwart Tabaxas, eine fette, schwarze Spinne, die viele Hundert Male größer als er selbst war und irgendwo in der Nähe lauerte.

Plötzlich nahm Vyrrch am Rand seiner Sinne ein leichtes Beben wahr, und sein Verstand sah etwas von oben herabschweben, einen gespenstischen Schleier, dünn und durchscheinend, der durch die Lücken zwischen dem Netz glitt. Fast unmittelbar danach spürte er andere in der Nähe. Keiner schien sich auf ihn zuzubewegen; also verharrte er reglos, bis sie zarten Rauchschwaden gleich an ihm vorüberzogen.

Er ist gerissen, dachte Vyrrch. *So etwas habe ich noch nie gesehen.*

Die Dinger waren Wächter, umherstreifende Fallen, die sich in einer hohen Schwingungsebene des Gewebs bewegten. Bei gewöhnlicher Schwingung waren sie unsichtbar. Hätte Vyrrch versucht, das Netz so zu durchdringen, wie er es ursprünglich vorgefunden hatte, wäre er nicht in der Lage gewesen, sie wahrzunehmen, bis er mit ihnen zusammenstieß und sie ihren Schöpfer warnten.

Der Webfürst genoss die Herausforderung. Langsam und geduldig drang er tiefer in die Spinnfädenhülle von Tabaxas Hoheitsgebiet vor. Der nur in seiner Vorstellung vorhandene Wind blies durch das Gefüge der Fallen und wehte sie von einer Seite zur anderen. In Wahrheit hatte Tabaxa das Netzwerk der Fallen so eingerichtet, dass es über die Bandbreite des Gewebs leicht schwankte, um arglose Eindringlinge eher zu ertappen, doch für Vyrrchs Sinne präsentierte sich die Wirkung als Regungen des Gespinsts. Vyrrch musste sich ducken, als ein riesiger, silbriger Strang an ihm vorbeischnellte. Er hielt sich dicht beisammen, ein Gebilde dicht gebündelten Bewusstseins, und kroch weiter, tiefer ins Innere.

Und dann löste er den Alarm aus.

Vyrrch geriet in Panik, als das Netz rings um ihn in sinnesbetäubendes Getöse ausbrach, in eine lähmende Kakophonie von Schwingungen. Kurz wirbelte er wirr umher, dann sammelte er sich wieder und hielt nach der Ursache Ausschau. Nichts! Da war nichts! Er war vorsichtig gewesen! Vyrrch spürte die jähe, hektische Bewegung, als Tabaxa seine Masse in Bewegung setzte und auf der Suche nach dem Eindringling das Netz herabgerast kam. Der Webfürst versuchte, sich zu bewegen, um zu entkommen, bevor er erkannt wurde, doch er war gefangen, sein Bewusstsein in Fesseln gelegt. Hastig wechselte er zurück auf normale Schwingung, wo er zu seinem Entsetzen feststellte, dass ihn ein groteskes, glitschiges Ding umhüllte, halb nebelig, halb fest, eine abscheuliche Amöbe, die seinen Verstand ehern umklammerte.

Vyrrch fluchte. Tabaxa hatte nicht nur Fallen eingesetzt, die ausschließlich auf höherer Ebene sichtbar waren – die durchscheinenden Gespensterschleier, die er zuvor erblickt hatte; nein, er hatte zudem weitere verwendet, die nur bei gewöhnlicher Schwingung zu erkennen waren. Vyrrch war überlistet worden; er hätte zwischen den beiden Ebenen wechseln sollen.

Von jähem Zorn gepackt, löschte Vyrrch die Amöbe mit einem einzigen Gedanken aus, zerriss ihre Fäden in blinder Raserei. Doch mittlerweile war Tabaxa fast bei ihm angelangt, eine dunkle, riesige Masse, die mit acht zuckenden Beinen die Stränge des Gespinsts entlangrannte, um zu sehen, was nicht in Ordnung war. Es war zu spät, um ein Aufeinandertreffen zu vermeiden, zu spät, um unerkannt zu entkommen. Tabaxa würde wissen, dass er, Vyrrch, hier gewesen war.

Beim Blut des Herzens! dachte er wild. *Jetzt gibt es kein Zurück mehr.*

Vyrrch riss sich aus dem Geflecht der Fallen los, zerfledderte es hinter sich und polterte in den Spinnenkörper seines Gegners. Seine Welt löste sich in eine unfassbare Masse von Fäden auf, ein überwältigendes, zuckendes Gespinst winziger Knoten und Gewirre, und er befand sich *in* den Fäden, beherrschte sie. Auch Tabaxa war hier; Vyrrch spürte seinen zornigen Trotz. Zwar schien er verwirrt darüber, weshalb Vyrrch in sein Hoheitsgebiet eingedrungen war, dennoch konnte er es kaum erwarten, den älteren Weber zu vernichten. Keiner der beiden würde Gnade gewähren oder um Gnade flehen.

Der Kampf wurde schneller ausgetragen, als das Bewusstsein es zu verfolgen vermochte. Jeder suchte einen Kanal in den anderen, und so hechteten und duckten sie sich unter Fäden hindurch, fanden vor ihnen verknotete, entwirrten diesen oder jenen Strang und erreichten Sackgassen und Schleifen, die als Fallen oder Köder ausgelegt waren. Jeder versuchte, den anderen lange genug zu verwirren, um dessen Verteidigung zu durchbrechen, während es gleichzeitig galt, die eigene zu wahren. Indem sie sich an den Fäden des Gewebs zu schaffen machten, hieben sie aufeinander ein und parierten die Schläge des Gegners. Sie huschten vor und zurück, erschufen Irrgärten, in denen der Gegner sich verlaufen sollte und entwirrten hektisch verschlungene Knoten, um einen Kanal in den Feind freizulegen.

Letzten Endes jedoch siegte die Erfahrung, und Tabaxa unterlief ein Fehler. Vyrrch hatte ihm einen verlockenden Kanal als Köder ausgelegt, auf den Tabaxa sich ungestüm stürzte; doch er endete in einer Sackgasse, wo Vyrrch bereits lauerte. Mit unter den Webern unerreichter Geschwindigkeit und unübertroffenem Geschick zauberte er hinter Tabaxa einen unlösbaren Knoten und kerkerte ihn regelrecht ein. Tabaxa versuchte, von Strang zu Strang zu springen, der Falle zu entrinnen, aber er stieß nur auf eine weitere und wieder eine neue, und dann war es zu spät. Vyrrch war bereits weg, um sich durch Tabaxas Verteidigung zu bohren, und der jüngere Weber war außerstande, rechtzeitig aus seinem Gefängnis auszubrechen. Vyrrch hatte einen Knoten in Tabaxas Mauer entdeckt, der bereits franste; er zerfetzte ihn und preschte hindurch, mitten hinein in Tabaxas Verstand – wie ein Fleischerhaken in einen Kadaver verhakte er sich darin und *riss* . . .

Als Vyrrch sich zurückzog, spürte er die Gewalt der Blutung seines Feindes, fühlte, wie die verlöschende Glut von Tabaxas Bewusstsein zu seinem sterbenden Körper zurückgezogen wurde. In der Wirklichkeit lag Tabaxa zuckend auf dem Boden seiner Kammer, das Gehirn durch die Kraft von Vyrrchs Willen von innen zersprengt. Der Webfürst selbst verließ das Geschehen. Rasch blieben die Todesqualen seines Gegners hinter ihm zurück, als er aus dem Geweb raste, den Strängen fluchend und tobend zurück zu seinem Körper folgte.

Dann schlug Vyrrch die Augen in dem düsteren, dreckigen Raum auf, in dem er hockte. Er kreischte vor unerträglicher, verzweifelter Wut. Er war unachtsam gewesen! Er, Vyrrch, der Webfürst, war in eine Falle getappt, die er mühelos hätte umgehen sollen, noch vor einem Jahr mühelos umgangen *hätte*. Was war bloß los. mit ihm? Warum nur konnte sein Verstand seine Gedanken, Lektionen und Instinkte nicht mehr so bündeln wir früher? Er war der vermutlich beste Weber im ganzen Land, und dennoch war er stümperhaft auf Tabaxas List hereingefallen, war gezwungen gewesen, ihn zu töten, um unerkannt zu bleiben. Und trotz allem war er nicht einmal in die Nähe von Barak Zahn gelangt. Ein Fehlschlag, ein einziger, vollkommener Fehlschlag.

Jäh erhob sich Vyrrch, als sich seiner Kehle ein weiterer schriller Schrei entrang. Er packte den unkenntlichen Leichnam auf dem Bett und schleuderte ihn in das blutige Becken. Dann schlug er ein Kristallzierstück beiseite, das in einer Ecke der Kammer stand und das er glaubte, nie zuvor gesehen zu haben. Binnen eines Lidschlags zerbarst ein mittleres Vermögen auf den Kacheln des Bodens in Tausend Scherben. Einem Wirbelwind gleich fegte Vyrrch durch seine Gemächer, zerbrach und schleuderte alles zu Boden, was er zu fassen bekam, und brüllte wie ein tobsüchtiges Kind, ehe er sich zu Boden warf und mit den Fingern darüber kratzte, bis die Nägel brachen.

Der Schmerz erfüllte ihn mit kurzzeitiger Ruhe, bewirkte ein vorübergehendes Abflauen des Sturms. Eine Weile blieb er keuchend liegen, dann rappelte er sich auf und wankte zu einem in die Wand eingelassenen Mundstück, das über ein Sprachrohr mit den Unterkünften seiner Leibdiener verbunden war.

»Bringt mir ein Kind«, schnarrte er. »Ein Kind, ganz gleich von welcher Sorte. Schafft mir ein Kind her, und ... und meinen Werkzeugbeutel. Und Essen! Ich will Fleisch! Fleisch!«

Auf eine Antwort wartete er nicht. Stattdessen warf er sich wieder zu Boden und wartete, während seine ausgemergelten Rippen sich hoben und senken. Die Vorfreude ließ ihn geifern. Dabei wusste er gar nicht, was geschehen würde, wenn das Kind eintraf. Das wusste er nie. Trotzdem glaubte Vyrrch, dass er es genießen würde.

NEUN

Das Anwesen des Geblüts Tamak befand sich auf der gegenüberliegenden Seite des Kaiserviertels, dennoch beschloss Mishani, zu Fuß zu laufen.. Zum einen war es ein wundervoller Tag; ein kühles Lüftchen aus dem Norden linderte die übliche, drückende Hitze der Stadt ein wenig. Zum anderen zog sie es vor, ihr Treiben an jenem Nachmittag geheim zu halten.

Die Straßen des Kaiserviertels waren breiter als die üblichen Durchfahrtswege der Stadt; außerdem herrschte weniger Verkehr auf ihnen. Hoch aufragende, uralte Bäume säumten ihren Rand, und von den rechteckigen Pflastersteinen wurde jeden Morgen das Laub gekehrt. Überall plätscherten und gurgelten Springbrunnen und Zierrinnen, deren Wasser sich in Becken sammelte, aus denen Vorüberziehende trinken konnten, um ihren Durst zu stillen. Karren mit hoch aufgetürmten Warenlieferungen ratterten vorbei. Mishani passierte zahlreiche Tore. Jedes gehörte zu einer bedeutenden Familie, und an jedem prangte irgendwo das jeweilige Ahnenwappen. Das Kaiserviertel setzte sich überwiegend aus den Stadthäusern der verschiedenen Familien zusammen – nicht nur der hohen Geblüte, die im Rat saßen, sondern auch einer Vielzahl niedrigerer Adliger.

Mishani schaute zur Kaiserlichen Feste empor, deren verwinkelte Flächen im Sonnenlicht schimmerten. Eine Ratsversammlung fand gerade statt, und zwar eine, an der auch sie teilnehmen sollte. Die Thronerbin war eine Ausgeburt, und die Kaiserin beabsichtigte in ihrer Überheblichkeit trotzdem, sie auf den Thron zu setzen. Mishani hätte es niemals für möglich gehalten – nicht nur, dass Lucia überhaupt acht Ernten erleben durfte, sondern auch, dass die Kaiserin so töricht war zu glauben, die hohen Familien würden zulassen, dass eine Ausgeburt über Saramyr herrschte. Ihr Vater würde ihr zürnen, weil sie nicht da gewesen war, um seiner Verurteilung der Kaiserin zusätzliches Gewicht zu verleihen; doch Mishani hatte etwas anderes zu erledigen, und es musste geschehen, solange alle Augen auf die Feste gerichtet waren.

Die Klüfte, die durch die Offenbarungen über die Kaiserfamilie entstanden waren, hatten sich rasch und ungestüm aufgetan. Langjährige Verbündete hatten sich angewidert voneinander abgewandt und trieben ob ihrer Unfähigkeit auseinander, den Standpunkt des anderen zu tolerieren. Streitgespräche waren ausgebrochen und hatten sich zu wahren Fehden entwickelt. Überwiegend lag das an den Männern und deren Gebaren, dachte Mishani verächtlich. Ihr Vater war ein Musterbeispiel dafür. Noch vor einem Monat waren er und Barak Chel, Oberhaupt des Geblüts Tamak, politische Verbündete und gute Freunde gewesen. Mishani hatte ihren Vater oft zu Besuchen ins Stadthaus des Geblüts Tamak begleitet. Dann hatte Chels Unterstützung der Kaiserin in der Frage der Thronfolge eine Meinungsverschiedenheit ausgelöst, anlässlich der sich beide Seiten bedauernswerte Dinge an den Kopf geworfen hatten. Nun waren sie erbitterte Feinde, die sich weigerten, miteinander zu reden.

Was Mishanis Anliegen wenig zuträglich war, denn im Haus des Geblüts Tamak lebte ein weiser, greiser Gelehrter namens Copanis, dessen besonderes Fachgebiet antike Masken waren. Und wie auch immer das Verhältnis zwischen den beiden Familien aussehen mochte, Mishani hatte auf jeden Fall vor, ihn aufzusuchen, was ein beachtliches Wagnis bedeutete. Ihr Ruf würde erheblich leiden, sollte sie dabei erwischt werden, dass sie den Wünschen ihres Vaters trotzte – ganz zu schweigen von der Peinlichkeit, die ihre Anwesenheit im Haus des Feindes verhieße –, doch hier ging es um bedeutendere Dinge. Kaikus einzige Spur zu den Mördern ihres Vaters stellte die Maske dar, die Mishani nun unter ihrem blauen Gewand versteckt hatte, und wenn ihnen jemand etwas darüber sagen konnte, dann Copanis.

Mishani musste einfach mit ihm sprechen.

Sie sorgte sich um ihre Freundin, während sie auf gewundenen Wegen durchs Kaiserviertel ging: über sonnengeflutete, mosaikbesetzte Plätze mit Gaststätten in den schattigen Kreuzgängen, schmale und makellos gepflegte Gassen hinab, in denen Katzen mit kurzem Stoppelfell umherstreiften, durch einen kleinen Park, in dem Pärchen spazierten und Künstler mit überkreuzten Beinen im Gras hockten, während ihre Pinsel über die Leinwände strichen. Mishani liebte das Kaiserviertel, und an den meisten Tagen fand sie es schlichtweg bezaubernd. Es war ein Ort der Schönheit und Ränke, an dem die Randmachenschaften des Hofes sich in den Gärten und unter den Bögen abspielten. Natürlich wusste Mishani, dass die Gegend im Vergleich zum betriebsamen, verschwitzten Rest der Stadt gewissenhaft gepflegt und streng bewacht wurde, doch sie war zufrieden damit, das Gedränge zu meiden, wann immer es möglich war, und sie zog die Ruhe und Pracht dieser Straßen jenen des Marktviertels oder des Armenviertels allemal vor.

Heute aber kreisten Mishanis Gedanken nicht um die Eindrücke, die sie umgaben. Ihr Geist war einzig von der Sorge um Kaiku erfüllt. Sollte wahr sein, was Kaiku ihr berichtet hatte – und Mishani hegte keinerlei Zweifel daran, dass Kaiku es zumindest glaubte –, war ihre Lage ernst. Kaiku war überzeugt davon, von etwas besessen zu sein, was an sich schon schlimm genug war; die andere Möglichkeit – dass sie verrückt war und die Geschichte über die Shin-shin und den Feuertod Asaras als überzogene Reaktion auf den Verlust ihrer Familie bloß ersonnen hatte – schien kaum besser. Aber Kaiku schien durchaus bei klarem Verstand zu sein, was nahe legte, beide Möglichkeiten zu verwerfen ...

es sei denn, ihre Hirngespinste waren heimtückischerer Natur und äußerten sich nicht als unverhohlene Verrücktheit, sondern als unscheinbarer Wahn.

Ein eisiger Schauder lief Mishani über den Rücken, ein kaltes Aufwallen, das der Wärme der strahlenden Nachmittagssonne auf ihrer Haut entgegenwirkte. Beim Blut des Herzens, was, wenn Kaiku *tatsächlich* besessen war? Mishani kannte die Geschichten über dunkle Geister, die Wälder und Berge heimsuchten, all die tief, hoch und versteckt gelegenen Winkel der Welt; doch bisher waren diese Geister stets weit weg und nicht in der Lage gewesen, sie zu bedrohen. Auch von der zunehmenden Feindseligkeit der Tiere hatte Mishani gehört; sie stellte seit langem eine geringe, aber hartnäckige Sorge in Hofkreisen dar. Enyus Priester und Anhänger redeten ununterbrochen davon. War es also tatsächlich so weit hergeholt zu glauben, ihre Freundin könnte von den kühn gewordenen Geistern ... *befallen* worden sein?

Mishani schüttelte den Kopf. Was wusste sie schon über Geister? Durch Vermutungen und Befürchtungen flößte sie sich bloß selbst Furcht ein. Gewiss gab es Antworten, *musste* es Antworten geben, und sie und Kaiku würden sie finden. Doch zuerst hatte sie eine andere Aufgabe zu erledigen.

Das Anwesen des Geblüts Tamak lag an einem Hang. Den Haupttrakt des Stadthauses stützte ein von Menschenhand geschaffener Felssockel, damit es eben ruhte. Es handelte sich um ein niedriges Bauwerk mit Flachdach, dessen beige Mauern spärlich mit dunklem, polierten Holz getäfelt waren und jegliche Zierde, Votivstatuen und Ikonen vermissen ließen, die man üblicherweise rings um Häuser in Saramyr sah. Darunter erstreckten sich die selbst für Saramyrs bescheidene Normen kargen Gärten, die überwiegend aus einem wenig einnehmenden Rasen mit gewundenen Steinplattenpfaden und vereinzelten Blumenbeeten bestanden.

Mishani kannte das Gelände gut, denn man hatte sie während der Besuche ihres Vaters oft darauf herumgeführt. Seitlich am Grundstück führten schmale Sandsteinstufen von der Straße davor zur Straße dahinter hinauf, die höher am Hügel verlief. Dort befand sich ein Dienstbotentor, das für unauffällige Besorgungen verwendet wurde, und dorthin lenkte Mishani nun ihre Schritte und wartete.

Sie hatte den Zeitpunkt ihrer Ankunft vortrefflich gewählt. Kaum fünf Minuten später tauchte ein kleinwüchsiges, blasses Dienstmädchen auf und öffnete das Tor zur Hälfte. Die Augen der Magd weiteten sich, als sie erkannte, wer davor wartete.

»Fürstin Mishani«, stieß sie mit offenem Mund hervor und erbleichte noch mehr. Sie spähte die Stufen hinauf und hinunter. »Ihr solltet nicht hier sein.«

»Ich weiß, Xami«, erwiderte Mishani. »Bist du zum Markt unterwegs, um Mehl zu holen?« Xami nickte. »Dachte ich mir. Immer pünktlich. Dein Herr wäre zufrieden.«

»Mein Herr ... Euer Vater ... Wir dürfen nicht dabei gesehen werden, wie wir miteinander reden!«, stammelte Xami.

Mishani präsentierte sich als Inbegriff eleganter Ruhe. Ihr Tonfall war bedächtig, aber bestimmt. »Xami, ich muss dich um einen Gefallen bitten.«

»Fürstin ...«, setzte das Mädchen zögerlich an. Xami stand noch immer mitten im Durchgang, halb vom Tor verdeckt, das gleich einem Schild zwischen ihnen prangte.

Mishani fasste darüber hinweg und ergriff die Hände des Dienstmädchens mit den ihren, in denen sich knisterndes Geld befand. *Papier*geld, was Kaiserliche Shirets bedeutete. »Denk an die Gefallen zurück, die ich dir in den Tagen erwiesen habe, als die Oberhäupter unserer Familien noch Freunde gewesen sind.«

Xami steckte das Geld in ihr Gewand, ohne es anzusehen. Ihre großen, wässrigen Augen flimmerten vor Unentschlossenheit. Mishani hatte viele Male Liebesbriefe zwischen ihr und einem Dienstjungen im Haus Koli hin und her befördert. Damals hatte sie es als erheiternde Ablenkung empfunden – außerdem hatten sie Xamis unbeholfene Dichtversuche in der gemeinen Schrift des Nieder-Saramyrischen stets zum Schmunzeln gebracht –, doch nun schien es auch einem nützlichen politischen Zweck zu dienen.

»Lass mich rein, Xami«, forderte Mishani sie auf. »Du hast mich nicht gesehen; sollte ich erwischt werden, wird dir niemand die Schuld geben, das verspreche ich dir.«

Xami dachte kurz darüber nach. Dann, wohl eher aus Furcht davor, mit Mishani gesehen zu werden, denn weil sie es wirklich wollte, öffnete sie das Tor vollständig. Mishani ging hinein, während Xami hinaushuschte und das Tor hinter sich schloss.

Mishani befand sich in einem von Weinreben überwucherten Durchgang, der zur Rückseite des Haupthauses führte, wo sich die Unterkünfte der Bediensteten befanden. Die meisten Bewohner – vermutlich der Großteil des gesamten Haushalts – würden sich nun in der Feste aufhalten, denn in Staatsangelegenheiten traten Adlige gern in vollem Pomp und üppiger Pracht auf, wenn es sich denn irgendwie einrichten ließ. Copanis hingegen würde nicht dabei sein. Er war ein Gelehrter, kein Diener. Barak Chel war sein Schirmherr.

Der Gedanke erinnerte Mishani auf unangenehme Weise an Kaikus Vater, Ruito tu Makaima. Hätte er einen Schirmherren gehabt, gäbe es zumindest einen Ausgangspunkt, jemanden, der im Verdacht stehen könnte, einen Grund zu haben, ihn und seine Familie zu töten; doch dies war eine Sackgasse. Ruito war in der seltenen Lage gewesen, selbst wohlhabend genug zu sein, um ohne einen Schirmherren zu überleben, denn unter den Belesenen des Reiches kursierten mehrere philosophische Werke von ihm, mit denen er genug verdient hatte, um sich schon vor langer Zeit freizukaufen.

Mishani trat den Weg zur Rückseite des Hauses an. Sie

weigerte sich zu schleichen; stattdessen stolzierte sie, als gehöre ihr das Anwesen. Ihr langes, dunkles Haar wehte beim Gehen um ihre Knöchel. Die wenigen Bediensteten, die zurückgeblieben waren, würden mit alltäglichen Pflichten beschäftigt sein, doch zum Glück führte sie keine davon nach draußen, und so gelang es Mishani, das Haus unentdeckt durch den Hintereingang zu betreten.

Das Innere des Hauses war in höchstem Maße karg und schlicht gehalten. Der Fußboden bestand aus polierten Dielenbrettern, und nur gelegentlich diente ein Wandbehang oder eine Matte als Blickfang. Chels Haus spiegelte seine Vorlieben wider – achtbar und spärlich. Oben befanden sich die Familienräume und Ahnenkammern, in denen die Schätze des Hauses verwahrt wurden. Nach oben zu gelangen, wäre aussichtslos gewesen; die Aufgänge waren stets bewacht. Doch Copanis' Arbeitszimmer lag im Erdgeschoss nahe der Rückseite des Gebäudes. Mishani vertraute ihrem Glück und Shintu, dem Gott des Schicksals, schritt einen breiten Gang hinab und hoffte, dass sich niemand ihr in den Weg stellen würde.

Wie es schien, war ihr Shintu wohlgesinnt, denn sie erreichte das Arbeitszimmer des Gelehrten, ohne einer Menschenseele zu begegnen. Ungewöhnlicherweise besaß es eine Tür statt eines Vorhangs oder einer Trennwand, aber schließlich arbeitete Copanis auch gerne ungestört. Mishani klopfte an die Tür. Kaum ein Lidschlag verstrich, ehe sie verärgert geöffnet wurde, als hätte Copanis auf der anderen Seite nur auf eine Gelegenheit gewartet, jemanden zu überraschen, der ihn zu unterbrechen wagte.

Als er sah, wer davor stand, verwandelte sich sein Ärger in Verwirrung. Bevor er aufbegehren konnte, legte Mishani den Finger an die Lippen, huschte hinein und zog die Tür hinter sich zu.

Obwohl die Läden geöffnet waren, um die Brise von draußen hereinzulassen, war es in Copanis' Arbeitszimmer unangenehm heiß. Ein niedriger Tisch war mit Schriftrollen und Manuskripten übersät, doch ringsum waren Ziergegenstände zu sehen, die im Rest des Hauses fehlten: eine steinerne Hand, ein Schädel mit Glasjuwelen als Zähnen, ein Bildnis von Naris, dem Gott der Gelehrten und Sohn Isisyas, Göttin des Friedens, der Schönheit und der Weisheit. Es war ein einziges Durcheinander, aber es zeugte von der Inbrunst seines Schöpfers.

»Sieh an, sieh an«, sagte Copanis. »Fürstin Mishani, Tochter des nunmehr erbitterten Feindes meines Herrn. Ich nehme an, Ihr braucht etwas überaus Wichtiges, wenn Ihr mich auf diese Weise aufsucht ... und darüber hinaus noch die Ratssitzung mit der Kaiserin verpasst.«

Mishani musterte den greisen Mann mit einem inneren Lächeln, das sich jedoch in ihrem Gesicht nicht widerspiegelte. Copanis besaß in der Tat einen flinken Verstand, dieser hagere Gelehrte, dessen ledrige Züge an eine Walnuss erinnerten. Seine Kleider schienen ebenso wie sein Fleisch lose an dem dürren Leib zu hängen, doch seine Augen waren noch immer quicklebendig, und er war in der Lage, mühelos Denker in die Tasche zu stecken, die halb so alt waren wie er.

Mishani beschloss, auf das Vorgeplänkel zu verzichten. Stattdessen holte sie die Maske hervor. »Die hier gehört einer lieben Freundin«, erklärte sie. »Wir müssen dringend so viel wie möglich darüber in Erfahrung bringen. Mehr kann ich Euch nicht dazu sagen.«

Copanis musterte Mishani eine Weile. Nach außen hin tat er so, als denke er noch darüber nach, was er tun solle, doch es war unschwer zu erkennen, wie seine Augen unwillkürlich zu der Maske wanderten. Er war zu eigensinnig, um sich zu scheuen, die Befehlsgewalt seines Meisters zu umgehen, und er zählte keineswegs zu jenen, die auf ihrem Wissen hockten, wenn sie es teilen konnten. Spitzbübisch zog er eine Augenbraue hoch, als er die Maske ergriff und sie in den Händen drehte.

»Ihr seid ein großes Wagnis eingegangen, indem Ihr hierher gekommen seid«, murmelte er.

»Ich versuche, ein schlimmes Übel zu korrigieren und einer Freundin in einer ernsten Notlage zu helfen«, entgegnete Mishani. »Im Vergleich dazu ist das Wagnis recht gering.«

»Tatsächlich?«, brummte Copanis. »Nun, ich will nicht nachhaken, Fürstin Mishani; aber ich wage zu behaupten, dass ich Euch auf meine bescheidene Weise helfen kann.«

Er legte die Maske in eine kleine, hölzerne Halterung, sodass sie ins Sonnenlicht blickte, das durch die Fenster fiel. Dann holte er einen kleinen Tontopf mit etwas, das wie Staub aussah. Diesen streute er über das Antlitz der Maske. Mishani beobachtete gebannt – was sie, wie üblich, hinter einer Mauer der Teilnahmslosigkeit verbarg –, wie der Staub in der Sonne glitzerte.

»Zieht die Läden zu«, forderte Copanis sie auf. »Nicht diese ... die anderen.«

Mishani gehorchte und verdunkelte das Zimmer, bis nur noch ein einziger Laden offen stand und Licht auf das staubige Antlitz der Maske scheinen ließ. Nach einer Weile schloss Copanis diesen Fensterladen selbst und tauchte die Kammer in Finsternis. Er drehte die Maske, sodass sie beide sie sehen konnten. Der Staub schimmerte matt in der Dunkelheit – jedoch nur kurz, dann verblasste der Eindruck.

Copanis grunzte. Er bat Mishani, die Läden wieder zu öffnen. Sie tat, wie ihr geheißen, und sah über seinen gebieterischen Tonfall hinweg, weil sie seine Hilfe brauchte. Dann hockte der alte Mann sich mit verschränkten Beinen an seinen Schreibtisch und bürstete den Staub von der Maske. Schließlich drehte er sie erneut in den Händen und betrachtete sie. Er hielt sie dicht vors Gesicht, ohne sie jedoch damit zu berühren. Dann schloss er die Augen und stimmte eine Zeit lang einen leisen Sprechgesang an, so als meditiere er. Mishanis Haar lag wie ein Teich rings um sie ausgebreitet, während sie Copanis gegenüber kniete und geduldig wartete.

Schließlich schlug er die Augen wieder auf. »Dies ist tatsächlich eine wahre Maske«, verkündete er. »Hexensteinstaub ist darin eingearbeitet, und sie besitzt Macht. Aber sie ist noch sehr jung. Weniger als ein Jahr alt; ich würde schätzen, sie hatte bislang höchstens zwei Träger, von denen keiner über außergewöhnliche geistige Stärke verfügt hat. Natürlich ist sie wertvoll, doch für eine wahre Maske ist sie noch schwach wie ein Neugeborenes.«

»All das könnt Ihr daraus lesen? Ich bin beeindruckt«, bemerkte Mishani.

Copanis zuckte mit den Schultern. »Ich kann nur höchst vage Aussagen treffen. Eine wahre Maske bezieht ihre Kraft von ihren Trägern ... besser gesagt, sie entzieht sie ihnen. Es gibt Mittel und Wege, eine wahre Maske von einer gewöhnlichen zu unterscheiden und ihr Alter zu schätzen; viel mehr jedoch kann nicht getan werden. Selbstverständlich gibt es eine einfache Möglichkeit, mehr darüber zu erfahren, aber von der kann ich nur abraten.«

»Und die wäre ...?«

»Sie aufzusetzen, Fürstin«, antwortete Copanis und lächelte freudlos.

»Gewiss würde jeder sterben, der es versuchte, es sei denn, es handelt sich um einen geschulten Weber.«

»Ah, dem ist nicht so. Ein geläufiger Irrglaube«, entgegnete Copanis und streckte sich. Seine Wirbelsäule krachte wie ein Feuerwerk. »Je älter die Maske, desto größer die Gefahr, aber bei einer so jungen und schwachen wie dieser ... Nun, selbst Ihr oder ich könnten sie aufsetzen, ohne Schaden zu erleiden. Albträume vielleicht. Vorübergehende Verwirrung. Trotzdem muss ich wiederholen, dass ich davon abrate. Eine gewisse Gefahr besteht dennoch. Falls der Verstand sich als anfällig erweist, wären Wahnsinn und Tod gewiss. Die Gefahr ist gering, aber sie besteht.«

Mishani ließ sich seine Worte durch den Kopf gehen. »Könnt Ihr mir sagen, woher sie stammt?«

»Oh, das ist einfach. Die Kennzeichen sind offensichtlich. Seht Ihr dieses Wellenmuster im Holz an der Innenseite? Und die Einbuchtung hier für das Philtrum des Trägers? Diese Maske stammt von einem der Randväter auf Fo, wenngleich ich nicht zu sagen vermag, von welchem Teil der Insel. Vermutlich aus dem Norden, allein wegen dem auffälligen Mangel an Einflüssen vom Festland bei der Schnitzerei. Wer diese Maske geschnitzt hat, hat entweder wenig Umgang mit den Häfen im Süden Fos und den Menschen dort oder er lehnt die Handkwerkskunst der Randväter auf dem Festland ab.« Damit gab er Mishani die Maske zurück, deren rote und schwarze Fratze höhnisch zu grinsen schien. »Das ist alles, was ich Euch sagen kann.«

»Das ist mehr als genug«, erwiderte Mishani und verneigte sich. »Mein Dank ist Euch gewiss. Nun muss ich gehen. Ich habe Euch schon genug in Gefahr gebracht.«

Copanis erhob sich mit knackenden Knien und schnarrte: »Das kann man wohl kaum als Gefahr bezeichnen, Fürstin. Wartet, ich werde Euch helfen, hinauszugelangen«, sagte er. »Lasst mich für Euch nachsehen, ob die Luft rein ist; dann könnt Ihr Euch zum Dienstbotentor begeben. Wisst Ihr, wo es ist?«

»Ja«, antwortete Mishani, die sich ebenfalls erhob, sodass ihr Haar einem Wasserfall gleich rings um sie herabwallte.

»Dachte ich mir«, sagte Copanis.

Kaiku war nicht daran gewöhnt, die Sommermonate in der Stadt zu verbringen. Ihr Vater hatte seine Familie stets auf das kühlere Anwesen im Yuna-Wald geschickt, während er arbeitete. Obwohl die Temperaturen den Hang zur wahrhaft quälenden Hitze des Hochsommers erst ansatzweise erklommen hatten, war Kaiku schläfrig geworden und hatte das Bedürfnis nach einem Nickerchen verspürt, und so hatte sie geschlafen, während sie auf Mishanis Rückkehr wartete.

In ihren Träumen kamen die Shin-shin.

Diesmal erwiesen sie sich als noch dunkler und verschwommener, als Kaiku sie in Erinnerung hatte. Ungesehen suchten sie die Gänge ihres Verstandes heim – grauenhafte Wesen, von denen eine Bedrohung ausging, die Kaiku jedoch nicht sehen, sondern nur spüren konnte. Kaiku flüchtete durch einen Irrgarten, der dem Haus ihres Vaters im Wald ähnelte, nur unfassbar größer, regelrecht endlos. Sie fand Türen, Luken und Winkel, die sie schaudernd innehalten ließen, denn sie wusste mit traumeigener Gewissheit, dass dahinter der Tod lauerte – sie *spürte*, dass die Dämonen dahinter mit entsetzlicher, gieriger Geduld warteten. Und jedes Mal, wenn sie an eines jener unsichtbaren Hindernisse der Angst gelangte, machte sie kehrt und rannte in die entgegengesetzte Richtung; ihre Haut fühlte sich ob der Nähe des sicheren Endes feucht und kalt an. Doch egal, wie weit sie flüchtete, sie waren überall; es schien unmöglich, ihnen zu entkommen.

Hilflos umherlaufend und doch ewig gefangen wusste Kaiku, dass es kein Entrinnen für sie gab, und dennoch versuchte sie es unablässig. Irgendwann wurde sie einer weiteren Wesenheit gewahr, die noch böser zu sein schien als die Shin-shin. Diese Wesenheit hauste in ihr, in ihrem Bauch, in ihrem Mutterleib und in ihren Lenden, und sie wuchs, wann immer Kaiku daran dachte, nährte sich an ihrer Aufmerksamkeit. Kaiku trachtete verzweifelt danach, sich abzulenken, doch es war unmöglich, das Ding unter ihrer Haut nicht zu fühlen, und sie spürte dessen wahnsinnige Häme, während es ihre Furcht gierig aufsog. Eine jede Vernunft verhöhnende Ahnung brüllte ihr zu, dass sie aus dem Haus gelangen musste, ehe diese neue Wesenheit sie verzehrte, und so raste sie kopflos bald hierhin, bald dorthin und versuchte mit wachsender Panik neue Wege, doch sie fand alle von den lauernden, ungesehenen Shin-shin versperrt. Ihre

Brust schmerzte, und ihr Herz hämmerte immer heftiger, aber sie konnte nicht innehalten, wenngleich ihr ganzer Körper vor Erschöpfung brannte, und plötzlich wurde es unerträglich und ...

Gequält schlug Kaiku die Augen auf, und die Kammer entzündete sich.

Kreischend, gewarnt durch eine Eingebung, die sie handeln ließ, ehe ihr Bewusstsein folgen konnte, hechtete sie von der Schlafmatte. Kaiku hatte Glück: Sie war so schnell gewesen, dass die Flammen, die vom Stoff der Matte hochzüngelten, nur kurz an ihr leckten und lediglich ihr Schlafgewand versengten. Wild zuckte ihr Blick durch das Zimmer, während sie sich aufrappelte. Der vor dem Eingang hängende Vorhang brannte lichterloh; die Fensterläden rauchten und verkohlten unter blauen, im grellen Sonnenlicht unsichtbaren Flammen; die Balken des Raumes waren geschwärzt, hatten aber kein Feuer gefangen, und ein Guyablütenstrauß in einer Vase war zu Zunder verdorrt. Über einen Wandbehang, der einst den endgültigen Sieg des ersten Kaisers Jaan tu Vinaxis über das barbarische Volk der Ugati abgebildet hatte, züngelten hungrige Lohen. Überall um Kaiku herum stiegen dünne, tödliche Rauchschwaden auf.

Unwillkürlich preschte sie zum Eingang und hielt jäh inne, als sie sah, dass es kein Durchkommen gab, solange der Vorhang brannte. Auch die Fenster boten keinen Ausweg. Noch grauenhafter als ihre ureigene Angst vor dem Feuer war das Wissen, dass sie darin gefangen war. Kaiku versuchte, um Hilfe zu brüllen, doch das Einatmen ließ sengenden Schmerz in ihrer Brust auflodern. Jeder einzelne Muskel brüllte vor Schmerz, und ihr Blut schien in den Adern zu kochen. Der Dämon in ihr war im Schlaf zurückgekehrt und folterte sie mit Feuer von innen und von außen.

Kaiku wappnete sich gegen die Schmerzen und brüllte in der Hoffnung, die Bediensteten auf ihre Not aufmerksam zu machen. Kaum hatte der Schrei sich ihrer Kehle entrungen, begann der lodernde Vorhang zu zucken, und sie erspähte Mishani dahinter, die mit einer langen, klingenbewehrten Pike von einem Zierstück auf dem Gang draußen darauf einhieb. Unablässig hackte sie auf das zerfallende Tuch ein, bis es in Fetzen zu Boden sank, wo ein Dienstmädchen einen Eimer voll Lauge darauf schüttete und die Brocken in einen schwarzen Brei verwandelte. Mishani schirmte das Gesicht mit einem blau gewandeten Arm ab und rief ihrer Freundin zu; voll unaussprechlicher Erleichterung rannte Kaiku zu ihr. Mishani zerrte sie aus der Kammer und auf den Gang hinaus. Ringsum erhoben sich Stimmen, als Bedienstete lospreschten, um Wasser zu holen.

Kaiku wollte ihre Freundin gerade umarmen, doch das entsetzte Japsen des Dienstmädchens ließ sie innehalten. Verwirrt schaute Kaiku das Mädchen an, das daraufhin fürchterlich erschrak und das Schutzzeichen gegen das Böse schlug. Mishanis Züge wirkten wie versteinert. Sie ergriff die Magd am Handgelenk und zog sie unwirsch dicht zu sich heran.

»Bei deinem Leben, du wirst mit niemandem darüber sprechen«, zischte sie. Eine tödliche Drohung sprach aus ihrer Stimme. »Bei deinem *Leben*, Yokada.«

Völlig verängstigt nickte das Dienstmädchen.

»Geh«, befahl Mishani. »Hol mehr Wasser.« Während Yokada dankbar flüchtete, wandte Mishani sich Kaiku zu. »Mach die Augen zu, Kaiku. Lass dich von mir führen. Tu so, als wärst du vom Rauch geblendet.«

»Ich ...«

»Bei unserer Freundschaft, vertrau mir«, forderte Mishani sie auf. Kaiku, die noch immer zittrig und erschrocken war, tat, wie ihr geheißen. Mishani war zwar um einiges kleiner als Kaiku, doch in jenem Augenblick schien sie um Jahre älter, und ihr Tonfall duldete keine Widerrede. Sie ergriff die Hand ihrer Freundin und führte sie so eilig von dannen, dass

Kaiku fürchtete, sie würde stolpern. Sie öffnete die Augen, um zu sehen, wo ihre Füße sich befanden, doch Mishani ertappte sie dabei und zischte ihr zu, sie wieder zu schließen. Mit klappernden Schritten eilten Bedienstete an ihnen vorbei, und Kaiku hörte das Schwappen von Wasser in Eimern. Nach einer Weile zog Mishani einen Vorhang zurück und führte Kaiku in eine Kammer.

»Jetzt kannst du sie wieder öffnen«, sagte Mishani. Sie hörte sich erschöpft an.

Sie befanden sich in Mishanis Arbeitszimmer. Auf dem niedrigen, schlichten Tisch lagen noch immer ordentlich gestapelte Buchungstabellen, ein Tintenfass und ein Pinsel. Einige Regale enthielten weitere Schriftrollen, allesamt tadellos geordnet. An den Wänden hingen Zeichnungen von stillen Lichtungen und klaren Flüssen neben einem großen, elliptischen Spiegel. Mishani empfing hier häufig Gäste, und sie wusste, wie wichtig Äußerlichkeiten waren.

»Mishani, ich ... Es ist wieder geschehen ...«, stammelte Kaiku. »Was, wenn du bei mir gewesen wärst? Bei den Geistern, was, wenn ...«

»Geh zum Spiegel«, fiel Mishani ihr ins Wort. Kaiku verstummte und schaute erst zu ihrer Freundin, dann zum Spiegel. Plötzlich fürchtete sie sich davor, was sie darin sehen mochte. Sie schauderte, als ein schmerzhafter Krampf ihren Leib durchzuckte.

»Ich muss mich ausruhen, Mishani ... Ich bin so müde«, seufzte sie.

»Der Spiegel«, wiederholte Mishani. Kaiku drehte sich um und neigte das Haupt, als sie davor stand. Sie wagte nicht anzuschauen, was Mishani ihr zeigen wollte.

»*Sieh dich an!*«, zischte Mishani, und in ihrer Stimme schwang eine Schärfe mit, die Kaiku nie zuvor gehört hatte – eine Schärfe, die sie mit Angst vor ihrer Freundin erfüllte. Sie hob den Blick.

»Oh«, murmelte sie und legte die Finger auf die Wangen.

Ihre Augen, die sie anblickten, waren nicht mehr braun.

Die Netzhäute schillerten in tiefem Blutrot – die Augen eines Dämons.

»Dann … Dann ist es also wahr«, brachte sie mühsam hervor. »Ich bin besessen.«

Mishani stand im Spiegel an ihrer Schulter und hatte den Kopf geneigt, sodass ihr das Haar übers Gesicht fiel und ihren Blick verdeckte.

»Nein, Kaiku«, widersprach sie. »Du bist nicht besessen. Du bist eine Ausgeburt.«

ZEHN

Die Ratskammer der Kaiserlichen Feste war alles andere als riesig, doch was ihr an Größe fehlte, machte sie durch Prunk wieder wett. Die Wände und Ränge des halbrunden Raumes strotzten vor Herrlichkeit, vom gewaltigen goldenen Kristallkronleuchter an der Decke bis hin zu den Zierinschriften an den Simsen und Balkonen. Der Großteil des Saales war scharlachrot und mit dunkelgoldenen Rändern bemalt. Die Decke schmückte das Relief einer uralten Schlacht, während der Steinfußboden sich in nachdenklichem Schwarz präsentierte. An der flachen Wand einer Seite – wo der Redner stand, um vor den halbkreisförmigen Rängen darüber zu sprechen – prangte ein riesiges Wandgemälde zweier schuppiger Wesen, die in der Luft miteinander rangen. Ihre Leiber standen in Flammen, während sie über einer verängstigten Stadt einen Kampf auf Leben und Tod ausfochten.

Die Versammlung schwieg, als Anais tu Erinima, Geblütskaiserin von Saramyr in einem dunkelroten, der Farbe der Kammer entsprechenden Kleid vor das Wandgemälde trat. Das flachsblonde Haar trug sie wie üblich zu einem langen Zopf geflochten, und ihre Stirn zierte eine silberne Tiara. Neben ihr schlurfte ein greiser Mann in grauen Gewändern, dessen Kapuze sein Gesicht verbarg, sodass nur die Hakennase und ein langer, grau melierter Bart zu erkennen waren. Hohe Bogenfenster erhellten das Geschehen, auf der Westseite stärker, da die Sonne sich dem Nachmittag zuneigte.

Anais hasste diesen Raum. Die Farben vermittelten ihr ein Gefühl des Zorns und der Angriffslust; eine denkbar schlechte Wahl für einen Ort der Gespräche. Doch dies war seit Generationen die Ratskammer, sowohl in Zeiten des Krieges und wie auch des Friedens, der Hungersnöte und des Überflusses, des Wehklagens und der Freude. Die Tradition hatte dafür gesorgt, dass sie seit Jahrhunderten praktisch unverändert geblieben war.

Vielleicht werde ich diejenige sein, die sie ändert, dachte Anais bei sich und versuchte, ihre innere Unruhe mit trotzigem Wagemut zu überspielen. *Vielleicht werde ich noch viele Dinge ändern, ehe meine Tage gezählt sind.*

Anais nahm ihren Platz auf dem Podium in der Mitte ein, eine zierliche und trügerisch blauäugige Gestalt im Angesicht der Versammlung. Der Sprecher in seiner grauen Robe stand neben ihr. Anais gegenüber hatten sich auf den drei Rängen, die sich nach oben und hinten erstreckten, die Vertreter der dreißig hohen Familien Saramyrs eingefunden. Sie saßen hinter kunstfertig geschnitzten Balustraden und blickten zu ihrer Herrscherin hinunter. Prüfend ließ Anais den Blick durch den Saal schweifen, suchte ihre Anhänger, ihre Feinde ... und stieß schließlich auf Barak Zahn tu Ikati, den sie bis vor wenigen Augenblicken zu Ersteren gezählt hatte. Nun hatte sie keine Ahnung, wo sie in seiner Gunst stand.

In ihrer Tasche hatte sie einen Brief des Barak, in dem er ihr den plötzlichen und höchst verdächtigen Tod seines Webers Tabaxa mitteilte. Mehr stand nicht darin. Das Schriftstück war ihr, kurz bevor sie die Ratskammer betrat, von einem Boten überbracht worden. Falls dieser Schachzug sie aus der Fassung hatte bringen sollen, so war das gelungen. Nun musterte Anais Ikati hinter der Balustrade, einen großen Mann mit kurzem weißen Bart und pockennarbigen Wangen, und versuchte zu erahnen, was er mit dem Brief zum Ausdruck hatte bringen wollen; doch seine Züge waren unverbindlich und ließen keine Schlüsse auf seine Gedanken zu.

Bei den Geistern, denkt er etwa, ich *hätte es getan?,* fragte sie sich und überlegte zugleich, was sie in ihrer ohnehin bereits heiklen Lage tun sollte, wenn der Barak seine Unterstützung zurückziehen würde.

»Die Geblütskaiserin von Saramyr, Anais tu Erinima«, verkündete der Sprecher, dann hatte Anais das Wort. Sie holte tief Luft und verbarg die Furcht, die sie erfüllte.

»Hochverehrte Familien Saramyrs«, begann sie, wobei ihre sonst so leise und sanfte Stimme nunmehr kräftig und deutlich erklang. »Hiermit erkläre ich diese Ratssitzung für eröffnet. Vielen Dank für Euer Kommen. Ich weiß, dass einige von Euch weit gereist sind, um heute hier zu sein.« Sie hielt kurz inne und ließ ihre Nettigkeiten verhallen, ehe sie sich ins eigentliche Getümmel stürzte.

»Ich bin sicher, Ihr alle wisst, mit welchen Belangen wir uns zu befassen haben. Die Angelegenheit meiner Tochter ist für Euch und für Saramyr als Ganzes von größter Bedeutung. Ich kenne die allgemeine Meinung, sowohl unter den hohen Familien als auch unter jenen, die nicht von edler Geburt sind. Sofern eine gemeinsame Lösung gefunden werden kann, um diese Kluft zu überbrücken, bin ich gerne zu Zugeständnissen bereit. Diese Angelegenheit weist zahlreiche Gesichtspunkte auf, über die sich verhandeln lässt. Eines aber möchte ich vorab klarstellen: Meine Tochter gehört zum Geblüt Erinima und ist die Tochter der Geblütskaiserin. Einige mögen sie eine Ausgeburt nennen, andere wiederum nicht: Das ist Ansichtssache. Für die Erbfolgegesetze aber ist das unerheblich. Sie ist die einzige Erbin meines Throns, und sie wird nach mir Geblütskaiserin.«

Wie vorhergesehen lösten diese Worte einen heftigen Tumult aus. Anais trotzte den Versammelten, ohne mit der Wimper zu zucken oder den Blick zu senken. Viele der Anwesenden hatten gehofft, sie sei zur Vernunft gekommen und hätte beschlossen abzudanken, und sei es nur, um das Leben ihrer Tochter zu retten. Doch Anais war nie einer Sache sicherer gewesen. Ihr Kind würde eine ebenso gute Herrscherin wie jeder andere werden, ja *besser* noch. Egal welchen Gefahren sie sich selbst dadurch auch aussetzte, Anais würde ihrer Tochter auf den Thron verhelfen.

Es sei denn natürlich, der Rat würde sie des Amtes entheben.

Offiziell galten die dreißig hohen Familien als Vasallen der Herrscherfamilie, nur war das in der Realität nicht ganz so eindeutig. Das Geblüt Erinima herrschte über Saramyr, was bedeutete, dass die Familie – theoretisch – für alle Familien sprach. Die Baraks besaßen jeweils riesige Ländereien, die Saramyr in Verwaltungsgebiete unterteilten. Die Baraks verteilten ihre Ländereien weiter auf Ur-Baraks, die sich kleinerer Landstriche annahmen, und die Ur-Baraks wiederum überließen die Verwaltung der Dörfer innerhalb ihres Territoriums den Marken. Bei so vielen mächtigen Familien, wie es sie in Saramyr gab, konnte die Frage der Gefolgstreue niemals eindeutig sein.

Im Rat der hohen Familien waren nur die Baraks vertreten und einige der einflussreicheren Ur-Baraks, die eine Blutsverwandtschaft aufzuweisen hatten. Wenngleich Tradition und Ehre einen starken Hang zur Unterstützung der herrschenden Familie geboten, war sie doch keineswegs eine Selbstverständlichkeit. Der Rat hatte sich schon früher gegen seine Lehnsherrn gewandt, bisweilen aus wesentlich geringfügigeren Gründen. Eine Misstrauensabstimmung des Rates war verheerend und ließ eigentlich nur zwei Möglichkeiten zu: Abdankung oder Bürgerkrieg. Saramyrs Geschichte war von mehreren blutigen Staatsstreichen befleckt. Obwohl die herrschende Familie stets über die mit Abstand größte Armee verfügte – denn ihr Rang berechtigte sie zum Schutz durch die Kaiserlichen Wachen, die allein dem Thron und keinem Geblüt Gefolgstreue schuldeten –, konnte ein Bündnis starker Baraks sie dennoch erfolgreich herausfordern.

Der Sprecher hob den Arm, und in seiner Hand prangte ein kleines Holzrohr an einem dünnen, roten Seil. Er wirbelte es herum, und ein hohes, durchdringendes Geheul erfüllte den Raum. Als es erstarb, war Stille eingekehrt. Anais ließ ihren Blick über die Versammelten schweifen. Hinter den Balustraden sah sie andere Mitglieder des Geblüts Erinima, die ihre Erklärung offenkundig billigten. Ihre alten Feinde des Geblüts Amacha schienen vor Zorn zu sieden, wenngleich ihr auffiel, dass Barak Sonmagas Miene nachgerade selbstgefällig wirkte. Er genoss dieses Kräftemessen.

»All jenen, die gegen mich sind, will ich dies sagen!«, brüllte sie. »Ihr seid geblendet von Vorurteilen. Ihr hört schon zu lange auf die Weber, lasst Euch schon zu lange einreden, wie Ihr über diese Angelegenheit zu denken habt. Viele von Euch haben noch nie eine Ausgeburt gesehen, und ebenso viele von Euch wissen noch nicht einmal wirklich, was eine Ausgeburt eigentlich ausmacht. Diejenigen von Euch, die meine Tochter kennen gelernt haben, wissen, dass sie von sanftmütiger und freundlicher Natur ist. Sie weist keinerlei Missbildungen auf. Wohl mag sie eine Wahrnehmung jenseits der unseren besitzen – Sinne, die wir nicht verstehen –, aber gilt das nicht auch für die Weber? Nichts und niemandem hat sie je ein Leid angetan; sie ist so brav, wie man es von einem Kind nur erwarten kann. Und falls außerordentliche Klugheit eine unerwünschte Eigenschaft für die Herrscherin Saramyrs ist, dann lasst uns das Zepter stattdessen Schwachköpfen übergeben und sehen, wohin das unser stolzes Land führt!«

Abermals trat vorübergehend Stille ein. Anais war gefährlich nahe daran, sich den Webern offen zu widersetzen, und wer konnte vorhersagen, welch verheerende Folgen das für sie haben mochte? Jedenfalls war sie froh, dass keine Weber zugegen waren; in der Landespolitik spielten sie keine Rolle. Dennoch war Anais überzeugt davon, dass sie irgendwo lauschten ...

Barak Sonmaga tu Amacha erhob sich. Anais hätte ahnen können, dass er der Erste sein würde. Der Sprecher verkündete seinen Namen.

»Kaiserin, niemand zweifelt an der Liebe, die Ihr für

Lucia hegt«, begann Sonmaga. Er war ein stämmiger Mann mit schwarzem Bart und dichten Augenbrauen. »Wer von uns kann schon sagen, ob wir nicht dasselbe tun würden, würde es sich um unseren Sohn oder unsere Tochter handeln? Wer unter uns könnte sich dazu durchringen, das eigene Kind den Webern auszuliefern, selbst wenn es ... unnatürlich wäre?«

Anais zeigte keinerlei Regung ob seiner Wortwahl, die sie offenkundig erregen sollte.

»Doch dies ist eine Angelegenheit, die wichtiger ist als Eure Gefühle, Kaiserin«, fuhr der Barak fort und senkte den Tonfall. »Sogar wichtiger als jene dieses Rates. Hier geht es ums *Volk.* Das Volk von Saramyr. Und ich sage Euch, die Menschen werden *nicht* dulden, dass eine Ausgeburt den Thron besteigt. Mag sein, dass in ihr die Gabe schlummert, eine großartige Herrscherin zu werden – ich bin sicher, keine Mutter würde anders über ihr Kind denken –, doch wie lange, wie wirkungsvoll könnte sie herrschen, wenn ihre Untertanen sie verschmähen?«

Anais blickte ihn mit ruhiger Miene an. »Barak Sonmaga, das Volk hat Zeit genug, sich an sie zu gewöhnen. Bis sie den Thron besteigt, werden die Menschen gelernt haben, sie anzunehmen. So wie viele der ehrenwerten Baraks und Barakinnen in diesem Saal werden sie ihre Meinung ändern, wenn sie meine Tochter sehen und sich von ihrem gutmütigen Wesen überzeugen können.«

Sonmaga öffnete den Mund, um das Wort wieder an sich zu reißen, doch plötzlich fiel Anais noch etwas ein, und sie kam ihm zuvor. »*Und,* Barak Sonmaga, vergesst niemals die Lektionen, die uns die Vergangenheit lehrt. Unser Volk hat unter der Schreckensherrschaft des Wahnsinns von Kaiser Cadis tu Othoro gelitten. Die Torheit von Kaiser Emen tu Gor hat verheerende Hungersnöte über die Menschen gebracht, und unter dessen Nachfolger mussten sie grässliche und gänzlich vermeidbare Seuchen erdulden, weil er sich weigerte, die Städte zu säubern. Nichts von alledem hat das Volk zu einem Aufstand bewegt. Ich biete ein geistig völlig gesundes Kind mit außerordentlichem Verstand und sanftmütigem Wesen. Gegen Lucia spricht allein, dass sie ungewöhnlich ist. Ich glaube kaum, dass die Menschen deshalb zu den Waffen greifen werden. Vielmehr sage ich, Ihr übertreibt, Barak Sonmaga tu Amacha. Es ist kein Geheimnis, dass Ihr eigene Vorstellungen davon habt, wer auf dem Thron sitzen sollte.«

Sonmagas Augen sprühten Funken. Eine derart unmittelbare Anschuldigung war nur eine Haaresbreite von einer Beleidigung entfernt, doch sie entsprach unbestreitbar der Wahrheit. Das Geblüt Amacha war nie eine Herrscherfamilie gewesen und begehrte den Thron von jeher. Das wusste Sonmaga nur allzu gut, folglich konnte er keinen Anstoß an Anais' Worten nehmen, ohne die eigene Position zu schwächen. Anais ließ ihrerseits einen kühlen Blick durch den Saal wandern. Sie vermied es, zu den Vertretern des Geblüts Gor zu schauen, die sie bedauernswerterweise an ihr Versagen in der Vergangenheit erinnert hatte. Das Geblüt Othoro war zum Glück vor langer Zeit ausgestorben und hatte seinen Wahnsinn mit ins Grab genommen. Anais' Augen strichen über Barak Zahn und verharrten kurz auf ihm, doch er blickte sie noch genauso ausdruckslos an wie zuvor. Sein Brief hatte sie gehörig verunsichert; sie hatte keine Ahnung, ob sie auf seine Unterstützung zählen konnte oder nicht. Der Pakt, den sie geschlossen hatten, wäre null und nichtig, falls er Anais des Versuchs verdächtigte, ihn über seinen Weber angegriffen zu haben ... aber weshalb sollte er so etwas denken? Schließlich waren sie Verbündete, oder nicht?

Ein älterer Barak stand auf, dessen hagerer Leib von schweren Gewändern verhüllt wurde.

»Barak Mamasi tu Nira«, verkündete der Sprecher.

»Ich flehe Euch an, diese Angelegenheit wohl zu überdenken«, erklärte Mamasi. Soweit Anais wusste, war er neutral. Er zog es vor, seine Familie aus Streitigkeiten herauszuhalten, wenn es irgend möglich war. »Den Rat in dieser Sache zu einer Abstimmung zu zwingen, kann nur zu Bösem führen. Die Baraks sind in dieser Frage zutiefst gespalten, das wisst Ihr. Dankt ab, Kaiserin, zum Wohle des Landes und Eurer Tochter. Haltet Ihr am Thron fest, muss es zum Bürgerkrieg kommen, und Lucias Leben wäre in großer Gefahr, solltet Ihr verlieren.«

»Barakin Juun tu Lilira«, kündigte der Sprecher an, als die Genannte sich erhob und zu verstehen gab, dass sie zu sprechen wünschte, um Mamasi zu unterstützen.

»Gerade jetzt müssen wir Einigkeit wahren«, erklärte die greise Barakin. »Das Land selbst wendet sich gegen uns. Üble Wesen suchen die Hügel und Wälder heim und werden jeden Tag unverfrorener. Meine Dörfer sind von bösen Geistern befallen. Die Erde ist krank, und ganze Ernten fallen aus. Ein Bürgerkrieg würde unser Elend nur vergrößern. Bitte, Kaiserin ... zum Wohle des Volkes.«

»Ich sage nein!«, brüllte Anais. »Ich sage, meine Abdankung würde das Land schlimmer schwächen, als Lucia es je könnte. Mindestens drei Häuser besitzen genug Macht, um Anspruch auf den Thron zu erheben. Ich will keine Namen nennen und maße mir nicht an, ihre Absichten zu kennen, aber sollte das Geblüt Erinima den Thron aufgeben, würde es zu einem Thronfolgekrieg kommen, und das wisst Ihr!«

Wiederum senkte sich Stille über die Versammlung. Anais sprach die Wahrheit. Das Geblüt Batik erhob Anspruch durch Ehe, aber Anais würde die Verantwortung über Saramyr unter keinen Umständen in die Hände ihres nichtsnutzigen, schürzenjagenden Gemahls legen. Der Anspruch des Geblüts Amacha begründete sich durch schiere Macht; die Familie besaß das meiste Land und eine riesige Privatarmee. Und Geblüt Kerestyn war am mächtigsten von allen; es war vor den Erinima die Herscherfamilie gewesen und hegte seither das Verlangen, den Thron zurückzufordern.

»Mir ist das Grauen durchaus bewusst, das der Begriff ›Ausgeburt‹ in uns allen erweckt«, fuhr Anais fort, »aber ich weiß auch, dass es verschiedene Auslegungen dieses Wortes gibt. Nicht jede Ausgeburt ist faulig; nicht alle Ausgeburten sind von böser Natur. Es bedurfte der Geburt meines Kindes, damit ich dies einsah, aber jetzt begreife ich es. Und ich will dafür sorgen, dass Ihr alle es auch versteht.«

Sie hob die Hand, um einem weiteren ihrer Widersacher Einhalt zu gebieten. »Ich fordere die Abstimmung des Rates zur Unterstützung des Thronanspruchs meiner Tochter.«

»Der Rat stimmt ab!«, rief der Sprecher.

Anais blieb reglos stehen, die vor Schweiß feuchtkalten Hände übereinander gelegt. Sie spürte, wie sehr sie innerlich zitterte. Sollte der Rat ihren Antrag mit Mehrheit unterstützen, könnte sie sich eine Weile in Sicherheit wähnen. Es war wie die Barakin gesagt hatte: Im Augenblick wollte niemand einen Bürgerkrieg. Doch sollte ihr die Unterstützung versagt bleiben, schwebte die Kaiserin in entsetzlicher Gefahr. Würde sie tatsächlich abdanken – um ihres Kindes willen? Auf diese Weise könnte Lucia zumindest am Leben bleiben ...

»Geblüt Erinima, Familie meines Herzens. Wie stimmt Ihr ab?«, fragte sie.

»Wie immer unterstützen wir Euch, Kaiserin«, antwortete ihre Großtante Milla. Als Älteste galt sie als Familienoberhaupt, obwohl ihre Nichte die Kaiserin war.

Prüfend ließ Anais ihren Blick über die Ränge wandern. Sie musste nacheinander jede der dreißig Familien befragen, und die Reihenfolge, die sie wählte, war dabei von entscheidender Bedeutung. Einige noch unschlüssige Familien mochten in die Richtung schwenken, die ihnen ein mächtigerer Verbündeter vorgab. Das Geblüt Erinima war einfach gewesen. Danach fragte Anais drei weitere Familien, deren Haltung sie mit Sicherheit kannte und die ihr dann auch Unterstützung zusagten. Eine vierte, von der sie geglaubt hatte, sich darauf verlassen zu können, beschloss neutral zu bleiben.

Da die Vernunft ihr riet, dass es nicht weise sei, ihre gesamte Unterstützung so früh in der Abstimmung aufzubrauchen, wählte sie als Nächstes einen offensichtlichen Feind: das Geblüt Amacha.

»Wir widersetzen uns Euch, Kaiserin«, erklärte Barak Sonmaga. »Mit aller Kraft und mit allem Nachdruck«, fügte er unnötigerweise hinzu.

Anais fragte einige weitere Familien und erhielt unterschiedliche Antworten. Der mächtige Barak Koli stimmte gegen sie; seine Tochter Mishani war auffälligerweise abwesend. Das Geblüt Nabichi scharte sich als unerwartete Unterstützung hinter die Kaiserin; doch es gab eine Familie, zu der zahlreiche der unbedeutenderen Familien aufblickten: Geblüt Ikati. Anais holte tief Luft; der Zuspruch des das Geblüts Ikati war unabdinglich, um einige jener auf ihre Seite zu ziehen, die neutral in den Rängen hockten.

»Geblüt Ikati«, hallte ihre Stimme durch den Saal. »Was sagt Ihr?«

Barak Zahn tu Ikati richtete den schlanken, hochgewachsenen Körper hinter der Balustrade auf. Eingehend musterte er Anais. Unbeirrt erwiderte sie seinen Blick.

Ich habe ihm kein Unrecht angetan, beruhigte sie sich. *Ich habe nichts zu befürchten.*

»Das Geblüt Ikati unterstützt den Anspruch Eurer Tochter, Anais tu Erinima«, verkündete der Barak, und als er sich setzte, spürte Anais, wie ihre Knie weich wurden.

Das Ritual, jede Familie einzeln befragen zu müssen, erwies sich als nervenaufreibende Angelegenheit, und als es zu Ende war, gab es keine klare Mehrheit. Anais' Anhänger und ihre Widersacher hielten einander die Waage, und nur wenige enthielten sich der Stimme. Der Rat war geteilt.

Anais fühlte eine erregende Mischung aus Erleichterung und Beklommenheit. Hätte der Rat eindeutig gegen sie gestimmt, wäre sie versucht gewesen, ihre Abdankung in Erwägung zu ziehen, egal, was es das Geblüt Erinima auch gekostet hätte. Das Leben ihrer Tochter wäre verwirkt, sollte Anais versuchen, sie ohne Unterstützung auf den Thron zu hieven. Nun aber stand ihr Kurs fest. Wenngleich er gefährlich war, hatte sie nun genug Stärke gesammelt, um ihn zu wagen, selbst wenn sie dadurch die Möglichkeit eines Bürgerkriegs heraufbeschwor. Unmittelbar nach Verlassen des Saals würde das Geblüt Amacha seine Verbündeten um sich scharen, ebenso wie das Geblüt Kerestyn die seinen. Anais tröstete nur der Umstand, dass der Widerstand gegen sie geteilt war, wohingegen ihre Unterstützer eine feste Einheit bildeten.

»Meine Tochter wird den Thron besteigen«, erklärte sie. »Ich wünsche Euch allen eine sichere Reise.« Mit diesen Worten trat sie von der Rednertribüne herunter. Als sie vom Podium stieg, drohte sie, ihre Haltung zu verlieren, doch sie gestattete sich erst zu weinen, als sie allein in ihren Gemächern war.

Etwa eine Stunde später suchte Barak Zahn tu Ikati die Kaiserin in ihren Gemächern auf.

Für gewöhnlich empfing Anais nach einer Ratsversammlung keine Besucher; für ihn jedoch machte sie eine Ausnahme. Die beiden kannten einander schon so lange, dass Formalitäten unnötig waren, und so ließ sie Zahn in einen Raum mit gepolsterten Stühlen und glimmenden Kohlenbecken führen, die einen angenehmen Duft verbreiteten. Sie erschien in einem schlichten Kleid und trug das frisch gebürstete Haar offen. Die Einrichtung wirkte zwanglos und gemütlich und sollte dem Barak Behaglichkeit vermitteln. Hier waren der Ästhetik einige Zugeständnisse an den Luxus abverlangt worden, weshalb das Zimmer heimelig wirkte; auf dem *Lach*boden lagen Läufer, und vor den hohen, schmalen Fensterbögen hingen bunte Perlenvorhänge.

»Zahn«, sagte Anais mit strahlendem Lächeln. »Ich freue mich, dich zu sehen.«

»Ich mich auch, Anais«, erwiderte er. »Wenngleich ich wünschte, die Umstände wären anders.«

Anais winkte ihm, auf einem Stuhl Platz zu nehmen und

setzte sich ihm gegenüber. »Es sind fürwahr schwierige Zeiten«, pflichtete sie ihm bei.

»Ich kann nicht lange bleiben, Anais«, erklärte Zahn, während er sich geistesabwesend mit dem Daumen den Hals rieb. »Der Nachmittag verstreicht, und ich muss auf mein Anwesen zurück. Ich bin gekommen, um dir eine Warnung zu überbringen.«

Anais schaute ihn aufmerksam an.

»Ein Bediensteter hat meinen Weber Tabaxa gefunden, als dieser im Sterben lag«, fuhr Zahn mit leicht gerunzelter Stirn fort. »Scheinbar hat es ihn sehr plötzlich getroffen. Er hat aus Ohren und Augen geblutet, wies jedoch keinerlei Verletzungen auf.«

»Hört sich an, als wäre ein anderer Weber der Mörder«, sagte Anais. »Vielleicht war aber auch Gift die Ursache.«

Zahn grunzte verneinend. »Kein Gift. Der Bedienstete nahm Tabaxa die Maske ab, der daraufhin noch ein Wort sagte, ehe er starb – deutlich sogar.«

Unvermittelt fügte sich das Puzzle vor Anais' geistigem Auge zusammen. Nun wusste sie, warum Zahn ihr den Brief geschrieben und sich in der Versammlung so frostig verhalten hatte. »Vyrrch«, sagte sie.

Zahn erwiderte nichts darauf, doch seine Augen verrieten ihr, dass sie Recht hatte.

»Aber warum hast du dann ...?«

»Hast du davon gewusst, Anais?«, verlangte Zahn zu wissen und beugte sich zu ihr.

»Nein!«, antwortete Anais, ohne zu zögern.

Zahn hielt kurz inne und ließ sich dann mit einem Seufzen wieder zurücksinken. »Dachte ich mir«, sagte er. »Ein einziges Wort ist ein zu dünner Faden, um allzu viel Gewicht daran zu hängen, Anais. Trotzdem solltest du deinen Webfürsten im Auge behalten. Womöglich versucht er, dich zu hintergehen. Hast du je darüber nachgedacht, was es für die Weber bedeuten könnte, sollte Lucia den Thron besteigen und es zu *keinem* Aufstand kommen?«

Anais verkniff das Gesicht und nickte. »Sie verkörpert den blanken Hohn ob all ihrer Lehren über Ausgeburten. Sie haben so lange Ausgeburtenkinder getötet, und immer so jung ... Lucia ist der lebende Beweis dafür, dass sie, falls überhaupt, keineswegs immer böse werden. Die Weber fürchten, was sie tun könnte, sollte sie Kaiserin werden.«

»Vielleicht«, brummte Zahn, »ist es genau das, was getan werden muss.«

Anais nickte kaum merklich, während ihr Blick zu den Fenstern wanderte, wo hinter den Perlenvorhängen Nukis Auge wohlwollend über Axekami wachte.

»Warum hast du für mich gestimmt, Zahn, wenn du geglaubt hast, ich hätte Vyrrch geschickt, um dich zu bespitzeln?«

»Weil ich dir vertraue«, antwortete er. »Wir sind schon lange Zeit abwechselnd Verbündete und Gegner, aber du hast nie einen Pakt gebrochen, den wir besiegelt haben. Außerdem muss ich gestehen, dass ich beobachten wollte, wie du dich verhältst, als du mich gesehen hast. Ich glaube, ich hätte es erkannt, wärst du für den Mord verantwortlich gewesen.«

»Wahrscheinlich hättest du das«, pflichtete Anais ihm bei und lächelte matt. »Jedenfalls danke ich dir für dein Vertrauen.«

»Ich muss jetzt los«, erklärte Zahn und erhob sich. »Ich finde selbst hinaus. Bitte, Anais, hör auf meine Warnung. Kehr Vyrrch niemals den Rücken zu. Er ist böse, und sollte er eine Gelegenheit sehen, wird er dein Kind töten.«

»Und ich kann ohne Beweise nichts gegen ihn unternehmen«, gab sie traurig zurück. »Womöglich nicht einmal, wenn ich Beweise *hätte*. Gehab dich wohl, Zahn. Ich hoffe, wir werden uns bald wiedersehen.«

»Ich auch«, antwortete der Barak, ehe er Anais allein und grübelnd in der drückenden Schwüle des Nachmittags zurückließ.

ELF

Die Morgensonne dämmerte blutrot hinter dem Kahn, der behäbig westwärts Richtung Axekami glitt. Man nannte das Surananyi – den Zorn Surans. Irgendwo in den östlichen Wüsten von Tchom Rin fegten gewaltige Wirbelstürme über das trostlose Land und wirbelten den roten Staub gen Himmel, wo er das Licht des Auges Nukis verunstaltete.

Die Legende besagte, dass Panazu, Gott der Flüsse und des Regens, Narisa, der Tochter Naris', so verfallen war, dass er einen weisen, alten Arzneikundigen bat, ihm einen Trank zu brauen, durch den sie sich in ihn verlieben würde. Doch der alte Arzneikundige war niemand geringerer als der Schwindler Shintu in Verkleidung, und er belegte Panazu mit einem Zauber, damit dieser die erste Frau, die er sah, für seine geliebte Narisa halten würde. Und so begab es sich, dass Panazu nach Hause zurückkehrte und von seiner Schwester Aspinis begrüßt wurde, der Göttin der Bäume und Pflanzen. Panazu, der seine Schwester für Narisa hielt, nützte die Gelegenheit, um sein Gebräu in Aspinis' Getränk zu schütten, wodurch sie ihm hoffnungslos verfiel. Und so liebten sie sich, und als der Morgen graute und sie wieder klar sahen, packte sie Entsetzen darüber, was sie getan hatten.

Doch es sollte schlimmer kommen, denn die beiden waren der Sohn und die Tochter Enyus, der Göttin der Natur und der Furchtbarkeit, und so entstand aus ihrem Liebesakt ein Kind. Sie wagten nicht, es ihrer Mutter zu sagen, denn weil das Kind durch Inzucht gezeugt wurde, war es unnatürlich, und die beiden wussten, dass ihre Mutter nichts duldete, das ihren Gesetzen widersprach. Aspinis floh und verbarg ihre Scham; doch sie wurde von den Göttern geliebt, weshalb man sie vermisste. Darum befahlen Ocha und Isisya, dass jeder nach ihr zu suchen habe, bis sie gefunden sei.

So brach das Jahr der leeren Tempel an, in dem das Volk Saramyrs schweres Leid erdulden musste, denn die Götter hatten sich vom Land abgewandt, um das Goldene Reich nach der verlorenen Tochter zu durchsuchen. Ernten fielen aus, grausame Winde bliesen, und die Sonne blieb in jenem Jahr trüb. Aber obschon die Menschen in Scharen in die Tempel strömten und um Erlösung beteten, waren ihre Götter nicht zugegen.

Dann setzte große Freude ein. Aspinis kehrte aus der Wildnis zurück, und das Goldene Reich feierte. In Saramyr fielen die Ernten üppig aus, die Fische tummelten sich reichlich in den Gewässern, und das Vieh wurde wieder fett. Aspinis wollte nicht preisgeben, wo sie gewesen war; doch Shintu, der ahnte, was geschehen war, drohte, es ihrer Mutter Enyu zu verraten, wenn sie ihm nicht offenbarte, wo sich das Kind verbarg. Aspinis – die keine Ahnung von Shintus Hand in der Sache hatte – berichtete ihm, das Kind sei in einer Höhle tief in der Wüste, wo es gewiss längst gestorben war.

Shintu, der das Ergebnis seines Treibens unbedingt sehen wollte, reiste zu der Höhle, wo er das Kind keineswegs tot, sondern quicklebendig vorfand. Schlangen und Echsen brachten dem Mädchen Essensbrocken und ernährten so das runzlige, hässliche Ding, das langes, zottiges Haar und seltsame Augen besaß: ein grünes und ein blaues. Shintu aber bekam Mitleid, und er nahm das Kind mit nach Hause, zog es im Geheimen groß und nannte es Suran. Suran wuchs zu einem verbitterten Mädchen heran, denn auf die Göttern eigene Weise erinnerte sie sich daran, was ihr als Säugling angetan worden war, und als sie erwachsen war, verließ sie Shintu und kehrte in die Wüste zurück, um unter den Echsen und Schlangen zu leben und das Gegenstück all dessen zu werden, wofür ihre verhassten Eltern standen.

Suran war die Ausgestoßene, die Göttin der Wüsten, der Dürre und der Seuchen; wenn sie tobte, ward ganz Saramyr in Rot getüncht.

Tanes Herz fühlte sich bleiern in seiner Brust an, während er auf dem Kastell des Frachtkahns saß und das langsame Wogen des Schiffes unter sich spürte, das ihn vorwärts trug. Es war ein niedriges, träges Gefährt, schwer beladen mit Erzen und anderem Gestein aus den Minen im Tchamil-Gebirge. Das derbe Gebrüll der Matrosen in ihrem abgehackten Dialekt hallte in Tanes Ohren wider; aufgeregt kreischende Vögel, die den Frachtkahn wohl irrtümlich für einen Fischkutter hielten und auf ein Frühstück hofften, kreisten und wirbelten hoch am Himmel über ihm; Trossen knarrten, und Holz ächzte. Rings um ihn herum war Leben, und doch fühlte er selbst sich leblos.

Tane schaute auf die Planken zwischen seinen Knien hinab, deren Farbe die blutige Sonne in Rot verwandelt hatte, und folgte mit den Augen der Maserung. Wie sehr diese Linien ihm doch glichen, dachte er. Sie bahnten sich ihren einsamen Weg und kamen gelegentlich einer anderen Linie nahe, berührten sie aber selten. Manchmal wurden sie von einem Wirbel oder Knoten zu einem Gewirr verschluckt, doch sie kamen stets auf der anderen Seite wieder heraus und setzten ihren ziellosen, einsamen Weg fort. Tane spürte, wie er innerlich hilflos nach Halt suchte, nach einem Sinn im Leben tastete, der ihm wie ein eingefettetes Seil ständig aus den Fingern glitt. Welchen Wert hatte er schon? Er war nur einer unter Tausenden, Millionen. Welches Recht hatte er, das verbotene Glück eines festen Platzes im Leben zu erwarten, eines Platzes, wo er sich zu Hause fühlen konnte? Die Götter verteilten ihre Gaben und ihren Segen nach eigenem Ermessen, und gewiss gab es viele, die würdiger waren als er. Obwohl Tane ein Priester war, fühlte er sich niedriger als diese Matrosen, denn er war in den Orden eingetreten, um Buße für seine Vergangenheit zu tun, nicht aus edler Gesinnung oder Großmut heraus. Er hatte sich der Priesterschaft angeschlossen, um für seine Schuld zu bezahlen und seine Unschuld wiederzuerlangen. Wie viele Leben und wie viele Opfer würde es noch erfordern, ehe die Götter zufrieden waren?

Die Priester des Tempels, die er zurückgelassen hatte, taten ihm zwar Leid, doch er empfand keine echte Trauer. Bei Tagesanbruch waren Jin und er in Tanes einstiges Zuhause zurückgekehrt und hatten es in entsetzlicher Verwüstung vorgefunden. Die Priester lagen wie weggeworfene Puppen überall verstreut. Tane kam ihr Anblick geradezu unwirklich vor, als er sie einen nach dem anderen erkannte: wie Bildnisse, als wären all die Gesichter, neben denen er die vergangenen Jahre gelebt hatte, durch Wachsskulpturen mit hohlen Glasaugen und trockenen, offen stehenden Mündern ersetzt worden, aus denen purpurne Zungen baumelten.

»Sie haben nach etwas gesucht«, stellte Jin fest.

»Oder nach jemandem«, fügte Tane hinzu.

Aus Jins Schweigen schloss er, dass sie ahnte, wen er meinte.

Später brachte Tane die Leichen der Priester aus dem Tempel und legte sie ins Gras. Dort nannte er in einem stummen Gebet an Noctu ihre Namen, damit die Göttin ihr Ableben verzeichnen und ihren Gemahl Omecha darüber in Kenntnis setzen konnte. Abschließend sprach er ein weiteres Gebet zu Enyu, während Jin geduldig wartete. Er wollte es gerade beenden, als Jin zischend die Luft einsog und ihn so warnte, dass etwas nicht stimmte.

Als Tane die Augen aufschlug, sah er die Bären. Sie zeichneten sich als riesige, schwarze und braune Schemen hinter dem Unterholz am Rande der Lichtung ab, beobachteten die beiden Menschen und warteten. Tane verneigte sich vor ihnen; dann führte er Jin zu dem Boot, mit dem die Priester immer zu der nahe gelegenen Siedlung Ban gefahren waren.

»Willst du sie nicht beerdigen?«, erkundigte sich Jin.

»Das entspricht nicht unserer Tradition«, antwortete Tane. »Sie gehören den Tieren des Waldes. Ihr Fleisch kehrt in den Kreislauf der Natur zurück, ihre Seelen auf die Felder Omechas.«

Von Ban aus hatten sie sich die Überfahrt auf einem Frachtkahn erkauft. Während der sechstägigen Reise hatte Tane reichlich Zeit zur Selbstbetrachtung gehabt. Er stöberte in sich nach einem Quell des Verlusts, doch er fand nichts, was ihn zutiefst verwirrte. Sein Zuhause, all die Gesichter, die er gekannt hatte, seine Lehrmeister und Freunde und sogar der greise Meister Olec waren in einer einzigen Nacht von ihm gegangen. Dennoch konnte er sich keine Trauer abringen; stattdessen empfand er sogar schuldbewusst eine freudige Erregung ob der Aussicht, endlich weiterziehen zu können. Vielleicht hatte er trotz allem nie dorthin gehört und es sich bis jetzt bloß nicht eingestanden. Vielleicht fand er deshalb nie den inneren Frieden, den er suchte.

Enyu hat einen anderen Pfad für mich vorgesehen, dachte er. *Sie hat mich vor dem Gemetzel bewahrt und mir den Weg gewiesen. Mir, dem unwürdigsten ihrer Diener.*

Die Vorstellung erfüllte ihn mit einer merkwürdigen Freude.

Als sie Axekami erreichten, stand die Sonne bereits hoch am östlichen Himmel, hatte aber noch immer nicht den Schleier des Wüstenstaubs abgeschüttelt, weshalb Saramyrs Hauptstadt sich in zornig schwelendem Rot präsentierte. Der Zugang zur eigentlichen Stadt erfolgte über das weitläufige Gewirr der Hütten der Flussnomaden, deren Pfahlschuppen und wackelige Landungsstege sich an den Flussufern drängten. Runzlige, spindeldürre Greise stakten hierhin und dorthin, schienen ihr Leben in den Händen zu halten, als sie den Pfad des Frachtkahns kreuzten. Der Kapitän des Kahns verlangsamte weder die Fahrt, noch schenkte er ihnen Beachtung. Die Nomaden hockten vor ihren Holzhütten und Geschäften, schabten Leder oder woben. Ihre Augen wirkten argwöhnisch oder gleichgültig, wenn sie zu dem klobigen Frachtkahn blickten, der an ihnen vorbei den Kerryn hinabtrieb. Nomaden vertrauten nur ihresgleichen; allerdings misstrauten ihnen umgekehrt auch alle anderen.

Jin setzte sich zu Tane, als die Hütten Gebäuden wichen, anfangs überwiegend Lagerhäuser und Werften. Sie wischte sich das Haar über die Schulter zurück und betrachtete das weinrote Wasser.

»Ich glaube, du möchtest diese Kaiku tu Makaima nicht nur finden, um mir zu helfen, meine Nachricht zu überbringen, hm?«, bemerkte sie.

Tane schaute sie aus den Augenwinkeln heraus an. Jin blickte noch immer über das Schandeck. Er musterte ihr Profil – es war makellos. Jin war in der Tat wunderschön, und merkwürdig daran war, dass sie mit jedem Tag schöner zu werden schien. Eigentlich wirkte sie fast schon *zu* schön. Selbst berühmte Schönheiten besaßen den ein oder anderen Makel: eine Sommersprosse, eine leichte Unebenheit um die Lippen oder Augen mit leicht verwaschenen Farben. Derlei Dinge hoben die Schönheit durch den Gegensatz umso stärker hervor. Jin hingegen besaß keinen derartigen Makel.

Sie gab ihm Rätsel auf. Im Verlauf ihrer Unterhaltungen während der letzten sechs Tage hatte sie sich als ausgesprochen klug und weit gereist erwiesen. Paarte man dies mit ihrem Erscheinungsbild, lag ihr die Welt zu Füßen. Tane konnte sich kaum eine Position vorstellen, die sie nicht mühelos erlangen könnte, wenn sie nur wollte. Warum also war sie ein kaiserlicher Kurier? Warum hatte sie sich für gefährliche und staubige Straßen entschieden, für ständiges Reisen, ohne je zur Ruhe zu kommen? Wer war sie *wirklich*?

Erwartungsvoll drehte sie sich zu ihm um, und Tane erkannte, dass ihre Frage nicht nur rhetorisch gemeint war und sie eine Antwort wollte – die er ihr verwehrte. Sollte sie doch mutmaßen, so viel es ihr beliebte. Selbst er vermochte nicht recht zu ergründen, weshalb er Kaikus Spur folgte; er wusste nur, dass nun, da sein Zuhause nicht mehr war, sie zu finden, das einzige Ziel war, das er noch hatte.

»Meinst du, wir werden sie finden?«, fragte Tane gedehnt.

»Diese Mishani, von der du gesprochen hast, finde ich mühelos. Das ist niemand anderes als Mishani tu Koli, die Tochter von Barak Avun. Falls Kaiku bei ihr ist, wird das unsere Aufgabe ungemein erleichtern.«

Tane nickte. Er hoffte, keinen Fehler begangen zu haben, indem der Jin offenbart hatte, was er wusste; andererseits war ihm auch keine große Wahl geblieben. Zumindest vorübergehend waren sie Gefährten, und Tane hatte keine Ahnung, wie er ohne Jin jemanden in einer Stadt von der Größe Axekamis finden sollte. Dennoch hatte ihr offenkundiges Wissen um Shin-shin das Misstrauen kaum gelindert, das er ihr gegenüber hegte, und es ließ ihn abermals über jenes seltsame Licht nachdenken, das er damals im Wald in ihren Augen gesehen hatte.

»Wir sind vor ihnen in Sicherheit – vorerst wenigstens«, hatte sie zu ihm gesagt. »Weshalb sie auch in deinen Tempel gekommen sein mögen, auf dem Wasser können sie uns nicht auf den Fersen bleiben. Vielleicht ahnen sie, wohin wir unterwegs sind, und womöglich folgen sie uns am Nordufer, aber sobald wir nach Axekami gelangen, werden sie sich nicht nähern. Die Stadt ist ein Ort der Menschen; Geister gehören dort nicht hin.«

»Und dann werden sie aufhören, uns nachzustellen?«, hatte Tane gefragt.

»Shin-shin sind hartnäckig und lassen nicht so ohne weiteres von ihrer Beute ab. Aber falls sie uns überhaupt verfolgen, dürften sie es aufgeben, sobald wir die Stadt erreichen. Oder sie warten davor und hoffen, unsere Spur wieder aufnehmen zu können, wenn wir Axekami verlassen.«

Tane hatte mit dem Gedanken gespielt zu fragen, woher ein kaiserlicher Kurier so viel über Geister und Dämonen wusste, beschloss aber schlussendlich, dass er es lieber nicht wissen wollte.

Die riesige Hauptstadt schwoll rings um sie an. Kuppeln, Turmspitzen und Tempeldächer drängten sich dicht aneinander und an den Kerryn. Im Norden stieg das Land an, und mit ihm die Gebäude, bis es zu steil wurde, um darauf zu bauen. Den Abschluss bildete ein fast lotrechter Steilhang, auf dem die mächtige Kaiserliche Feste stand, deren Mauern im staubverhangenen Sonnenlicht rotgolden schimmerten. Die Straßen der Stadt waren mit weißem und grünem Segeltuch überspannt, und dazwischen erhoben sich Säulen, Brunnen und Parks. Hier eine Ansammlung völlig verkommener Lagerhäuser, dort eine Galerie, ein Glockenturm, eine Bibliothek, allesamt elegante Stein- und Holzbauwerke mit Schriftzügen aus edlen Metallen über den Eingängen. An der Grenze zum Kaiserviertel ragte ein gewaltiges Gebetstor empor, eine riesige Ellipse aus Stein und Gold, deren Ränder selbst in den gedämpften Strahlen des Auges Nukis blendend grell funkelten.

Im Süden erstreckte sich das berühmte Flussviertel, in dem es keine Straßen, sondern nur Kanäle gab – ein zugleich höchst vornehmer und äußerst gefährlicher Ort. Er war ebenso verworren und wunderschön wie der Rest der Stadt, nur auf ein kleineres Gebiet beschränkt; Gebäude außergewöhnlicher Architektur drängten sich auf winzigen, unregelmäßigen Inseln. Die Menschen, die umherschlenderten oder sich von Stakern die Kanäle entlangfahren ließen, trugen auffällige und unpraktische Mode, ob der die ehrenwerte Gesellschaft zum Erröten neigte; doch im Flussviertel war nichts zu gewagt.

All das ließ Tane voll Staunen auf sich einwirken. Er war schon gelegentlich in Axekami gewesen, trotzdem besaß die Stadt noch immer die Macht, ihn mit Ehrfurcht zu erfüllen. Seine Welt war die Stille der Wälder gewesen, wo das lauteste Geräusch der durchdringende Knall einer Jagdbüchse oder das Knistern eines Feuers war. Hier hörte er bereits jetzt den dröhnenden Lärm der Stadt: Tausende von plappernden Stimmen, das Rattern von Karren und das Muhen der durch die Straßen stapfenden Manxthwas. Die Stadt schien an den Ufern des Flusses zu sieden und nur darauf zu warten, ihn zu verschlingen, sobald er den Schutz des Frachtkahns verließ – gleich einem tosenden Strudel, aus dem es kein Entrinnen gab und der einen Menschen in den Wahnsinn treiben konnte. Tane fürchtete sich davor, gleichzeitig aber sehnte er sich auch danach.

Dasselbe, dachte er, galt für seine Zukunft.

Kaiku kniete vor dem Spiegel in dem karg eingerichteten Gästezimmer und betrachtete ihr Gesicht. Das Antlitz, das ihren Blick erwiderte, wirkte fremd, obwohl das Rot der Augen sich längst wieder in ihr natürliches Braun verwandelt hatte. Erst einmal hatte die Welt sich gedreht, nachdem sie von ihrem Zustand erfahren hatte, und doch schien sie schon immer so gewesen zu sein, eine Fremde, die sich selbst nicht kannte.

Draußen hörte sie die Geräusche der Bediensteten, die von der Beerdigung zurückkehrten. Mishani war vermutlich bei ihnen. Kaiku hatte es für unangebracht gehalten, daran teilzunehmen.

Sie hatte nicht geweint, und sie würde auch nicht weinen. *Spar dir die Tränen, um die Flamme damit zu löschen,* hatte sie in einem überspannten Augenblick gedacht. Die Wahrheit aber war, dass sie schlicht keine Traurigkeit verspürte. Der Kummer hatte sie über das Maß des Erträglichen hinaus gequält, doch er hatte sie nicht gebrochen. Nun besaß er keinerlei Macht mehr über sie. Stattdessen fühlte sie in der Brust einen Knoten der Verbitterung, einen kleinen Stein, der sich wie eine verunreinigte Perle in einer Auster in den Kammern ihres Herzens gebildet hatte. Sie war krank vor

Sorge und Schmerz. Zwanzig Ernten voll Sicherheit und Glück in ihrem Leben waren in einem einzigen, verheerenden Tag vom Antlitz der Erde gefegt worden ... Wie sollte sie da noch irgendetwas, selbst ihren eigenen Augen und Ohren trauen? Wie sollte sie sich jemals wieder auf etwas verlassen können? Dagegen waren Gram und Reue nutzlos. Alles, was noch blieb, war aufzugeben oder weiterzumachen.

Kaiku wählte Letzteres.

Mishani zeigte sich seit dem Feuer gestern Nachmittag verschlossen wie ein Grab. Glücklicherweise hatte man den Brand rasch löschen können, sodass am Haus nur geringe Schäden entstanden waren; doch der Schaden, den er an der Beziehung zu ihrer Freundin angerichtet hatte, war unermesslich. Ihre einstige Freundin verhielt sich ihr gegenüber nun frostig und begegnete ihr ständig mit einer ausdrucklosen, starren Miene. Und wenngleich Mishani mit Kaiku sprach, schienen ihre Worte bar jeden Gefühls, und sie vermittelten den Eindruck, dass es sie beträchtliche Überwindung kostete, mit Kaiku zu reden.

»Du bist gestorben, Kaiku«, hatte sie am Vortag im Anschluss an ihre anklagenden Worte gesagt. »Es ist keineswegs ungewöhnlich, dass die Zeichen einer Ausgeburt jahrelang schlummern, bis etwas ... bis etwas sie weckt. Du hast sie die ganze Zeit über in dir getragen und es nicht gewusst.«

»Woher weißt du das?«, hatte Kaiku in dem verzweifelten Versuch zu erfahren verlangt, die Aussage ihre Gastgeberin zu widerlegen. »Du bist keine Priesterin, woher willst du das also wissen? Wie kannst du behaupten, das Übel in mir sei kein Dämon oder ein böser Geist?«

Mishani hatte sich abgewandt. »Wir haben beide von unseren Lehrern nur wenig über Ausgeburten erfahren. Sie haben uns Manieren, Schönschrift und die Sprechkunst beigebracht, aber nichts über Ausgeburten. Für junge Adlige wie uns war so etwas nicht geeignet. Aber seit ich an den Hof gekommen bin, habe ich eine Menge darüber gelernt, Kaiku, und ich weiß, dass sich selbst die größten der hohen Familien damit beschäftigen.« Sie sprach leise, so als fürchtete sie, jemand könne sie belauschen, wenngleich Lauschen in Saramyr ob des Mangels an Türen in den meisten Häusern als höchst verrucht galt, und etwas wiederzugeben, das man zufällig hörte, kam einer Abscheulichkeit gleich. »Unsere Fänge in der Mataxa-Bucht haben sich Jahr für Jahr verschlechtert. Sie sind regelrecht verseucht. Jeder Fang fördert mehr dreiklauige Krabben zutage, mehr Fische mit zusätzlichen Flossen, mehr augenlose Hummer ... Ausgeburten.«

Ihre Stimme klang angespannt vor unterdrücktem Ekel. Mishani wollte Kaiku wissen lassen, wie sie darüber dachte – so viel verriet allein der Umstand, dass sie es Kaiku an ihrem Tonfall erkennen ließ. Im Hintergrund hörte Kaiku die Geräusche der Bediensteten, die umherrannten, um das Feuer zu löschen, das sie entfacht hatte: das Quietschen von Eimergriffen, das Schwappen von Wasser, aufgeregte Rufe, all das schien unmöglich weit entfernt.

»In einem Dorf auf den Ländereien meiner Familie bin ich einmal einem Mädchen begegnet«, fuhr Mishani mit dem Rücken zu ihrem Gast fort. »Es war grässlich anzusehen, eine Missgeburt; Haare und Haut waren miteinander verschmolzen, und sie war blind und lahm. Wo sie die Hände hinlegte, wuchsen Blumen – sogar auf der Haut, Kaiku, und sogar auf Metall. Als wir sie fanden, wurde sie in einem Pferch gehalten. Sie hatte als Säugling ihre Mutter getötet, nachdem die arme Frau ihrer Tochter gestattet hatte, ihr Gesicht zu berühren. Durch die Augen der Mutter haben sich Blumenwurzeln gebohrt, und sie ist an Blüten erstickt, die in ihrem Mund gewuchert sind.« Mishani hielt kurz inne. Sie schien nicht weitersprechen zu wollen, tat es dann aber doch. »Zwar habe ich noch nie jemanden gesehen, der von einem Geist besessen war, doch ich habe zahlreiche Ausgeburten gesehen und von einigen gehört, die Flammen nur dadurch heraufbeschworen haben, dass sie sich in einem Zimmer aufhielten. Die meisten haben sich selbst verbrannt, der Rest wurde von den Webern beseitigt. Zwei Dinge aber hatten alle Feuerbringer gemeinsam: Alle waren weiblich, und alle hatten deine Augen, wenn die Flammen kamen. Deine roten Augen.« Endlich drehte sie sich wieder zu Kaiku um; ihr Blick war verkniffen und ernst. »Ausgeburten sind gefährlich, Kaiku. *Du* bist gefährlich. Was, wenn ich bei dir in der Kammer gewesen wäre?«

Das war gestern gewesen. Seither war Kaiku sich selbst überlassen geblieben und erhielt von ihrer Gastgeberin lediglich ein karges Mindestmaß an Aufmerksamkeit, wohl um ihr Zeit zu geben, über ihren Zustand nachzudenken. Nun, sie hatte reichlich darüber nachgedacht.

Kaiku hörte das Wehklagen der Bediensteten, als sie sich dem Haus näherten. Yokada, die Zofe, die als Einzige Zeugin von Kaikus Zustand geworden war, als diese aus dem lodernden Zimmer flüchtete, war gestorben. Es hieß, sie hätte in Kaikus Kammer ein Kohlebecken brennen lassen, das den Brand ausgelöst hatte. Letzte Nacht hatte sie Gift getrunken, um durch Selbstmord für ihr Verbrechen zu sühnen. Kaiku bezweifelte, dass es sich tatsächlich um einen Freitod gehandelt hatte. Vielmehr fragte sie sich, ob Yokada überhaupt gewusst hatte, dass Gift in ihrem Becher gewesen war.

Seitdem sie so viel Zeit bei Hof verbrachte, war Mishani immer gewissenloser geworden.

Kaiku gab sich keinerlei Wunschvorstellungen hin. Der Umstand, dass sie in jeder Hinsicht am Boden lag, bescherte ihr eine wunderbar klare Sicht der Dinge. Mishani hatte nicht sie geschützt; sie hatte sich selbst geschützt. Das Ansehen des Geblüts Koli würde schweren Schaden erleiden, sollte ans Tageslicht gelangen, dass es eine Ausgeburt beherbergte – schlimmer noch, dass die Familienerbin ihre ganze Kindheit und Jugend hindurch eine enge Freundin jenes fauligen Geschöpfes gewesen war. Dadurch bliebe der

Makel an Mishanis Familie haften; jedermann würde sie meiden. Die Preise für ihre Waren würden ins Bodenlose sinken, und die Geschichten über seltsame Fische in der Mataxa-Bucht würden eine ganz neue Bedeutung gewinnen.

Kaikus Gegenwart in ihrem Haus reichte aus, um das Geblüt Koli zu ruinieren. Mishani hatte nicht riskieren dürfen, dass die lose Zunge eines Dienstmädchens die Aufbauarbeit zahlreicher Generationen zunichte machte.

Ohne die Glocke zu läuten, betrat Mishani die Kammer. Sie fand Kaiku noch immer vor dem Spiegel sitzend vor. Kaiku schaute zu Mishanis Spiegelbild auf.

»Meine Diener haben mir berichtet, du hättest heute Morgen nicht gefrühstückt«, sagte sie.

»Ich habe befürchtet, in meinem Essen könnte sich etwas Tödliches befinden«, erwiderte Kaiku. Ihr Gebaren war frostig und übertrieben formell, und ihre Sprechweise hatte sie an jene angepasst, die man einem Feind gegenüber verwendete.

Mishani zeigte keinerlei Regung. Ihre Augen in dem schmalen, zierlichen, von der Masse schwarzen Haares umgebenen Gesicht begegneten Kaikus Blick ungerührt.

»Ich bin kein solches Ungeheuer, dass ich deinen Tod anordnen würde, Kaiku, ganz gleich, egal was auch immer aus dir geworden sein mag.«

»Vielleicht«, entgegnete Kaiku. »Aber vielleicht hast du dich in den letzten Jahren auch verändert, oder vielleicht habe ich dich nie richtig gekannt.«

Mishani beunruhigte diese plötzliche Veränderung im Wesen ihrer Freundin. Kaiku schien sich keineswegs angemessen dafür zu schämen, was sie war. Vielmehr klagte ihr Tonfall Mishani der mangelnden Freundschaft und des Unglaubens an. Kaiku war immer dickköpfig und starrsinnig gewesen, aber eine Ausgeburt zu sein, war doch gewiss nicht zu rechtfertigen, oder?

Kaiku erhob sich und drehte sich zu Mishani um. Sie war

ein paar Fingerbreit größer als ihr Gegenüber und blickte auf sie hinab.

»Ich werde jetzt gehen«, erklärte sie. »Du bist doch gekommen, um mich darum zu bitten, nicht wahr?«

»Ich hatte nicht vor, dich darum zu *bitten*, Kaiku«, antwortete Mishani. »Ich habe dir alles über die Maske gesagt, was ich in Erfahrung bringen konnte. Es ist besser, du reist nach Fo und suchst selbst nach den Antworten. Ich bin sicher, du verstehst das.«

»Ich verstehe viele Dinge«, bemerkte Kaiku. »Manche sind allerdings weniger angenehm als andere.«

Ein langes Schweigen breitete sich zwischen den beiden jungen Frauen aus.

»Es ist ein Zeichen unserer Freundschaft, dass ich dich nicht habe töten lassen, Kaiku. Du weißt, wie gefährlich du für meine Familie bist. Würdest du dich als Ausgeburt zu erkennen geben, könntest du uns entsetzlichen Schaden zufügen.«

»Und die Weber würden mich hinrichten«, entgegnete Kaiku. »Auf diese Art werde ich mein Leben nicht wegwerfen. Dafür ist es zu kostbar. Früher hast du genauso gedacht.«

»Das war früher«, pflichtete Mishani ihr bei. »Aber die Dinge haben sich geändert.«

»*Ich* habe mich nicht geändert, Mishani«, lautete die Antwort. »Hätte ich Knochenfieber gehabt, hättest du bei mir gesessen und mich gepflegt, obwohl du dich hättest anstecken können. Wären Meuchelmörder hinter mir hergewesen, hättest du mich beschützt und die gesamte Macht deiner Familie für meine Sicherheit eingesetzt, obwohl du dich selbst in Gefahr gebracht hättest. Aber das … Darüber kommst du nicht hinweg. Ich bin befallen, Mishani. Ich habe es mir nicht ausgesucht, eine Ausgeburt zu sein. Wie kannst du mir also die Schuld dafür geben?«

»Weil ich sehe, was du nun bist«, schoss Mishani zurück. »Und du widerst mich an.«

Das war ein Schlag ins Gesicht. Mehr musste nicht gesagt werden.

»In der Truhe dort findest du Kleider«, fuhr Mishani fort. »Proviant kannst du dir in der Küche holen. Nimm dir, was du willst. Als Gegenleistung möchte ich dich bitten, nach Sonnenuntergang aufzubrechen, damit dich niemand sieht.«

Stolz reckte Kaiku das Kinn vor. »Ich brauche keine Gefälligkeiten von dir, und ich bin nicht bereit, dir welche zu gewähren. Ich will nur, was mir gehört: die Maske meines Vaters sowie die Kleider und das Bündel, mit denen ich gekommen bin. Sobald ich alles habe, breche ich auf.«

»Wie du meinst«, antwortete Mishani. Dann hielt sie kurz inne, als wolle sie noch etwas hinzufügen, doch der Augenblick verstrich, und sie ging.

Kaum hatten die Bediensteten Kaiku ihre Habseligkeiten gebracht, da marschierte sie unverblümt zum Vordereingang hinaus. Barak Avun – Mishanis Vater – war nicht zu Hause, wodurch ihr die Zwickmühle erspart blieb, ob sie ihm für seine Gastfreundschaft danken und sich von ihm verabschieden sollte. Sie spürte die Augen der Dienerschaft im Rücken, als sie aufbrach. Der Anblick der Freundin ihrer edlen Herrin, die in Hosen und Stiefeln – Reisegewändern – von dannen zog, musste recht seltsam anmuten. Wahrscheinlich gaben einige ihr die Schuld an Yokadas Selbstmord. Es kümmerte sie nicht. Sie wussten nichts von ihren Angelegenheiten. Sie waren bloß Diener.

Ich habe ein Ziel vor Augen, dachte Kaiku. *Eine Bestimmung. Ich reise zur Insel Fo. Dort werde ich erfahren, wer meine Familie getötet hat.*

Da die Sonne sich mittlerweile über den roten Staubschleier des Surananyi erhoben hatte, war der Nachmittag glühend heiß, drückend schwül und so grell, dass Kaiku unbewusst die Augen zusammenkniff. Die Straßen des Kaiserviertels präsentierten sich so sauber, breit und wunderschön wie immer. Kaiku hatte Geld in der Tasche. Ihr erstes Ziel waren die Docks. Sie weigerte sich, über Mishani oder darüber nachzudenken, was ihr angetan worden war, bis sie weit, weit weg von diesem Ort sein würde. Sie würde nicht zurückblicken.

Kaiku verließ das Anwesen des Geblüts Koli, bog um eine Ecke in eine schmale, von überhängenden Bäumen geschützte Seitengasse und stieß um ein Haar mit Tane zusammen, der mit einer Frau an der Seite aus der Gegenrichtung kam.

Überraschung lähmte sie beide einen Augenblick lang, ehe Kaiku die Stimme wiederfand. »Tane«, stieß sie schließlich hervor. »Gruß zum Tage. Shintus Zufall, was?« Letzteres war ein Ausdruck des Erstaunens über eine unwahrscheinliche Begebenheit – in diesem Fall über ihr Aufeinandertreffen hier.

»Kein Zufall«, widersprach er. »Wir haben nach dir gesucht. Das ist Jin, ein kaiserlicher Kurier.«

Kaiku wandte sich der Frau an Tanes Seite zu, und alle Farbe wich ihr aus dem Gesicht. Das Zwitschern und Trällern der Vögel in den Bäumen der Gärten und Alleen schien in der Ferne zu verhallen. Unbehaglich wurde ihr bewusst, dass sie in dieser schmalen Gasse für Menschen auf der Hauptstraße so gut wie unsichtbar war.

»Stimmt etwas nicht?«, fragte Tane und legte ihr besorgt die Hand auf die Schulter. »Bist du krank?«

Obwohl all ihre Sinne mit den Beweisen auf sie einhämmerten, überschlugen sich Kaikus Gedanken in dem verzweifelten Versuch, das Offensichtliche zu leugnen. Winzige Änderungen im Aufbau der Knochen, am Haaransatz, an den Lippen, der Haut ... doch all das spielte keine Rolle. Kaiku sah die Augen und erkannte sie. So unmöglich es schien, sie erkannte sie.

»Sie ist nicht krank«, sagte Jin, packte Kaiku am Kragen und zog sie unwirsch zu sich heran, bis ihre Nasen sich fast berührten. »Sie hat mich bloß erkannt, nicht wahr, Kaiku?«

Von jähem Entsetzen erfüllt nickte Kaiku. »Asara«, presste sie hervor.

»Asara«, pflichtete die Frau ihr bei, und Kaiku spürte die scharfe Kälte einer Klinge am Bauch.

ZWÖLF

Der Panazu-Tempel beherrschte das Flussviertel Axekamis. Seine knalligen Blautöne schlugen sich mit dem Grün, Purpur, Weiß und Gelb der Gebäude ringsum und drängten sie durch schiere Erhabenheit in den Hintergrund. Er ragte hoch auf und war recht schmal; dafür erstreckte er sich tief in die Gruppe teurer und unverschämt prahlerischer Wohnhäuser hinein, die auf dem kleinen Eiland kauerten. Hohe, gerundete Blöcke aus blauem Stein waren mit Strudeln und Wellen verziert, und entlang der Fassade erstreckten sich meeresgrüne und mattsilbrige Bogenfenster. Panazu verkörperte den Gott des Regens, der Stürme und der Flüsse; folglich schien es durchaus sinnvoll, dass er hier, wo es keine Straßen, sondern nur Kanäle gab, die alleinige Herrschaft genoss.

Das Flussviertel glich einem Inselmeer von Gebäuden, das die asymmetrisch wie Sprünge in einer gebrochenen Steinplatte verlaufenden Kanäle in unregelmäßige Formen schnitten. Im Süden grenzte es an den Kerryn, ein überladenes Gewirr von Häusern, Spielhöllen, Theatern, Läden und Tavernen. Vor langer Zeit war das Viertel lediglich eine schlichte Ansammlung alter Lagerhäuser und Höfe gewesen, die sich für den Handel mit kleineren Gütern eigneten; doch als Axekami wuchs und immer größere Frachtkähne die Stadt anliefen, wurde es wegen der engen Kanäle und des Bauplatzmangels im Flussviertel unabdingbar, in größere, zugänglichere Lagerhäuser auf der Nordseite des Kerryn umzuziehen. Danach wurde das Flussviertel für viele Jahre zu einem Paradies für Verbrecher und den Bodensatz der Gesellschaft, bis eine Gruppe Adliger zu dem Schluss gelangte, es sei einfach viel zu verlockend, an einem Ort ohne Straßen zu leben. Die billigen Landpreise lösten einen jähen Kaufrausch aus, und binnen eines Jahrzehnts verschluckten wahnwitzige Bauvorhaben große Teile des Viertels, da jeder Neuankömmling versuchte, seine Nachbarn zu übertreffen. Das bereits angestammte Verbrechertum erfuhr ob des frischen Zustroms wohlhabender Kundschaft eine Blüte. Bald wurden die Drogenkaschemmen und schäbigen Bordelle durch erlesene Lasterhöhlen und Freudenhäuser ersetzt. Das Flussviertel wurde zum Hort der Jungen, Reichen und Gelangweilten und jener, die Ausschweifungen suchten. Es war ein gefährlicher, gnadenloser Ort; doch eben die Gefahr stellte den Reiz dar, und so blühte und gedieh das Viertel.

»Ich dachte, sie wäre tot«, sagte Kaiku.

Tane schaute zu ihr hinüber. Lichtschwaden, die durch die Balken über ihnen fielen, zauberten helle Streifen in ihr nach oben gewandtes Gesicht. In dem Raum war es dunkel und erstickend heiß. Das waren Kaikus erste Worte, seit Asara – die Frau, die Tane als Jin gekannt hatte – sie hier zurückgelassen hatte.

»Wer ist sie?«, verlangte Tane zu wissen. Er saß auf einer rauen Steinbank, einer der rechteckigen Stufen, die in eine flache Grube in der Mitte des Raumes hinabführten. Dieser Ort hatte einst als Dampfbad gedient. Nun stand er leer und roch nach Vernachlässigung.

»Ich weiß es nicht«, antwortete Kaiku. Sie stand eine Stufe unter ihm auf der gegenüberliegenden Seite der Grube. »Zwei Jahre lang war sie meine Zofe, aber ich schätze, ich habe nie wirklich gewusst, wer sie war. Jedenfalls ist sie nicht das, was sie zu sein scheint.«

»Ich hatte tatsächlich Zweifel«, gestand Tane, »aber sie trug das Zeichen eines kaiserlichen Kuriers. Es ist bei Todesstrafe verboten, diese Tätowierung ohne kaiserliche Genehmigung zu tragen.«

»Sie wurde verbrannt«, fuhr Kaiku fort, die ihm kaum zugehört hatte. »Ich habe ihr Gesicht verkohlt und vernarbt gesehen. Sie ist es, und doch ist sie es nicht. Sie ist ... Sie ist schöner als früher. Anders. Ich würde sie für Asaras Schwester oder eine Base halten ... wären da nicht die Augen. Aber sie wurde *verbrannt*, Tane. Wie konnte sie derart heilen?«

Asara war wütend gewesen. Kaiku meinte, noch immer den Dolch zu spüren, den Asara ihr bei ihrer Begegnung vor dem Anwesen des Geblüts Koli an den Bauch gedrückt hatte. Einen Augenblick lang hatte sie damit gerechnet, dass Asara zustoßen würde, um sich für das zu rächen, was Kaiku ihr angetan hatte.

Aber was *hatte* Kaiku ihr angetan? Bis zu jenem Augenblick hatte sie gedacht, ihr unbeherrschbarer Fluch hätte ihre Retterin und einstige Zofe getötet; nun hatte sie feststellen müssen, dass sie sich geirrt hatte ... was keineswegs leicht zu verdauen war.

»Du hast mich zum Sterben dort liegen gelassen, Kaiku«, hatte Asara gezischt. »Ich habe dir das Leben gerettet, und du hast mich zum Sterben zurückgelassen.«

Bis dahin war Tane zu überrascht gewesen, um einzuschreiten, doch an diesem Punkt hatte er sich angeschickt, Asara von der Frau zu trennen, die zu finden sie gekommen waren.

»Bleib, wo du bist, Tane«, hatte Asara ihn angefaucht. »Ich habe viel gewagt, um zu gewährleisten, dass die hier am Leben bleibt, und deshalb werde ich sie jetzt auch nicht töten. Aber was dich angeht, habe ich keine solchen Gewissensbisse. Solltest du versuchen, mir in die Quere zu kommen, bist du tot, bevor deine Hand dein Schwert erreicht.«

Tane hatte ihr geglaubt. Unwillkürlich musste er an das aufblitzende Licht denken, das er damals im Wald in ihren Augen gesehen hatte, und er kam zu dem Schluss, dass er nicht wusste, mit wem oder was er es zu tun hatte.

»Ich dachte, ich hätte dich getötet«, sagte Kaiku, aus deren Stimme mehr Ruhe sprach, als sie empfand. »Ich hatte Angst. Deshalb bin ich weggerannt.« Kurz hatte sie mit dem Gedanken gespielt, eine Entschuldigung hinzuzufügen, es sich dann jedoch anders überlegt. Eine Entschuldigung käme einem Schuldgeständnis gleich. Sie würde für ihre Taten nicht um Vergebung winseln, schon gar nicht vor Asara, die Kaiku zwei Jahre lang getäuscht hatte.

»Ja, du bist weggerannt«, bestätigte Asara, »und stünden die Dinge anders, ich würde dich spüren lassen, was du mir angetan hast. Aber ich habe eine Aufgabe, und du bist ein Teil davon. Komm mit.« Sie wandte sich Tane zu. Trotz der grimmig angespannten Züge war ihr Gesicht immer noch wunderschön. »Du kannst uns begleiten oder gehen, ganz wie du willst.«

»Wohin?«, verlangte Tane zu wissen; er hatte seine Entscheidung bereits getroffen. So würde er Kaiku auf keinen Fall zurücklassen.

»Ins Flussviertel«, antwortete Asara.

Als sie sich in Bewegung gesetzt hatten, hatte Asara den Dolch weggesteckt und beide gewarnt, nicht zu versuchen zu fliehen, was allerdings weder Kaiku noch Tane im Sinn hatten. Obwohl Gewalt aus Asaras Gebaren sprach, spürten beide, dass sie ihnen nicht wirklich Schaden zufügen wollte. Zählte Kaiku alles zusammen, was sie über Asara wusste, gelangte sie zu folgendem Schluss: Seit der Nacht, in der ihre Familie ermordet worden war, hatte Asara sie an einen bestimmten Ort zu bringen versucht. Hätte sie Kaiku schlicht entführen können, hätte sie auch vorher oft genug Gelegenheit dazu gehabt. Dies war etwas anderes. Kaiku verkörperte einen Teil von Asaras Aufgabe, und sie vermutete, ein weiterer Teil bestand darin, Kaiku aus freien Stücken ins Flussviertel zu bringen. Kaiku konnte nicht leugnen, dass sie mehr als nur ein wenig neugierig war, was das betraf.

Sie hatten den Kerryn an der großen Gilza-Brücke überquert und waren auf die knallbunt gepflasterten Gassen vor den Häusern des Viertels gelangt. Die jähe Fülle des Pomps war überwältigend und ließ die Brücke wie eine Schranke zwischen der eigentlichen Stadt und dieser Unterstadt wirken, die von farbenfroh geplusterten Sonderlingen und bunt bemalten Geschöpfen bevölkert war. Manxthwa mit juwelenbesetztem Zaumzeug trabten vorbei; auf ihnen ritten Männer und Frauen, die aus einem Hort für wahnsinnige Schauspieler entsprungen zu sein schienen. Fahrzeuge mit Rädern waren hier nicht gestattet, selbst wenn sie für die schmalen Pflasterstraßen geeignet gewesen wären, die sich zwischen den Läden und Kanälen hindurchschlängelten, aber die Stechkähne und winzigen Ruderboote wogen dies mühelos auf und boten eine wahrhaft berauschende Farbenfülle vor dem Hintergrund des purpurfarbenen Wassers.

Asara hatte sie auf einen verwaisten Platz hinter einem atemberaubend bemalten Laden geführt, der für Betäubungsmittel aller Art warb. Abgesehen von einem leeren Becken und einem niedrigen Holzbau, der anscheinend in längst vergangen Tagen als Dampfbad gedient hatte, bestand der Platz nur aus staubigen Steinplatten und den Überresten anderer, prunkvollerer Gebäude.

»Wartet hier«, hatte Asara sie aufgefordert und sie in das alte Dampfbad gescheucht. »Zwingt mich nicht, nach euch zu suchen. Das würdet ihr bereuen.«

Damit war sie verschwunden. Tane und Kaiku hatten das Rasseln einer Kette an der Tür gehört, wohl als zusätzliche Vorsichtsmaßnahme für ihr Bleiben. Unterwegs hatte Asara weder ihre Fragen beantwortet, noch offenbart, wohin genau sie gingen. Sie ließ die beiden stundenlang in Unwissenheit schmoren, bis die Sonne gen Westen sank.

In der Zwischenzeit unterhielten Kaiku und Tane sich miteinander. Tane berichtete ihr vom Schicksal der Priester im Tempel, und Kaiku erzählte ihm, was sie über den Ursprung der Maske ihres Vaters in Erfahrung gebracht hatte. Doch wenngleich sie so unbeschwert wie bei ihrer ersten Begegnung miteinander umgingen, ließen beide die Schutzschilde nicht sinken und behielten Dinge für sich, die sie nicht sagen wollten. Kaiku erwähnte weder ihr Leiden, noch weshalb Mishani sie verjagt hatte, oder was zwischen ihr und Asara damals im Wald vorgefallen war. Tane wiederum gab nicht preis, was er ob des Todes der Priester empfand, und er verschwieg auch jene seltsame, wachsende Erregung angesichts der Aussicht, frei umherzutreiben und nach neuen Ufern zu suchen.

So warteten und spekulierten die beiden. Eigenartigerweise verspürten weder Kaiku noch Tane Furcht. Nachdem Kaiku ihre anfängliche Bestürzung überwunden hatte, war sie durchaus damit zufrieden, den Dingen ihren Lauf zu lassen. Das Schlimmste, was geschehen konnte, war, dass sie getötet würde, und in Anbetracht ihres Zustands fragte sie sich müßig, ob das nicht vielleicht sogar besser wäre.

Der Teer, der einst die Deckenbalken versiegelt hatte, war längst abgeschabt worden oder abgeblättert, und die von oben einfallenden Lichtstrahlen krochen bereits in flachem Winkel die östliche Wand empor, als die Tür sich öffnete und eine Fremde in die heißen Schatten trat.

Die Frau war groß und glich einem dunklen Turm. Ihr Kleid war vollkommen schwarz, und an den Schultern prangte ein dichtes Gewirr aus Rabenfedern. Zwei staubrote Halbmonde erstreckten sich von der Stirn über die Lider und über die Wangen hinab; ihre Lippen waren mit abwechselnd roten und schwarzen Dreiecken bemalt, die wie spitze Zähne wirkten. In ihrem Haar, das so schwarz war wie ihre Kleider und sich in zwei dicken Zöpfen Seite an Seite über ihren Rücken ergoss, blitzten in den Sonnenlichtschwaden mitternachtsblaue Strähnen. Ein Silberreif mit einem kleinen roten Edelstein zierte ihre Stirn.

Sie schien förmlich in den Raum zu schweben, während Asara ihr folgte und die Tür hinter ihnen schloss.

»Willkommen«, schnurrte die Frau mit einer Stimme wie in Seide gehüllte Katzenkrallen. »Ich entschuldige mich für den Ort unseres Treffens, aber Heimlichkeit ist in diesem Fall leider unumgänglich.«

»Wer seid Ihr?«, verlangte Tane zu erfahren, während er

die sonderbare Aufmachung betrachtete. »Seid Ihr eine Zauberin?«

»Zauberei ist reiner Aberglaube, Tane tu Jeribos«, erwiderte sie. »Ich bin wesentlich unangenehmer. Ich bin eine Ausgeburt.«

Tanes Augen funkelten, und er richtete seinen Zorn auf Asara. »Weshalb hast du sie hergebracht?«

»Beruhige dich, Tane«, mischte sich Kaiku ein, wenngleich sie selbst aufkeimende Abscheu ob des Begriffs Ausgeburt verspürt hatte – ein tief verwurzeltes Denken, das sich so gar nicht mit ihrer gegenwärtigen Lage vertrug. »Lass uns ihr erst einmal zuhören.«

Tane funkelte alle drei Frauen wütend an; dann schnaubte er verächtlich. »Ich werde mir das Geschwafel von einer wie der da auf keinen Fall anhören.«

»Dann geh«, forderte Asara ihn schlicht auf. »Niemand wird dich aufhalten.«

Tane schaute erst zur Tür und dann wieder zu Kaiku. »Kommst du mit?«

»Sie muss bleiben«, erklärte Asara. »Zumindest so lange, bis sie gehört hat, was wir zu sagen haben.«

»Dann warte ich draußen«, knurrte Tane, stapfte zur Tür und war verschwunden.

»Ein Freund von dir?«, fragte die große Frau Kaiku. Ihr Tonfall wirkte ein wenig verärgert.

»Scheint so«, antwortete Kaiku. »Aber wer weiß das schon so genau?«

Verständnisvoll lächelte die Fremde. »Es ist gut, dass er gegangen ist. Mir ist ohnehin lieber, wenn die Dinge, die ich mit dir zu besprechen habe, unter uns bleiben – um deinetwillen. Vielleicht werden sich seine Ansichten später ja ändern.«

»Kaiku tu Makaima«, stellte Kaiku sich vor, um auf diese Weise den Namen der Frau zu erfahren, mit der sie sprach.

»Ich bin Cailin tu Moritat, Schwester vom Roten Orden«,

lautete die Antwort. »Wir beobachten dich schon eine ganze Weile.«

»Das hat Asara mir bereits verraten«, erklärte Kaiku und schaute zu ihrer einstigen Zofe. Zumindest hatte sie es an dem Morgen angedeutet, nachdem die Shin-shin in ihr Haus gekommen waren, doch bisher hatte Kaiku nicht gewusst, wer diese ›Beobachter‹ genau waren. »Was wollt Ihr von mir?«

Cailin antwortete ihr nicht direkt. »Du veränderst dich, Kaiku«, sagte sie stattdessen. »Ich bin sicher, das weißt du mittlerweile. Feuer schwelen in dir.«

Kaiku war außerstande, Asaras Blick zu begegnen, weshalb sie die Augen auf Cailin gerichtet hielt. »Ihr wisst, was sie sind?«

»So ist es«, gab die Frau zurück.

Von plötzlicher Unruhe erfüllt, fuhr Kaiku sich mit der Hand durchs Haar. Ihr graute vor der nächsten Frage. Die beiden Frauen standen auf gegenüberliegenden Seiten jeweils auf der untersten Stufe. Über die Kluft der stickigen Dampfgrube hinweg blickte sie Cailin unverwandt an. Das Licht der Abenddämmerung, das durch die Ritzen fiel, überzog beide mit Streifen. Motten tänzelten durch die Luft zwischen ihnen.

»Nun denn, bin ich eine Ausgeburt?«

»Das bist du«, bestätigte ihr Cailin. »So wie ich selbst und Asara. Aber miss einem Wort nicht so viel Gewicht bei, Kaiku. Ich habe Ausgeburten gekannt, die sich vor Scham das Leben genommen haben, weil sie die Bürde ihres Titels nicht ertragen konnten.« Aus den roten, auf ihr Gesicht gemalten Halbmonden blickte sie auf Kaiku hinab. »Du aber, so glaube ich, bist stärker. Und ich kann dir beibringen, dich nicht zu schämen.«

Kaiku musterte sie nachdenklich. »Was könnt Ihr mir sonst noch beibringen?«

Asara war angenehm überrascht, als sie den Unterschied zwischen dieser Kaiku und jener erkannte, die sie aus dem brennenden Haus gezerrt hatte. Sie hatte viel durchgemacht und viele unangenehme Wahrheiten erfahren; dennoch war sie ungebrochen. Vielleicht war Cailins Glaube an sie tatsächlich begründet.

»Du weißt nicht, wie du beherrschen kannst, was dir gegeben ist«, erklärte Cailin. »Vorerst zeigt es sich in Form von Feuer, Zerstörung, kindlichen Ausbrüchen. Ich kann dir beibringen, es zu zähmen. Ich kann dir helfen, Dinge zu vollbringen, die du nie zu träumen gewagt hättest.«

»Und was verlangt Ihr im Gegenzug von mir?«

»Nichts«, lautete die Antwort.

»Das fällt mir schwer zu glauben.«

Cailin stand vollkommen reglos da, während sie sprach, gleich einer dünnen, in Schatten gehüllten Statue. »Der Rote Orden verfügt nur über eine spärliche Anzahl von Seelen. Die Weber erreichen die meisten unserer möglichen Anwärter vor uns ... oder sie verbrennen sich unabsichtlich selbst oder töten sich vor Entsetzen darüber, was sie sind oder was sie getan haben. Wir lehren sie, mit dem umzugehen, was sie besitzen, bevor es sie verschlingt. Danach wählen sie ihren eigenen Weg. Jedem von uns steht es frei zu gehen und sein eigenes Leben zu führen. Manche werden wie ich und unterweisen andere. Ich möchte dich unterrichten, Kaiku, bevor deine Kraft dich und jene in deinem Umfeld tötet. Ob du dich uns danach anschließen willst, liegt ganz bei dir. Ich bin bereit, das Wagnis einzugehen.«

Kaiku war nicht überzeugt. Sie konnte das Erscheinungsbild und Gebaren dieser Frau einfach nicht mit so augenscheinlicher Selbstlosigkeit in Einklang bringen. Was also verbarg sich *tatsächlich* hinter dem Angebot? War es schlichte Selbstbeweihräucherung? Der Wunsch, jemand anders zu einem Ebenbild seiner selbst zu formen? Oder steckte noch weit mehr dahinter, was sie noch nicht einmal ahnen konnte?

»Gehört *sie* zu Euch, zu diesem Roten Orden, von dem

Ihr sprecht?«, verlangte Kaiku zu wissen und deutete mit dem Kopf auf Asara.

»Nein«, antwortete Asara ohne weitere Erklärung.

Seufzend setzte Kaiku sich auf die Steinstufe. »Erklärt es mir«, forderte sie Cailin auf.

Cailin tat, was Kaiku von ihr verlangte. »Der Rote Orden besteht aus ganz besonderen Ausgeburten. In dir schlummert die Kraft, die wir *Kana* nennen. Sie äußert sich auf verschiedene Weise, aber nur in Frauen. Sie ist unserem Geschlecht vorbehalten. Ausgeburten treten nicht immer zufällig auf, Kaiku. Manche zeigen sich in regelmäßigen Zyklen immer wieder. Diese Art gehört dazu. Sie ist weder ein Leiden, noch ein Fluch, Kaiku; sie ist eine unermessliche Gabe. Für Ungeschulte ist sie jedoch gefährlich.

In den letzten Jahren haben wir die Fähigkeit entwickelt, jene aufzuspüren, die diese Kraft besitzen, selbst wenn sie sich noch nicht offenbart hat. Bei manchen äußert sie sich schon früh, bereits in frühesten Kindheit. Solche Menschen werden für gewöhnlich von den Webern erwischt und beseitigt. Aber manche, so wie du, entdecken ihre Begabung erst, wenn sie durch einen Schock oder eine extreme Erfahrung geweckt wird. In dir schlummern große Möglichkeiten, Kaiku; das wissen wir bereits seit geraumer Zeit.«

»Also habt Ihr Asara geschickt, um mich zu beobachten«, ergriff Kaiku das Wort, um die Puzzleteile zusammenzufügen. »Sie sollte warten, bis sich dieses ... dieses *Kana* zeigt und mich danach zu Euch bringen.«

»Ganz recht. Doch wie du weißt, haben die Ereignisse sich gegen uns verschworen.«

Kaiku ließ den Kopf sinken und schlang die Unterarme um die Knie. Kurz darauf erbebten die kurzen Strähnen braunen Haares, als sie leise zu lachen begann.

»Belustigt dich etwas?«, fragte Cailin, in deren Stimme spröder Frost mitschwang.

»Verzeiht«, stieß Kaiku durch ihr Kichern hervor und hob

den Kopf. »All dieses Leid ... alles, was mir widerfahren ist ... und nun bietet ihr mir an, eine *Lehre* zu beginnen?«

»Ich biete dir an, dir das *Leben* zu retten«, herrschte Cailin sie an. Humor zählte offenbar nicht zu ihren Stärken.

Kaikus Lachen verstummte; sie grinste aber immer noch. Scherzhaft legte sie den Kopf zur Seite und betrachtete Cailin. »Täuscht Euch nicht, Euer Angebot reizt mich durchaus. Es scheint noch so vieles zu geben, das ich nicht weiß, und ich möchte unbedingt lernen. Trotzdem kann ich es nicht annehmen.«

»Ah. Dein Vater«, stellte Cailin fest, und ihre Stimme wurde noch frostiger.

»Ich habe Ocha persönlich Vergeltung geschworen. Deshalb kann ich meine Aufgabe für Euch nicht einfach beiseite schieben. Ich werde nach Fo reisen und denjenigen suchen, der die Maske meines Vaters hergestellt hat.«

»Du hast sie noch?«, fragte Asara überrascht. Kaiku nickte.

»Darf ich sie sehen?«, bat Cailin.

Kaiku zögerte kurz, holte die Maske dann aber trotzdem hervor. Sie ging um die Stufen herum und reichte sie Cailin.

Ein heißer Luftzug strömte durch das verlassene Dampfbad und ließ die Federn an Cailins Krause zittern, während sie die Maske betrachtete.

»Deine Kraft ist gefährlich«, sagte sie, »und eher früher als später wird sie dich töten oder dafür sorgen, dass man dich tötet. Ich biete dir an, dich zu retten. Wendest du dich jetzt ab, wirst du vielleicht nie eine zweite Chance bekommen.«

Kaiku musterte sie erneut. »Erzählt mir etwas über die Maske«, forderte sie Cailin auf.

Die große Frau hob den Blick. »Hast du nicht gehört, was ich gesagt habe?«

»Ich habe es gehört«, antwortete Kaiku, »aber mein Leben gehört mir, und ich kann es aufs Spiel setzen, wofür ich will.«

Cailin seufzte. »Dann fürchte ich, deine Unnachgiebigkeit wird das Ende sein«, sagte sie. »Lass mich dir einen Vorschlag unterbreiten. Wie ich sehe, hast du dir diese Narretei in den Kopf gesetzt. Ich erzähle dir etwas über die Maske, wenn du mir im Gegenzug versprichst, danach zurückzukehren und mir bis zum Ende zuzuhören.«

Kaiku neigte den Kopf, um ihr stillschweigendes Einverständnis kundzutun. »Hängt davon ab, was Ihr mir erzählen könnt.«

Cailin bedachte sie mit einem langen, abwägenden Blick, schätzte ihr Wesen ein, suchte nach Lug und Trug. Falls sie etwas fand, so ließ sie es sich zumindest nicht anmerken. Stattdessen gab sie Kaiku die Maske zurück.

»Diese Maske gleicht einer Landkarte, einem Führer. Sie stammt von einem Ort, den man nicht finden kann, einem Ort, der sich der Sicht gewöhnlicher Männer und Frauen entzieht. Diese Maske weist dir den Weg dorthin. Setz sie auf, wenn du deinem Ziel nahe bist, und sie wird dich in ihre Heimat führen.«

»Ich sehe keinen Vorteil darin, in Rätseln zu sprechen, Cailin«, entgegnete Kaiku.

»Es ist die Wahrheit«, erwiderte die große Frau. »Diese Maske durchbricht eine unsichtbare Schranke. Der Ort, den du suchst, liegt dahinter versteckt. Du brauchst die Maske, um ihn zu finden. Das ist alles, was ich dir sagen kann.«

»Das reicht mir aber nicht.«

»Dann hilft dir vielleicht Folgendes weiter: Irgendwo in den nördlichen Bergen auf Fo gibt es ein Weber-Kloster. Der Weg dorthin ist vor langer Zeit in Vergessenheit geraten. Man hätte bestimmt längst angenommen, es gäbe das Kloster nicht mehr, wären da nicht die Versorgungskarren, die regelmäßig in das abgelegene Dorf Chaim kommen. Sie liefern Masken von den Randvätern im Kloster, unbehandelte Masken für Theater, zur Zierde und dergleichen. Sie werden gegen Nahrungsmittel und andere, ungewöhnlichere Dinge getauscht.« Sie machte eine weit ausholende Geste. »Geh nach Chaim. Dort wirst du vielleicht finden, was du suchst.«

Kaiku dachte kurz nach. Zumindest deckte sich dies mit Copanis' Vermutung. »Na schön«, sagte sie schließlich. »Erweist sich das, was Ihr sagt, als wahr, werde ich zu Euch zurückkehren, und wir reden weiter.«

»Ich bezweifle, dass du so lange leben wirst«, entgegnete Cailin. Und mit diesen Worten stapfte sie hinaus und ließ Kaiku und Asara allein zurück.

Asara lächelte matt in der heißen Düsternis. »Dir ist doch klar, dass sie dich zum Bleiben hätte zwingen können, oder?«

»Ich vermute, sie will, dass ich aus freien Stücken zu ihr komme«, erwiderte Kaiku.

»Du hast eine ziemlich sture Ader, Kaiku.«

Kaiku sparte sich die Mühe, darauf einzugehen. »Sind wir hier fertig?«, fragte sie stattdessen.

»Noch nicht. Ich habe ein Anliegen«, erklärte Asara. Sie wischte sich das lange, rötlich schimmernde Haar über die Schulter zurück und reckte das Kinn hochmütig vor. »Nimm mich mit nach Fo.«

Kaiku runzelte die Stirn. »Sag mir, weshalb ich das tun sollte, Asara.«

»Weil du es mir schuldest und du eine Frau von Ehre bist.«

Kaiku war nicht überzeugt, was ihr auch deutlich anzusehen war.

»Ich mag dich getäuscht haben, Kaiku, aber ich habe dich *nicht* verraten«, fügte Asara hinzu. »Du musst mich nicht fürchten. Wir beide haben ein gemeinsames Ziel. Die Hintergründe des Todes deiner Familie liegen mir ebenso am Herzen wie dir. Wären die Shin-shin schneller gewesen, ich wäre zusammen mit dir gestorben, und dafür schulde ich jemandem Rache. Und muss ich dich wirklich daran erinnern, dass du ohne mich weder diese Maske hättest, noch am Leben wärst? In deinen Lungen ist nur deshalb noch Atem, weil *ich* ihn hineingehaucht habe.«

Kaiku nickte widerwillig. »Ich frage mich, weshalb du mir nicht deine wahren Gründe offenbarst. Ich traue dir nicht, Asara, aber ich schulde dir tatsächlich etwas«, erklärte sie. »Du kannst mich begleiten. Mein Vertrauen musst du dir aber erst wieder verdienen.«

»Das reicht mir vollkommen«, erwiderte Asara. »Dein Vertrauen kümmert mich allerdings herzlich wenig.«

»Und Tane?«, fragte Kaiku. »Du hast ihn hergebracht. Was ist mit ihm?«

»Tane?«, antwortete Asara. »Ich habe sein Boot gebraucht. Er ist zwar geistig ein wenig träge, aber ein durchaus angenehmer Zeitgenosse. Wenn du willst, kann er uns ruhig begleiten, Kaiku. Er sucht nach denselben Antworten wie du; denn wer auch immer die Shin-shin gesandt hat, um deine Familie zu töten, war auch für das Gemetzel in seinem Tempel verantwortlich.«

Kaiku musterte Asara. Kurz fühlte sie sich überwältigt, von den sich überstürzenden Ereignissen hinfortgerissen wie von einer Welle und außerstande, sich dagegen zu wehren, kopfüber in das Unbekannte gesogen zu werden. Schließlich gab sie jeglichen Widerstand auf und ließ sich einfach treiben.

»Also sind wir zu dritt«, erklärte sie. »Wir werden morgen früh aufbrechen.«

Das Anwesen des Geblüts Amacha lag zwischen den großen Forken einer Gabelung des Kerryn viele Meilen östlich von Axekami. Dort spalteten unverwüstliche Felsformationen, die in schartigen Reihen aus der Erde ragten, den Strom aus dem Tchamil-Gebirge. Der Kerryn, auf dem sich fast der gesamte Verkehr abspielte, verlief nördlich davon ruhiger weiter, bot mehr Fischen eine Heimat und erstreckte sich sanft bis zur mächtigen Hauptstadt Axekami. Im Süden hingegen war der neue Nebenarm unwirtlich und tückisch: der Rahn, ein seichter Fluss mit starker Strömung, der kaum befahren wurde.

Der Rahn verlief östlich des Amacha-Anwesens, ehe er eine Biegung in das aufgewühlte Land des Xarana-Bruchs beschrieb, wo er sich in einen gewaltigen Wasserfall ergoss. Nur ausgesprochen abenteuerlustigen Reisenden in Gefährten der Größe eines Kanus mochte es gelingen, die Fälle zu überwinden, indem sie ihre Boote die Felsflanken hinab in die weniger gefährlichen Gewässer darunter trugen; doch der Xarana-Bruch barg seine eigenen Gefahren, und nur wenige wagten, jenen verwunschenen Ort zu betreten. Der Bruch unterband praktisch jeglichen Flussverkehr zwischen Axekami und den fruchtbaren Gebieten im Süden und erzwang von den Reisenden stattdessen einen beträchtlichen Umweg entlang des Flussufers.

Von der Flussgabelung aus verebbten die Felsrücken zu Hügeln, an denen Erddämme angelegt worden waren, um sie zu fluten. Salzreisfelder überzogen die Hänge schillernden Schuppen gleich. Dazwischen verliefen Pfade für Karren, und riesige Bewässerungsschrauben pumpten Wasser aus dem Fluss auf die Felder. Auf dem höchsten Hügel thronte der Stammsitz des Geblüts Amacha, eine beeindruckende Ansammlung von Gebäuden rings um eine unregelmäßig angelegte Feste in der Mitte. Die Feste besaß hohe Mauern aus grauem Stein, und darüber ragten Türme und Dächer aus rotem Schiefer auf. Die Anlage war so gebaut, dass sie sich die Beschaffenheit des Hügels zunutze machte: Ein Flügel beherrschte eine Felsspitze, während ein anderer sich an das abfallende Gelände schmiegte, wo die Mauern um das Bauwerk nicht ganz so hoch sein mussten. Die um die Feste verstreuten Gebäude besaßen nahezu ausschließlich rote Dächer, und viele waren aus dunkelbraunem Holz errichtet, da dies die Farben des Amacha-Banners waren.

Westlich der Feste verflachten die Hügel ein wenig. Dort gab es keine Reisfelder, sondern riesige Obstgärten, dunkelgrüne Teppiche mit bunten Früchten darin: Orangen, Likiri, Schattenbeeren und fette purpurne Kokomach. Und dahinter ... Dahinter exerzierten die Truppen des Geblüts Amacha auf den Ebenen, eine Masse von fünftausend Mann in brauner und roter Rüstung und funkelndem Stahl.

Sie übten in Formationen, bildeten riesige geometrische Formen aus Pikenieren, Musketieren, Schwertkämpfern und Reiterei. In der sengenden Mittagshitze Saramyrs schwitzten und grunzten sie sich durch gespielte Schlachten, getürkte Angriffe, Rückzüge und Formationsänderungen. Obwohl sie leichte Rüstungen aus gehärtetem Leder trugen, musste man ihnen zugestehen, dass sie sich unter dem erbarmungslosen Funkeln des Auges Nukis bewundernswert hielten und zügig die Formationen wechselten. Metallrüstungen waren für Schlachten in Saramyr denkbar ungeeignet: Den Großteil des Jahres über brannte die Sonne zu heftig hernieder, und die Hitze in einer Vollrüstung hätte einen Mann auf dem Schlachtfeld umgebracht. Saramyrs Krieger fochten ohne Kopfschutz; sofern sie überhaupt etwas trugen, handelte es sich um ein Stirnband oder ein Kopftuch, um sich vor einem Hitzschlag zu schützen. Ihre Kampfkraft beruhte auf Geschwindigkeit und Bewegungsfreiheit.

Andernorts unterwiesen Schwertmeister ihre Truppen in der hehren Kunst des Schwertkampfes, führten Hiebe, Paraden, Stiche und Manöver vor und ließen die Männer danach im Einklang Abfolgen von todbringender Anmut vollführen, bei denen ihre Körper geschmeidig um die zuckenden Spitzen ihrer Klingen tanzten. Kanonen zielten auf ferne Felsbrocken, und ihr Donnern hallte über das Gelände. Ballisten wurden getestet und ihre Reichweiten gemessen.

Das Geblüt Amacha rüstete sich zum Krieg.

Barak Sonmaga tu Amacha ritt mit ernster Miene durch die Hitze und den Staub des Exerzierplatzes. In seinen Ohren hallte der erhebende Kriegslärm rings um ihn herum wider, die gebrüllten Befehle und die tosenden Antworten der Ausbildungseinheiten. Die Luft roch nach Schweiß und feuchtem Leder, nach Pferden und dem Schwefelgestank von Kanonen- und Büchsenfeuer. Sonmaga spürte, wie Stolz seine Brust schwellen ließ. Ungeachtet seiner Zweifel, ungeachtet seiner Sorge um das Land, das er liebte, wurde er von dem Wissen geradezu überwältigt, dass fünftausend Krieger bereitstanden, um auf seinen Befehl hin ihr Leben zu opfern. Nicht, dass er ihre Gefolgstreue zu schätzen wusste – schließlich war es ihre Pflicht, und Pflicht sowie Tradition bildeten die Grundpfeiler, auf denen ihre Gesellschaft beruhte –, doch die schiere *Macht*, die ihm jenes Wissen vermittelte, ließ ihn sich wie ein Halbgott fühlen.

Den Vormittag hatte er damit verbracht, Truppen zu inspizieren, sich mit seinen Ur-Baraks und Generälen zu beratschlagen und Reden vor den Männern zu halten. Seine Entscheidung, sie ohne Pause die heißesten Zeiten des Tages hindurch üben zu lassen, wurde von seinen Untergebenen aufs herzlichste begrüßt, denn die Krieger mussten in der Lage sein, selbst unter den widrigsten Bedingungen zu kämpfen. Aber auch wenn sie nicht damit einverstanden gewesen wären, hätte der Barak keinerlei Widerspruch erwartet; die Disziplin der Armeen Saramyrs galt als legendär, und darüber hinaus war Sonmaga es nicht gewöhnt, dass seine Anordnungen in Frage gestellt wurden.

Von einer jähen, poetischen Gesinnung erfasst, gab er seinem Ross die Sporen und bahnte sich einen Weg durch die Ränge der Krieger in Richtung der Feste, die fern im Osten thronte und ob der wabernden Hitzeschleier der Sonne fahl und halb unwirklich schien. Doch nicht die Feste war sein Ziel; stattdessen zügelte er das Pferd nach kurzem Ritt auf einem Hang, von dem aus man die staubige Ebene überblicken konnte, und stieg ab.

Er stand auf einem niedrigen Felsvorsprung, wo eine kurze Felsplatte aus dem gleichmäßigen Anstieg des Hanges ragte und eine ebene Stelle bildete. Hinter ihm und etwas weiter hangaufwärts begannen die ersten Trockensteinmauern, die den Rand seiner Obstgärten markierten; dahinter prangte auf der grasbewachsenen Erde eine Masse aus Blättern, Stämmen, Wurzeln und Früchten. Sonmaga ließ das Pferd grasen und begab sich auf den Felsvorsprung, von wo aus er den Blick über die geordneten Scharen seiner Truppen wandern ließ.

Das schiere Ausmaß des Anblicks verschlug ihm den Atem; noch ehrfurchtgebietender aber war die Weite der Ebene, die selbst seine Armee winzig erscheinen ließ. Im Vergleich dazu wirkten die riesigen Formationen der Männer wie Ameisen, deren Pracht von der Welt um sie herum in den Schatten gestellt wurde. Keine Wolke trübte den makellos saphirblauen Himmel. Der Kerryn zeichnete sich als blendend grelles, silbriges Band ab, das sich im strahlenden Licht des Auges Nukis schillernd, funkelnd und unaufhaltsam gen Axekami schlängelte. Die Hauptstadt selbst lag hinter dem Horizont verborgen. Die Ebene war mit Baumgruppen, Trampelpfaden und ab und an auch einer Siedlung gesprenkelt; Sonmaga glaubte, in der Ferne eine Herde Banathis gemächlich über die Landschaft traben zu sehen, doch ob des Hitzeschleiers konnte er nicht sicher sein.

Er sandte ein stummes Dankgebet zu den Göttern. Sonmaga war alles andere als ein zartbesaiteter Mann, doch was an Weichherzigkeit in ihm steckte, sparte er für Augenblicke wie diesen auf. Die Natur erfüllte ihn mit Ehrfurcht. Dieses Land erfüllte ihn mit Ehrfurcht, und er liebte es. Sein Blick strich über die winzigen Formationen seiner Truppen unter ihm hinweg, und er spürte, wie seine Zweifel sich verflüchtigten. Wohin dies auch führen mochte, er würde wissen, dass er dem Rat seines Herzens gefolgt war. Hier ging es um Bedeutenderes als bloß um den Thron.

Sich selbst gegenüber verleugnete er keineswegs, dass ihn nach Macht dürstete. Erhöbe er das Geblüt Amacha zur

Herrscherfamilie, wäre sein Name auf ewig in der Geschichte verankert, und die Ehre wäre unvorstellbar. Doch ein Staatsstreich würde nur nach *seinen* Bedingungen, auf *seine* Weise erfolgen. Er wollte keinen Bürgerkrieg, nicht ausgerechnet jetzt. Die Zeit war nicht reif dafür; es war zu früh. Die Ereignisse hatten sich jedoch gegen ihn verschworen, um ihn zum Handeln zu zwingen.

Doch hinter dem Streben nach Sieg stand ein höherer Beweggrund als schlichte Macht. Durch Sonmagas tief empfundene, hingebungsvolle Liebe für das Land war er empfindsam dafür, und die Geißel, die er in die Gebeine der Erde kriechen sah, schmerzte ihn entsetzlich. Selbst in seinen eigenen Obstgärten offenbarten sich bereits die ersten Anzeichen dieser Verderbnis. Der Verfall war zu gemächlich, um ihn zu bemerken, bevor man nicht die Ertragslisten über die Jahre verglichen und festgestellt hatte, dass immer mehr Obst an den Ästen verfaulte, immer mehr Bäume verdorrten oder zu knorrigen Ungetümen heranwucherten. Obwohl das Übel sein Land im Vergleich zu einigen anderen, unglückseligeren Gebieten bislang kaum gestreift hatte, empfand er ein entsetzliches Gräuel darob, so als schliche sich die Fäulnis ebenso in ihn wie in das Land. Und dann waren da noch die Ausgeburten, die Kinder der Fäulnis, die den Bauern auf seinem Land geboren wurden. Sonmaga fürchtete, sollte er selbst beizeiten heiraten und ein Kind zeugen, könnte es wie sie werden: winselnd, entstellt und grässlich anzusehen. Sollte er erleben, dass ein Kind von ihm als Ausgeburt das Licht der Welt erblickte, er würde es mit bloßen Händen erwürgen.

Und jetzt Lucia. Die Thronerbin eine Ausgeburt? Schlimmer konnte man die Götter, die Natur, den schlichten *Menschenverstand* kaum vor den Kopf stoßen. Dies war nicht die Zeit dafür, solche Kreaturen zu *dulden* – ein Dulden, das sich gewiss ausbreiten würde, sollte Lucia je den Thron besteigen. Sie waren Zeichen eines Übels, das Saramyr tötete, und ihr Blühen und Gedeihen zu fördern, war Wahnsinn.

Nein, allein die Sehnsucht nach Macht hätte nicht ausgereicht, um Sonmaga dazu zu veranlassen, Krieg gegen seine eigene Kaiserin zu führen, nicht zu diesem Zeitpunkt. Aber dem Fortschreiten der Vergiftung des Landes Einhalt zu gebieten? Dafür hätte er fast alles gewagt.

Er holte den Brief aus seiner Tasche hervor und las ihn zum wiederholten Mal – den Brief, der mit dem Stempel von Barak Avun tu Koli versiegelt gewesen war. Stumm fragte Sonmaga sich, ob es ihm nicht doch gelingen würde, eine Wende herbeizuführen.

DREIZEHN

Die Insel Fo lag abseits der abfallenden Nordwestküste Saramyrs, eine Tagesreise über die rötlichen Wogen des Camaran-Kanals entfernt. Im Verlauf des Nachmittags hatte der Wind aufgefrischt, und nun rauschte und pfiff er durch die Takelage der gewaltigen Dschunke und bauschte die Segel, die auf ihrem Deck sprossen wie die Rückenflossen eines prachtvollen Meerestieres. Die *Sommertide* war ein Handelsschiff, das der reichsten Handelsgenossenschaft in Jinka gehörte, und das war nicht zu übersehen. Das Schandeck war zu einem Ebenbild stürmischer Wellen geschnitzt, die vom Bug zum Heck hintereinander herhetzten, und dazwischen tummelten sich Robben und Wale, Meeresgeister und Fabelwesen aus der Tiefe. Auch die Segel boten einen atemberaubenden Anblick. Sie bestanden aus polierten Holzbalken, zwischen denen sich große Schwaden beigen Segeltuchs spannten, und waren mit dem roten Zeichen der Genossenschaft bemalt. Die Dschunke war ein wunderschönes Gefährt und beförderte wunderschöne Fracht: Seide, Duftwässer, Gewürze ... und einige Passagiere, von denen zwei die trostlose Insel beobachteten, die stetig näher rückte.

Kaiku lehnte an der dicken Eichenholzreling des vordersten Decks; das strähnige Haar wehte ihr unablässig gegen die sonnengebräunten Wangen. Sie trug es nicht besonders damenhaft, vor allem, wenn man bedachte, dass sie die Tochter eines hochwohlgeborenen Mannes verkörperte; aber andererseits waren ihre Kleider ebenso wenig damenhaft, und sie war schon immer ein Wildfang gewesen. Sie war in Hosen aus schwerem, weit geschnittenen Stoff gekleidet und trug weiche Stiefel, die mit Lederriemen umwickelt waren, um für festen Sitz zu sorgen. Außerdem hatte sie ein dünnes blaues Hemd übergezogen mit rechtsbündigen Flügeln – Männer trugen ihre Hemden umgekehrt –, und um ihre Mitte prangte eine rote Schärpe. Sie spürte die Sonne auf ihrer Haut, streckte sich wie eine Katze und genoss die Wärme. Tane stand in der Nähe und beobachtete sie mit sehnsüchtigem Blick.

Eine Woche war verstrichen, seit sie Axekami verlassen hatten und mit einem Frachtkahn flussaufwärts nach Jinka gefahren waren. Auf einem Schiff ohne Segel stromaufwärts zu reisen, erwies sich zwangsweise als langsamer, doch um diese Jahreszeit war die Strömung der Jabaza nicht stark; zudem hatte der Frachtkahn reichlich Ruderer angeheuert. Diese dunkelhäutigen Gesellen kamen selten an Deck; sie verbrachten die Reise in den Tretmühlen im heißen Herzen des Frachtkahns und drehten die schweren Schaufelräder, die das Gefährt gegen die Strömung stemmten. Drei Tage lang hatten die Reisenden beobachtet, wie der flache Gipfel des Makaraberges sich langsam vom Horizont erhob, bis er riesig und blaugrün zwischen den Bergen rings um ihn aufragte und sie Rauchschwaden aus seinem Vulkanschlund aufsteigen sahen.

Jener Abschnitt der Reise von Axekami die Jabaza hinauf war einfach und angenehm, das Wetter gut gewesen; dennoch war Tanes Erinnerung daran mit Abscheu besudelt, denn die Reise war nicht gänzlich ereignislos verlaufen. Unter den Fahrgästen des Frachtkahns hatte sich auch ein Weber auf dem Weg nach Jinka befunden.

Der Weber hatte eine eigene Kabine am Heck des Schiffes gehabt, in der er fast die gesamte Zeit über geblieben war. Ein Schiffsjunge kümmerte sich um seine Bedürfnisse, ein unschuldiger Knabe von etwa zwölf Ernten, der ihm Essen brachte und seinen Kammertopf ausleerte. Sein Name war Runfey, und er war ein stets vergnügter Geselle, dessen hohes Lachen oft fröhlich über das Deck hallte.

Eines Tages kurz vor Einbruch der Abenddämmerung

überkam Kaiku eine plötzliche Schwäche. Tane war gerade bei ihr; Asara hielt sich andernorts auf – allein, wie sie es gewöhnlich bevorzugte.

Kaiku stöhnte laut auf, als ihr Kopf unvermittelt ganz leicht wurde; dann schien sie Tane zu bemerken und verstummte. Unwillkürlich ärgerte sich Tane darüber, wie jäh sie sich verschloss, um ihm weiter das zu verbergen, was sie schon von Anfang an vor ihm verbarg. Er gab nicht vor, sie zu verstehen, doch er saß bei ihr, bis der Schwächeanfall vorüber war. Zwanzig Minuten später setzte der Lärm ein.

Kaiku hatte sich hingelegt. Tane war alleine draußen und beobachtete, wie die Monde den sich verfinsternden Himmel erklommen. Der Fluss zeichnete sich als friedlich wogender Abgrund in Iridimas Schein ab. Die einzigen Geräusche waren das sanfte Klatschen des Wasser an den Rumpf des Kahns und das Knarren des Holzes. In jenem Augenblick hatte Tane sich von einem seltsamen Frieden beseelt gefühlt, von einer inneren Ruhe, wie er sie schon lange nicht mehr empfunden hatte, nicht einmal damals im Wald, wenn er versucht hatte, seine Meditationsübungen zu meistern.

Das Kreischen und Toben begann urplötzlich in der Kabine des Webers. Neugierig ging Tane näher. Der Weber schien von einem entsetzlichen Wutanfall gepackt worden zu sein. Er zerschlug Dinge und warf sich selbst hin und her. Zwei vor seiner Tür postierte Wachen unternahmen erst gar nicht den Versuch, die kleine Gruppe der Seeleute zu verscheuchen, die sich alsbald ob des Lärmes einfand, doch hinein ließen sie niemanden – niemanden außer Runfey.

Runfey wurde von einer weiteren Wache herbeigeschafft und am Arm zur Tür des Webers geführt. Zwar wehrte er sich nicht, doch das blanke Entsetzen, das Tane in den Augen des Knaben sah, sollte ihn noch lange danach verfolgen. Die Wachen öffneten die Tür, woraufhin es drinnen still wurde – eine raubtiergleiche Stille, die Tane kalte

Schauder über den Rücken jagte. Dann schoben sie Runfey hinein und schlossen die Tür hinter ihm.

Tane und sechs der Matrosen standen in jener Nacht dort und lauschten Runfeys Schreien, als der Weber seinen Zorn an ihm entlud. Sie hörten ihn flehen und betteln, als er geschlagen wurde, hörten ihn kreischen und wehklagen, als er Folterungen anderer Art unterzogen wurde, die Tane sich kaum auszumalen wagte, hörten ihn brüllen, als er wiederholt vergewaltigt wurde. Zwei Stunden harrten sie als Zeugen des Grauens aus, das sich in jener Kabine zutrug, während die auf eine Websitzung folgende Raserei des abscheulichen Fahrgasts sich nach und nach erschöpfte. Niemand ging, denn es wäre einer unverzeihlichen Schande gleichgekommen, dem Geschehen einfach den Rücken zuzukehren; allerdings wagte auch niemand einzuschreiten.

Erst als wieder Stille eingetreten war, zog Tane von dannen, um zu beten. Er betete noch immer mitten in der Nacht, als er das Platschen von etwas hörte, das über Bord geworfen wurde. Runfey ward nie mehr gesehen. Niemand erwähnte den Vorfall. Der nächste Tag verlief, als wäre nichts geschehen, und Kaiku hatte nach wie vor keine Ahnung, was sich zugetragen hatte. Tane hatte beschlossen, ihr nichts davon zu erzählen. Wozu hätte es auch gut sein sollen?

Danach waren sie Richtung Westen in den Abanahn-Kanal abgebogen. Angesichts des Anblicks wurde Tane von einem ungewohnt patriotischen Stolz erfüllt. Bislang hatte er nur Geschichten darüber gehört: eine gewaltige, von Menschenhand geschaffene Wasserstraße, welche die Jabaza mit der Küste verband, eine der mächtigsten, technischen Errungenschaften ganz Saramyrs. Riesige weiße Steinwände ragten zu beiden Seiten auf, unterbrochen von Türmen, Toren und Schleusen. Unvorstellbare Vorrichtungen mit Zahnrädern von der halben Größe ihres Frachtkahns lagen schlummernd da, doch Tane hatte davon gehört, wie man sie verwenden konnte, um unüberwindbare Tore hochzuziehen, die verhindern sollten, dass Feinde vom Meer durch den Kanal ins Landesinnere gelangten. Sie fuhren unter einem berghoch anmutenden Gebetstor hindurch, das sich in einem Bogen von einer Seite des Kanals zur anderen spannte. Die Inschrift darauf stellte den Segen Zanyas dar, der Göttin der Reisenden. In beide Richtungen verkehrte eine solche Fülle von farbenfrohen Booten und Kähnen, dass Tane den ganzen Tag an Deck verbrachte und sie erstaunt beobachtete wie ein Kind einen Umzug. Augenblicke wie dieser erinnerten ihn daran, wie schmerzlich eingeschränkt sein Leben bisher gewesen war, das er fast ausschließlich im Wald von Yuna verbracht hatte.

In den Straßen von Jinka ging es noch betriebsamer zu als in Axekami. An den Docks stiegen sie aus, mitten hinein in das Geplärr Hunderter von Hafenarbeitern, das Knarren und Ächzen von Flaschenzügen und dicken Tauen, die Kisten und Ballen ausluden, und das derbe Gelächter der Matrosen in den Tavernen. Der Weber war irgendwohin seiner Wege gezogen, während Asara sie zu einem Bootskapitän brachte, den sie zu kennen behauptete. Er hingegen schien sich nicht an sie zu erinnern, doch nach ein paar Worten unter vier Augen erklärte er mit strahlender Miene, es wäre ihm eine Freude, für ihre Beförderung zu sorgen. Asara schwieg sich darüber aus, was sie mit ihm besprochen hatte.

Und so hatten sie die Nacht in einer sauberen und achtbaren Tempelherberge verbracht. Tempelherbergen waren Rastplätze, die der Priesterschaft des einen oder anderen Gottes gehörten und die einzigen Orte darstellten, wo man während eines Aufenthalts in der Nähe der Docks nicht von Dirnen, Trunkenbolden oder Halsabschneidern belästigt wurde. Insgeheim sorgte Tane sich wegen der Shin-shin, weil er die Erinnerung an sie einfach nicht abschütteln konnte und sich ständig der Worte Asaras besann, die gemeint hatte, die Dämonen könnten ihre Spur wieder aufnehmen, sobald sie die Sicherheit der Hauptstadt verlassen hätten. Andererseits hatten sie Axekami auf dem Wasserweg betreten und wieder verlassen, folglich war ihre Spur wohl kalt geworden, und tatsächlich störte sie in jener Nacht nichts und niemand.

Im Morgengrauen wurden sie zur *Sommertide* geführt und setzten Segel gen Fo.

Nun lehnte Tane neben Kaiku an der Reling. Sie schien im Nachmittagslicht förmlich zu strahlen. Zwar war sie nicht so wunderschön wie Jin – *Asara,* berichtigte er sich –, dafür besaß sie eine andere, stärkere Art von Anziehungskraft. Vielleicht hatte das etwas damit zu tun, wie er ihr begegnet war, mit ihrer vollkommenen Verwundbarkeit damals. Sie hatte den Heiler in ihm angesprochen, und er hatte sie wieder gesund gepflegt. Vielleicht lag es aber auch daran, dass sie einander so ähnlich waren: Beide hatten sie ihre Familien verloren, beide hüteten sie ein Geheimnis. Oder vielleicht lag es auch an etwas vollkommen anderem.

Lucia träumte.

Ihre Träume waren schon immer seltsam gewesen, da sie dem unterbewusst wahrgenommenen, scheinbar sinnlosen Getuschel des Lebens rings um sie herum entsprangen. Wenn sie träumte, hörte sie die trägen, kindlichen Gedanken der Bäume im Dachgarten, das hastige und unverständliche Zischen des Windes, die wie besessenen Raben und die unvorstellbar alten Grübeleien des Hügels, auf dem die Feste stand und der für einen einzigen Gedanken länger brauchte, als ein Mensch auf der Erde wandelte. Für Lucia herrschte niemals Stille, und die Geräusche in ihrer Umgebung verwandelten sich im Schlaf in merkwürdige Bilder.

Unlängst hatte Lucia das Traumwandeln gänzlich aufgegeben. Die ungesehene Wesenheit, die plötzlich begonnen hatte, sie zu verfolgen, war zu furchteinflößend und gefährlich. Dennoch spürte sie sogar jetzt, wie die grässliche Aufmerksamkeit der Erscheinung an den Rändern ihres Bewusstseins zerrte. Sie war räuberisch, gierig und zornig, weil sie Lucia nicht zu fassen bekam, und Lucia würde sich auch nicht erwischen lassen.

Im Verlauf des Jahres, seit sie begonnen hatte, die Feste in ihren Träumen zu erkunden, hatte sie gelernt, ihre Fähigkeiten ein wenig zu beherrschen. Während sie anfangs nie hatte vorhersagen können, wo sie sich wiederfinden würde, wenn sie die Augen schloss, und nur eine Beobachterin ihrer eigenen Wanderungen gewesen war, hatte sie bald herausgefunden, wie sie ihre Gedanken lenken und wählen konnte, welche Orte sie besuchte und welche nicht. Noch wichtiger aber war, dass sie gelernt hatte, *nicht* traumzuwandeln, sodass sie es nach Belieben unterdrücken konnte, wenn sie ruhig schlafen wollte. Nach einer nächtlichen Wanderung ihres Verstandes durch die Gänge der Feste fühlte sie sich selten ausgeruht; doch in jenen frühen Tagen hatte ihre Neugier auf die Welt außerhalb ihres Kerkers sie stets aufs Neue dazu angespornt. Tagsüber war sie ein Gerücht unter den Bewohnern der Feste; nachts war sie ein Geist.

Aber auch andere Dinge hatten sich geändert. Was auch immer sie in Bewegung gesetzt hatte, indem sie dem Mann im Garten eine Locke ihres Haares gegeben hatte, es gewann zunehmend an Schwung, und sie spürte es täglich.

Lucia träumte, dass sie am Rand einer hohen, steilen Klippe stand, dem Ausläufer eines großen Vorgebirges, die Hunderte Fuß tief auf schartige Felsen abfiel. Die Landschaft erstreckte sich unter ihr, ein unmögliches Gewirr von Rücken, verstreuten Steinen, baumübersäten Tälern und Hochebenen. Dort unten wimmelte es von Geistern, die unsichtbar in ihren Höhlen hockten und in der Nacht untereinander gurrten und tuschelten.

Die Nacht. Die drei Mondschwestern hingen am samtenen Himmel vor ihr so dicht aneinander, dass sie sich überlappten. Aurus schien zum Anfassen nahe und thronte riesengroß inmitten der sternengesprenkelten Finsternis. Lucia beunruhigte die Unmöglichkeit des Umstands nicht im Geringsten, dass die drei so dicht beisammen schwebten, ohne dass der heulende Mahlstrom eines Mondsturms über das Land hinwegfegte. Mit der ungezwungenen Vernunft des Schlafes wusste sie, dass einfach noch nicht die rechte Zeit dafür war.

Noch bevor Lucia sich umdrehte, fühlte sie, dass die Traumfürstin sie beobachtete. Die geneigte Felsplatte, auf der sie stand, ragte aus einem dichten Wald hervor, und in den Schatten am Waldrand sah sie den verschwommenen, undeutlichen Schemen der geheimnisvollen Fremden. Sie glich einem schwarzen und weißen Fleck, dem Kohlegekritzel eines Kindes, dünn und groß, mit einem um sie geschlungenen Umhang, der an die Schwingen einer Fledermaus erinnerte. Stets zu weit entfernt, um sie deutlich zu sehen, stets außerhalb von Lucias Blickfeld. Im Gegensatz zu dem unbekannten Ungeheuer hatte dieses Wesen sie gefunden, doch Lucia fürchtete sich nicht vor der Traumfürstin. Sie strahlte keine Böswilligkeit aus, nur eine beunruhigende Inbrunst. Oft zeigte sie sich nur am Rande von Lucias Träumen und beobachtete sie stumm aus der Ferne von einem Dach oder einer Höhle aus und folgte der Thronerbin mit stetem Blick. Manchmal sprach sie auch, und wenngleich Lucia ihre Stimme nicht mochte, erklangen die Worte überaus deutlich und erzählten Lucia Dinge über die Welt draußen. Da Lucia von Natur aus neugierig war, unterhielt sie sich mit der Traumfürstin, wann immer sie konnte; häufig aber antwortete sie nicht und beobachtete sie nur, stets aus weiter Ferne. Lucia wusste nicht, was sie von alledem halten sollte, doch sie hatte den Eindruck, die Traumfürstin erzähle ihr genau so viel, wie die junge Thronerbin wissen sollte, und keinen Deut mehr.

Dennoch erfuhr sie im Laufe der Zeit, wer und was die

Traumfürstin war, und sie begann, sie auf eine seltsame Art als Freundin zu betrachten.

Heute Nacht schien sie nicht reden zu wollen. Sie stand nur als verschwommener Schemen in den Schatten und starrte zu Lucia hinüber. Lucia schenkte ihr keinerlei Beachtung. Mittlerweile hatte sie gelernt, dass alles andere sinnlos war. Am Rand ihrer Traumwelt spürte sie das unbekannte Böse, das wieder auf die Jagd nach ihr gegangen war. Es war jedoch weit entfernt und stellte keine unmittelbare Bedrohung für sie dar.

Abgesehen vom Seufzen der kühlen Brise und den Rufen der Geister in der zerklüfteten Landschaft unter ihr war es vollkommen still. Lucia trat an den Rand der Klippe und schaute hinunter, sodass das blonde Haar ihr über die Schultern fiel. Als sie sich wieder umdrehte, war die Traumfürstin verschwunden.

Lucia erschrak. An die Besuche der Traumfürstin hatte sie sich inzwischen gewöhnt, doch ihr jähes Verschwinden überraschte sie stets aufs Neue. Zuvor war sie nur gegangen, wenn das dunkle Wesen, das sie verfolgte, zu stark geworden und ihr zu nahe gekommen war. Sie hatte Lucia eingebläut, dass sie sich von dem Wesen fern halten müsse; die Kreatur dürfe sie in keinem Fall entdecken. Lucia hatte ihren Rat beherzigt, doch als sie sich danach erkundigt hatte, wer oder was dieses Wesen war, wollte die Traumfürstin es ihr nicht verraten.

Nun aber schien die Luft irgendwie leichter zu werden und nahm einen Kupfergeschmack an. Die feinen Härchen auf Lucias Haut richteten sich auf. Sie hatte das Gefühl, hochgehoben und himmelwärts gezerrt zu werden, wenngleich ihre Füße fest auf dem Boden verankert blieben. Die gesamte Umgebung war geladen, und die in der Landschaft unter ihr versteckten Geister waren verstummt.

Lucia spürte eine Hand auf ihrer Schulter, weit größer als jede menschliche Hand, mit dünnen, fahlen Fingern und klauengleich gekrümmten Nägeln. Ihr drohte das Herz zu versagen. Sie wagte nicht, sich umzudrehen. Sie konnte sie fühlen, und ihre Gegenwart erfüllte ihr gesamtes Bewusstsein mit einem Kribbeln. Als alterslose, endlose, wahnsinnige Geschöpfe wandelten die drei Schwestern über die Erde, wenn die drei Trabanten sich den Platz am nächtlichen Himmel teilten. Die Kinder der Monde.

Die Berührung war schrecklich und göttlich zugleich und erfüllte Lucia in gleichem Maße mit Entsetzen und Ehrfurcht. Lucia kniff die Augen zu; sie wusste, dass hinter ihr nichts war, auf dem man stehen konnte, dass die Geister in der Luft über dem Abgrund schwebten, riesig, kalt und furchteinflößend. Sie konnte es nicht ertragen, sie anzusehen, war außerstande, sich der unermesslichen Leere ihrer Augen zu stellen, in der Beweggründe siedeten, die für die Menschheit ebenso fremdartig wie die Götter waren. Und wenngleich ein Teil von ihr wusste, dass dies ein Traum war, spendete der Gedanke keinerlei Trost, denn vor solchen Wesen boten Träume keine Zuflucht.

Worte wurden gesprochen, doch sie ertönten als entsetzlicher, schriller, schnarrender Laut, der Lucia schaudern ließ. Jeder Versuch, sie zu verstehen, war hoffnungslos. Sie zitterte am ganzen Leib, neigte mit bibbernder Unterlippe das Haupt und ließ die Augen fest geschlossen.

Dann schwebten die drei vor sie, und obschon Lucia sie nicht sehen konnte, *fühlte* sie ihre Umrisse durch die geschlossenen Lider. Sie spürte, wie etwas seitlich an ihrem Haar vorüberstrich und schauderte abermals. Ein Fingernagel. Wieder streifte er sie, ließ durch die Berührung von neuem jene merkwürdige Mischung aus Furcht und Staunen in sie strömen. Sie brauchte eine atemlose Weile, bis sie begriff, was der Geist tat. Er streichelte sie mit einem Finger, ganz so, wie man ein zierliches Tier oder eine Mutter ein Neugeborenes streicheln mochte. Das Wesen liebkoste sie. Wieder ertönte die Stimme, und wieder war sie für Lucias Ohren grässlich anzuhören; dennoch wirkte sie diesmal sanfter und schien durch ihren Tonfall Sprache und Bedeutung zu vermitteln.

Lucia wusste nicht, was sie von ihr wollten. Sie wusste nicht einmal, ob *Wollen* eine Vorstellung war, die für sie galt. Trotzdem sandte sie ein kurzes Gebet zu den Mondschwestern; dann schlug sie die Augen auf und sah deren Kinder an.

Im kaiserlichen Schlafgemach war es schattig und still. Der warme Nachtwind wehte durch elegant gewölbte Fensterbögen herein und blähte die dünnen Schleier, die davor hingen. Das riesige Bett bildete eine hügelige Landschaft aus goldenen, weiß und purpurn schillernden Laken an der Wand. In jeder Ecke stand, aus kostbaren Metallen geformt, einer der Hüter der vier Winde und stützte den Baldachin, der sich über das pompöse Gebilde spannte.

Anais tu Erinima, Geblütskaiserin von Saramyr, stand an ihrer Frisierkommode aus edelstem Holz und hatte sich mit einem Silberkelch voll bernsteinfarbenem Wein in der Hand an die Wand gelehnt. Ihr helles Haar fiel offen um ihr trügerisch unschuldiges Antlitz und über die Schultern des schwarzen Seidennachthemds hinab. Der pechschwarze *Lach* des Bodens fühlte sich kalt an ihren nackten Sohlen an – abgesehen von seinem Widerschein galt *Lach* als Stein, der ob seiner Eigenschaft, Hitze abzuweisen und Räume dadurch kühl zu halten, überaus geschätzt wurde.

Anais nippte an ihrem Wein, wartete und schürte ihren Zorn.

Wie sie ihn hasste. Als wäre Kaiser Durun nicht schon zuvor eine harte Prüfung gewesen, hatte ihn die Angelegenheit mit Lucia noch hundert Mal schlimmer gemacht. Er schien sich selbst darin übertreffen zu wollen, sie zu erzürnen und zu demütigen. Seine Trunksucht, die stets dazu neigte, ein wenig aus der Bahn zu geraten, war mittlerweile wahrhaft scheußlich. Hemmungslos zechte er bei Festen, grölte und übergab sich, bis es selbst seinen Jagdgefährten zu viel wurde. Die Jagdausflüge an sich empfand Anais als

Segen, denn dank ihnen war er stets ein paar Tage am Stück verschwunden; aber er zog sie auch als Ausreden heran, um bedeutende Gäste zu versetzen und torkelte oft in schlimmerem Zustand in sein Zuhause zurück, als er es verlassen hatte.

Allein der Gedanke daran brachte Anais zum Sieden. Zumindest blieb ihr die kleine Rache, dass seine Familie, das Geblüt Batik, der Kaiserin bei der Ratsversammlung ihre Unterstützung zugesichert hatte. Andererseits war auch dies ein zweischneidiges Schwert. Hätte das Geblüt Batik sich gegen sie ausgesprochen, so wäre ihr wenigstens der Trost geblieben, die Ehe mit Durun für null und nichtig zu erklären; nun war sie gezwungen, ihn zu ertragen, denn sie brauchte den Beistand seiner Familie. Durun war viel zu dickköpfig, um sich in dieser Angelegenheit der Haltung seiner Familie anzupassen, und seine Enttäuschung war offenkundig. Er und sein Vater, Barak Mos – ein Unruhestifter, der seinem Sohn in nichts nachstand –, hatten einander in den letzten Wochen des Öfteren angebrüllt, doch nach jedem Aufeinanderprallen hatte Durun offenbar nur erneut den Wunsch verspürt, sich bei anderer Gelegenheit wieder in Verlegenheit zu bringen. Danach war der Barak einer Entschuldigung so nahe gekommen wie noch nie, indem er Anais um Verzeihung für die Ausschweifungen seines Sohnes gebeten und versprochen hatte, es künftig gutzumachen. Anais wusste, wie viel Überwindung dies einen solch stolzen Mann gekostet hatte, und sie war regelrecht gerührt gewesen; ihren Zorn jedoch linderte es kein bisschen.

Duruns Techtelmechtel mit den Hofdamen galten seit Jahren als offenes Geheimnis. Für gewöhnlich zog er jüngere Maiden vor, leicht beeinflussbare Töchter geringerer Adliger, die den Hof besuchten und sich ob der Aufmerksamkeit des Kaiser viel zu geschmeichelt fühlten, um über die Folgen nachzudenken. Dann wieder nahm er sich Dienstmädchen, die ihn nicht abzuweisen wagten. Manchmal brachte er auch Dirnen aus den Freudenhäusern mit in die Feste. Anfangs nur selten, und Anais hatte es geduldet. Schließlich war diese Ehe nicht aus Leidenschaft, sondern um der Politik willen geschlossen worden; nur allzu gern tat sie alles, um sie ein wenig erträglicher zu gestalten. Doch nach und nach war Durun immer taktloser geworden, und damit hatten die Gerüchte ihren Anfang genommen.

Erst hatte Anais sich durch die ganze Angelegenheit gedemütigt gefühlt, weil sie sich der Vorstellung hingegeben hatte, das Liebesspiel gut genug zu beherrschen, um ihn von fremden Betten fern zu halten. Aber wie üblich gestattete es ihre Lage selbst unter diesen Umständen nicht, dem Geblüt Batik die schwere Beleidigung anzutun, sich von dessen Lieblingssohn scheiden zu lassen. Die Macht, die ihre Ehe ihr bot, hatte das Geblüt Erinima dorthin gebracht, wo es stand, und das konnte sie nicht einfach so wegwerfen, selbst wenn ihre Gelübde so unverhohlen mit Füßen getreten wurden.

Schließlich hörte sie auf, sich darum zu kümmern. Sollte er doch treiben, was er wollte. Im Großen und Ganzen war er ihr als Gemahl ohnehin einerlei. Manchmal, obschon höchst selten, wenn er die lodernde Flamme seiner Leidenschaft auf etwas Lohnendes – oder, noch seltener, auf sie – richtete, erhaschte sie einen flüchtigen Blick auf den Mann, der er hätte sein, auf die Ehe, die sie hätten führen können. Doch jene Augenblicke waren bei weitem zu rar und lagen zu weit auseinander; sie reichten gerade, um Anais angesichts der vergeudeten Möglichkeiten mit Enttäuschung zu erfüllen. Durun verschwendete alles auf seine schwachsinnigen Begierden, indem er raufte, soff und hurte.

Nun aber war Durun zu weit gegangen.

An diesem Abend war er sturzbetrunken von der Jagd zurückgekehrt und hatte ein Gelage für sich und seine Spießgesellen angeordnet. Wie Schweine hatten sie sich dort in der Halle gebärdet und Wein wie Wasser in sich hineingeschüttet. Noch zusätzlich berauscht, weil er ganz allein einen Keiler erlegt hatte, geriet Durun noch heftiger außer Rand und Band als sonst. Als eine der Dienstmägde kam, um ihm Wein nachzuschenken – ein einfaches, zierliches Mädchen mit unscheinbaren Zügen, dessen Mangel an Verstand und Schönheit durch eine ausgesprochen üppige Oberweite ausgeglichen wurde –, zerrte er sie an sich und auf den Tisch, verstreute dabei fettige Speisen und Weinkelche und nahm sie an Ort und Stelle. An dem Punkt betrat Anais' Zofe den Raum, da ihre Herrin ihr aufgetragen hatte, dem Kaiser bei seiner Rückkehr von der Jagd eine Nachricht zu überbringen. Sie hatte ihn zwischen den Beinen der Dienstmagd vorgefunden, deren Brüste zwischen den zerrissenen Hälften ihrer Bluse hervorquollen und die mit jedem Stoß Duruns nach Atem rang, während seine Jagdgefährten sich um ihn geschart hatten, um ihn grölend anzufeuern. Der Kaiserin gegenüber hatte die Zofe die Ereignisse rücksichtsvoll nicht ganz so anschaulich geschildert.

Anais war fuchsteufelswild. Gerüchte waren eine Sache; die Menschen konnten zumindest so tun, als schenkten sie ihnen keine Beachtung. Damit hatte Durun jedoch die Grenzen des Anstands weit überschritten. Der Kaiser von Saramyr, der sich in einer Halle voller Bediensteter und Söhne von Adligen wie ein Tier mit einer Magd paarte und seine Untreue vor aller Augen zur Schau stellte ... Das war mehr, als Anais ertragen konnte.

Die schweren, unsteten Schritte, die sich der Schlafzimmertür näherten, kündigten die Ankunft ihres zügellosen Gemahls an. Er stieß die Tür auf und torkelte herein. Durch die messerscharf geschnittenen Züge wirkte sein Gehabe selbst in solchem Zustand stolz und hochmütig. Er sah Anais an der Frisierkommode und schloss die Tür hinter sich. Dann wischte er das derzeit von Fett und Wein strähnige, lange schwarze Haar zurück und schaute sie mit hochgezogener Augenbraue an.

»Weib«, sprach er, »du scheinst mir wütend zu sein.«

Mit drei Schritten durchquerte sie das Gemach und schlug mit dem Weinkelch nach seinem Gesicht.

»Du widerwärtiger Abklatsch von einem Mann!«, fauchte sie ihn an.

Durun prustete und fegte ihr den Silberkelch instinktiv aus der Hand. Polternd und klirrend rollte er über den *Lach*boden, ehe er zum Liegen kam. Anais schlug weiter nach ihm. Der Kaiser zuckte zurück, wenngleich eher überrascht, denn verletzt. Abermals schlug sie ihn, diesmal noch ungestümer. Eine leise Stimme in ihr ermahnte sie, dass eine Kaiserin sich nicht so gebaren sollte, doch der Wein und ihre aufgestaute Wut brachten diese Stimme zum Schweigen. Anais war besessen von dem Verlangen, ihren Gemahl zu verletzen – ein Verlangen, das ihre ersten Angriffe nur zusätzlich geschürt hatten; und sie schlug ihn erneut und immer wieder, hämmerte mit den Fäusten auf ihn ein.

Als der Schmerz in sein vom Suff umwölktes Gehirn vordrang, schüttelte er seine anfängliche Verwirrung ab. Anais' nächster Hieb endete in einer schwarz behandschuhten Hand, die ihre Faust umklammerte. Unwillkürlich schlug sie mit der anderen zu, doch die fing er ebenso ab und hielt ihre Arme auseinander. Verzweifelt setzte sie sich gegen ihn zur Wehr und wollte plötzlich nur noch fliehen. Sie sah das Funkeln in seinen Augen und fürchtete, zu weit gegangen zu sein. Durun war wesentlich größer und stärker als sie und hielt sie ohne sichtliche Anstrengung fest.

»Lass mich los!«, zischte sie. »Du Dreckskerl!«

Seine dunklen Augen drohten mit Schmerzen, und Anais versuchte, sich seinem Griff zu entwinden; dann hob er sie jählings an den Armen hoch und schlug sie so heftig gegen die Wand, dass der Aufprall ihr den Atem aus den Lungen presste.

»Beim Blut des Herzens, Anais«, hauchte Durun mit heiserer Stimme. »Es ist lange her, seit du zuletzt solchen Kampfgeist an den Tag gelegt hast.«

Und dann küsste er sie, wild und ungestüm, biss ihr in die Lippen und in die Zunge. Abermals setzte sie sich zur Wehr und stieß durch die Nase widerwillige Laute aus, woraufhin er sie erneut gegen die Wand schleuderte.

»Wirst du dich wohl benehmen?«, befahl er ihr.

Anais erschlaffte. »Dreckskerl«, wiederholte sie, doch sie hatte alle Kraft verloren. Durun wich zurück und ließ sie los. Eine Weile musterte die Kaiserin ihren Gemahl mit zornigen und wachsamen Blicken zugleich. Bei den Geistern, wie sehr sie ihn hasste ... Gleichzeitig wollte sie ihn aber auch. Nur sein Herz und sein Verstand waren schwach und dumm; wenn er über ihr thronte wie jetzt und sie ihm hilflos ausgeliefert war, konnte sie sich durchaus vorstellen, er sei tatsächlich der mächtige, gefährliche Mann, den sie sich gewünscht hatte, und nicht dieser träge, vulgäre Tunichtgut.

Nun, weshalb sollte sie sich nicht von ihm an Vergnügen nehmen, was sie konnte? Schließlich hatte sie sonst so wenig. Außerdem brauchte sie nur seinen Körper ...

Unvermittelt sprang sie vorwärts, ergriff seinen Schädel, grub die Finger wie Klauen in seinen Hinterkopf und küsste ihn so schonungslos wie er zuvor sie. Anais schmeckte Wein in seinem Atem, vermischt mit anderen, weniger angenehmen Dingen, doch das tat ihrer jäh entflammten Leidenschaft keinerlei Abbruch. Wieder drängte er sie gegen die Wand, und diesmal sah sie die tiergleiche Lust in seinen Zügen. Er wollte nicht unbedingt *sie*; er wollte eine Frau, irgendeine Frau. Nun, das passte Anais recht gut. Sie wollte einen Mann, und im Augenblick war Durun genauso gut wie jeder andere.

Durun packte ihr Nachthemd und riss es in einem Schwung entzwei. Zwar hatte Anais sich dagegen gewappnet, dennoch fühlte sie sich von seiner Stärke überwältigt, als er sie grob an sich riss. Erneut stieß er sie zurück und fetzte ihr die Reste in einem zweiten Ansatz vollends vom Leib. Splitternackt stand ihre blasse und zierliche Gestalt in den Schatten vor ihm, während ihre kleinen, festen Brüste sich in Einklang mit ihrem Atem hoben und senkten. Dann fielen Durun und Anais übereinander her.

Ihre Vereinigung war unwirsch und von Gewalt geprägt; jeder benutzte den Körper des anderen, ohne einen Gedanken an Zärtlichkeiten zu verschwenden. Anais riss ihrem Gemahl die Kleider so ungestüm vom Leib wie er zuvor ihr und ließ die Hände über die straffen Muskeln seines Leibes wandern, die mittlerweile eine dünne Fettschicht überzog – das Vermächtnis zu vieler Saufgelage und deftiger Mahlzeiten. Um Gnade wurde weder gefleht, noch wurde Gnade gewährt; immer und immer wieder drang Durun in sie ein, pfählte sie regelrecht, während sie über das Bett rollten und jeder versuchte, die beherrschende Stellung zu erlangen. Schließlich drückte Anais ihn nieder, und er gab nach. Schneller und schneller presste sie sich an ihn. Trotz seiner Trunkenheit und all seiner sonstigen, mannigfaltigen Schwächen, verfügte er über eine bestimmte Gabe, die jene der meisten Männer weit überragte, und Anais bohrte sie gnadenlos in sich. Morgen früh würden sie sich wie immer zueinander verhalten, streitsüchtig und gehässig; in jenem Augenblick aber, mit der Bürde des Reiches und mehr Sorgen, als sie zählen konnte, auf den Schultern, gab Anais sich der Leidenschaft hin, nach der sie sich so verzweifelt sehnte – und fand Erlösung darin.

Sie wollte ihm sagen, dass sie ihn hasste, doch als die Worte inmitten des Höhepunkts aus ihr hervorquollen, drückten sie das Gegenteil aus.

VIERZEHN

Als die Nacht hereinbrach, ging Asara auf die Jagd.

Sie waren noch vor Sonnenuntergang im Hafen von Pelis eingetroffen, da günstige Winde die Überfahrt beschleunigt hatten. Die eingeholten Segel und die Takelage anderer Dschunken, die an ihren Ankerplätzen schaukelten, zeichneten sich als Umrisse gegen den rötlich-orangen Flammenhimmel am westlichen Horizont ab. Die Schatten waren lang und die Luft erfüllt von den zweideutigen Geräuschen der Chikkikii, die in unsichtbaren Verstecken mit ihren Deckflügeln knackten und rasselten. Obwohl die allgegenwärtigen Dockarbeiter und Matrosen so wie in jedem Handelshafen auch hier vorhanden waren, ging die Arbeit ruhiger und gemächlicher vonstatten, als wolle man der Abenddämmerung huldigen. Von Laternen erleuchtete Tavernen und Geschäfte im ländlichen Stil präsentierten sich unbesucht in der Wärme des ausklingenden Tages. Es war eine Zeit für Liebende, um Arm in Arm vor sich hinzuschlendern, eine Zeit für Turteleien hinter geschlossenen Fensterläden.

Noch bevor die *Sommertide* knarrend anlegte und die Haltetaue den Männern am Dock zugeworfen wurden, schlug die Atmosphäre Kaiku in ihren Bann. Die Insel war nur ein kleines Stück vom Festland entfernt, und doch konnte selbst ein Fremder auf den ersten Blick erkennen, dass hier auf Fo vieles anders lief. Asara war bereits viele Male hier gewesen und verabscheute den Ort aus eben jenen Gründen, die Kaiku gefielen. In Pelis war es friedvoll, und für Asara bedeutete Frieden Langeweile. Sie freute sich darauf, in die unwirtlicheren Gegenden Fos weiterzuziehen, wo das Leben weniger einfach war.

Nach dem Aussteigen erklärte Asara, dass sie heute Nacht für die Weiterreise nach Norden sorgen wolle, sodass sie nach Möglichkeit am nächsten Morgen aufbrechen könnten. Kaiku riet sie, sich einen Büchse zu kaufen; wo sie hingingen, würde sie Schutz brauchen. Kaiku überkam bei dem Gedanken eine freudige Erregung. Sie war immer eine hervorragende Schützin gewesen, doch durch die jüngsten Ereignisse war sie etwas aus der Übung geraten. Tane und sie zogen also los, um Vorräte und Waffen zu kaufen.

Asara blieb allein zurück, so wie sie es mochte.

Es war einfach, eine Handelskarawane zu finden, die sie nach Chaim mitnehmen würde. Durch ihre früheren Besuche wusste Asara, an wen sie sich wenden musste, wenngleich sie nun gänzlich anders aussah als damals und niemand sie erkannte. Zwar brach am nächsten Morgen nur eine Karawane auf, doch sie verfügte über ausreichend Wachen und entsprach somit durchaus Asaras Vorstellung. Sie trat an den Karawanenführer heran, der das Verladen der Waren beaufsichtigte. Er machte ihnen einen überaus günstigen Preis für die Reise. Mit Asaras Aussehen war es schier unglaublich einfach, Männer zu beeinflussen. Sie war sich der Wirkung durchaus bewusst, die ihre Schönheit auf den männlichen Verstand ausübte, und sie scheute sich nicht, sie dementsprechend einzusetzen. Innerlich gelangweilt kokettierte sie scheinbar geziert mit dem Karawanenführer, führte eine Abfolge von Lächeln, Lachen, Posen und unscheinbaren Berührungen aus. Die Erregung ihres Opfers zeigte sich deutlich in dessen Zügen. Manchmal bedurfte der Ablauf gewissen Anpassungen an das jeweilige Gegenüber, zumeist jedoch war selbst das nicht nötig. Asara seufzte innerlich, als der Handel abgeschlossen war und sie ihn verließ. Was für hirnlose Tiere Männer doch waren: wie Hunde – einfach zu erziehen, ständig um Leckerchen bettelnd, lüstern und gierig. Zwar hatte Asara – mit einigen wenigen, auserlesenen Ausnahmen – vor niemandem besondere Achtung, aber zumindest wahrten sich die meisten Frauen wenigstens ein Quäntchen Würde.

Nachdem sie ihre Besorgung erledigt hatte, traf sie sich wieder mit Tane und Kaiku, die ihr von der Herberge berichteten, die sie gefunden hatten und in der sie nächtigen würden. Asara kannte sie gut, und es war eine sichere Wahl. Sie forderte die beiden auf, dorthin zurückzukehren und sich auszuruhen; sie selbst musste noch etwas erledigen. Beide gaben sich mit ihrer Erklärung zufrieden, da sie wussten, dass Nachhaken sinnlos war. Natürlich hatte es im Verlauf der Reise Fragen gegeben: Wo waren die Verbrennungen, die Asara erlitten hatte? Weshalb sah sie nun anders aus? Noch unterhaltsamer war Tanes entgeisterte Miene, als sie in kurzen Ärmeln an Deck des Frachtkahns aufgetaucht war und er gesehen hatte, dass die Tätowierung der Zunft der Boten, die sich über die gesamte Länge ihres Innenarms erstreckt hatte, nur noch ein dunkler Fleck war, der an einen Bluterguss erinnerte. Am nächsten Tag war sie völlig verschwunden. Asara verweigerte jegliche Antworten diesbezüglich. Schließlich war sie keine Missgeburt, die dazu da war, die Neugier ihrer Reisebegleiter zu befriedigen.

Asara lief durch die Stadt, während die pechschwarzen Schatten der Nacht durch die engen, malerischen Gassen krochen. Aurus und Neryn teilten sich den Himmel, der riesige Perlenmond und dessen winzige grüne Schwester. Iridima, die hellste der drei Mondschwestern, war nicht zu sehen; offenbar hatte ihre Umlaufbahn sie an einen anderen Ort geführt. Im fahlen grünlichen Mondschein schlenderte Asara durch von Laternen erhellte Gassen und schlug die Zeit tot. Sie ging an einer Straße mit Schänken und Gaststätten vorbei. Umrisse bewegten sich hinter den Fenstern, während Unterhaltungen und Gelächter herausdrangen; für Asara aber wirkte all das fremdartig und ließ sie sich auf unerklärliche Weise einsam fühlen. Dieser Ort mit seinen Balkonen, Geländern aus gewundenem Metall und unebenmäßigen Gässchen strahlte einen wunderbar historischen

Zauber aus, doch er besaß nicht die Macht, Asara zu berühren.

Nach und nach wiegte Pelis sich in den Schlaf. Geduldig wie eine Spinne wartete Asara. Sie hatte sich ihre Beute für diese Nacht bereits auserkoren. Sie hatte den Mann entdeckt, als er nach Hause watschelte – heftig schnaufend ob der Anstrengung, die es bedeutete, seinen fetten Leib die ansteigenden Kopfsteinstraßen emporzuschleppen. Üblicherweise bevorzugte sie Frauen – sie mochte die sinnlichen Kurven ihrer Körper und ihren Duft –, aber die Begegnung mit dem Karawanenführer hatte sie mit der abartigen Lust nach etwas Aufgedunsenem und Widerwärtigem erfüllt. Dem Geruch nach zu urteilen, handelte es sich um einen Fischhändler. Er lebte in einem unscheinbaren Eckhaus in einer stillen Straße. Unter anderen Umständen hätte Asara sich mehr Zeit gelassen, um ihn zu beobachten – und sicherzustellen, dass er alleine wohnte und um seine Gewohnheiten zu erkunden –, aber heute Nacht würde sie es sich leisten müssen, auch mal ein wenig unbesonnen zu sein. Es war unmöglich vorherzusagen, wann sich die nächste Gelegenheit ergeben würde, und der Drang war heftig.

Die Büchse hatte Asara unter einer Hecke versteckt; sie würde ihr nur im Weg sein. Asara kundschaftete die Straße aus, bis sie sicher war, dass niemand sie beobachtete; dann überquerte sie sie und drückte sich flach an die Wand des Hauses. Das Erdgeschoss schien gesichert zu sein, doch im Obergeschoss standen die Läden offen, um die nächtliche Brise durchs Haus wehen zu lassen. Asara prüfte die Beschaffenheit der Wand. Sie bestand aus einheimischem Stein, war rau und verwittert und bot ihr ausreichend Halt.

Ein letztes Mal schaute Asara sich um, ehe sie hinaufkletterte. Mit vier flinken Griffen erreichte sie den Fenstersims und spähte hinein. Grünliches Mondlicht erhellte die Kammer dahinter. Die weiten Gewänder des Fischhändlers lagen in unordentlichen Haufen auf dem Kachelboden verstreut. Die Kammer erwies sich als schlicht und karg eingerichtet. Um die Hitze zu lindern, war sie möglichst luftig gebaut. Der Fischhändler selbst zeichnete sich als Fleischberg auf einer Matte in der Ecke ab. Er lag auf der Seite und mit dem Rücken zu Asara. Ein dünnes Laken bedeckte ihn teilweise. Seine Schultern, über die strähniges Haar hing, hoben und senkten sich im Schlaf. Lautlos glitt Asara über den Fenstersims auf den Boden.

Leise schlich sie zu ihm und blickte dabei wachsam zu dem dunklen Durchgang ohne Vorhang, der in den Rest des Hauses führte. Als sie den Rand der Schlafmatte erreichte, richtete sie sich zu voller Größe auf, wischte sich das Haar hinter die Ohren und schaute auf den Mann hinab. Der säuerliche Dunst des Nachtschweißes auf seiner Haut, vermischt mit dem Moder der Fische, die er gegessen und bearbeitet hatte, stieg ihr in die Nase. Und da war noch etwas anderes: Es roch nach Duftwasser und Beischlaf. Asaras Augen hefteten sich auf den leichten Abdruck in der Matte neben dem massigen Leib des Mannes; er war viel zu klein und zu flach, als dass er von ihm hätte stammen können.

Asara wirbelte just in dem Augenblick herum, als im Durchgang die Frau auftauchte, die von welchen nächtlichen Geschäften auch immer zurückkehrte. Sie trug ein schlichtes graues Nachthemd; das schwarze Haar war zerzaust, und die Augen wirkten trüb und schläfrig. Kurz erstarrte sie, als sie Asara über ihrem Geliebten stehen sah; dann kreischte sie.

Kaum ein Blinzeln verstrich, ehe Asara sich auf sie stürzte. Sie trat der Frau ins Gesicht, sodass sie mit wirbelndem Haar und um sich schlagenden Armen gegen die Wand geschleudert wurde und in sich zusammensackte. Ob sie tot, bewusstlos oder nur betäubt war, Asara hatte keine Zeit mehr, sich weiter um sie zu kümmern. Der Fischhändler rappelte sich von der Liegestatt auf und robbte auf Fersen und Ellbogen wie gehetzt von ihr weg, während sich seinem Mund ein kurzer Schrei der Verwirrung und des Schreckens entrang. Asara presste eine Hand an seine schwammige Kehle und drückte seine Arme mit den Knien nieder; seine Gegenwehr setzte verzögert ein, und bis er erkannte, was sie getan hatte, war es bereits zu spät. Asara hockte sich auf seinen behaarten Wanst und spürte, wie seine Beine nutzlos hinter ihr zuckten; offenbar versuchte er, ihr die Knie in die Rippen zu rammen, was jedoch der mächtige Bauch dazwischen verhinderte. Asara spähte zu der Frau, die immer noch in sich zusammengesunken an der Wand hockte; ihr Gesicht lag hinter dem Haar verborgen. Dann richtete Asara ihre Aufmerksamkeit wieder auf den Fischhändler, der vergeblich unter ihr zappelte, obwohl er mindestens doppelt so schwer war wie sie. Ihr erbarmungsloser Griff erstickte seine matten Schreie. Seine Augen quollen vor Furcht aus den Höhlen.

»Schschsch«, flüsterte sie ihm zu. »Ich will doch nur einen Kuss.«

Flink wie eine Schlange, die sich eine Maus schnappt, presste Asara die Lippen auf die des Mannes und sog.

Der Fischhändler versteifte sich, als etwas, jedoch nichts Körperliches, in ihm zerriss und durch seinen Mund in Asara strömte. Es glitzerte, dieses Ding, und es funkelte; ein heftiger, schillernder Strom, der von seinen Lippen über die ihren floss, als sie ihn aus ihm heraussaugte. Ein paar lange Augenblicke lang musste er sich wie ein Geist fühlen, der in den ersten Sonnenstrahlen des Morgengrauens verblasst. Dann erlosch das Entsetzen in seinen Augen; seine Pupillen wurden dunkel und leer, und sein Körper erschlaffte im Tod. Keuchend ließ Asara von ihm ab und wischte sich mit dem Handrücken über den Mund. Mit einem Übelkeit erregenden Geräusch schlug der Kopf des Mannes hart auf den Kachelboden. Asara holte ein paar Mal tief Luft und genoss die aufwallende Wärme in ihr; dann kletterte sie von ihrem Opfer herunter.

Sie wusste nicht, was in ihrem Leib sie zu dem machte, was

sie war. Es gab in der Körperkunde nichts, womit sie es hätte vergleichen können. In Ermangelung dessen stellte sie es sich als Spirale vor, als dichtes, gewundenes Rohr hinter ihrem Magen und vor ihrem Rückgrat. Wenn sie es gefüttert hatte, fühlte es sich dick an, und Asara spürte seine warme Gegenwart. War es hingegen ausgehungert, fühlte es sich schlaff und dünn an, und an der Stelle, an der es geschrumpft war, schmerzte sie eine Leere, hundert Mal schlimmer als gewöhnlicher Hunger. Der Einsatz ihrer Fähigkeiten zehrte daran, so wie körperliche Ertüchtigung den Appetit schürt. Brauchte Asara ihre besonderen Begabungen nicht, überkam der Hunger sie nur selten; dann stillte sie ihn gerade genug, um das Altern ihres Körpers zu verhindern. Seit ihrer ersten Begegnung mit den Shin-shin aber war sie jedoch gezwungen gewesen, übermäßigen Gebrauch von ihren Kräften zu machen.

Die Selbstheilung, nachdem Kaiku sie halb tot zurückgelassen hatte, war fast zu viel für sie gewesen. Hilfe hatte sie von zwei Waldbewohnern erhalten, die gekommen waren, um der Ursache der Feuersbrunst auf den Grund zu gehen und stattdessen eine verkohlte und entstellte Zofe vorgefunden hatten. Die Nahrung, die sie geboten hatten, hatte Asaras Gesundheit wirkungsvoller wiederhergestellt als jede Pflege, die sie ihr hätten angedeihen lassen können. Es kostete Zeit, Mühe und Kraft, die verbrannte Haut ihres Gesichts und ihrer Hände abzustreifen und das Haar nachwachsen zu lassen, und diese Kraft musste von irgendwoher kommen. Das Ändern ihres Aussehens war eher eine Laune gewesen, die sie erst befriedigt hatte, nachdem sie sich zu ihrer Zufriedenheit wiederhergestellt hatte. Während sie sich als Kaikus Zofe getarnt hatte, hatte sie bewusst darauf geachtet, nicht übertrieben schön zu wirken und sich zwei Jahre lang damit begnügt, nur hübsch zu sein. Doch sie besaß eine eitle Ader und war so zu dem Schluss gelangt, es sei an der Zeit, ihr wieder nachzugeben. Durch geringste Anpassungen war aus einem unscheinbaren, hübschen

Ding ein Gegenstand der Begierde geworden. Wie schrecklich es doch für diejenigen sein musste, dachte Asara, die dazu verdammt waren, mit dem Gesicht zu leben, mit dem sie geboren wurden.

Andererseits, besann sie sich reumütig, kannte sie das eigene gar nicht.

Aus einer jähen, gefühlsseligen Laune heraus ging sie zu der Frau hinüber und hob deren Kopf. Auf ihrer Wange bildete sich bereits ein dunkler Bluterguss. Sie war bewusstlos, atmete aber noch. Asara neigte ihren Kopf erst zur einen, dann zur anderen Seite. Die Frau war zwar nicht wirklich hübsch, strahlte jedoch eine gewisse Sinnlichkeit aus, die Asara leicht berauschend fand. Wäre sie nicht hereingekommen und hätte Asaras Gesicht gesehen, Asara hätte sie am Leben gelassen. So aber war das unmöglich.

Asara nahm die Frau in die Arme, wischte ihr das schwarze Haar aus dem Gesicht und senkte die Lippen auf den halb geöffneten Mund ihres Opfers.

Kaiserin Anais tu Erinima stapfte in übler Stimmung durch die Gänge der Kaiserlichen Feste. Nach einem Tag voller Treffen, Besprechungen und Berichte hatte sie kaum Zeit gehabt, ein Bad zu nehmen, ehe die Kunde sie erreichte, dass Barak Mos, der Vater ihres Gemahls und die Macht hinter dem Geblüt Batik, mit einer wichtigen Nachricht für sie eingetroffen sei. Jeden anderen – ausgenommen vielleicht Barak Zahn – hätte sie warten lassen; Mos aber war viel zu wichtig, um auch nur zu riskieren, ihn zu beleidigen. Das Geblüt Batik verkörperte den stärksten Verbündeten, den die Kaiserin hatte, und im Augenblick brauchte sie jede Unterstützung, die sie bekommen konnte.

Ihr Weg führte sie um die äußeren Ränder der Feste herum, wo man durch reich verzierte Steinbögen auf die ruhige Nacht dahinter blicken konnte. Neryn lugte hinter ihrer mächtigen Schwester Aurus hervor, eine fahlgrüne

Blase neben der gesprenkelten, perlfarbenen Scheibe, die riesig am sternenübersäten Himmel prangte. Dünne, vom Mondlicht umrissene Wolkenfetzen trieben in der trägen Hitze der sommerlichen Düsternis. Unten erstreckte sich die Stadt als trügerisch friedliches und stilles Lichtergewirr. Anais hatte in dieser Nacht nur auf einem Balkon entspannen und Wein trinken wollen, um die Anspannung der vergangenen Wochen zu lösen; doch wie es schien, sollte ihr das nicht vergönnt sein.

Mittlerweile war es Tag für Tag das Gleiche: Tagsüber blieb ihr kaum noch ein Augenblick für sich selbst, und auch die Nächte waren nicht mehr unantastbar. Mit jedem Morgen zog eine neue Krise herauf: eine Unmutskundgebung hier oder da; Neuigkeiten über den berühmten Aufwiegler Unger tu Torrhyc, der den Zorn der Menschen auf die Regierung schürte; ein Adliger, der um ihre Gunst buhlte oder verschleierte Drohungen äußerte, ein Bündniswechsel, ein Betrugsverdacht, eine Verabredung, eine Entlassung, ein Eid... Nun, das war alles wichtig, und Anais musste sich um alles kümmern. Ob zum Guten oder zum Schlechten, die Kaiserin hatte Saramyr wachgerüttelt, und nun war sie von Feinden umgeben, von denen nur wenige offen Farbe bekannten.

Das einzig Gute an all den Wirren war etwas höchst Überraschendes. In die Beziehung zu ihrem Gemahl war ein gewisser Friede eingekehrt. Tatsächlich rührte Anais' Müdigkeit teils daher, dass sie ihre Verzweiflung im Schlafgemach an ihm ausließ, inbrünstig und jede Nacht. Durch all die Staatsangelegenheiten, die nach ihrer Aufmerksamkeit verlangten, und all die Tage, von denen sich jeder unruhiger und fordernder als der vorherige entpuppte, steigerte sich ihr Bedürfnis, Druck abzulassen, immer mehr. Und Durun hielt mit ihr Schritt, was sich beileibe nicht von jedem Mann hätte sagen lassen. Und wenngleich man nach wie vor nicht behaupten konnte, die beiden würden einander *mögen,* hatte Durun wenigstens aufgehört, sich ihr gegenüber ständig feindselig zu verhalten. Außerdem war

Anais aufgefallen, dass er keine Ausreden mehr für Ausflüge suchte, sondern stattdessen brav im Schlafgemach auf sie wartete.

Eigentlich hätte Anais schon früher darauf kommen können. Die beste Möglichkeit, ihn an der Leine zu halten, bestand darin, ihn ans Bett zu fesseln. Es war eine Übereinkunft zu beiderseitigem Vorteil, mehr nicht. Zumindest nicht für sie.

Forschen Schrittes schritt Anais den gemaserten *Lach*boden des Gangs entlang, als sie Webfürst Vyrrch aus einer Tür treten sah. Ob des Anblicks der schlurfenden, gebückten Gestalt in der aus bunt gemischten Lumpen zusammengeflickten Robe regte sich vertrauter Ekel in ihr. Die hässliche, reglose Bronzefratze in der zerfledderten Kapuze drehte sich zu ihr um.

»Ah, Kaiserin Anais«, krächzte Vyrrch voll geheuchelter Überraschung. Anais erkannte an seinem Tonfall, dass dieses Aufeinandertreffen keineswegs ein Zufall war, und sie hatte jetzt nicht den Nerv dafür.

»Vyrrch«, begrüßte sie ihn so kurz angebunden, dass man es durchaus als unhöflich hätte empfinden können.

»Wir beide müssen miteinander reden«, erklärte er.

Ohne auch nur langsamer zu werden, fegte Anais an ihm vorbei. »Jemandem, der den Tod meines Kindes wünscht, habe ich nichts zu sagen.«

Vyrrch vergeudete einen Augenblick damit, ihr Überraschung vorzuspielen; dann folgte er ihr in seinem sonderbar ruckenden Gang. Seine Knochen mochten wohl krumm und faulig sein, dennoch war er keineswegs so langsam, wie sein Äußeres vermuten ließ.

»Wartet!«, rief er aufgebracht. »Wagt es nicht, mir davonzulaufen!«

Anais lachte über sein Aufbrausen. »Die Beweise zeugen vom Gegenteil«, gab sie zurück und genoss die Not des Webfürsten, der sie humpelnd einzuholen versuchte, aber zurückfiel.

»Ihr werdet es *nicht* wagen!«, zischte er – und plötzlich fühlte Anais sich von einer mächtigen Kraft erfasst, einer unsichtbaren Hand, die sie packte und zu ihm herumwirbelte. Sie taumelte und war einen Augenblick lang wie benommen; dann war die Hand wieder verschwunden.

Vyrrch musterte sie hinter der Maske mit frostigem Blick.

»Dafür könnte ich Euch hinrichten lassen«, fauchte Anais mit vor Zorn geröteten Wangen.

Vyrrch zeigte sich unbeeindruckt. »Wir sind verärgert über Euch, Anais. Sehr verärgert. Solltet Ihr Euch meiner entledigen, wird kein Weber meinen Platz einnehmen. An Adderach sind wir über allen anderen Treuegelübden gebunden, und Euer Wirken richtet sich gegen die Anliegen unserer Zunft. Keiner von uns wird Anspruch auf den Titel Webfürst erheben, sollte ich beseitigt werden. Glaubt Ihr allen Ernstes, Ihr könntet den Bürgerkrieg, den Ihr über uns bringt, ohne einen Weber überleben, der Euch beschützt?«

»Mein Weber arbeitet daran, mich zu *verraten*«, zischte Anais. »Denkt Ihr, ich wüsste das nicht? Vielleicht wäre ich ohne einen Weber besser bedient.«

»Vielleicht«, räumte Vyrrch ein. »Andererseits kann ich mir kaum vorstellen, dass Ihr ohne die Möglichkeit, Verbindung zu Euren weit verstreuten Untertanen herzustellen, als Kaiserin noch wirklich handlungsfähig wärt – außer natürlich, Ihr möchtet wieder auf Pferdekuriere oder Briefvögel zurückgreifen.« Anais glaubte, in der krächzenden, brüchigen Stimme ein Lächeln zu hören, was ihren Zorn noch zusätzlich schürte; doch sie zügelte sich und ließ ihre Wut erkalten wie frisch geschmiedetes Metall, das in Eiswasser getaucht wird.

»Droht mir ja nicht, Webfürst Vyrrch. Ihr wisst, sollte der Verdacht aufkommen, dass die Weber sich in die Politik des Landes einmischen, würden Euch meine Feinde ebenso wie meine Verbündeten vernichten. Euer krankes Volk ist ein Zubehör der Regierung, kein Teil davon, und Ihr wisst so gut wie ich, dass die hohen Familien eher eine Ausgeburt als einen Weber auf dem Thron dulden würden. Ihr mögt Euch derart angebiedert haben, dass wir Euch für unentbehrlich halten; trotzdem gibt es Euch nur, weil wir Euch dulden, und Ihr tätet gut daran, Euch dessen zu besinnen. Solltet Ihr versuchen, Eure Herren zu beißen, werdet Ihr wie ein aufbegehrender Hund in die Knie gezwungen. Tatsächlich werden die Weber insgesamt allmählich ein wenig unverfroren.«

»Findet Ihr?«, erwiderte Vyrrch höhnisch. »Vielleicht wollt Ihr die hohen Familien ja davon überzeugen, uns loszuwerden, nachdem Ihr sie dazu überredet habt, eine Ausgeburt als Herrscherin anzunehmen, hm? Allerdings halte ich es eher für unwahrscheinlich, dass Euch das gelingen wird, oder was meint Ihr?«

»Erzählt Ihr mir nichts von *Ausgeburten*, Ihr abscheuliches Ding! Mir ist nicht daran gelegen, das Missfallen der Weber zu erregen. Ihr seid kein Teil der Regierung dieses Landes und habt deshalb auch nichts dabei zu sagen. Und jetzt muss ich zu einer Unterredung.«

Und mit diesen Worten drehte Anais sich um und stapfte davon. Vyrrch rief sie nicht mehr zurück, doch sie spürte den ganzen Gang entlang, wie sein Blick sich in ihren Rücken bohrte.

Barak Mos war ein Mann von gewaltiger Ausstrahlung, wenngleich er körperlich kleiner als sein Sohn war. Er besaß klobige Knochen, eine breite Brust, mächtige Schultern und dicke Arme. Zudem verliehen ihm die kräftigen, bärtigen Kiefer, der flache Kopf und die kurzen Glieder eine Vierschrötigkeit, die beeindruckende Standfestigkeit vermittelte. Mit einer Größe von knapp über einen Meter achtzig ragte er über Anais auf; doch sie hatte ihm noch nie gegenübergestanden, wenn er wütend war, und sie wusste, dass er sich ihr gegenüber freundlich verhielt. Abgesehen davon, hatte sie oft genug die Launen seines Sohnes gemeistert, um auch mit jenen des Vaters fertig zu werden.

Sie empfing Barak Mos in einem ihrer Gemächer, das sie besonders mochte, weil es von einem gewaltigen Flachrelief zweier einander im Flug begegnender Rinji-Vögel beherrscht wurde. Die langen Hälse und weißen Schwingen der Tiere waren ausgestreckt, und die ungelenken Beinchen, die an kleine Stöcke erinnerten, hatten sie eingezogen. Die dreidimensionale Wirkung, die sich daraus ergab, dass ein Vogel im Vordergrund zwischen dem Betrachter und dem anderen Vogel vorüberflog, hatte Anais schon immer begeistert. Anscheinend gefiel das Werk auch Mos, denn er bewunderte es gerade, als sie den Raum betrat.

»Barak Mos«, begrüßte sie ihn. »Verzeiht, dass ich Euch warten ließ.«

»Schon gut«, entgegnete er und drehte sich zu ihr um. »Gestattet mir lieber, mich für die späte Stunde zu entschuldigen. Ich wäre ja nicht gekommen, aber ich habe ernste Neuigkeiten.«

Anais bedachte ihn mit einem neugierigen Blick und bedeutete ihm dann, sich zu setzen. Für einen derart grobschlächtigen Mann erwies Barak Mos sich als übertrieben höflich. Die Entschuldigung an sich war natürlich eine hohle Floskel. Barak Mos dazu zu bewegen, aufrichtig um Verzeihung zu bitten, kam dem Versuch gleich, Blut aus einem Stein zu pressen; deshalb war Anais ja auch so beeindruckt gewesen, als er sie um Vergebung für das verwerfliche Gebaren seines Sohnes ersucht hatte.

Um einen niedrigen Tisch aus schwarzem Holz waren zwei elegante Sofas angeordnet, von wo aus man auf den offenen Balkon dahinter blicken konnte. Auf dem Tisch stand eine Schale Kamanüsse, die einen zugleich bitteren, fruchtigen und rauchigen Duft verströmten. Unter den jungen Damen am Hof entsprach es der neuesten Mode, stets ein paar Kamasamen in der Tasche zu haben, die ihnen diesen betörenden Wohlgeruch verliehen, und Anais hatte sich an den Duft gewöhnt.

Die beiden nahmen Platz. Anais lehnte sich zurück, während Mos mit gefalteten Händen auf der Sofakante saß und sich vornüberbeugte. Voll plötzlicher Verlegenheit stellte Anais fest, dass keinerlei Erfrischungen vorhanden waren. Mos bemerkte ihren Blick und vollführte eine ablehnende Geste.

»Eure Bediensteten waren schon da«, erklärte er. »Ich habe sie fortgeschickt. Ich werde ohnehin nicht lange bleiben. Aber lasst Euch ruhig für Euch etwas bringen, wenn Ihr möchtet.«

Das entsprach schon eher dem Mos, den Anais kannte: durch und durch taktlos. Als bräuchte sie seine Erlaubnis, um sich in den eigenen vier Wänden Erfrischungen bringen zu lassen. Da sie lieber hören wollte, was der Barak ihr zu sagen hatte, entschied Anais sich dagegen.

»Ich muss wohl nicht erst erwähnen, dass dies unter uns beiden bleiben muss«, begann er und schaute die Kaiserin ernst an.

»Selbstverständlich nicht«, antwortete sie.

»Ich erzähle Euch dies nur aus Sorge – Sorge um Euch, um meinen Sohn und um meine Enkelin.«

Die Verwendung des letzten Wortes zauberte ein überraschtes und dankbares Lächeln auf die Lippen der Kaiserin. Sie hätte nicht damit gerechnet, dass er Lucia auf diese Weise erwähnen würde.

»Ich verstehe«, sagte sie.

Damit schien er zufrieden. »Euer Weber, Vyrrch. Tut mir Leid, Webfürst, meine ich. Warum eigentlich?«

»Warum was?«

»Warum ist er ein Webfürst?«

Anais zeigte sich verwirrt. Sie hatte gedacht, ein Mann von Mos' Rang würde wenigstens *das* wissen. »Es ist der Titel, der dem Weber des Kaisers oder der Kaiserin verliehen wird. Für gewöhnlich drückt er auch aus, dass es sich um den besten seiner Zunft handelt.«

Mos grunzte, während er dies verdaute. »Vertraut Ihr ihm?«

»Vyrrch? Beim Blut des Herzens, nein. Er würde meine Tochter ermorden, wenn er glauben würde, er könnte damit durchkommen. Aber er weiß, was geschehen würde, sollten die hohen Familien denken, ein Weber hätte die Thronerbin getötet – Ausgeburt hin, Ausgeburt her.« Es widerstrebte ihr, das Wort zu verwenden, doch es gab kein anderes dafür.

»Wie wahr, wie wahr«, bestätigte Barak Mos und verlagerte sein beträchtliches Gewicht. »Lasst mich ohne Umschweife reden. Ich hege den Verdacht, dass Webfürst Vyrrch und Barak Sonmaga tu Amacha gemeinsame Sache gegen Euch machen.«

Anais zog eine Augenbraue hoch. »Tatsächlich? Das würde mich nicht überraschen.«

»Dies ist eine üble Angelegenheit, Anais. Ich habe Spitzel, das wisst Ihr. Zwar bin ich kein Freund der Spionage, aber in dem Spiel, das wir spielen, sind Spitzel so notwendig wie Weber. Nachdem diese ganze Geschichte begonnen hat, habe ich sie ausgesandt, um so viel wie möglich in Erfahrung zu bringen, und einer von ihnen hatte wohl Glück. Wir haben von einem Mann namens Purloch tu Irisi erfahren. Er ist ein recht berühmter und höchst begabter Dieb. Dafür kann ich mich verbürgen: Er ist in die Feste, in die Dachgärten und zu Lucia gelangt.«

Blankes Grauen erfüllte Anais. »Er ist zu Lucia gelangt?«

»Damals, als all das begann. Das ist jetzt schon Wochen her. Er hätte ihr ein Messer in den Leib rammen können, Anais.«

Stocksteif kauerte die Kaiserin auf dem Sofa. Warum hatte Lucia ihr nichts davon erzählt? Natürlich sollte es sie nicht wirklich überraschen. Durch das Leben im Verborgenen war Lucia verschlossen, und bisweilen erwies sie sich aus unerklärlichen Gründen als vollkommen unzugänglich. Bei solchen Gelegenheiten verstand Anais ihr Kind überhaupt nicht. Der Gedanke, dass eine so tiefe Kluft zwischen ihnen bestand, dass ihre Tochter noch nicht einmal etwas derart Bedeutendes erwähnte, erfüllte sie mit Traurigkeit. Aber so war sie nun mal.

»Doch Mord war nicht sein Auftrag«, fuhr Mos fort. »Stattdessen hat er sich eine Haarlocke von ihr besorgt. Er war nicht hinter ihr her; und außer von seinem Auftrag wusste er nichts.«

»Warum? Warum eine Locke?«, fragte Anais, deren Blick sich verfinsterte.

»Sein Auftraggeber brauchte einen Beweis dafür, dass sie eine Ausgeburt ist, damit er die Kunde verbreiten und die Adligen aufwiegeln konnte. Die Weber haben dafür einen Test; sie können es irgendwie feststellen. Allein die Götter kennen das Wie und Warum ihrer Wissenschaft. Aber sie benötigen dafür einen Teil des Körpers: Haut, Haar, irgendetwas in der Art.« Er zuckte mit den Schultern. »Jedenfalls erwies dieser Purloch sich als gerissen. Er wollte eine solche Aufgabe nicht übernehmen, ohne sich vorher abzusichern. Er ist bei weitem zu ausgekocht, um irgendjemandem als Marionette zu dienen. Er wollte wissen, wer ihn tatsächlich beauftragt hatte, und so hat er die Mittelsmänner zur Quelle zurückverfolgt. Sonmaga.«

Anais nickte vor sich hin. Sie hatte das Rätsel nie gelöst,, woher die hohen Familien plötzlich alle zu wissen schienen, dass ihr Kind anders war. Sonmaga! Er *musste* es sein.

»Habt Ihr einen Beweis dafür?«

Mos wirkte kurz verlegen. »Unmittelbar nachdem er seine Aufgabe erfüllt hatte, ist Purloch verschwunden. Es gibt keine Aussage gegen Sonmaga, und selbst wenn, wäre sie nutzlos. Das Wort eines Diebes gegen das eines Barak?«

»Wusste dieser ... dieser Purloch darüber Bescheid, dass auch Vyrrch seine Finger im Spiel hatte?«

»Nein. Zumindest hat er nichts davon erwähnt«, antwortete Mos. »Es gibt keine Verbindung, wenigstens keine, die jemand anders als ein Weber zurückverfolgen könnte. Doch etwas an der ganzen Angelegenheit hat mir nicht geschmeckt. Purlochs Lohn war gewaltig. All die Mühe und all die Ausgaben seitens Sonmagas, nur um einen Mann anzuwerben, der eine Locke stehlen sollte. Das lässt nur einen einzigen Schluss zu.«

»Sonmaga muss es vermutet haben«, sagte Anais.

»Er wusste bereits, dass sie eine Ausgeburt ist«, pflichtete Mos ihr bei. Er schien sich nicht daran zu stören, den Begriff in Zusammenhang mit jemandem zu erwähnen, den er kurz zuvor als ›Enkelin‹ bezeichnet hatte. Das war Balsam für Anais' wundes Herz.

»Weil es ihm jemand verraten hat«, folgerte sie. »Vyrrch.«

»Irgendwie hat er es herausgefunden«, erklärte Mos. »Es ist die einzige Erklärung.«

»Nicht die einzige«, schränkte Anais vorsichtig ein. »Andere haben es auch gewusst: Lehrer, ein paar Bedienstete ...«

»Aber niemand, der eher dafür in Frage käme als Vyrrch«, gab Mos zu bedenken. »Niemand, der so viel zu verlieren hätte, sollte eine Ausgeburt den Thron besteigen. Was, wenn sie *tatsächlich* Kaiserin werden sollte? Sie würde wissen, dass sie von den Webern bei der Geburt getötet worden wäre, wenn sie die Gelegenheit dazu erhalten hätten. Was wenn sie dem Töten ausgebürtiger Kinder durch die Weber ein Ende bereitet? Wenn sie versucht, die Weber zu unterwandern, sie zu vertreiben? Den Webern ist klar, dass sie in einem Reich, in dem eine Ausgeburt herrscht, alles andere als ein leichtes Leben haben würden. Sie müssten plötzlich Vergeltung für zweihundert Jahre fürchten, in denen sie alles Andersartige ausgerottet haben.«

»Vielleicht brauchen wir genau das«, sagte Anais und dachte an ihre Unterhaltung mit Vyrrch zurück. »Diese von den Göttern verfluchten Schmarotzer. Ohne sie wären wir besser dran. Wir hätten nie zulassen dürfen, dass sie unentbehrlich werden.«

»Ihr werdet kaum jemanden finden, der Euch da inbrünstiger beipflichtet als ich«, erklärte Mos. »Ihre schleimige Art ist mir ein Gräuel. Aber hütet Euch dennoch davor, Euch ihnen offen entgegenzustellen, Anais. Ihr wandelt auf einem schmalen Grat.«

»Wie wahr, wie wahr«, murmelte Anais in Gedanken versunken.

FÜNFZEHN

Das Anwesen des Geblüts Amacha war gewaltig – das größte des Kaiserviertels von Axekami, größer sogar als jenes der Herrscherfamilie, dem Geblüt Erinima. Es ruhte auf einem flachen Tablett, einem von Menschenhand geschaffenen Podium aus Erde, das es um ein Geschoss über das Gelände ringsum erhob. Innerhalb der Mauern gedieh ein wahres Paradies: üppige, aus fernen Kontinenten eingeführte Tropenbäume, künstlich angelegte Bäche und Teiche, idyllische Lichtungen und Wasserfälle. Im Gegensatz zur üblichen Bescheidenheit der Gärten Saramyrs wirkte dieser Ort so überladen, dass es schon an Protzigkeit grenzte. Doch selbst hier behielt der allgemeine Sinn für Makellosigkeit die Oberhand: Auf den Pfaden lag kein Laub verstreut, und an den Bäumen fanden sich keine angenagten oder welken Blätter. Fremdartige Früchte schillerten an den Ästen, und in den Büschen blühten nicht minder exotische Blumen. Sogar Tiere aus weiter Ferne schwirrten darin umher, Tiere, die ob ihrer Schönheit und ihrer Anmut ausgewählt worden waren – und ob ihrer Harmlosigkeit für diejenigen, die durch die Gärten des Anwesens schlenderten. Es war, als beträte man ein fremdes Land, ein magisches Märchenreich.

Mit einem dünnen Buch voll Kriegssonetten des Kriegerdichters Xalis in der Hand saß Mishani tu Koli auf einer Holzbank, die aus den lebenden Wurzeln eines gewaltigen Chapapa-Baumes geschnitzt war. Vor ihr erstreckte sich ein nierenförmiger Teich, den ein über rotes Gestein plätschernder Wasserfall nährte und in dem sich exotische Fische aalten. Das gutmütige Summen von Insekten erfüllte die Nachmittagsluft.

Mishani fand den Prunk des Anwesens des Geblüts Amacha leicht geschmacklos, da sie es als äußersten Hochmut betrachtete, sich dermaßen über die anderen Adligen zu erheben; dennoch konnte sie weder die Begeisterung des Spazierens durch diese Gärten noch das Vergnügen leugnen, das ihr das Wissen bereitete, auf einem Baum zu sitzen, der auf einem völlig anderen Kontinent gepflanzt worden war. Amachas Gärten wuchsen seit über dreihundert Jahren; dieser Baum war als junge Pflanze aus den Dschungeln Okhambas eingeführt worden und weilte bereits fast ebenso lange hier.

Doch trotz all der atemberaubenden Pracht fand Mishani hier keinen Frieden. Ihre Gedanken wollten einfach nicht bei den Versen auf der Seite bleiben, und die Idylle der Gärten tröstete sie nur wenig. Ihr Inneres war von einem derartigen Verlust erfüllt, dass sie am liebsten geweint hätte, doch noch schlimmer war das Wissen, dass sie dieses Elend selbst über sich gebracht hatte.

Immer wieder sah sie den Augenblick vor ihrem geistigen Auge, hörte ihre eigene Stimme und beobachtete das Gesicht ihrer Freundin angesichts der Worte.

Weil ich sehe, was du nun bist, und du widerst mich an.

Mit jenem Satz hatte sie Bande zersägt, die zwanzig Ernten lang gewoben worden waren. Mit jenem Satz hatte sie die Schwäche der Unentschlossenheit überwunden und den Kurs eingeschlagen, den sie für den richtigen hielt. Indem sie Kaiku verbannt hatte, hatte sie ihre Familie geschützt und ihren Vater vor Schande bewahrt. Es war die Pflicht einer Tochter, ihre Familie über alles andere zu stellen ... sogar über die Kaiserin, sollte es notwendig sein.

Mit jenem Satz hatte Mishani ihrer Freundin aus Kindertagen den Rücken zugekehrt, und nun hätte sie vor Schmerz darob am liebsten laut geschrien.

Doch sie schrie nicht. Das entsprach nicht ihrem Wesen. Äußerlich ließ sie sich weder etwas von dem Schmerz noch von der Schlacht anmerken, die Für und Wider hinter ihren ruhigen, dunklen Augen fochten.

Nach seiner Rückkehr hatte ihr Vater ihr Fragen gestellt. Die Kunde vom Tod der Familie Kaikus hatte eine Weile gebraucht, um sich den Weg aus dem Wald von Yuna hierher zu bahnen, doch nachdem sie eingetroffen war, hatte sie sich wie ein Lauffeuer ausgebreitet. Barak Avun war so klug gewesen, niemandem gegenüber preiszugeben, dass Kaiku bei seiner Tochter weilte, solange er keine Gelegenheit gehabt hatte, mit Kaiku zu reden. Die Gelegenheit hatte sich nicht mehr ergeben. Als er zurückkam, war Kaiku bereits verschwunden.

Mishani heuchelte Bestürzung und gab vor, Kaiku hätte nichts über das Gemetzel an ihrer Familie erwähnt. Barak Avun glaubte ihr nicht, doch er hakte auch nicht nach. Er kannte seine Tochter und wusste, wie pflichtbewusst sie war. Sollte er darauf bestehen, würde sie es ihm sagen; aber er entnahm ihrem Schweigen, dass es sich um etwas handeln musste, was er besser nicht wissen sollte. Dies und jenes seltsame Feuer am Tag der Ratsversammlung sowie die eigenartigen Umstände des Ablebens von Kaikus Familie erfüllten ihn mit äußerstem Argwohn; doch er vertraute Mishani und ließ ihr die Lüge durchgehen.

Mishani schützte seine Ehre, indem sie die eigene aufs Spiel setzte. Zwar ließ er es zu, gleichzeitig jedoch war die Botschaft zwischen ihnen klar. Selbst wenn sie in guter Absicht handelte, selbst wenn es besser war, dass sie es ihm nicht erzählte, vernachlässigte sie ihre Pflicht als Tochter, indem sie ihren Vater belog. Sie stand zutiefst in seiner Schuld.

Mishani hatte versucht, ihre Gedanken von Kaiku abzulenken, indem sie sich in die Buchhaltung und Hofintrigen stürzte, und der Barak verwöhnte sie, indem er sie ins Vertrauen zog. Nach der Ratsversammlung und der Ankündigung der Kaiserin, dass nach ihr eine Ausgeburt den Thron besteigen würde, hatte der Hof sich in eine Brutstätte verbissener Machtspiele verwandelt. Neue Bündnisse wurden geschmiedet, viele davon gegen die Herrscherfamilie, und auf den Straßen schwangen Aufrührer das Wort.

Insbesondere ein Mann, Unger tu Torrhyc, entfachte mit seinen leidenschaftlichen Reden gegen die Thronerbin einen regelrechten Sturm. Mishani hatte einem seiner Auftritte auf dem Rednerplatz beigewohnt und war beeindruckt gewesen. Die Wut in der Stadt näherte sich dem Siedepunkt. In den ärmeren Vierteln waren bereits gewalttätige Kundgebungen von den Kaiserlichen Wachen niedergeschlagen worden. Unter den Adligen mochte die Kaiserin ja genug Unterstützung haben, um sich gerade noch an den Thron zu klammern, dem gemeinen Volk jedoch widmete sie sich nicht, und den Menschen widerstrebte die Vorstellung einer Ausgeburt als Herrscherin zutiefst. Egal ob sie das nun aus Versehen oder aus Hochmut versäumte, es konnte ihren Untergang bedeuten.

Für Mishani aber hörte sich all das Gerede, das durch die Straßen und um den Hof schwirrte, inzwischen hohl an. Das Gezeter, dass Ausgeburten gleich Missgeburten seien, eine Seuche, *böse* von Geburt an ... Was Mishani zuvor so sinnvoll erschienen war, wirkte nunmehr wie die Übertreibungen geifernder Fanatiker. Wie konnte das für Kaiku gelten? Sie war ebenso wenig ›böse geboren‹ wie Mishani. Und wenn es für sie nicht galt, für wie viele andere dann ebenfalls nicht? Was gab es überhaupt für Beweise dafür, dass Ausgeburten böse waren?

Trotzdem blieben die Angst und die Abscheu. Beides konnte Mishani nicht verleugnen. Sie hatte sich abgestoßen von Kaiku gefühlt, obwohl ihre Freundin sich äußerlich kein bisschen verändert hatte – abgesehen von ihrer Augenfarbe. Es war das *Wissen*, das Mishani abstieß, die Vorstellung, dass Kaiku eine Ausgeburt war. Doch je mehr sie darüber nachdachte, desto gehaltloser empfand sie ihre Denkweise. Sie fühlte sich abgestoßen, weil Kaiku eine Ausgeburt war. Ein anderer Grund fiel ihr nicht ein. Die Gefahr, die es verhieß, sich in ihrer Nähe aufzuhalten, störte Mishani nicht im Mindesten. Hätte ihre Freundin an einer ansteckenden Krankheit gelitten, sie hätte ihr ohne zu zögern beigestanden, so wie Kaiku gesagt hatte. Ausgebürtigkeit hingegen war etwas anderes.

Wohin Mishani sich in den verschlungenen Gängen ihres Verstandes auch wandte, sie stolperte immer wieder über dieselben Worte: *Weil sie eine Ausgeburt ist.* Es war eine Scheinlogik, eine Sackgasse für ihre Gedanken. Dieses Denken war so tief in ihr verwurzelt, dass es keiner weiteren Gründe, keiner anderen Beweise bedurfte, als dass es eben so *war.* Würde man sie fragen, weshalb die Sonne am Himmel stand, könnte sie die Geschichte erzählen, wie Ocha seinem eigenen Sohn ein Auge genommen hatte, weil zwei zu hell waren, und ihm danach aufgetragen hatte, über die Welt zu wachen; und wie Nuki von den drei verliebten Mondschwestern rund um den Planeten gejagt worden war, was der Welt Nacht und Tag beschert hatte. Sie konnte erklären, weshalb die Vögel sangen, weshalb der Wind blies, weshalb das Meer wogte; doch würde man sie fragen, weshalb Ausgeburten abstoßend und schrecklich waren, hatte sie nur diese eine Antwort: *Weil sie es eben sind.*

Plötzlich schien das nicht mehr zu reichen.

Ein Vorteil des heftigen Widerstands ihres Vaters gegen die Kaiserin war, dass das Geblüt Koli dadurch die Gunst des Geblüts Amacha erlangt hatte. Das Geblüt Amacha und das Geblüt Kerestyn waren die beiden einzigen Familien, die genug Macht besaßen, um Anspruch auf den Thron zu erheben – abgesehen von dem Geblüt Batik, der Familie des Kaisers, doch das hatte ungeachtet des Kaisers offenkundiger Abscheu gegenüber seiner Tochter beschlossen, sich auf die Seite der Kaiserin zu stellen. Wer bei der Ratsversammlung gegen die Kaiserin gestimmt hatte, wurde von den beiden Thronanwärtern entweder umworben oder bedrängt, während sie ihre Verbündeten um sich scharten, um sich für den bevorstehenden Konflikt zu rüsten. Aber das Geblüt Koli und das Geblüt Kerestyn waren nie besonders gut miteinander ausgekommen; deshalb schien die wachsende Freundschaft zwischen Barak Sonmaga tu Amacha und Barak Avun tu Koli unter den gegebenen Umständen durchaus natürlich.

Mishanis Vater und Barak Sonmaga hatten den Großteil des Tages in einer Besprechung verbracht. Mishani und Avun hatten sich zum Frühstück zu ihrem Gastgeber gesellt und auf der Veranda des weitläufigen Stadthauses, das verborgen inmitten der exotischen Fauna lag, ein köstliches Mahl genossen. Während des Essens hatten sie fremdartiges Wild beobachtet und den Lauten im Unterholz verborgener Tiere gelauscht. Danach hatten die Männer sich zurückgezogen, um sich zu beraten. Für gewöhnlich wäre Mishani gestattet gewesen, sich ihnen anzuschließen, doch für dieses Treffen galt äußerste Geheimhaltung, weshalb sie davon ausgeschlossen wurde. Es störte sie nicht. Sie war ohnehin nicht in der Stimmung für Unterredungen.

Nun hörte sie auf dem Pfad hinter sich leise Schritte. Mishani legte das Buch beiseite, stand auf und verneigte sich mit den Fingerspitzen einer Hand an den Lippen und dem anderen Arm über der Hüfte vor ihrem Vater und Barak Sonmaga. Sonmaga erwiderte den Gruß mit einem knappen Nicken und legte Mishanis Vater mit bedeutungsvollem Blick eine Hand auf die Schulter; dann ging er weiter und ließ sie allein. Mishani fiel auf, dass ihr Vater etwas bei sich trug, das fest in einen Segeltuchbeutel verschnürt war.

»Vater«, sagte sie, »brechen wir nun auf? Ist alles gut verlaufen?«

»Bald«, antwortete er. »Darf ich mich ein Weilchen zu dir setzen?«

»Selbstverständlich«, antwortete sie, schob das Buch beiseite und nahm wieder Platz. Das knöchellange Haar hatte sie über die zierliche Schulter zurückgeworfen.

Barak Avun setzte sich und legte das Bündel neben sich. Es zu halten, schien ihm Unbehagen zu bereiten. So wie seine Tochter war auch er schlank, ja geradezu zierlich.

Markante Wangenknochen stachen aus einem sonnengebräunten, wettergegerbten Gesicht hervor. Sein Haar war weit von seinem Haupt zurückgewichen und säumte es nun wie ein Hufeisen von Ohr zu Ohr. Er vermittelte ständig den Eindruck, müde, ja regelrecht erschöpft zu sein, doch dieser Schein trügte. Mishani liebte ihren Vater, noch mehr aber achtete sie ihn. In den Ränkespielen bei Hof galt er als rücksichtslos und ausnehmend erfolgreich; einen besseren Lehrmeister hätte Mishani sich nicht wünschen können.

»Tochter, wir müssen über ein paar Dinge sprechen«, begann er nun. »Wie du weißt, ist das Geheimnis der Thronerbin zu einer für Saramyr denkbar ungünstigen Zeit gelüftet worden. Trotz des guten Wetters drohen die Ernten dieses Jahr karg auszufallen, weil der Befall des Landes sich ausbreitet. Die wilden Orte sind gefährlicher denn je. Wir können uns jetzt keinen Bürgerkrieg leisten.«

»Das sehe ich auch so«, pflichtete Mishani ihm bei. »Aber da die Kaiserin fest entschlossen ist, ihr Kind auf den Thron zu setzen, scheint mir alles andere unwahrscheinlich. Selbst wenn wir uns ihr beugen würden, bezweifle ich, dass die Menschen es ebenso täten. Axekami bewegt sich auf einen Aufstand zu.«

»Es gibt einen Ausweg«, erklärte ihr Vater. »Durch die Geburt ihrer Brut ist die Kaiserin unfruchtbar geworden. Würde die Thronerbin beseitigt, wäre das Geblüt Erinima gezwungen, nach Anais' Tod seinen Rang als Herscherfamilie aufzugeben – vermutlich schon früher.«

»Würde Lucia ... beseitigt«, wiederholte Mishani vorsichtig. Ihr gefiel nicht, in welche Richtung sich diese Unterhaltung entwickelte. »Die Kaiserin würde vor nichts Halt machen, um die Verantwortlichen zur Strecke zu bringen, und ein Bürgerkrieg würde vermutlich trotzdem ausbrechen.«

»Nicht, wenn es keine Verantwortlichen gäbe. Niemanden, gegen den sie ihren Zorn richten könnte.« Verschlagenheit schlich sich in die Stimme von Barak Avun. »Nicht, wenn es das Werk der Götter wäre.«

»Sprich offen, Vater«, forderte sie ihn mit starrem Blick auf. »Was führst du im Schilde?«

»Die Kaiserin umwirbt die Adligen nach Kräften, indem sie ihnen die Ausgeburt vorstellt, damit sie sehen, dass sie weder entstellt noch eine Missgeburt ist. Berichten zufolge soll sie im Gegenteil recht hübsch sein, wenngleich ein wenig ... seltsam. Aber hübsch oder nicht, sie muss beseitigt werden, wenn das Gleichgewicht des Landes gewahrt werden soll.«

»Darf ich daraus entnehmen«, erkundigte Mishani sich verwegen, »dass das Geblüt Amacha noch nicht wirklich bereit für einen Bürgerkrieg ist und die Vorstellung eines Aufstands derzeit als ungelegen betrachtet? Man möchte wohl lieber abwarten und zuschlagen, wenn man überzeugt davon ist, das Geblüt Kerestyn im Kampf um den Thron zu schlagen, nehme ich an.«

Barak Avun musterte seine Tochter mit Augen so ausdruckslos wie die einer Eidechse. »Du bist klug, Tochter, und erfüllst mich mit Stolz. Nun aber sei gehorsam. Du hast eine Aufgabe zu erfüllen.«

Mishani neigte demütig das Haupt, wodurch ihr das schwarze Haar ins Gesicht fiel.

Zufrieden lehnte der Barak sich zurück. »Du wirst die Thronerbin besuchen und ihr ein Geschenk überreichen.« Er deutete auf das Segeltuchbündel neben sich, doch Mishani fiel auf, dass er sich noch immer davor hütete, sich ihm zu sehr zu nähern. »Du warst bei der Ratsversammlung abwesend; daher weiß Anais nicht, ob du für sie bist oder gegen sie. Gewiss begrüßt sie die Gelegenheit, deine Meinung zu ihren Gunsten zu beeinflussen. Besuch das Kind, und gib ihm das Geschenk.«

»Was ist in dem Bündel, Vater?«, fragte Mishani, die spürte, wie ihr Blut erkaltete. Ihr war klar, was der Barak von ihr verlangte, und ihr war ebenso klar, dass sie außerstande war, sich ihm zu wiedersetzen. Er hatte ihre Abwesenheit bei der Ratsversammlung keineswegs zufällig erwähnt; vielmehr wies er sie absichtlich auf ihren jüngsten Ungehorsam hin.

»Ein Nachthemd«, antwortete er. »Wunderschön bestickt, ein wahres Kunstwerk. Es ist mit Knochenfieber verseucht.«

Mishani hatte etwas in der Art erwartet und zeigte keinerlei Regung.

»Binnen einer Woche wird die Thronerbin erkranken, und wenige Wochen später wird sie dann sterben. Unter Umständen werden auch ein paar andere in ihren Gemächern angesteckt. Knochenfieber bricht willkürlich aus; niemand wird das Geschenk verdächtigen, und selbst wenn, kann die Seuche darin nicht erkannt und somit nicht zu dir oder mir zurückverfolgt werden«, erklärte er.

Oder zu Sonmaga, dachte Mishani verbittert, da sie wusste, dass er der Ränkeschmied hier war. Sie fragte sich, was er Avun wohl versprochen hatte, dass er seine Tochter auf diese Weise benutzte. Der Einsatz von Gift galt als vertretbare, wenngleich wenig ehrenwerte Möglichkeit für einen Meuchelmord. Der Einsatz einer Krankheit hingegen war zutiefst verachtenswert und wurde selten überhaupt nur in Erwägung gezogen. Nur Barbaren würden sich dazu herablassen. Wie tief ihr Vater und Sonmaga doch gesunken waren ... und wie tief würden sie Mishani sinken lassen, indem die beiden sie zu ihrer Komplizin machten?

Nein, dachte Mishani. *Keine Komplizin. Der Sündenbock.*

Eindringlich blickte sie ihrem Vater in die Augen. Offenbar war er wirklich überzeugt davon, dass der Plan gelingen und er zum Wohl des Landes handeln würde. Doch Mishani wusste auch, dass er sie wie ein heißes Stück Kohle fallen lassen würde, um seine Familie zu retten, sollte sie ertappt werden. Mishani hatte derlei Intrigen schon Hunderte Male am Hof miterlebt, aber sie war noch nie selbst darin verwickelt gewesen. Noch nie hatte sie sich so gedemütigt, so sehr wie eine Marionette gefühlt wie jetzt; und derjenige, der ihr das antat, war der Mann, dem sie bis jetzt am meisten vertraut hatte. Mishani fühlte sich zutiefst betrogen, und sie fühlte, wie die Liebe zu ihrem Vater verwelkte und starb. Da erkannte Mishani bestürzt, wie brüchig diese Liebe gewesen sein musste.

Sie musterte den Fremden auf der Bank neben ihr noch eine Weile, dann richtete sie den Blick auf den Teich vor ihr. Das Sonnenlicht ließ die Wasseroberfläche glitzern.

»Ich werde tun, was du verlangst«, sagte sie. Etwas anderes blieb ihr auch nicht übrig.

Am Fuße des Aon-Berges kauerte düster das große Kloster Adderach, ein Zeugnis des Wahnsinns seiner Erbauer. Das Äußere wirkte für die Augen verwirrend; der sandfarbene, behauene Naturstein schien ständig von einer Form in die nächste zu wechseln: hier ein schmaler Pfad, der an einem Abgrund endete, da eine Skulptur heulender Dämonen, dort ein überflüssiges Minarett, ein halbfertiges Fenster oder ein spiralförmig gewundener Turm. Eine Wand eines gänzlich unbenutzten Flügels zeigte das Abbild einer zehn Meter hohen, schreienden Fratze mit gebleckten Zähnen und wildem Blick. Drohend lauerten Statuen in der trostlosen Umgebung, irrwitzige Ausgeburten eines wahnsinnigen Verstandes, verwittert von den frostigen Winden aus größeren Höhen. Überall standen einsame Mauern und beschützten rein gar nichts. Im Inneren führten Treppen ins Nichts; ganze Trakte waren unzugänglich, weil niemand daran gedacht hatte, eine Tür einzubauen, und höhlengleiche Hallen wetteiferten mit winzigen Kammern, die zu niedrig waren, um aufrecht darin zu stehen.

Ob es nun ein Meisterstück oder eine Abscheulichkeit war, lag im Auge des Betrachters – entstanden aus tausenderlei Launen und Flausen, die sich irgendwie nahtlos zu einem Ganzen fügten. Und ebendiesen Ort hatten die

Weber zur Wiege ihrer Macht erkoren, von der aus sie das Reich Saramyr beobachteten und wo sie ihre Pläne schmiedeten.

Die Weber besaßen keine erkennbare Rangordnung. Ihr Gefüge war chaotisch, zufällig; doch es gab einen gemeinsamen Grundsatz, der sie alle einte, und dieser Grundsatz war das Wohl der Gemeinschaft. Wenngleich die Beweggründe der einzelnen Weber dem jeweiligen Wahn entsprachen, arbeiteten sie doch alle stets auf ein gemeinsames Ziel hin. Niemand hatte dieses merkwürdige Gruppenbewusstsein je in Frage gestellt; niemand wollte wissen, wer die Ziele vorgab, ihre Bemühungen lenkte und ob es sich um eine Mehrheitsentscheidung oder den Beschluss einiger weniger handelte. Es *war* einfach so. Die Kraft, die sie einte, war ein Netz, das sie alle miteinander verband wie die erhabenen Fäden des Gewebs.

Das Kloster war über einem riesigen, irrgartengleichen Bergwerk errichtet worden. Seit über zweihundert Jahren wurde nicht mehr darin gearbeitet; trotzdem war es noch vorhanden, und in seinen Stollen streiften Abscheulichkeiten jenseits aller Vorstellungskraft umher. Vor zweieinhalb Jahrhunderten waren in dieser Mine tief unter der Erde die ersten Hexensteine entdeckt worden, und hier waren die Weber entstanden.

Zunächst hatten die Bergarbeiter keine Ahnung gehabt, worauf sie da gestoßen waren. Sie waren ein einfacher, rauer und aufrichtiger Menschenschlag, der hoch im Tchamil-Gebirge fernab der Zivilisation eine Erzader abbaute. Zu jener Zeit war die Mine noch neu, und durch die dunklen Stollen schlichen noch keine Ausgeburten. Da sie derart abgeschieden lebten, hatten die Bergarbeiter Siedlungen errichtet, und dort weilten Steinmetze, Zimmermänner und dergleichen: Handwerker eben. Diese Handwerker kamen nun, um sich anzusehen, was die Bergarbeiter gefunden hatten, und sie waren es, die dem Ding seinen Namen gaben.

Von Anfang an hatte festgestanden, dass es sich um keinen gewöhnlichen Stein handelte. Zum einen konnte man ihn allein durch seine Nähe spüren. Die Härchen an den Armen richteten sich auf, die Haut kribbelte, die Zähne vibrierten. Nicht vor Furcht, sondern ob der Gegenwart von Energie. Die Luft rings um den Stein fühlte sich wie vor einem Mondsturm geladen an, und selbst die bodenständigsten jener zähen Burschen mussten das zugeben.

Zum anderen kam den Menschen der Zustand höchst eigenartig vor, in dem der Stein gefunden wurde. Es handelte sich um einen riesigen, unregelmäßigen Block schwarzen, körnigen Steins ähnlich den Basaltbrocken nach einem Vulkanausbruch, nur dass er in einem Stück und ganz für sich allein tief unter der Erde entdeckt worden war. Das Gestein ringsum war durch unvorstellbare Hitze zu Glas geschmolzen, und so tief die Bergarbeiter auch schürften, sie stießen nirgendwo auf eine Ader. Auf natürlichem Wege konnte das Gebilde unmöglich entstanden sein, was die Frage aufwarf: Wie war es dort hingelangt? Konnte es sich um ein Relikt der Ugati handeln, jenes Urvolks, das unzählige Jahre in Saramyr gelebt hatte, bevor es vom ersten Kaiser vertrieben worden war?

Was genau sich als Nächstes zutrug, geht nicht eindeutig aus der Geschichte der Weber hervor. Sicher ist nur, dass die Handwerker begannen, Staub von der Oberfläche des Hexensteins abzuschaben und ihn in ihre Waren einzuarbeiten. Vielleicht waren es die seltsamen Eigenschaften des Steins, der sie dazu bewog, oder die Einzigartigkeit, die ihre Werke durch ein gänzlich unbekanntes Material erlangten. Zimmermänner rieben den Staub in die Maserung von Bänken, und Steinmetze mischten ihn mit Mörtel. Es war eine seltsame Mode, aber nicht seltsamer als hunderttausend andere im Land. Diesen Teil der Ursprünge der Weber hatte die Allgemeinheit nur erfahren, weil einige der Bewohner der Siedlung den Weg über die Berge antraten, um ihre Waren zu verkaufen, da sie überzeugt waren, ihr neues Material würde auf den Märkten im Westen Anklang finden, und das war auch der Fall. Die schiere Energie, die ihre Erzeugnisse vermittelten, ließ die Käufer mit großen Augen staunen. In jener Zeit berichteten die Leute aus der Siedlung den Menschen von ihrer merkwürdigen Entdeckung. Nachdem sie ihre Waren verkauft hatten, machten sie sich auf den Rückweg, um die Bestellungen zu bearbeiten, die begierige Kunden bei ihnen aufgegeben hatten. Sie kehrten nie wieder zurück.

Jahrelang wurde es still um die Siedlung, und da sie in einem abgeschiedenen Teil der Berge lag, in den kein Pfad führte, verblasste sie zu einer Erinnerung. Die anfängliche Aufregung auf den Märkten verflog, und die Hexensteinartefakte gerieten in Vergessenheit.

Was in jener Zeit wirklich in der Siedlung geschah, darüber lassen sich nur Vermutungen anstellen.

Jedenfalls wurde irgendwann beschlossen, Hexensteinstaub bei der Maskenherstellung zu verwenden, und dabei musste jemand, der damit herumprobierte, die anderen Kräfte des Hexensteinstaubs entdeckt haben. Es ist unmöglich zu sagen, wie der Vorgang begann oder verlief. Vielleicht wurde der Hexenstein zunächst als Rauschmittel verwendet, denn war man ihm längere Zeit ausgesetzt, verwirrte sich der Geist, und man wurde euphorisch. Später stellte man wohl fest, dass sich dieses Gefühl durch Tragen des Hexensteins nahe am Gesicht – und dadurch am Gehirn – am wirkungsvollsten hervorrufen ließ. Von da an bemerkte man vermutlich winzige, flüchtige Auswirkungen auf die körperliche Welt. Im Hexensteinwahn konnte ein Becher bewegt werden, ohne dass ihn jemand berührte; eine Flamme loderte auf oder erlosch, und ein Mann kannte plötzlich die Gedanken und Geheimnisse eines Freundes. Man kann nur mutmaßen, wie beschwerlich der Pfad von der schlichten Sucht nach einem unbekannten Stoff bis zu dessen Beherrschung gewesen ist. Wie viele mochten versehentlich in die volle Pracht des Gewebs gestolpert sein und ob dessen unfassbarer Herrlichkeit den Verstand und die Seele verloren haben? Wie viele Grausamkeiten, Vergewaltigungen, Morde, Verstümmelungen mochten in den Qualen der Nachwehen eines Besuchs des Gewebs begangen worden sein? Die Geschichte hat es vergessen. Doch als die Bewohner die Siedlung nach langer Zeit wieder verließen, waren keine Frauen und Kinder mehr übrig.

Vor zwei Jahrhunderten tauchten die ersten Weber in den Dörfern und Städten Saramyrs auf. Anfangs waren ihre Fähigkeiten schwächer und unausgegorener, doch schon damals verfolgten sie ein Ziel, einen übergeordneten Plan. Geschickt schlichen sie sich in die Häuser der Adelsschicht ein und steigerten ihren Wert ins Unermessliche. In jenen Tagen wusste das Volk Saramyrs wenig über Weber, und wer sich als Hindernis erwies, wurde einfach *beeinflusst.* Gedanken und Meinungen wurden schlicht geändert, sodass sie sich in den großen Plan einfügten. Binnen eines Jahrzehnts waren die Weber in der Gesellschaft verwurzelt, und von da an begannen sie, sich auszubreiten und Ränke zu schmieden.

In einer von Feuerschein erhellten Kammer irgendwo in den Tiefen der verschlungenen Adern Adderachs hing eine Erscheinung des Webfürsten Vyrrch in der Luft: ein trüber, verschwommener Geist, ein gesprenkelter, brauner, grauer und oranger Fleck, was annähernd den Farben seiner geflickten Gewänder entsprach. Seltsamerweise wirkte der Schemen rings um die Maske fester, so als stelle sie den Mittelpunkt des Trugbilds dar. Sie war als einziger Teil scharf umrissen, ein durchscheinendes Bronzeantlitz inmitten der körperlosen Schwaden von Vyrrchs Leib.

Die drei Weber, die Vyrrch gegenüberstanden, waren andere als beim letzten Mal, und jene vom letzten Mal waren andere gewesen als jene davor. Da es keine Rangordnung gab, hatte der Webfürst keine Vorgesetzten, denen er Bericht erstatten musste; stattdessen würden die drei anwesenden Weber seine Kunde über das Geweb im gesamten

Netzwerk verbreiten. Sie wiederum sprachen stellvertretend für die anderen.

»Die Kaiserin scheint nicht zur Zusammenarbeit bereit«, stellte einer der drei fest, dessen Name Kakre lautete. Seine Maske bestand aus gegerbter, über einen Holzrahmen gespannter Haut, was ihm das Aussehen eines Leichnams verlieh.

»Ich habe nichts anderes erwartet«, entgegnete Vyrrch. Seine Stimme schien aus den Wänden ringsum zu dringen. »Aber die Lage hat sich zu unserem Vorteil gewendet. Es wäre ... *ungünstig*, würde sie nun abdanken.«

»Erklär uns das«, forderte ihn Kakre auf. »Stellt der Thronanspruch der Thronerbin nicht eine große Bedrohung für die Weber dar?«

»Und ob«, antwortete Vyrrch. »Und wie die Dinge derzeit stehen, ist das Verhältnis beider Seiten ausgewogen. Aber ich war in der Kaiserlichen Feste keineswegs untätig. Die Baraks tanzen nach meiner Pfeife.«

»Und worin liegt für uns der Vorteil darin?«, flüsterte ein fettleibiger Weber, dessen Antlitz hinter einem unbearbeiteten Holzoval verborgen lag, an dem ein langer, geflochtener Bart aus Tierhaar hing.

Vyrrch richtete den Blick auf den Sprecher. »Bruder, ich habe Vorkehrungen getroffen, um uns die Kaiserin und ihre lästige Brut vom Hals zu schaffen. Ich habe einen Pakt mit dem mächtigsten Spieler dieses Spiels besiegelt, und wenn er Geblütskaiser wird, steigen wir mit ihm auf. Wir werden nicht mehr nur ein Anhängsel der Regierung sein; wir werden zur Macht hinter dem Thron!«

»Sei vorsichtig, Vyrrch«, warnte ihn Kakre. »Sie vertrauen uns nicht, wollen uns nicht in ihren Reihen. Wenn sie können, werden sie sich gegen uns wenden, sogar dein Barak.«

»Sie vermuten es«, fügte der dritte Weber hinzu, dessen schwarze Holzmaske eine knurrende Fratze darstellte. »Sie vermuten, was wir vorhaben.«

»Dann lasst sie doch vermuten«, gab Vyrrch zurück. »Wenn sie die Wahrheit erkennen, wird es bereits zu spät sein.«

»Vielleicht«, meinte Kakre, »solltest du uns dein Vorhaben einmal etwas genauer erklären.«

Kurz darauf kehrte Vyrrch zu sich zurück, indem sein Bewusstsein die Stränge des Gewebs entlang in seinen Körper raste. Sein Atem stockte kurz, und die Augen, die offen und glasig gewesen waren, wurden wieder klar und scharf. Er hockte an seinem üblichen Platz inmitten des Gestanks und schalen Drecks seiner Gemächer. Eine Weile sammelte er sich und wartete auf die Nachwehen des Verlassens der schieren Glückseligkeit des Gewebs. Wie üblich fügten sich Erinnerungsteile an jene Stellen, die seinem Gedächtnis entfallen waren, und er sah sich fragend um. Vyrrch besann sich verschwommen, dass er sich gestern ein Mädchen hatte bringen lassen, ein besonders beherztes, kleines Ding, wie sich herausstellte. Er hatte die Göre gefesselt wie eine Spinne die Fliege, da er sie behalten und füttern wollte, um nach Belieben mit ihr zu verfahren. Der Beweggrund dahinter entzog sich seiner Erinnerung. Vielleicht hatte er sofortige Erlösung für seinen nächsten Anfall nach einer Sitzung gewollt, statt warten zu müssen, bis die Bediensteten ihm brachten, was er wünschte. Jedenfalls hatte sich das gerissene kleine Biest irgendwie aus seinen Fesseln befreit und versteckte sich nun irgendwo in seinen Gemächern. Das Mädchen war hier bei ihm gefangen, denn er trug den einzigen Schlüssel zu der schweren Tür, die für sie Freiheit verhieß, und er legte ihn niemals beiseite. Vyrrch gefiel dieses kleine Spiel.

Im Augenblick jedoch verspürte er keinerlei Verlangen nach dem Balg. Stattdessen überkam ihn der unverhoffte und überwältigende Drang, seine Umgebung neu anzuordnen. Ein fremdartiger und geradezu erleuchteter Gedanke war über ihn gekommen. Er hatte Einblick in das gefunden, wie die Dinge sein sollten, und wie durch göttliche Eingebung sah er klar und deutlich, wie er seinen Lebensraum verändern musste. Er machte sich sofort daran, obwohl er wusste, dass es sich nur um einen weiteren Wahn handelte, doch er konnte sich nicht dagegen wehren. Das Mädchen konnte warten. Alle konnten warten.

Wenn er bereit war, würden sie alle ihm gehören.

SECHZEHN

Sie reisten in nördlicher Richtung die große Staubstraße entlang, die sich vom Südosten in den Nordwesten Fos wand und an der gegenüberliegenden Küste in der Bergbaustadt Cmorn endete. Die Sonne war gerade erst aufgegangen, als sie aufbrachen, und Neryn stand noch hartnäckig hoch am Himmel, wo sie wohl bis in den Nachmittag hinein sichtbar gewesen wäre, hätten die Wolken es ihr gestattet, was sie jedoch nicht taten. Gegen Mittag hatten sich die anfänglichen Zirrusfetzen zu einer buckeligen Decke verdichtet, die träge über den Himmel trieb und die Sonne verdunkelte. Die Hitze verringerte sich zwar nicht im selben Maße wie das Licht, dennoch war Tane für den Schatten dankbar. Das Leben unter dem Baldachin des Waldes hatte ihn nicht auf den gleißenden Sonnenschein der letzten Tage vorbereitet, und nach wie vor musste er immer wieder feststellen, dass ihm schwindlig wurde, wenn er zu lange ungeschützt in Nukis Schein stand.

Ihre Karawane wurde von einem Paar Manxthwa gezogen, deren gewaltige Kraft einen Tross aus sieben Karren bewegte. Die hintersten fünf waren mit einer Plane verdeckt und verschnürt. In ihnen befanden sich verschiedenste Vorräte für den abgeschiedenen Weiler Chaim. Die beiden vorderen waren für Fahrgäste mit einer schmalen Bank auf den beiden Innenseiten ausgestattet, sodass in jedem Karren sechs Reisende Platz finden konnten. Vorne befand sich ein weiterer Sitz für den Fahrer, einem runzligen, mürrisch wirkenden alten Mann, der über dem dürren Leib ein dünnes Hemd trug. Neben ihm hockte der fette Karawanenführer. Kaiku, Asara und Tane saßen im vorderen Fahrgastkarren; der hintere war voller

Wachen, die untereinander murmelten und sich auf ihre Büchsen stützten.

Während sie die Staubstraße entlangreisten, musterte Tane müßig die Manxthwa. An den Schultern maßen sie über zwei Meter; die Hinterbeine waren kurz, die Vorderbeine lang, so wie bei Affen. Die Knie waren rücklings geknickt und endeten in spatelförmigen, schwarzen Hufen, die das Gewicht ihrer mächtigen Leiber stützten. Die Körper bedeckte dichtes, zottiges Fell von mattem Orangerot, ein Vermächtnis ihrer arktischen Herkunft; und dennoch schien die Hitze Saramyrs sie kein bisschen zu stören. Die breiten Gesichter wirkten hängend, traurig und zerfurcht und vermittelten den irreführenden Eindruck greiser Weisheit. Unter der Unterlippe sprossen aus dem vierschrötigen Kinn zwei kurze Hauer.

Was für seltsame Kreaturen, dachte Tane; *seltsam und doch vollkommen.* Jedes der Geschöpfe Enyus verkörperte ein Wunder, sogar jene, die Jagd auf Menschen machten. Ein Schatten schien sich über sein Herz zu senken, als er an die ausgebürtige Frau zurückdachte, denen sie in Axekami begegnet waren. Äußerlich mochte sie ja makellos gewirkt haben, doch innerlich war sie ein Fehlschlag von Enyus Schöpfung, eine Abscheulichkeit. Die Göttin der Natur erschuf jedes ihrer Kinder aus einem bestimmten Grund, und Ausgeburten waren ein Spottbild davon.

Gegen Ende des Tages bogen sie von der Durchfahrtsstraße ab, ließen den Verkehr der klappigen Karren und bemalten Kutschen hinter sich und wandten sich gen Norden. Die Staubstraße trug ihren Namen zu Recht, denn jeder Schritt der Manxthwa wirbelte reichlich von dem zu Puder verwitterten Stein der Umgebung auf. Der Großteil von Fo glich einem riesigen, ebenen Ödland aus Fels und Geröll, in dem abgesehen von überaus genügsamen, dornigen Sträuchern nur wenig wuchs. Die Insel lag hoch über dem Meeresspiegel, höher als das Festland, und die Erde war unbarmherzig. Im Lauf von Jahrtausenden hatten Wind und Regen ihre Gebeine freigelegt und sie kahl und unfruchtbar werden lassen.

Nachdem sie die Staubstraße hinter sich gelassen hatten, reisten sie auf raueren Pfaden weiter, wenig mehr als flachen Furchen, die Karawanen wie die ihre in der Erde hinterlassen hatten. Sie waren kaum eine Meile in jener Richtung unterwegs, als der Fahrer vom Pfad abbog und mit dem Karrentross einen Kreis bildete.

Der Karawanenführer eilte herbei, um Asara aus dem Fahrgastkarren zu helfen. Er war kahlköpfig und hatte schwulstige Lippen, winzige Augen und eine Nase, die in der Masse der fülligen, schwammigen Züge geradezu unterging. In gewisser Weise erinnerte sein Gesicht an das eines Fisches. Sein Name war Ottin.

»Warum haben wir angehalten?«, verlangte Asara zu wissen, als sie seine Hand ergriff. Seine Haut fühlte sich feucht und kühl an.

»Es ist besser, nachts nicht in der Nähe der Berge zu reisen«, antwortete er. »Es ist zu gefährlich. Morgen werden wir in Chaim sein, glaubt mir.«

Ein Feuer wurde entfacht, und Kaiku stellte überrascht fest, dass die Temperaturen erheblich sanken, als die Sonne vom Himmel floh. Die Wachen lösten einander mit Streifen um den äußeren Kreis ab, während die Übrigen im unsteten Flackern der Flammen beisammenhockten. Durch die Unvertrautheit des Landes, die Fremden rings um sie herum und die Aussicht auf Gefahr fühlte Kaiku sich geradezu verwegen. Sie entspannte sich, lauschte dem Gerede am Feuer, und eine merkwürdige Zufriedenheit erfüllte sie.

»Ein Fluch lastet auf dieser Insel, daran besteht kein Zweifel«, erklärte der Fahrer. Derlei Klagen waren in Saramyr weit verbreitet, doch im Zusammenhang mit Fo hatte man noch nie davon gehört. »Ein Geschwür in den Gebeinen der Erde.«

»Auf dem Festland ist es dasselbe«, bemerkte Tane. »Eine

Krankheit, deren Ursache wir nicht finden können. Einst konnte man unbescholten durch die Wälder wandern; heute tut man gut daran, nachts nicht draußen angetroffen zu werden. Die wilden Tiere werden immer angriffslustiger, und die Geister, die zwischen den Bäumen hausen, fühlen sich kalt und fremd an.«

»Über Wälder weiß ich nichts, aber die Ursache kann ich euch schon sagen. Droben in den Bergen ... Dort kommt das Übel her.«

»Was für abergläubischer Unsinn!«, rief Ottin und spähte sogleich zu Asara, um zu sehen, ob sie seinen Einwand billigte.

»Ach ja?«, entgegnete der Fahrer in scharfem Ton und und blickte Ottin mit zusammengekniffenen Augen an. »Ihr werdet es schon sehen, je weiter nördlich wir reisen, und im Norden liegen die Berge. Diese Erklärung scheint mir durchaus sinnvoll zu sein.«

Zumindest damit sollte der Fahrer Recht behalten. Gegen Mittag war es wirklich kaum noch zu übersehen. Kahle Bäume mit krummen, verwachsenen Ästen ragten aus der Erde. An manchen Stellen, an denen die Rinde so dünn wie menschliche Haut war, quoll Harz wie Blut hervor, und an anderen wucherte die Borke zu regelrechten Beulen, unter deren Last das Geäst sich neigte. Sie sahen einen Baum, dessen Zweige in Schleifen wuchsen, indem sie an einer Stelle aus dem Stamm hervorbrachen, einen Bogen beschrieben und sich wieder darin vergruben. Dünne, hakenförmige Blätter prangten wie Stachel am Gewirr der Äste.

Die Wachen wirkten nun wesentlich angespannter. Kaiku fiel auf, dass sie mit den Büchsen im Anschlag aus dem Karren schauten und die Blicke ohne Unterlass prüfend über die Umgebung wandern ließen. Ottin, dem all das einerlei zu sein schien, setzte indes seine tollpatschigen Versuche fort, mit Asara zu schäkern. Sie ertrug ihn mit bemerkenswerter Geduld. Offenbar hatten die niedrigen Fahrkosten, die der Karawanenführer ihnen gewährt hatte, einen versteckten Preis: Von Asaras Schönheit gebannt, versuchte er ununterbrochen, ihre Gunst zu erringen. Kaiku und Tane blickten einander verstohlen an und lächelten amüsiert.

Tanes Heiterkeit währte jedoch nur kurz. Nirgends im Wald von Yuna hatte er die Zeichen der Fäulnis in der Erde so deutlich gesehen wie hier. Seine sonnengebräunte Stirn runzelte sich, als er den Blick über die menschenleere Landschaft zu den gespenstischen Gipfeln der Lakmar-Berge in der Ferne wandern ließ. Plötzliche Aufregung unter den Wachen lenkte seine Aufmerksamkeit nach rechts, wo etwas zwischen Felserhebungen vorbeihuschte und ein kehliges Gackern ausstieß, das in der stillen Luft widerhallte. Die Wachen hielten die Büchsen bereit, doch das Wesen zeigte sich nicht mehr.

»Sehr ihr?«, meinte der Fahrer unvermittelt und deutete nach oben. »Diese Dinger sind hier so häufig, dass sie sogar einen eigenen Namen haben. Wir nennen sie Knorpelkrähen.«

Die Fahrgäste schauten empor und sahen über sich drei schwarze Vögel kreisen, die ständig ihre Höhe änderten. Auf den ersten Blick wirkten sie tatsächlich wie Krähen, doch als Tane genauer hinsah, stellte er fest, dass sie wesentlich höher flogen, als er gedacht hatte, und folglich viel größer sein mussten.

»Wie groß sind sie?«, fragte er, da er seinen Sinnen nicht recht trauen wollte.

»Knapp zwei Meter von einer Flügelspitze zur anderen«, krächzte der Fahrer zur Antwort.

Kaiku stieß einen leisen Fluch aus – eine alte Gewohnheit, die sie von ihrem Bruder angenommen hatte und für die man sie häufig als undamenhaft gescholten hatte. Hier draußen spielte das jedoch wohl kaum eine Rolle.

Tane spähte in den bewölkten Himmel und zu den Wesen empor. Es war schwierig, Einzelheiten auszumachen, aber je länger er hinschaute, desto geringer wurden die Ähnlichkeiten mit ihren Namensvettern. Die Schnäbel der Vögel waren dick und missgebildet und wirkten eher wie hornige Mäuler mit spitzen Lippen. Ähnlich wie Fledermausflügel waren ihre Schwingen in der Mitte stark geknickt, doch sie wiesen ein dichtes, zottiges schwarzes Gefieder auf. Tane verzog das Gesicht, wandte den Blick von ihnen ab und hoffte, er würde ihnen nie näher kommen als jetzt.

»Bemerkenswert«, sagte Asara. Als darauf nichts folgte, schluckte Kaiku den Köder.

»Was ist bemerkenswert?«

»Das ist nicht die erste Form einer Ausgeburt, die so häufig auftritt, dass sie eine eigene Art bildet«, antwortete sie und schaute herausfordernd zu Tane, der ihr keine Beachtung schenkte. »Unter all den Missgeburten der Natur, die diese ... *Fäulnis* im Land hervorgebracht hat, gibt es einige, die blühen und gedeihen. Unter hundert nutzlosen Ausgeburten kann es durchaus eine geben, die nützlich ist und ihrem Träger einen Vorteil in seiner Gattung verschafft. Und wenn diese Ausgeburt überlebt, sich vermehrt und ihre Eigenschaften weitergibt ...«

»Es ist nichts Neues an dem, was du da sagst, Asara«, herrschte Tane sie an. »Derlei Gedankengänge sind seit Jahrzehnten ein Teil der Lehren Jujanchis.«

»Ja«, pflichtete Asara ihm bei. »Er war ein Priester Enyus, richtig? Nach allem, was man hört, ein großer Denker. Er zog seine Gedankenmodelle heran, um die Vielfalt der Arten zu erklären. Schon seltsam, dass seine Lehren auch für Ausgeburten gelten, wo dein Glaube doch besagt, sie wären keine Kinder Enyus.«

»Ausgeburten folgen den *Gesetzen* der Natur«, entgegnete Tane, »weil sie faulige Wucherungen derselben Wurzel sind. Dadurch werden sie keineswegs natürlich oder weniger faulig.«

Und was ist mit mir, Tane?, dachte Kaiku. *Wie würdest du über mich denken, wenn du wüsstest, was ich bin?* Eigentlich wunderte es sie, dass Tane Asara nicht verdächtigte, eine

Ausgeburt zu sein; doch andererseits schien es so, als wolle er das gar nicht wissen.

»Aber vielleicht ist diese Fäulnis überhaupt keine Fäulnis«, mutmaßte Asara. »Vielleicht stellt sie nur eine beschleunigte Veränderung dar. In deinen Augen mögen diese Wesen da oben verderbte Geschöpfe sein, doch durch ihre Größe werden sie den Himmel beherrschen. Macht sie das nicht zu einer überlegenen Art? Bedenke, Tane: Die letzten fünfzig Jahre haben vermutlich mehr neue Arten hervorgebracht als die letzten fünfhundert.«

»In der Natur verlaufen Änderungen langsam«, widersprach Tane ihr zornig, »und das hat seinen guten Grund: damit alles in ihrem Umfeld sich an sie anpassen kann. Außerdem geht es nicht nur um die Artenbildung von Tieren. Ernten fallen aus, und *Menschen* sterben. Mehr noch, die Geister verändern sich, Asara. Sie werden feindselig. Die Hüter der Natur verblassen, werden überrannt von Wesen wie … wie den *Shin-shin.*«

»Die Shin-shin wurden heraufbeschworen«, gab Asara zurück, »um die Maske zurückzuholen … oder um Kaiku zu erwischen. Es war nicht der willkürliche Zorn der Geister, der deine Priester getötet hat. Sie sind der Spur in deinen Tempel gefolgt. Könnten sie über den Camaran-Kanal gelangen, würden sie ihr auch hierher folgen; aber ich vermute, wir haben sie in der Stadt abgeschüttelt, und mittlerweile ist die Fährte kalt.«

»Wer immer die Shin-shin gerufen hat, weiß also, wie man mit dunklen Geistern umgeht«, sagte Tane, der sich unvermittelt beruhigte und nachdenklich wurde. »Könnte es sein, dass diejenigen auch für die Krankheit des Landes verantwortlich sind?«

Asaras Antwort ging in einem jähen, lauten Aufruhr unter. Kaiku stieß vor Überraschung einen gellenden Schrei aus, als sie einen schwarzen Schemen vom steinigen Straßenrand hervorspringen sah; dann kippte der Karren durch einen heftigen Stoß, und sie alle wurden auf eine Seite geschleudert. Tane und Asara wurden auf Kaiku geworfen, und die drei polterten auf die Straße, als der Karren umstürzte und das Holz geräuschvoll splitterte. Unwillkürlich rollte Tane sich zur Seite, als das Gefährt auf sie zugezerrt wurde, doch zum Glück kippte es nicht erneut; anderenfalls hätte es die Fahrgäste wohl unter sich zermalmt. Hastig robbten sie unter dem Gebrüll der Wachen, die ähnlich überrascht worden waren, in Sicherheit; erst dann sahen sie, *was* über sie hergefallen war.

Das ausgebürtige Ding war riesig, ein gottloses Geflecht von Zähnen und Gliedern, das in seinem Bau am Straßenrand unter einer dünnen Schieferdecke gelauert hatte, bis es ihr Herannahen gespürt hatte. Es war noch immer halb in seinem Bau verborgen; nur der vordere Teil des Körpers war zu sehen. Grauen erfüllte Kaiku, als sie einen Blick auf ein blindes, augenloses Gesicht erhaschte, das nur aus Kiefern und Zähnen bestand, einem Maul mit gelblichen, krummen Fängen inmitten einer Unzahl spinnengleicher Beine, die sich aus dem Bau hervorgewühlt und um einen der Manxthwa am vorderen Ende der Karawane gewickelt hatten. Beide Manxthwa muhten und grölten vor Furcht. Ottin hatte sich in Sicherheit gebracht; der Fahrer hingegen brüllte wie am Spieß, da er sich in den Stricken verfangen hatte, die als Zaumzeug für die großen Tiere dienten.

»Beim Blut des Herzens, *erschießt das Ding!*«, kreischte Ottin in Richtung der Wachen, doch die hatten die Büchsen bereits im Anschlag und feuerbereit. Eine Gewehrsalve prasselte auf die Ausgeburt hernieder, und sie quietschte vor Wut, ließ aber nicht von ihrer Beute ab. Stattdessen zerrte sie den Manxthwa immer näher an ihren Bau heran; der Fahrer und der Rest der Karawane wurden ob der Kraft des Untiers mitgeschleift. Jene Spinnenglieder, die sich nicht um den Manxthwa geschlungen hatten, kreisten zaghaft in der Luft und schienen bereit, auf alles herabzustoßen, was sich ihnen näherte.

Abermals schrie der Fahrer, rief unzusammenhängend

nach Hilfe, als die Ausgeburt sich erneut ins Zeug legte und ihre Beute wieder ein Stückchen näher zu sich zog.

Kaiku handelte urplötzlich und ohne nachzudenken. Sie rannte zum Fahrgastkarren zurück, der noch immer auf einer Seite lag, und kletterte hinauf. Tane brüllte ihr zu zurückzukommen, doch sie hörte ihn kaum. Das ausgebürtige Ungeheuer zerrte abermals kräftig, wodurch die gesamte Karawane in Bewegung geriet. Kaiku hielt sich angesichts des Rucks fest und betete, der Karren möge nicht noch einmal kippen – was er zum Glück auch nicht tat. Mit pochendem Herzen kämpfte sie sich daran vorwärts, um das Zaumzeug der Manxthwa zu erreichen.

Ottin brüllte den Wachen Befehle zu, während sie nachluden, wenngleich niemand auf ihn hörte. Er war auf die andere Straßenseite zurückgewichen, sodass die Karawane sich zwischen ihm und dem Ungeheuer befand. Als er sah, dass Kaiku auf den gefangenen Fahrer zukletterte, bellte er ihr etwas zu. Ob er sie ermutigte oder zurückrief, sollte sie nie erfahren, denn als sie zu ihm schaute, brach die zweite ausgebürtige Kreatur aus ihrem Bau hinter Ottin hervor und umschlang ihn mit ihren abscheulichen Spinnenbeinen. Der Schrei, der sich seiner Kehle entrang, überstieg alles, was Kaiku je gehört hatte oder je wieder hören wollte, doch er verstummte rasch, als der Karawanenführer unter knackenden Knochen und einer wahren Flut von Blut in das mit Fängen bewehrte Maul des Ungetüms gestopft wurde.

Das Grauen ließ Kaiku schwer atmen, doch sie kroch weiter. Tane und Asara feuerten auf die erste Ausgeburt und versuchten, sie von dem panischen Manxthwa wegzubringen, doch das Ungeheuer hielt ihn unbeirrt fest. Kaiku erreichte das vordere Ende der Karawane und drückte sich in den umgestürzten Kutschbock wie in eine Nische. Mit Schaum vor dem Mund winselte der von Todesangst erfüllte Fahrer unverständliches Zeug. Kaiku sah, dass die gespannten Stricke ihn an die Flanke des Manxthwa fesselten. Die

Spinnenbeine der Ausgeburt, jedes so breit wie ihr Arm, umschlangen wenige Fußbreit von ihr entfernt die heftig bebenden Flanken des wild zuckenden Tiers.

Dann, urplötzlich, war das Feuer da, erwachte in ihr zum Leben. Als sie spürte, wie es sich regte, flutete Panik über Kaiku hinweg, was die Flammen jedoch nur zu schüren schien. Erweckt durch den Funken der Furcht und der Erregung wollte es aus ihr heraus, dem Kerker ihres Körpers entfliehen. Kaiku hielt sich an den Stricken fest und schloss die Augen.

Nein, kämpfte sie dagegen an. *Nein, du bleibst, wo du bist.*

Zum ersten Mal wurde ihr klar, was sie getan hatte, als sie Cailin tu Moritats Angebot ausgeschlagen hatte, ihr dabei zu helfen, diese Kraft zu meistern. In diesem einen Augenblick sah sie deutlich, was ihre Unbesonnenheit ihr gebracht hatte, und erkannte den Preis ihrer Ungeduld, ihres übereifrigen Wunschs nach Rache. Würde sie sich nun den Flammen ergeben, würden sie alle sterben.

»Kaiku!« Es war Tane, der ihren Namen rief. Er sah, dass mit ihr etwas nicht stimmte, doch die Luft war von Büchsenfeuer erfüllt, weshalb sie ihn nicht hörte.

Kaiku versuchte, die Schreie des Fahrers zu vergessen, und verdrängte das Knallen der Büchsen. Am Rande ihres Bewusstseins nahm sie wahr, dass einige der Wachen inzwischen das zweite ausgebürtige Monstrum bemerkt hatten und auf die andere Seite der Karawane eilten, um sich des Untiers anzunehmen. Kaiku richtete ihre Gedanken nach innen und zwang die Hitze zurück in ihren Bauch, als wolle sie Galle herunterschlucken. Der Fahrer rief ihr flehentlich zu, ihm zu helfen, da er nicht verstehen konnte, weshalb sie plötzlich erstarrt war. Sie schenkte ihm keine Beachtung.

Und dann verblasste es, wich widerwillig zurück, besiegt von der Kraft ihres Willens. Blutunterlaufen und von Tränen gerötet öffneten sich ihre Augen. Keuchend sog sie die Luft ein. Die körperliche Anstrengung war unvorstellbar gewesen, aber sie hatte gewonnen – vorerst zumindest.

Das ausgebürtige Ungeheuer zerrte erneut an dem Manxthwa. Unsanft wurde Kaiku in die Wirklichkeit zurückgerissen, als die Karawane wieder ein paar Schritte näher zu dem Bau gehievt wurde. Der Manxthwa im Griff der Ausgeburt war vor Grauen wie gelähmt, denn mittlerweile befand er sich fast in Bissweite des Dings. Kaiku krümmte sich, als die horngepanzerten Glieder des Viehs über sie hinwegfegten.

Sie zog ein Messer aus dem Gürtel. Kaiku trug es bei sich, seit Asara ihr im Wald von Yuna ihre Reisekleider gegeben hatte; bislang hatte sie es kaum bemerkt. Es war ein gutes Waldmesser, dafür geschaffen, Tierhäute ebenso mühelos zu schneiden wie Holz. Flink begann sie, an den Stricken zu sägen, die den Fahrer fesselten. Er wand sich und versuchte, sich loszureißen, noch bevor sie den ersten Strick durchtrennt hatte.

»Halt still!«, zischte sie, und er tat, wie ihm geheißen.

Tane und Asara feuerten immer wieder und wieder. Das Wesen, das den Manxthwa umklammerte, war keineswegs vor den Kugeln gefeit, denn überall auf dem schwarzen Leib waren dunkle Blutspritzer zu sehen; aber es schien von einer selbstmörderischen Hartnäckigkeit beseelt und wollte den sich sträubenden Manxthwa einfach nicht loslassen. Tanes Waffe ging das Pulver aus, und er öffnete sie, um frisches in die Kammer zu füllen, wobei er zu Kaiku spähte. Sie arbeitete wie besessen an den Seilen; ihr Arm zuckte auf und ab, und ihr Gesicht war gerötet und verschwitzt.

Die Kreatur stemmte die Beine in den Boden und zerrte immer stärker, da sie unbedingt ihre Mahlzeit erhaschen und vor den stechenden Büchsenkugeln flüchten wollte. Das Vieh konnte nicht verstehen, weshalb der Manxthwa so schwer war, denn es besaß kein Gehirn, um zu begreifen, dass er verzurrt war. Das Rätsel erzürnte es ungemein, und so griff es auf rohe Gewalt zurück.

Kaiku stieß einen spitzen Schrei aus, als die gesamte Karawane einen Meter über die Straße schlitterte. Asara und

Tane mussten auseinander preschen, als der Fahrgastkarren schließlich doch kippte. Kaiku wurde mitgerissen, landete hart im steinigen Dreck der Straße, rollte sich zur Seite und kam ein Stück entfernt zum Liegen. Der Fahrer würgte einen erstickten Laut hervor; dann gaben die durch Kaikus Anstrengungen geschwächten Stricke endlich nach. Mit einem triumphierenden Quieken hievte das ausgebürtige Monstrum den Manxthwa in seinen Bau und zog ihn unter die Erde.

Tane hastete an Kaikus Seite, doch sie stützte sich bereits auf die Ellbogen. Asara stand über den beiden, die Büchse auf den Bau der Ausgeburt gerichtet, und zeichnete sich als dunkler Umriss vor dem bewölkten Himmel ab.

»Bist du verletzt?«, fragte Tane und wollte Kaiku berühren, besann sich jedoch eines Besseren.

Kaiku schüttelte den Kopf. »Ich glaube nicht.« Sie stand auf. »Ein paar blaue Flecke vielleicht«, räumte sie ein. »Warum hat das Schießen aufgehört?«

Tane und Asara bemerkten es gleichzeitig. Die Wachen auf ihrer Seite der Karawane spitzten die Ohren. Der Karrentross, der umgestürzt und in sich verschlungen mitten auf der Straße lag, bildete eine Mauer, durch die sie nicht auf die andere Seite sehen konnten.

»He da! Ist dort drüben alles in Ordnung?«, rief eine der Wachen.

»Alles in Ordnung«, ertönte die Antwort.

Sie eilten um das Ende der Karawane herum auf die andere Seite. Dort sahen sie den Rest der Wachen, die sich um den grotesken Kadaver der zweiten ausgebürtigen Kreatur geschart hatten. Der riesige Kiefer ruhte auf der Straße, und die Beine lagen schlaff darum ausgebreitet und ragten halb aus dem Bau hervor.

»Muss ein Glückstreffer gewesen sein«, meinte ein kleiner, grauhaariger Mann, offensichtlich der Anführer. »Wir nehmen den überlebenden Manxthwa und zwei Karren für die Fahrgäste. Den Rest lassen wir hier.«

»Wir sollen die Waren *zurücklassen?*«, begehrte ein anderer auf.

»Es gibt keinen Karawanenführer mehr, um sie zu verkaufen. Wir werden nicht dafür bezahlt, Waren auszuliefern.« Der Anführer deutete mit der Hand auf den ungefähren Standort des zweiten Baus. »Und dieses Ding dort ist noch am Leben und wird bald wieder herauskommen, wenn es seine Mahlzeit beendet hat.«

Alle halfen, die Karren zu entwirren und jene aufzustellen, die noch brauchbar waren. Drei Wachen postierten sich in der Nähe des Baus, aus dem die Geräusche knirschender Knochen zu hören waren, während der unglückselige Manxthwa verspeist wurde. Der Fahrer wurde aus den Stricken befreit, doch für ihn war es bereits zu spät. Sein Genick war gebrochen, und er starrte mit leeren Augen auf die Erde.

»Wie war der Name des Fahrers?«, wollte Tane wissen, während er mithalf, einen Karren wieder auf die Räder zu hieven.

»Wieso?«, gab einer der Wachleute zurück.

»Wir sollten den Namen Noctu nennen, die das Leben der Verstorbenen aufzeichnet.«

Aber niemand kannte seinen Namen.

Es gelang ihnen, zwei Karren an den verbleibenden Manxthwa anzuschirren, der das Blut seines verblichenen Gefährten roch und unruhig schnaubte. Auch nachdem die Fressgeräusche verstummt waren, wagte das ausgebürtige Ungeheuer sich nicht mehr hervor. Sie ließen die Karren mit den Waren auf der Straße zurück, wickelten den Leichnam des Fahrers in eine Plane und nahmen ihn mit. So reisten sie nach Chaim weiter.

»Diese Ungeheuer sind deine Ausgeburten, Asara«, bemerkte Tane niedergeschlagen und erschöpft, als sie aufbrachen. »Das ist deine *überlegene Art.*«

Über ihnen kreisten die Knorpelkrähen.

SIEBZEHN

Chaim hatte Reisenden wenig zu bieten. Es war ein spärlich bewohntes, kleines Bergdorf mit niedrigen Häusern aus Holz oder Stein entlang ein paar felsiger Pfade, die sich wahllos durch den Weiler wanden. So weit das Auge reichte, war nur Trostlosigkeit zu sehen. Keinerlei Blätterwerk, keine Gebirgsblumen und kein Gras lockerten die triste graue Landschaft auf. Sogar die Menschen wirkten hart, gedrungen und stämmig und besaßen schmale, stumpfe Augen und bräunliche, windgegerbte Haut. Der Gegensatz zum malerischen, ländlichen Reiz von Pelis hätte kaum größer sein können; dieser Ort war aus dem Berghang gehauen und widerwillig, doch aus der Notwendigkeit heraus errichtet worden, und nun schmorte er im verdrießlichen Eintopf seines eigenen, jämmerlichen Daseins.

Es war kein Ort, an dem man Fremde willkommen hieß; andererseits wurden sie auch nicht feindselig empfangen. Vielmehr stellten Kaiku, Asara und Tane fest, dass ihnen einfach keine Beachtung geschenkt wurde. Ihre Fragen wurden mit wenig hilfreichem Grunzen beantwortet. Kaiku erkundigte sich, ob sich vielleicht jemand an ihren Vater erinnerte, doch angesichts der rüden Gleichgültigkeit der Dorfbewohner verlor sie alsbald die Hoffnung. An diesem Ort war man entweder jemand, der hier lebte, oder jemand, der nicht hier lebte, und Fremde wurden von den Einheimischen kurz und knapp links liegen gelassen.

Die drei hatten Chaim am späten Nachmittag erreicht. Die Karawanenwachen verabschiedeten sich kurzerhand von ihnen und überließen sie sich selbst. Während sie durch die schlichten Straßen des Weilers wanderten und von gelegentlichen kalten Windstößen erfasst und von den finsteren

Blicken der hoch aufragenden Gipfel ringsum beobachtet wurden, kamen sie sich seltsam allein vor.

An diesem trostlosen Ort versagte selbst Asaras Gabe, Hilfe zu finden. Ihren Fragen nach einem Führer begegneten die Dorfbewohner mit Unwissenheit und Verdruss, und ihre atemberaubende Schönheit schien auf die Männer des Dorfes keinerlei Wirkung zu haben – was Asara außerordentlich ärgerte, wie Kaiku belustigt feststellte.

»Die suchen ihr Heil vermutlich bei ihren Packtieren«, brummte Asara mürrisch.

Letztlich war es ein Führer, der sie fand, als die Nacht Einzug hielt und Laternen angezündet wurden.

Sie saßen in einer Spelunke, die als eine Art Schänke galt, eigentlich jedoch nur den unteren Teil von jemandes Haus darstellte, in dem hochprozentige Getränke aus örtlicher Herstellung verkauft wurden. Der Ort strahlte keinerlei Behaglichkeit aus und bestand nur aus ein paar verstreuten, niedrigen Rundtischen aus unbearbeitetem Holz und abgewetzten Matten, auf denen die Gäste hocken konnten. Eine Frau mit Zügen wie aus Stein verteilte das hochgeistige Nass an einer Theke in der Ecke. Laternen drängten die Düsternis halbherzig zurück, während sie durch den Rauch des billigen Öls, mit dem sie gefüllt waren, gleichzeitig dazu beitrugen. Obwohl die Kaschemme so klein und halb mit Gästen gefüllt war, die einander über ihre Becher hinweg zumurmelten, fühlte sie sich kalt und leer an. Kaiku hätte nie für möglich gehalten, dass es einen solchen Ort geben könnte. Sie hegte keinerlei überzogene Vorstellungen, was den Zustand zahlreicher Schänken im Armenviertel von Axekami anging, doch sie war immer davon ausgegangen, dass an derlei Plätzen zumindest eine derbe Ausgelassenheit, wenn schon kein Frohsinn herrschte. Dieser Ort hingegen wirkte wie ein Treffpunkt vom Leben Verfluchter.

Die drei Gefährten planten gerade ihre weitere Vorgehensweise, als eine kleinwüchsige, dürre Gestalt sich neben sie setzte. Der Mann war in einen Berg von Pelzen gehüllt, die den kahlen Schädel geradezu winzig wirken ließen und ihm das Aussehen eines Geiers verliehen. Seiner Haut nach zu urteilen, war er ein Mann der Berge wie die übrigen Dorfbewohner auch, doch als er das Wort ergriff, ertönte ein überhastetes Geschnatter, das so ganz und gar nicht seinesgleichen zu entsprechen schien.

»Hab gehört, ihr sucht nach den Maskenmachern, is' das so?«, begann er, bevor die drei ihn einordnen konnten. »Tja, ich bin hier, um euch zu sagen, dass man sie nicht finden kann, aber wenn ihr's trotzdem probieren wollt, bin ich euer Führer. Mamak!«

»Mamak«, wiederholte Kaiku, die nicht sicher war, ob dies sein Name oder ein örtlicher Ausruf war, den sie nicht verstand. »Du willst uns also hinbringen?«

»Was soll das heißen, man kann sie nicht finden?«, warf Tane ein.

»Das heißt genau das. Die Pfade sind in Vergessenheit geraten, und selbst die besten Bergläufer haben sie nie wieder gefunden.«

»Das wussten wir«, sagte Kaiku zu Tane und legte ihm die Hand auf den Arm. »Lass dich dadurch nicht entmutigen.« Mittlerweile kannte sie ihn gut genug, um schon die ersten Anzeichen eines unmittelbar bevorstehenden Stimmungsumschwungs zu erkennen. Zudem war es angesichts der wenig ermutigenden Ereignisse des Tages ohnehin schon längst an der Zeit, dass Tane wieder in Verzweiflung versank. Neben den Enttäuschungen, die sie seit ihrer Ankunft in Chaim erfahren hatten, brütete Tane auch über das Los des Fahrers ihrer Karawane. Die Lehren, die er während seines Noviziats verinnerlicht hatte, nagten an seinem Gewissen. Niemand solle sterben, ohne Noctu genannt zu werden, meinte er; doch leider kannte wohl nur der Karawanenführer, der den Fahrer angeworben hatte, dessen Namen, und Ottin war selbst ja nicht mehr da.

»Wenn du uns nicht hinbringen kannst«, meldete Asara sich mit frostiger Stimme zu Wort und stützte die Ellbogen auf den Tisch, »weshalb sollten wir dich dann brauchen?«

»Weil ihr euch binnen einer Stunde verirren würdet«, antwortete Mamak und grinste verschmitzt mit seinen braunen faulen Zähnen. »Außerdem gibt's da oben in den Bergen derart bizarre Kreaturen, dass man nicht mal mehr erahnen kann, von welchem Tier sie ursprünglich abstammen ... so wie das Ding, das euch auf dem Weg hierher um ein Haar den Garaus gemacht hätte.«

Asara sparte sich die Mühe, ihn danach zu fragen, woher er das wusste. Anscheinend hatten die Wachen es schon herumerzählt.

»Hört zu«, fuhr er fort. »Es ist nicht meine Art, mich in eure Angelegenheiten zu mischen. Ihr sagt, ihr wusstet, dass ihr nach einem Ort sucht, der nicht gefunden werden kann; trotzdem wollt ihr danach suchen. Also vermute ich mal, ihr wisst etwas, das ich nicht weiß ... oder ihr glaubt es zumindest.« Er lehnte sich zurück und spreizte die Finger auf dem rauen Holztisch vor sich. »Ich kann euch dorthin bringen, wo das Kloster sein *sollte.* Auf alten Karten ist es immer noch verzeichnet, und niemand kennt die Berge besser als ich. Aber wenn wir in die Nähe kommen, werdet ihr sehen, was ich damit meine, dass es nicht gefunden werden kann. Man geht einen Pfad Richtung Norden entlang und plötzlich stellt man fest, dass man sich eine Meile südlich befindet, obwohl man schwören könnte, man hätte jeden Schritt des Weges auf die Richtung geachtet. Dort ist irgendetwas, das die Sinne vernebelt und einen Menschen vom rechten Weg abbringt, ganz gleich, wie vorsichtig man es auch angeht. Glaubt mir, viele haben es schon versucht.« Verschwörerisch zwinkerte er ihnen zu. »Wollt ihr es trotzdem wagen?«

»Wie viel?«

»Fünfhundert Poc. Nein, runden wir's auf zehn Shirets auf.«

»Du kannst es in Münzen haben. Papiergeld besitze ich nicht«, log Kaiku. Ihre Großmutter hatte sie stets davor gewarnt, Geld in der Öffentlichkeit zu zeigen, vor allem an Orten wie diesem. Mamak nahm vermutlich an, einen überzogenen Preis zu verlangen, doch gemessen an städtischen Werten war er geradezu billig.

Mamak zuckte mit den Schultern. »Dann sind's fünfhundertsiebzig Poc«, meinte er. »Im Voraus.«

»Dreihundert jetzt«, widersprach ihm Asara. »Den Rest bekommst du, wenn wir in den Bergen sind.«

»Soll mir recht sein«, willigte er ein.

»Gut. Wann brechen wir auf?«

»Habt ihr euch schon in der Herberge einquartiert?«

Asara antwortete mit einem verneinenden Laut.

»Dann können wir uns gleich auf den Weg machen.«

»Es ist dunkel«, gab Tane zu bedenken.

Mamak verdrehte die Augen. »Der erste Abschnitt ist ein Pfad so breit wie eine Straße. Dafür brauchen wir ein paar Stunden. An dessen Ende lagern wir, und morgen früh machen wir uns an den ungemütlichen Teil. Habt ihr warme Kleider dabei?«

Asara zeigte ihm, was sie gekauft hatten. Mamak war nicht damit zufrieden. »Ihr werdet mehr brauchen. Wir sind hier nicht auf dem Festland. Dort droben sind die Nächte nicht so warm, und das Wetter ist sogar im Sommer ein Biest.« Damit stand er auf. »Ich kenne da jemanden, zu dem wir gehen können. Am besten gleich.«

Die nächsten paar Tage waren beschwerlich.

Sowohl Kaiku als auch Tane waren die körperlichen Anstrengungen langer Reisen durchaus gewohnt. Beide hatten in den Wäldern Wild gejagt und waren weit gewandert, um Fallen aufzustellen oder ein malerisches Plätzchen zum Fischen oder Baden zu finden. Tane hatte oft Ausflüge unternommen, um nach Kräutern in den niedrigeren Ausläufern des Tchamil-Gebirges zu suchen, das an dessen östlichem Rand mit dem Wald von Yuna verschmolz, bis die Erde blankem Fels wich, wo keine Bäume mehr wuchsen. Dennoch waren weder er noch Kaiku auf die Wildnis vorbereitet, die sie verschlang, als sie in die Lakmar-Berge vorstießen, die den gesamten Norden von Fo beherrschten.

Die Berge schienen etwas abzusondern, das sich wie Tod anfühlte und doch wieder nicht: das Fehlen jeglichen Lebens. Überall um sie herum ragten unbarmherzige Felsen in großen, geplätteten Hängen auf, aber selten war mehr als ein Büschel zähes Gras oder borstiges Unkraut zu sehen. Die weit verstreut wachsenden Bäume erinnerten sie lediglich daran, was der Fahrer der Karawane über die Fäulnis in den Bergen gesagt hatte; sie wuchsen knorrig und krumm, und manchmal teilten mehrere dürre Stämme dieselben verdorrten Zweige oder verschmolzen nahtlos miteinander. Am Horizont staken schartige, ob der Ferne bläulich wirkende Gipfel gen Himmel, doch die Welt um sie herum war grau und trist. Die Stille war so bedrückend, dass sie jedweden Versuch einer Unterhaltung zunichte machte. Lediglich Mamak schien sich nicht davon beeindrucken zu lassen. Ohne Unterlass plapperte er vor sich hin, während sie marschierten, und tischte seinen Schützlingen alte Legenden und Geschichten über die Berge auf, von denen sich viele als Abwandlungen jener erwiesen, die sie vom Festland her kannten.

Zumindest Kaiku war froh über sein Geschwafel, denn es lenkte sie von der eigenen Erschöpfung ab. Je weiter sie wanderten, desto steiler und unwirtlicher wurden die Pfade, und oft mussten sie sogar klettern. Dies war ihre erste, schwere körperliche Anstrengung seit sie sich im Tempel Enyus erholt hatte, und ihre Muskeln schmerzten. Tane schien sich besser zu halten, wenngleich es für ihn wohl mehr eine Frage des Stolzes war, sich seine Erschöpfung nicht anmerken zu lassen. Asara zeigte sich wie üblich unermüdlich.

Da Kaiku reichlich Zeit für Grübeleien hatte, dachte sie unwillkürlich über Asara nach. Während ihrer Zeit als Kaikus Zofe waren sie gute Freundinnen gewesen und hatten zahlreiche Geheimnisse miteinander geteilt. Sie hatten über Jungen geredet, sich über die Eigenheiten ihres Vaters lustig gemacht, die Köchin geneckt und Karia gehänselt, Kaikus andere Zofe. Und obwohl sie mittlerweile wusste, dass Asara ihr alles nur vorgegaukelt hatte und Karia unfreiwillig aus dem Leben geschieden war, um ihre toten Herrin wiederauferstehen zu lassen, vermisste sie den Menschen, der Asara gewesen war. Diese neue Asara – vermutlich die echte, doch wer konnte das schon so genau sagen? – war kälter, härter und stets darauf bedacht, ihre Unabhängigkeit zu betonen. Scheinbar brauchte sie weder Zuspruch noch Gesellschaft; sie zeigte weder Interesse daran, von sich zu erzählen, noch schienen sie Kaiku oder Tane zu kümmern. Tane fand sich damit ab, dass sie einfach so war; Kaiku hingegen war sich dessen nicht so sicher. Manchmal glaubte sie, in Asara ein trotziges Kind zu erkennen, das die Fäuste ballte, die Stirn zornig runzelte und schrie, dass es mit niemandem reden *wollte.* Asara war eine Ausgeburt, so viel wusste Kaiku; darüber hinaus jedoch stellte ihre Gefährtin ein Rätsel für sie dar.

Auch über Tane dachte Kaiku nach. Bevor sie den Tempel verlassen hatte, hatte er ihr auf die ihm eigene, unbeholfene Art angeboten, bei ihm zu bleiben. Damals war sie gezwungen gewesen abzulehnen, denn sie musste weiterziehen. Stattdessen war er ihr gefolgt und hatte sich ihr angeschlossen. Er hatte ihr berichtet, wie die Shin-shin seinen Tempel zerstört hatten und dass er nun diejenigen suchte, die sie gerufen hatten, um Vergeltung an ihnen zu üben; doch Kaiku wusste, dass ihn mehr als das antrieb, und als Reaktion darauf verspürte sie etwas ... etwas ihr Unvertrautes. Doch jedes Mal, wenn sie sich gestattete, eingehender darüber nachzudenken, jedes Mal, wenn ihr Blick über seinen Rücken strich und sie sich die straffen, kräftigen

Muskeln darunter vorstellte, legte sich ein Schatten der Verbitterung auf ihre Gedanken. Tane war ein Priester der Natur, sie hingegen eine Ausgeburt. Es lag ihm im Blut, sie zu hassen, und es war unvermeidlich, dass er es früher oder später herausfinden würde ... so wie Mishani.

Bevor der Kummer Kaiku ersticken konnte, würgte sie ihn gnadenlos ab. Mishani ... Dieser Name war nun für immer ein Teil der Vergangenheit. Wenn Kaiku weiterleben wollte, musste sie darauf gefasst sein, gemieden und verachtet zu werden, selbst von denjenigen, die ihr nahe standen. Vielleicht war sie ja bloß einfältig und wollte sich schlichtweg nicht mit dem abfinden, was die offensichtliche Wahrheit zu sein schien: dass Cailin tu Moritat und ihr Roter Orden die Einzigen waren, die sie je akzeptieren würden, die Einzigen, die sie *wollten.* Obwohl Kaiku einen Verdacht über deren Beweggründe hegte, konnte sie dies nicht verleugnen. Für jeden anderen stellte sie nur eine Ausgeburt dar und unterschied sich damit in keiner Weise von den abscheulichen Kreaturen, die ihre Karawane angegriffen hatten.

Mamak erwies sich als fähiger Führer, und sie fühlten sich in seinen Händen so sicher, wie das an einem solch fremdartigen Ort möglich war. Viele Male ließ er sie umkehren, um einen Steilhang zu umgehen oder einen Felsvorsprung auszunutzen. Den Grund dafür erklärte er selten – was zu den wenigen Dingen zählte, über die er sich nicht in einem Redeschwall ausließ –, doch so oft sie sich über die Abwesenheit der gefährlichen Kreaturen auch wunderten, vor denen sie gewarnt worden waren, vermuteten sie, dass die Umwege dafür verantwortlich waren. Kleinere Wesen liefen ihnen hingegen sehr wohl über den Weg: manche heil und fremdartig, andere völlig missgebildet. Letztere zappelten hilflos auf der Suche nach Nahrung umher. Im Allgemeinen handelte es sich um Jungtiere und Küken, denn sie würden lange, bevor sie ausgewachsen wären, als Mahlzeit eines ihnen überlegenen Raubtiers enden. Anzeichen dieser Raubtiere offenbarten sich nachts, wenn sich das gespenstische Kläffen und Jaulen widernatürlicher Kehlen unter das Heulen des Windes mischte. In der zweiten Nacht waren sie wach geblieben und hatten den Lauten gelauscht, die immer näher kamen und sie letztlich umringten; doch Mamak hatte ihnen in jener Nacht kein Feuer erlaubt, und wenngleich sie fröstelten, zogen die Kreaturen an ihnen vorbei.

Am dritten Tag verschlechterte sich das Wetter.

Die Gefährten befanden sich auf einem lang gezogenen, kahlen Felshang, als scheinbar aus dem Nichts ein Sturm aufzog. Kaiku war erschrocken über die Geschwindigkeit, mit der die Wolkendecke sich zu einem unheilverkündenden Schwarz verfinsterte, und über die schiere Gewalt, mit der sie sich über ihnen entlud. Sie war an den langsamen, bedächtigen Aufbau von Feuchtigkeit auf dem Festland gewöhnt, wo man genau spüren konnte, wann ein Sturm aufzog; hier gab es noch nicht einmal den Hauch einer Vorwarnung. Fluchend zog Mamak das Tempo an und führte seine Schützlinge den ungeschützten Felshang hinauf, um einen Unterschlupf zu finden; doch es würde mehrere Stunden dauern, bis sie das offene Gelände überquert hatten, und sie fürchteten, bis dahin könnte der Sturm sie überwältigt haben.

Kaiku hatte noch nie etwas Vergleichbares erlebt. Der eiskalte Regen hämmerte und peitschte mit solcher Gewalt auf sie ein, dass ihre Gesichtshaut brannte. Blitze zuckten und zerrissen die Luft, und Donner rollte über die zerklüfteten Berge. Durch die Höhe des Geländes schienen sie der Wolkendecke unverhältnismäßig näher gekommen zu sein, und das zornige Gebrüll des Sturms ließ sie zusammenzucken. Der Wind nahm ständig zu, bis er ungestümen Ellbogen gleich aus verschiedenen Richtungen auf sie einhieb, um sie aus dem Gleichgewicht zu bringen und sie fortzuschleudern. Auf Mamaks Anraten hin hatten sie für die Reise schwere Mäntel erworben, worüber sie nun ausgesprochen froh waren; doch trotz der über die Köpfe gezogenen Kapuzen bearbeiteten der Wind und der Regen sie mit zügelloser Gewalt.

Gebückt unter dem Zorn der Elemente mühten sie sich weiter, während die Bündel auf ihren Rücken immer schwerer wurden. Ihre Zähne klapperten, und ihre Lippen und Wangen fühlten sich taub an; dennoch zwangen sie sich am Rande der Erschöpfung, einen Fuß vor den anderen zu setzen, um den durch den Regen glitschigen Felshang so schnell wie möglich zu bewältigen. Und jedes Mal, wenn Kaiku vermeinte, sie könne nicht mehr, sie müsse einfach zusammenbrechen und sich einrollen, falls dieser gnadenlose Angriff nicht unverzüglich endete, schaute sie zu der steilen Felswand empor, auf die sie zustapften und stöhnte vor Verzweiflung darüber, wie langsam sie voranzukommen schienen.

Schließlich aber endete das schier Unerträgliche, und sie wankten durchgefroren, triefnass und bibbernd in eine Höhle. Die Höhle erwies sich als groß genug für die vier. Die Wände bestanden aus schartigem schwarzen Stein, den willkürliche Quarzadern durchzogen, die glitzerten, als wären sie feucht. Der Boden neigte sich vom Höhleneingang zum hinteren Ende leicht nach oben, wodurch er angenehmerweise trocken geblieben war, wenngleich die vier Wanderer hier auch Zuflucht gesucht hätten, wenn sie knöcheltief im Wasser gestanden hätten. Mamak stapfte zum hinteren Ende der Höhle und erklärte zornig, dass sie unbesetzt sei. Dann brüllte und fluchte er und stampfte mit den Füßen; wüste Schimpfwörter hallten von den unebenmäßigen Wänden wider, als er die Götter im Allgemeinen und Panazu im Besonderen für diesen Sturm verfluchte.

»Er scheint mir aufgebracht zu sein«, bemerkte Asara mit teilnahmslosem Gesichtsausdruck, und Kaiku war so überrascht darüber, dass sie laut auflachte.

»Freut mich, dass ihr beide so guter Laune seid«, brummte Tane mürrisch. An seinem Tonfall erkannte Kaiku, dass er wie erwartet mittlerweile in pechschwarzer Stimmung war.

Mamak lehnte sich an die Höhlenwand. Sein Kopf ruhte auf seinem Unterarm, während er heftig ein- und ausatmete, um sich zu entspannen. »Wärmt euch, so gut ihr könnt«, riet er. »Ich werde ein Feuer machen.«

»Womit denn?«, herrschte Tane ihn an, dessen Trübsinn ihn reizbar machte. »In diesen verfluchten Bergen gibt es kein Holz!«

Was nicht ganz stimmte, doch Mamak ließ es dabei bewenden, ohne ihn zu korrigieren. »In den Bergen gibt es andere Möglichkeiten, ein Feuer zu entfachen«, erklärte er. »Ich erlebe so etwas nicht zum ersten Mal, das könnt ihr mir glauben.«

Tane bedachte ihn mit einem düsteren Blick; dann stakste er zum Höhleneingang, wo er sich alleine hinhockte und in den prasselnden Regen starrte, während der Pelzbesatz seiner Kapuze in den vereinzelten Windstößen tanzte, die den Weg hereinfanden. Kaiku saß triefend an einer der Wände und schlang den Mantel enger um ihre Schultern. Ihre Kiefer klapperten vor Kälte. Asara kauerte sich neben sie. Kaiku schaute sie fragend an, denn sie hatte erwartet, ihre einstige Zofe würde sich wie üblich ein eigenes Plätzchen suchen; dann öffnete Asara ihren Mantel, schlang einen Arm um Kaiku und zog sie unter das wallende, pelzgesäumte Gewand. Kurz zögerte Kaiku, dann gab sie nach und schmiegte sich mit dem Kopf in der Kapuze an die Brust ihrer Gefährtin. Asara breitete den feuchten Mantel wie eine Schwinge über sie, und Kaiku vergrub sich in der Wärme ihres Leibes. In der heißen, dunklen Zuflucht, die Asara ihr bot, spürte sie, wie ihr Frösteln in Einklang mit Asaras Herzschlag zurückwich; bevor sie einschlief, fühlte sie sich so sicher und zufrieden wie schon lange nicht mehr.

Als sie erwachte, begrüßte sie eine neue Hitze. Ein Feuer brannte in der Höhle. Asara spürte, wie Kaiku sich regte und nahm ihren Mantel herunter. Schlaftrunken blinzelte Kaiku und gab ihren Platz an Asaras Körper zögerlich auf. Sie setzte sich auf, begegnete Asaras Blick und schenkte ihr ein verlegenes, dankbares Lächeln. Asara akzeptierte ihren Dank mit einem knappen Nicken. Tane beobachtete die beiden von der gegenüberliegenden Seite der Flammen aus. Aus seinen Augen sprach unverhohlene Missbilligung und etwas, das verdächtig an Eifersucht erinnerte, auch wenn er es niemals zugegeben hätte. Draußen hallte Donner wider, und der Sturm tobte unvermindert, aber in der Höhle war ein warmes, helles Nest entstanden, das den ungestümen Drohgebärden der Elemente den Schrecken raubte.

»Wieder wach?«, rief Mamak vergnügt. »Gut. Wir müssen dieses Unwetter abwarten. Unmöglich zu sagen, wie lange es dauern wird.«

Kaiku starrte mit zusammengekniffenen Augen in die Flammen. Das Feuer brannte mit bernsteingelbem Schein, und es nährte sich nicht von Holz, sondern von einem schwarzen, gekräuselten Gewirr dünner Fasern, das an Zuckerwatte erinnerte.

»Feuermoos«, erklärte Mamak, um ihrer Frage vorzugreifen. Er hielt eine Hand voll von dem Zeug hoch; es glich einem schwarzen, matschigen Bovist. »Wiegt fast nichts und brennt stundenlang. Es sondert einen unbrennbaren Rückstand ab, aber es ist ungemein zäh und bedarf jeder Menge Hitze, um zu verbrennen. Überaus nützlich, wenn man kein Holz zur Hand hat, außerdem sehr handlich zum Mitnehmen.«

Es war unvermeidlich, dass sie sich zu unterhalten begannen. Der Sturm machte keinerlei Anstalten nachzulassen, und so holte Mamak ein Gefäß voll starkem, trüben Schnaps hervor und reichte es herum. Sie hatten Vorräte für zwei Wochen und somit reichlich Zutaten für einen Eintopf aus

Gemüse und Pökelfleisch. Nachdem ihre Bäuche voll und ihre Zungen gelockert waren, sprachen, lachten und stritten sie über die unterschiedlichsten Dinge. Doch es war Asara, die auf das zu sprechen kam, was sie den Großteil der Nacht beschäftigte: die Angelegenheit der Thronerbin und der wachsenden Unruhe in Axekami. Das Streitgespräch, das folgte, war keineswegs neu für sie. Es entwickelte sich zwischen Asara, die darauf aus war, Tanes religiöse Vorurteile herauszufordern, und Tane, der darauf bedacht war, sie zu verteidigen. Kaiku hielt sich heraus, da sie ihrer eigenen Gefühle in der Sache nicht sicher war, und Mamak waren Ausgeburten einerlei, solange sie nicht versuchten, ihn zu fressen. Tane erging sich gerade ausführlich darüber, dass die Thronerbin unmöglich gut für das Land sein könnte, weil das Volk niemals eine Ausgeburt als Herrscherin dulden würde, als Asara ihn mit einer einzigen Frage jäh zum Verstummen brachte.

»Weiß irgendjemand von euch, *was* genau die Thronerbin eigentlich kann?«

Schweigen trat ein. Tane rang um eine Antwort, fand jedoch keine. Auch das Feuer erwies sich als gespenstisch still, denn es gab kein knisterndes Holz. Draußen wütete der Sturm, und sofern es Ausgeburten gab, die tollkühn genug waren, sich in ihn hinauszuwagen, so waren sie zumindest nicht zu hören.

»Dachte ich mir. Dann lasst mich euch aufklären; ihr dürftet es höchst interessant finden ... besonders du, Tane. Habt ihr je von den Libera Dramach gehört?« Bevor jemand antworten konnte, fuhr sie fort: »Nein, habt ihr nicht. Unter den Menschen Axekamis ist ihr Name bekannt, aber derzeit sind sie nur ein Gerücht. Ich glaube, das wird sich bald ändern.«

»Was also sind sie?«, fragte Kaiku. Die Schatten in ihrem Gesicht tänzelten im Licht des brennenden Feuermooses.

»Einfach ausgedrückt, es handelt sich um eine Loge mit

dem Ziel, dafür zu sorgen, dass die Thronerbin auf den Thron gelangt.«

Tane schnaubte verächtlich und vollführte eine abwertende Handbewegung. »Es ist noch kaum einen Monat her, seit jemand weiß, dass die Thronerbin überhaupt eine Ausgeburt ist.«

»Wir wissen es seit Jahren«, entgegnete Asara ungerührt.

»Wir?«, hakte Mamak nach und reichte ihr den Schnaps.

Asara nippte daran. »Ich unterstehe keinem Herrn und keiner Herrin«, erklärte sie, »doch soweit man behaupten kann, dass ich überhaupt zu irgendwem gehöre, gehöre ich zu den Libera Dramach. Zufällig decken sich ihre Ziele mit den meinen und zwar von Anfang an.«

»Und was sind ihre Ziele?«, verlangte Tane zu wissen.

»Dafür zu sorgen, dass die Thronerbin auf den Thron gelangt«, wiederholte Asara. »Dafür zu sorgen, dass die Macht der Weber gebrochen wird. Dem Abschlachten ausgebürtiger Kinder ein Ende zu bereiten. Und das Übel aufzuhalten, das unser Land verschlingt.«

»Was hat die Thronfolge der Thronerbin mit der Krankheit in unserer Erde zu tun?«, fragte Tane, der nun echtes Interesse zeigte.

Asara beugte sich vor, sodass ihre Züge in orangen Flammenschein getaucht waren. »Sie kann mit Geistern reden, Tane. Das ist ihre Gabe. Geister, Tiere ... Sie ist ein Element der Natur und steht Enyu näher, als jedes andere menschliche Wesen es je könnte.«

»Das ist Gotteslästerung«, erklärte Tane, jedoch keineswegs zornig. »Eine Ausgeburt kann Enyu rein *gar nichts* bedeuten. Und außerdem können Enyus Priester mit Geistern reden. Sogar *ich* kann das bis zu einem gewissen Grad.«

»Nein«, berichtigte ihn Asara. »Du kannst nur zuhören. Du kannst die Geister der Natur spüren, ihre Stimmung fühlen; selbst die Besten unter euch verstehen sie höchstens ansatzweise. Sie sind für die Menschen wie die Götter: fern, unergründlich und unmöglich zu beeinflussen. Sie aber kann mit ihnen *reden.* Sie ist erst acht Ernten alt, dennoch übersteigt ihre Gabe, sich mit ihnen zu unterhalten, bei weitem jene der besten Priester Enyus. Und sie wird mit jedem Tag besser. Es ist nichts, was sie gelernt hat; sie ist damit geboren worden und lernt lediglich, es zu *verwenden.* Das ist ihre ausgebürtige Fähigkeit, Tane.«

Tane senkte den Kopf und schwieg eine Weile. Mamak und Kaiku, die fühlten, dass dies eine Angelegenheit zwischen dem jungen Diener Enyus und Asara war, hielten sich heraus und warteten ab. Alsbald rührte er sich. »Soll das heißen, sie könnte eine Brücke zu den Geistern sein? Zwischen ihnen und uns?«

»Ganz genau«, bestätigte ihm Asara. »Vorerst ist sie in der Kaiserlichen Feste eingesperrt, in der Stadt, wo Männer und Frauen herrschen. Aber du weißt so gut wie ich, dass es Orte in unserem Land gibt, an denen die großen Geister weilen – Orte, die zu besuchen Menschen wie wir nicht wagen. Sie hingegen *könnte* sie besuchen. Sie ist eine Botschafterin, begreifst du das nicht? Ein Bindeglied zwischen unserer Welt und der ihren. Falls es eine Hoffnung gibt, die schwarze Flut abzuwenden, die langsam über uns hinwegschwappt, dann ist sie es.«

»Woher weißt du das?«, fragte Tane. Er hörte sich … *überwältigt* an. Statt Asara standhaft zu widersprechen, wie Kaiku es erwartet hätte, schien er aufmerksam zuzuhören. Er erwies sich wahrlich als unberechenbare Seele. »Wie habt ihr vor allen anderen davon erfahren?«

»Das kann ich dir nicht sagen«, seufzte Asara. »Ich wünschte, ich könnte es, damit du mir glaubst. Aber hierbei stehen Leben auf dem Spiel, und loses Gerede könnte immer noch zunichte machen, was bislang vollbracht ist.«

Tane nickte knapp. »Ich glaube, ich verstehe«, antwortete er. Den Rest der Nacht über schwieg er und starrte nur noch ins Feuer, während er darüber nachdachte, was ihm gerade offenbart worden war.

Am nächsten Morgen hatte der Sturm keinen Deut nachgelassen, ebenso wenig am Tag danach. Über die Thronerbin oder die Libera Dramach sprachen sie nicht mehr; tatsächlich redeten sie insgesamt kaum noch. Kaiku spürte Sorge in sich aufkeimen; sie hatte noch nie erlebt, dass ein Unwetter so lange dauerte, hätte nie für möglich gehalten, dass der Himmel einen solchen Zorn dermaßen lange aufrechterhalten könnte. Und trotz Mamaks Beteuerung, dass derlei Stürme keineswegs unbekannt waren, wurde die Stimmung in der Höhle angespannt. Als Tane bemerkte, es könne unklug von Mamak gewesen sein, Panazu, den Gott der Stürme, zu verfluchen, kam es zwischen den beiden Männern um ein Haar zu Handgreiflichkeiten. Asara reinigte zum wohl zwanzigsten Male ihre Büchse und beobachtete die beiden mit eulenhaftem Blick.

Als der Tag sich zur dritten Nacht in der Höhle neigte, verkündete Mamak, dass sie umkehren müssten.

»Viel länger kann dieses Unwetter zwar nicht mehr dauern«, meinte er und warf ein weiteres Büschel Feuermoos ihres schwindenden Vorrats in die kleine Glut, die ständig glomm, »aber es sind noch gut zwei Tage bis zum Gebiet des Klosters, und für die Rückkehr nach Chaim ergibt das mindestens fünf. Verliefe von nun an alles nach Plan, könnten wir morgen aufbrechen, fänden wir das Kloster auf Anhieb und kehrten wir unmittelbar zurück, hätten wir trotzdem gerade noch Vorräte für einen Tag als Reserve. In den Bergen setzt man sein Leben nicht so aufs Spiel – ich jedenfalls nicht.«

»Wir können nicht umkehren!«, begehrte Kaiku auf. »Ich habe Ocha einen Eid geschworen. Wir müssen weiter.«

»Die Götter sind geduldig, Kaiku«, beschwichtigte Asara sie. »Du wirst deinen Eid ebenso wenig vergessen wie Ocha; aber du darfst dich nicht blindlings in Gefahr stürzen. Wir werden umkehren und es erneut versuchen.«

»Andernfalls würdest du ohnehin sterben«, warf Mamak ein.

Enttäuschung zerfurchte Kaikus Stirn. »Ich kann nicht umkehren!«, wiederholte sie. Die Verzweiflung in ihrer Stimme verwirrte Asara.

»Aber wir *müssen*«, sagte sie. »Uns bleibt nichts anderes übrig.«

Tane erwachte einige Stunden später. Draußen heulte und tobte unvermindert der Sturm, dessen Getöse mittlerweile zur Gewohnheit für sie geworden war. Kaiku hockte am Feuer und starrte in die Flammen. Sie hatte es mit Feuermoos geschürt. Liegend blinzelte Tane, schaute zu ihr und runzelte die Stirn. Seit seiner Unterhaltung mit Asara hatte er sich zurückgezogen, da er mit seinen eigenen Gedanken beschäftigt gewesen war; nun stellte er fest, dass Kaiku in einer ähnlichen Stimmung zu sein schien.

Sie zuckte leicht zusammen, als er sie ansprach.

»Kaiku?«, fragte er. »Warum schläfst du nicht?«

»Wenn ich schlafe, träume ich von Keilern«, antwortete sie.

»Von Keilern?«

»Für dich ist es so einfach umzukehren, Tane«, sagte sie mit leiser, nachdenklicher Stimme. »Ich habe dem Kaiser der Götter einen Eid geschworen, doch dir fällt es so leicht umzukehren.«

Er war noch immer kaum wach, und seine Lider fühlten sich bleiern an. »Wir werden es erneut versuchen«, brummte er. »Wir geben nicht auf.«

»Vielleicht ist dies trotz allem nicht dein Pfad«, murmelte Kaiku vor sich hin. »Vielleicht ist er allein mir vorbestimmt.«

Falls sie noch etwas sagte, so hörte Tane es zumindest nicht mehr, denn er versank wieder im Reich der Träume.

Am nächsten Morgen war Kaiku verschwunden. Nur mit ihrem Bündel und der Büchse war sie in den Sturm aufgebrochen. Und mit ihr die Maske.

ACHTZEHN

Mishani trug für ihre Audienz bei Lucia dunkelgrüne Gewänder und eine breite, blaue Schärpe um die zierliche Mitte. Die Schärpe diente nicht nur zur Zierde, denn unter ihr am Rücken befand sich das Geschenk, das sie der Thronerbin überreichen sollte. Die leichte Ausbuchtung, die es verursachte, lag unter dem dichten, knöchellangen Haar verborgen, das sie mit blauen Lederstreifen zusammengebunden hatte. Ein flaches, rechteckiges Päckchen mit elegantem Geschenkpapier, und darin das Nachthemd, das der Thronerbin den Tod bescheren würde.

Es bedurfte jedes Quäntchens ihrer mühsam angeeigneten Selbstbeherrschung, um die Fassung zu bewahren, als sie in die Gegenwart der Kaiserin geleitet wurde. Abgesehen von allem anderen war auch die Vorstellung eines mit Knochenfieber verseuchten Kleidungsstücks an ihrer Haut alles andere als erbaulich. Ihr Vater hatte Mishani versichert, das Päckchen wäre dicht versiegelt und das Papier mit einem geruchlosen, keimtötenden Mittel behandelt, damit die Krankheit darin bleiben würde; außerdem wären die Keime äußerst gering dosiert und würden nur wirken, wenn man sie längere Zeit einatmete, wie beispielsweise im Schlaf. Innerlich schnaubte Mishani ob seiner Worte verächtlich. Es war auf grausame Art offenkundig, dass er rein gar nichts über Knochenfieber wusste und lediglich die unbekümmerten Beteuerungen Sonmagas nachplapperte. Was mochte der Barak des Geblüts Amacha ihrem Vater versprochen haben, dass er sich in dessen Schoßhündchen und *sie* sich in seine Handlangerin verwandelt hatte?

Die Heftigkeit ihrer Gefühle verblüffte Mishani. Vor alledem hätte sie sich niemals gestattet, derart unbarmherzig über ihren Vater zu denken, doch als sie nun in den Raum geführt wurde, in dem Anais wartete, war sie noch immer überzeugt davon, dass alles, was sie empfand gerechtfertigt war. Ihr Vater wusste, dass sie sich nicht weigern konnte, und er hatte sie verraten, indem er diese Gewissheit für seine Zwecke ausnützte. Mit Mord wollte sie nichts zu tun haben. Darüber hinaus zwang er sie dazu, eine Meuchelmörderin der verabscheuungswürdigsten Art zu werden, nämlich jener, die sich einer *Krankheit* als Waffe bediente ... Allein die Schande, sollte sie dabei erwischt werden, würde sie schon in den Freitod treiben.

Und was ist mit der Schande, wenn ich erfolgreich bin?

Ihr Vater strotzte nur so vor hohlen Worten: Mishani würde einen Bürgerkrieg abwenden, zahlreiche Leben retten, Saramyr einen großen Dienst erweisen. Mishani hörte sie nicht, da sie wusste, dass es nur Platituden waren. Am liebsten hätte sie geweint, ihren Vater umarmt und ihm mitten ins Gesicht gebrüllt: *Tu das nicht, Vater! Siehst du denn nicht, was aus uns wird? Noch ist es nicht zu spät; wenn du deine Meinung jetzt änderst, kann ich immer noch deine Tochter sein.*

Aber er hatte seine Meinung nicht geändert. Und Mishani spürte, wie die Bande zwischen ihnen so jäh und endgültig zerrissen, dass sie es kaum noch ertrug, ihn anzusehen. Plötzlich fiel ihr jede lästige Schrulle, jeder Makel in seinem Gesicht, jede unangenehme Eigenart seines Wesens auf. Sie achtete ihn nicht mehr, und für eine Tochter war es entsetzlich, sich so etwas einzugestehen.

Sie würde für ihn morden, weil sie musste; doch danach würde sie ihm nicht mehr gehören. Mishani vermutete, dass er es wusste, dennoch zögerte er nicht, sie zu schicken.

Sonmaga. Ihr Hass auf den Barak des Geblüts Amacha kannte keine Grenzen.

Mishani unterhielt sich eine Weile mit Anais, wenngleich sie sich danach kaum daran erinnerte, was gesprochen worden war. Die Kaiserin versuchte, Mishanis Haltung in der Frage von Lucias Thronfolge zu erkunden, doch Mishani gab durch ihre höflichen Antworten nichts preis. Auch nach Mishanis Vater erkundigte sich Anais, offenbar in der Hoffnung zu erfahren, weshalb Mishani gekommen war, obschon der Barak zu ihren überzeugten Widersachern zählte. Mishani sagte gerade so viel, um Anais zu versichern, sie träte aufgeschlossen an die Sache heran und hielte nichts davon, über jemanden zu urteilen, dem sie nie begegnet war.

Dennoch senkte sich im Verlauf des Gesprächs nach und nach kalte Furcht auf Mishani herab. Verrutschte ihre Maske? Drangen ihre Angst und ihre Beklommenheit etwa durch? Die Kaiserin wirkte unverkennbar zögerlich und widerwillig, Mishani in Lucias Gemächer vorzulassen. Sie schien deutlich unruhig. Das Päckchen an Mishanis Rücken loderte von der Hitze der Schande, die es verkörperte. War es möglich, dass die Mutter die Bedrohung für ihr Kind spürte? Mishani jedenfalls spürte kalten Schweiß auf der Kopfhaut.

Dann lud Anais sie ein, mit ihr zu kommen, hinauf in die Gärten, die inmitten des verschlungenen Labyrinths gediehen, den das oberste Geschoss der Kaiserlichen Feste darstellte. Der Ocha-Tempel, der den Mittelpunkt des Daches bildete, erhob sich ehrfurchtgebietend in den Mittagshimmel, und die vier dünnen Nadeln an jeder Ecke der Feste ragten noch höher empor. Die oberste Ebene des geneigten Bauwerks entpuppte sich als Gewirr von Gärten, kleinen Gebäuden, Wasserstraßen und Steingräben, die eingesunkenen Straßen gleich als Gehwege dazwischen dienten. Von unten aus war unmöglich zu sehen, dass sich hier oben überhaupt etwas befand, und Mishani hatte stets angenommen, das Dach sei flach und kahl – abgesehen von dem Tempel, den man überall in Axekami mühelos erkennen konnte. Nun stellte sie fest, dass sie falsch gelegen hatte: Das Dach erinnerte an ein kleines Stadtviertel. Außerdem fiel Mishani auf, dass mehrere gedrungene Wachtürme um die Gärten verteilt standen, in denen Soldaten mit Büchsen postiert waren.

»Ich muss mich für all die Wachen entschuldigen«, sagte Anais, als sie ins grelle Sonnenlicht hinaustraten. Sie hatte Mishanis verstohlenen Blick bemerkt. »Lucias Sicherheit ist oberstes Gebot, vor allem jetzt.«

»Ich verstehe«, erwiderte Mishani und spürte, wie es ihr die Kehle zuschnürte. Sie hatte das Päckchen versteckt, weil sie nicht wusste, wie streng Lucia bewacht wurde und wie sie das Wagnis vermeiden wollte, dass es geöffnet und überprüft werden könnte. Obwohl die Andeutung, sie könnte der Thronerbin Böses wollen, eine schwere Beleidigung dargestellt hätte, ließ sie es lieber nicht darauf ankommen. Falls möglich, hatte sie vor, Lucia das Geschenk unbeobachtet zu überreichen; mittlerweile jedoch bezweifelte sie, dass die Gelegenheit sich offenbaren würde.

Anais schien etwas sagen zu wollen, besann sich eines Besseren und überlegte es sich dann wieder anders. »Ich habe erfahren, dass jemand ... unlängst in Lucias Nähe gelangt ist«, vertraute sie Mishani an. »Jemand, der ihr Schlimmes hätte antun können.«

»Wie schrecklich«, sagte Mishani; innerlich aber spürte sie, wie die Anspannung ausgestoßenem Atem gleich nachließ. Deshalb also war Anais so nervös – nicht weil sie Mishani verdächtigte.

Sie begegneten Lucia in Gesellschaft eines großen in Roben gewandeten Mannes mit einem kurz gestutzten, weißen Bart. Sie standen in einem kleinen Quadrat, das ein Bindeglied zwischen mehreren Pfaden bildete, und spielten eine Art Lernspiel, bei dem schwarze und weiße Perlenbeutel zu verschiedenen Gebilden auf den Steinplatten anzuordnen waren. In den Bäumen ringsum raschelte es ob des Herumtollens von Eichhörnchen und dem Flimmern der heißen, stickigen Luft. Als die Kaiserin und Mishani eintrafen, schauten die beiden auf und verneigten sich zum Gruß.

»Dies ist Mishani tu Koli«, stellte Anais ihren Gast dem Grüppchen vor. »Und hier haben wir Lucia und Zaelis tu Unterlyn, einen ihrer Lehrer.«

Zaelis verneigte sich. »Es ist mir eine Ehre, Euch kennen zu lernen, Fürstin«, sagte er mit kehligem Bass.

Mishani bedankte sich mit einem Nicken, konnte jedoch die Augen kaum von der Thronerbin abwenden. Lucia musterte sie ihrerseits mit stetem, verträumten Blick aus fahlblauen Augen und nachgerade entrückter Miene. Das blonde Haar wogte in der sanften, warmen Brise.

»Kommt und spaziert mit mir, Mishani«, forderte Lucia sie unvermittelt auf und streckte ihr die Hand entgegen.

»Lucia!«, rief Anais entrüstet. Ihre Tochter hatte sich Gästen gegenüber noch nie so verhalten; für gewöhnlich war sie ein Musterbeispiel an Höflichkeit. Eine derart gebieterische Aufforderung seitens eines Kindes an eine Erwachsene grenzte an eine Unverschämtheit.

»Lucia, besinn dich deiner Manieren«, warnte Zaelis.

»Nein, ist schon gut«, beschwichtigte Mishani. Sie schaute zu Anais. »Darf ich?«

Anais zögerte kurz. Sie war hin- und hergerissen zwischen ihrem Verlangen, das Kind im Blickfeld zu behalten und dem Trachten, Mishani für sich zu gewinnen. Letztlich tat sie das Einzige, was ihr wirklich übrig blieb. »Natürlich«, antwortete sie lächelnd.

Mishani ergriff Lucias Hand, und es war, als spränge ein Funke zwischen ihnen über, ein kaum spürbares Kribbeln, das Mishanis Arm emporkroch. Verwirrt verzog sie leicht die Miene, aber Lucia strahlte unschuldig übers ganze Gesicht und führte sie von den anderen weg einen gepflasterten Pfad hinab, quer über einen makellosen, von einer dichten Reihe Tumisi-Bäume begrenzten Rasen, der den Rest der Gartenanlage säumte.

Ein kurzes Stück schlenderten sie schweigend nebeneinander her. Mishani spürte Übelkeit in ihr aufkeimen. Das Kind neben ihr schien genau das zu sein: ein Kind. So wie Kaiku war Lucia körperlich unbeeinträchtigt von ihrer Ausgebürtigkeit.

Ich bin eine Kindermörderin, dachte Mishani, *und das mit den übelsten Mitteln, die man sich vorstellen kann.* Sie dachte dies bereits, seit ihr Vater es ihr befohlen hatte, nun aber überkam sie die Wirklichkeit der Lage und drohte, sie zu ersticken.

»Du musst es allmählich leid sein, Menschen wie mich kennen zu lernen«, sagte sie, da sie das plötzliche Bedürfnis verspürte zu reden, um sich abzulenken. »Ich vermute, in den vergangenen Wochen bist du einer Menge Adliger begegnet.« Es war dummes Gewäsch, doch sie fühlte sich entwaffnet, und etwas anderes fiel ihr nicht ein.

»Sie halten mich für ein Ungeheuer«, gab Lucia mit ungerührter Miene zurück. »Die meisten zumindest.«

Es bestürzte Mishani, solche Worte aus dem Mund eines acht Ernten alten Kindes zu hören.

»Ihr aber nicht«, fuhr sie fort und schaute zu Mishani auf.

Sie hatte Recht. Mit Lucia war es anders als mit Kaiku. Mishani war außerstande, auch nur in Erwägung zu ziehen, dieses Kind als Ausgeburt zu betrachten; jedenfalls nicht in dem Sinn, den sie kannte. Die Übelkeit in ihren Eingeweiden wurde regelrecht schmerzhaft.

Bei den Geistern, ich kann das nicht tun.

Sie bogen von dem Rasen in einen schattigen Winkel ab, in dem eine schlichte Holzbank stand. Lucia ging voraus und setzte sich. Mishani nahm neben ihr Platz und strich das Kleid im Schoß glatt. Abgesehen von einem Raben, der auf einer fernen Mauer des Gartens hockte und sie beunruhigend aufmerksam beobachtete, konnte niemand sie sehen.

Ich kann es nicht ... kann es nicht ...

Mishani fühlte, wie ihre Selbstbeherrschung ins Wanken geriet. Fast hatte sie gehofft, die Kaiserin würde bei ihnen bleiben, sodass die Gelegenheit sich nie ergeben würde, Lucia das Päckchen zu überreichen; aber das Kind hatte Mishani ihre Aufgabe unwissentlich erleichtert.

»Ich habe ein Geschenk für dich«, hörte sie sich sagen,

wobei ihre Stimme durch das Rauschen des Bluts in ihren Ohren wie aus weiter Ferne zu kommen schien. Sie spürte, wie das Päckchen unter der Schärpe hervorglitt, als sie es herauszog; dann hielt sie es in den Händen. Flach und rechteckig, mit goldbesticktem Papier und einer tiefblauen Schleife.

Lucia schaute erst auf das Päckchen, dann zu Mishani. Unverhofft brandeten Gefühle in Mishani auf, zu schnell, um sie zu unterdrücken. Sie spürte, wie ihre Lippen bebten, als sie stockend die Luft einsog, als wäre sie drauf und dran zu weinen. Mühevoll rang sie den Ausbruch nieder, doch es war ein unverzeihlicher Riss in ihrer Fassade gewesen. Zwei Jahre lang hatte sie die Reglosigkeit und Haltung des Hofes geübt; zwei Jahre hatte sie ihre Maske aufgebaut und verfeinert. Nun jedoch fühlte sie sich wieder wie ein kleines Mädchen; ihr Selbstvertrauen und ihre Fassung hatten sie im Stich gelassen. Offenbar war sie doch nicht so stark, wie sie geglaubt hatte. Von Grauen erfüllt haderte sie mit ihrer Pflicht.

»Warum seid Ihr so traurig?«, fragte Lucia.

»Ich bin traurig ...«, setzte Mishani an. »Ich bin traurig wegen der Spiele, die wir spielen.«

»Manche Spiele machen mehr Spaß als andere«, stellte Lucia fest.

»Und manche sind ernster, als du dir vorstellen kannst«, fügte Mishani hinzu. Sie schenkte dem Kind ein unbeholfenes Lächeln. »Magst du deinen Vater, den Kaiser?«

»Nein«, antwortete Lucia. »Ich habe Angst vor ihm.«

»So wie ich vor meinem«, sagte Mishani leise.

Eine Weile schwieg Lucia. »Gebt Ihr mir jetzt mein Geschenk?«, fragte sie.

Mishani gefror das Blut in den Adern. Der folgende Augenblick schien sich ewig hinzuziehen. Eine plötzliche Erkenntnis überkam sie: Sie war nun noch weniger bereit, das Kind zu töten, denn je. Mishani dachte an ihren Vater, daran, wie stolz sie ihn immer gemacht hatte, was er sie alles gelehrt hatte, wie sie ihn geliebt hatte …

Kaum merklich schüttelte sie den Kopf. »Verzeih mir«, sagte sie. »Mir ist ein Irrtum unterlaufen. Dieses Geschenk ist nicht für dich.« Und damit schob sie es unter die Schärpe zurück.

Lucia musterte sie mit ihrem typischen, seltsam entrückten Blick. Dann rutschte sie auf der Bank näher und lehnte den Kopf an Mishanis Schulter. Überrascht schlang Mishani den Arm um das Mädchen.

Vertrau mir nicht so, dachte sie von Scham gequält, *denn du weißt nicht, was für eine widerwärtige Kreatur ich bin.*

»Danke«, flüsterte Lucia, wodurch sie auch noch die letzten Reste von Mishanis Fassade zerstörte. Mishani spürte Tränen in ihren Augen, und dann weinte sie, wie sie seit Jahren nicht mehr geweint hatte. Sie weinte um Kaiku, ihren Vater, sich selbst und vor Scham darüber, was aus ihr geworden war. Sie war so sicher, so überzeugt von allem gewesen, und nun waren all die Gewissheiten in Tausend Scherben zerborsten. Und hier saß die Tochter der Kaiserin und dankte Mishani dafür, dass sie sich entschlossen hatte, sie nicht zu töten, und …

Mishani schaute auf und sah Lucia in die Augen; ihre Tränen versiegten so jäh, wie sie in ihr aufgestiegen waren. Dann dämmerte es ihr. Sie wusste es. Das Kind *wusste* es. Und dennoch fragte Mishani sich, ob Lucia das Geschenk nicht trotzdem angenommen hätte, es getragen hätte und gestorben wäre, hätte sie es ihr überreicht. Unvermittelt erfüllte sie die Ahnung, dass sie soeben der Angelpunkt eines schrecklichen Gleichgewichts gewesen war, dass unzählige zukünftige Ereignisse an jenem einen Augenblick der Entscheidung gehangen hatten.

Lucia schenkte ihr ein schüchternes Lächeln. »Ihr solltet einmal die Traumfürstin besuchen«, schlug sie vor. »Ich glaube, Ihr würdet sie mögen.«

Die Menge auf dem Rednerplatz war riesig.

Der Platz war ein großer, gepflasterter Hof, den lange Reihen prunkvoller Bauwerke säumten. Die Westseite nahm fast ausschließlich der gewaltige Isisya-Tempel ein, dessen Fassade aus einer Unzahl von Balkonen, Mosaiken und Reliefs bestand. Im Erdgeschoss spendete ein von mächtigen Säulen gestütztes, auf den Platz vorragendes Zierdach den Besuchern Schatten. Die anderen Gebäude waren ähnlich beeindruckend: die Stadtbibliothek – vorgeblich der Öffentlichkeit gewidmet, doch für das gemeine Volk waren die darin beherbergten Werke unlesbar, da sie in Hoch-Saramyrrisch verfasst waren –, der Hauptverwaltungstrakt, in dem ein Großteil des täglichen Lebens Axekamis geregelt wurde, und ein riesiges Badehaus, auf dessen Stufen auf einem Sockel die Bronzestatue eines Welses prangte, der irdischen Erscheinungsform Panazus.

Inmitten des Platzes befand sich eine erhöhte Plattform, über der ein mit Reliefs verzierter Steinbogen prangte, dessen beide lotrechte Pfeiler sich elegant emporwanden, um den Querteil zu stützen, auf dem in matten Schriftzeichen ein legendärer – und geschichtlich zweifelhafter – Ausspruch des Geblütskaisers Torus tu Vinaxis zu lesen stand: *So wie Malerei und Bildhauerei Kunst sind, ist es auch das gesprochene Wort.*

Die Menge drängte sich um das Rednerpodium und reichte bis an die Ränder des Platzes, verstopfte die Türen der Gebäude ringsum und erstreckte sich bis in die umliegenden Seitengassen. Die Stimmung war angespannt, was sich in den finsteren Mienen der Menschen und in den regelmäßigen Handgreiflichkeiten widerspiegelte, die ausbrachen, wenn jemandem irgendwo der Geduldsfaden riss. Dem Jubel, der dem Redner galt – und sowohl häufig als auch inbrünstig aufbrandete – haftete etwas Wildes und Grimmiges an. Die meisten Zuhörer hatten sich in der Frage der Thronerbin bereits entschieden; sie waren gekommen, um jemanden zu hören und jemandem beizupflichten, der die Wut, die Enttäuschung und die Abscheu in ihren Herzen in Worte zu fassen vermochte. Dieser Jemand war Unger tu Torrhyc.

Zaelis beobachtete das Geschehen von einer der Marmorsäulen der Stadtbibliothek aus und ließ den Blick über die Massen wandern. Sie wuselten in der allmählich schwindenden Hitze des Abends und den bereits geröteten Strahlen der Sonne herum. Die Schatten der Gebäude westlich fielen über die Versammlung und zogen eine scharfe Grenze zwischen Licht und Schatten darüber. Als Unger eine besonders spitze Bemerkung über die Thronerbin machte, brach die Menge in lautes Gebrüll aus, und Zaelis sah die Glut urtümlicher Wut in den Augen der Stadtbewohner, einen jahrhundertealten, so tief verwurzelten Hass, dass niemand sich mehr seines Ursprungs besann. Kaum jemand wusste, dass es die Weber gewesen waren, die einst die Saat gepflanzt, die der Menschheit innewohnende Furcht vor Ausgeburten entfacht hatten und schürten, und das seit mittlerweile mehr als zwei Jahrhunderten.

Auf der Plattform in der Mitte des Platzes schritt Unger zwischen den roten Holzsäulen des Steinbogens auf und ab, stapfte bald hierhin, bald dorthin, während er sprach. Seine Stimme hallte bis zu den entferntesten Winkeln der Versammlung, während er mit den Händen in der Luft fuchtelte und sein wildes Haar in der abendlichen Brise wehte. Er war alles andere als ein gut aussehender Mann. Für seine Leibesfülle war er ein wenig zu kurz geraten; außerdem hatte er breite und klobige Züge, doch er besaß Ausstrahlung – das ließ sich nicht leugnen. Die Leidenschaft in seiner Stimme war unverkennbar, als er die Vielzahl der Gefahren predigte, die Saramyr mit einer Ausgeburt auf dem Thron heimsuchen würden. Er benutzte die Bühne wie ein meisterlicher Schauspieler. Sein Tonfall und sein Gebaren fegten über die Menge hinweg wie Wind über Wellen; er wurde immer lauter und lauter, bis er beinahe brüllte und seine Zuhörerschaft nachgerade zum Sieden brachte.

Was er sagte, war keineswegs neu, doch die Art, wie er es vorbrachte, war so überzeugend, und die Begründungen wirkten so unwiderlegbar, dass es unmöglich war, ihm keine Beachtung zu schenken. Und im selben Maße, wie sein Ruhm sich in den vergangenen Wochen ausgebreitet hatte, war die Zahl seiner Zuhörer gewachsen.

Eine üble Vorahnung erfüllte Zaelis, während er über die Menge blickte. Die Spannung in der Luft war förmlich greifbar. Axekami stand auf Messers Schneide, und die Kaiserin unternahm offenbar nichts dagegen. Hilflos fragte Zaelis sich, ob Anais ihren Beratern überhaupt zugehört hatte, als sie ihr die wachsende Unzufriedenheit in den Straßen der Hauptstadt geschildert hatten, oder ob sie noch so in Gedanken darüber versunken gewesen war, wie sie die hohen Familien auf ihre Seite ziehen konnte. Die Meldungen über das Geblüt Amacha und das Geblüt Kerestyn, die ihre Streitkräfte um sich scharten, beschäftigten sie dermaßen, dass sie keine Zeit hatte, sich irgendetwas anderem zu widmen; und so sehr Zaelis sie auch achtete und bewunderte, er musste zugeben, dass sie des typischen Hochmuts des Adels schuldig war. Tief in ihrem Innersten glaubte sie nicht, dass die unteren Klassen in der Lage wären, sich zusammenzurotten, um sie zu verletzen. Sie betrachtete Axekami als riesige Krippe, in der sich unberechenbar eigensinnige Kinder tummelten, die im Zaum gehalten werden mussten, damit sie sich selbst keinen Schaden zufügten. Der Gedanke, sie könnten ihre Untergebenheit ihr gegenüber ob dieser Angelegenheit über Bord werfen, hatte sie bestenfalls oberflächlich gestreift. Anais litt an mangelndem Einfühlungsvermögen; sie konnte den Grad des Hasses nicht begreifen, den die Menschen für ihr geliebtes Kind empfanden. Sie unterschätzte die Furcht, die das Wort *Ausgeburt* beim gemeinen Volk nach wie vor erzeugte.

Doch Zaelis' wahre Sorge galt Lucia. Da bereits zwei Parteien ihre Kräfte gegen sie sammelten, konnte Anais es sich nicht leisten, an einer dritten Front zu kämpfen, die sich zudem *innerhalb* der Mauern ihrer Stadt befand. Sollte eine der gegen sie gerichteten Mächte den Sieg erringen, wäre Lucias Leben verwirkt ... unabhängig davon, dass Lucia nicht das Ungeheuer war, für das man sie hielt, wenngleich Zaelis zugeben musste, dass sie bisweilen sogar ihn verängstigte. Die Götter allein wussten, über welche Macht sie als erwachsene Frau verfügen würde, wenn sie sich so weiterentwickelte wie bisher; aber das war egal: Viele wollten sie allein schon dafür töten, was sie darstellte.

Zaelis dachte eine Zeit lang darüber nach und achtete nicht auf den Wortschwall, den Unger tu Torrhyc in die Menge schleuderte wie blutige Knochen vor eine Meute knurrender Hunde. Dann brach er in düsterer Stimmung auf und drängte sich durch die Massen, um sich einen Weg zurück ins Kaiserviertel zu bahnen.

Den Mann in schmuddeliger Bäckerskluft bemerkte er nicht, als er am Rand des Menschenauflaufs an ihm vorbeiging. Auch hätte er wohl keinen Gedanken an ihn verschwendet, wenn er ihn bemerkt *hätte*; sein Verstand beschäftigte sich mit wichtigeren Dingen. Vielleicht hätte ihm der seltsame Gesichtsausdruck des Mannes zu denken gegeben – eine Mischung aus Verstohlenheit, Trotz und Fieberwahn. Womöglich wäre ihm das schwere, dreifach verschnürte Bündel aufgefallen, das der Bäcker trug. Und hätte er lange genug gewartet, hätte er vermutlich den zweiten Mann eintreffen gesehen, der ebenfalls ein schweres Bündel bei sich hatte – und das grimmige, gegenseitige Erkennen der beiden, das an zwei Soldaten erinnerte, die einander auf einem Schlachtfeld über den blutigen Überresten ihrer toten Gefährten begegnen.

Nichts von alledem hätte Zaelis eine Bedeutung beigemessen, wäre er nicht einfach daran vorbeigestapft. Außerdem handelte es sich lediglich um eines von zahlreichen, ähnlichen Aufeinandertreffen, wie sie überall in Axekami stattfanden, seit die Neuigkeiten über die Thronerbin sich wie ein Lauffeuer verbreitet hatten ... nur eine Saat, ein weiteres winziges Rädchen im Gefüge der endlosen Ränke der Hauptstadt.

Der Bäcker und sein neuer Gefährte – die einander nie zuvor begegnet waren – stahlen sich wortlos davon und machten sich auf zu einem Ort, den beide kannten, an dem jedoch weder der eine noch der andere je gewesen waren: einen Ort, an dem sich andere ihrer Art einfanden – andere, die ebenfalls tödliches Gut in ihren Bündeln trugen.

NEUNZEHN

In den Bergen fiel dichter Schnee inmitten eines Windes, der von den Gipfeln herabwehte und die Luft in ein wirbelndes Chaos weißer Flocken verwandelte, in einen Schneesturm, der heulend durch die Senken und über die Pässe fegte.

Eine einsame Frau stapfte mit einer roten und schwarzen Maske durch den Mahlstrom und verwendete ihre Büchse als Stock, um den zu Tode erschöpften Körper zu stützen. Unter einem losen Grüppchen von Bäumen, von deren schwer beladenen Zweigen Schnee fiel, watete sie durch die knietiefen Wächten. Oft rutschte sie aus und stürzte, teils ob des tückischen, unebenmäßigen Steinbodens unter dem verkrusteten Weiß, vorwiegend aber, weil ihr die Beine den Dienst versagten und ihre Kraft mit jedem Windstoß schwand, der sie beutelte. Doch jedes Mal, wenn sie gefallen war, rappelte sie sich wieder auf und kämpfte sich weiter vor. Ihr blieb auch keine Wahl – entweder das, oder liegen bleiben und sterben.

Die Berge hatten sich in einen einzigen, eintönigen Hang verwandelt, eine schlohweiße Decke, in der sich nur vereinzelte Linien, Rücken und Steilhänge abzeichneten, wo schwarzer Fels hervorlugte. Die ferne Stimme ihres Verstandes warnte die Frau, es sei nicht weise, diesen seichten Graben emporzustapfen, der eine breite Furche bildete, an dessen Seiten schulterhoch Felsböschungen aufragten. Das hatte etwas mit Schneeverwehungen zu tun; doch die Stimme war nur bruchstückhaft zu vernehmen, und Kaiku konnte keinen sinnvollen Zusammenhang daraus bilden.

Sie wusste kaum noch, wo sie sich befand. Die Kälte hatte

sie so sehr betäubt, dass sie jedes Gefühl in den Armen und Beinen verloren hatte, und Erschöpfung und einsetzende Unterkühlung hatten sie in einen lebenden Toten verwandelt. Mit schlaff herabhängendem Kiefer watete sie schwerfällig und wie aufgezogen weiter, ohne eine klare Vorstellung davon zu haben, wohin sie überhaupt wollte. Ihr ganzes Wesen wurde nur noch von einem Urtrieb beherrscht, und dieser Urtrieb hieß *Überleben*.

Kaiku wusste nicht mehr, wie viele Tage verstrichen waren, seit sie die Höhle verlassen hatte, in der sie mit Tane, Asara und Mamak Zuflucht gefunden hatte. Fünf? Sechs? Doch gewiss noch keine Woche! Eine ganze Woche voller Elend in dieser von den Göttern verlassenen Wildnis – hungernd, frierend und mutterseelenallein. Jede Nacht kauerte sie bibbernd in irgendeinem Loch, und jeder Tag war eine Folter der Verzweiflung und des Grauens, während sie Pfade suchte, bei jedem Laut zusammenzuckte und hoffte, dass er nicht von etwas stammte, das sie fangen und essen konnte, statt umgekehrt.

Wie lange noch würde Ocha sie derart auf die Probe stellen?

In der Höhle bei den anderen hatte Kaiku jedes Mal denselben Traum gehabt, wenn sie die Augen geschlossen hatte. Sie sah darin einen Keiler, das war alles. Er war riesig, seine Haut warzig und alt, und seine Hauer waren abgeblättert, vergilbt und mächtig. Der Keiler gab keinen Laut von sich, hockte nur vor ihr und sah sie an, doch in seinen Tieraugen lag die Unendlichkeit, und Kaiku erkannte, dass sie kein einfaches Tier anblickte, sondern einen Gesandten Ochas. Ehrfurcht und Sehnen erfüllten sie so allumfassend, wie es ihr kein Meditationszustand je zu vermitteln vermocht hätte; es war eine so gewaltige, so überwältigende und so zerbrechliche Mischung aus Kummer und Schönheit, dass sie unwillkürlich weinen musste. Doch in den Augen des Keilers, in seiner kläglichen Miene war noch etwas anderes: Er *erwartete* etwas von ihr, trauerte, weil sie es nicht tat, und sein Gram zerriss ihr das Herz.

Jedes Mal, wenn sie erwachte, rannen ihr Tränen übers Gesicht, und das Gefühl der Traurigkeit dauerte bis lange in den Vormittag hinein an. Den anderen gegenüber erwähnte sie es nicht. Sie hätten es nicht verstanden. Selbst sie hatte es damals nicht verstanden. Erst in jenem Augenblick vollkommener Klarheit, als sie ins Feuer gestarrt hatte, nachdem die anderen eingeschlafen waren, begriff sie es. Ocha hatte ihren Eid im Wald von Yuna gehört. Sie sollte ihre Familie rächen. Er würde keinen Aufschub, keinen Rückzug dulden; er verlangte Entschlossenheit und Taten.

Und so tat Kaiku das Einzige, das sie tun konnte: Sie nahm die Maske und ging in den Sturm hinaus. Obwohl der Wind an ihr zerrte und der Regen gleich frostigen Pfeilen auf sie niederprasselte, wusste sie in jenem Augenblick, dass dies der Wille des Götterkaisers war.

Danach hatten die Dinge sich zunehmend verschlechtert.

Einen Tag lang stolperte Kaiku durch den zornigen Wind, den unbarmherzigen Regen und die zuckenden Blitze. Zunächst waren ihr die Schmerzen einerlei, denn sie wusste, dass sie ihr Leid nicht vergebens über sich ergehen ließ; doch bald begannen sie, an ihrer Entschlossenheit zu nagen, während ihre Zähne klapperten und ihre Haut unter den frostigen Tropfen brannte. Kaiku zog die Kapuze enger um den Kopf und taumelte weiter, ohne zu wissen, wohin sie ging, allein auf Ochas Geleit vertrauend.

Kaiku wusste nicht mehr, wie sie jenen ersten Tag überlebt hatte; ihr Dasein war zu einem Albtraum verkümmert, in dem selbst die Luft sich gegen sie wandte, sie mit mächtigen Stößen zu Fall zu bringen versuchte und gnadenlos auf die ungeschützten Teile ihrer Haut einpeitschte. Ihre Lippen waren gesprungen, ihre Augen blutunterlaufen, ihre Wangen wund.

Sie fand Zuflucht unter einem Felsvorsprung, wenig mehr als eine Auskragung in einem steilen, zerklüfteten Hang. Den Regen hielt er zwar ab, doch auf dem Boden schoss das Wasser talwärts, und auch der Wind heulte durch Kaikus Nische. Irgendwann im Laufe des Tages verzog sich der Donner, was Kaiku erst gar nicht auffiel. Als sie es schließlich bemerkte, keimte ein erster Hoffnungsschimmer in ihr auf, denn obwohl sie glaubte, keinen weiteren Tag in diesem Sturm überleben zu können, wusste sie, dass sie im Morgengrauen weiterziehen würde, ganz gleich, wie das Wetter auch sein mochte. Sie betete zu Panazu, er möge dem sintflutartigen Regen ein Ende bereiten.

Vor lauter Erschöpfung fiel ihr die qualvolle Unbehaglichkeit ihrer kargen Zuflucht gar nicht mehr auf, und irgendwie gelang es ihr zu schlafen. In jener Nacht träumte sie nichts.

Kaiku erwachte unter dem Tröpfeln von Wasser und im strahlenden Licht eines kalten, klaren Himmels, das die kahlen, feuchten Felswände hell glitzern ließ. Der Sturm war verflogen.

Unter Schmerzen kroch Kaiku aus ihrem Unterschlupf und versuchte im gleißenden Licht von Nukis Auge aufzustehen. Ein lähmender Krampf zwang sie zurück auf die Knie, das Vermächtnis des Schlafens auf eiskaltem Stein. Ein Arm und ein Bein fühlten sich taub an, und die Finger ließen sich nur an den Kuppen leicht bewegen; doch bald kehrte das Blut in ihren Körper zurück, und Kaiku ballte die Faust. Obwohl ihr ganzer Leib schmerzte, jubelte sie innerlich, und sie dankte Panazu dafür, dass er ihr Gebet erhört hatte.

Dann rappelte sie sich auf und sah sich um. Befand man sich in den Bergen, wirkten sie vollkommen anders als aus der Ferne betrachtet, wo der Betrachter ihre gewaltigen Ausmaße höchstens erahnen konnte. Doch inmitten der Klüfte, Spalten, Hänge und des Karsts, die ihre Haut bildeten, entpuppten sie sich als wesentlich verschlungener, denn ringsum ragten hohe Felsen auf. Hier fiel es einem schwer, sich eine Welt außerhalb des Gebirges vorzustellen, wo das Land flach und nicht von bedrohlichen, grauen und schwarzen Pfeilern umgeben war. Der Blickwinkel verschob sich, und den rechten Weg zu bestimmen, war plötzlich nicht mehr so einfach wie von einem Aussichtspunkt im Tal aus.

Kaiku holte die Maske aus ihrem Bündel hervor und betrachtete sie. Das Ding grinste sie höhnisch an, ein unbekümmertes, respektloses Kichern, das in dem roten und schwarzen Gesicht erstarrt war. Dafür war ihre Familie gestorben. Dafür waren ein Tempel Enyus zerstört und dessen Priester abgeschlachtet worden. Kaiku drehte die Maske um und untersuchte sie. Sie hielt eine wahre Maske in den Händen, und glaubte sie dem, was ihr gesagt worden war, würde das Ding ihr den Weg zu dem Ort weisen, an dem es hergestellt worden war: zum verborgenen Kloster, in dem die Weber hausten.

Kaiku hatte diesen Augenblick so lange hinausgezögert, wie sie konnte, da sie jene geringe Restgefahr fürchtete, vor der Mishani sie gewarnt hatte – die Gefahr, dass sie durch die Maserung dem Wahnsinn verfallen oder gar sterben könnte. Aber in Wahrheit hatte sie ihre Entscheidung schon getroffen, als sie beschlossen hatte, die Höhle zu verlassen, und nun zu zaudern, fühlte sich gänzlich verkehrt an.

Die Zeit war gekommen. Kaiku setzte die Maske auf.

Die kaum spürbare Wirkung war alles andere als ein Hochgefühl. Kaiku starb nicht, und ebenso wenig verfiel sie in Wahnsinn. Stattdessen empfand sie eine gewisse Fremdartigkeit, fühlte sich von der Welt entrückt, die sie durch die Augenschlitze sah; und das Holz der Maske schien sich an ihrem Gesicht zu erwärmen und weicher zu werden. Es vermittelte ihr eher das Gefühl einer neuen, dickeren Hautschicht denn eines starren Gebildes. Dann spülte eine überwältigende Zufriedenheit über Kaiku hinweg, als sinke sie in die wohlige Umarmung eines weichen Bettes. Nach einer Weile verflog auch diese Empfindung, und sie fühlte sich nur noch ein wenig töricht, weil sie sich so gefürchtet hatte.

Dann setzte sie ihren Marsch fort. Sie wusste nicht, welche Art von Geleit sie sich von der Maske erwartet hatte, und eine Zeit lang bezweifelte sie, dass das Ding sie überhaupt führte. Schließlich fiel ihr ein, was Cailin ihr gesagt hatte: dass die Maske erst wirken würde, wenn sie sich dem Kloster näherte. Doch wie weit mochte es entfernt liegen, und in welcher Richtung? Soviel sie wusste, konnte es sich ebenso gut auf der gegenüberliegenden Seite der Berge befinden!

Kaiku schüttelte sich innerlich. Derlei Gedanken nützten ihr nichts. Sie hatte diese Reise als eine Art Glaubensakt begonnen, und Glaube war erforderlich, um nun nicht ins Wanken zu geraten. Kaiku glaubte, dass Ocha sie nicht auf diese Weise verlassen würde, schließlich hatte er sie ja hierher geschickt. Doch andererseits ... Wer vermochte die Wege der Götter schon zu ergründen und vorherzusagen, welche ihrer sterblichen Marionetten sie im Zuge ihrer Launen oder Willkür fallen ließen oder vergaßen?

Im Laufe der nächsten paar Tage verschlechterte sich ihre Lage zunehmend. Kaikus spärliche Vorräte schwanden rasch dahin; den Großteil des Proviants hatte Mamak in seinem Bündel gehabt. Kaiku stieg immer höher in die Berge hinauf, ohne je bewusst eine Richtung zu wählen; stattdessen ließ sie die Götter ihren Weg bestimmen.

Immer wieder lief sie kleinen ausgebürtigen Geschöpfen über den Weg, zumeist so missgebildet, dass sie langsam genug waren, um sie mit den Händen fangen oder mit der Büchse erlegen zu können. Aber Kaiku würde kein ausgebürtiges Fleisch essen, da sie ihm misstraute und es sie mit Ekel erfüllte. Aus schierer Verzweiflung kostete sie eine fleischige Wurzel, die sich in Felsen am Ufer kleiner Bäche und Wasserfälle gebohrt hatte und zähes, dorniges Unkraut nährte. Es kostete Kaiku große Überwindung, das Zeug herunterzuwürgen, aber es war immerhin Nahrung. Viele Pflanzen mied sie jedoch, denn sie waren grässlich entstellt, und sie fürchtete, sich zu vergiften. Sie brach sprödes Gezweig als Feuerholz von den krummen Bäumen, doch es erwies sich als nahezu unmöglich, es zum Brennen zu bringen; Kaiku musste sich eine Stunde plagen, um eine karge Glut zustande zu bringen, die der Mühe kaum wert schien.

Schon am nächsten Tag war auch keine der fleischigen Wurzeln mehr zu finden, und Kaiku war gezwungen, den Großteil des Tages der Nahrungssuche zu opfern, was sie zusätzlich aufhielt. Die Temperaturen sanken erheblich. Kaikus Weg führte sie immer näher an die Gipfel heran, und Frost überzog den Boden selbst im Sonnenschein. Kaiku schlang den Mantel enger um die Schultern, aber die Kälte drang durch ihn hindurch und brachte ihre Zähne zum Klappern, wann immer sie länger als ein paar Minuten stehen blieb. Schließlich stopfte sie in den Mantel, was sie an Gras und Laub finden konnte, um ihn zu dämmen.

Das Gelände wurde zunehmend unwirtlicher, und alsbald musste sie klettern. Zweimal entrann sie dabei dem Tod nur durch reines Glück, als eine Eingebung sie warnte, dass ein Halt gleich bröckeln oder ein Felsvorsprung brechen würde. Andere Male verkroch sie sich vor Angst in ein Versteck, als große, zottige, menschenähnliche Kreaturen schwerfällig an ihr vorbeistapften oder den Horizont als graue Umrisse heimsuchten. Nachts, während sie in Senken oder Spalten fror, in die sie sich zum Schutz vor den Elementen gezwängt hatte, heulten und kläfften die Ausgeburten; aber obwohl sie überall um sie herum zu sein schienen, begegnete sie wundersamerweise keiner einzigen aus nächster Nähe. Sie begleiteten Kaiku als verschwommene Schemen in der Ferne, die durch Niederungen tief unter ihr zogen oder in den Schatten lauerten. Gelegentlich schwebten Knorpelkrähen über ihr durch die Lüfte, doch sie beachteten die unter ihnen einherstolpernde Gestalt nicht. Vielleicht erkannten sie ihre Absicht und hielten sich deshalb von ihr fern.

Dies ist meine Prüfung, ermahnte sich Kaiku unablässig und zwang sich mit diesem Mantra, weiter einen Fuß vor den anderen zu setzen. *Dies ist meine Prüfung.* Irgendwann schweiften ihre Gedanken ab, und als sie zurückkehrten, hatte ihr Mantra sich verändert. *Dies ist, was ich verdiene. Dies ist, was ich verdiene.*

Da erkannte sie den wahren Grund, weshalb sie in jener Nacht in den Sturm hinausgegangen war. Hunger und Erschöpfung hatten ihren Verstand entrümpelt. Obwohl sie schwitzte, stank und sich mehr wie ein Tier denn wie eine Frau fühlte, obwohl sie den Dreck nach widerwärtigen Wurzeln durchwühlt hatte, um die Pein in ihrem Magen zu lindern, fand sie hier draußen Selbsterkenntnis und Klarheit.

Kaiku hasste sich selbst.

Ich bin eine Ausgeburt, dachte sie, *und ich will dafür bezahlen, immer und immer wieder, bis meine Schuld getilgt ist.*

Und dann setzte heulend aus dem Nichts der Schneesturm ein und überraschte sie völlig unvorbereitet. Es gab keinen Unterschlupf für sie, keine Gnade vor dem Mahlstrom. Kaiku spürte, wie die Todeskälte ihr bis ins Mark fuhr. Ihre Lippen waren blau, ihre Haut kalkweiß, und ihre Muskeln verkrampften sich und schmerzten. Winzige Eiskristalle, die sich den Weg durch die Schlitze der Maske gebahnt hatten, klebten an ihren Lidern. Sie zitterte am ganzen Leib, als litte sie unter Schüttellähmung. Ein solches Wetter hätte selbst erfahrenste Bergsteiger auf eine harte Probe gestellt, und Kaiku war am Verhungern, zu Tode erschöpft und völlig unzulänglich ausgerüstet. Bald wich die Kälte bleierner Schläfrigkeit, die sie immer wieder zu Boden zog und ihren Verstand einlullte.

Wenn ich einschlafe, sterbe ich, ermahnte sie sich, und eine unbekannte Macht in ihr hielt sie durch bloße Willenskraft auf den Beinen. Sie hatte etwas zu erledigen, etwas, das ihr vorherbestimmt war ... etwas ... etwas ...

Dann ein Licht. Ungläubig blinzelte Kaiku den Schnee aus den Augen, aber es war immer noch da: ein helles, warmes Feuer, das in einer Höhle brannte. Ungeachtet der Gefahr und bar jedes Gedankens taumelte sie darauf zu. Sie dachte nur noch, dass Wärme Leben bedeutete. Die Büchse, die sie als Wanderstock benutzt hatte, schleifte sie in der tauben Hand hinter sich her und zog damit tiefe Furchen in den Schnee. Nun roch sie gebratenes Fleisch, und ihr Hunger beschleunigte ihre Schritte. Das letzte Stück stolperte und torkelte sie nur noch und stürzte fast in die Höhle, wodurch sich eine kleine Lawine von ihren Stiefeln löste.

Etwas hockte am Feuer, ein so verwirrender Schemen, dass Kaikus umwölktes, benommenes Hirn ihn zunächst nicht auszumachen vermochte. Dann bewegte er sich, und eine lange Sichel funkelte in seiner Hand. All das drang erst zu Kaiku durch, als sie einen Schrei hörte und etwas auf sich zustürzen sah; da übernahmen ihre Instinkte die Befehlsgewalt und rissen die Büchse hoch, um sie zu schützen. Metallisches Klirren ertönte, als die Sichel die Waffe in ihrer Hand durchrüttelte, gefolgt von einem ohrenbetäubendem Knall, und etwas Warmes, Schweres fiel auf sie. Zusammen gingen sie zu Boden und landeten im Schnee. Immer noch war Kaiku zu verwirrt und verdutzt durch den Lärm der Büchse, um zu begreifen, was vor sich ging. Ihr Bewusstsein hatte noch nicht einmal erfasst, dass die Waffe gefeuert hatte.

Reglos lag sie da, während der muffige Gestank des Dings auf ihr allmählich ihre Sinne durchdrang.

Das war seltsam, dachte sie.

Dann spürte sie die flüssige Wärme, die sich über ihr Schlüsselbein, ihren Hals und ihre Brust hinab ausbreitete. Gesegnete Wärme! Das Gefühl ließ die Erinnerung an das Feuer jäh wie eine Sprungfeder wiederaufflammen. Langsam und Stück für Stück mühte sie sich unter der Masse des Dings hervor, das sie angegriffen hatte. Ihr war einerlei, was es eigentlich war oder warum es sich nicht mehr rührte. Nachdem sie sich befreit hatte, robbte sie zum Feuer. Die Hitze brachte ihre Haut zum Brennen, doch sie ertrug es lang genug, um das gebratene Etwas von dem Spieß über dem Feuer zu lösen, bevor sie in weniger schmerzliche Wärme zurückwich. Die Götter allein wussten, was das gebratene Tier sein mochte, jedenfalls war es so groß wie ein Kaninchen. Kaiku riss sich die Maske vom Gesicht. Ausgeburt oder nicht, es kümmerte sie nicht mehr. Gierig verschlang sie das halb gegarte Fleisch; Blut rannte ihr übers Kinn und vermengte sich mit jenem, das an ihrem Hals und ihrer Brust klebte, doch bevor sie die Mahlzeit auch nur halb beendet hatte, schlief sie mit überkreuzten Beinen und in die Pelzkapuze gesunkenem Haupt ein.

Im Laufe der nächsten paar Tage erwachte Kaiku mehrmals, wenngleich sie sich danach kaum noch an etwas erinnern konnte. Im hinteren Teil der Höhle befand sich ein kleiner Stapel Feuerholz. Außerdem fand sie dort ein Bündel voller Köstlichkeiten wie Brot, Reis, ein Glas mit süßen, gegarten Heuschrecken, Trockenfleischbrocken und sogar einen Räucherfisch. Wie eine Traumwandlerin rappelte Kaiku sich in regelmäßigen Abständen auf, angetrieben von so urtümlichen Bedürfnissen des Körpers, dass ihr Bewusstsein sich gar nicht darum zu kümmern brauchte. Irgendwie blieben die Flammen am Leben, wenngleich sie zweimal fast erloschen, woraufhin Kaiku instinktiv Feuerholz nachlegte. Und sie ernährte sich auch ebenso instinktiv, indem sie in dem Bündel wühlte und die Vorräte darin unzubereitet in sich hineinstopfte. Sie schnitt weder das Fleisch noch das Brot, sondern biss Brocken davon ab, ehe sie wieder in Schlaf versank.

Schließlich erwachte sie zu wahrem Bewusstsein und stellte fest, dass sie noch am Leben war. Es war Nacht; das Feuer war heruntergebrannt, und der Schneesturm hatte aufgehört. Schatten tanzten im launischen Flackern der Flammen über die Felswände. In der Ferne erscholl das klagende Heulen eines ausgebürtigen Tiers und hallte zwischen den Gipfeln wider. Eine Weile blieb Kaiku einfach liegen und versuchte, sich zu erinnern. Sie besann sich weder, wie lange sie geschlafen hatte, noch wie sie in die Höhle gelangt war. Das Letzte, woran sie sich erinnerte, war der Schneesturm.

Sie legte frisches Feuerholz auf die Glut und dankte der Vorsehung für diesen himmlischen Zufluchtsort, doch sie war noch immer zutiefst verwirrt. Da erspähte sie das Ding am Höhleneingang. Verwundert ging sie hinüber. Auf den ersten Blick schien es sich um einen Haufen Stoffreste zu handeln. Bei näherer Betrachtung stellte Kaiku jedoch fest, dass es ein schweres Gewand war, das jemand aus einer Vielzahl verschiedener Häute und Stoffe ohne jeden Sinn für Ordnung oder Ebenmäßigkeit zusammengeflickt hatte. Mit dem Stiefel drehte sie den Leichnam auf den Rücken.

Das Gewand erwies sich tatsächlich als schwer und besaß eine viel zu große Kapuze, die das darin geschützte Gesicht zu verschlucken drohte. Aber es war kein Gesicht; es war eine Maske: ein eigenartiges, ausdrucksloses weißes Ding, die Stirn wie vor Neugier gerunzelt, mit einer geschnitzten Nase, aber ohne Mund. In die rechte Seite waren von der Wange bis zum Kinn wahllos kleine Löcher gebohrt, die an die einer Flöte oder eines Hornes erinnerten. Die linke Seite war durch eine Büchsenkugel geborsten, zerschmettert und rot befleckt. Im Pelz um den Hals des Fremden klebte geronnenes Blut.

Kaiku starrte lange Zeit auf die Gestalt hinab, bevor sie ihr behutsam die Maske abnahm. Das Antlitz darunter war fahl und bartlos. Die Augen waren im Tod weit aufgerissen, und darunter verliefen schmale, weiße Lippen. Wenngleich die Erscheinung ein wenig absonderlich wirkte, handelte es sich eindeutig um einen Mann. Einen Weber. Kaiku hatte einen Weber getötet.

Der Mantel des Fremden sah warm aus. Kaiku wagte sich, ihn dem Leichnam auszuziehen. Von plötzlichem Bewegungsdrang beseelt, als wolle sie die Tage der Untätigkeit in der Höhle wieder wettmachen, griff sie sich eine Hand voll Schnee und rieb das Blut bestmöglich aus dem Gewand heraus; dann legte sie es zum Trocknen neben das Feuer.

Nachdem sie fertig war, entledigte sie den Leichnam seiner Unterkleider – selbst des befleckten und feuchten Beinkleids, das sich wie Robbenfell anfühlte – und wusch auch diese. Ihre Furcht vor der Kälte war größer als ihr Ekel vor dem Zeugnis, das die Blase und die Gedärme des Mannes im Tod hinterlassen hatten. Nachdem sie auch den Rest der Kleider zum Trocknen ausgelegt hatte, ruhte Kaiku sich am Feuer aus.

Später kleidete sie sich neu ein und stopfte die eigenen Gewänder in ihr Bündel. Das Beinkleid und die Lederweste passten ihr wie angegossen, und der schwere Flickenpelz erwies sich als ausgesprochen warm. Sie begann, in der Hitze des Feuers zu schwitzen, und genoss die Unannehmlichkeit dieses neuen Gefühls.

Wer auch immer dieser Weber gewesen sein mochte, er hatte sich auf einem Marsch befunden, als er vom Sturm überrascht worden war. Er hatte Vorräte für mehrere Tage dabeigehabt und Feuerholz gesammelt, bevor das Gestöber zu heftig geworden war. Offenbar hatte er sich gerüstet, um das Ende des Schneesturms abzuwarten. Die Voraussicht des Fremden – und der Umstand, dass es ihm dankenswerterweise gelungen war, sich mehr oder weniger selbst zu töten – hatte Kaiku das Leben gerettet.

Dieser Mann war von irgendwoher gekommen, dachte Kaiku. Sie fragte sich, wie weit entfernt dieses ›Irgendwo‹ wohl liegen mochte.

Sie aß, schlief und erwachte im Morgengrauen. Auf dem Boden lag frischer Schnee, und der Himmel erstrahlte klar und blau. Heute würde sie aufbrechen.

Kaiku griff nach der Maske ihres Vaters und betrachtete sie wie schon viele Male zuvor. Ihr seelenloser Blick barg keinerlei Antworten. Kaiku setzte sie auf; abermals erfuhr sie keine Erleuchtung.

»Ich bin noch nicht fertig, Vater«, murmelte sie bei sich, bevor sie wieder in den Schnee hinausstapfte.

ZWANZIG

Barak Avuns Zorn kannte keine Grenzen.

»Du warst mit ihr allein, hast ihr das Geschenk angeboten und es dann *zurückgenommen*?«, brüllte er.

Hinter ihrer einstudierten Fassade musterte Mishani ihren Vater frostig und reglos wie ein Gletscher. Die Hände hatte sie in die Ärmel ihres Gewandes geschoben, und ihr Haar hing schwarzen Vorhängen gleich beiderseits des schmalen Gesichts über die Schultern herab. Sie befanden sich im Arbeitszimmer ihres Vaters, einer kleinen, ordentlichen Kammer mit dunkelbrauner Einrichtung und dazu passendem Holzboden. Abendliches Licht streckte die Finger durch das Geäst der Bäume draußen und durch die Fensterläden, kitzelte schillernde Motten und brachte sie zum Tänzeln.

»Genau das habe ich getan, Vater«, antwortete Mishani.

»Undankbarer Balg!«, spie er ihr entgegen. »Weißt du eigentlich, was uns für deine Dienste versprochen worden ist? Weißt du, was deine Familie erlangt hätte?«

»Da du es für angebracht gehalten hast, mich von deinen Machenschaften mit Sonmaga auszuschließen«, entgegnete sie frostig, »weiß ich es nicht.«

In Wahrheit war Mishani doch ziemlich überrascht über die heftige Reaktion ihres Vaters angesichts der Tatsache, dass die Thronerbin das verseuchte Nachtgewand nicht erhalten hatte. Er schien jede Würde vergessen zu haben; mit knallrotem Gesicht bebte er vor Wut. Mishani hatte ihn noch nie so erlebt. Die Überreste der alten Mishani wollten ihren Vater trösten oder zumindest seinen Zorn fürchten; doch in ihrem Herzen verachtete sie ihn. Wie mühelos sie ihm die Maske der Unerschütterlichkeit doch vom Gesicht gerissen hatte. Mishani hatte ihm wahrheitsgetreu davon berichtet, was sich in den Dachgärten der Kaiserlichen Feste zugetragen hatte. Natürlich hätte sie lügen und ihm sagen können, Lucia würde zu streng bewacht oder man hätte das Geschenk abgefangen, das sie mitgebracht hatte; aber dazu würde sie sich nicht herablassen. Stattdessen wahrte sie im Angesicht der blanken Wut ihres Vaters ihren Stolz. Wäre es ihr nicht jahrelang eingetrichtert worden, sie hätte sich sogar die Mühe gespart, die formelle Form des Saramyrrischen für das Ansprechen eines Elternteils beizubehalten.

»Wo habe ich nur bei dir versagt, Mishani? Wo bleibt dein Pflichtgefühl für deine Familie?« Rastlos, unfähig still zu stehen, lief er im Zimmer auf und ab. »Ist dir klar, wie viele Leben gerettet worden wären, hättest du getan, worum ich dich gebeten habe?«

»Indem ich ein acht Ernten altes Kind ermordet hätte?«, schoss Mishani zurück. Ihr Vater funkelte sie an. »Sprich es doch aus, Vater. Versteck dich nicht hinter blumigen Umschreibungen und ausweichenden Worten. Es scheint dich doch nicht zu stören, mich die Bürde deiner Taten tragen zu lassen; dann besitz wenigstens den Mut, es dir selbst einzugestehen.«

»So hast du noch nie mit mir geredet, Mishani!«

»Bisher hatte ich noch keinen Grund dafür«, antwortete sie. Ihr Tonfall war vollkommen ruhig und allein durch seine Gefühllosigkeit frostig. »Du entehrst dich selbst, Vater, und du entehrst mich. Mir ist einerlei, was Sonmaga dir versprochen hat. Selbst die Schlüssel zum Goldenen Reich wären es nicht wert gewesen, was du von mir verlangt hast. Du hast dich ihm für eine Belohnung als Bauer angeboten – das konnte ich noch verstehen –, aber du wolltest wiederum mich zu deinem Bauern machen, weil du gewusst hast, dass ich mich dir nicht widersetzen konnte. Du hast mich ausgenutzt, Vater. Ich hätte alles für dich getan, wäre es ehrenvoll gewesen, ganz gleich, wie schwierig es auch gewesen wäre. Ich habe schon einmal getötet, um dich zu beschützen!« Ob dieser Aussage weiteten sich seine Augen. Wenngleich er wahrscheinlich vermutet hatte, dass Yokadas Tod kein Selbstmord gewesen war, überraschte ihn das Geständnis seiner Tochter. »Aber *das*? Einem Kind ein verseuchtes Nachthemd geben, damit es einen qualvollen Tod stirbt? So tief werde ich nicht sinken, Vater. Nicht einmal für dich.«

Avun drohte, an seinem Zorn fast zu ersticken. »Wie kannst du es wagen, auch nur anzudeuten, dass deine Ehre in dieser Angelegenheit wichtiger sei als die meine?!«

»Ich deute gar nichts an«, widersprach ihm Mishani. »Du hast beschlossen, diese Tat zu verüben. Ich habe im letzten Augenblick entschieden, es nicht zu tun.«

»Sie ist eine Ausgeburt!«, brüllte Avun. »Eine Ausgeburt, verstehst du? Sie ist kein *Kind.* Sie hätte bereits bei der Geburt getötet werden müssen!«

Mishani dachte an Kaiku, und die Worte drangen aus ihrem Mund, bevor sie ihnen Einhalt gebieten konnte. »Dann hat es wohl nicht so sein sollen.«

Plötzlich wurde alles weiß vor ihren Augen, und sie fand sich auf dem Boden wieder; ihr Haar einer schwarzen Schwinge gleich über den Körper gebreitet. Es dauerte nur kurz, bis sie begriff, dass sie hart und heftig mitten ins Gesicht geschlagen worden war. Überraschung und Schmerz drohten, ihr die Tränen in die Augen zu treiben, doch sie drängte sie zurück und erstickte jede Regung ihrer Züge. Stattdessen schaute sie mit einer Gelassenheit zu ihrem Vater auf, die ihn zur Raserei brachte. Schweiß prangte auf seinem kahlen Schädel, und seine Augen quollen aus den Höhlen. Er sah einfach lächerlich aus.

»Du Natter von einem Weib!«, fauchte er sie an. »Sich so gegen seine Familie zu wenden! Morgen wirst du in die Mataxa-Bucht zurückkehren, und dort bleibst du bis zum Winter. Dann werden wir sehen, ob du wieder meine Tochter bist.«

Eine Weile funkelte er sie noch an, wohl um abzuwarten, ob sie es wagte, etwas zu erwidern, wofür er sie bestrafen konnte. Mishani würde ihm diese Genugtuung jedoch nicht gönnen. Sie rappelte sich auf, schnaubte verächtlich und stolzierte aus dem Arbeitszimmer.

Mishani begab sich fast ohne Umschweife zum Bedienstetenhof. Nur einen kurzen Umweg in ihr Zimmer nahm sie in Kauf, um ein Gesichtspuder aufzutragen, das den Bluterguss an ihrem Kiefer überdecken sollte. Was es recht ordentlich tat, wenngleich sie dadurch ein wenig kränklich wirkte. Nun, es würde reichen müssen. Wenn sie morgen zur Mataxa-Bucht aufbrechen sollte – und so wie die Dinge standen, konnte sie wohl kaum bleiben –, musste sie heute Abend noch etwas erledigen.

Sie fand Gomi in den Stallungen, wo er die Pferde striegelte. Er war ein kleinwüchsiger, stämmiger Mann mit kahl geschorenem Schädel und plattem Gesicht, das gleichzeitig Weisheit, Bodenständigkeit und Zuverlässigkeit vermittelte. Als er Mishanis Umriss im Licht am Stalltor erkannte, verneigte er sich tief, doch Mishani glaubte, dabei etwas Unangenehmes in seinen Augen zu erspähen. Yokada, das Dienstmädchen, das Mishani vergiftet hatte, um ihre Familie zu schützen, war seine Nichte gewesen.

»Spann die Pferde vor die Kutsche«, befahl sie. »Ich wünsche, eine Ausfahrt zu machen.«

Kurz darauf rollten sie durch die Straßen des Kaiserviertels hügelabwärts in die Gegend, in der sich das funkelnde Band des Kerryn durch die Stadt wand. Gomi lenkte das Gespann und saß mit den Zügeln der beiden schwarzen Stuten in den Händen vorne auf dem Kutschbock. Die Kutsche war so schwarz wie die Pferde und strotzte vor eleganten, blau lackierten Reliefs und goldgefassten Speichen, die vom Reichtum des Geblütes Koli zeugten.

Mishani saß im Inneren und schaute aus dem Fenster. Die

sauberen, tadellos gepflegten Durchfahrtsstraßen des Kaiserviertels kamen ihr gänzlich freudlos vor. Dabei hatte sie früher den Anblick der uralten Bäume, Brunnen und Skulpturen stets genossen, die dem reichsten Viertel der Stadt seine Pracht verliehen. Lebhafte Mosaike hatten ihren Reiz verloren, und das Spiel der Schatten und des rötlichen Sonnenlichts auf den Plätzen besaß keinerlei Anziehungskraft mehr für sie. Während die breiten Straßen und schmalen Gassen, die den Hügel überzogen, einst faszinierend und voller Rätsel gewesen waren, waren sie nun nur noch Straßen, jeglicher Geheimnisse beraubt. Irgendwie fühlte Mishani sich leer; die Vermutungen und zurechtgelegten Antworten eines ganzen Lebens hatten sich im Strom der Ereignisse in Treibholz verwandelt. Immer wieder wanderten ihre Gedanken zu Kaiku zurück, und auf ihrem Herzen lastete eine einzige Frage schwer wie ein Grabstein:

War es falsch, was ich getan habe?

Die Straßen des Kaiserviertels gingen ins Marktviertel über, und der Verkehr rings um sie herum wurde dichter. Obwohl Nuki westwärts flüchtete und demnächst die gierigen Mondschwestern ihre Herrschaft über die Nacht antreten würden, kehrte auf den Märkten erst lange nach Einbruch der Dunkelheit Ruhe ein. Die Stände der Händler drängten sich auf einer Reihe aneinander grenzender Plätze, die in willkürlichen Winkeln zueinander angeordnet und durch gewundene Sandsteingassen miteinander verbunden waren. Zwar wirkte die Stadt hier insgesamt etwas rauer, da die Gegend weniger ordentlich gepflegt wurde als das Kaiserviertel, doch dafür sprühte das Viertel angenehm vor Leben. Auf den Plätzen herrschte reges Treiben. Bunte Markisen in jedweder Form und Größe türmten sich übereinander und rangen um die Vorherrschaft. Die Luft roch nach wenigstens einem Dutzend verschiedener Gerichte – gebackene Kalmare, Kartoffelkuchen, Süßnüsse und Salzreis –, die überall verteilt inmitten des Gedränges der geschäftig umherwuselnden Menschen der Stadt feilgeboten wurden.

Doch selbst das anschwellende Stimmengewirr und Gepolter vor ihr vermochte kaum, Mishanis Stimmung zu heben. Hatte sie den Lärm früher als Zeichen eines blühenden Horts des Lebens empfunden, hörte sie nun nur eine hohle Kakophonie bedeutungsloser Rufe, die sie an die Stimmen Wahnsinniger erinnerte.

Das Kind hatte sie gleichermaßen mit Furcht und Faszination erfüllt. Es bestand kein Zweifel daran, dass Lucia etwas Besonderes war; aber war sie böse? *Konnte* ein acht Ernten altes Kind überhaupt böse sein? Mishani dachte an den Säugling, der Blumen sprießen ließ, wohin seine Finger auch wanderten. War jenes Mädchen wirklich *böse* gewesen oder nur gefährlich? Der Unterschied war in der Tat wichtig, obwohl er bisher keine Rolle gespielt zu haben schien.

Und da war sie nun, unterwegs zu Lucias Traumfürstin. Mishani hatte keine Ahnung, was sie erwarten mochte; aber sie wusste, dass sie es herausfinden musste, bevor sie aus der Stadt verbannt wurde. Für Kaiku, für Yokada, für ihren Vater wollte sie die Wahrheit erfahren.

Vermutlich aus Trotz hatte Gomi einen Weg gewählt, der sie am betriebsamsten Markt des Viertels vorbeiführte. Bald verlangsamten sie die Fahrt, da sie sich einen Weg durch die von muhenden Tieren und plappernden Menschen verstopften Straßen bahnen mussten. Die Leute huschten zwischen den Kutschen und Karren hin und her, trugen Körbe voll Obst und Brot oder eilten verstohlen nach Hause.

Mishani runzelte die Stirn. Trotz ihrer Grübeleien fiel ihr die Stimmung auf, die hier herrschte. Die Geräusche des Marktviertels waren *tatsächlich* anders, nicht nur für ihre Ohren. Sie sah, dass auch andere Fahrgäste und Kutscher verwirrt um sich blickten. Stände wurden geschlossen und eilends verlassen. Kunden flüchteten vom Platz. Es geschah nicht einheitlich und gleichzeitig, vielmehr willkürlich verteilt. Wohin Mishani auch schaute, sie sah, wie Menschen aufgeregt miteinander sprachen, bevor sie zu Freunden hasteten, um weiterzuerzählen, was sie erfahren hatten. Mittlerweile war der Verkehr fast gänzlich zum Erliegen gekommen. Gomi kratzte sich die leichten Speckfalten im Nacken und zuckte mit den Schultern.

Mishani lehnte sich ein Stück aus dem Fenster der Kutschentür und rief einem Knaben zu, der auf seine zwölfte Ernte zugehen mochte. So etwas war durch und durch würdelos, doch Mishani beschlich die Sorge, dass hier etwas vor sich ging, über das sie Bescheid wissen sollte. Kurz zögerte der Knabe, dann unterwarf er sich ihrem offensichtlichen Rang und kam zu ihr.

»Was geht hier vor?«, fragte sie.

»Die Kaiserin hat Unger tu Torrhyc verhaftet«, antwortete der Knabe. »Drüben auf dem Rednerplatz. Kaiserliche Wachen haben ihn fortgeschafft.«

Mishani spürte, wie ein Schatten der Furcht zu ihr in die Kutsche kroch. Obwohl sie es nicht musste, gab sie dem Knaben ein paar Münzen. Dankbar nahm er sie an und rannte davon. Mishani fühlte den unmittelbar bevorstehenden Ausbruch einer Panik und fürchtete sich. Die Menschen wussten so gut wie sie, was es zur Folge haben musste, den bekanntesten und freimütigsten Widersacher der Kaiserin unter dem gemeinen Volk verhaften zu lassen. Mishani stieß einen leisen Fluch aus. Schon zuvor hatte sie die Kaiserin ob der Art und Weise, wie sie über die Menschen der Stadt hinwegsah und sich nur bei den Adligen anbiederte, für äußerst hochmütig gehalten; nun verschlug ihr Anais' Dummheit regelrecht die Sprache. Die ohnehin bereits erzürnte Bevölkerung zusätzlich zu reizen, indem man ihre Galionsfigur öffentlich in Gewahrsam nehmen ließ, grenzte an Anstiftung zum Aufruhr.

»Gomi!«, rief sie und lehnte sich erneut aus dem Fenster. »Kannst du uns hier wegbringen?«

Sie sah noch, wie er sich umdrehte, um zu antworten und

sein Mund sich dabei zu einem großen ›Oh‹ öffnete, dann explodierte die Welt rings um sie herum.

Die Kutsche hob unter ohrenbetäubendem Lärm und dem gleißenden Aufzucken von Licht von der Straße ab. Mishani wurde ins Innere zurückgeschleudert, als das Gefährt durch die Wucht der Explosion seitwärts schlingerte, und kaum einen Lidschlag darauf zerbarst die Tür, wo sich nur einen Augenblick zuvor ihr Kopf befunden hatte. Die gesamte Seite der Kutsche gab nach und zerbrach in Tausend dolchartige Splitter, doch Mishani fand weder die Zeit, noch den Halt, um irgendwas zu tun; sie konnte nur entsetzt beobachten, wie der enge Holzwürfel, in dem sie sich befand, nach innen zusammenstürzte, um das Leben aus ihr herauszupressen.

Plötzlich erschien ein einziges, derart überwältigendes Bild vor ihrem geistigen Auge, dass es schon an eine Vision grenzte. Draußen schien die Zeit stehen zu bleiben, während Mishani sich wieder in der Mataxa-Bucht befand, wo auf den sich kräuselnden Wellen die Sommersonne funkelte. Sie war etwa zehn Ernten alt und lachte, während sie atemlos durch die Brandung lief. Hinter ihr rannte Kaiku, ihre Freundin. Sie lachte ebenfalls, und beide wurden sie von einer Sandkrabbe in der Größe eines Abendmahltellers verfolgt. In jenem Augenblick erfüllten nur Freude, Sorglosigkeit und Freiheit Mishanis Herz.

Dann war sie wieder in der Gegenwart. Sie blinzelte.

Die Seite der Kutsche war geborsten und zersplittert; doch zum Glück waren die spitzen Holzklingen wenige Zentimeter vor ihr zum Stillstand gekommen.

Mishani begann wieder zu atmen. Von draußen drangen Geräusche herein. Schreie erschollen – zuerst ein vereinzelter, dann viele. Sie hörte das gierige Knistern von Flammen, laufende Füße, Hilferufe. Sie war so verdutzt, dass sie außerstande war, die Beweise zusammenzufügen, die ihr ihre Sinne lieferten, um zu bestimmen, was geschehen war. Stattdessen machte sie sich daran, sich aus dem Sarg zu befreien, in den die Kutsche sich verwandelt hatte. Sie war gegen die eine Tür geschleudert worden, als die andere nach innen geborsten war, aber durch die Wucht des Aufpralls hatte sie sich verzogen, und als Mishani daran rüttelte, wollte sie sich nicht öffnen lassen. Mishani wand sich in der dunklen Enge der Kutsche und stemmte die Ellbogen gegen die Fensterläden, die sich durch die Gewalt der Explosion geschlossen hatten; gnädigerweise gaben sie mühelos nach. Rasch kletterte Mishani hinaus, wobei Holzsplitter sich in ihrem Haar verfingen, als sie hinaus ins Freie trat.

Es dauerte nur wenige Augenblicke, bis sie erfasst hatte, was geschehen war. Rußmale verrieten die Lage des Explosionszentrums. Etwas – vermutlich ein Karren, genau ließ es sich unmöglich sagen – war am Straßenrand explodiert und hatte das Gurtgesims eines Geldhauses zerstört. Geborstene Trümmer von Kutschen und in rauchende Fleischberge verwandelte Pferde umgaben das Epizentrum; sie hatten die ärgste Wucht abgefangen, die andernfalls Mishani getötet hätte. So war ihre Kutsche jedoch nur gegen die Seite einer anderen gewirbelt worden, die sich rechts davon befunden hatte. Die beiden Gefährte waren zu einem einzigen Wrack verschmolzen.

Das Blutbad ringsum war grauenhaft. Männer, Frauen und Kinder lagen reglos auf der Straße oder hingen gepfählt an Haufen spitzer Trümmer, auf die sie geschleudert worden waren. Die Verwundeten stöhnten, wanden sich oder wankten dazwischen umher, einige soeben der ein oder anderen Gliedmaße beraubt. Die Luft schmeckte nach Blut, Schwefel und beißendem Rauch. Eine Adlige, die neben dem verkohlten Leichnam ihres Gemahls kniete, heulte mitleiderregend vor sich hin. Gomi lag neben den toten Pferden, die Mishanis Kutsche gezogen hatten; sein Gehirn war über das Pflaster verteilt. Irgendwo brannte ein Feuer, und außerhalb des Explosionsbereichs kreischten und flohen die Menschen in blinder Panik. Mishani zuckte unwillkürlich zusammen, als in der Nähe eine weitere Explosion die Luft zerriss und ein Schauer aus Kieselsteinen und Holzsplittern auf ihren Kopf herniederging. Die Schreie verstummten kurz und begannen erneut.

Mit den ausdruckslosen, schlaffen Zügen einer Schlafwandlerin starrte Mishani auf die Verwüstung. Dann setzte sie sich langsam in Bewegung, hörte nicht die Hilferufe und sah nicht die flehentlich zu ihr emporgereckten Hände. Es ergab keinen Sinn, nach Hause zurückzukehren – zurück unter den Schutz eines Vaters, der sie verraten hatte. Stattdessen machte sie sich auf den Weg ins Flussviertel und zur Traumfürstin.

Der Oberbefehlshaber der Kaiserlichen Wache wurde mit klappernder Rüstung vor der Kaiserin auf die Knie geschleudert.

»Ihr habt den Befehl erteilt«, klagte sie ihn an.

Der Thronsaal der Kaiserlichen Feste war weniger prunkvoll als andere Staatsräume, doch seine Ausstattung wirkte schwer und ernst, was zum gegebenen Anlass passte. Hoch droben an den Wänden waren Bogenfenster eingebaut, durch die Licht auf dicke Wandbehänge aus Purpur und Weiß fiel, den Farben des Banners des Geblüts Erinima. Kohlebecken auf hohen, dünnen, silbernen Spiralbeinen, die beiderseits des Podiums mit den Thronen standen, verströmten zarten Weihrauchduft. Die beiden Throne selbst stellten ein Gemisch aus erlesenem, lackiertem Holz und kostbaren Metallen, Schnörkeln aus Bronze und Gold dar, die über die gesamte Oberfläche nahtlos zu einer Einheit verschmolzen.

Außer in Krisenzeiten oder zu ungemein wichtigen Unterredungen kam Anais selten hierher; die einschüchternde Wirkung, die der Thron ihr verlieh, benötigte sie für gewöhnlich nicht. Seit mittlerweile einer Stunde trudelte Meldung um Meldung ein, doch alle liefen auf dasselbe hinaus: Unger tu Torrhyc war von Kaiserlichen Wachen in Gewahrsam genommen worden. Allerdings hatte sie nichts dergleichen angeordnet.

»Kaiserin, ich habe tatsächlich den Befehl gegeben«, antwortete der Mann mit geneigtem Haupt.

»Warum?«, verlangte Anais zu wissen. Ihr Tonfall war eisig. Durch sein Geständnis hatte der Mann bereits sein eigenes Todesurteil unterzeichnet.

Der Offizier schwieg.

»*Warum*?«, wiederholte sie.

»Das kann ich nicht sagen, Kaiserin.«

»Ihr könnt nicht? Oder wollt Ihr nicht? Lasst mich Euch eines klar und deutlich sagen: Ihr seid bereits tot, aber das Leben Eurer Frau und Eurer Kinder hängt von Eurer Antwort ab.«

Da hob der Mann den Kopf, und Anais sah das Entsetzen und die Verwirrung in seinen Zügen. »Ich habe den Befehl gegeben ... aber ich weiß nicht warum. Mir sind die Folgen meiner Handlung vollkommen bewusst, und dennoch, in jenem Augenblick ... Ich habe gar nichts gedacht, Kaiserin. Ich kann es nicht erklären. Noch nie zuvor hat ...« Er geriet ins Stocken. »Es war ein Akt des Wahnsinns«, schloss er seine Erwiderung ab.

Seine unbefriedigende Antwort schürte den Zorn der Kaiserin nur noch mehr, doch sie hielt ihre Gefühle im Zaum. Ihr Blick richtete sich auf die Wachen, die an der Schulter des knienden Mannes standen.

»Schafft ihn weg ... und schlagt ihm den Kopf ab.«

Er wurde auf die Beine gezerrt.

»Kaiserin, ich flehe Euch an, verschont das Leben meiner Familie!«, rief er.

»Kümmert Euch lieber um die letzten Augenblicke Eures eigenen Lebens«, lautete Anais' grausame Antwort, mit der sie ihn entließ. Der Offizier weinte vor Furcht und Scham, als er abgeführt wurde. Anais hatte nicht vor, seine Familie zu bestrafen, aber er würde ohne dieses Wissen in den Tod gehen müssen. Ihr war nicht nach Milde für einen Mann zumute, der ihre Lage durch eine derart unaussprechliche Dummheit drastisch verschlimmert hatte.

Anais gab einem ihrer Ratgeber ein Zeichen, der in der Nähe ihres Thrones stand, einem alten Gelehrten namens Hule mit langem, weißen Bart und kahlem Schädel.

»Geht in den Donjon und bringt Unger tu Torrhyc zu mir. Sorgt dafür, dass er nicht misshandelt wird.«

Hule nickte und zog von dannen.

Die Kaiserin ließ sich auf ihren Thron zurücksinken. Ihr tat der Kopf weh. Sie fühlte sich heimgesucht, als hätten die Ereignisse sich gegen sie verschworen. Die Kette von Explosionen, die sich in der letzten Stunde quer in der ganzen Stadt ereignet hatten, war zu schnell und zu gut aufeinander abgestimmt gewesen. Die Sprengladungen waren bereits an Ort und Stelle gewesen und hatten nur auf den Auslöser gewartet. Torrhycs Verhaftung war dieser Auslöser gewesen. Die Anschläge schienen allerdings nicht gegen bestimmte Ziele gerichtet zu sein; es hatte Explosionen auf stark befahrenen Straßen, auf Schiffen an den Docks und sogar vor Tempeln gegeben. Wer auch immer dahinter stecken mochte, Anais vermutete, sie beabsichtigten vor allem eines: Chaos zu stiften. Wobei sie durchaus effektiv waren. Anais war bereits gezwungen gewesen, mehr als die Hälfte der Kaiserlichen Wachen auszusenden, um in verschiedenen Stadtvierteln Aufstände niederzuschlagen, doch der Anblick ihrer weißen und blauen Rüstungen schien die Massen nur noch mehr anzustacheln.

Die Narretei des Kommandanten der Wache hatte Anais in eine entsetzliche Lage gebracht, aber noch war sie nicht unumkehrbar. Unger tu Torrhycs Einfluss war offenbar größer, als sie zunächst vermutet hatte. Sie wusste, dass er ein überaus begabter Aufwiegler und Redner war; nun schien auch offensichtlich, dass er eine Geheimarmee unterhielt. Es war leicht, sich vorzustellen, dass ein Mann mit seiner Ausstrahlung seine Anhänger zu solchen Taten treiben konnte.

Auf jeden Fall hatte irgendjemand diese Bomben gelegt, und die Kaiserin nahm an, dass Unger tu Torrhyc ihr verraten konnte wer.

Im selben Augenblick schmorte der Mann, auf den sich die Gedanken der Kaiserin richteten, in einer Zelle tief in den Eingeweiden der Feste.

Die Kerker der Kaiserlichen Feste waren sauber, wenngleich ein wenig dunkel und karg. Ungers Zelle war gänzlich unauffällig und glich jeder anderen, in der er bereits geweilt hatte – und er würde sie mit stolz erhobenem Haupt verlassen, so wie jedes Mal zuvor. Fürsten, Landbesitzer, sogar Gemeinderäte hatten ihn schon in Gewahrsam genommen. Seine Berufung verschaffte ihm viele Feinde. Die Reichen und Mächtigen schätzten es nicht, wenn sie für die Ungerechtigkeiten und das Übel, das sie über das gemeine Volk brachten, zur Rechenschaft gezogen wurden.

Mittlerweile betrachtete Unger tu Torrhyc die Haft als Teil der Verhandlungsabfolge. Er war zu gefährlich geworden, eine Bedrohung für die Sicherheit der Stadt. Ein Mann, der Ärger heraufbeschwor und die Menschen zum Aufruhr anstiftete. Unger hatte damit gerechnet, verhaftet zu werden; es war nicht mehr als ein Säbelrasseln, um zu zeigen, dass noch immer sie die Macht besaßen. Danach pflegten sie mit ihm zu reden. Er überbrachte ihnen die Forderungen der Menschen. Einigen stimmten sie zu, wenngleich nicht allen. Abschließend wurde er freigelassen und vom Volk als Held gefeiert, was er sich zunutze machte, um weiter gegen die Kaiserfamilie zu wettern, bis auch die übrigen Forderungen der Bevölkerung erfüllt wurden.

Diesmal waren die Forderungen des Volkes einfach und unverhandelbar: Das ausgebürtige Kind durfte nicht auf den Thron gelangen.

Soweit dies unter dem unverhohlen despotischen Gefüge des Kaiserreichs möglich war, hatte Anais sich bislang als gute Herrscherin erwiesen. Sogar Unger war bereit, das zuzugeben. Doch sie war blind und hochmütig. Sie hockte so hoch droben auf diesem Hügel in der mächtigen Feste, dass sie nicht sah, was in den Straßen darunter vor sich ging. Schlimmer noch, es schien sie nicht einmal zu kümmern. Sie schäkerte mit Politikern und Adligen, erlangte hier die Unterstützung von Armeen, unterzeichnete dort Verträge und vergaß bei alledem, dass die Menschen, über die sie herrschte, mit fast einhelliger Stimme riefen: *Wir wollen sie nicht!*

Dachte sie etwa, die Kaiserlichen Wachen könnten die Bevölkerung Axekamis bändigen? Hatte sie vor, durch Gewalt über sie zu herrschen? Das war vollkommen unannehmbar! Unannehmbar!

Die Menschen würden sich Gehör verschaffen, und Unger tu Torrhyc war ihr Sprachrohr.

Man hatte ihn weit entfernt von anderen Häftlingen untergebracht, damit er seine aufwieglerischen Thesen nicht unter ihnen verbreiten konnte. Das durch ein hohes, ovales Fenster einfallende Licht zauberte ein Schattengitter in die Mitte des Steinbodens. Den Zugang bildete eine schwere, in Eisen gefasste Holztür mit einem Schlitz, durch den die Wachen hereinschauen konnten, der nun aber geschlossen war. Abgesehen davon war die Zelle völlig kahl, heiß und düster. Unger hockte mit untergeschlagenen Beinen und geschlossenen Augen in einer Ecke und dachte nach. Er war ein einfacher Mann – ein Mann einfacher Kleidung und einfacher Worte –, aber er stellte alles und jeden in Frage. Dadurch wurde er zu einer Bedrohung für diejenigen, die ihre Stärke aus der Tradition schöpften. Und was auch immer er selbst für Ausgeburten empfinden mochte, der Kaiserin durfte nicht gestattet werden, dem Volk eine Herrscherin aufzuzwingen, die es so inbrünstig ablehnte.

Blinzelnd schlug er die Augen auf, und sein Herz machte einen Sprung. Jemand war bei ihm in der Zelle.

Unger rappelte sich auf. In der Zelle war es unvermittelt dunkler geworden, so als hätte eine Wolkenbank das letzte Tageslicht verschluckt. Dennoch erkannte er durch die trüben Strahlen, die durch das Fenster fielen, den Ansatz eines Schemens in der gegenüberliegenden Ecke des Raums. Der Schatten strahlte Böswilligkeit aus und erfüllte Unger mit entsetzlichem Grauen. Zuvor war dort nichts gewesen, und die Tür hatte sich nicht geöffnet. War das nur ein Trugbild, oder konnte ein Geist zu ihm hereingelangt sein?

Der Schemen rührte sich nicht; trotzdem zweifelte Unger keinen Lidschlag lang an dem, was ihm seine Sinne förmlich zubrüllten. Die Luft heulte in seinen Ohren.

»Was seid Ihr?«, fragte er flüsternd.

Da regte sich der Schatten leicht, entpuppte sich als verschwommene Form, vor der das Licht zurückzuschrecken schien.

»Seid Ihr ein Geist? Ein Dämon? Weshalb seid Ihr hier?«, verlangte Unger zu wissen.

Das Gebilde bewegte sich auf ihn zu. Unger holte tief Luft, um nach Hilfe zu rufen und die Wachen auf ihn aufmerksam zu machen; doch eine knorrige, runzlige Hand zuckte in den matten Lichtstreifen, die vom Fenster herabschienen. Ein langer Finger deutete auf ihn, und seine Kehle war mit einem Mal wie zugeschnürt, und er blieb stumm. Auch sein Körper erstarrte. Jeder einzelne Muskel versteifte sich gleichzeitig und blieb so, weshalb er sich nicht mehr bewegen konnte. Panik keimte in ihm auf.

Der Eindringling bewegte sich ins trübe Licht. Dort verharrte er gebückt. Der kleine Körper war unter einem Berg mit allerlei Perlen und Tand behangener Lumpen begraben. Er trug eine Bronzemaske, deren Züge zu einem Ausdruck des Wahnsinns verzerrt waren, und während Unger ihn beobachtete, löste er langsam den Halteriemen und nahm sie ab.

Das Wesen ähnelte einem Mann, doch es war klein, runzlig und grotesk, die Haut weiß und trocken wie Pergament. Und sein Gesicht... Etwas so Hässliches hatte Unger noch nie gesehen. Die Züge waren derart entstellt, dass der Häftling die Augen geschlossen hätte, wäre er dazu in der Lage gewesen. Eine Seite des flachen Gesichts wirkte wie geschmolzen, als hätte die Haut sich in Wachs verwandelt und wäre vom Schädel geronnen, um sich in den Runzeln der Wange und des Kiefers zu sammeln, sodass eine fleischige Wamme vom dürren Hals baumelte. Das Auge auf jener Seite hatte Mühe unter dem herabhängenden Lid hervorzulugen; die Oberlippe lappte über die Unterlippe. Doch die rechte Seite war keinen Deut weniger abstoßend: Dort hatten die Lippen sich zurückgebildet, als wären sie einfach verfault, wodurch Zähne und Zahnfleisch zu sehen waren, fast wie bei einem Totenschädel; das rechte Auge war riesig und blind, eine aus der Höhle quellende, vom grauem Star milchige Kugel.

»Unger tu Torrhyc«, krächzte der Eindringling. »Ich bin Webfürst Vyrrch. Wie schön, Euch endlich von Angesicht zu Angesicht zu sehen.«

Unger konnte nicht antworten. Ihm wären ohnehin keine Worte eingefallen. Er spürte, wie ein Schrei in ihm aufstieg, doch er fand keinen Ausgang.

»Ihr habt mir die vergangenen Wochen brav gedient, Unger, obwohl Ihr es nicht wusstet«, fuhr das faulige Ding fort. »Eure Bemühungen haben meine Pläne zehnfach beschleunigt. Ich hatte damit gerechnet, dass es wesentlich mehr bedürfte, um Axekami auf den Weg Richtung Untergang zu senden. Zudem musste ich behutsam vorgehen und im Verborgenen handeln, aber Ihr...« Bewundernd hob Vyrrch einen Finger. »Ihr rüttelt das Volk wach. Eure Verhaftung hat es ungemein erzürnt. Ich hätte nie gedacht, dass es so einfach sein würde.«

Unger war viel zu entsetzt, um darüber nachzudenken, worauf Vyrrch mit alledem hinauswollte; das Gefühl, der

Herrschaft über den eigenen Körper beraubt zu sein, spülte jede Vernunft hinfort.

»Es war ein rechtes Wagnis, selbst jener kleine Schubs, damit der Kommandant der Wache tat, was ich brauchte. Zwar hatte ich angenommen, dass es zu Gewalttätigkeiten kommen würde, habe mich sogar darauf *verlassen* … aber selbst ich hatte die Wirksamkeit Eurer geheimen Armee von Bombenlegern unterschätzt, Unger. Ich möchte auf keinen Fall, dass sie mit der guten Arbeit aufhören.«

»Nicht … Nicht …«, brachte Unger hervor, der die Worte pfeifend durch die Kehle presste.

»Oh, selbstverständlich sind es nicht Eure Leute. Es sind *meine.* Aber sowohl das Volk als auch die Kaiserin nehmen an, dass Ihr dafür verantwortlich seid. Lasst uns sie also dieser Vorstellung nicht berauben.«

Mittlerweile war die Kreatur nahe genug, um Unger zu berühren, und er erkannte, dass sie nicht vollkommen wirklich, sondern leicht durchscheinend war. Es handelte sich also doch um ein Trugbild. Es fuhr Unger mit einem Finger über die Wange, was sich anfühlte, als liefe ihm eiskaltes Wasser über die Haut.

»Eure Sache braucht einen Märtyrer, Unger.«

Das Trugbild packte ihn ungestüm am Hinterkopf, und Unger spürte trotz der vermeintlichen Unwirklichkeit der Kreatur deren mächtige Kraft. Seine Muskeln lösten sich, und er brüllte aus Leibeskräften, als er gegen die Zellenwand geschleudert wurde, wo sein Schädel wie eine Jakmanuss aufplatzte und einen dunklen Fleck aus Blut und Haaren über seinem Leichnam hinterließ.

Die Tore des Panazu-Tempels im Flussviertel von Axekami standen offen, als die Abenddämmerung einsetzte. Mishani stand darunter und schaute zur hohen, schmalen Fassade empor, die über ihr aufragte. Die Ränder fielen ab wie Schultern und waren in die Form rollender Strudel gemeißelt. Mishani war verdreckt, zu Tode erschöpft und stand unter Schock; dennoch war sie hier, am Hort der Traumfürstin. Der Lärm der Stadt, die begonnen hatte, sich selbst in Stücke zu reißen, drang über den Kerryn zu ihr hinüber. Weitere Explosionen waren zu hören, und grelle Flammen züngelten in die zunehmende Finsternis empor. Stimmen waren zu wütendem Geschrei erhoben, doch das Getöse der aufgebrachten Massen hörte sich durch die Ferne matt und hohl an. Diese Nacht würde für alle Betroffenen eine schlimme werden.

Mishani erklomm die Stufen des Tempels, schritt durch die großen Tore und betrat den kühlen Altarraum. Das Innere des Tempels war atemberaubend. Säulen ragten zu Kuppeldecken empor, bemalt mit Fresken, die Panazus Heldentaten und Lehren darstellten. Reliefs von Flusslebewesen überzogen die Wände. Die riesigen blauen, grünen und silbrigen Bogenfenster im Vorderteil des Bauwerks tauchten den Tempel in die Farben des Meeresbodens und schienen das Licht sanft zum Flimmern zu bringen, was den Eindruck noch verstärkte, sich unter Wasser aufzuhalten. Ringsum erfüllten die Geräusche von Wasser die Luft – Plätschern, Gurgeln, Träufeln –, denn der Altar war ein Brunnen, von dem aus mehrere Rinnen das kristallklare Nass in kunstvolle, in den blaugrünen *Lach*boden gemeißelte Muster verteilten. Der Gemeindebereich, in den die Gläubigen kamen, um niederzuknien und zu beten, war von einem breiten Wassergraben umringt, in dem Welse – die irdische Erscheinungsform Panazus – schwammen und über den sich kurze, gewölbte *Lach*brücken spannten.

Niemand war hier. Der Ort war friedlich und verwaist. Mishani schlurfte hinein und drehte sich nicht einmal um, als die Tore sich hinter ihr wie von Geisterhand schlossen. Freudlos wandelte sie den Mittelgang hinab; ihr Körper und ihr Geist waren von der Tragödie wie gelähmt, deren Zeugin sie im Marktviertel geworden war.

»Mishani tu Koli«, schnurrte eine sanfte Stimme, die leise

durch den Tempel hallte. Mishani suchte nach der Quelle des Lauts und entdeckte sie auf einer Seite des Saals. Die Traumfürstin. Sie wirkte eher wie eine Gestalt aus einem Albtraum, ein großer, schlanker Turm in elegantem Schwarz. Ihr Gesicht war mit roten Halbmonden bemalt, die von der Stirn über die Lider bis auf die Wangen reichten. Auf den Lippen prangten abwechselnd rote und schwarze Dreiecke, die wie Zähne wirkten. Aus den Schultern schien eine Krause aus Rabenfedern zu sprießen, und auf ihrer Stirn ruhte ein Silberreif mit einem roten Juwel.

Sie durchquerte den Saal zum Mittelgang, trat zwischen den Säulen hervor und blieb vor Mishani stehen. Ohne eine Miene zu verziehen, musterte sie Mishanis ungekämmtes Erscheinungsbild.

»Mein Name ist Cailin tu Moritat. Lucia nennt mich die Traumfürstin. Sie hat mir gesagt, dass Ihr kommen würdet.« Cailin ergriff sie am Ellbogen. »Kommt. Ruht Euch aus, und badet. Wie ich sehe, war Eure Reise alles andere als unbeschwerlich.«

Mishani ließ sich fortführen. Sie konnte nirgends anders hin.

EINUNDZWANZIG

In Chaim verstrich die Zeit nicht. Vielmehr zog sie sich hin, streckte sich flach und dünn, opferte Gehalt für Länge. Tane hatte aufgehört, die Tage zu zählen; sie waren in eine einzige, große Ereignislosigkeit verschmolzen, eine erbarmungslose, düstere Mauer der Langeweile und zunehmender Verzweiflung.

Kaikus Verschwinden hatte sie schwer getroffen. Zunächst brach etwas aus, das an leichte Panik grenzte. War etwas in die Höhle geschlichen und hatte sie geraubt, während sie schliefen? Mamak begab sich sofort auf die Suche, fand jedoch keinerlei Anzeichen dafür. Es dauerte eine kurze Weile, bis Tane sich der seltsamen Dinge besann, die Kaiku zu ihm gesagt hatte, als er sich im Halbschlaf befunden hatte:

Vielleicht ist dies trotz allem nicht dein Pfad. Vielleicht ist er allein mir vorbestimmt.

Der Sturm zwang sie, einen weiteren Tag in der Höhle auszuharren. Mamak weigerte sich schlicht, sie nach ihr suchen zu lassen.

»Wenn sie da draußen ist, dann ist diese Närrin bereits tot. Sobald dieser Sturm sich verzieht, werde ich nach Hause gehen. Ihr könnt mit mir kommen oder in der Höhle bleiben, ganz wie ihr wollt.«

Tane flehte ihn an, bot ihm den dreifachen Lohn, wenn er sie fände. Er sagte ihm, dass Kaiku Geld dabeihätte, jede Menge Geld. Bei dieser Vorstellung leuchteten Mamaks Augen auf, und eine Weile konnte Tane beobachten, wie in seinen Zügen Habgier und Vernunft um die Vorherrschaft rangen; letztlich aber erwies sich seine Erfahrung bei Gebirgswanderungen als Zünglein an der Waage, und er lehnte ab. Asara schüttelte den Kopf und schalt Tane dafür, dass er im Angesicht der Verzweiflung die Würde verloren hatte.

»Ich will sie zurück!«, herrschte er sie zur Verteidigung an.

Asara zuckte unbekümmert mit den Schultern. »Aber sie ist weg, Tane. Zeit für einen neuen Plan.«

Als der Sturm am nächsten Tag von ihnen abließ, gaben sie sich dem Unvermeidlichen hin und kehrten nach Chaim zurück. Tane redete davon, eine Suchmannschaft aufzustellen und loszuschicken, um Kaiku – oder ihren Leichnam – zu finden, damit sie vielleicht wenigstens die Maske zurückbekämen. Tane hatte nicht vergessen, dass es ohne die Maske keine Hoffnung gab herauszufinden, wer die Shin-shin gesandt hatte, die die Priester seines Tempels ermordet hatten. Doch der Plan war undurchführbar, und alle wussten es – auch Tane. Es war gänzlich aussichtslos, Kaiku inmitten der Weiten im Norden Fos zu finden, zumal der Regen und der Wind sämtliche Spuren verwischt hatten. Als sie die Berge hinter sich ließen und wieder auf den Pfad zurück nach Chaim gelangten, hatte er aufgehört, davon zu reden.

Tane und Asara besorgten sich Zimmer in Chaims einziger Herberge, einem kahlen und trostlosen Bauwerk, das für die wenigen Besucher von Außerhalb bereitstand, die der Weiler empfing. Weder Tane noch Asara hatten vor, den Ort zu verlassen. Sie sprachen nicht einmal davon.

»Sie hat beschlossen, alleine zu gehen«, erklärte Tane. »Wenn sie es schafft, wird sie wieder hierher zurückkehren.«

»Du gibst dich falschen Hoffnungen hin«, gab Asara zurück, ging jedoch weder näher darauf ein, noch ließ sie selbst Anzeichen dafür erkennen, dass sie aufbrechen wollte.

In Chaim gab es rein gar nichts zu tun. Nach einer Weile begann das unbeirrbar rüde Gebaren der Einheimischen, an ihren Nerven zu zehren, und sie sprachen nur noch miteinander. Anfangs fanden sie wenig zum Reden. Zwischen ihnen waren zu viele Schranken, zu viel Geheimniskrämerei. Es war genau so, wie es mit Kaiku gewesen war.

Bei den Göttern, nehmen wir denn je für einen Augenblick unsere Masken ab?, fragte sich Tane geradezu verzweifelt.

Aber nach und nach gebar die ihnen aufgezwungene Einsamkeit Unterhaltungen, so wie das gemächliche Träufeln von Wasser durch das Loch in einem Damm allmählich den Stein ringsum aushöhlt, bis er springt. Nach etwa einer Woche des Wartens und des Brütens hockten sie wieder in der behelfsmäßigen Schänke, in der sie Mamak zum ersten Mal begegnet waren.

»Du weißt, was ich bin, Tane«, stellte Asara fest.

Die beiläufig mitten in die Unterhaltung eingeworfene Aussage ließ den jungen Priester stutzen. »Was meinst du damit?«, fragte er.

»Hör auf mit den Spielchen«, sagte Asara. »Jetzt ist die Zeit für Ehrlichkeit. Wenn du auf denselben Pfaden wandeln willst wie ich, was zunehmend der Fall zu sein scheint, solltest du dich dem stellen, was du bereits weißt.«

Tane ließ den Blick durch den Schankraum wandern, um sich zu vergewissern, dass niemand sie belauschte, doch die Kammer war so gut wie verwaist. Ein trister, kühler Raum aus Holz, in dem ein paar Einheimische in einer Ecke beisammenhockten und sich um die eigenen Angelegenheiten kümmerten. Ein paar wahllos verstreute, niedrige Tische von derber Machart und mit zerschlissenen Sitzmatten davor. Eine griesgrämige Wirtin, die schalen Schnaps ausschenkte. Bei den Geistern, wie er dieses Dorf doch hasste.

»Du bist eine Ausgeburt«, flüsterte er.

»Gut gemacht«, erwiderte Asara mit einem Anflug von Hohn in der Stimme. »Endlich gestehst du es dir ein. Aber du bist selbst ein eigenartiger Bursche, Tane. Du hörst zu. Du bist lernfähig. Deshalb erzähle ich dir das, denn eines Tages wirst du die Dinge vielleicht genauso sehen wie ich.

Also schluck deine Abscheu eine Weile hinunter, und hör dir an, was ich zu sagen habe.«

Mit geröteten Wangen lehnte Tane sich über den Tisch. Da es in dem Weiler nichts zu tun gab, hatten die Bewohner Chaims reichlich Gelegenheit zu trinken, wovon auch der starke Schnaps zeugte. Asara war wie üblich stocknüchtern; ihr ausgebürtiger Stoffwechsel hob die Wirkung des Gesöffs auf, bevor es sie beeinträchtigen konnte; folglich wusste sie nicht, wie es sich anfühlte, betrunken zu sein.

»Ich bin alt, Tane«, verriet sie ihm. »Du kannst nicht erraten wie alt, indem du mich ansiehst. Ich habe vieles gesehen und vieles getan. Manche Erinnerungen wecken Stolz in mir, andere Abscheu.« Sie drehte den Holzbecher voll Schnaps in ihren Fingern und starrte hinein. »Weißt du, was Erfahrung ist? Erfahrung ist, wenn man etwas so ausgiebig verwendet, dass sein Glanz verblasst. Erfahrung ist, wenn man zu erkennen beginnt, wie unerbittlich berechenbar die Menschen sind, wie Generation für Generation demselben, hässlichen Muster folgt. Sie träumen vom ewigen Leben, doch sie wissen gar nicht, was sie sich da wünschen. Ich habe meine achtzigste Ernte hinter mir, obwohl man es mir nicht ansieht. Seit ich erwachsen bin, altere ich nicht mehr. Mein Körper stellt sich schneller wieder her, als die Zeit ihn verwüsten kann. Das ist mein Fluch. Ich wandle bereits die Dauer eines gewöhnlichen Lebens auf der Welt, und ich langweile mich.«

Das schien ein solches Bathos zu sein, dass in Tane verbitterte Erregung aufwallte und er um ein Haar lauthals aufgelacht hätte; doch der Tonfall in Asaras Stimme warnte ihn davor. »Du *langweilst* dich ?«, wiederholte er stattdessen.

»Du verstehst das nicht«, fuhr Asara geduldig fort, »und ich glaube, du wirst es auch nie verstehen. Aber wenn so vieles abstumpft, bleibt nur noch die Suche nach etwas Neuem – etwas, das in der Lage ist, das Blut wieder in Wallung zu bringen, und sei es auch nur für kurze Zeit. Bevor ich Cailin tu Moritat begegnet bin, trieb ich lange ziellos umher, suchte neuen Nervenkitzel und fand jeden unbefriedigender als den vorherigen. Als ich auf sie gestoßen bin, habe ich etwas gesehen, das ich noch nie zuvor gesehen hatte. Ich hatte gedacht, ich sei eine Missgeburt, ein wahllos entstandenes Ding; doch in ihr sah ich ein Spiegelbild meiner selbst, und mein Leben bekam wieder einen Sinn.«

»Was hast du gesehen?«, fragte Tane.

»Ein überlegenes Wesen«, antwortete Asara. »Ein Wesen, das menschlich und zugleich *besser* war als jeder Mensch. Eine Ausgeburt, deren Eigenschaften sie über diejenigen erhaben machte, die sie verachteten.«

Tane blinzelte und wollte den Kopf schütteln, um ihr zu widersprechen. Er hielt sich jedoch zurück. Ihre Worte muteten lächerlich an, doch er würde ihr zuhören. Er hatte ihre Ansichten in Sachen Ausgeburt im Verlauf der gemeinsam verbrachten Wochen kennen gelernt, und wenngleich er vielem nicht beipflichtete, was sie sagte, enthielt es genug, um ihn zum Nachdenken anzuregen.

»Dann habe ich die neue Ordnung der Dinge erkannt«, fuhr Asara fort. »Eine Welt, in der Ausgeburten nicht gehasst und gejagt werden, sondern geachtet. Ich habe begriffen, dass Ausgebürtigkeit keine Fäulnis des Körpers ist, sondern lediglich eine Veränderung, eine Weiterentwicklung. Und wie bei jeder Weiterentwicklung bleiben viele auf der Strecke, bis einer siegreich hervortritt. Wenn ich noch lange auf dieser Welt weilen soll, dann will ich wenigstens alles in meiner Macht Stehende dazu beitragen, um sie zu einem angenehmeren Ort für mich zu machen. Und das bedeutet, dass ich auf diese neue Ordnung hinarbeiten muss.«

»Ich glaube, ich verstehe«, meinte Tane, der sich an Brocken anderer Unterhaltungen erinnerte, die sie im Verlauf ihrer selbst auferlegten Abgeschiedenheit in Chaim geführt hatten. »Du hilfst dem Roten Orden, weil er für Ausgeburten steht, deren Fähigkeiten sie über die Menschheit stellen. Und die Libera Dramach ... Sie streben dasselbe Ziel an, das du verfolgst, deshalb unterstützt du auch sie.«

»Aber vorübergehend arbeiten der Rote Orden und die Libera Dramach ohnehin auf ein gemeinsames Ziel hin«, fügte Asara hinzu und verschränkte die Finger.

»Die Thronerbin auf den Thron zu bringen«, führte Tane den Gedanken zu Ende.

»Genau. Sie ist der Schlüssel. Sie ist die Einzige, die den Verfall unseres Landes umkehren kann. Sie ist die Brücke zwischen uns und den Geistern, zwischen dem gemeinen Volk und den Ausgeburten.« Asara packte Tanes Handgelenke und fesselte ihn mit ehernem Blick. »Es *muss* geschehen, und wir müssen tun, was wir können, um es zu ermöglichen.«

Tane erwiderte den Blick eine Weile; dann stellte er eine Gegenfrage: »Warum hast du so viele Jahre über Kaiku gewacht?«

Fast unverzüglich bedauerte er es. Die Frage war ohne Umweg über seinen Verstand aus ihm herausgequollen, schien geradewegs aus seinem Unterbewusstsein auf seine Zunge gesprungen zu sein; doch durch eine grässliche Ahnung wusste er bereits, wie Asaras Antwort lauten würde.

Asara lächelte matt und ließ ihn los. Sie setzte sich zurück und trank einen Schluck. »Ich wurde auf Geheiß des Roten Ordens ihre Zofe. Meine Vorgängerin hatte einen Unfall.«

Tane ging nicht darauf ein. Als er keinerlei Regung zeigte, fuhr Asara fort:

»Der Rote Orden hat sie gefunden, wie auch immer die das anstellen; ihre Mittel und Wege sind mir ein Rätsel. Sie wussten, dass sich in ihr früher oder später ... Kräfte zeigen würden, und sie baten mich, Kaiku zu beobachten, bis es so weit war. Es war unmöglich, sie dazu zu bewegen, sich ihnen anzuschließen, bevor sie ihren ersten Ausbruch erlebt hatte. Welcher noch einigermaßen vernünftige Mensch würde ohne triftigen Beweis schon glauben, dass er eine Ausgeburt ist?«

Asaras Worte sanken in Tanes Bewusstsein wie ein Stein in dicken Honig. Die Welt um ihn herum schien sich zu verlangsamen, und das Getuschel der übrigen Gäste verblasste zu einem bedeutungslosen Hintergrundsummen. Über das unbearbeitete Holz des Tisches hinweg sah er Asaras wunderschöne Augen, die seine Züge und die Wirkung dessen beobachteten, was sie ihm soeben mitgeteilt hatte.

»Aber das wusstest du ja bereits, nicht wahr?«, fragte sie.

Stumm nickte Tane und senkte den Blick. Es war offensichtlich, wie sehr Asara dies genoss. Er hatte ihr eine Frage gestellt, deren Antwort er bereits kannte, und es belustigte sie, dass er ihre Erwiderung dennoch wie einen Stich ins Herz empfand.

»Es waren Kleinigkeiten«, murmelte er, als er ihr süßsaures Schweigen nicht länger ertragen konnte. »Als ich ihr zum ersten Mal begegnet bin, hat sie im Fieberwahn von einer Frau namens Asara geschwafelt. Sie hat mir erzählt, du wärst im Wald von einem Dämon getötet worden. Später bist du wieder aufgetaucht. Eine Erklärung habe ich dafür nicht bekommen, und ich habe auch nicht darum gebeten.«

»Du hast wohl gedacht, es ginge dich nichts an«, meinte Asara verächtlich. »Wie überaus männlich.«

»Nein«, widersprach Tane. »Nein, ich habe eher geglaubt, ich wolle es nicht wissen. Ich war feige. Dann warst da noch du. Bei dir habe ich von Anfang an einen Verdacht gehegt. Dazu kam all die Mühe, die du auf dich genommen hast, um sie zu dieser Ausgeburt, Cailin, zu bringen, die Geheimnisse zwischen euch, von denen ich ausgeschlossen war, die Art, wie du dich zu verändern schienst ...« Er seufzte, ein seltsamer, schicksalsergebener Laut. »Ich bin keineswegs von schwachem Verstand, Asara. Seit Beginn meiner Reise bin ich mit Ausgeburten unterwegs.«

»Und doch glaubst du, deine Reise sei dir von deiner Göttin auferlegt worden – dass du aus einem bestimmten Grund verschont wurdest. Gleichzeitig gibt es für Enyu kein größeres Übel als eine Ausgeburt. Nun bring diese beiden Umstände unter einen Hut, wenn du kannst.«

Tane neigte das Haupt, wodurch sein kahl geschorener Schädel in trübes Laternenlicht getaucht wurde. »Das kann ich eben nicht. Deshalb habe ich ja die Augen davor verschlossen.«

»Nun haben wir es also offen ausgesprochen«, bemerkte Asara, wischte sich das rötliche, wallende Haar hinter ihr makelloses Ohr und beugte sich vor. »Sie ist eine Ausgeburt, gesegnet mit der Gabe, das Geweb zu formen, wie es die Weber vermögen. Aber sie ist gefährlich für sich selbst und andere; sie braucht Führung. Ich bin aus mehreren Gründen nach Fo gekommen, aber einer davon war zu verhindern, dass sie Selbstmord begeht. Jeder Tag, den sie hier verbringt, erhöht die Gefahr, dass ihre Macht erneut ihre Grenzen durchbricht. Letzten Endes wird sie sich entweder selbst verbrennen oder von jenen getötet werden, die sie fürchten.« Damit setzte sie sich wieder entspannt zurück, ohne jedoch den Blick von Tane abzuwenden. Sie musterte ihn weiter aufmerksam. »Ich habe Cailin gesagt, dass ich sie in den Schoß bringen würde, und das werde ich ... vorausgesetzt natürlich, sie ist noch am Leben. Ich werde in dieser von den Geistern verlassenen Einöde warten, bis alle Hoffnung verschwunden ist. Das könnte Wochen dauern oder gar Monate. Aber mit fortschreitendem Alter scheint die Zeit sich zu verkürzen, Tane, und ich bin eine geduldige Frau.«

Tane schwieg. Das zuvor angenehme Gefühl der Trunkenheit war ihm plötzlich zuwider geworden.

»Schließ dich uns an, Tane«, forderte Asara ihn auf. »Du und ich, wir haben dieselben Ziele. Du magst Ausgeburten hassen, aber du möchtest, dass der Verfall des Landes endet, und die Thronerbin ist unsere einzige Hoffnung.«

»Ich ...«, setzte Tane an und fühlte, wie die Worte in seinem Mund stockten und zauderten. »Ich *hasse* Ausgeburten nicht«, presste er schließlich hervor.

»Das stimmt allerdings«, pflichtete Asara ihm bei und zog eine Augenbraue hoch. »Denn ich vermute, eine bestimmte Ausgeburt liebst du sogar.«

Tane blickte sie wütend an und suchte nach einer passenden Erwiderung, die jedoch erstickte, bevor sie das Licht der Welt erblickte. Stattdessen kniff er mürrisch den Mund zusammen

»Armer Tane«, sagte Asara. »Hin- und hergerissen zwischen deinem Glauben und deinem Herzen. Ich würde dich bemitleiden, hätte ich dasselbe nicht schon endlose Male miterlebt. Die Menschheit ist wirklich erbärmlich berechenbar.«

Tane ließ die Hände auf den Tisch niedersausen und verschüttete den Schnaps. Er zügelte sich gerade noch rechtzeitig, bevor er sich auf seine Gefährtin stürzen konnte. Asara hatte mit keinem Muskel gezuckt, sondern hockte nur entspannt auf der Matte und beobachtete ihn mit jener Belustigung im Gesicht, die Tane wahrlich zur Weißglut treiben konnte. Nun hatte auch die übrige Kundschaft der Schänke die Augen auf ihn gerichtet. Er wollte Asara würgen, sie schlagen, sie windelweich prügeln, um ihr zu zeigen, dass sie nicht so mit ihm reden könne.

Wie der Vater, so der Sohn, dachte er, und die Wut in ihm flackerte und erlosch. In einem letzten, hilflosen Ausbruch des Ärgers und der Verzweiflung ließ er die Hände erneut auf den Tisch niedersausen; dann stand er auf und stapfte aus der Schänke hinaus in die Nacht.

Die eisige Luft und der beißend kalte Wind stürzten sich begierig auf ihn. Er begrüßte das Unbehagen, eilte weg von der Schänke, weg von den Lichtern in den Fenstern, wollte nur noch fort von Asara und allem, was sie gesagt hatte. Nun stand es außer Frage; es gab keinerlei Zweifel mehr. Er hatte dieses Quäntchen Unsicherheit gehütet wie einen Schatz, denn dadurch konnte er bei Kaiku bleiben, ohne seine Göttin zu beleidigen, konnte immer noch behaupten, er sei nie sicher gewesen, dass sie eine Ausgeburt verkörperte.

Nun war diese Unsicherheit verschwunden, und er fühlte sich in eine Zwickmühle gedrängt.

Auf den derben Trampelpfaden, die in Chaim als Straßen galten, waren kaum Menschen unterwegs. Laternen schimmerten nur hinter schmutzigen Fenstern. Die Monde hielten sich in jener Nacht vom Himmel fern, und die Dunkelheit war bedrohlich und hungrig. Tane ließ sich von ihr verschlingen.

Nach einer Weile gelangte er zu einem schrägen, schroffen Felsen oben an einem Hang, der die matten Lichter des trostlosen Weilers überblickte. Dort hockte er sich nieder. Es war bitterkalt, aber er hatte seinen Mantel an und die Kapuze über den Kopf gezogen. Eine Zeit lang versuchte er zu meditieren, doch das erwies sich als hoffnungsloses Unterfangen. Ein Herz in solchem Aufruhr konnte keine Erleuchtung erfahren. Also betete er stattdessen und flehte Enyu um Geleit an. Warum hatte sie ihn nur auf diesen Weg gesandt, um sich mit Ausgeburten zu verbünden, wenn Ausgeburten einen Hohn ihres Plans verkörperten? Was sollte er tun? So viele Ungewissheiten, so viele unbeantwortete Fragen, und er suchte wieder verzweifelt nach einem Sinn. Wie konnte etwas so Einfaches wie der Glaube nur so widersprüchlich sein?

Das ist meine Strafe, dachte er. *Ich muss sie erdulden.*

Und da war sie: seine Antwort. Diese Qual der Unentschlossenheit stellte nur einen Teil seiner Buße dar. Er musste sie lächelnd hinnehmen, das tun, was er für das Beste hielt und die Folgen dessen ertragen.

Ich schulde den Göttern ein Leben, besann er sich. Das war der Satz, mit dem er sich sein Leiden erklärte, seit er sechzehn Ernten alt gewesen war und seinen eigenen Vater ermordet hatte.

•

An die Zeit vor seiner achten oder neunten Ernte besaß er keine klare Erinnerung, nur jene an eine furchteinflößende, dunkle Gestalt, die sich durch sein kindliches Gedächtnis zog, und an die niederschmetternde Unausweichlichkeit, mit der ihr Schmerzen folgten. Schmerzen waren ebenso ein Teil des Gefüges, das Tanes Kindheit bildete, wie Freude, Hunger, Hochgefühl, Enttäuschung. In der ein oder anderen Form besuchten Schmerzen ihn täglich, ob als harter Klaps hinter die Ohren, während er seine Haferflocken aß oder als Tracht Prügel in der Ecke für einen echten oder vermeintlichen Streich. Schmerzen waren ein Teil des Laufs der Dinge: willkürlich, unbegründet und ungerecht, so wie Krankheiten oder andere Schicksalsschläge.

Sein Vater, Eris tu Jeribos, war Mitglied des Dorfrats von Amada tief im Wald von Yuna. Sein Ehrgeiz hatte immer der Politik gegolten, doch obwohl er gewitzt und klug genug war, immer wieder Fortschritte zu erzielen, zogen ihn ewig jene Facetten seiner Persönlichkeit zurück, die ihn von seinen Mitmenschen entfremdeten.

Er war gottesfürchtig, was ihm niemand zum Vorwurf machen konnte; doch seine übersteigerten und sittenstrengen Ansichten fanden unter den anderen Ratsmitgliedern wenig Zuspruch. Er verursachte ihnen Unbehagen, und sie fürchteten sich davor, ihn mehr Macht erlangen zu lassen, als er im Rat besaß; doch obwohl er dies wusste, war er ein Mann von solcher Überzeugung, dass er nicht umhinkonnte, seine Grundsätze weiterhin nach außen zu kehren. Deshalb war er ständig verärgert und enttäuscht, und mit jedem Rückschlag schrumpfte die Menschlichkeit in ihm mehr zu einem verbitterten, welken Abklatsch ihrer selbst.

Aber neben seiner offenkundigen Gottesfurcht hatte er noch etwas an sich: eine kaum in Worte zu fassende Eigenschaft, auf die nur die feinsten Sinne des Unterbewusstseins ansprachen, sodass seine Mitmenschen ihn mieden, ohne zu wissen weshalb. Er war grausam. Und wenngleich er sich alle Mühe gab, es in der Öffentlichkeit nie durchdringen zu lassen, schien er es geradezu auszustrahlen, wodurch die

Menschen sich vor ihm hüteten. Vielleicht war es die unverhohlene Kälte in seinen unter buschigen Brauen verborgenen Augen, der scharfe Unterton am Rand seiner Stimme oder sein dürrer, hagerer, gebückter Körper. Aber was auch immer es war, die Dinge, die er in Abgeschiedenheit trieb, drangen in sein öffentliches Leben durch, ob er es wollte oder nicht.

Im Alter von zehn Ernten lernte Tane von seinem Vater das Jagen. Er erwies sich als bemerkenswert gelehriger Schüler und legte sich mächtig ins Zeug, da er endlich etwas gefunden hatte, das den strengen Patriarchen zufrieden stellte. Und wenn ihm auffiel, dass Eris' Augen ein wenig *zu* strahlend leuchteten, während er ein sich verzweifelt in einer Falle windendes Kaninchen beobachtete, oder dass es ihm ein wenig *zu* viel Vergnügen bereitete, einem verwundeten Vogel den Kragen umzudrehen, dann wähnte Tane sich glücklich, da sein Vater glücklich war und weniger wahrscheinlich als üblich ohne Vorwarnung über ihn herfallen würde.

Als Tane zwölf Ernten alt war, zog er in den Wald hinaus und stieß dort auf seinen Vater, der gerade einen Jeadh häutete – eine langschnäuzige, unbehaarte Art Wildhund, die den nördlichen Teil des Waldes von Yuna durchstreifte. Der Jeadh war noch quicklebendig und mit gespreizten Beinen an den Boden gepfählt. Die Geister allein wussten, wie Eris das Tier so gebändigt hatte. Tane war durch das erstickte Winseln und Jaulen angezogen worden, das der Jeadh durch den behelfsmäßigen Maulkorb presste, den Eris aus seinem Gürtel gemacht hatte.

Von Eris unbemerkt, der so sehr in seiner Beschäftigung aufging, dass sich alles andere seiner Aufmerksamkeit entzog, stand Tane einfach nur da und beobachtete das Geschehen. Er beobachtete, sie sein Vater langsam und sorgsam die Haut- und Fettschichten mit seinem Messer löste und einen blutigen Lappen zurückschlug, um die feucht schimmernden Stränge rosiger Muskeln darunter freizulegen. Eine gute halbe Stunde lang stand Tane reglos mitten auf der Lichtung, doch sein Vater bemerkte ihn nicht, während er das Tier sorgfältig, Stück für Stück zerlegte, es schälte wie eine Orange, bis er das panisch zwischen den Rippen pochende Herz sehen konnte. Tane schaute von dem Tier zum Gesicht seines Vaters und wieder zurück, und zum ersten Mal wurde ihm wirklich bewusst, dass er der Sohn eines Ungeheuers war.

Tanes Mutter Kenda war eine blasse, unscheinbare Frau, klein, scheu, grau und still. Später im Leben kam Tane der Gedanke, dass sie vielleicht erst durch die Ehe mit Eris so geworden war, aber seltsamerweise schwappte Eris' Grausamkeit nie auf seine Gemahlin über, und er schlug sie nie, während er bei Tane keinerlei Hemmungen hatte. Im schlimmsten Fall herrschte er sie an, woraufhin sie wie eine erschrockene Spitzmaus davontrippelte. Andererseits gab sie ihm aber auch kaum Grund, ihr zu zürnen, da sie keinen eigenen Willen zu besitzen schien und selbst die kleinsten Kleinigkeiten nur auf Eris' Geheiß zu tun wagte. Tane besann sich seiner Mutter als eine Art Nichts, eine fahle Erweiterung der Wünsche seines Vaters, ein untergeordnetes Wesen, das putzte und kochte und für sich allein nicht überlebensfähig war.

Kenda hatte Eris zwei Kinder geboren. Jedes hatte sie an den Rand des Todes gebracht, denn ihr schwacher Körper konnte die Prüfungen der Schwangerschaft kaum verwinden; aber Tane bezweifelte, dass sie sich selbst oder ihre Gesundheit in der Gleichung je berücksichtigt hatte. Tanes Schwester Isya war sechs Ernten jünger als er, und er liebte sie innig. Sie war der einzige Anker der Menschlichkeit in ihrem Haus. Irgendwie gelang es ihr, unbesudelt von den Eltern heranzuwachsen, die sie großzogen. Sie nahm keine ihrer Eigenschaften an, wie es die meisten Kinder zu tun pflegten. Vielmehr war es, als wäre ihre Persönlichkeit bereits im Mutterleib geformt worden und von kristallener Beschaffenheit, die gegen jedweden äußeren Einfluss immun war.

Während Tane ernst war, war sie ein rundum fröhliches Kind, ein Wesen voll Vorstellungskraft und grenzenlosem Lebensmut, eine Träumerin, die weinte, wenn sie ein totes Küken fand, das aus seinem Nest gefallen war, oder lachte und tanzte, wenn es regnete. Tane beneidete sie um ihre Lust am Leben, ihre unbekümmerte Freude; und er weidete sich an beidem, denn allein in ihrer Nähe zu sein, hieß die Wärme zu fühlen, die sie vermittelte. Die Welt schien ein besserer Ort, weil sie darin weilte. Sie erlitt dieselben Beulen und Kratzer der Kindheit wie jeder andere, aber Tane war immer für sie da, um ein aufgeschürftes Knie zu verbinden oder ihre Tränen zu trocknen. Indem er lernte, sich um sie zu kümmern, stieß er erstmals auf die Heilkraft der Kräuter, und er begann, sie auch für die eigenen Wunden zu verwenden. Isya ihrerseits vergötterte ihren Bruder; aber andererseits liebte sie alles und jeden, und selbst die Strenge ihres Vaters – der sorgsam darauf achtete, Tane nie in ihrer Hörweite zu verprügeln – oder die unruhige Scheu ihrer Mutter waren nicht in der Lage, ihre Zuneigung zu brechen.

Es war Isya und nur Isya, die das Leben für Tane erträglich gestaltete, während er zu einem Jüngling heranwuchs. Sein Vater schien die Abscheu irgendwie zu spüren, die sein Sohn für ihn empfand, seit er ihn beim Foltern des Jeadh im Wald beobachtet hatte. Dies und die zunehmenden Enttäuschungen, die er im Dorfrat erlebte, führten dazu, dass sich die regelmäßigen Prügel, die Tane erhielt, jäh vermehrten und verschlimmerten. Er bekam unmögliche Lernaufgaben gestellt, erhielt die Anweisung, sich in die Bibliothek in Amada zu begeben und ganze Kapitel der Geschichte Saramyrs auswendig zu lernen, um sie Wort für Wort wiederzugeben. Versagte er – was er unausweichlich tat –, wurde er verprügelt, bis sein Körper mit dunklen Blutergüssen übersät war und seine Lungen rasselnd nach Atem rangen.

Tane gewöhnte sich an, sich mehrere Tage am Stück tief in den Wald zurückzuziehen. Der Jagd- und Überlebensunterricht seines Vaters diente ihm bei jenen Ausflügen hervorragend, und er begann, sich mehr und mehr danach zu sehnen, für sich allein zu leben, umgeben von den Tieren und Bäumen, die allesamt unmöglich so grausam zu ihm sein konnten wie das hagere Ungeheuer, das zu Hause lauerte. Nur eines ließ ihn immer wieder zurückkehren: Isya. Obwohl seines Vaters Gewalttätigkeit sich bislang ausschließlich gegen Tane gerichtet hatte, wagte er es nicht, seine Schwester Eris' Gnade auszuliefern, falls dieser eines Tages ein neues Opfer brauchte, an dem er sich austoben konnte.

Als Tane sechzehn Ernten alt war und Isya zehn, kam jener Tag.

Tane war eine Woche lang fortgewesen, um entlang von Bächen und in felsigen Winkeln nach einem bestimmten Strauch namens Iritisima zu suchen, dessen Wurzeln eine kräftige, fiebersenkende Wirkung besaßen. Wenn er nicht unterwegs war, verbrachte er inzwischen einen Großteil seiner Zeit in der Bibliothek und beschäftigte sich neben den zum Scheitern verurteilten Aufgaben seines Vaters mit den Feinheiten der Kräuterkunde. War er fort, vermisste Isya ihn zwar, doch er stellte leicht enttäuscht fest, dass sie in der eigenen Gesellschaft durchaus zurechtkam und ihren älteren Bruder nur halb so sehr brauchte, wie er sich gerne einbildete. Zudem hatte sie Freundschaften im Dorf geschlossen: echte Freundschaften, nicht die bloßen Bekanntschaften, die Tane hatte. Er selbst konnte sich mit niemand wirklich befreunden, solange er ständig die Blutergüsse und geheimnisvollen Verletzungen verbergen musste, die einen Teil seines Daseins bildeten.

Als er nach Hause zur Hütte zurückkehrte, die im Schatten der überhängenden Eichen auf der niedrigen Felswand dahinter lag, fand er sie still vor. Es war ein schwüler Tag, und Tanes Hemd war feucht von Schweiß. Mit der Büchse als Wanderstab – eine Angewohnheit, vor der sein Vater ihn stets gewarnt hatte – ging er müde auf die Tür zu und spähte hinein. Ein stilles Haus bedeutete für gewöhnlich, dass Eris nicht da war, doch diesmal haftete dem Frieden eine gewisse Bedrohlichkeit an, die Tane unwillkürlich schaudern ließ.

»Mutter?«, rief er, als er die Büchse in den Windfang lehnte. Ihr Gesicht tauchte wie der Inbegriff von Furcht in der Küchentür auf und verschwand sogleich wieder. Tane spürte, wie etwas Kaltes in seine Brust drang. Mit raschen Schritten lief er zu Isyas Tür und riss sie ohne anzuklopfen auf.

Isya kauerte neben ihrer schlichten Pritsche in einer Ecke, eingerollt wie ein Kind im Mutterleib. Ihr Haar war zerzaust, das Gesicht vor Tränen angeschwollen. In jenem Augenblick, in jenem einen entsetzlichen Augenblick, wusste Tane, was geschehen war ... Hatte er es insgeheim nicht immer befürchtet? Er hielt die Luft an, als wolle er aufhalten, was auch immer aus seinem Bauch die Kehle hinaufsteigen wollte. Wie in einem Traum durchquerte er die Kammer und hockte sich neben Isya; sie warf sich ihm in die Arme und umklammerte ihn verzweifelt, als könne sie ihn in sich pressen, auf dass er die Schmerzen wegnehmen möge, wie er es früher immer getan hatte. Die Adern an Tanes Hals pochten, während Isya in seine Schulter brüllte; seine Augen hefteten sich auf die Spritzer dunklen, so dunklen Bluts auf der Pritsche, und dann auf die Blutergüsse an den zierlichen Armen, wo Eris' Hände sie festgehalten hatten. Isyas safrangelbes Kleid war zwischen den Knien rostig-braun.

Tane hielt sie fest. Er braute ihr einen starken Aufguss aus Sumpf-Helmkraut und Baldrian, der ihr Schlaf bescherte. Dann ging er hinaus in den Wald und kehrte erst am nächsten Morgen zurück.

Mittlerweile war sein Vater wieder da und saß am runden Tisch in der Küche. Tane sah zuerst nach Isya, die immer noch schlief, dann nahm er Eris gegenüber Platz. Schwungvoll stellte er eine halb volle Flasche Schnaps auf den Tisch. Sein Vater beobachtete ihn mit unbewegter Miene, als wäre dies ein ganz gewöhnlicher Tag, als hätte er nicht das einzig

Kostbare verheert und besudelt, das er je geschaffen hatte, und einem Geschöpf, das schöner war als der gesamte Rest der Familie zusammen, für immer die zerbrechliche Unschuld geraubt.

»Woher hast du das?«, fragte Eris mit bedrohlich leiser Stimme, so wie immer, kurz bevor er zuschlug.

»Es ist deine«, antwortete Tane. »Ich habe sie mir genommen.«

Seine Mutter, die am Herd gestanden hatte, spürte, wie sich ein Streit zusammenbraute, und wollte flugs hinaustrippeln.

»Bring uns zwei Becher, Mutter«, forderte Tane sie auf. Sie hielt inne. Er hatte ihr noch nie zuvor etwas *befohlen*. Sie schaute zu seinem Vater. Der nickte, und sie tat, wie ihr geheißen, bevor sie sich davonstahl.

»Du bist betrunken.«

»Ganz recht«, bestätigte Tane und füllte die zwei Becher. Eris trank selten, doch wenn er es tat, dann immer dieses Gesöff: Abaxia, ein milder Schnaps aus den Bergen.

Eris musterte seinen Sohn eingehend. Für gewöhnlich winselte und krümmte sich Tane an dieser Stelle unter den Fäusten oder der Gürtelschnalle seines Vaters; doch Eris hatte gespürt, dass er diesmal zu weit gegangen war, dass er eine unsichtbare Linie überschritten hatte, und Tane war mittlerweile stark genug, um es mit seinem Vater aufzunehmen. Sein Gebaren kündete von Streitlust, und darunter schwelte etwas in Tanes Augen, das Eris noch nie darin gesehen hatte: eine Art Leere, als wäre etwas in ihm gestorben und hätte ein großes Loch zurückgelassen. Zum ersten Mal in seinem Leben fürchtete sich Eris insgeheim vor seinem Sohn.

»Was soll das werden?«, fragte er langsam und vorsichtig.

»Du und ich, wir heben jetzt einen«, antwortete Tane und schob ihm den Becher hin. »Und dann unterhalten wir uns.«

»Du wirst mir nicht vorschreiben, was ich zu tun habe«, zischte Eris und erhob sich.

»Setz dich *hin*!«, brüllte Tane und schlug die Faust auf den Tisch. Eris erstarrte. Sein Sohn funkelte ihn mit unverhohlenem Hass in den Augen an. »Du hockst dich jetzt hin und wirst trinken, oder so wahr mir die Götter helfen, ich werde Schlimmeres mit dir tun als du mit Isya.«

Eris setzte sich, und damit war der letzte Rest seiner Befehlsgewalt verpufft. Sein Wort hatte in seinem Haus so viele Jahre unangefochten gegolten, dass er schlichtweg nicht wusste, wie er sich verhalten sollte, als ihm plötzlich jemand die Stirn bot. Seine Hände zitterten, während Tane sich wieder fasste und einen Schopf schwarzen Haars aus der Stirn schob. Damals schor er sich den Schädel noch nicht.

»Ein Trinkspruch«, brummte Tane und hob den Becher. Zitternd tat Eris es ihm gleich. »Auf die Familie.«

Damit leerte er den Becher in einem Zug, gefolgt von seinem Vater.

»Sie war alles, was ich hatte, Vater«, sagte Tane. »Sie war das einzig Gute, das du je hervorgebracht hat, und du hast sie zerstört.«

Eris mied Tanes Blick.

»*Warum?«,* flüsterte Tane.

Eine lange Weile antwortete sein Vater nicht, doch Tane wartete geduldig.

»Weil du nicht da warst«, murmelte Eris schließlich.

Tane stieß ein bitteres Lachen aus.

Da schaute Eris zu ihm auf. »Was hast du jetzt vor?«

Tane tippte mit dem Fingernagel an die Abaxia-Flasche. »Ich habe es bereits getan.«

Sein Vater öffnete den Mund, doch es kamen keine Worte heraus. Der Ausdruck des Entsetzens in seinem Gesicht glich nichts, das Tane je zuvor gesehen hatte.

»Quastenholzwurz«, erklärte er. »Zuerst lähmt sie deine Stimmbänder, dann saugt sie dir die Kraft aus den Gliedern.

Anschließend bearbeitet sie deine Eingeweide. Es dauert bis zu fünfzehn Minuten, bis der Tod eintritt – so steht es zumindest in den Büchern. Und das Beste von allem: Sie ist praktisch unaufspürbar, und der Leichnam ist unbeschadet, also sieht es nach einem einfachen Herzversagen aus.«

»Du ... Du hast auch getrunken ...«, keuchte Eris. Er spürte bereits, wie seine Kehle taub wurde und der Kehlkopf anschwoll.

»Eine wahrhaft erstaunliche Pflanze, dieses Quastenholz«, meinte Tane im Plauderton. »Die Blätter und oben liegenden Teile enthalten das Gegengift für das Gift in der Wurzel.« Damit öffnete er den Mund und offenbarte einen breiigen, gallegrünen Pfropfen, den er unter der Zunge verborgen hatte. Er schluckte ihn.

Sein Vater versuchte, etwas darauf zu erwidern, zu betteln oder zu flehen; doch stattdessen glitt er vom Stuhl und sackte zu Boden. Tane kauerte sich neben ihn und beobachtete sein Zucken, als er die Herrschaft über seine Glieder verlor. Die Augen seines Vaters rollten in den Höhlen und tränten; Tane lauschte teilnahmslos den leisen Schmerzenslauten, die alles waren, was Eris seinem Körper noch zu entlocken vermochte.

»Sieh nur, was du aus mir gemacht hast, Vater«, flüsterte Tane. »Jetzt bin ich ein Mörder.«

Er nahm die Becher und die Flasche mit, als er ging. Sie waren die einzigen Beweise, die bei einer Anklage gegen ihn im Zusammenhang mit dem Tod seines Vaters vorgebracht werden konnten – wenngleich er nicht glaubte, dass irgendjemand Anklage erheben würde. Seiner Mutter fehlte der Mumm dafür. Begleitet von ihrem anschwellenden Gekreisch, das aus der Hütte drang, als sie den Leichnam ihres Gemahls entdeckte, stapfte Tane davon.

An jenem Tag streifte er halb wahnsinnig vor Gram und Selbsthass durch den Wald. Er hatte keinerlei Vorstellung davon, was danach kommen, wie es weitergehen und was aus ihnen werden würde. Tane wusste lediglich, dass er sich um Isya kümmern, sie beschützen und sie nie wieder von einem Unhold wie Eris verletzen lassen würde. Er hoffte nur, sie würde wieder dasselbe Mädchen werden, wenn sie ihre Qualen erst einmal vergessen hatte.

Nachts kehrte er zur Hütte zurück, und wieder lag sie still und friedlich da. Sein Vater lag noch immer in der Küche. Von seiner Mutter und Isya war weit und breit nichts zu sehen. Zuerst überkam Tane einen Anflug von Panik; dann aber beruhigte ihn die Vernunft. Sie waren zum Haus eines Freundes gegangen oder zum Arzt in Amada, damit er Isya versorgte. Was immer sonst sie unternommen haben mochten, seine Mutter besaß nicht den Mut, ihr Heim für immer zu verlassen. Tane schaffte den Leichnam hinaus, verscharrte ihn in der Dunkelheit und ließ sich nieder, um auf ihre Rückkehr zu warten.

Nach einer Woche wurde offenkundig, dass sie nicht zurückkehren würden. Tane hatte seine Mutter unterschätzt. Vielleicht hatte ihr Drang zu flüchten ihre Furcht davor besiegt, sich der Welt da draußen ohne ihren Gemahl zu stellen. Vielleicht hasste sie ihren Sohn inbrünstig für das, was er getan hatte. Vielleicht fürchtete sie, er würde zurückkommen und auch sie töten. Er sollte es nie erfahren. Sie war gegangen und hatte seine Schwester mitgenommen. Tane hatte den einzigen Menschen verloren, den er beschützen wollte, und nun hatte er nichts und niemanden mehr ... nur sich selbst.

Im Morgengrauen kehrte er kurz zur Herberge zurück, um seine Habseligkeiten zu holen. Er machte einen Bogen um Asaras Kammer, da er nicht den Wunsch verspürte, ihr zu begegnen. Tane hatte vieles, worüber er nachdenken musste, schier unlösbare Fragen, auf die es Antworten zu finden galt. Das konnte er weder hier in Chaim noch in Gesellschaft tun. Vorerst würde er es Asara überlassen, auf

Kaikus Rückkehr zu warten. Zumindest so weit traute er ihr über den Weg.

Er hatte bereits alles aus seinem zugigen, baufälligen Holzzimmer eingesammelt und war abreisebereit, als er eine Nachricht in Asaras schwungvoller Handschrift auf dem Bett erblickte. Zögernd nahm er sie an sich.

Solltest du es dir anders überlegen, las er, *dann bring diese Nachricht zu den Priestern des Panazu-Tempels in Axekami. Sag ihnen, dass du dich dem Schoß anschließen willst. Sie werden es verstehen.*

Kurz runzelte er die sonnengebräunte Stirn, dann steckte er die Nachricht ein und ging. Bei Sonnenaufgang würden Händlerkarren gen Süden aufbrechen. Tane würde auf einem von ihnen sitzen.

ZWEIUNDZWANZIG

Der Schnee knirschte unter Kaikus Stiefeln, während sie sich westwärts durch die hohen Gipfel der Berge kämpfte. Vergraben in dem Flickenmantel, den sie vor drei Tagen dem toten Mann in der Höhle abgenommen hatte, sah sie aus der Ferne wie ein vor sich hin trottender Pelzberg aus. Die weite Kapuze flatterte über die rote und schwarze Maske auf ihrem Gesicht. Sie stapfte mit Hilfe eines hohen Stocks voran; die Büchse hatte sie sich über den Rücken geschlungen.

Beim Blut des Herzens, dachte sie bei sich. *Wann wird das enden?*

Den Rest der gestohlenen Vorräte hatte sie am Vortag verschlungen, und nun fühlte sie sich wieder matt vor Hunger. Eine innere Stimme hatte ihr geraten, mit aller Kraft voranzudrängen, die Nacht durchzumarschieren und ein gutes Stück des Weges zurückzulegen, solange sie noch etwas anderes als Schnee im Bauch hatte. Eben jene Stimme hatte auch zu ihr gemeint, die Gipfel müssten ihr Geheimnis sehr bald preisgeben und sie könne sich unmöglich mehr als einen Nachtmarsch vom Kloster entfernt befinden. Nun, Mitte des Nachmittags am Tag darauf, blieb die Stimme auffallend stumm.

Kaiku ruhte sich einen Augenblick lang aus, indem sie sich auf den Stock wie auf eine Krücke stützte. Hier draußen war es unmöglich, etwas zu essen zu fangen, und der Schnee hatte jegliche Pflanzen und Wurzeln unter hüfthohen Wächten vergraben. Die Wildnis präsentierte sich als kahler, verwaister Irrgarten aus Schnee; die einzigen Anzeichen von Leben waren das ferne Krächzen der Knorpelkrähen und das gelegentliche Geheul der Ausgeburten bei Nacht.

Wieder sah Kaiku sich dem Hungertod gegenüber, und alles, was sie tun konnte, war, in Bewegung zu bleiben.

Mittlerweile fühlte die Maske sich ganz natürlich an ihr an, als hätte sie sich unbemerkt an ihr Gesicht geschmiegt. Kaiku besann sich der Furcht und der Beklommenheit, die sie bei dem Gedanken empfunden hatte, die Maske aufzusetzen, an ihre Angst vor Wahnsinn oder Sucht. Wie lächerlich dies nun anmutete. Die Maske war nicht ihr Feind. Vielmehr stellte sie die vermutlich einzige Hoffnung auf Überleben hier draußen dar. Kaiku vertaute der Maske, suchte Trost in ihr, und obwohl sie sich bislang als wirkungslos erwiesen hatte, wuchs ihr Glaube an die Maske nach wie vor.

Und an dieser Stelle, nach vielen, vielen Tagen, sollte ihr Glaube endlich belohnt werden.

Kaiku hob den Kopf und erblickte eine Schlucht, die sie erkannte.

Sie marschierte hinüber, blieb am schneebedeckten Auslauf stehen und dachte eine Weile verwirrt darüber nach. Sie war sicher, schon einmal hier gewesen zu sein, und doch konnte sie sich nicht daran erinnern, diese Schlucht auf ihrer Reise gesehen zu haben, wenngleich sie eine derart riesige Kluft in der Landschaft gewiss nicht vergessen hätte. Am südlichen Ende musste sich ein Pfad befinden, der zwischen zwei der unheilverkündenden Gipfel hindurchführte. Auch dies wusste sie mit einer Gewissheit, die seltsam unbegründet schien, da sie ebenso sicher war, dass sie seit Beginn ihres Marschs in die Berge nicht daran vorbeigekommen war.

Bei genauerem Nachsehen fand sie tatsächlich einen Pfad, den sie einschlug.

Im Laufe des restlichen Nachmittags stieß sie auf immer mehr Landmarken, die sie kannte: ein riesiger, krummer Baum, der aus dem Schnee ragte und knorrige Finger gen Himmel reckte; eine flache, spiegelglatte Eisebene, die nur über einen schmalen Felsgrat aus schwarzem Stein in ihrer

Mitte überquerbar war, und ein gegabelter Gipfel, den eine gewaltige Naturkatastrophe in grauer Vorzeit entzweigeschlagen hatte. Jeder Anblick löste eine Erinnerung aus, die nicht die ihre war, sondern einem der vorigen Träger der Maske gehörte und auf unbegreifliche Art von den Fasern des Holzes aufgesogen worden war.

Vater, dachte sie. Kaiku spürte, wie sich Tränen in ihren Augen sammelten. Das Holz schien nach Ruito zu riechen, ein heimeliger Moschusduft von alten Büchern und väterlicher Zuneigung, den sie gerochen hatte, wenn sie als Kind in seinem Schoß gesessen und sich an seine Brust geschmiegt hatte, um dort zu schlummern. Sie spürte ihn als Geist in ihrem Verstand, enttäuschend ungreifbar, aber dennoch gegenwärtig, und sie fühlte sich wieder wie jenes Kind.

Am nächsten Tag stolperte Kaiku hungriger und schwächer denn je über ein eigenartiges Phänomen. Sie marschierte gerade eine unscheinbare Felskurve entlang, die einem Insekt in der schneebedeckten Öde glich, als sie plötzlich spürte, wie die Maske sich erwärmte. Ihr Kopf wurde leichter. Es war kein unangenehmes Gefühl, jedoch ein wenig besorgniserregend. Als sie weiterstapfte, schwoll die Hitze an. Versuchsweise ging sie ein Stück zurück, und zu ihrer Überraschung ließ die Wärme tatsächlich nach.

Dort ist etwas, dachte sie.

Außerdem konnte sie ohnehin nur weitergehen. Langsam wagte sie sich vorwärts. Sie spürte etwas Riesiges, Unsichtbares vor sich. Unwillkürlich streckte sie die Hand aus, da sie fürchtete, in etwas hineinzulaufen, obschon da nichts da war, was ihre fünf gewöhnlichen Sinne hätten wahrnehmen können.

Dann streifte ihre Hand die Schranke, und das glitzernde Geweb offenbarte sich ihr.

Es war atemberaubend: ein riesiger, sanft wogender Vorhang aus goldenen Fäden, der sich von Horizont zu Horizont erstreckte. Es besaß nicht die klaren Umrisse einer

Mauer; stattdessen handelte es sich um ein dichtes Gewirr von Wirbeln und Spiralen, die sich langsam von innen nach außen drehten, einander verschluckten und wieder hervorbrachen. Hier waren die schillernden Stränge des Gewebs in Aufruhr, als wäre eine Naht der Welt aufgerissen und darunter eine brodelnde Masse zum Vorschein gekommen. Und doch fügte die Schranke sich in die Umrisse der Umgebung ein, blieb überall etwa sechs Meter hoch und sechs Meter tief. Chaos inmitten eines geordneten Rahmens. Dies war kein Zufall, keine Laune der Natur. Dies war absichtlich hier platziert, und zwar von Wesen, die wussten, wie man die Welt jenseits der menschlichen Wahrnehmung kunstfertig beeinflusste.

Überwältigt sog Kaiku die Luft ein und zog die Hand zurück. Sogleich verschwand die Schranke aus ihrem Sichtfeld. Die Maske erstrahlte und machte sie schwindelig. So also war das Kloster all die Zeit verborgen geblieben. Die Schranke kehrte einen ungeschützten Verstand um, führte ihn in die Irre, raubte ihm den Richtungssinn. Nur mit der Maske bestand Hoffnung, das Bollwerk zu durchbrechen.

Entschlossener denn je streckte Kaiku die Hand nach der Schranke aus. Ein leichter Druck, dann glitten die pulsierenden Fasern auseinander, um sie einzulassen. Kaiku schloss die Augen, holte tief Luft, sandte ein Stoßgebet zu den Göttern und trat hinein.

Unvermittelt war sie von Licht umgeben, wurde vom Schoß des Gewebs verschluckt. Die Fasern umschlossen sie, ein sanft wogendes Meer der Glückseligkeit, und sie hatte das Gefühl, sie könne sich einfach darin treiben lassen und für alle Zeiten sorglos sein. Doch sie war nicht so unvorbereitet gegen die Gefahren der Maske, dass sie ihrem Verlangen nachgab. Genau so hatte sie auch empfunden, als sie gestorben war – diese Schönheit, dieses vollkommene Gefühl der Harmonie –, und deshalb wusste sie, dass es keine Rückkehr geben würde, wenn sie nachgab. Sie besann sich, dass die Welt sich ihr so präsentierte, wenn die Flammen in ihr sich regten, wenn ihre Netzhäute rot wurden und sie das Geweb erblickte, das vor menschlichen Blicken verborgen seine Fäden spann. Davor fürchtete Kaiku sich, und sie klammerte sich an jene Furcht, denn sie verankerte sie in der Wirklichkeit. Entschlossen drang sie tiefer in das vollendete Paradies und brach auf der anderen Seite in das garstige, grelle Licht der Welt hervor.

Es fühlte sich wie der Betrug eines Geliebten an, als hätte ihr jemand etwas Wunderschönes geraubt. Kaiku schaute über die Schulter zurück, doch die Schranke war wieder in Unsichtbarkeit verblasst. Kurz verspürte sie den heftigen Drang, einfach umzukehren und sich von dem Licht verschlingen zu lassen, anstatt diese Grausamkeit der Kälte und des Hungers zu ertragen. Dann schaute sie wieder nach vorne und setzte sich in Bewegung, während die Maske an ihrem Gesicht sich abkühlte.

Im Laufe der Zeit hatte Kaiku sich angewöhnt, vor sich hin zu murmeln, eine unterbewusste Verteidigung gegen die bedrückende Einsamkeit ihres Marschs. Der Großteil ihrer Selbstgespräche war willkürlich und bedeutungslos, oft drehten sie sich aber auch um ihren Zustand und entwickelten sich zu einer zusammenhanglosen und sich unablässig widerholenden Folge von Geständnissen, dass sie eine Ausgeburt und eine Gefahr für andere sei, dass sie hier draußen in der Wildnis bleiben solle, wo sie niemanden verletzen und von niemandem gemieden werden könne. Manchmal unterhielt sie sich mit ihrem Vater und ihrem Bruder, als wanderten sie neben ihr einher, und gelegentlich bildete sie sich ein, ein großer Keiler begleite sie unmittelbar außerhalb ihres Sichtfelds, und seine Gegenwart spendete ihr Trost.

Ihr Schwindelzustand und der Hunger verliehen diesen Trugvorstellungen noch zusätzlich Kraft, weshalb sie ihren geschwächten Verstand erobert und sich darin eingenistet hatten. Sie waren es, die Kaiku auf den Beinen hielten, wenn ihre Ausdauer zu versiegen drohte, und durch sie wäre sie weitergelaufen, bis sie zusammengebrochen und gestorben wäre, hätte sie nicht vorher das Kloster entdeckt.

Zum ersten Mal erspähte sie es zwischen zwei Hängen im Süden. Es war ein klarer Tag, andernfalls hätte sie es wohl übersehen; doch die Luft war kalt und schneidend wie ein Messer, und ihre Augen sahen noch scharf. Das Kloster schmiegte sich etwa ein, zwei Meilen entfernt an den Gebirgshang, eine breite, aus dem umgebenden Fels gehauene Fassade, riesig und massiv. Es fiel Kaiku schwer, aus der Ferne Einzelheiten zu erkennen, aber zumindest die schmale Steinbrücke konnte sie sehen, die sich vom Eingang zur anderen Seite einer tiefen Schlucht wölbte. Kaiku vermutete, dorthin sollte sie sich begeben, wenn sie sich Zugang zum Kloster verschaffen wollte.

Sie brauchte fast den ganzen restlichen Tag, um den Weg zum Kloster hinauf zu finden, der sich als eine Reihe breiter, steiler, aus der Felshaut des Berges gehauener Stufen entpuppte. Das schiere Ausmaß der Treppe ließ sogar durch den Dunstschleier der Erschöpfung einen Ansatz von Ehrfurcht in ihr aufwallen. Die Stufen waren bereits vor Jahrhunderten angelegt worden. Ihre Ränder waren durch Wind und Wetter rund geschliffen und bröckelig; falls die Weber tatsächlich dort droben lebten, mussten sie das Kloster wohl eher besetzt statt erbaut haben, denn diese Treppe war eindeutig älter als sie. Unter Schnee vergrabene Statuen behüteten das Stufenwerk auf Sockeln zu beiden Seiten, doch als Kaiku den Schnee wegwischte, stellte sie fest, dass sie von Moos überwuchert und von den Elementen glatt geschliffen waren, weshalb sie nicht zu erkennen vermochte, was sie darstellen sollten.

Die scheinbar endlose Treppe raubte ihr auch den letzten Rest ihrer Ausdauer, und als sie oben anlangte, wankte sie nur noch im Halbschlaf.

Der Taktwechsel der Stufen riss sie aus ihrem Schlummer, und sie fand sich auf einem schmalen Pfad wieder, Teil eines kleinen Vorpostens, der in gefährlicher Steillage an die Bergflanke gebaut war. Er umfasste einige Gebäude aus Ziegeln und Stein, zwischen denen gewundene Wege verliefen, wo die Form des Berges es zuließ. Die Katen wirkten alt und aufgegeben. Stumm lagen sie da; nur die Fensterläden quietschten in der frostigen Brise. Sie waren hässlich und schlicht wie die Häuser in Chaim, aber robuster gebaut. Ein Stück weiter vorne erspähte Kaiku den Beginn der Brücke, einen massiven und schmucklosen Steinbogen, der sich über die breite Kluft spannte, in der nur von Schnee erfüllte Düsternis zu erkennen war. Anzeichen von Leben waren weit und breit nicht zu sehen.

Mittlerweile hatte die Erschöpfung Kaiku vollends übermannt, und sie erkannte, dass sie jeden Augenblick zusammenbrechen würde. Sie wankte auf das nächstbeste Gebäude zu, schob den Holzverschlag auf und stellte fest, dass es sich um einen Hühnerstall handelte, der offenbar schon lange leer stand, aber in den Pferchen schimmelte noch ein wenig Heu vor sich hin. Kaiku kletterte in einen der Pferche, scharrte sich eine Heumatratze zusammen und schlief sofort ein.

Magenkrämpfe rissen Kaiku unsanft aus dem Schlummer. Lange Zeit blieb sie mit geschlossenen Augen liegen, bis schlurfende Schritte im Heu neben ihr sie erschrocken zusammenzucken ließ.

Jemand beugte sich über sie. Einen grässlichen Augenblick lang vermeinte Kaiku, es wäre der Geist des Mannes, den sie in der Höhle getötet hatte; doch obschon die Gestalt ähnliche Kleider trug, waren es nicht die gleichen. Die Flickengewänder dieser Gestalt setzten sich aus anderen Pelzarten zusammen, und die Maske, die sie anglotzte, war blau und bestand aus Holz statt aus Knochen. Das Ding war der Inbegriff dümmlicher Neugier: ein breites Mondgesicht mit schwulstiger Unterlippe und großen, dunklen Augen in einer Miene der Überraschung. Kaiku kroch zurück, wurde aber von der Steinwand hinter ihr gebremst. Ihre Büchse lag zwar in der Nähe, aber doch zu weit entfernt, um mühelos danach zu hechten.

Das Mondgesicht neigte den Kopf zur Seite, dann kam es ruckelnd näher und musterte sie eingehend. Es fühlte sich an, als würde sie von einem wilden Tier beschnuppert, das ergründen wollte, ob sie Nahrung verkörperte oder nicht. Kaiku verharrte reglos.

Ohne einen Laut zog das Mondgesicht sich wieder zurück und verlor jegliches Interesse an ihr. Der Weber drehte sich um und kletterte aus dem Hühnerpferch. Dabei hielt er einige Male inne, um ein paar andere Dinge in Augenschein zu nehmen. Dann verließ er den Stall und schloss den Verschlag hinter sich.

Kaikus Herz hämmerte wild in ihrer Brust. Was mochte das bedeuten? In den Tagen, seit sie aus der Höhle in den Bergen aufgebrochen war, hatte sie nicht ein einziges Mal in Erwägung gezogen, dass der Tod des Mannes, dessen Gewänder sie trug, Auswirkungen haben könnte. Nun begriff sie, dass das ein leichtsinniges Versäumnis gewesen war. Was wenn sie einander an den Gewändern ebenso wie an den Masken erkannten? Was wenn sie den Weber kannten, der einst ihre rote und schwarze Maske getragen hatte? Kaikus Vater hatte ihn vielleicht ebenso getötet wie Kaiku den Weber in der Höhle. Was wenn sie herausfänden, dass derjenige, der diese blutbefleckten Gewänder und diese grinsende Maske trug, nicht der Mann war, den sie kannten …

… der Mann …

Es traf Kaiku wie ein Schlag, etwas so Offensichtliches, dass sie es in ihrem geschwächten Zustand völlig übersehen hatte. Die Weber waren ausschließlich männlich. In ihrem Orden waren keine Frauen gestattet. Nur dank der schweren, vermummenden Gewänder war die Gestalt ihres Körpers nicht zu erkennen; doch selbst so zeichneten sich die Wölbungen ihrer Brüste leicht ab, es sei denn, sie schob die Schultern vor. Sollte sie auch nur ein einziges Wort sprechen, würde sie in jedem Fall entdeckt.

Kaiku spürte jähe Panik in sich aufwallen. Sie ergriff die Büchse und eilte zur Stalltür. Als sie den Verschlag ein wenig aufschob, fürchtete sie schon, das Mondgesicht zu erblicken, wie es auf das Kloster zurannte, um Alarm zu schlagen; doch stattdessen sah sie die Gestalt ein Stück weiter unten wahllos umherschlurfen, müßig allerlei Dinge anstubsen oder Steine aufheben, um sie eingehend zu betrachten.

Vorsichtig trat sie hinaus. Es war Vormittag, bitterkalt und feucht. Die schneebedeckten Flanken der Schlucht verschwanden weiter unten in tiefen Nebelschleiern. In der Nähe spannte sich die Brücke darüber. Der Steg wirkte schier unglaublich unsicher, umso mehr, weil er ob des Mangels an Zierwerk wie eine Notlösung aussah, die in krassem Gegensatz zu der aus dem Fels gehauenen Fassade auf der gegenüberliegenden Seite stand. Kaiku betrachtete erst die Brücke, dann den Schlund des Klosters dahinter. Plötzlich hatte sie Angst. Was hatte sie sich erhofft, als sie hier heraufgeklettert war? Warum hatte sie die Gefahr nicht bedacht? Warum hatte sie sich nicht im Hintergrund gehalten, um erst einmal alles zu beobachten?

Ein stechender Schmerz in ihrem Magen erinnerte sie an den Grund. Sie konnte es sich schlicht nicht leisten zu warten, um die Lage auszukundschaften, denn sie war am Verhungern. Die Rückkehr in die Wildnis unten verhieß den sicheren Tod.

Sie hatte keine Wahl.

Eine rasche Erkundung des Vorpostens – bei der sie sorgsam die Aufmerksamkeit des Mondgesichts mied – förderte lediglich verwaiste Gebäude, aber keinen Brocken Essen zutage. Und so überquerte Kaiku die schmale Steinbrücke zum Kloster, stützte sich dabei auf ihren Stock wie eine Greisin und hoffte inbrünstig, was auch immer sich in dem

Gemäuer befinden mochte, würde ihre Verkleidung nicht in Frage stellen.

Die Klosterfassade war streng und schlicht. Mächtige Säulen stützten ein nach hinten hin abfallendes Dach, das mit dem Fels des Berghangs verschmolz. Darunter kauerten vier große Statuen, vier Kreaturen, die nur aus Beinen, Schuppen und Fängen zu bestehen schienen. Als Kaiku sich näherte, erkannte sie, dass die Säulen mit Tausenden von winzigen, verschlungenen Schriftzeichen und Symbolen überzogen und die Statuen nicht verwittert waren wie ihre kleineren Gegenstücke an der Treppe, die sie am Vortag erklommen hatte. Diese hier waren so sorgsam gearbeitet, dass man fast glauben konnte, sie würden atmen. Der Eingang zum Kloster war mit schweren Steintoren versehen, aber sie standen offen. Drinnen war es dunkel.

Kaiku zögerte. Die Statuen verursachten ihr eine Gänsehaut. Sie bildete sich ein, ihre Augen würden sie verfolgen, und das Gefühl war zu stark, um es nur ihren Nerven zuzuschreiben. Kaiku schaute über die Brücke zurück und sah das Mondgesicht, das sie von der gegenüberliegenden Seite der Schlucht aus beobachtete. Erneut quälte sie die Furcht vor Entdeckung; aber sie konnte nicht mehr umkehren. Kaiku stählte sich und ging weiter in den Steinschlund des Klosters.

In dem Gang, in den sie gelangte, hingen Fackelhalter, aber keine Fackeln. Im vormittäglichen Licht, das durch das Steinportal hereinschien, konnte sie zu beiden Seiten die Umrisse von Statuen ausmachen, unförmige Kreaturen, die mit Pranken nach ihr zu haschen oder zum Sprung anzusetzen schienen. Dahinter war alles pechschwarz. Kaiku ging weiter, folgte ihrem Schatten und verschmolz nach und nach mit der Dunkelheit, bis sie davon verschlungen wurde.

Langsam passten sich ihre Augen der Finsternis an, während sie weiter vordrang, indem sie den Boden vor sich mit dem Stock abtastete. Dieser Ort schien genauso verwaist zu sein wie der Vorposten, aber das Mondgesicht musste schließlich von *irgendwo* gekommen sein. Obwohl Kaiku sich matt und zerbrechlich fühlte, trieb der Hunger sie weiter, bis selbst das Licht vom Eingang nach einer Ecke verschwand.

Und dann sah sie ein neues Licht und erkannte, dass jemand von unten her auf sie zukam. Jäh hielt sie inne und verharrte reglos am Kopf der Treppe, die hinunterzustürzen sie drauf und dran gewesen war. Die flackernde Fackel näherte sich, bis Kaiku sah, dass sie von einer weiteren Gestalt in bunt gescheckten Lumpen getragen wurde. Das Gesicht dieses Mannes glich einem grinsenden Totenschädel aus geschwärzten Knochen. Der Neuankömmling erklomm die Treppe und blieb ein paar Stufen unterhalb von Kaiku stehen. Kaiku selbst stand gebückt, damit ihre Gewänder sie regelrecht vergruben und ihre Weiblichkeit besser verschleierten; dennoch spürte sie, wie ihr Herz immer schneller schlug, während der Weber sie musterte. Wartete er darauf, dass sie etwas sagte? Das konnte sie nicht; den Mund zu öffnen hieße, sich zu verraten. Nach ein paar kurzen, doch schier endlosen Augenblicken grunzte der Weber, reichte Kaiku seine Fackel und ging an ihr vorbei, ohne sich um die Dunkelheit zu kümmern. Erleichtert stieß Kaiku den angehaltenen Atem aus.

Die Stufen führten sie in einen neuen Gang hinunter. Als sie diesem folgte, stellte sie fest, dass sich immer häufiger Fackeln in den Haltern befanden, und rauchige Flammen warfen ein warmes, rötliches Licht auf die Pfade des Klosters. Die Wände, die Decke und der Boden bestanden aus dicken, sandfarbenen Ziegeln, und in wahlloser Anordnung fanden sich verschiedene Zierstücke verstreut: hier eine kleine Votivnische, dort ein Behang oder ein klingelnder Talisman. Manchmal standen winzige, geschnitzte Götzenbilder auf Ablagebrettern, dann wieder musste Kaiku sich unter herabhängenden Wimpeln hindurchducken. Sie konnte kein Muster in alldem erkennen; es war, als hätte jemand die Überreste von einem Dutzend Religionen gehortet. Da waren Ikonen aus fernen Ländern, heidnische Puppen vom Dschungelkontinent Okhamba, uralte Ugati-Schnitzereien, Abbildungen des Pantheons von Saramyr mit einigen jener Götter, die nahezu gänzlich in Vergessenheit geraten waren. Sie stieß sogar auf einen mittlerweile vertrockneten Götzenbrunnen, auf dessen Sockel die drei Erscheinungsformen Misamchas im klassischen Vinaxischen Stil aus der Urzeit des Kaiserreichs Saramyr hockten.

Der Gang teilte sich in zwei Gänge, diese wiederum in vier, und alsbald hatte Kaiku sich in dem unterirdischen Irrgarten des Klosters hoffnungslos verlaufen. Sie spähte in Kammer um Kammer und stellte fest, dass sie willkürlich und ohne jegliches Muster angeordnet waren, als hätte ein Geisteskranker sie geplant. Mehrere Male begegnete sie anderen maskierten Webern, doch keiner schenkte ihr Beachtung, und sie begann, sich ein wenig zu entspannen, da sie zu der Überzeugung gelangte, ihre Verkleidung verberge ausreichend ihr Geschlecht.

Nachdem sie eine Weile verwaiste Pfade entlanggewandert war, stieß sie auf einen Bereich, den sie für eine Art Kerker hielt. Kein Licht brannte hier, und niemand war zu sehen, aber die scharrenden, kratzenden Geräusche aus den hinteren Winkeln der Zellen verrieten ihr, dass zumindest einige davon besetzt waren.

Kaikus Neugier verdrängte den Hunger, und sie schlich näher. Was für Gefangene mochten die Weber wohl in Gewahrsam haben? Die Kammer war wenig mehr als ein kurzer, breiter Gang zwischen zwei Reihen von vergitterten Zellentüren. Als Kaiku eintrat, senkte sich vollkommene Stille herab; sogar das Scharren verstummte. Ihre Fackel beleuchtete nur die Gitter, war jedoch nicht in der Lage zu erhellen, was sich dahinter befand.

Eine Zeit lang stand sie unschlüssig da. Dann ging sie langsam und mit hoch erhobener Fackel auf eine der Zellen zu. Etwas drückte sich dort in die Schatten, etwas …

Ohne Vorwarnung sprang es auf sie zu, krachte gegen die Gitterstäbe und haschte mit einem klauenbewehrten Arm nach ihr. Kaiku schrie auf und sprang zurück; die Klauen verfehlten sie um Haaresbreite. Die Fackel fiel ihr aus der Hand und rollte ein Stück über den Boden aus der Reichweite der Kreatur.

Eine Ausgeburt. Bei ihrem Marsch durch die Berge hatte Kaiku viele Male ähnliche Wesen gesehen, aber nie eines, das diesem glich. Dieses konnte man getrost als Inbegriff einer Groteske bezeichnen, als ausgebürigte Abscheulichkeit aus Muskeln und Zähnen. Es hatte vier Arme, aber jeder war anders, von spindeldürr bis dick angeschwollen. Ein einsames Auge blinzelte böse aus einem schwarzen, runzligen Gesicht hervor, und der Unterleib erwies sich als grässliches Gewirr halbfertiger, ineinander verschlungener Glieder und Tentakel, manche krumm und gebrochen. Auf dem Rücken fand sich ein Grat aus Stacheln und Flossen. Das Ding wirkte, als wären hier mehrere Tierarten aufeinander geprallt, die allesamt darum rangen, sich durch ein Glied oder ein sonstiges Merkmal einzubringen, wodurch ein Übelkeit erregendes Gesamterscheinungsbild entstand.

»... *ttöttte diiiiich* ...«, gurgelte das Ding auf Saramyrrisch; Kaikus Herz erstarrte.

Plötzlich erwachten all die Zellen rings um sie herum geräuschvoll zum Leben. Kreaturen ratterten über die Gitterstäbe ihrer Käfige oder streckten sich aus der Dunkelheit nach ihr. Gebrüll und Geblöke verwandelte sich in verquollene Worte aus entstellten Mündern, in Flehen und Flüche, und sogar ein paar schreckliche Laute, die sich wie Weinen anhörten, waren darunter. Entsetzt wich Kaiku zurück und hob die Fackel auf, doch sie wagte nicht, die Augen von dem Ding abzuwenden, das sie als Erstes angesprochen hatte. Langsam zog es sich aus dem Licht zurück und ließ sich wieder von der Finsternis verschlucken. Dabei sprach es abermals.

»... siehhhh nurrr, wassss ihrrrr unsss angetan habttt...«

Blankes Grauen ließ Kaiku das Blut in den Adern gefrieren, als sie Hals über Kopf aus dem Kerker flüchtete, und sie hielt erst an, als sie außer Hörweite des Getöses war. Dann lehnte sie sich keuchend an eine Wand und lauschte, wie ihr Herz sich allmählich wieder beruhigte. Der Schrecken, den ihr der Angriff des Dings eingejagt hatte, war schon schlimm genug gewesen, aber es dann auch noch sprechen zu hören ... Das war fast mehr, als sie in ihrem geschwächten Zustand zu ertragen vermochte. Inmitten eines Weberklosters befanden sich *ausgewachsene* Ausgeburten: vernunftbegabt, mit einem Bewusstsein ausgestattet und eingekerkert. Was mochte das bedeuten?

Um die Erinnerungen zu zerstreuen, stolperte Kaiku weiter, wenngleich sie sich hoffnungslos verlaufen hatte. Mehrere Male war ihr die Möglichkeit in den Sinn gekommen, sie könne verhungern, ehe es ihr gelänge, diesem Irrgarten zu entfliehen, aber vorerst war ihr Hunger vergessen. Stattdessen drang sie immer weiter vor, ohne auf eine bestimmte Richtung zu achten; Kaiku wollte nur weg von diesem Verlies.

Nach einer Weile wurde sie eines dumpfen Summens gewahr, das von irgendwo vor ihr ertönte. Mittlerweile war sie in unbeleuchtete Gänge gelangt, die kaum mehr als behelfsmäßige Tunnel darstellten, in denen es keine Fackelhalter mehr gab. Seit geraumer Zeit war sie niemandem mehr begegnet und hatte sich damit abgefunden, die ausgetretenen Wege weit hinter sich gelassen zu haben. Eigentlich wollte sie gerade in Gefilde umkehren, in denen sie mit größerer Wahrscheinlichkeit auf Nahrung stoßen würde, aber das Summen weckte ihre Neugier, und so ging sie weiter.

Ein Licht weiter vorne im Tunnel zog sie an, und sie stieß auf einen großen Riss in der Seite des Gangs, der auf einen breiten Felsvorsprung in eine riesigen Kammer hinausführte. Das Summen drang aus der Kammer, und das Licht von drinnen schien zu Kaiku heraus, ein seltsam unheimlicher Schimmer in einem unmöglich einzuordnenden Farbton.

Der Felsvorsprung versperrte ihr die Sicht in die Kammer; deshalb schlängelte sie sich durch den Riss, kroch zum Rand, blickte darüber und sah, was sich unten befand.

Die Kammer war aufwändiger geschmückt als alles, was Kaiku bislang an diesem Ort gesehen hatte. Sie strahlte eine mächtige, steinerne Erhabenheit aus. Die sandfarbenen Wände waren zu gewundenen Säulen oder zu gewaltigen Felsstürzen über den goldgefassten Toren darunter gehauen. Kaiku befand sich hoch droben, ihr Sims nur ein kleines Stück unterhalb der Decke. Beiderseits von ihr wachte ein Grüppchen wasserspeierähnlicher Kreaturen hämisch grinsend über das Geschehen darunter, kleinere Vettern der riesigen Statue, die das ferne Ende der Kammer beherrschte. Das Abbild des Wesens ragte gut fünfzehn Meter empor und streifte mit den Schultern die Decke, während es in dem widernatürlichen Licht kauerte. Die Böswilligkeit, die von den Kreaturen ausging, überstieg jede Vorstellungskraft. Es waren augenlose Dinger mit klaffenden Mäulern, deren Größenverhältnisse jeglichem Sinn entbehrten. Sie waren grässlich entstellt und gerade noch menschenähnlich genug, um als solche erkennbar zu sein, gleichzeitig aber so verzerrt, dass Kaiku unwillkürlich am Verstand ihrer Schöpfer zweifelte. Das Licht erhellte sie von unten, sodass ihre abscheulichen Züge durch allerlei Schatten nur umso bedrohlicher wirkten.

Doch es war das Geschehen in der Mitte der Kammer, das Kaikus Aufmerksamkeit fesselte. Dort befand sich die Quelle des Lichts: ein riesiger Stein, etwa zwölf Meter lang und halb so hoch. Und er war anders als jeder Stein, den Kaiku bislang zu Gesicht bekommen hatte.

Die Form des Dings war vollkommen unregelmäßig, erst recht für ein Mineral. Es schien *gesprossen* zu sein wie eine Pflanze oder ein Korallenriff, sodass aus dem Kern große

Wurzeln und klobige Steingeweihe ragten und sich in den Boden, die Wände und die Decke der Kammer bohrten. Es flimmerte mit widernatürlichem Schein. Kaiku kniff hinter der Maske die Augen zusammen und spürte, wie sich Übelkeit in ihrem Bauch ausbreitete, was allein der Anblick des Dings bewirkte.

Ich kenne das, dachte sie bei sich, als eine Erinnerung der Maske sie überkam. *Das ist ein Hexenstein.*

Sie starrte auf den Quell der Macht der Weber, ihren eifersüchtig gehüteten Schatz.

Zwölf Weber standen rings um den Stein, so wie Kaiku in Flickengewänder und seltsame Masken gehüllt. Auch eine dreizehnte Person war anwesend, doch die war nackt: ein dürrer, ausgemergelter Mann, der sich matt im Griff zweier Weber wand. Kaiku beobachtete, wie sie ihn über ein paar Stufen hinaufschleiften und zur schartigen Rückseite des Steins hinzogen. Sie ahnte, was als Nächstes geschehen würde, noch bevor eine der Gestalten die Sichel zog und dem armen Tropf die Kehle durchschnitt.

Der Mann fiel vornüber aufs Gesicht. Einer der Kuttenträger zog sich zurück, während der andere den Toten umdrehte und ihn vom Kinn bis zur Männlichkeit aufschlitzte, um seine Eingeweide freizulegen. Auf die begann er dann einzuhacken, holte sie Stück für Stück und ohne jede Sorgfalt heraus und legte sie neben den Stein. Herz, Nieren, Leber, Gedärme … binnen kürzester Zeit war er von den Organen des Mannes umgeben.

Kaiku beobachtete all das ohne besonderes Grauen. Das Los des Mannes kümmerte sie ebenso wenig wie die Art und Weise, wie er getötet worden war. Aber irgendetwas stimmte nicht an dem, was sie sah, und es dauerte eine Weile, bis sie begriff, was es war.

Da war kein Blut. Oh, natürlich hatte der Mann *geblutet*, und die Gewänder des Webers waren voll gespritzt; der Stein aber, auf den der Großteil des Blutes letztlich troff, war unbefleckt. Die Stelle, an der das herausgerissene Herz abgelegt worden war, erwies sich als sauber und trocken, als läge dort ein Apfel, und die Gedärme, die in einem roten Teich hätten ruhen müssen, prangten weich, blau und unbesudelt auf dem Boden. Das Blut strömte zwar heraus, aber wohin verschwand es? Es war, als hätte der Boden es aufgesogen.

Oder als hätte er es *getrunken*.

Kaiku runzelte ob der Vorstellung die Stirn, doch nun sah sie, dass der Hexenstein sich verdunkelte. Der schauerliche Schimmer verblasste und zog sich nach innen zurück, bis es in der Höhle fast stockfinster war. Die einzige Lichtquelle befand sich innerhalb des Steins, und der Stein war voller Adern, ein Geflecht leuchtender Linien, die in tiefer Dunkelheit hingen, als wäre seine Haut durchsichtig geworden, sodass nun seine Eingeweide freilagen. Und in seiner Mitte pochte ein Knäuel wie ein menschliches Herz und beförderte das grellweiße Blut in die Adern.

Bei den Geistern, dachte Kaiku. *Der Hexenstein. Er ist lebendig.*

Da brachen die Erinnerungen los, fluteten ihr Gehirn mit plötzlichem Verstehen, ausgelöst durch die Erkenntnis. Verbindungen, die Kaiku nie zuvor bedacht hatte, wurden unvermittelt offenkundig, und jede deckte eine weitere auf, bis der Kreislauf vollkommen war und sie die Gesamtheit des Gefüges sah, so wie einst ihr Vater. Schlagartig wusste Kaiku, was Ruito tu Makaima herausgefunden hatte, weshalb er geflüchtet war und warum man ihn für jenes Wissen getötet hatte.

Die Hexensteine waren lebendig. Und so wie der Staub der Hexensteine in den Masken der Weber deren Körper verunstaltete und verpestete, verunstalteten und verpesteten sie die Erde, in der sie lagen.

Es offenbarte sich Kaiku als Vision. Ruito in seinem Arbeitszimmer in einer Mietswohnung in Axekami, wie er über einer Karte, Zahlen und Schriftrollen brütete. Ein Unterfangen, an dem er jahrelang im Geheimen gearbeitet hatte, eine Leidenschaft, ein Verdacht. In ihrer Vision stand Kaiku im Augenblick des Erkennens neben ihm – obwohl sie im wirklichen Leben nicht dabei gewesen war –, konnte beobachten, wie die Tatsachen, Zahlen und Entfernungen sich zusammenfügten. Es bestand ein Zusammenhang zwischen den Geburtsmeldungen von Ausgeburten und ihrer Nähe zu Webern. Ruito erkannte, dass sich im Mittelpunkt der Verbreitung von Ausgeburten stets ein Weber-Kloster befand, und die Klöster waren rings um die Hexensteine gebaut. Warum war das noch niemandem vor ihm aufgefallen? Wie viele Menschen waren getötet oder eingeschüchtert worden, um ihr Schweigen zu gewährleisten? Ruito aber entdeckte es und war entschlossen, der Angelegenheit nachzugehen, den Beweis zu erbringen, den er benötigte, um ihn den Adligen vorzutragen. Deshalb war er hierher gereist, hatte dies gesehen und war geflüchtet.

Aber sie hatten es gewusst. Irgendwie hatten sie es erfahren, durch eine Achtlosigkeit, die selbst Ruito übersehen hatte. Ein unsichtbarer Auslöser, ein falsches Wort ... Wer vermochte es zu sagen? Als Ruito zum Festland zurückkehrte, war es bereits hoffnungslos. Ein Mann wie er konnte nur hoffen, die Weber zu überwältigen, wenn er unentdeckt blieb. Waren sie erst vorgewarnt, würde er nicht einmal eine Botschaft an die Adligen zuwege bringen. Sie würden ihn gar nicht aus dem Haus lassen, jede seiner Bewegungen mit Argusaugen beobachten. Wäre er geradewegs nach Axekami zurückgekehrt und hätte er versucht, sein Wissen unter anderen zu verbreiten, vermutlich hätten sie nur ihn getötet. Doch erschüttert von dem, was er gesehen hatte, war er stattdessen nach Hause zurückgereist, um nachzudenken und sich zu erholen – und sie waren ihm den ganzen Weg gefolgt. Erst da hatten sie sich zu erkennen gegeben, ihn wissen lassen, dass sie an ihm klebten wie ein Schatten. Sie gestatteten ihm, bis nach Hause zu seiner Familie zu gelangen, und dann zeigten sie sich.

Und Ruito wusste, dass sein Leben zu Ende war; er wusste zu viel.

Kaiku glaubte, an Kummer ersticken zu müssen, als sie fühlte, wie ihr Vater seine Entscheidung traf. Es gab weder einen Ausweg noch eine Möglichkeit, das Wissen umzukehren, das er besaß. Er würde getötet werden und seine Familie ebenso. Aber zumindest konnten sie den Spieltisch noch ehrenvoll verlassen statt durch die Hände der Kreaturen, derer die Weber sich bedienen würden. Ruito wollte nicht zulassen, dass sie seine Familie Folter oder Verhören unterziehen, ihre Gehirne bloßlegen und von den Ungeheuern vergewaltigen lassen würde, die er wachgerüttelt hatte.

Es war kein Meuchelmörder gewesen, der das Abendmahl an jenem Tag vergiftet hatte, kein Mittelsmann der Weber, der Kaiku das erste Mal getötet hatte. Ihr Vater war der Täter.

Nachdem die Weber sich seiner Hilflosigkeit versichert und die gesamten Ergebnisse seiner Arbeit aus seiner Wohnung in Axekami beseitigt hatten, sandten sie die Shin-shin. Doch die Shin-shin kamen zu spät; sie konnten nur noch die Beweise vernichten, und allein Asaras Stärke war es zu verdanken, dass noch jemand übrig war, der darüber berichten konnte.

Kaikus Augen füllten sich mit Tränen. Sie fühlte all die Verzweiflung, all den Verlust, die grässliche Erkenntnis, die ihr Vater empfunden hatte. Kein Wunder, dass er gehetzt gewirkt hatte, als er zuletzt nach Hause gekommen war. Das Ausmaß der Verschwörung, hinter die er gekommen war, hatte ihn gebrochen, und das Wissen, dass weder er noch seine Familie weiterleben würden, hatte ihn zerschmettert. Die Entscheidung, zu der er gezwungen worden war, hatte ihn zerstört: diejenigen, die er liebte, zu vergiften, oder sie einem weit schlimmeren Los zu überlassen.

Die Weber töteten Ausgeburten sei zweihundert Jahren, predigten Hass gegen sie und nutzten ihre Machtstellung, um diese Abscheu tief im Bewusstsein des Volkes von Saramyr zu verwurzeln. Doch sie taten es weder in dem Bestreben, die menschliche Rasse rein zu halten, noch aus religiösen Gründen. Sie räumten lediglich ihre eigene Unordnung auf, verwischten ihre Spuren, beseitigten die Beweise.

Die Quelle der Macht der Weber war gleichzeitig die Quelle des Übels, das Saramyr verwüstete.

Diese letzte Erkenntnis war zu viel für Kaiku. Hungernd, erschöpft und von Furcht erfüllt, kroch sie durch den Riss in der Wand von dem Felssims zurück. Sie wusste nicht, wie lange sie umherwankte, bis sie das Bewusstsein verlor; jedenfalls begrüßte sie das süße Vergessen mit offenen Armen.

DREIUNDZWANZIG

Anais tu Erinima, Geblütskaiserin von Saramyr, stand auf dem Dach der Kaiserlichen Feste und blickte auf die Stadt darunter. Vom Nordufer des Kerryn driftete ein Rauchschleier herauf, der zusammen mit einigen dünneren Schwaden den abendlichen Himmel besudelte. Die Luft war trocken und stickig wie das Innere eines Backofens. Links hinter ihr bildete Nukis Auge einen westwärts sinkenden Ball aus düsterem Orange, der den Horizont hinter dem massiven Umriss des Ocha-Tempels in der Mitte des Dachs der Feste zum Lodern brachte. Unter dem Steg, auf dem die Kaiserin stand, lag der Skulpturengarten der Feste, ein erstarrter Wald aus Kunstwerken unter freiem Himmel. Die seltsamen Gestalten in den Gärten warfen lange, entstellte Schatten über ihre Nachbarn. Schmale weiße Pfade wanden sich durch sorgsam gepflegte Rasenflächen und verliefen zwischen den Sockeln, auf denen die Skulpturen ruhten.

Anais legte die blassen, anmutigen Finger auf die niedrige Brüstung, die sie vor der schwindelerregenden Tiefe schützte, und ließ den Kopf sinken. Weiter vorne am Steg stand eine Kaiserliche Wache in weißer und blauer Rüstung auf ihrem Posten und tat so, als würde sie nichts bemerken.

Am liebsten hätte Anais geschrien und sich aus dieser Höhe in den Tod gestürzt. Wäre das kein episches Ende? Wäre das nicht ein Lied oder ein Gedicht wert? Würde der Kriegerdichter Xalis noch unter den Lebenden wandeln, wüsste er schon etwas daraus zu machen. Er hätte es verstanden, Anais' gewaltvolles und jähes Abtreten in gleichermaßen gewaltsame und jähe Verse zu packen, deren Worte sich wie ein Schwerthieb anfühlten.

Die Stadt riss sich selbst in Stücke. Die meisten Adligen waren mittlerweile auf ihre Anwesen geflohen, wo sie ihre Armeen um sich scharten und abwarteten, woher der Wind wehen würde. Der Hof hatte sich zerstreut, wodurch die Weber wichtiger denn je waren. Ein Bürgerkrieg braute sich zusammen, und jede Familie trachtete danach, den Kopf über Wasser zu halten, sobald es zu Kampfhandlungen kam. Tief in ihrem Herzen wusste Anais, dass der Schöpfer ihres Elends in ihrer eigenen Feste weilte: Vyrrch. Gerne hätte sie etwas gegen ihn unternommen, doch im Angesicht ihrer Feinde konnte sie es sich nicht leisten, ohne einen Weber zu sein. Vyrrch mochte es ja gewagt haben, im Geheimen seine Spielchen zu treiben, doch er konnte sich nicht offen weigern, sie zu verteidigen oder ihr Nachrichten vorenthalten, da er seine Machenschaften dadurch preisgeben und die Macht der Weber in Gefahr bringen würde. Ließe sich beweisen, dass Vyrrch sich auch nur ein einziges Mal in die Politik eingemischt hatte, würden die Adligen Vergeltung üben – aber wohl erst, vermutete Anais, nachdem sie ihr Möglichstes getan hätten, ihr Kind zu töten.

Anais' zornige Verzweiflung war grässlich. Selbst ihre angeblichen Verbündeten waren gegen sie. Warum begriff es denn niemand? Zählten die Jahre ihrer weisen Herrschaft denn gar nichts? Bei den Geistern, es ging um ihr *Kind*! Ihr einziges Kind, und das einzige, das sie je haben würde. Lucia sollte herrschen. Sie war eine Geblütserbin!

Aber welchen Preis durfte man für die Mutterliebe zahlen? Wie viele würden ob ihres Stolzes auf ihre Tochter sterben? Wie viele würden ihr Leben lassen, bis die Menschen einsahen, dass Lucia keine Missgeburt war, kein Geschöpf, das es zu hassen galt, sondern ein Wesen reinster Schönheit?

Die Ungerechtigkeit des Ganzen nagte an der Kaiserin. Anais war mit den Unruhen zurande gekommen, bis dieser hohlköpfige Offizier alles zerstört hatte, indem er Unger tu Torrhyc hatte verhaften lassen. Und danach, als sie bereit gewesen war, dem Aufwiegler die Freiheit zu schenken, um dem Volk die Großmut seiner Herrscherin zu zeigen, hatte man ihn tot in seiner Zelle gefunden. Er hatte sich an der Wand das Gehirn aus dem Kopf geschlagen. In den Straßen kursierten bereits Geschichten, wie mutig er sich geopfert habe, ehe die Folterknechte der Kaiserin ihn zwingen konnten, seine Worte zu widerrufen.

Und im Mittelpunkt des Spinnennetzes hockte Vyrrch. Anais wusste, dass er es war, aber sie hatte keine Möglichkeit, es zu beweisen.

»Anais!«, ertönte von unten ein Ruf. Die Kaiserin wurde aus ihren Gedanken gerissen und schaute in den Skulpturengarten hinab, wo Barak Zahn tu Ikati ihr zuwinkte. Sie hob die Hand zum Gruß und machte sich auf den Weg nach unten. Der Barak kam ihr am Fuß der Treppe entgegen. Einen Augenblick lang musterten die beiden einander verlegen; dann schlang Zahn die Arme um die Kaiserin und zog sie an sich. Überrascht erwiderte Anais die Umarmung.

»Welchem Umstand verdanke ich diese unangemessene Liebesbekundung?«, murmelte sie.

»Du sahst aus, als könntest du das gebrauchen«, antwortete Barak Zahn.

Damit ließ er sie los. Anais lächelte matt. »Ist das wirklich so offensichtlich?«

»Nur wenn man dich so gut kennt wie ich«, erwiderte Zahn.

Dankbar neigte Anais das Haupt. »Geh ein Stück mit mir«, forderte sie ihn auf und hakte sich bei Zahn unter, während die beiden durch den Skulpturengarten schlenderten.

Die Skulpturen der Kaiserlichen Feste datierten aus der Zeit vor dem Kaiserreich und legten Zeugnis vom Sammlertrieb des zweiten Geblütskaisers, Torus tu Vinaxis ab. Allein dem Glück war es zu verdanken, dass er Axekami als Hort für seine Schätze auserkoren hatte, denn die erste Hauptstadt, Gobinda, fiel kurz nach dem Ende seiner Herrschaft einer Naturkatastrophe zum Opfer und hätte vieles mit sich gerissen. Er hatte die meisten Kunstsammlungen der jetzigen Hauptstadt begonnen – ein zu empfindsamer und schöpferischer Mann, um ein guter Herrscher zu sein, wie die Geschichte bewiesen hatte; schließlich war er dann ja auch vom mittlerweile ausgestorbenen Geblüt Cho vom Thron gestoßen worden. Einige der Kunstwerke empfand Anais als beruhigend, andere als bemerkenswert, jedoch nur wenige als erhebend. Sie besaß nicht das Herz einer Künstlerin, weshalb sie – wie sie sich einredete – bislang auch eine so gute Geblütskaiserin gewesen war.

»Die Dinge wenden sich zum Schlimmeren, Zahn«, sagte Anais, während sie an einem gewundenen Elfenbeinwirbel vorbeiwanderten, der an ein Organ erinnerte. »Das Volk gerät außer Rand und Band. Meine Kaiserlichen Wachen haben bereits die Grenzen ihrer Möglichkeiten erreicht, und ihre Gegenwart scheint die Menschen nur zusätzlich anzustacheln. Kaum ist ein Aufstand niedergeschlagen, entstehen zwei neue. Das Armenviertel brennt. Unger tu Torrhycs verfluchtes Gefolgsrudel verursacht nie da gewesene Verheerung in den Straßen meiner Stadt.« Ihre Augen verdüsterten sich. »Die Dinge wenden sich zum Schlimmeren«, wiederholte sie.

»Dann wird das, was ich dir zu sagen habe, deine Stimmung wohl kaum heben, Anais«, meinte Zahn und rieb sich mit dem Knöchel über die bärtige Wange.

»Ich weiß es bereits«, kam Anais ihm zuvor. »Das Geblüt Kerestyn hat seine Streitkräfte im Westen versammelt. Sie marschieren auf die Hauptstadt zu.«

»Und weißt du auch schon, dass Barak Sonmaga und die Streitkräfte des Geblüts Amacha ihnen vom Süden entgegenmarschieren?«

Anais schaute zu ihm auf, und kurz wirkte sie wie gehetzt. »Um sich mit Kerestyn zu vereinen?«

»Das bezweifle ich«, antwortete Zahn. »Zumindest wurde

mir nichts dergleichen zugetragen. Nein, ich glaube, Sonmaga hat vor, Kerestyn davon abzuhalten, die Stadt zu betreten.«

»Zumindest so lange, bis er selbst einmarschieren kann«, ergänzte Anais mit finsterer Miene.

»So ist es«, bestätigte Zahn bedauernd. Schweigen senkte sich zwischen ihnen, während sie durch die dunklen Reihen der Skulpturen schlenderten und ihre Schuhe auf dem Kieselpfad knirschten.

»Sprich es aus, Zahn«, forderte Anais ihn schließlich auf. »Du bist nicht nur hierher gekommen, weil du mir diese Nachricht überbringen willst.«

Zahn sah sie nicht an, als er sprach. Stattdessen heftete er die Augen auf einen willkürlichen Punkt in der Ferne. »Ich bin gekommen, um dich anzuflehen, deine Entscheidung zu überdenken, am Thron festzuhalten.«

»Willst du damit andeuten, ich solle abdanken?« Anais' Stimme verhärtete sich.

»Nimm Lucia mit«, fuhr Zahn in leidenschaftslosem Ton fort. »Überlass den Thron jenen, die ihn so sehr begehren. Stell das Leben deines Kindes über die Macht deiner Familie. Du kannst den Rest deiner Tage in Frieden und Wohlstand leben, und Lucia wäre in Sicherheit. Aber deine Lage verschlimmert sich, und du weißt, was geschehen wird, wenn das Geblüt Amacha oder das Geblüt Kerestyn die Stadt gewaltsam einnehmen müssen.«

Anais kochte vor Zorn, schwieg aber.

»Dann spreche ich es eben aus, wenn du es nicht tun willst«, fuhr Zahn fort. »Dich mögen sie wohl am Leben lassen, Lucia aber werden sie hinrichten. Sie können das Wagnis nicht eingehen, dass sie zu einer Bedrohung für ihre Macht heranwächst; außerdem will das Volk ihr Blut.«

»Und wenn ich abdanke?«, spie Anais ihm entgegen. »Sie werden sie kriegen, Zahn. So oder so bleibt sie eine Bedrohung für sie, selbst wenn ich dem Thron entsage. Viele Menschen mögen Ausgeburten hassen, manche aber tun es nicht, und sie würde zu einem Sinnbild ihrer Unzufriedenheit werden, zu einem Symbol, hinter dem sie sich scharen können. Ob Kerestyn oder Amacha die Herrscherfamilie werden, ob ich abdanke oder nicht, sie werden Lucia töten. Sie werden Meuchelmörder senden. Lucia ist *zu gefährlich, um am Leben zu bleiben* ... Begreifst du das nicht? Die einzige Möglichkeit, meinem Kind das Leben zu retten, besteht darin, Kaiserin zu bleiben und sie zu *besiegen*!«

Plötzlich wurde ihr bewusst, dass sie schrie. Zahn legte ihr die Hände auf die Schultern, um sie zu beruhigen, doch sie stieß ihn weg.

»Rühr mich nicht an, Zahn. Du hast kein Recht mehr dazu.«

»Ach ja«, brummte der Barak verbittert. »Ja, ich habe gehört, dass du neuerdings wieder das Bett mit deinem nichtsnutzigen Gemahl teilst. Ich kann mich noch daran erinnern, wie du ...«

»Das geht dich *nichts* an!«, herrschte Anais ihn an, wobei ihr blasses Gesicht sich jäh rötete.

Beschwichtigend hob Zahn die Hände. »Verzeih mir«, sagte er rasch. »Ich habe mich vergessen. Lass uns nicht streiten; hier geht es um bedeutendere Dinge.«

Anais suchte in seinen Augen nach Anzeichen von Hohn, entdeckte jedoch nur Aufrichtigkeit. Sie entspannte sich. Als Zahn sah, dass sie bereit war, ihm wieder zuzuhören, fuhr er fort:

»Wenn du schon darauf bestehst zu bleiben, Anais, dann lass dir wenigstens von deinen Verbündeten helfen«, schlug er vor. »In zwei Tagen könnten Tausend Soldaten hier sein, in einer Woche zehnmal so viel. Du könntest die Aufstände niederschlagen, für Sicherheit unter den Menschen sorgen, und sind die Streitkräfte erst in der Stadt, wären wir unantastbar. Amacha und Kerestyn würden es nicht wagen, Axekami zu betreten.«

»Zahn«, erwiderte Anais müde, »Ich vertraue dir; aber du weißt, dass ich nicht mir nichts, dir nichts eine Streitmacht nach Axekami kommen lassen kann. Zu viele Familien sind in all das verstrickt. Die politische Lage ist einfach viel zu unsicher.«

»Mir ist zu Ohren gekommen, Barak Mos vom Geblüt Batik hätte dir Truppen angeboten, die du auch angenommen hast.«

»Da haben dir deine Spitzel etwas Falsches erzählt, mein lieber Barak«, entgegnete Anais ohne Groll. »Mos hat mir zwar Truppen angeboten, aber noch habe ich sie nicht angenommen. Außerdem verhält es sich mit ihm ohnehin anders. Meine Verteidigung liegt in seinem eigenen Interesse: Er hat einen Sohn und eine Enkelin zu beschützen. Durun würde ebenso wahrscheinlich getötet werden wie ich, sollten das Geblüt Amacha oder das Geblüt Kerestyn Axekami einnehmen.«

»Mos ist auch das Oberhaupt der einzigen anderen Familie, die stark genug wäre, den Thron an sich zu reißen«, erinnerte Zahn sie.

»Sein Sohn *hat* den Thron bereits«, hielt Anais dem entgegen. »Trotz der offensichtlichen Unzulänglichkeiten meines Gemahls habe ich die Ehe all die Jahre nicht aufgehoben. Barak Mos hat keinen Grund zu der Annahme, dass sich jetzt etwas daran ändern würde.«

»Glaubst du tatsächlich, du kannst Axekami gegen deine Feinde halten, wenn die Bevölkerung der Stadt selbst gegen dich ist?«, fragte Zahn.

»Die Menschen werden lernen, sich mit Lucia abzufinden«, antwortete Anais. »Andernfalls werde ich es ihnen *beibringen* müssen. Vorerst verhalten sie sich wie tobsüchtige Kinder und müssen bestraft werden. Ich werde sie schon im Zaum halten.«

Sie bogen um eine Ecke in den langen Schatten eines hoch aufragenden Dings, das eine Kobra aus Stein oder vielleicht einen Mann und eine Frau in inniger Umarmung darstellten mochte. Die Abendsonne schien durch die Lücken in der Skulptur. Zahn schenkte alldem keinerlei

Beachtung. Eine Weile wanderten sie in der schwülen Sommerhitze Saramyrs weiter, ehe Anais wieder das Wort ergriff.

»Ich schulde dir eine Entschuldigung«, sagte sie.

Zahn zeigte sich überrascht. »Wofür?«

»Ich war überheblich. Ich war so sehr damit beschäftigt, meine Gegner für mich zu gewinnen, dass ich einen meiner wichtigsten Verbündeten dabei übersehen habe. Wochenlang habe ich Lucia den hohen Familien in dem Versuch vorgestellt, die Mythen zu zerstreuen, die sich um sie ranken; du aber hast mich bei alledem von Anfang an unterstützt, und ich habe dich nicht ein einziges Mal eingeladen zu sehen, wofür du kämpfst.«

Zahn neigte das Haupt. Anais wusste so gut wie er, weshalb er auf ihrer Seite war. »Du hast natürlich Recht. Ich bin ihr noch nie begegnet. Es wäre mir eine Ehre, das jetzt nachzuholen.«

Thronerbin Lucia hatte ihren Unterricht für den Tag beendet, und so begab sie sich in die Dachgärten hinauf, um das letzte Abendlicht zu genießen. Zaelis war bei ihr geblieben. Sie mochte den großen, weißbärtigen Lehrer. Er sprach ihr stets Mut zu, und seine tiefe, volltönende Stimme war beruhigend. Lucia wusste – auf die einzigartige Weise, mit der sie Dinge eben wusste –, dass ihm ihr Wohl am Herzen lag. Außerdem genoss sie das Gefühl der Freiheit, das sie verspürte, wenn sie allein mit ihm war. Er war der Einzige, in dessen Gegenwart sie ihre Gaben offen einsetzen konnte.

Sie saßen gemeinsam auf einer Bank in einer malerischen Laube inmitten eines losen Grüppchens exotischer Bäume. Bunte Beerentrauben hingen zwischen dem üppigen, tropischen Grün der Blätter. In hundert verschiedenen Verstecken summten und zirpten Insekten und zogen gelegentlich in trägen Bögen oder eiligem Flug an ihnen vorbei. Rings um sie herum hockten Raben. Die Raben der Feste hatten gelernt, Zaelis zu dulden, und er hatte gelernt, sich in ihrer Gegenwart zu entspannen. Sie waren wild entschlossen, die junge Thronerbin um jeden Preis zu beschützen. Den Raben Saramyrs wohnte eine innige Verbundenheit mit ihrem Hoheitsgebiet inne, woraus das Bedürfnis erwuchs zu bewachen und zu beschützen. Angespornt von elterlichen Trieben, die zu verstehen sie nicht intelligent genug waren, wachten sie über Lucia wie über ein verirrtes Küken.

»Bist du besorgt, Lucia?«, fragte Zaelis.

Sie nickte. Mittlerweile war er recht gut in der Lage, ihre Stimmungen zu erahnen, wenngleich sie sich selten an ihrer allzeit verträumten Miene ablesen ließen.

»Wegen dem, was in der Stadt geschieht?«

Abermals nickte sie. Niemand hatte ihr etwas gesagt – nach Duruns Gefühlsausbruch vor dem Kind waren die Lehrer und Wachen angewiesen worden, Belange von außerhalb geheim zu halten –, trotzdem wusste Lucia es. Wie sollte man auch etwas Derartiges vor einem Mädchen verbergen, das in der Lage war, mit Vögeln zu sprechen? Zaelis missachtete den Erlass und besprach die Lage mit ihr. Lucia hatte ihm nicht gesagt, dass die Traumfürstin ihr den Großteil ohnehin bereits mitgeteilt hatte.

»Das war mein Fehler«, murmelte sie leise. »Ich habe das begonnen.«

»Ich weiß«, antwortete Zaelis in der zwanglosen Umgangsform, die für – und durch – Kinder, sogar die Thronerbin, verwendet wurde. »Aber wir haben schon lange darauf gewartet, dass du es beginnst.«

Lucia schaute zu ihm auf. »Du wirst dich um mich kümmern, nicht wahr?«

»Selbstverständlich.«

»Und um meine Mutter?«

Zaelis zögerte. Es hatte keinen Sinn, sie anzulügen; sie konnte ihn stets mühelos durchschauen. »Wir werden es versuchen«, antwortete er. »Aber sie wird nicht alles so sehen wie wir.«

»Wer ist ›wir‹?«, erkundigte sich Lucia.

»Du weißt, wer *wir* sind.«

»Aber ich habe es dich noch nie sagen gehört.«

»Das ist auch nicht nötig.«

Lucia dachte darüber nach. »Glaubst du, dass ich böse bin?«, fragte sie nach einer Weile.

»Ich glaube, du warst unvermeidlich«, antwortete Zaelis.

Lucia schien es zu verstehen ... aber wer konnte das bei ihr schon so genau sagen?

»Mutter kommt«, murmelte sie, und fast gleichzeitig regten sich die Raben und erhoben sich unter heftigem Geflatter ihrer schwarzer Schwingen in die von der Abendsonne rote Luft.

Kurz darauf kam die Geblütskaiserin in Sicht. Sie schlenderte mit Zahn einen Steinpfad zwischen einem Hain schmaler Bäume entlang. Flüchtig blickte sie den davonfliegenden Raben nach; abgesehen davon zeigte sie jedoch keinerlei Regung. Zaelis erhob sich und bedeutete Lucia, es ihm gleichzutun.

»Barak Zahn tu Ikati, gestattet mir, Euch meine Tochter Lucia vorzustellen«, sagte die Kaiserin.

Doch weder der Barak noch das Kind schienen ihren Worten Beachtung zu schenken. Die beiden starrten einander verblüfft an. Anais und Zaelis tauschten einen fragenden Blick, als der Augenblick sich peinlich in die Länge zog; dann füllten Lucias Augen sich mit Tränen. Sie sprang auf den Barak zu, schlang die Arme um ihn und vergrub den Kopf an seinem Bauch.

»Lucia!«, rief die Kaiserin entsetzt.

Mit einem seltsamen Ausdruck in den Augen, einer Mischung aus Verwirrung und Bestürzung, legte Zahn die Hände auf die blonden Strähnen der kleinen Thronerbin. Plötzlich riss Lucia sich los und blickte durch die Tränen zu ihm empor. Dann schluchzte sie, machte kehrt und flüchtete, verschwand im Laub des Gartens.

Eine Weile verschlug es allen verblüfft die Sprache. Anais fand die Stimme als Erste wieder.

»Zahn, ich weiß gar nicht, wie ich mich entschuldigen soll. Sie hat sich noch nie ...«

»Schon gut, Anais«, fiel Zahn ihr ins Wort, wobei seine Stimme sich fern und gedankenverloren anhörte. »Schon gut. Ich glaube, ich sollte jetzt besser gehen. Ich scheine sie durcheinander gebracht zu haben.«

Ohne darauf warten, von Anais entlassen zu werden, drehte Zahn sich um und ging langsam auf den Eingang des Gartens zu. Anais begleitete ihn und ließ Zaelis alleine auf dem Pfad zurück. Der alte Lehrer setzte sich wieder auf die Bank.

»Sieh an, sieh an, sieh an«, murmelte er bei sich, und ein seltsames Lächeln erschien auf seinem Gesicht.

VIERUNDZWANZIG

In Chaim tötete Asara erneut. Das Wagnis war alles andere als weise, denn sie brauchte keine Nahrung; vielmehr suchte sie Zerstreuung, und etwas anderes in diesem öden Kaff interessierte sie nicht. Wiederum wählte sie einen Mann, zumal sie vor Männern weniger Achtung als vor Frauen empfand und die Wahrscheinlichkeit geringer war, dass sie so etwas wie Gewissensbisse bekommen würde, weil sie einem Menschen allein zum Vergnügen das Leben geraubt hatte. Ihr Opfer war ein Schluckspecht, ein ledriger, zäher Raufbold, der den kurzen, dunklen Weg von der Schänke zu seinem Haus, in dem keine Lichter brannten, nicht fürchtete. Asara belehrte ihn eines Besseren.

Nachdem sie den Leichnam fernab versteckt hatte, wo man ihn bestenfalls in einigen Tagen finden würde, kehrte sie in ihr Zimmer zurück. Sie fürchtete nicht, erwischt zu werden. Am Körper des Toten prangten keine Male, nichts, was sie mit ihm in Verbindung brachte. Er hatte sich einfach auf dem Heimweg in der Dunkelheit verirrt und war den Elementen zum Opfer gefallen. Oder vielleicht hatte sein Herz schlicht aufgehört zu schlagen. Schließlich war er ein Trunkenbold und als solcher durchaus bekannt.

Mutterseelenalleine hockte Asara in ihrer Kammer. So, wie sie es gern hatte. So, wie es immer war.

Ihre Unterkunft in der Herberge war so karg ausgestattet wie alles andere in Chaim auch. In der Mitte stand ein Doppelbett, dessen Wolldecke vom Alter fleckig und von Motten zerfressen war. An der Wand hing eine Laterne, und der Boden bestand aus verzogenen Dielenbrettern. Abgesehen davon gab es nichts. Draußen säuselte der Gebirgswind, sandte frostige Finger durch die Ritzen in der Wand und streichelte über Asaras Haut. Die Laterne brannte nicht, was für Asara kaum einen Unterschied darstellte; ihre Nachtsicht war nahezu vollkommen, wie die einer Katze. Wie immer war es bitterkalt, denn hier ging einem der Wind selbst im Sommer bis ins Mark. Asara lauschte den Geräuschen der Nacht und den jähen, heftigen Böen, die um die klapprige Herberge peitschten.

Die Glückseligkeit der Nahrungsaufnahme war kurzlebig, und wenn sie verflog, ließ sie Asara stets in gefühlsseliger Stimmung zurück. Sie saß mit untergeschlagenen Beinen auf dem schäbigen Bett und schaute in den leeren Raum. Allein, wie immer allein. Sie kannte es nicht anders, denn es gab niemanden wie sie, nicht einmal unter den anderen Ausgeburten. Sie war ein Trugbild, eine Illusion ohne Herkunft oder Sinn im Leben. Sie war nichts, nicht einmal sie selbst.

An ihre Kindheit besaß sie keine Erinnerung. Es hatte eine Zeit gegeben, in der sie wünschte, sie könne sich im Augenblick ihrer Geburt sehen, da sie dachte, der Anblick ihres ersten Gesichts, selbst wenn es sich um die zerknautschten, geröteten Züge eines Neugeborenen handelte, könnte ihr eine Vorstellung davon vermitteln, wer sie war, einen Nährboden, aus dem all ihre anderen Ichs gesprossen waren. Doch das war Wunschdenken. Außerdem vermutete sie, ihr würde ohnehin nicht gefallen, was sie zu sehen bekäme.

Ihre Mutter war während der Schwangerschaft gestorben. Während ihrer jungen Jahre hatte Asara im Zuge ihrer einsamen Suche nach sich selbst den Ort aufgespürt, an dem sie geboren worden war. Sie erfuhr von einer Frau, die schwanger geworden und binnen drei Monaten so verdorrt war, dass sie starb. Doch der Bauch der Frau war derart angeschwollen, dass die Ärzte des Dorfes ihn aufschnitten, und darin fanden sie einen vollständig ausgewachsenen Säugling. Für Asara bestand kein Zweifel daran, dass sie es gewesen war. Sie hatte ihre Mutter aus dem Mutterleib leer gesaugt.

Niemand wusste, was aus dem Kind geworden war. Vielleicht hatte man es weggegeben, vielleicht verloren. Es erwies sich als bemerkenswert schwierig, der eigenen Spur zu folgen, zumal Asara an jedem neuen Ort einen neuen Menschen verkörpert hatte.

Sie erinnerte sich an mehrere Mütter und Väter, Zieheltern, die sie bei sich aufgenommen hatten. Für sie war Asara unwiderstehlich. Mit dem für Kinder typischen Drang, den Eltern zu gefallen, veränderte Asara sich unbewusst Tag für Tag, um den Vorstellungen der neuen Eltern zu entsprechen. Sie verzauberte sie, indem sie ihnen ihren Herzenswunsch erfüllte. Aber früher oder später kam stets die Zeit aufzubrechen. Wenn einem Verwandten die erheblichen Veränderungen seit seinem letzten Besuch ein Jahr zuvor auffielen, die zu allmählich verliefen, als dass ihre Eltern sie bemerkt hätten, jedoch für jeden offenkundig waren, der eine Weile fort gewesen war; wenn ihre Gelüste und ihr Hunger zu viele Leben gefordert hatten; wenn die Menschen zu fragen begannen, woher sie gekommen war ... dann war es an der Zeit für sie aufzubrechen. Zurück ließ sie nur die Erinnerung an eine seltsame Krankheit namens ›Schlafender Tod‹, eine Seuche, die willkürlich zuschlug und nach außen hin nicht zu erkennen war. Es war stets so, als wäre schlicht das Leben aus ihnen entwichen.

Asara wuchs schnell. Als sie sechs Ernten alt war, regte das Verlangen sich zum ersten Mal, und ihre Instinkte lehrten sie, es zu stillen, so wie Säuglinge zu saugen oder Halbwüchsige zu küssen lernen. Schon damals war sie klug und sorgsam darauf bedacht, nicht erwischt zu werden, wenngleich es einige Male durchaus knapp gewesen war. In jenen frühen Tagen ihres Lebens war der Hunger schlimmer gewesen, weil sie gleichzeitig gewachsen war und sich verändert hatte. Mit dreizehn Ernten besaß sie die Gestalt und den Verstand eines achtzehn Ernten alten Mädchens. In jener Zeit schien sie etwas von ihren Opfern aufzunehmen, Verständnis- und Wissensbrocken, die ihren Verstand in Einklang mit ihrem Körper hielten; diese Gabe verlor sie am Ende ihrer Kindheit, und sie hatte sie nie wiedererlangt. Für sie war dies lediglich ein Teil des Erwachsenwerdens gewesen.

Asaras unheimliches Wachstum bedeutete, dass sie häufig gezwungen war, weiterzuziehen und harte Lektionen zu lernen; doch sie erwies sich als gelehrige Schülerin, wodurch sie dem Los der meisten Ausgeburten entging. Sie mied die Weber und den Hass der Menschen um sie herum, bis sie ihre Gabe so weit gemeistert hatte, dass sie in der Lage war, ihren Zustand zu verbergen.

Im Laufe der Zeit wurde sie zunehmend verbittert und übellaunig. Sie suchte nach ihrer Vergangenheit und fand nur Bruchstücke, eines unbefriedigender als das andere. Letzten Endes gab sie es auf. Und doch verharrte das Gefühl selbst jetzt noch in ihr, achtzig Ernten nach ihrer Geburt. Sie besaß keinen Kern. Sie war eine verspiegelte Hülle, die anderer Menschen Vorstellung von Schönheit wiedergab, unter der jedoch nichts steckte. Eine Leere, die Leben in sich aufsog und sich doch nie füllte. Eine Leere, die bedingte, dass sie jene Wesen jagte, die sie nachahmte, und von ihrem Licht so verzweifelt angezogen wurde wie eine Motte vom Schein einer Kerze. Sie war ein Trugbild, ein Schmarotzer ... alles, nur kein Mensch.

Die Zeit hatte Asara reichlich Gelegenheit zur Veränderung sowohl ihrer Gesinnung als auch ihrer Erscheinungsform geboten. Ein paar Jahre hatte sie als Mann verbracht, bis sie zu dem Entschluss gelangt war, dass es ihr nicht behagte. Kurz hatte sie sogar versucht, gegen ihr Verlangen anzukämpfen, sich zu ernähren, hatte versucht, sich davon zu befreien, doch letzten Endes konnte sie sich nicht vom Wert der menschlichen Rasse überzeugen. Die meisten Menschen betrachtete sie immer noch als eine Art Vieh, nur geringfügig unberechenbarer als Ochsen oder Kühe. Die Übrigen waren gefährlich für sie: die Weber und die Adligen, die sie jagen und meucheln würden, weil sie eine

Bedrohung für sie verkörperte. Nein, Asara schuldete der Menschheit keine Gefallen, und wenngleich sie nach wie vor den Abklatsch eines Schuldgefühls und Bedauern empfand, wenn sie ihrer Begierde ein besonders hübsches Leben opferte, war dies eher so, als wäre sie gezwungen gewesen, eine wunderschöne Vase zu zerbrechen.

Dennoch führte jede Veränderung zurück zu derselben Leere, derselben Langeweile, derselben Einsamkeit. Und so hockte Asara mutterseelenallein in ihrer Kammer in Chaim und fragte sich, wann es je enden mochte.

Asara erwachte mitten am Vormittag, kurz bevor es an ihrer Tür klopfte. Hastig und bereits hellwach zog sie sich an und öffnete.

Der Wirt stand davor, ein dürrer, grauer, drahtiger Bursche mit nur noch wenigen Zähnen. Sogleich wanderte Asaras Blick zu der Gestalt neben ihm. Ihre Augen begegneten einander, und ihr Gegenüber brachte ein so mattes Lächeln zuwege, dass daraus alles sprach, was es zu sagen gab.

Kaiku.

»Die da wollte zu Euch«, raunte der Wirt. »Hat rumgefragt.«

Kaiku betrat die Kammer. Sie schien nur noch halb so schwer zu sein wie vor drei Wochen, als sie in die Berge aufgebrochen waren. Behutsam umarmte Asara sie; Kaiku fühlte sich zerbrechlich, dürr und knochig an.

»Bringt uns Essen«, befahl sie dem Wirt. »Fleisch und Fisch.«

»Also bleibt sie in diesem Zimmer?«, fragte der Wirt in leicht missbilligendem Ton.

»Ja«, antwortete Asara unverblümt. »Bleibt sie.«

Als sie sich umdrehte, lag Kaiku bereits auf dem Bett und schlief.

Drei Tage lang verließen sie die Kammer nicht. Die meiste Zeit schlief Kaiku, und Asara wachte über sie. Kaiku wirkte abwesend, ausgehöhlt, und am Blick ihrer Augen erkannte Asara, dass sie sich nicht nur körperlich gequält hatte. Am ersten Tag sprach sie kaum, am zweiten nur wenig mehr. Asara bedrängte sie nicht, erkundigte sich nicht einmal, ob sie das Kloster gefunden hatte. Sie wusste ohnedies, dass dem so war. Kaikus Vater hatte denselben gehetzten Ausdruck im Gesicht gehabt, als er in das Haus im Wald von Yuna zurückgekehrt war, kurz bevor die Shin-shin kamen. Asara wartete einfach ab und behütete Kaiku, während diese sich erholte.

Auf Asaras Geheiß hin brachte der Wirt ihnen in regelmäßigen Abständen Essen. Er wurde für seine Mühen gut entlohnt. Die Summen, die Asara und Kaiku bei sich hatten, mochten in einer Stadt wenig beeindruckend sein, in Chaim jedoch stellten sie ein kleines Vermögen dar. Kaiku aß anfangs wenig, danach jede Menge, als ihr geschrumpfter Magen sich ob der Aussicht an Leben spendende Nahrung weitete. Sie schien unersättlich. Nachts kuschelten sie sich beim Schlafen aneinander. Asara ließ den Wirt zwar zusätzliche Decken bringen, dennoch zitterte Kaiku.

Am dritten Tag war Kaikus Kraft ein wenig zurückgekehrt. Unaufgefordert begann sie plötzlich zu reden.

»Ich könnte mir vorstellen, du bist neugierig, wo ich gewesen bin«, meinte sie zu Asara, die am Bettrand saß und ihr Haar kämmte.

»Der Gedanke ist mir schon durch den Kopf gegangen, ja«, erwiderte Asara trocken.

Asara legte den Kamm beiseite und drehte sich zu Kaiku um, die in eine Decke gehüllt ihre Knie umschlang. »Du hast gelitten«, stellte sie gleichsam als Vergebung für Kaikus langes Schweigen fest.

»Nicht mehr, als ich es verdiene«, erwiderte Kaiku. Danach berichtete sie Asara, was sie gesehen und getan hatte: von ihrer Reise durch die Berge, vom Tod des Webers, dessen Kleider sie gestohlen hatte, von der Maske und vom Durchschreiten der Schranke, mit der die Weber sich vor der Welt versteckten. Sie erzählte vom Kloster und über die seltsamen Dinge darin, das widerwärtige Verlies voller Ausgeburten und wiederholte die anklagenden Worte der Kreatur: *Sieh nur, was ihr uns angetan habt* . . .

Asaras Augen weiteten sich, als Kaiku wiedergab, was sie in der Kammer des Hexensteins mit angesehen hatte, und als sie die Vision beschrieb, die sie durch die Maske erfahren hatte. Zwar weinte sie nicht, als sie von ihrem Vater und seinem Schicksal sprach, doch ihren Augen war die Trauer anzusehen. Schließlich offenbarte sie Asara das wahre Wesen der Hexensteine. Die eifersüchtig gehütete Quelle der Macht der Weber war gleichzeitig der Quell der Verheerung des Landes. Kaiku, Asara, Cailin, die Thronerbin Lucia . . . All die Ausgeburten waren lediglich eine Nebenerscheinung der Energie der Hexensteine, mit deren Staub die Weber ihre Masken versahen.

Während Kaiku sprach, stellte Asara fest, dass es ihr vor Verblüffung die Sprache verschlagen hatte. Jedes Wort schien das Gefühl der Ungläubigkeit zu verstärken. Die Hexensteine waren die *Quelle* des Übels? Die Weber waren verantwortlich für eben jene Ausgeburten, die sie ermordeten? Zum ersten Mal seit langer Zeit, länger, als sie zurückdenken konnte, wähnte Asara sich am Beginn von etwas wahrhaft Lohnendem. Alles, wofür sie die letzten Jahre gearbeitet hatte, mit dem Roten Orden und den Libera Dramach, in ihrer Zeit als Kaikus Zofe . . . Alles fügte sich nun ineinander, und Asara spürte das Blut durch ihre Adern strömen; sie fühlte sich *lebendig*.

»Ist dir eigentlich klar, was du da entdeckt hast?«, fragte sie noch immer staunend. »Weißt du, was du da *gefunden* hast?« Sie packte Kaiku am Arm. »Bist du sicher? Bist du sicher, dass es keine Wahnvorstellungen waren, die du gesehen hast, sondern die Erinnerungen deines Vaters?«

»So sicher, wie ich nur sein kann«, antwortete Kaiku

erschöpft. »Aber Vaters Unterlagen sind zusammen mit dem Haus verbrannt, und falls noch etwas in seiner Wohnung in Axekami war, bezweifle ich, dass inzwischen noch eine Spur davon zu finden ist.«

»Aber dies könnte die Weber stürzen!«, rief Asara begeistert. »Wenn die Adligen es wüssten, wenn wir es *beweisen* könnten ... Der Zorn darüber, getäuscht worden zu sein, würde ... Bei den Geistern, selbst wenn wir es nicht *beweisen* können, wir können die Saat pflanzen, ihnen helfen, die richtigen Fragen zu stellen! Warum nur ist bisher noch niemand darauf gekommen?«

»Ist man«, korrigierte Kaiku sie. »Aber die meisten Gelehrten haben einen Adligen als Schirmherren, der seinerseits wiederum einen Weber hat. Ich könnte mir vorstellen, dass ihnen Unfälle widerfuhren, bevor sie allzu weit mit ihren Nachforschungen vorgestoßen sind. Mein Vater war unabhängig, hielt seine Arbeit geheim und wurde trotzdem entdeckt.«

Asara hörte ihr kaum zu. »Wie bist du entkommen, Kaiku? Aus dem Kloster, meine ich.«

Kaiku zuckte kaum merklich mit den Schultern. »Das war einfach.«

Sie erzählte den Rest der Geschichte. Nachdem sie aus der durch Erschöpfung und Hunger verursachten Ohnmacht erwacht war, hatte sie sich auf die Beine gezwungen und versucht, einen Weg zurück in die zentraleren Bereiche des Klosters zu finden, wo sie Essen vermutete. Ob die Maske ihr dabei half oder nicht, vermochte sie nicht zu sagen, jedenfalls stieß sie kurz darauf auf eine Küche, in der kleinwüchsige Bedienstete emsig umherwuselten, denen sie zuvor nicht begegnet war. Sie waren von geradezu zwergenhaftem Körperbau, drahtig und dunkelhäutig, und ihre zerknautschten Gesichter verrieten nichts über ihre Gedanken, sofern sie überhaupt welche hatten. Sie schienen ein schlichtes, unterwürfiges Volk zu sein.

Indem sie auf einen Knochenteller und den Ofen deutete, verhalf Kaiku sich zu einer Mahlzeit aus Wurzelgemüse, einem seltsamen Gemisch aus Reis und Kartoffeln und Brocken dunkelroten Fleischs, das in einer öligen Tunke schwamm. Zum Essen zog Kaiku sich in einen Winkel zurück, wo sie die Maske hob und ihre Mahlzeit löffelte, da sie fürchtete, es könnte jemand ihr Gesicht sehen. Das Essen schmeckte überraschend gut, doch allein schon die Erleichterung, endlich wieder Nahrung in den Bauch zu bekommen, machte es zu einem Hochgenuss. Anschließend holte sie sich einen Nachschlag, und die Bediensteten füllten ihren Teller, ohne Fragen zu stellen. Von jenem Punkt an unternahm Kaiku Streifzüge von der Küche aus, die sie zu ihrem ›Hauptquartier‹ machte, sodass sie stets wusste, wohin sie zurückkehren konnte.

Sie brauchte mehrere Anläufe, um einen Weg aus dem Kloster zu finden, und bis dahin war sie recht zuversichtlich geworden, dass man sie nicht enttarnen würde. Die Weber blieben jeder für sich, und sie waren insgesamt ein recht verschrobener Menschenschlag. Kaiku lief einigen über den Weg, die in Winkeln kauerten, sanft vor und zurück schaukelten und irgendwas vor sich hin murmelten; andere sprangen kreischend aus einem Versteck auf sie zu und flüchteten danach sogleich. Die meisten gingen einfach an ihr vorbei. Bald wurde ihr klar, dass ein Weber, der nicht sprach, inmitten des Wahnsinns des Klosters nicht wirklich etwas Seltsames war, was sie als überaus tröstlich empfand.

Kaiku konnte sich nicht mehr daran erinnern, ob und wenn ja, was sie geplant hatte, sobald sie den Weg ins Freie gefunden hatte. Vielleicht hatte sie daran gedacht, zurück in die Wildnis zu stapfen und wieder auf Shintus Glück zu vertrauen. Doch Shintu lächelte auf andere Weise auf sie herab.

Als sie ins grelle Licht des schneebedeckten Berges hinaustrat, tat sich etwas in der winzigen Siedlung am Berghang gegenüber des Klosters. Kaiku überquerte die Brücke und nahm das Geschehen in Augenschein. Mehrere Dutzend der zwergenhaften Bediensteten hievten Säcke und Kisten die gewaltige Steintreppe hinab, die zum Fuß des Berges führte. Kaiku beobachtete sie eine Weile, bis sie ahnte, was sie vorhatten. Sie beluden Karren! Von plötzlicher Erregung beseelt, bahnte sie sich einen Weg an ihnen vorbei und stieg die Treppe hinunter. Es war ein weiter Weg, doch sie hatte das Gefühl, sollte sie diese Gelegenheit verpassen, würde sich ihr keine weitere bieten.

Unten angelangt sah sie, dass ihre Bemühungen nicht vergebens gewesen waren. Drei große Karren mit breiten, in Ketten gefassten Rädern standen da, und Manxthwa waren davor gespannt. Mehrere Weber schwirrten geschäftig umher. Nach kurzem Nachdenken verwarf Kaiku ihre Idee, sich in den Karren zu verstecken und tat das Einzige, was ihr stattdessen in den Sinn kam. Die Kutschbänke waren breit genug für drei, und es schien nur einen Fahrer für jeden Karren zu geben. So kletterte sie auf einen der Karren und wartete.

Es schien Stunden zu dauern, bis die Zwerge mit dem Beladen fertig waren. Die ganze Zeit über saß Kaiku reglos da und betete, niemand möge ihr Fragen stellen. Sie hoffte auf den Wahnsinn der Weber, um mit ihrem kühnen Plan durchzukommen; in der kurzen Zeit ihrer Streifzüge durchs Kloster war sie Zeuge weit willkürlicherer Handlungen geworden. Nach einer Weile kletterte einer der zwergenhaften Bediensteten auf den Bock neben sie. Teilnahmslos schaute er sie kurz an; dann schlug er mit den Zügeln, und die Manxthwa setzten sich in Bewegung. Kaiku stieß den angehaltenen Atem aus; die Weber blieben zurück.

Die Fahrt nach Chaim dauerte mehrere Tage. Die Zwerge redeten in einem unverständlichen Dialekt miteinander; den angeblichen Weber sprachen sie aber niemals an. Auch schienen sie nicht zu bemerken, dass er sich mit seinem Essen stets davonstahl oder das Weite suchte, um sein Geschäft zu verrichten. Irgendwann gelangten sie durch die dem Geweb entnommene Schranke rings um das Kloster, doch die Diener waren gegen die verwirrende Wirkung offenbar gefeit und fuhren geradewegs hindurch. Kaiku hingegen war kurz jener Woge der Glückseligkeit ausgesetzt, die der goldenen Welt wabernder Fäden innewohnte; dann wurde sie ihr so heftig wieder entrissen, dass ihr Herz von neuem schmerzte. Sie versank in stummes Elend und litt vor sich hin. Die gesamte Dauer der Reise über sprach sie kein Wort, und als sie in Chaim eintrafen, hätte sie vor Erleichterung über den Anblick des trostlosen, schäbigen Weilers am liebsten geweint.

»Als wir hier angekommen sind«, schloss sie ihre Ausführungen ab, »habe ich mir ein Versteck gesucht und mich umgezogen. Die Maske und die Kleider sind in meinem Bündel.« Mit dem Kopf deutete sie auf den prallen Beutel in der Ecke der Kammer. »Ich hatte gehofft, ihr würdet auf mich warten. Zumindest einer von euch.«

Asara ließ die unausgesprochene Frage nach Tane unbeantwortet. Mehr brauchte Kaiku auch nicht. Sie hakte nicht nach.

»Kaiku, was du getan hast, ist ... ist höchst wundersam«, bemerkte Asara.

»Wundersam?«, fragte Kaiku und richtete den Blick auf die unter der Decke steckenden Knie. »Nein. Ich bin von neuem verflucht. Verstehst du denn nicht? Ich habe dem Kaiser der Götter Rache für den Tod meines Vaters geschworen – für den die Weber verantwortlich sind. Nicht bloß einer. *Alle.* Wie kann ich ... Wie kann *irgendjemand* etwas gegen die Weber ausrichten? Wie soll ich Wesen zerstören, die mit Gedanken töten, Gedanken lesen können? Mein Unterfangen ist unmöglich, doch mein Eid bleibt bestehen.«

»Dann solltest du mich aufs Festland begleiten. Zum Roten Orden. Hier hast du genug getan, Kaiku ... mehr als genug. Ein Mensch allein kann die Weber nicht zerstören; aber du hast durch deine Beherztheit mehr erreicht als Dutzende, die es vor dir versucht haben. Und du hast Verbündete.«

Kaiku nickte, wenngleich nicht sonderlich überzeugt. »Du hast Recht. Ich habe Cailin versprochen, ich würde zurückkehren. Hier gibt es nichts mehr zu tun. Wir brechen morgen auf.«

Die Dunkelheit senkte sich herab, die kalte, trostlose Nacht der Berge. Die beiden Frauen aßen zu Abend, dann huschten sie mit geübter Behändigkeit in die Nachtgewänder und ins Bett. Beide erfüllte der Gedanke, diesen Ort zu verlassen, doch da war noch immer jene unausgesprochene Frage, und so überraschte es Asara nicht, als Kaiku leise zu weinen begann. Sie erkundigte sich nicht danach, was ihr Kummer bereitete, denn sie wusste es nur allzu gut.

»Er ist weg«, flüsterte Kaiku. Decken raschelten, als sie näher rückte und den Kopf an Asaras Schulter vergrub.

Asara gab einen bekräftigenden Laut von sich. »Ich habe es ihm erzählt. Das über dich und auch über mich. Er hatte ein Recht darauf, es zu erfahren.«

»Vater, Mutter, Großmutter Chomi, Machim ... sogar Mishani. Und nun Tane«, murmelte Kaiku. »Alle verlassen sie mich auf die eine oder andere Weise. Wie viel muss ich noch davon ertragen, Asara?«

»Jeder, dem du zu nahe kommst, wird dich verlassen, Kaiku«, antwortete Asara leise und wurde selbst von unbehaglichen Gefühlen heimgesucht, »bis du annimmst, was du bist. Ist es dir lieber, dass Tane uns jetzt verlassen hat ... oder hätte er erst deine Augen nach einem Ausbruch sehen sollen? Er hat mit so vielen Widersprüchen zu kämpfen, Kaiku. Lass nicht alle Hoffnung fahren. Vielleicht kehrt er ja wieder zurück.«

Die Worte brachten Kaiku nur den Tränen näher. »Glaubst du wirklich?«

»Vielleicht«, wiederholte Asara, wobei ihr Atem über Kaikus feine Härchen strich. »Vielleicht auch nicht. Er war gerade dabei, zu lernen und zu verstehen. Vielleicht steckt mehr in ihm, als ich vermutete.« Sie legte eine Hand auf Kaikus Kopf und streichelte sie sanft. »Du bist nicht allein.

Aber du musst dich dafür entscheiden, eine Ausgeburt zu sein, Kaiku. Hör auf, dich als eine von *ihnen* zu betrachten. *Sie* hassen dich nun. *Sie* sind so wie Mishani: Selbst die Vertrauenswürdigsten werden sich von nun an von dir abwenden. Du hast nur noch deine eigene Art … und zumindest vorerst hast du auch mich.«

Kaiku rückte von Asaras Schulter weg und wischte sich mit dem Handrücken über die Augen. Sie fühlte Asaras Blick in der Dunkelheit, wenngleich sie nur den schwachen Schimmer ihrer widernatürlichen, nachtsichtigen Augen ausmachen konnte.

Nein, berichtigte sie sich. *Nicht widernatürlich. Wunderschön. Sie muss sich nie vor der Dunkelheit fürchten … so wie ich.*

»Du hast nichts mehr mit ihnen zu tun«, fuhr Asara mit leiser Stimme fort. »Vergiss all die Gebote und Regeln, die du gelernt hast. Für dich gelten sie nicht; benutz sie nur, wenn du sie brauchst, um dich unter ihnen zu tarnen. Warum solltest du dich dem unterwerfen, was dir beigebracht worden ist, wenn deine Lehrer dich töten ließen, wären sie dazu in der Lage? Hör nicht mehr zu. Verweigere den Gehorsam. Schlag stattdessen zurück.«

»Zurückschlagen«, hauchte Kaiku, während ihre Fingerspitzen Asaras Wange berührten. Sie fühlte sich überwältigt. Ihr Herz war mit jedem Wort Asaras bis zum Bersten angeschwollen, und sie schmeckte eine Mischung aus Furcht, Entsetzen, Erregung und Freiheit, die sie nie zuvor gekannt hatte. Da war ein Augenblick, in dem sich etwas zwischen ihnen zu verschieben schien, in dem das Teilen der Körperwärme plötzlich eine starke Anziehungskraft ausübte; ein Augenblick, in dem alles möglich schien und dadurch wurde. Und in jenem Augenblick drückte Kaiku die Lippen auf Asaras Mund, der sich von derselben Woge erfasst bereits auf halbem Weg zu ihr befand.

Die beiden verschmolzen miteinander. Beider Lippen waren vom Wind spröde, doch in der Hitze der Leidenschaft befeuchteten sie sich alsbald unter den suchenden, tastenden Zungen, die einander schmeckten. Kaikus Hand wanderte Asaras Schenkel und Hüfte entlang und spürte die straffen Muskeln darunter. Asaras Finger legten sich in Kaikus Nacken, und sie verlagerte das Gewicht; sodass Kaiku unter ihr war; ihr Atem ging in der Düsternis zunehmend schneller. Rittlings saß sie auf Kaikus Hüften, und Kaiku spürte im Gesicht Asaras heiße Handflächen, die sich über ihre Schultern, die Wölbung ihrer Brüste und die Spitzen ihrer Nippel hinab auf den flachen Bauch vortasteten.

Asaras Atem ging mittlerweile heftig; fast stöhnte sie. Kurz erfüllten Kaiku Zweifel. Sie fürchtete, dass dies nicht richtig sei, dass sie zu schnell zu erregt geworden war ...

»Du solltest nicht ...«, seufzte Asara. »Mach mich nicht ...«

Doch auf den Wogen der Leidenschaft schenkte Kaiku ihr kein Gehör. Sie stemmte sich hoch, kniete sich aufs Bett und senkte die Lippen abermals auf jene Asaras, küsste sie innig, voll Wärme und Gefühl inmitten der Dunkelheit. Asaras Haar fiel über Kaikus Gesicht; nun umschlang sie Kaikus Knie und drückte sich an sie, bis ihre Bäuche und Brüste einander berührten und nur die dünnen Schichten ihrer Nachtgewänder die nackte Haut voneinander trennten. Kaikus Fingernägel wanderten Asaras Rücken hinab, als könnten sie die Schranke zum Leib darunter durchbrechen.

»Du ... Du weißt nicht, was du tust ...«, begehrte Asara murmelnd auf, aber Kaiku hatte ihr bereits einen Träger von der Schulter gestrichen, zum Ellbogen hinabgeschoben, den Mund auf Asaras Nippel gesenkt und sog zärtlich daran. Asara schauderte vor Wollust, wischte sich das Haar aus dem Gesicht und rieb die Lenden an Kaiku, während ihr Atem kurz und stoßweiße rasselte.

Dann erfasste sie Kaiku grob und drückte sie aufs Bett. Ihre Finger gruben sich wie Klauen in die beiden Seiten des Schädels der jüngeren Frau, und sie presste die Lippen mit einem raubtierhaften Stoß auf Kaikus – ein Stoß, den sie tausend Mal geübt hatte. Etwas in ihr warnte sie aufzuhören, sofort aufzuhören, doch ihr Hunger und ihre Begierde waren durch Kaikus Leidenschaft außer Rand und Band geraten, und die Stimme verhallte schwach und ungehört. Plötzlich wollte sie unbedingt, was in Kaiku war, wollte das Leben zurück, das *sie* ihr eingehaucht hatte, wollte jenen Teil ihrer selbst heraussaugen, der in Kaiku geflossen war, als sie den Odem der Zofe Karia gestohlen und ihn in die Lungen ihrer toten Herrin geblasen hatte. Mit jenem Atemstoß war ein Teil von Asara gegangen, hatte sich ein Funke ihres Lebens in Kaikus Herz eingenistet, und schlagartig erkannte Asara, dass dies der wahre Grund dafür war, weshalb sie zu Kaiku zurückgekehrt war, nachdem diese sie im Wald von Yuna um ein Haar getötet hätte.

Kaiku spürte etwas in Asaras Drängen, doch in der Glut der Geschehnisse vermochte sie nicht zu unterscheiden, ob es Leidenschaft, Zorn oder etwas vollkommen anderes war, und ihre Sinne waren zu überladen, um sich darauf zu verlassen. Asara küsste sie immer heftiger, und Kaiku spürte einen Schmerz in sich, als wäre ein Organ in ihrer Brust drauf und dran, sich zu lösen, als würde ihr Herz jeden Augenblick aus der Verankerung der Blutgefäße gerissen. Unfähig, sich zu bremsen, sog Asara; sie war erfüllt von dem Verlangen, sich auf die umfassendste Weise zu befriedigen, die sie kannte.

In diesem Augenblick flog die Zimmertür auf.

Asara riss sich los, und Kaiku rollte sich auf die andere Seite des Betts. Sie keuchte wie jemand, der gerade noch rechtzeitig vor dem Ertrinken gerettet worden war. Ihr Körper hatte die Nähe des Todes gefühlt, die ihr Verstand nicht wahrgenommen hatte; nun spürte sie, wie Furcht und Panik über sie hereinbrachen, als Mamak und drei weitere, stämmige Kerle in die Kammer drängen und dabei Pickel und Schaufeln schwangen. Ob des Anblicks, der sie erwartete, hielten sie jäh inne: zwei Frauen, eine mit von der

Schulter hängendem Nachtgewand, freiliegender rechter Brust, heftig atmend und höchst überrascht. Ein lüsternes Grinsen breitete sich quer über Mamaks Gesicht aus; dann schrie Kaiku auf, und er explodierte.

Das *Kana* brandete durch sie hindurch wie eine Rinderherde in wilder Flucht. Die Welt wechselte von der Wirklichkeit in die Unendlichkeit goldener, wogender und wehender Fäden, ein Schaubild atemberaubenden Lichts, das sie von innen heraus verbrannte, als hätte sie geschmolzenes Metall in den Adern. Ihre Netzhäute verfärbten sich tiefrot, und sie hieb vor Furcht, vor Leidenschaft und vor Überraschung um sich. Sie sah das grelle Pochen von Mamaks Herz als fließenden Knoten der Fäden, sah den Strom seines Blutes unter der durchsichtigen Haut und zerriss ihn mit einem Gedanken. Er zerbarst in einem Schauer feuerroten Blutes, bespritzte seine verdutzten Gefährten und ergoss sich in Form von verkohlten Knochenstücken und Gehirnbrocken bis aufs Bett. Asara kreischte und sprang zurück. Ihre Instinkte erinnerten sie daran, was letztes Mal geschehen war, als sie Kaiku so erlebt hatte.

Doch diesmal setzte Kaiku ihre Kraft gefasster und gebündelter ein. Diesmal überrumpelte das Aufwallen sie nicht, und es gelang ihr, es zu lenken. Mit einer Handbewegung entfachte sie die übrigen Männer im Raum, durchtrennte ihre Fasern, und wo die Fasern rissen, folgten durch das jähe Freisetzen von Energie Flammen. Mamaks Gefährten verwandelten sich in lodernde Feuersäulen; ihr Geheul verstummte binnen weniger Lidschläge, da ihre Lungen und Kehlen zerfielen und ihre von innen heraus gekochten Augen zu blubbern begannen. Einer von ihnen stürzte in einem letzten, närrischen Versuch der Rache oder des Flehens auf Kaiku zu, doch er brach nur auf dem Bett zusammen und setzte es in Brand.

Kaiku spürte, wie das *Kana* gleich einer Kerze in einem Sturm erlosch. Ihr Blick kehrte in die Wirklichkeit zurück, und die goldenen Fäden verschwanden hinter festen Formen und dem Licht der Feuersbrunst, die den von Schatten durchzogenen Raum erhellte.

Die Feuersbrunst.

Die Kammer stand in Flammen.

Es dauerte nur kurz, bis sie ihre Umgebung wieder erfasste. Asara war bereits auf den Beinen und hatte das Nachthemd zurechtgerückt, um ihre Sittsamkeit zu hüten. Sie musterte Kaiku argwöhnisch und schien sich nicht entscheiden zu können, was gefährlicher war: das Feuer oder diejenige, die es heraufbeschworen hatte. Die Luft füllte sich mit dem erstickenden, Übelkeit erregenden Geruch verbrannten Fleisches, und schwarzer Rauch kräuselte sich an der Decke.

Kaiku wankte und spürte, wie ihr schwindelig wurde. Die Anstrengung, das *Kana* in Bahnen zu lenken, um nicht das ganze Zimmer in Brand zu stecken, hatte sie an den Rand einer Ohnmacht gebracht. Asara sah, wie sie ermattete und war binnen eines Lidschlags bei ihr auf dem Bett, um sie zu stützen.

»Komm mit«, zischte sie. »Wir müssen weg von hier.«

Kaiku ließ sich mitschleifen. Ihr Kopf baumelte am Hals wie der einer Marionette; die roten Augen wirkten schlaftrunken. Mit einer schwungvollen Handbewegung hob Asara ihre Kleider auf und schleuderte sie über die brennenden Leichen hinweg und durch die offene Tür hinaus auf den Gang. Dann schlang sie sich beide Bündel und Büchsen auf den Rücken und hievte Kaiku vom lodernden Bett. Mittlerweile züngelten die Flammen über die Wände. Mamaks verkohlte Überreste lagen nach wie vor brennend quer vor dem Eingang und versperrten ihnen den Fluchtweg.

»Wir müssen drüberspringen.«

»Ich kann nicht springen«, murmelte Kaiku.

Asara schlug sie hart ins Gesicht. Kaiku zuckte zusammen, und ihr Blick klärte sich.

»Spring«, fauchte Asara sie an.

Kaiku nahm zwei Schritte Anlauf und sprang über Mamaks Leichnam hinweg, zu schnell für die Flammen, um an ihrem Nachtgewand Halt zu finden. Im Vergleich zu der Kammer, aus der sie entkommen war, wirkte der Gang davor bitterkalt. Von unten hörte sie Stimmen und Schritte, doch sie griff bereits nach ihrer Hose und zog sie über das Nachthemd. Dann sprang Asara in Kaikus Gefolge durch die Tür hindurch. Sie legte gerade die Reisekluft an, als der Wirt und ein paar Gäste mit Wassereimern die Treppe und den Gang heraufgerannt kamen und gleich darauf in den Lauf einer Büchse starrten.

»Glaubt mir, ich bin eine sehr gute Schützin«, knurrte Asara mit dem Auge am Visier.

»Was ist geschehen?«, verlangte der Wirt zu wissen.

»Unser einstiger Führer wollte nicht mehr darauf warten, dass wir ihn erneut anwarben, und beschloss stattdessen, uns um unser Geld zu erleichtern«, antwortete Asara. Sie hatte dies aus der Art geschlossen, in der die Männer den Raum betreten hatten – und aus der unklugen Weise, wie Tane auf dem Rückweg aus den Bergen mit ihrem Geld geprahlt hatte.

»Geht aus dem Weg!«, rief einer der Männer hinter dem Wirt. »Das Haus steht in Flammen, bei den Geistern.«

»Heb die Bündel auf«, raunte Asara ihrer Gefährtin über die Schulter hinweg zu. Erschöpft gehorchte Kaiku. Das Lodern des *Kana* verursachte ihr bereits krampfhafte Schmerzen, jagte stoßweise Pein durch ihren Körper.

»Was wollt Ihr?«, brüllte der Wirt. »Lasst mich doch das Feuer löschen! Das hier ist mein Lebensunterhalt!«

»Zwei Pferde aus Eurem Stall«, antwortete Asara. »Wir können sie Euch abkaufen oder sie uns mit Gewalt nehmen. Was darf's sein?«

»Beim Blut des Herzens«, stöhnte plötzlich ein anderer Mann. »Seht nur ihre Augen!«

Er meinte Kaiku.

»Ausgeburt!«, zischte jemand.

»Ja, Ausgeburt«, bestätigte Asara. »Und sie wird Euch dasselbe antun wie jenen im Zimmer, wenn Ihr Euch uns in den Weg stellt. Die Pferde, und zwar *sofort*, oder wir bleiben hier, bis die ganze Bruchbude niedergebrannt ist.«

»Ich bringe Euch hin«, herrschte der Wirt sie an. »Ihr da, löscht das Feuer!«

Mit Kaiku im Schlepptau bahnte Asara sich vorsichtig einen Weg den Gang hinab. Die Männer eilten an ihr vorbei und wichen mit einer Mischung aus Abscheu und Angst vor Kaiku zurück, als sie die Eimer zu der Feuersbrunst trugen.

»Gute Pferde«, verlangte Asara, »und wir bezahlen Euch, was dieser Schandfleck von einem Haus wert ist.«

Hasserfüllt funkelte der Wirt sie an, doch er wusste, was dieses Geld für ihn bedeuten konnte: einen Neuanfang an einem neuen Ort, wo das Leben weniger hart und trist war. »Habt Ihr das Geld hier?«

Asara nickte.

»Dann soll das Dreckloch meinetwegen brennen. Kommt mit«, forderte er sie auf.

In jener Nacht trieben sie die Pferde an und ritten, was das Zeug hielt durch den beißenden Wind südwärts über Fo, um so weit wie möglich von Chaim wegzukommen. Kaiku schlief an den Sattel gefesselt, denn ihr *Kana* hatte sie von innen ausgehöhlt, und Asara blieb dicht an ihrer Seite, um ihr Pferd zu führen.

Welch seltsame Wege die Götter uns doch entlangführen, dachte Asara und ritt weiter, als im Osten der Morgen graute.

FÜNFUNDZWANZIG

Der Xarana-Bruch lag weit südlich von Axekami zwischen dem Rahn im Osten und dem Zan im Westen. Es war ein Ort düsterer Legenden, ein breiter Streifen verwüsteten Landes, den die Schatten böser Erinnerungen und rastlose Geister heimsuchten, die in den Wirren seiner Entstehung wachgerüttelt worden und nie wieder ganz zur Ruhe gekommen waren.

Die Geschichte wusste zu berichten, wie Jaan tu Vinaxis, der hochverehrte Gründer des Kaiserreichs Saramyr, die erste Stadt Saramyrs, Gobinda, zum Gedenken an die Niederlage des Urvolks der Ugati an jenem Ort errichten ließ. Zu jener Zeit war das Land flach und grün, und Gobinda erblühte und wurde eine große Stadt am Ufer des Zan. Doch Torus, Jaans Sohn, wurde vom dritten Geblütskaiser, Bizak tu Cho, vom Thron gestürzt. Geschichten berichten von den Ausschweifungen, denen Bizak frönte, gottlosen und zügellosen Orgien. Dann kam der ›Winterfall‹, der Tag, an dem alle Menschen Ocha für den Beginn eines neuen Jahreskreislaufs huldigen müssen. Bizak war nach einer drei Tage währenden Feier zu erschöpft, um daran teilzunehmen. So sandte er seine Tochter an seiner statt.

Darüber war Ocha erzürnt. Laut der Geschichte träumten weise Männer in jener Nacht von einem großen Keiler mit spitzen Hauern, der Feuer und Rauch spie, die Erde zertrampelte und sie aufbrach. Sie legten dem Kaiser nahe, Buße zu tun und erinnerten ihn daran, dass er nur der Kaiser der Menschen, Ocha aber der Kaiser der Götter war. Bizak jedoch wollte in seiner Überheblichkeit nicht auf sie hören, und so flohen sie.

Nur wenige überlebten Ochas gewaltige Vergeltung, aber

diejenigen, die entkamen, zeichneten ein Bild des Schreckens. Die Erde brüllte, bäumte sich auf und teilte sich, brach auf wie Stein, auf den ein Hammer herniederfährt, und warf die Menschen Gobindas heulend in die klaffenden Spalten. Magma sprühte aus dem Boden, und Asche stieb gen Himmel, schwärzte die Sonne und verwandelte die Welt in einen siedenden Hexenkessel aus feuerrotem Licht. Riesige Landstreifen sackten urplötzlich zig Meter ab; Fels zerbarst; Blitze zuckten, und all das wurde von einem wilden Grunzen und Quietschen übertönt wie das eines gewaltigen, zornigen Keilers. Gobinda fiel in die Erde und wurde verschluckt, und Bizak tu Cho, seine Tochter und seine gesamte Blutlinie gingen mit der Stadt unter.

Nachdem die Zerstörung vorüber war, präsentierte das Land sich zerklüftet und verheert. Die zuvor sanft dahinfließenden Flüsse Rahn und Zan waren nun von gewaltigen Wasserfällen unterbrochen, an denen sie sich die eingesunkene Landschaft hinabstürzten. Der Xarana-Bruch – wie das Gebiet genannt wurde, als man mehr über Plattenverschiebungen und die Wirkweisen im Inneren der Erde herausfand – war ein Irrgarten aus Mulden, Felsvorsprüngen, Ebenen, Tälern, Geröllhalden und Schluchten: eine Landschaft unglaublichen Chaos. In den vielen hundert Jahren seit der Katastrophe waren neues Gras und neue Bäume gewachsen, die zumindest die Ränder etwas glätteten, doch die Erinnerung an damals war nie verblasst. Der Xarana-Bruch galt noch immer als Ort des Unheils, den die ehrenwerten Menschen der Stadt selten besuchten. Geister drängten sich hier zuhauf, einige gutmütig, die meisten jedoch nicht.

Trotzdem wagten manche, sich in der Unwirtlichkeit des Xarana-Bruchs eine neue Heimat aufzubauen: diejenigen, die Einsamkeit suchten oder sich verstecken mussten; diejenigen, die bereit waren, so manche Gefahr für die kostbaren Metalle und Edelsteine auf sich zu nehmen, die bei der Katastrophe freigelegt worden waren, und diejenigen, für die es in den Städten und auf den Feldern nichts gab und die einen neuen Anfang wollten. Es gab so viele Gründe, warum sich Menschen im Gebiet des Bruchs angesiedelt hatten. Inmitten der aufgewühlten Landschaft lebten Dutzende von kleinen Gemeinschaften Seite an Seite, manche in Frieden miteinander, andere in Feindschaft. Alle aber hielten sich an eine Regel: Angelegenheiten des Bruchs blieben im Bruch und gingen die Welt draußen nichts an.

Cailin tu Moritat saß hoch im Sattel einer schwarzen Stute und zeichnete sich als Umriss gegen die heiße Vormittagssonne ab. Unter ihr fiel das Gelände in riesigen, halbrunden Stufen ab, unregelmäßige Ebenen, die sich willkürlich aufeinander türmten. Auf den Rücken dieser Erdplatten stand ein kleines Dorf: dichte Häusergruppen, Läden, ab und an eine Schänke und ein paar winzige Schreine, die sich allesamt an die als Straßen dienenden Trampelpfade schmiegten. Brücken und Treppen verbanden die verschiedenen Ebenen miteinander. Es war ein einziges Durcheinander, eine Verschmelzung von hundert verschiedenen Architekturstilen; dieser Ort war nicht geplant, sondern so gebaut worden, wie die Notwendigkeit es gebot, zudem durch zahlreiche verschiedene Hände. Die eckigen, dreigeschossigen Gebäude der Südlichen Präfekturen erhoben sich aus einer Siedlung niedriger, breiter Tchom-Rin-Häuser, und reich verzierte Häuser mit Balkonen, die durchaus in das Flussviertel Axekamis gepasst hätten, schämten sich neben der gewieften Schlichtheit ihrer Nachbarn. Einige der Bauwerke standen bereits seit zwanzig Jahren – eine lange Zeit in der aufgewühlten Umgebung des Bruchs –, während andere sich noch im Bau befanden. Die groß angelegten Bauarbeiten hatten vor sechs Jahren begonnen, als die Libera Dramach die bestehenden Katen miteinander verbunden und begonnen hatten, Menschen aus ganz Axekami in den Bruch zu lotsen, darunter einige recht geschickte Bauhandwerker.

Oben, wo die Stufen an einer mächtigen Steinflanke

endeten, erstreckten sich tief in den Hügel hinein Höhlen, deren Eingänge mit allerlei Schriftzeichen verziert waren: Segnungen für diejenigen, die eintraten, und Bitten an die Götter. Dahinter verbarg sich ein durch undurchdringlichen Fels verhülltes, geheimes Netzwerk von Kammern.

Von ihrem Aussichtspunkt auf einem nahen Hügelkamm aus ließ Cailin ihren Blick über das rege Treiben in der Siedlung schweifen. Überall herrschte Bewegung. Arbeiter mit diesen und jenen Aufträgen liefen bald hierhin, bald dorthin. Vorarbeiter riefen ihren Männern zu. Türme wurden errichtet, von deren Skeletten es nur so wimmelte. Auf einer Ebene erhielten an die zwanzig Männer und Frauen Schwertunterricht und hieben und stachen in Einklang mit den gebrüllten Befehlen ihrer Meister. Die Stufen waren übersät mit Holzkränen, Flaschenzügen und Bambusgerüsten. Kistenstapel und Vorratsäcke wurden von Karren auf gewundenen Pfaden hierhin und dorthin gebracht, und befestigte Vorposten sicherten den Übergang zur Ebene. Darin ließen Wachen die Blicke über die kahlen Hänge wandern, und weiter zu dem kurzen Streifen flachen Geländes, das sie umgab, bis hin zu den grimmigen Felswänden dahinter. Das ansteigende Land ringsum schützte diesen Ort so wirkungsvoll vor Blicken, dass er nur vom Rand des Tales aus zu sehen war, das ihn beherbergte. Zwar gab es hier keine ordentliche Armee, doch der Xarana-Bruch war ein unbarmherziger Ort, und jede Siedlung, die nicht als Festung dachte und handelte, wurde alsbald überrannt.

Cailin gestattete sich den Hauch eines Lächelns, wodurch die roten und schwarzen, auf ihre Lippen gemalten Dreiecke sich leicht verzogen. Dies war der Schoß, die Heimat der Libera Dramach und, vorübergehend, auch die Heimat einer kleinen Schwesternschaft des Roten Ordens. Cailin konnte nicht umhin, die Umsetzung der Vision ihres Anführers zu bewundern. Nur wenige wussten überhaupt, dass es den Schoß gab. Schon seit Jahren warben die Libera Dramach im Geheimen Leute an und bedienten sich dabei aus allen Quellen zu gleichen Teilen. Räuberbanden bot man an, ihrem Leben von der Hand in den Mund ein Ende zu bereiten und sich ihnen anzuschließen; Gelehrte überzeugte man von der Rechtschaffenheit der Ziele des Ordens; gewöhnliche Bürger, die einen Groll gegen die Weber hegten – und davon gab es zuhauf –, kamen auf der Suche nach einer Möglichkeit, gegen jene zurückzuschlagen, die sie verletzt hatten. Mit ihnen trudelten Ärzte, Arzneikundige, enttäuschte Soldaten, aus ihren Heimen vertriebene Ehefrauen, Landstreicher und Schuldner ein. Alle fanden hier einen Platz. Alle wurden in den Schoß gebracht. Den Kern bildeten die Libera Dramach selbst, die aus den Hunderten von Neuankömmlingen handverlesen wurden und sich mit einem Schwur an den Orden banden. Was den Rest anging, so glaubten einige an die Ziele der Loge, andere hingegen nicht, aber alle stellten sie einen Teil einer sich selbst verwaltenden Gemeinschaft dar, die frei von den Gesetzen des Adels und der Weber lebte – was für viele ein kostbares Gut darstellte.

Cailin fand es noch immer ein wenig überraschend, dass eine so bunt zusammengewürfelte Gruppe von Menschen ein derart großes Geheimnis so lange zu hüten vermochte, besonders da die meisten Mitglieder der Libera Dramach für gewöhnlich außerhalb des Schoßes lebten und ihren täglichen Geschäften in der Stadt nachgingen. Dies waren die Spitzel, die Lieferanten, das Netzwerk. Aber wenngleich die Existenz des Schoßes dem gemeinen Volk zumindest gerüchteweise bekannt war, musste die Kunde davon den Adel erst erreichen – oder, was wahrscheinlicher schien, er war dem Adel bereits bekannt, nur dass dieser ihn nicht beachtete. Der Xarana-Bruch war ein Ort der Geheimnisse; es gab riesige Amaxawurzelfelder, die – ohne Steuern zu bezahlen – die Städte versorgten, ganze Enklaven von Menschen, die verbotenen Göttern huldigten, und Klöster, deren Mitglieder den Kontakt zur Außenwelt verpönten. Die Erwähnung des Schoßes war der Aufmerksamkeit eines

Adligen kaum wert – zumindest jener, die nicht bereits ein Teil der Loge waren. Denn die Libera Dramach hatten selbst am kaiserlichen Hof ihre Augen und Ohren, und es gab viele, die dasselbe glaubten wie sie: Ausgeburten waren nicht böse. Die Thronerbin sollte auf den Thron gelangen.

Es war also dem Geschick und dem Wissen ihres Anführers zu verdanken, dass sie es so weit gebracht hatten und bereit waren, als die längst erwartete Krise schließlich ausbrach. Die Welt hatte die Thronerbin entdeckt. Nun war es für die Libera Dramach an der Zeit zu handeln.

Cailin wendete das Pferd und ritt über den grasbewachsenen Hügelrücken in den Schoß hinunter. Jüngst waren einige Neuankömmlinge eingetrudelt, und der Augenblick war gekommen, sie alle zu einen.

»Ich kann das alles kaum glauben«, erklärte Kaiku. Furchtlos stand sie am Rand einer der obersten Ebenen des Schoßes über der Hauptansammlung der Gebäude und starrte verblüfft auf die Landschaft, die unter ihr abfiel, und auf das Gewirr der verschiedenartigsten Dächer, die ein sich überlagerndes, vielschichtiges Mosaik bildeten. Auf den Trampelpfaden wuselten Menschen aus ganz Axekami und stellten ein buntes Aufeinanderprallen unterschiedlicher, behelfsmäßiger Moderichtungen zur Schau, wie Kaiku es noch nie gesehen hatte. Die Nachmittagssonne brannte auf ihre Haut herab, wärmte sie mit ihren Strahlen; Vögel kreisten am Himmel über ihr. Kaiku blickte gen Himmel, schloss die Augen und spürte, wie Nukis Auge auf sie herabblickte, das sich als roter Schimmer hinter ihren Lidern abzeichnete. »Einfach vollkommen.«

Asara saß auf einem großen, glatten Stein, der schräg aus der grasbewachsenen Ebene ragte. Sie wusste nicht, was Kaiku mit ›vollkommen‹ meinte: den Schoß, das Sonnenlicht, oder sollte das nur ein Ausdruck der Zufriedenheit sein? Jedenfalls schenkte sie der Bemerkung keine Beachtung. Seit sie Fo verlassen hatten und über die Jabaza zurück nach Axekami gereist waren, hatte Kaikus Gemüt sich prächtig erholt. Sie waren ein Stück nördlich der Stadt an Land gegangen, da sie von flussaufwärts kreuzenden Matrosen gewarnt worden waren, dass in Axekami Aufruhr herrsche und man keine Boote mehr hineinlasse. So ritten sie mit den Pferden, die sie in Chaim erworben hatten, gen Süden, überquerten den Kerryn östlich von Axekami mit einer Fähre und kamen auf dem Weg zum Xarana-Bruch zügig voran. Dort hatte Asara sie im Gänsemarsch über einen der wenigen vergleichsweise sicheren Pfade durch das Gewirr des aufgewühlten Landes und somit in den Schoß geführt.

Die Reise war seltsam verlaufen. Kaiku schien ihren Selbsthass überwunden zu haben, vielleicht weil es niemanden mehr gab, an dem ihr besonders viel lag und der sie hätte verlassen oder verletzen können. Ihre Familie war tot, und Mishani und Tane hatten sie durch ihr Verhalten angesichts der Tatsache verraten, dass sie eine Ausgeburt war. Wenn man am Boden lag, befand man sich an einem wunderbaren Ort, um sich selbst zu überdenken, und Kaiku schien sich letztlich damit abgefunden zu haben, was sie war, und die Entscheidung getroffen zu haben, damit zu leben. Ihre anfängliche Verzweiflung über die Unmöglichkeit der Erfüllung des Ocha geschworenen Eids hatte sich gelöst und in Entschlossenheit verwandelt, ein starres Ziel, eine unabänderbare Richtung, an die sie sich klammern konnte. Gegen Ende der Reise hatte Kaiku Asara regelrecht angetrieben, da sie unbedingt so rasch wie möglich in den Schoß gelangen wollte, um selbst beurteilen zu können, welche Aussichten sie hatte, ihre Familie gegen die scheinbar unantastbare Macht der Weber zu rächen.

Doch trotz des allgemeinen Hochgefühls, das Kaiku beseelte, hatte sie sich Asara gegenüber wieder verschlossen, just nachdem sie angefangen hatte, so etwas wie Vertrauen zu ihrer einstigen Zofe zu fassen. Asara versuchte, sich einzureden, dass der Ausbruch der Leidenschaft in jener kalten, zugigen Kammer in Chaim ein Ausdruck von Kaikus Entscheidung gewesen war, die alten Regeln über Bord zu werfen, die für sie als Ausgeburt nicht länger galten – ein Beweis für sich selbst, dass sie nichts mehr einengte. Nur das, weiter nichts. Doch sie hatte etwas zwischen ihnen wachgerüttelt, das sich weigerte, wieder einzuschlafen. Es verbarg sich in Blicken und blumigen Bemerkungen und sprang bisweilen unerwartet hervor, um die andere zu verletzen. Auch aus einem weiteren Grund war Kaiku vor Asara auf der Hut. Zwar hatte sie nie gefragt, was in jener Kammer geschehen war, als Asaras Kuss sich in etwas anderes verwandelt und sie versuchte hatte, den Odem aus Kaikus Leib zu saugen; doch sie hatte die Gefahr unwillkürlich gespürt und ließ die Deckung nun nicht mehr sinken.

Aber immerhin war Kaiku hier, im Schoß. Asara hatte ihre Aufgabe erfüllt, zu der sie sich vor mittlerweile mehr als zwei Jahren bereit erklärt hatte. Tatsächlich war sie sogar recht zufrieden mit sich selbst. Während sie Kaikus Rücken betrachtete, die sich an der Aussicht freute, streckte sie sich auf dem warmen Stein aus und genoss die schlichte Pracht eines Sommertags.

»Hab meinen tief empfundenen Dank, Asara«, gurrte Cailin neben ihr. Asara fasste sich gerade noch schnell genug, um nicht unwillkürlich zusammenzuzucken und so ihre Überraschung ob des Erscheinens der dunklen Frau zu verraten. »Du hast sie wohlbehalten zurückgebracht. Sie ist für mich ein wahrhaft kostbares Gut.«

»Ich fürchte, ich habe nicht ganz so gut für ihre Sicherheit gesorgt, wie ich es vermocht hätte«, antwortete Asara, ohne aufzuschauen, »aber wir haben dir einiges zu berichten, Cailin.«

Angesichts ihres Tonfalls zog Cailin die Augenbraue hoch. »Tatsächlich? Das muss ich hören.«

»Später. Wenn wir unter uns sind«, erwiderte Asara. Die

Zeit und den Ort würde sie bestimmen. Cailin sollte ruhig daran erinnert werden, dass Asara nur aus Gefälligkeit über Kaiku wachte, nicht weil der Rote Orden es ihr aufgetragen hatte. »Sie hat bereits damit angefangen, ihr *Kana* in den Griff zu bekommen«, fügte Asara hinzu. »Zwar ist es immer noch wild, aber keineswegs unbezähmbar. Soweit ich weiß, ist das höchst selten.«

»Das ist es in der Tat«, bestätigte Cailin, ohne die Augen von Kaiku abzuwenden. »Aber schließlich wussten wir, dass sie stark sein würde. Und du hast dich um meinetwillen in große Gefahr begeben. Lass mich dir nochmals danken.«

»Nicht um deinetwillen«, korrigierte Asara sie. »Um meinetwillen. Sie interessiert mich. Ich habe mit angesehen, wie sie alles verloren hat und zu einem jener Geschöpfe wurde, die sie am meisten verachtet; und ich habe mit angesehen, wie sie zurückgeschlagen und sich wieder in den Griff bekommen hat. In meiner Zeit auf dieser Welt habe ich dieselbe Liebe, denselben Hass, dieselben Zwistigkeiten immer und immer wieder in endloser Eintönigkeit ablaufen sehen; ihre Geschichte aber ist seltener als die meisten, und selbst jetzt überrascht sie mich noch. Fast fühle ich mich schuldig, weil ich sie in deinen Einflussbereich führe. Sie magst du mit deiner Selbstlosigkeit blenden, mich hingegen gewiss nicht. Was hast du wirklich im Sinn, Cailin?«

»Ich glaube, du bist in sie vernarrt, Asara«, stellte Cailin leicht amüsiert fest. »Und dabei habe ich dich immer für zu kalt und sarkastisch für derlei Schwächen gehalten.«

»Mein Herz und meine Seele sind noch nicht tot«, gab Asara zurück, »nur aus Mangel an Interesse verstaubt und abgestumpft.«

Cailin lachte. Das Geräusch ließ Kaiku herumwirbeln und sie zum ersten Mal bemerken. Sie kam vom Rand des Abgrunds zu ihnen herüber.

»Es freut mich zu sehen, dass du eine Frau bist, die zu ihrem Wort steht«, bemerkte Cailin und neigte das Haupt zum Gruß. »Hast du gefunden, wonach du gesucht hast?«

»Sozusagen«, antwortete Kaiku, ohne näher darauf einzugehen.

»Die Zeit der Taten ist nicht mehr fern«, verkündete Cailin und musterte Kaiku unter den roten, über die Augen gemalten Halbmonden heraus. »Das ist ein Teil des Grunds, weshalb ich darum gebeten habe, euch hier zu treffen.«

»Was für Taten?«, verlangte Kaiku zu wissen.

»Bald«, versprach Cailin. »Aber zuerst sind da einige Leute, die du vielleicht sehen willst.« Sie deutete mit der Hand auf zwei Leute, die sich ihnen über die Ebene näherten.

Mishani und Tane.

Im ersten Augenblick fand Kaiku weder Worte, noch wagte sie darüber nachzudenken, was das wohl bedeuten mochte. Dann aber kam Mishani auf sie zu. Ihre ehemalige Freundin wirkte seltsam kleiner als, und sie hatte das unglaublich lange Haar zu einem losen Knoten zusammengebunden. Einen Augenblick lang zögerte sie, dann schlang sie die Arme um Kaiku ... und Kaiku erwiderte die Umarmung. Schluchzend lachte sie und drückte Mishani an sich. »Ich ... Ich bin ja so froh, dass du hier bist«, stammelte sie. Die letzten Worte waren kaum zu verstehen, weil ihre Kehle plötzlich wie zugeschnürt war und die Tränen hemmungslos aus ihr hervorquollen. Cailin sandte einen freudestrahlenden Blick zu Asara, deren Mund sich zu einem Lächeln verzog.

Die beiden jungen Frauen standen eine Weile einfach nur in der Sonne und umarmten einander. Kaiku hatte keine Ahnung, weshalb Mishani gekommen war oder was ihren Gesinnungswandel verursacht hatte, aber sie kannte ihre Freundin gut genug, um zu erkennen, was es bedeutete. Endlich ließen sie einander los, und Kaiku schaute zu Tane, der verlegen grinste.

»Ich hatte ein wenig Zeit zum Nachdenken«, erklärte er, und das war alles, denn dann umarmte Kaiku auch ihn. Die Berührung schien ihn ein wenig aus der Fassung zu bringen, doch er erwiderte sie und war sogar leicht enttäuscht, als Kaiku sich wesentlich früher von ihm zurückzog als von Mishani.

Kaiku wischte sich über die Wimpern und lächelte Cailin an, die sie aus tiefgrünen Augen wohlwollend musterte.

»Die Menschen tauchen immer dann auf, wenn man am wenigsten mit ihnen rechnet, Kaiku«, bemerkte die große Frau. »Ihr vier wandelt auf einem geflochtenen Pfad; eure Wege sind miteinander verwoben, und sie werden sich immer wieder kreuzen, bis sie zu Ende sind.«

»Wie könnt Ihr das wissen?«, fragte Kaiku.

»Du wirst lernen, wie ich das wissen kann«, antwortete Cailin, »wenn du beschließt, den Weg des Roten Ordens einzuschlagen.«

»Habe ich denn eine andere Wahl?«

»Nicht, wenn du deine nächste Ernte erleben möchtest«, antwortete Cailin schlicht.

Mit einem Schulterzucken fügte Kaiku sich in ihr Schicksal. »Na, dann sei's drum.«

Abermals lachte Cailin. Sie warf den Kopf zurück und ließ die weißen Zähne zwischen den rot und schwarz bemalten Lippen aufblitzen. »Mit so wenig Anmut hat noch nie jemand ein Angebot von mir angenommen. Sei unbesorgt, Kaiku: Du gehst keine lebenslange Verpflichtung ein. Eine Schwester des Roten Ordens ist wertlos, wenn sie nicht aus freien Stücken dabei ist. Ich verlange nur, dass du dich von mir unterrichten lässt; danach kannst du deinen eigenen Weg wählen. Ist das annehmbar?«

Kaiku verneigte sich leicht. »Es wäre mir eine Ehre.«

»Dann werden wir beginnen, sobald du bereit bist«, erklärte Cailin.

Abgesehen von Cailin befanden sich noch drei weitere Schwestern im Raum. Alle trugen die Aufmachung ihres Ordens: das schwarze Kleid, die roten, über die Augen gemalten Halbmonde und die roten und schwarzen, an Zähne erinnernden Dreiecke auf den Lippen. Asara empfand ihr Erscheinungsbild als sonderbar, aber keineswegs als beunruhigend.

Im Ratssaal des Hauses des Roten Ordens vertrieben in frei stehenden Halterungen in den Ecken glimmende Laternen das Dunkel der Nacht. Das rot-schwarze Grundmotiv spiegelte sich in der Umgebung wider: Der Raum wirkte dunkel, da die Wände schwarz bemalt, jedoch mit scharlachroten Wimpeln und allerlei anderem geheimnisvollem Tand behangen waren. Den Mittelpunkt bildete ein niedriger runder Tisch derselben Farbe, auf dem ein Kohlebecken Duftrauch im Raum verteilte. Die Schwestern standen allesamt; Asara hingegen lümmelte sich auf einem Stuhl. Sie selbst hatte die Bedeutung der Kunde, die sie brachte, längst verdaut; nun belustigte es sie zu beobachten, wie die Schwestern sich darob verhielten.

»Vertraust du ihr?«, erkundigte sich eine von ihnen, ein zierliches Wesen mit blondem Haar.

»Unbedingt«, antwortete Asara. »Ich kenne sie seit Jahren. Sie würde nicht lügen; schon gar nicht in dieser Angelegenheit.«

»Und doch gibt es keinen Beweis«, gab eine andere zu bedenken.

»Es sei denn, in der Wohnung ihres Vaters in Axekami ist noch etwas vorhanden«, schränkte Asara ein. »Was ich aber bezweifle.«

Nachdenklich neigte Cailin das Haupt. »Dies rechtfertigt eigene Nachforschungen, meine Schwestern. Wenn ein einzelner Gelehrter genug Hinweise sammeln kann, um sich dazu durchzuringen, die weite Reise nach Fo zu unternehmen, um sie zu bestätigen, und dabei das eigene Leben und das seiner Familie aufs Spiel setzt ...« Sie ließ den Satz unvollendet.

»Wir müssen uns mit unseren Schwestern im näheren Umfeld in Verbindung setzen«, schlug eine andere vor.

Asara zog eine Augenbraue hoch. Der Rote Orden mischte wohl an mehr Stellen mit, als irgendjemand ahnte, vermutete sie. Obwohl sie keine klare Vorstellung über die Mitglieder besaß, wusste sie, dass die Schwestern sorgsam darauf achteten, sich nie in größerer Zahl an einem Ort zu versammeln. Vier war die größte Gruppe, die Asara je zusammen gesehen hatte. Von Cailin hatte sie Andeutungen gehört, die nahe legten, dass die Schwestern über ganz Saramyr und darüber hinaus verstreut und damit beschäftigt waren, neue Anwärterinnen wie Kaiku zu finden oder sich in andere Vereinigungen einzuschleichen; doch sie glaubte, es gab noch einen anderen Grund, weshalb sie sich nie versammelten: Sie litten unter Verfolgungswahn. Sie wussten, wie zerbrechlich, wie klein ihre Schwesternschaft war, und sie fürchteten sich vor Ausrottung. Da sie alle über das Geweb miteinander in Verbindung standen, war es überdies auch gar nicht notwendig, sich zu treffen, und somit gab es keine Möglichkeit, die Gesamtheit zu zerstören. Oh, Asara zweifelte keineswegs daran, dass jede von ihnen ihre Macht zur Förderung der Schwesternschaft einsetzte, doch sie vermutete, dass Furcht die Wurzel bildete. Sie waren selbstsüchtig und trachteten nach Macht, um ihre Position zu festigen. Der Rote Orden und die Weber waren nicht so verschieden, wie Cailin sich selbst gerne vormachte.

»Da ist noch etwas«, gab Cailin zu bedenken. »Die eingekerkerten Ausgeburten, über die Kaiku gestolpert ist ... Was haben sie zu bedeuten?«

»Vielleicht studieren die Weber die Auswirkungen der Hexensteine auf Lebewesen. Vielleicht suchen sie nach einer Heilung der Ausgebürtigkeit.«

»Vielleicht«, räumte Cailin ein. »Vielleicht ist es aber auch nur ein weiteres Ergebnis ihres Wahns. Oder vielleicht ein Hinweis auf etwas wesentlich Größeres?«

»Wir sollten auf jeden Fall darüber nachdenken«, pflichtete eine der anderen Schwestern ihr bei.

»Aber dies ändert nichts«, ergriff Cailin wieder das Wort

und hob entschlossen die Stimme. »Kaikus Entdeckung stellt nur einen ersten Schritt dar, einen Durchbruch, der unsere Aufmerksamkeit verlangt. Dennoch beschäftigen uns vorerst andere, dringendere Belange. Dies kann warten. Wir müssen das Wissen in Umlauf bringen und so weit verteilen, dass es nicht unterdrückt werden kann; wir müssen planen, forschen und ermitteln ... aber all das ist der Zukunft vorbehalten.« Sie machte eine weit ausholende Geste, als wolle sie das Thema aus ihren Gedanken fegen. »Im Augenblick haben wir eine andere Aufgabe. Axekami zerfällt; die Stadt steckt mitten im Umbruch. Die Kaiserlichen Wachen sind außerstande, ihn aufzuhalten. Die Armeen des Geblüts Amacha und des Geblüts Kerestyn streiten sich unmittelbar vor der Stadt, und Webfürst Vyrrch schmiedet aus dem Inneren heraus seine Ränke, um die Macht der Kaiserin zu untergraben und ihr Kind zu töten.« Sie hielt kurz inne und ließ den Blick über die ihre Schwestern wandern. »Dies darf nicht geschehen. Sie verkörpert die einzige Hoffnung, das Volk Saramyrs von den Lehren der Weber abzubringen und den Menschen das Verständnis zu vermitteln, dass Ausgeburten nicht die bösen Kreaturen sind, für die man uns hält. Mir ist einerlei, wer die Zügel in die Hand nimmt, falls das Geblüt Erinima gestürzt wird, aber die Thronerbin will ich nicht verlieren. Ich bin ihr in ihren Träumen begegnet, und ich weiß bruchstückhaft, wozu sie in der Lage ist. Sie ist ein viel zu rares und mächtiges Wesen, um durch die Klinge eines ahnungslosen Fußsoldaten zu sterben. Womöglich geht das Geblüt Erinima siegreich aus diesem Streit hervor, doch ehrlich gesagt, halte ich das nicht für sehr wahrscheinlich. Die Kaiserin hat sich unverhohlen gegen die ganze Welt gestellt. Wenn sie verliert, stirbt Lucia.«

»Was also schlagt ihr vor, sollen wir tun?«, fragte Asara.

»Wir und die Libera Dramach haben Pläne vorbereitet, um die Sicherheit der Thronerbin auf die einzige Weise zu gewährleisten, auf die es uns möglich ist«, antwortete Cailin. »Wir schlagen vor, sie zu entführen.«

SECHSUNDZWANZIG

Krachend schwang die Tür nach innen, sprang durch einen einzigen Hieb der kurzen, schweren Ramme, die zwei Kaiserliche Wachen zwischen sich hielten, aus den Angeln. Kommandant Jalis stürmte voraus, indem er über das zu Boden gefallene Hindernis kletterte, und tauchte aus grellem Tageslicht ins düstere Zwielicht des engen Steintreppenhauses. Irgendwo unten wurde bereits Zeter und Mordio geschrien. Er rannte hinab. Die polierten weißen und blauen Platten seiner Rüstung klirrten, als er Hals über Kopf in das Kellergewölbe der Gerberei preschte. Hier unten war der Gestank noch schlimmer als unter freiem Himmel und brachte ihn fast zum Würgen. Jalis unterdrückte den Drang. Sein Herz hämmerte in der Brust, und sein Blut war in Wallung. Hinter ihm drängten sich zwei Abteilungen der Kaiserlichen Wache mit klirrenden Büchsen und Schwertern die Treppe herab. Blindlings rannten sie ins Unbekannte, doch keinen kümmerte es. Endlich hatten sie die Mistkerle aufgespürt, und sie waren nicht geneigt, ihnen Gnade zu gewähren.

Jalis brach aus dem Treppenhaus in das breite, niedrige Kellergewölbe hervor. Ihm blieb keine Zeit, die Einzelheiten des Raumes zu erfassen, denn kaum hatte er das Gewölbe betreten, da flog Metall auf ihn zu. Er riss das Schwert hoch, um die Klinge eines anderen Mannes abzuwehren. Zweimal parierte er die Hiebe des Angreifers; dann legte er sein ganzes Gewicht in einen Stoß und warf seinen Gegner zurück, der den Hieb kraftlos abwehrte. Jalis erkämpfte sich einen Weg in den Raum, um einen Pfad für die anderen zu ebnen, damit sie durchbrechen und in die Kampfhandlungen eingreifen konnten.

Schwerter prallten klirrend aufeinander, als die Schlacht entbrannte.

Mit einem zweiten Stoß schleuderte Jalis seinen Angreifer weiter zurück und setzte nach. Bis zu jenem Zeitpunkt hatte er kaum gesehen, gegen wen er kämpfte, nun aber erkannte er, dass es sich um einen jungen Mann handelte, der keine Rüstung trug und offenkundig kein Krieger war; sein Gesicht war eine hässliche, hasserfüllte Fratze. Das unausgewogene Kräfteverhältnis kümmerte Jalis keinen Deut. Er durchbohrte den Jungspund und hatte die Klinge bereits herausgezogen, um gegen jemand anderen zu kämpfen, bevor der gepfählte Leichnam seines Feindes zu Boden sackte.

Zwar waren da Dutzende von ihnen, wodurch sie den Wachen im Raum zahlenmäßig deutlich überlegen waren; allerdings stellten sie für ausgebildete Soldaten in Rüstungen kaum eine Bedrohung dar. Jalis' Armpanzer klapperte, als er die Klinge im Hals eines anderen Mannes vergrub, der kaum älter als achtzehn Ernten und somit eigentlich noch ein Junge war. Die Wachen drängten vom Treppenhaus vor, ließen weitere ihre Gefährten hinter sich ein, und die Hemmungslosigkeit des anfänglichen Gemetzels ließ ein wenig nach, als weitere Schwerter eintrafen, um sich den ungestümen Angriffen ihrer Gegner entgegenzustellen.

Flüchtig schaute sich Jalis im Raum um. Das Kellergewölbe war riesig und schlecht beleuchtet, dennoch bedurfte es nur eines Blickes, um zu bestätigen, dass ihre Informationen richtig gewesen waren. Ringsum standen Tische mit spiralförmigen Messingröhren, Verdampfungsgefäßen, zerlegten Uhrwerken und Zündern. Überall waren Fässer voll Schießpulver; sie stapelten sich um die runden Stützpfeiler und standen hinter allerlei Kisten in verstohlenen Winkeln. An den Rändern war es ein unordentliches Gewirr, in dem seltsame Schemen in den Schatten lauerten, doch der Mittelteil war tödlich genau angeordnet; die Tische bildeten strenge Reihen, sodass fertig gestellte Teile ohne Umwege an den nächsten Arbeiter weitergereicht werden konnten.

Dies war das Herzstück der geheimen Armee Unger tu Torrhycs: die Bombenwerkstatt. Dutzende waren durch das Handwerk dieser Besessenen gestorben, Hunderte mehr in dem Chaos, das ihre Bomben gestiftet hatten. Jalis empfand kein Mitleid für sie. Sie verkörperten eine Bedrohung für das Geblüt Erinima und für das Reich. Durch jeden, der seiner Klinge zum Opfer fiel, wurde Axekami zu einem besseren Ort.

Doch die Raserei, mit der sie sich den Schwertern der Wachen entgegenschleuderten, überraschte sogar ihn. Dies waren keine Krieger, trotzdem versuchte kein Einziger von ihnen zu fliehen. Stattdessen hatten sie zu den Waffen gegriffen und rannten herbei, um anzugreifen, obwohl sie förmlich niedergemäht wurden. Jalis verzog das Gesicht, als ihm warmes Blut auf die Wange spritzte, und er fragte sich, welch irrgeleitete Gefolgstreue sie zu derartiger Inbrunst ansporonen mochte.

Einen Lidschlag darauf wurde er vom Krachen einer Büchse aus seinen Gedanken gerissen, und ein Soldat zu seiner Linken sank stöhnend zu Boden. Dem Schuss folgte ein weiterer und noch einer. Jalis entdeckte die Quelle: zwei Männer an der gegenüberliegenden Wand, wo ein Regal mit Büchsen und Schießpulver standen. Mehrere andere scharten sich um sie und suchten sich Waffen aus. Ein Soldat unmittelbar hinter Jalis nahm bereits die eigene Büchse vom Rücken, aber Jalis fing seinen Arm grob ab.

»Sei kein Narr!«, brüllte er. »Rückzug! Raus hier!«

Es war ein gewagtes Spiel gewesen, sich so blindlings auf den Feind zu stürzen, doch es gab nur einen Weg in und aus dem Kellergewölbe, weshalb sie keine andere Wahl gehabt hatten. Nun erkannte Jalis, dass er die Besessenheit der Bombenbastler unterschätzt hatte, und das konnte sie teuer zu stehen kommen. Bei den Göttern, sie sollten es besser wissen, als hier unten Büchsen abzufeuern! Der gesamte

Ort stellte eine einzige, riesige Bombe dar, die nur darauf wartete zu explodieren! Das war Selbstmord!

Doch vielleicht war genau das ihr Plan.

Die Wachen zogen sich in Richtung Treppenhaus zurück, aber die Bombenbastler hatten die Wucht ihres Angriffs verdoppelt, warfen sich ohne Rücksicht auf die eigene Sicherheit gegen die Eindringlinge und verstopften den Ausgang zur Freiheit. Weitere Büchsen mischten sich in das Feuergefecht und erschossen gleichmütig Freund und Feind. Jalis versuchte, sich einen Weg durch die Ränge zu bahnen; der süßliche Moder der Gerberei drohte, ihn zu ersticken, und plötzlich wallte Panik in ihm auf; doch es gab keinen Ausweg. Er fühlte, wie ihn der Mut verließ; die Welt um ihn herum bewegte sich immer langsamer, und eine dunkle Ahnung flüsterte ihm ins Ohr, dass sein Ende nahte.

Jalis hörte die Kugel nicht, die eines der Pulverfässer durchdrang; auch den Blitz sah er nicht. Die Gerberei explodierte mit einer Wucht, die sämtliche Straßen ringsum in Schutt verwandelte, alles darauf auslöschte und Ziegel und lodernde Holztrümmer in hohem Bogen durch die Luft schleuderte, auf dass sie zischend und dampfend im Fluss landeten oder krachend Mauern und Fensterläden durchschlugen. Die Erde erzitterte, ließ sogar die Kaiserliche Feste in ihren Grundfesten erbeben, und eine mächtige, dunkle Rauchsäule wallte aus den glimmenden Überresten himmelwärts und besudelte den bis dahin vollkommenen Tag.

»Ihr wisst, dass meine Worte Sinn ergeben, Anais.«

Die Kaiserin funkelte Barak Mos über den niedrigen Tisch hinweg an. Sie saßen auf Kissen in einem der westlichen Gemächer der Feste. Vor ihnen stand ein zwangloses Mahl aus Fisch, Reis und Krabben aus der Mataxa-Bucht. Durun lief vor dem Säulenbogen auf und ab, der auf einen breiten Balkon hinausführte, auf dem man die Nachmittagssonne im Frühling und im Herbst gleichermaßen genießen konnte. Da der Sommer sich seinem Höhepunkt näherte, blieben sie drinnen im Schatten; selbst hier war die Luftfeuchtigkeit kaum zu ertragen, und nur selten regte sich ein Lüftchen, um ihnen Erleichterung zu verschaffen.

»Bei den Göttern, Weib, warum hörst du nicht auf ihn?«, brüllte Durun, dessen langes schwarzes Haar nachschwang, als er jäh innehielt und zornig vor seiner Gemahlin mit den Armen fuchtelte. »Es ist die einzige Möglichkeit.«

»Durun, halt dich da raus!«, befahl sein Vater. »Du bist alles andere als hilfreich.«

Anais spießte mit der zierlichen Silbergabel ein Stück Schlitterfisch auf und ließ die beiden warten, während sie nachdenklich darauf herumkaute. Durun brodelte im Hintergrund wie ein angeketteter Hund mit einem Karnickel vor der Schnauze. Mos beobachtete die Kaiserin.

»Ich bin nicht sicher, ob ich die Notwendigkeit sehe. Der größte Quell des Aufruhrs in Axekami ist beseitigt«, bemerkte die Kaiserin. »Unger tu Torrhycs Armee gibt es nicht mehr.«

»Schon richtig«, pflichtete Mos ihr bei, »aber auf Kosten zweier Abteilungen Eurer Kaiserlichen Wachen. Eure Streitkräfte waren bereits zuvor überfordert, Anais; jetzt seid Ihr noch schlimmer dran. Aufstände zerreißen die Stadt; Feuer toben unbekämpft. Die Armeen des Geblüts Amacha und des Geblüts Kerestyn sind vor der Stadt eingetroffen und beziehen in Sichtweite der Mauern Stellung gegeneinander. Chaos gebiert Chaos, meine Kaiserin; die Stadt fällt auseinander, und Eure Streitkräfte sind außerstande, dem Einhalt zu gebieten. Sollten Amacha oder Kerestyn Axekami jetzt angreifen, wären Eure Männer viel zu beschäftigt mit der Bevölkerung, als dass sie Widerstand leisten könnten.«

Anais zog eine Augenbraue hoch. Von dem sonst so einsilbigen Barak hörten sich diese Ausführungen regelrecht eingeübt an. Offenbar hatte er einige Zeit darüber nachgedacht.

»Bitte«, meldete Durun sich zu Wort, der nicht widerstehen konnte, sich neuerlich einzumischen. »Wir sind hier nahezu schutzlos. Ich werde nicht zulassen, dass man uns den Thron entreißt, weil wir zu beschäftigt damit sind, hinter dem undankbaren Rindvieh unten auf den Straßen aufzuräumen. Lass das doch die Männer meiner Familie machen!«

»Aha«, sagte Anais. »Du schlägst also vor, dass die Streitkräfte des Geblüts Batik nur dafür eingesetzt werden, um in der Stadt für Recht und Ordnung zu sorgen?«

Mos schleuderte seinem Sohn einen wilden Blick zu, doch der war zu hochmütig, um auch nur den Anstand zu besitzen zu erröten. Stattdessen schnaubte er verächtlich und wandte den Kopf ab, um hinaus auf den Balkon zu starren und Gleichgültigkeit zu heucheln. Er hatte soeben ein wirkungsvolles Zugeständnis verschenkt, das Mos zweifellos als Todesstoß bei diesen Verhandlungen hatte einsetzen wollen.

»Ja«, bestätigte der Barak zähneknirschend. »Ich bin mir Eurer Vorsicht bewusst, was die Frage betrifft, ob man Streitkräfte nach Axekami lässt, die nicht per Geblüt an Euren Willen gebunden sind, wenngleich es mir ein Rätsel ist, warum Ihr scheinbar nicht einsehen wollt, dass uns dasselbe am Herzen liegt. Ich habe ebenso viel zu verlieren wie Ihr, wenn Axekami einem Angreifer in die Hände fällt.« Er holte tief Luft. »Damit Ihr Euch nicht bedroht fühlt, schlage ich vor, Ihr lasst Eure Kaiserlichen Wachen wieder ausschließlich ihre ursprünglichen Pflichten erfüllen, sprich: den Schutz der Feste und die Sicherung der Mauern. Meine Truppen werden nur dafür eingesetzt, die Aufstände niederzuschlagen und in der Stadt die Ordnung wiederherzustellen ... es sei denn, Ihr wünscht etwas anderes.«

»Unter Umständen könnte ich wohl wünschen, sie bei der Verteidigung Axekamis heranzuziehen, sollte das Geblüt

Amacha oder das Geblüt Kerestyn einen Sturm auf die Mauern wagen. Ist das annehmbar?«

»Selbstverständlich«, antwortete Mos. »Mein Sohn und meine Enkelin sind schließlich hier.« Durun schnaubte abermals verächtlich, um kundzutun, was er davon hielt, dass sein Vater Lucia als seine Enkelin bezeichnete. Mos bedachte ihn mit einem scharfen Blick, dem sein Sohn keinerlei Beachtung schenkte. Dann fuhr er fort: »Ich würde wohl kaum zulassen, dass ein Angreifer die Stadt erstürmt, solange ich noch die Macht habe, das zu verhindern. Und um Euch zu beweisen, wie ernst es mir damit ist, werde ich – mit Eurer Erlaubnis – selbst in der Feste bleiben. Was immer über Euch, Durun oder Lucia kommen mag, kommt auch über mich.«

»Das ist kein geringes Wagnis«, gab Anais mit bedächtiger Stimme zurück. Ihre Mahlzeit stand vergessen vor ihr. »Sollten wir verlieren, blieben nur wenige Eures Geblüts übrig.«

»Ah, aber Anais, mit unseren vereinten Streitkräften und dem Schutz der Mauern Axekamis werden wir *nicht* verlieren. Amacha und Kerestyn *gemeinsam* könnten uns kaum bezwingen, und da sie überdies hoffnungslos zerstritten und entzweit sind, besteht keinerlei Aussicht auf Sieg für sie.«

Darüber dachte Anais eine Weile nach, während sie sich wieder ihrer Mahlzeit zuwandte. Barak Mos führte überzeugende Punkte an, zudem war ihr durchaus bewusst, dass ihre Lage sich mit jedem Tag verschlechterte. In Wahrheit wusste sie tief in ihrem Inneren bereits, was sie tun würde; sie hatte sich bereits dazu durchgerungen, bevor Mos ihr seine Aufwartung gemacht hatte. Anais musste einwilligen; sie hatte keine andere Wahl. Doch egal wie vertrauenswürdig der Verbündete auch sein mochte, es blieb gefährlich, eine fremde Streitmacht ins Herz der Hauptstadt einzulassen. Es gab immer Winkel und Ecken, die man übersehen konnte, verborgene Interessen, die sie nicht kannte, selbst bei so unumwundenen und arglosen Menschen wie Mos und Durun.

Nichtsdestotrotz war es ein Wagnis, das sie eingehen musste.

»Na schön«, verkündete sie. Mos lächelte breit. »Aber kein einziger Eurer Männer darf einen Fuß auf das Gelände der Kaiserlichen Feste setzen«, fügte sie hinzu, »auch nicht in Eurem Gefolge. Sind wir uns einig?«

An den Rändern ermattete sein Lächeln ein wenig, dennoch nickte Mos. »Einverstanden. Ich werde meine Männer unverzüglich holen lassen.«

»Ihr werdet Euch Vyrrchs bedienen müssen, um Euch mit Eurem Weber in Verbindung zu setzen«, meinte Anais mit einem Anflug von Abscheu. »Achtet sorgsam darauf, was Ihr ihm sagt.«

»Ich spreche mit Webern grundsätzlich so wenig wie irgend möglich«, erwiderte Mos.

»Und ich werde die notwendigen Vorkehrungen treffen, was meine Männer betrifft«, fuhr Anais fort. Sie schaute zu Durun, der ihren Blick verbindlich erwiderte, wobei seine dunklen Augen sie durchdringend beiderseits der Hakennase anstarrten. Das war so bezeichnend für ihn: Er hatte bekommen, was er wollte; trotzdem verhielt er sich, als gebühre der Verdienst ihm, nicht als hätte seine Gemahlin es bewilligt. Anais verdrängte ihn aus ihren Gedanken. Wenigstens hatte sie ihn im Zaum. Sein Verstand und seine Gefolgstreue wurden von einem einzigen Organ beherrscht, und das war nicht sein Hirn.

»Ich werde jetzt mit Vyrrch reden«, kündigte Mos an und wuchtete sich aus dem Stuhl. »Besser, ich bringe es so schnell wie möglich hinter mich.«

»Und was ist mit dem Geblüt Amacha und dem Geblüt Kerestyn?«, verlangte Durun zu wissen. Die Frage deutete darauf hin, wer der Verstand hinter diesem Treffen war, als hätte Anais es nicht erahnen können.

Mos straffte die Schultern in der Manier eines Mannes,

der sich zu Hause entspannt, nicht wie jemand, der sich in Gegenwart seiner Kaiserin befand. Anais musste ob seines Mangels an Feingefühl beinahe lächeln. »Lass sie ruhig«, antwortete er. »Barak Sonmaga tu Amacha wird niemals zulassen, dass Barak Grigi tu Kerestyn sich der Stadt nähert; und er selbst besitzt nicht die Stärke für einen Sturmangriff, denn dadurch würde er den Armeen Kerestyns den Rücken zuwenden. Wollen wir doch mal sehen, ob ihre Begeisterung bei der Ankunft einiger Tausend unserer Männer von der gegenüberliegenden Seite Axekamis nicht ein wenig nachlässt. Meine Spione haben mir berichtet, dass Sonmaga für einen Bürgerkrieg ohnehin schlecht gerüstet ist; er hatte zu wenig Zeit, Truppen aufzustellen. Und Grigi wiederum weiß wohl, dass er Sonmaga besiegen könnte, aber seine Verluste wären zu groß, als dass er Axekami danach noch einnehmen könnte. Sie haben ein Patt. Eigentlich wäre das genau der richtige Zeitpunkt für sie, es gut sein zu lassen und abzurücken. Das Ganze hat sie auch so schon genug Geld und Ressourcen gekostet. Dann hätten wir ein Problem weniger.«

Durun stapfte zu seinem Vater hinüber und stellte sich an dessen Seite. Anais erhob sich vom Tisch und geleitete sie zur Tür. »Möge Ocha uns segnen und beschützen.«

Mos verneigte sich tief. »Ihr habt heute eine weise Entscheidung getroffen, Anais. Das Land ist wahrhaft in guten Händen.«

»Wir werden sehen«, entgegnete sie. »Wir werden sehen.«

Thronerbin Lucia tu Erinima kniete auf einer Matte vor ihrem Musterbrett. Im hellen Licht der tief stehenden Abendsonne warf sie einen langen Schatten hinter sich. Seit Mittag befand sie sich hier auf den oberen Terrassen der Gärten. Hier hatte sie sich inmitten der von der Sonne aufgewärmten beigen Steine niedergelassen, mit denen der Boden auf einem der zahlreichen friedlichen Plätze und Gehwege gepflastert war, die sich durch das Grün ringsum wanden. Vor ihr fielen die Terrassen in Stufen bis zur hohen Mauer um die Dachgärten hin ab; dahinter verbarg sich die Stadt Axekami, jenes brodelnde Gewirr aus Straßen, das eine noch höhere Mauer umringte, die es von den grasbewachsenen Weiten der Ebene ringsum trennte.

Nukis Auge sank durch die dünnen Wolkenfetzen, die den fernen Horizont heimsuchten, und Lucias Augen wanderten in regelmäßigen Abständen von dem Schauspiel vor ihr zum Musterbrett und wieder zurück. Sie ergriff einen breiten, weichen Rundpinsel, tauchte ihn in eine der Porzellanschüsseln voll dickem Wasser auf dem Steinboden neben ihr und strich damit quer über das Musterbrett, wodurch sie einen blassrosa Streifen auf das Bild zauberte.

Das Musterbrett war eine alte Kunstform, der man schon lange vor der Zeit einiger der neueren Blutlinien gefrönt hatte. Man verwendete dabei eine Mischung aus Wasser, Farbe und Saft, die auf eine bestimmte Festigkeit verdichtet und als ›dickes Wasser‹ bezeichnet wurde. Diese brachte man auf ein Musterbrett auf, einen dreidimensionalen Holzkäfig, der ein flaches Rechteck aus durchsichtigem Gel enthielt. Das Gel war vorgebacken, sodass es immer wieder in seine rechteckige Form zurückkehren konnte, ganz gleich, was man damit auch anstellte. Dies ermöglichte es Künstlern, das Gel zu teilen und im Inneren des Rechtecks in der dritten Dimension zu malen. Die Verwendung dicken Wassers verlieh den Bildern eine seltsam flockige, ätherische Eigenschaft. War das Gemälde fertig, konnte man das Gel weiterbacken, wodurch es sich in etwas Glasähnliches verwandelte, das man abschließend in Ziervitrinen stellte, durch die man das Bild von allen Seiten betrachten konnte.

»Gruß zum Tage, Lucia«, ertönte eine tiefe, volltönende Stimme neben ihr. Lucia setzte sich auf die Hacken zurück, beschirmte die Augen mit der Hand und schaute auf.

»Gruß zum Tage, Zaelis«, erwiderte sie lächelnd.

Ihr Lehrer kauerte sich neben sie. Sein hagerer Leib war in dünne schwarze und goldene Seidengewänder gehüllt. »Du bist ja schon fast fertig«, bemerkte er und deutete auf das Musterbrett.

»Noch einen Tag, dann müsste es so weit sein, denke ich«, antwortete Lucia und wandte den Blick wieder den fließenden Farbwirbeln vor sich zu.

»Es ist sehr schön«, sagte Zaelis.

»Es ist in Ordnung«, schränkte Lucia ein.

Kurz schwiegen die beiden.

»Bist du wütend?«, fragte Lucia unvermittelt.

»Du bist den ganzen Tag hier in der Sonne gewesen«, antwortete Zaelis, »und ich habe fast die ganze Zeit damit verbracht, dich zu suchen. Du weißt doch, wie fürsorglich deine Mutter ist, Lucia. Du solltest es besser wissen, als einfach so zu verschwinden, und du solltest es *wirklich* besser wissen, als ungeschützt im prallen Licht von Nukis Auge zu hocken.«

Langsam stieß Lucia den Atem aus, was sich fast wie ein Seufzen anhörte. Zaelis Tonfall verriet, dass er nicht wütend war; dennoch wurde sie gescholten. »Ich habe einfach weggemusst«, erklärte sie, »eine kleine Weile wenigstens.«

»Sogar von mir?« Zaelis hörte sich gekränkt an.

Lucia nickte. Sie blickte zur untergehenden Sonne und wieder zum Musterbrett; dann schob sie vorsichtig die Finger in dessen Oberfläche und öffnete einen dünnen Spalt im Gel. Mit flinken Schwüngen eines schmalen Pinsels umrahmte sie das Rosa der Wolken mit Rot, zog die Finger zurück und schaute zu, wie der Riss sich schloss.

Mit regloser Miene beobachtete Zaelis sie. Selbstverständlich hatte sie flüchten müssen. Für ein so empfindsames Mädchen wie Lucia musste die Spannung, die in den Gängen der Feste herrschte, selbst bis hier durchdringen. Wenngleich Zaelis seine Sorge um ihre Sicherheit tunlichst für sich behalten hatte, war er überzeugt davon, dass selbst seine größten Bemühungen, etwas vor ihr zu verbergen, nutzlos waren. Lucia war sonnenklar, dass all die Zwietracht, all die Toten auf die ein oder andere Weise ihr zuzuschreiben waren. Zaelis tat, was er konnte, um ihr Schuldgefühle auszureden; allerdings war er nicht sicher, ob sie sich überhaupt schuldig *fühlte*. Zwar hatte sie schon öfter davon gesprochen, dass sie all das ausgelöst habe, und sich gefragt, was geschehen wäre, hätte sie versucht, es aufzuhalten, statt die Veränderung zu begrüßen; doch ob darin Bedauern mitschwang, vermochte Zaelis nicht zu sagen. Lucias Launen waren für ihn genauso unergründlich wie die tiefsten Tiefen der Meere.

Jäh und so heftig, dass Zaelis unwillkürlich zusammenzuckte, riss Lucia den Kopf nach oben. Zaelis folgte ihrem Blick, der nicht wie sonst verträumt und teilnahmslos, sondern scharf und aufmerksam war. Sie schaute gen Norden, wo der weiße Rand Aurus' den Horizont streifte und die bevorstehende Nacht ankündigte. Die Inbrunst ihres Blicks bestürzte ihn; er hatte noch nie einen solchen Ausdruck in ihrem Gesicht gesehen. Dann riss sie sich davon los, schaute wieder auf ihr Gemälde und schien missmutig vor sich hin zu brüten.

»Was ist denn los?«, fragte Zaelis. Als sie nicht antwortete, wiederholte er: »Lucia, was ist denn?« Die zweite Frage verpackte er in einen gebieterischeren Tonfall. Für gewöhnlich bedrängte er sie nicht auf diese Art, doch was er soeben gesehen hatte, besorgte ihn so sehr, dass er es versuchte.

»Ich habe etwas gehört«, antwortete Lucia widerwillig, wobei sie seinem Blick noch immer nicht begegnete.

»Was hast du gehört?«, hakte Zaelis nach. Er schaute wieder an den nördlichen Horizont. »Und von wem?«

»Nein, nicht so«, stellte Lucia klar und rieb sich nervös den Nacken. »Es war nur ein Widerhall, ein Flüstern . . . eine Erinnerung. Jetzt ist es weg.«

Zaelis starrte zu Aurus' Rand, der in der Ferne kaum merklich den Himmel erklomm. »Eine Erinnerung *woran*?«

»An einen Traum!«, herrschte ihn das Mädchen an. »Ich hatte einen Traum. Ich bin den Kindern der Mondschwestern begegnet. Sie haben versucht, mir etwas zu sagen, aber ich habe sie nicht verstanden. Anfangs nicht. Dann ...« Ihre Schultern sackten leicht herab. »Dann glaube ich schon. Sie wollten mir zeigen ... Ich weiß nicht, ob es eine Warnung war, oder eine Drohung ... Ich ....«

Grauen erfüllte Zaelis. »Was haben sie dir gesagt, Lucia?«

Sie drehte sich zu ihm um.

»Etwas wird geschehen«, flüsterte sie. »Etwas Schlimmes. Mir.«

»Das kannst du doch nicht wissen, Lucia«, widersprach Zaelis unwillkürlich. »Sag so etwas nicht.«

Jäh sprang sie auf ihn, drückte sich an ihn, überraschte ihn. Innig erwiderte er die Umarmung.

»Es war bloß ein Traum«, beruhigte er sie. »Vor einem Traum musst du dich nicht fürchten.«

Doch über ihre Schulter hinweg schaute er zum nördlichen Horizont und zum kalten Bogen, den Aurus' Rand bildete, und in seinen Augen war Furcht.

Webfürst Vyrrch ruhte sich aus. Seine schuppige, weiße Flanke, unter der die Rippen wie ein Waschbrett hervortraten, hob und senkte sich. Er war nackt, sein grotesker, verdorrter Körper erbärmlich und grässlich anzusehen. Seine dürren, missgebildeten Arme waren in Blut getränkt; es war auf die geschmolzene Haut seiner Fratze gespritzt, auf seine schmale Brust, auf den Spitzbauch und die verkümmerten Geschlechtsteile. Er sah wie ein Neugeborenes aus, als er zusammengerollt inmitten der besudelten Laken seines gebrochenen Bettes lag, keuchend und stöhnend.

Für das Ziel seiner jüngsten Aufmerksamkeit hingegen gab es kein Atmen mehr. Es handelte sich um eine alte Frau, für die er sich aus einer Laune heraus der Abwechslung halber entschieden hatte, nachdem er die von Barak Mos gewünschte Botschaft an dessen Weber übermittelt hatte. Flüchtig kam ihm der Gedanke, dass er in letzter Zeit insgesamt zu viele Menschen getötet hatte; die meisten Weber erreichten diese Ebene der Raserei nur selten. Andererseits, wo immer die Bediensteten seine Opfer auftrieben, sie wurden offenbar nicht vermisst. In Saramyr gehörte das Leben eines Bediensteten dessen Herrn oder Herrin, und diese greise Frau konnte höchstens eine Köchin oder Putzfrau gewesen sein, eine Bedienstete der Feste und damit der Kaiserin. Vyrrch war sicher, dass Anais sich nicht daran stören würde, selbst wenn sie es wüsste. Schließlich hatte sie gewusst, worauf sie sich einließ, als sie Vyrrch als ihren Webfürsten aufgenommen hatte. Dadurch hatte sie ihm das gemeine Volk der Feste zur Verfügung gestellt, um seine Launen zu befriedigen. Ein geringer Preis für die Macht eines Webfürsten.

Die Greisin lag in einer zähflüssigen roten Pfütze. Ihre schlichten Kleider klebten durch die eigenen Körperflüssigkeiten an ihrem Leib. Heute war Vyrrch in der Stimmung für das Messer gewesen, und ursprünglich hatte er beabsichtigt, sich Zeit zu lassen; doch als sie eingetroffen war, war er in unerklärliche Wut verfallen und hatte sinnlos auf sie eingestochen und eingehackt, immer und immer wieder. Sie war fast unverzüglich gestorben, wohl vor Schreck. Das schürte Vyrrchs Zorn jedoch nur zusätzlich, und er fiel über den Leichnam her, bis er kaum noch als menschlich erkennbar war.

Ja, vielleicht tötete er in letzter Zeit ein wenig zu viel; aber immerhin war er die Spinne in der Mitte des Netzes, und er musste oft fressen.

Der Kommandant der Wache, der Unger tu Torrhyc in Gewahrsam genommen hatte, hatte sich als harte Nuss erwiesen, doch Vyrrch hatte sich Zeit gelassen. So begabt Vyrrch auch war, er hatte nicht gewagt, sich einfach des Verstandes des Mannes zu bemächtigen und ihn zu steuern.

Dies hätte seiner gesamten Aufmerksamkeit bedurft und ihn in seine Gemächer verbannt. Außerdem hätte durchaus die Möglichkeit bestanden, dass der Offizier den Eingriff als solchen erkannt hätte, sobald Vyrrch ihn losgelassen hatte. Solch überstürzte Unterfangen waren gefährlich; dabei dachte Vyrrch an seinen jüngsten Versuch zurück, Barak Zahn umzustimmen, was Zahns Weber vereitelt hatte, und er fragte sich, weshalb er damals das Wagnis nicht sorgfältiger abgewogen hatte.

Du verlierst die Kontrolle über dich selbst, Vyrrch, dachte er bei sich.

Beim Kommandanten der Kaiserlichen Wache war er gezwungen gewesen, auf einen feinsinnigeren Pfad auszuweichen, indem er Nacht für Nacht kleine, hypnotische Anregungen in seine Träume gepflanzt, ihn gegen Unger aufgebracht und ihn von der Belohnung überzeugt hatte, die ihm für die Verhaftung des Dorns im Fleisch des Kaiserreichs gewiss sein würde. Als Unger tu Torrhyc schließlich tatsächlich verhaftet worden war, hatte Vyrrch dafür gesorgt, dass er selbst sich bei der Kaiserin befand, damit sie ihn nicht beschuldigen konnte, den Offizier beeinflusst zu haben. Wie wenig sie doch über Mittel und Wege der Weber wusste.

Die Bombenbastler zu beeinflussen, hatte gar monatelanger Anstrengungen bedurft. Vyrrch hatte begonnen, sie um sich zu scharen, seit er zum ersten Mal einen Verdacht gegen Lucia gehegt hatte, lange bevor er Sonmaga tu Amacha davon überzeugt hatte, den Dieb Purloch anzuheuern, um das Gerücht zu bestätigen. Indem er beständig auf die potentiellen Bombenbauer einwirkte, sie in ihren Träumen aufwiegelte, wurden aus gewöhnlichen Männern und Frauen nach und nach Besessene. Sie verbrachten immer mehr Zeit damit, alles Mögliche über Sprengkörper in Erfahrung zu bringen, wurden langsam, aber unweigerlich immer weiter in die Überzeugung gedrängt, ihr Glaube sei jedes Opfer von Leben wert. Und die ganze Zeit über warteten sie auf den unterschwelligen Auslöser: die Enthüllung, dass die Thronerbin eine Ausgeburt war. Auf dieses Zeichen hin verließen sie ihre Arbeitsplätze, Heime und Familien und wurden zu den unbeirrbaren Bombenlegern, die Vyrrch hatte haben wollen. Sie versammelten sich und bauten ihre Werkzeuge der Zerstörung; und nachdem die Vorbereitungen abgeschlossen waren, legte Vyrrch eine neue Zündschnur, die sie auf ihren zerstörerischen Kurs bringen würde: die Verhaftung Unger tu Torrhycs.

Es war ein Geniestreich. Für die Welt war es vollkommen logisch, dass ein Mann von Ungers Ausstrahlung und unverhohlenen politischen Ansichten der Anführer einer umstürzlerischen Armee war. Und Vyrrch hatte Unger höchstpersönlich getötet, damit dieser der allgemeinen Auffassung nicht hatte widersprechen können. Zudem kam es sehr gelegen, dass Unger dadurch zu einem Märtyrer für die erzürnten Bürger Axekamis geworden war. Nun waren seine Bombenbastler tot, hatten sich lieber selbst getötet, als sich gefangen nehmen zu lassen, und somit hatte der Kreis sich geschlossen. Es gab keinerlei Beweise, die Vyrrch mit alledem in Verbindung brachten. Axekami war wutentbrannt, verängstigt, wahnsinnig; die Augen der Kaiserin waren nach draußen auf die Stadt gerichtet und die Bühne für den letzten Teil seines Plans bereit.

Es sollten noch weitere Bomben folgen.

Aber nicht alles war reibungslos verlaufen. Da war noch immer jenes lästige Jucken, das Ruito tu Makaima verkörperte und sich in einem Winkel verbarg, wo Vyrrch sich nicht kratzen konnte. Dass es dem Gelehrten gelungen war, ins Kloster Lakmar auf Fo einzudringen, war schon eine beachtliche Leistung gewesen. Vyrrch hatte keine Ahnung, wie er in den Besitz einer Maske gelangt war, die ihn durch die Schranke geleitet hatte; aber auf dem Rückweg hatte er das Pech gehabt, unsichtbare, ins Geweb gestrickte Fallen auszulösen, die in der Welt jenseits der menschlichen Wahrnehmung Alarmglocken läuten ließen. Ihre Spitzel hatten ihn bis nach Hause beschattet, um in Erfahrung zu bringen, was er beabsichtigte; doch Ruito schien sich gebrochen im Wald verschanzt zu haben, weshalb sie sich vorerst damit hatten begnügen müssen, ihn dort zu halten, bis sie entschieden hatten, was mit ihm geschehen solle. So hatte man die Angelegenheit schließlich Vyrrch übertragen ... wie so viele Dinge.

Vyrrch hatte beabsichtigt, Ruito gefangen zu nehmen und zu verhören. Wäre ihm dies gelungen, müsste er sich nun keine Sorgen machen. Aber der Gelehrte hatte ihn überlistet. Just in der Nacht, als Vyrrch zugeschlagen hatte, hatte er Gift ins Abendmahl seiner Familie gemischt, und als sie in Schlaf versanken, wachten sie nicht mehr auf. Ruito war ihm entwischt.

Die Shin-shin waren schwer hervorzulocken und noch schwieriger zu beherrschen, doch Vyrrch hatte gewährleisten müssen, dass es keine Überlebenden und keine Beweise gab. Menschliche Mittelsmänner waren nicht zuverlässig genug. Er brauchte jemanden, der die Maske zurückbringen würde, ohne der Versuchung zu unterliegen, sie aufzusetzen; außerdem plauderten Dämonen nicht. Man konnte sie nie und nimmer zu ihm zurückverfolgen. Selbst für einen Weber seines Könnens war der Einsatz solcher Geschöpfe gewagt; doch die Shin-shin waren niedere und schwache Dämonen, die sich im Zuge der Verwüstung des Landes durch die Hexensteine stark vermehrt hatten. Sie spürten die Macht der Hexensteine als eine Art wohlwollende Wesenheit, und wenn die Zeit kam, waren sie zufrieden damit zu tun, was Vyrrch von ihnen verlangte. Wenngleich es keineswegs so war, als bräuchte er sie einfach nur *aufzufordern.* Wie bei allen anderen Geistern auch war die Kommunikation mit Dämonen verschwommen und ungewiss, da sie in Form von Eindrücken und undeutlichen Gefühlen erfolgte. Ohne den überbrückenden Einfluss der Hexensteine wäre Vyrrch überhaupt nicht in der Lage gewesen, zu ihnen durchzudringen.

Und dann war der Tag gekommen, an dem die Blutlinie Makaima ihr Ende gefunden hatte ... nur dass etwas schief gegangen war.

Vyrrch kannte tausend Gründe, weshalb er sich keine Sorgen machen sollte und nur einen, weshalb doch: Die Maske war verschwunden.

Die Shin-shin waren außerstande zu bestimmen, wer ihnen entkommen war; ihr Dämonenverstand funktionierte anders als der der Menschen. Ihre Wahrnehmung gründete sich nicht auf Sicht, sondern vielmehr auf feine Duftspuren und Auren jenseits der Reichweite der Sinne aller Geschöpfe der Gattung Säugetier. Einerseits waren sie dadurch hervorragende Fährtenleser, andererseits schränkte es sie auch ein. Sie konnten Menschen anhand ihres Aussehens ebenso wenig voneinander unterscheiden wie Menschen eine Möwe von Millionen anderer Möwen zu unterscheiden vermochten. Als Vyrrch zu erfahren verlangte, wer ihnen entglitten war, antworteten sie mit einer verwirrenden Flut unmöglicher Merkmale, die für ihn vollkommen bedeutungslos waren. Wütend und enttäuscht gab er es auf.

Wer die Maske genommen hatte, war bislang ein Rätsel, doch sie war von zwei Menschen gestohlen worden. So viel hatten die Shin-shin ihm vermitteln können. Die Leichen im Haus waren zu verkohlten Skeletten verbrannt – wodurch das Unterfangen, die fehlenden Haushaltsmitglieder mittels Ausschlussverfahren zu ermitteln, aussichtslos wurde. Außerdem hatten an dem Ort zu viele Bedienstete gearbeitet, um eine genaue Zählung vornehmen zu können, selbst wenn Vyrrch dazu willens gewesen wäre. Wenigstens hatten die Shin-shin Ruitos toten Körper gefunden, bevor das Haus zusammengestürzt war; daher konnte Vyrrch zumindest in dieser Hinsicht befreiter atmen. Dennoch: Jemand hatte die Maske genommen, und Vyrrch hatte keine Ahnung wer. Die Shin-shin waren der Fährte bis Axekami gefolgt, doch die Stadt war kein Ort für Dämonen, und selbst die Shin-shin wagten nicht, die Spinnenbeine in jenen Ameisenhaufen voller Menschen zu setzen. Dort hatten sie die Spur dann verloren.

Ja, es gab tausend Gründe, sich keine Sorgen zu machen. Wie standen die Aussichten, dass jemand erkannte, was er da hatte oder wusste, wie und wo er es einsetzen musste, falls doch? Höchstwahrscheinlich war die Maske längst an einen Theaterhändler gegangen, der mit leuchtenden Augen gekauft hatte, was die Besitzer schlicht für eine erlesene Maske gehalten hatten. Eine Möglichkeit nach der anderen ging Vyrrch durch den Kopf, aber nur eine kehrte immer wieder zu ihm zurück:

Was wenn sie erkannt hatten, was die Maske war, und sie für ihre Zwecke verwendet hatten?

Egal, dachte er entschlossen. In spätestens vierzehn Tagen würde die Falle, die er rings um die Kaiserliche Feste aufgebaut hatte, zuschnappen. Eine neue Macht würde aufsteigen und gemeinsam mit den Webern statt über sie herrschen – ein nie da gewesenes Bündnis, bei dem die Weber die eigentliche Macht hinter dem Thron verkörpern würden.

Ihre Zeit war nahe.

SIEBENUNDZWANZIG

»Der erste Schritt …«, sagte Cailin leise. »Der erste Schritt ist der wichtigste … und der gefährlichste.«

Die kleine Höhle, in der sie sich befanden, zuckte und waberte im Licht der Fackel, die flackernd in ihrer Halterung brannte. Trotz der warmen Sommernacht draußen war es hier in den Gebeinen der Erde kühl. Kaiku hatte das seltsame Gefühl, von allem losgelöst zu sein, als wären Cailin und sie vom Rest der Erde abgeschnitten und lebten in ihrer eigenen Welt, deren Grenzen der Fels rings um sie herum bildete. Die Höhle war kahl und leer, lediglich eine Luftblase inmitten des sie umschließenden Steinmantels. Der schmale Tunnel, der diese winzige, abgeschiedene Kammer mit dem Rest der Höhlen des Schoßes verband, glich einem schwarzen Loch ohne Boden, und Kaiku fragte sich, wo sie wohl landen würde, wanderte sie in diesen finsteren Schlund.

Sie saß mit untergeschlagenen Beinen auf einer Flechtmatte inmitten der Kammer. Ihr fransiges braunes Haar war feucht und undamenhaft zerzaust; die Augen hatte sie geschlossen. Cailin umkreiste sie langsam, ragte hoch über ihr auf, berührte fast die Decke. Ihre Stiefel hallten hohl über den Steinboden der Höhle. Sie redete zwar, aber irgendwie haftete ihrer Stimme eine hypnotische Wirkung an, sodass Kaiku die Worte kaum hörte und stattdessen die Bedeutung und Anweisungen darin regelrecht aufsog.

»Dein *Kana* ist wie ein wildes Tier. Es ist unberechenbar, von Instinkten getrieben, schlägt zu, wenn es gereizt wird. Bevor du beginnen kannst, es zu lenken, musst du es erst bändigen, fesseln, harmlos machen – zumindest so harmlos, wie du kannst.«

Kaiku verspürte eine unbehagliche Anspannung. Die ganze letzte Woche über war sie von Cailin eingehend auf dies hier vorbereitet worden; doch nun, da der Augenblick gekommen war, fürchtete sie sich. Sie fürchtete sich vor dem, was in ihr war und was es anrichten konnte, und vor der Pein, die es über sie brachte, wenn es durch ihre Adern emporwallte. Cailin hatte ihr Mantras beigebracht, die ihren Verstand beruhigen sollten, sie vor Dingen gewarnt, die sie sehen und fühlen könnte und sie darin unterwiesen, was sie *nicht* tun durfte, sobald der Vorgang ins Rollen gekommen war.

Du wirst versucht sein, dich zu widersetzen. Jeder Instinkt wird dir zubrüllen, mich anzugreifen, als wäre ich ein Eindringling. Tust du das, werde ich dich töten.

Das war keine Drohung, sondern lediglich eine Feststellung.

»Ich werde in dich eindringen, Kaiku«, erklärte Cailin mit leiser Stimme, die mit ihr um Kaiku kreiste. »Wärst du für das Geweb nicht empfänglich, bekämst du nicht einmal mit, was ich tue. Aber du hast ... Du hast Verteidigungseinrichtungen. Ich bin ein Fremdkörper, und dein Verstand und dein Körper werden versuchen, mich zu vertreiben. Das darfst du nicht gestatten. Du musst reglos und ruhig bleiben und mich meine Arbeit verrichten lassen. Ich werde die Bestie in dir bändigen, aber das kann ich nur, wenn du dich nicht widersetzt.«

Mittlerweile hatte Kaiku das schon ein Dutzend Mal gehört, doch es war alles nur Theorie. Nichts konnte sie wahrlich auf das Eindringen vorbereiten. Selbst in ihren tief vergrabenen Erinnerungen gab es kein Musterbeispiel dafür. Was, wenn sie es nicht konnte?

Kaiku kannte die Antwort darauf, und dennoch kam ihr nie in den Sinn, es sich anders zu überlegen und aufzugeben.

Cailin legte die zierlichen, fahlen Hände auf Kaikus Schultern. »Bist du bereit?«

Kaiku atmete tief durch. Ihre Lider zuckten. »Ich bin bereit«, log sie.

»Dann werden wir jetzt beginnen.«

Die Bestie brach so rasend und jäh aus ihrer Höhle hervor, dass es überwältigend war. Einem tobenden, lodernden Dämonen gleich brannte sie sich einen Weg durch Kaikus Brust. Kaikus Augen blieben geschlossen, doch in ihr explodierte die Welt zu einem zusammenhanglosen Meer goldener Fäden, einem endlosen, blendenden Anblick ohne Himmel, ohne Boden und ohne jegliche Grenzen. Kurz war sie von blankem Entsetzen erfüllt, von nackter Panik – die Nachwehen ihres um Freiheit ringenden *Kanas.*

Dann richtete sich ihre Wahrnehmung unvermittelt neu aus. Welche Instinkte sie leiteten, vermochte sie nicht zu sagen; jedenfalls ergab das überweltliche Gewirr der schillernden Knoten und endlosen Stränge plötzlich einen Sinn, schien auf unbeschreibliche Weise *zusammenzupassen.* Dies waren *ihre* Fäden, erkannte Kaiku. Dies war sie selbst, ihr Hoheitsgebiet innerhalb des Gewebs, der Platz, den ihr Körper und ihr Geist besetzten. Sie spürte den rauschenden Strom goldenen Blutes, der aus dem dicken Knoten ihres Herzens gepumpt wurde, sah, wie er sich nach und nach über Blutgefäße verteilte, um ihr Fleisch zu versorgen. Sie fühlte das bange Vorbewusstsein noch nicht verwirklichten Lebens in ihren Eierstöcken wie eine Schar verstandloser Hoffnungen voll unzähliger Möglichkeiten. Sie spürte die Woge der in ihre Lunge eingesogenen Luft, ein kräuselnder Pfropf feiner Fasern, die hereingezogen und wieder hinausgespuckt wurden.

Etwas aber fühlte sich entsetzlich falsch an. Etwas fauliges, geschwürartiges Unbekanntes, ein Übelkeit erregendes, schleichendes Verderben, das in sie sickerte wie Blut in einen Lappen, schnell und immer schneller, ein Überfall und eine Vergewaltigung der grässlichsten Sorte ...

Dann sah Kaiku es vor ihrem geistigen Auge: Tentakel aus

Licht, die in ihr Hoheitsgebiet vordrangen, sich entlang der goldenen Fäden auf ihr Herz zuschlängelten, in die Fasern ihres Körpers und ihrer Muskeln. Alles in ihr wollte diese Abscheulichkeit loswerden, sie vertreiben. Ihr *Kana* loderte auf, wallte dem Eindringling drohend entgegen, um ihn mit reinigendem Feuer zu verbrennen ...

Nein!

Es war Cailin. Kaiku gebot ihrem *Kana* Einhalt, zwang es, den Eindringling zu dulden, obwohl jeder ihrer Sinne kreischend protestierte, und irgendwie gehorchte es ihr, brach seinen Angriff ab. Zwar bäumte es sich auf, als sie versuchte, es zu fesseln, doch diesmal war es anders als beim letzten Ausbruch. Diesmal war ihr *Kana* noch in ihrem Körper und hatte die Grenzen ihres Hoheitsgebiets noch nicht gesprengt. Hier konnte sie das Feuer meistern.

Kaiku ließ sich geistig erschlaffen und begann ein Mantra, das sie unablässig wiederholte. Der Überfall setzte sich fort, kroch auf ihr Innerstes zu wie der lähmende Biss einer Spinne. Sie spürte Panik in sich aufwallen. Was wusste sie schon wirklich über Cailin tu Moritat? Sie öffnete sich dieser Frau auf eine Weise, die inniger war als jedes Liebesspiel, gewährte ihr die Freiheit, *alles* mit ihr anzustellen, ihre Lungen von innen nach außen zu kehren, ihr Herz zum Bersten zu bringen oder ihre Gedanken umzuschichten, auf dass sie eine willenlose Sklavin von Cailins Launen wurde. Wie konnte sie *irgendjemandem* so sehr vertrauen, geschweige denn dieser rätselhaften Ausgeburt, die ihr fremder war als Tane oder Asara?

Kaiku kämpfte gegen derlei Gedanken an und bündelte ihre Aufmerksamkeit stattdessen auf ihr Mantra. *Zu spät*, dachte sie bei sich. *Zu spät.* Und dennoch steigerte sich der Drang zurückzuschlagen, diesen Eindringling zu vertreiben, um wieder heil und unbesudelt zu sein. Cailins Gegenwart fühlte sich grauenhaft an, wie Cailin es vorhergesagt hatte. *Dein Verstand wird mich als Krankheit wahrnehmen*, hatte sie gesagt, und so war es auch; es bedurfte

Kaikus gesamter Willenskraft, einfach stillzuhalten, während das Übel sie verschlang.

Doch die fremden Fasern waren flink und glitten in ihr Herz, von wo sie durch den Körper gepumpt wurden, und mit ihnen kam ein seltsames Gefühl der Linderung wie Eis auf einer Verbrennung. Kaikus *Kana* verzagte, doch sie fühlte, dass das Schlimmste überstanden war. Ruhe breitete sich in ihr aus, überschwemmte sie unaufhaltsam, und Cailins Berührung vermittelte den Fasern ihres Körpers Frieden. Nun fühlte es sich nicht mehr an wie eine Krankheit, die sie verzehrte, sondern wie ein Segen, und kaum wahrnehmbar spürte sie, wie Cailin sich an die Arbeit machte ...

Der Schoß war stets auf eine Schlacht vorbereitet, bildete eine Festung gegen die Gefahren des Xarana-Bruchs. Wenngleich es keine eigentliche Armee gab, war ein harter Kern militärischen Fachwissens vorhanden, das der Bevölkerung entstammte, ein Zusammenspiel der Libera Dramach und jener, die angeworben oder aus eigenen Stücken eingetrudelt waren. Räuberhauptmänner und Strategen des Adels saßen Seite an Seite in Kriegsräten, dem Gehirn hinter dem Verteidigungsnetzwerk des Schoßes, und obschon es nur wenige Berufssoldaten gab, mangelte es nicht an Freiwilligen zum Schutz der neuen Freiheit, die diese abgeschiedene Gemeinschaft verhieß. Von jedem im Tal wurde erwartet, dass er seinen Beitrag leistete, wenn die Zeit dafür gekommen war, und jemand, der keine Büchse abfeuern, kein Schwert schwingen oder keine Balliste spannen konnte, war nur ein nutzloses Anhängsel. Die Ausbildung war zwanglos, denn die meisten dieser Menschen waren nicht gerade die geborenen Krieger; zudem war das Gelände des Bruchs ohnehin besser für Freischärlertaktiken geeignet. Dennoch gab es kaum jemanden, der unfähig oder unwillig gewesen wäre zu kämpfen, wenn die Zeit dafür gekommen war – und im Xarana-Bruch *würde* die Zeit früher oder später kommen.

Selbst als die Nacht sich in die Winkel der Welt senkte, ging die Arbeit im Schein von Papierlaternen und Leuchtfeuern weiter. Feuerkanonen wurden herausgerollt und geputzt; Ballisten zeichneten sich im Licht der Flammen eindrucksvoll als Umrisse auf den Felsrücken ab, und Minenkarren voller Munition wurden über das Gefüge der Pfade bewegt, die über Brücken zwischen den größten Ebenen verliefen. Aufklärungstrupps schlichen kaum bemerkt in den Schoß zurück, und Flaschenzüge quietschten und knarrten, während ihre Rollen sich unter dem Gewicht von Lafetten und Fässern abmühten.

Tane saß auf der grasbewachsenen Seite des breiten, flachen Tals, das den Schoß beherbergte und ihn vor der Außenwelt verbarg. Die Menschen hier hatten ihn davor gewarnt, nachts alleine loszuziehen, doch inmitten all des Treibens auf den Ebenen konnte er nicht nachdenken und meditieren. Deshalb war er das Wagnis eingegangen und hatte sich in die Dunkelheit zurückgezogen. Nun war er froh darüber.

Er ließ den Blick über das stufig abfallende Land schweifen. Hunderte von Laternen überzogen die dunklen Plattformen und Ebenen als helle Punkte bis weit ins Tal hinab, bildeten Lichtpfützen, die tief in die abgrundgleiche Finsternis reichten. Die Fenster der Gebäude, die sich auf den Stufen des Schoßes drängten, sprenkelten das Schwarz mit gelbem Funkeln wie zur Erde gefallene Sterne. Hoch darüber prangte Aurus einsam am Himmel. Ihr riesiges Antlitz blickte auf Tane herab, und im trüben Weiß ihrer Haut zeichneten sich blassblaue Flecken ab. Es war wunderschön, hier zu sein und das alles zu sehen. Tane dankte Enyu und empfand eine merkwürdige Zufriedenheit.

Die letzten Wochen waren eine aufwühlende Zeit für ihn gewesen. Es schien, als wäre er sich selbst beständig hinterhergelaufen, seit er Kaiku bewusstlos und im Fieberwahn im

Wald von Yuna entdeckt hatte. Es hatte ihrer Ankunft – und der Ereignisse in ihrem Gefolge – bedurft, um ihn aus dem Leben zu reißen, in dem er sich seit dem Verlust von Mutter und Schwester versteckt hatte.

Sein Noviziat im Tempel war eine Zuflucht gewesen, eine Sühne für das Verbrechen, das er begangen hatte. Er bedauerte weniger den Umstand, dass er seinen Vater ermordet, sondern vielmehr, dass seine Tat den Rest seiner Familie vertrieben hatte. Seine Mutter war ohne die Herrschaft ihres Gemahls hilflos und zu eigenständigem Handeln unfähig. Seine Schwester war eben erst vergewaltigt worden. Die Zahl der Verhängnisse, die über sie kommen konnten, schien endlos zu sein, und Tane sollte nie erfahren, was aus ihnen geworden war. Wochenlang hatte er versucht, in den umliegenden Dörfern eine Spur von ihnen zu entdecken, doch sie waren wie Rauch im Wind verschwunden. Danach hatten die Schuldgefühle eingesetzt, die schreckliche Last dessen, was er getan hatte. Verzweiflung hatte ihn übermannt, und wochenlang hatte er in seinem verwaisten Heim vor sich hin gedarbt. Im Anschluss daran war er in den Tempel gegangen und hatte sich Enyu dargeboten. Wenn er schon außerstande war, sich selbst zu heilen, konnte er vielleicht andere von ihren Leiden befreien. Vor lauter Gram hatte er nicht so klar gedacht, wie es andernfalls möglich gewesen wäre. Jedenfalls hatten die Priester ihn aufgenommen, und in ihren Reihen hatte er Ordnung gefunden, einen geregelten Lauf der Dinge, und Zeit, sein Leben wieder zusammenzuflicken.

Aber es war das falsche Leben gewesen, und er hatte es aus den falschen Gründen angenommen. Tane besaß weder das Gemüt, noch die Disziplin, noch – wie er sich widerwillig eingestand – den einfachen Glauben, um sein Leben dem Dienst Enyus in einem Tempel zu widmen. Es war Kaikus Auftauchen gewesen, was ihm das verdeutlicht hatte. Zwar war er noch immer überzeugt davon, dass Enyu ihn aus einem bestimmten Grund vor dem Gemetzel im Tempel verschont hatte, doch es war nicht der Grund, den er zunächst vermutet hatte. Sie hatte ihn entsandt, um zwischen den Ausgeburten zu wandeln.

Als er Asara in Chaim verließ und nach Süden aufbrach, wollte er nur von ihr weg. Er konnte den Gedanken an Asaras höhnischen Blick nicht ertragen, ebenso wenig die Vorstellung, was er wohl sagen würde, falls Kaiku je aus den Bergen zurückkehren sollte. Tane musste alleine sein, um nachzudenken. Er war immer ein einsames Kind gewesen und daran gewöhnt, sich auf sich selbst zu verlassen; nun brauchte er schlicht Frieden.

Du glaubst, deine Reise sei dir von deiner Göttin auferlegt worden, dass du aus einem bestimmten Grund verschont worden bist; gleichzeitig gibt es für Enyu kein größeres Übel als eine Ausgeburt ... Und nun bring diese beiden Umstände unter einen Hut, wenn du kannst.

Asaras Worte verfolgten ihn, als er von Pelis aus ein Schiff nahm und zurück nach Jinka und aufs Festland reiste. Er konnte die beiden Umstände *nicht* unter einen Hut bringen. Stellte Enyu so seinen Glauben auf die Probe? Sollte er den Ausgeburten helfen oder ihre Pläne vereiteln? Arbeiteten sie nicht alle auf ein gemeinsames Ziel hin: die Hand hinter den Shin-shin zu finden? Gab es hier etwas zu lernen, das er einfach nicht erkannte? Wohin er sich auch wandte, Tane lief immer wieder gegen dieselbe Mauer: Ausgeburten, ob von angeborenem Bösen beseelt oder nicht, spotteten der Natur; sie waren Sprösslinge der Verheerung, die das Land befallen hatte. Wie sollte er glauben, dass ein Pfad, den Enyu für ihn vorgesehen hatte, sich mit dem ihren kreuzte?

Den ganzen Weg nach Axekami grübelte Tane darüber nach. Als er endlich in der Stadt angelangte, herrschte dort Aufruhr. Erst da wurde ihm klar, dass er keine Pläne geschmiedet und kein Ziel vor Augen hatte, nicht wusste, wohin er gehen sollte. Das bisschen Geld, das er bei sich hatte, versiegte rasch, und es bestand keinerlei Aussicht, an neues zu kommen. Tane hatte sich auf Kaikus und Asaras Wohltätigkeit verlassen, seit er sich ihnen angeschlossen hatte, und das Fahrgeld für die Rückreise aus Fo hatte die spärlichen Mittel nahezu erschöpft, die er bei seinem Aufbruch aus dem Tempel mitgenommen hatte. Er spielte mit dem Gedanken, einen anderen Tempel Enyus aufzusuchen, wo man einen der ihren sicher nicht abweisen würde – allerdings nicht in Axekami, denn es war augenscheinlich, dass die Hauptstadt vorübergehend einem siedenden Hexenkessel glich; er würde sich also andernorts Ruhe suchen müssen, um über seine missliche Lage nachzudenken.

Aber er ging in keinen Tempel Enyus. Das wäre ein Rückschritt gewesen, eine Rückkehr zu dem Leben, aus dem Kaiku ihn herausgerissen hatte, und was auch immer sonst sich daraus entwickelt haben mochte, Tane hatte das Gefühl der *Richtigkeit* nicht vergessen, das ihn beseelt hatte, als Asara und er aus dem Wald von Yuna in Richtung Axekami fortgesegelt waren. Jenes Gefühl verriet ihm nun, dass ein Tempel Enyus nicht die Antwort war. Stattdessen suchte er einen Tempel Panazus auf.

Zwar war es schwierig, in die Stadt zu gelangen, doch Axekami war keineswegs vollständig abgeriegelt. Zahlreiche Menschen flohen voll Furcht, seit im Stadtgebiet das Kriegsrecht ausgerufen worden war, und ein Weg hinaus war gleichzeitig ein Weg hinein. Tane hatte die Frage nicht vergessen, die Asara ihm gestellt hatte. Zwar war er von einer Antwort so weit entfernt wie eh und je, aber zumindest hatte er begriffen, dass er nie eine finden würde, indem er den Pfad verließ, den er eingeschlagen hatte. Er konnte ihm nur folgen und hoffen, dass die Dinge nach und nach klarer werden würden. Jedenfalls sah so seine Begründung aus. Er weigerte sich standhaft, den Ruf seines Herzens zu hören, und erst recht nicht wollte er an Kaiku denken.

Nun war sie zu ihm zurückgekehrt. Die Neuigkeiten, die sie überbracht hatte, hatten sie alle verblüfft, da sie das ganze Ausmaß des Übels der Weber offenbarten und ihnen letztlich die Quelle der Krankheit des Landes verrieten. Mutterseelenallein war sie in die Wildnis aufgebrochen und mit etwas zurückgekehrt, das kostbarer war als alle Juwelen der Welt.

Danach hatte Tane das Gefühl, als wäre ihm eine Offenbarung zuteil geworden. In seinem Hochmut war er stets davon ausgegangen, dass *er* derjenige war, dem Enyu die größte Last aufgebürdet hatte. All sein Denken war von einer gewissen Selbstsucht vernebelt gewesen, sodass er sich selbst stets im Mittelpunkt der Ereignisse gesehen hatte. Aber es war Kaiku gewesen, die den Quell der Verheerung gefunden hatte, indem sie eine von ihrem Vater gelegte Spur bis zu ihrem Ende verfolgt hatte. Wer vermochte zu sagen, wie weit in die Vergangenheit sie reichen mochte, jene Ansammlung des Wissens durch einen Gelehrten nach dem anderen, bis hin zur Weisheit? Es hatte des Mutes und der List eines Mannes bedurft, um das Geheimnis zu lüften; doch es war die Stärke der Tochter gewesen, die es wieder zurückgebracht hatte. Nicht Tanes Pfad war wichtig, sondern Kaikus. Alles, wofür die Priester der Tempel Enyus die vergangenen Jahrzehnte hindurch gebetet und meditiert hatten, war durch eine Ausgeburt vollbracht worden, das verfluchteste Geschöpf der Natur.

Warum also war er hier? Als Zeuge? Als jemand, der sie beschützen sollte? Als Vertreter des Willens Enyus? Bislang war Tane bei keiner dieser Aufgaben sonderlich erfolgreich gewesen.

Vielleicht bist du einfach nur so hier, Tane, dachte er. *Vielleicht gibt es keinen höheren Plan, und falls doch, ist er vielleicht zu groß, als dass du ihn erkennen könntest. Du warst schon immer zu sehr nach innen gekehrt. Deshalb warst du auch nie ein guter Priester. Zu viele Fragen, zu wenig blindes Vertrauen.*

Das war zwar keineswegs befriedigend, doch vorerst würde es reichen. Wie auch immer die echten Antworten lauten mochten, hinsichtlich Kaiku hegte Tane keinerlei Zweifel mehr. Er würde ihr folgen, wohin sie auch ging. Als wenn sein verräterisches Herz auch etwas anderes zulassen würde …

»Kommt gar nicht in Frage«, fauchte Cailin. »Sie ist zu wertvoll.«

»Niemand weiß mehr als ich«, entgegnete Mishani. »Aber wenn Ihr wollt, dass ich gehe, kommt sie mit.«

Mishani und Cailin funkelten einander entschlossen an. Cailin war fast einen Kopf größer als die zierliche Adlige, doch Mishani zeigte sich weder durch die Größe ihrer Gegnerin noch durch deren furchteinflößendes Äußeres auch nur im Geringsten beeindruckt. Sie befanden sich in einem der oberen Räume des Hauses des Roten Ordens, einem lang gezogenen Gebäude mit einem gewundenen Giebeldach über den Balkonen im ersten Stock. Im Gegensatz zu den etwas verwahrlost wirkenden Bauwerken ringsum war dieses sauber und ordentlich, und vom Balkongeländer vor dem Eingang hingen rote und schwarze Wimpel.

»Dadurch bringst du deine Freundin wissentlich in Gefahr, Mishani«, beschuldigte Cailin sie.

»Nein«, widersprach Kaiku, die knabenhaft an einer Wand lehnte. »Ich habe sie darum ersucht. Ich verlange, mit ihr gehen zu dürfen.«

»Ich auch«, warf Tane ein, der das Geschehen von der gegenüberliegenden Seite des Zimmers aus beobachtete. Asara stand mit einem leichten Grinsen im Gesicht neben ihm.

»Warum?«, fragte Cailin in eisigem Tonfall. »Du bist kein Krieger. Hast du je zuvor getötet? Oder du, Kaiku?«

»Ich habe Ocha einen Eid geschworen«, gab Kaiku gelassen zurück, ohne auf die Frage einzugehen. »Mein Feind sind die Weber. Die Weber wollen Lucia tot sehen. Ich will bei allem dabei sein, was ihre Pläne durchkreuzt.«

»Und das wirst du auch!«, rief Cailin, in deren Stimme sich allmählich Ärger schlich. »Du wirst lernen, eine mächtigere Kraft zu werden, als du dir vorstellen kannst. In der Kaiserlichen Feste zu sterben, bevor es so weit ist, ist pure Verschwendung.«

»Cailin, was sie vorschlägt, ist durchaus vernünftig«, meldete Asara sich zu Wort. »Die Wachen der Feste werden Krieger erwarten wie die Männer, die du bereits auserkoren hast. Frauen und Priester hingegen werden sie nicht verdächtigen.«

»Sie ist immer noch gefährlich!«, zischte Cailin und deutete wild mit einem Finger auf Kaiku. »Sie fängt gerade erst an zu lernen, ihr *Kana* zu beherrschen. Entfesselt sie es in der Feste, werden wir alle getötet.«

»Nun übertreib mal nicht«, beschwichtigte Asara sie. »Du willst doch bloß dein kostbares Gut schützen.«

Wut blitzte in Cailins Augen auf, doch unbekümmert begegnete Asara ihrem Blick.

»Es sind nur zwei Leute mehr, Cailin«, versuchte Mishani es. »Asara und mich habt Ihr gefragt, weil Ihr uns braucht. Ich stehe Euch als einzige Adlige zur Verfügung, die bereit ist, nach Axekami zurückzukehren, und Asara ist eine erfahrene Zofe. Aber ich gehe nur, wenn Kaiku mitkommt – und Tane, wenn er das will. Ihr habt selbst gesagt, dass wir vier auf einem miteinander verflochtenen Pfad wandeln. Vielleicht ist er enger verwoben, als Ihr gedacht habt.«

Cailin legte sich eine Erwiderung zurecht, schluckte sie aber hinunter. Stattdessen baute sie sich vor Kaiku auf. »Hast du dir das gut überlegt?«

Kaiku zuckte mit den Schultern, eine Geste, die sie sich vor langer Zeit von ihrem Bruder abgeschaut hatte. »Mir bleibt keine andere Wahl. Ich habe einen Eid geschworen.«

»Eide kann man auslegen, wie es einem gerade passt«, gab Cailin spitz zu bedenken. »Na schön. Wir werden morgen nach Axekami aufbrechen. Wir alle. Wenn wir uns nicht bald in Bewegung setzen, verpassen wir womöglich unsere einzige Gelegenheit. Die Gefahr für Lucia wächst täglich, und falls meine Quellen richtig liegen, bleibt uns nur noch wenig Zeit.« Mit diesen Worten wirbelte sie herum und stapfte hinaus, wobei ihr schwarzes Kleid hinter ihr herwehte. »Wir werden ihnen die Thronerbin vor der Nase wegschnappen«, verkündete sie, als sie von dannen zog.

Kaiku lächelte Mishani dankbar an und fragte sich, worauf sie sich nun wieder eingelassen hatte.

ACHTUNDZWANZIG

Die Armeen des Geblüts Kerestyn und des Geblüts Amacha lagerten einander gegenüber auf der grasbewachsenen Ebene westlich von Axekami. Die Vormittagssonne strahlte bereits grausam heiß auf sie herab, obwohl sie noch nicht einmal annähernd ihren Höchststand erreicht hatte. Ihr Licht funkelte auf Schwertern und Büchsen, ergoss sich über Pikenspitzen und ließ Männer die Augen zusammenkneifen und verdecken. Im Westen: das Geblüt Kerestyn, dessen goldene und grüne Banner schlaff in der windstillen Schwüle hingen. Im Osten: das Geblüt Amacha, ein brauner und roter Streifen, aus dem die Farben anderer, geringerer Familien hervorlugten. Feuerkanonen mit zu Abbildern von Dämonen und Geistern geformten Läufen brüteten in der sengenden Hitze, ihre Mäuler allzeit bereit, Flammen zu speien. Zwischen den Armeen erstreckte sich das Schlachtfeld, ein breiter Streifen zertrampelten Graslands, wo sie aufeinander prallen würden, sollte es zu Kampfhandlungen kommen.

Ihre schiere Zahl war überwältigend. Amachas Armee war auf über zehntausend Mann angeschwollen, und Kerestyn besaß noch mehr, eine Woge von Soldaten, die über das Land gerollt war und nun kurz davor stand zu brechen. Von den Stadtmauern aus betrachtet, verschmolzen sie zu zwei riesigen Pfützen aus Klingen, Büchsen und Rüstungen. Die vordersten Ränge bildeten die Fußsoldaten. Pferde scharrten im Dreck, und Manxthwa liefen vor und zurück, während die Krieger mit schweißnassem Haar bereitstanden. Hinter ihnen waren Büchsenschützen positioniert, zumeist in Reihen, gelegentlich aber auch in Grüppchen, die ihre Waffen reinigten und prüften, und noch weiter hinter begannen die Zelte, winkelige, bunte Vielecke, die von einfach und zweckdienlich bis verworren und prunkvoll reichten. Während es an den Kampflinien reglos war, herrschte im hinteren Bereich der Armeen reges Treiben, da fortwährend Vorräte, Truppen und Auskünfte hin und herbefördert wurden. Zelte wurden errichtet; Kanonen wurden instand gesetzt, und Rüstungen wurden repariert und ausgeteilt. Im Osten bildeten die beigen Mauern Axekamis eine strenge Schranke, die all das zu Bedeutungslosigkeit verkommen ließ, was sich von einer Seite des Schlachtfelds zur anderen erstreckte und darüber hinauswand – eine mit Wachtürmen gespickte Masse, hinter der das Gewirr der Straßen der Stadt sich den Hügel hinauf zur Kaiserlichen Feste verlief, deren goldene Mauern ob der Ferne blass wirkten.

Die beiden riesigen Armeen brüteten in der flimmernden Hitze und warteten.

Die Armeen des Geblüts Kerestyn hatten ihren Marsch auf die Hauptstadt vor einigen Tagen begonnen, doch sie waren langsam gewesen, da sie Umwege beschrieben hatten, um unterwegs einige andere, kleinere Streitkräfte geringerer Familien aufzunehmen, die sich mit Kerestyn verbündet hatten. Eine weitere Verzögerung war durch den Umstand bedingt gewesen, dass sie einen Bogen um die Ländereien des Geblüts Koli rings um die Mataxa-Bucht hatten schlagen müssen. Der Koli-Barak hatte sich fest mit Sonmaga verbündet, in Freud und Leid.

Das Geblüt Kerestyn war vom Geblüt Erinima ob einer Frage der Ehre vom Thron verdrängt worden, nicht durch eine kriegerische Auseinandersetzung. Der letzte Geblütskaiser Kerestyns, Mamis, hatte den Rat der Adligen hinsichtlich einer Angelegenheit von großer Bedeutung belogen und war damit aufgeflogen. Er hatte das einzig Sinnvolle getan und abgedankt, denn der Rat hatte seinem Herrscher danach einhellig das Misstrauen ausgesprochen. Anais' Vater hatte die Lücke gefüllt. Doch wenngleich Kerestyn die

Macht der Kaiserlichen Wachen verloren hatte, die darauf eingeschworen waren, den Geblütskaiser oder die Geblütskaiserin unabhängig von der Familie zu beschützen, war da nach wie vor die riesige Streitmacht, durch die man den Thron dereinst erlangt hatte. Kerestyn hatte nur auf eine Gelegenheit wie diese gewartet.

Sonmaga tu Amacha wiederum war mindestens ebenso ehrgeizig, doch in diesem Fall überstieg sein Ehrgeiz seine Mittel. Er vertrat die leidenschaftliche Überzeugung, dass die Thronerbin aus der Erbfolge beseitigt werden müsse, selbst wenn Anais Kaiserin bleiben sollte. Hätte dieses verfluchte Frauenzimmer Mishani doch nur getan, was sie hatte tun sollen, wäre all dies abgewendet worden. Sonmaga wollte keinen Bürgerkrieg, besonders da er fürchtete, er könne ihn verlieren. In zehn Jahren, mit genug Unterstützung, wenn seine Pläne gereift waren ... Vielleicht wäre dann ja die Zeit, um zuzuschlagen. Doch indem man sich der ausgebürtigen Thronerbin entledigte, könnten zumindest die gegenwärtigen Probleme dauerhaft gelöst werden. Kerestyn hätte keinen rechtschaffenen Grund mehr für seine aggressive Vorgehensweise, und die Unterstützung für das Geblüt würde rasch versiegen, sollte es dennoch beschließen, die Hauptstadt anzugreifen. Sonmaga wünschte, er hätte das kleine Miststück einfach von Purloch töten lassen, als dieser die Gelegenheit dazu gehabt hatte, anstatt sich mit einer Locke ihres Haares zu begnügen; doch Purloch war im selben Augenblick verschwunden, in dem er bezahlt worden war, und seither nicht mehr aufgetaucht.

Sonmagas Zelt ragte einer braunen und roten Insel gleich aus dem Meer der Rüstungen, umgeben von anderen, kleineren Inseln. Der stete Strom der Soldaten und Pferde, die Botschaften und Berichte von der Frontlinie brachten, floss wie eine schmutzige Tide um sie herum. Der Gestank schalen Schweißes war überwältigend, der Lärm ein unablässiges Tosen im Hintergrund, so laut, dass man erst, wenn man einander zubrüllte, um sich Gehör zu verschaffen, wirklich erkannte, wie sehr die Ohren sich bereits daran gewöhnt hatten. Sonmagas Zelt befand sich am hinteren Rand seiner Streitmacht und kehrte Axekami den Rücken zu. Er hatte den Zan überquert und sich mitten zwischen die Streitkräfte Kerestyns und die Hauptstadt gepflanzt. Er wollte zwar keinen Bürgerkrieg, aber er wollte auch verflucht sein, sollte er zulassen, dass das Geblüt Kerestyn kampflos auf die Hauptstadt zumarschierte.

Die Gesandtschaft des Geblüts Koli traf am Vormittag ein: zwanzig Soldaten in Rüstungen aus gehärtetem, schwarz und weiß gefärbten Leder. Die Neuankömmlinge trudelten auf Pferden ein und hatten die Augen unter den schwarzen, zur Verhütung eines Sonnenstichs um den Kopf geschlungenen Tüchern zusammengekniffen. Ihr Anführer war Barak Avun tu Koli höchstpersönlich, und er hatte das nahezu kahle Haupt beim Reiten hoch erhoben. Den ansonsten allgegenwärtigen Ausdruck der Müdigkeit hatte er vorübergehend zwecks Verbesserung seines Erscheinungsbildes verbannt.

Die Streitkräfte des Geblüts Amacha machten eine Gasse frei, um sie durchzulassen. Dass der Barak sich selbst herausgewagt hatte, zeugte davon, dass er in einer Angelegenheit von größter Bedeutung gekommen war. Die Reiter ritten durch die Schlachtreihen zum Zelt von Barak Sonmaga, wo Avun abstieg und hineingeführt wurde.

Barak Sonmaga erhob sich, als Avun eintrat. Er hatte auf einer der Webmatten in der Mitte des Zeltes gehockt und eine Landkarte studiert. Entlang der Zeltwand befanden sich niedrige Tische mit Erfrischungen, Truhen voller Kleider und Karten und ein Ständer, an dem Sonmagas Kampfrüstung hing. Es war erstickend heiß im Zelt; dennoch war es ein Segen, zumindest nicht dem direkten Blick von Nukis Auge ausgesetzt zu sein; außerdem hielten die Zeltwände irgendwie den schlimmsten Lärm von außen ab.

»Avun«, hieß Sonmaga den Koli-Barak willkommen. »Was gibt es Neues?« Sein Gebaren war geradezu beleidigend zwanglos; andererseits kümmerte sich in Zeiten wie diesen keiner der beiden sonderlich um Begrüßungsfloskeln.

Avun musterte ihn, wobei kurz der trügerische Anschein von Müdigkeit wieder in seine trüb wirkenden Augen zurückkehrte. »Das wisst Ihr bereits«, antwortete er.

Offenbar beeindruckt davon, wie mühelos Avun in seinem Gesicht gelesen hatte, zog Sonmaga eine schwarze Augenbraue hoch. »Ja, das stimmt wohl. Setzt Euch doch bitte.«

Avun hockte sich auf eine Bodenmatte vor Sonmaga, der für sie beide dunklen Rotwein in Becher einschenkte. Avun wartete, bis Sonmaga getrunken hatte, ehe er selbst daran nippte.

»Die Streitkräfte des Geblüts Batik nähern sich der Stadt aus Richtung Osten«, erklärte Avun. »Wären sie aus den Batik-Ländereien im Norden Axekamis aufgebrochen und geradewegs nach Süden gezogen, hätten wir sie längst gesehen; aber sie haben die Jabaza überquert und einen Bogen beschrieben, damit wir ihren Vormarsch nicht bemerken. Nun haben sie die Tore der Stadt fast erreicht.«

Sonmaga verbarg die leichte Verachtung, die er für diesen Mann hegte. Ausreden, immer nur Ausreden. Avun hatte ja nicht einmal seine Tochter, sein eigen Fleisch und Blut im Griff; schenkte man den Berichten Glauben, war sie sogar geflohen und mittlerweile abgängig. Für einen angeblich so hervorragenden Spieler am Hof schien Avun auffallend unfähig zu sein. Sein verzweifeltes Streben nach Handelsvereinbarungen mit Sonmaga hatte den traurigen Stand der Dinge in der Mataxa-Bucht offenbart; ihm war sogar herausgerutscht, in welch jämmerlichem Zustand sich die Boote seiner Fischereiflotte befanden, ja, dass sie sogar jederzeit sinken konnten. Dabei hatte Sonmaga das Geblüt Koli stets als eine der edelsten Familien betrachtet, als eine unantastbare Handelsgroßmacht; aber seit die Umstände Avun und Sonmaga zusammengeführt hatten, war ihm klar geworden, wie gehaltlos jene Annahme gewesen war. Avun war schwach und einfach zu beherrschen, und Sonmaga war damit zufrieden, es so zu lassen. Die Truppen, die Avun beigesteuert hatte, machten einen beträchtlichen Teil der Armee des Geblüts Amacha aus, und wenn der Preis dafür darin bestand, dem katzbuckelnden Einverständnis dieses Mannes bei der Besprechung ihrer Schlachtpläne und Strategien zu lauschen – bei denen Sonmaga sogar nach Belieben den Einsatz von Avuns Soldaten bestimmen konnte –, dann war das ein wahrhaft geringer Preis.

»Denkt Ihr, Grigi weiß davon?«, fragte Avun.

»Mit Sicherheit«, antwortete Sonmaga. »Sie werden morgen Nachmittag in der Stadt eintreffen. Die Kaiserin hat augenscheinlich beschlossen, sie hineinzulassen. Jedenfalls kann ich mir nicht vorstellen, dass sie auf die Hauptstadt marschieren, um sie anzugreifen, zumal Durun und Mos sich nach wie vor in der Feste aufhalten.«

»Habt Ihr dort Spitzel?«

»Das weiß doch jeder«, gab Sonmaga zurück, der seine Ungeduld nicht länger unterdrücken konnte. Hatte dieser Mann etwa keine Augen und Ohren im wichtigsten Gebäude des ganzen Reiches? »Jeder in der Feste weiß es. Sollten die Streitkräfte des Geblüts Batik versuchen, Axekami gewaltsam einzunehmen, würden die Kaiserlichen Wachen Mos und Durun unverzüglich töten. Ihre Gefolgstreue gilt der *Geblüts*kaiserin, nicht ihrem Gemahl. Also müssen wir annehmen, dass sie mit dem Einverständnis der Kaiserin marschieren.«

Avun nickte, um sein Verständnis zu bekunden. Sonmaga beobachtete ihn über den Becherrand hinweg, während er an seinem Wein nippte. »Wie es scheint, bleibt es beim Patt«, bemerkte Avun schließlich, womit er aussprach, was Sonmaga ohnehin längst wusste.

»Meine einzige Sorge gilt dem, was Grigi tun könnte«, sagte Sonmaga. »Er muss wissen, dass er die Mauern Axekamis nie und nimmer überwinden kann, wenn das Geblüt Batik sich dahinter befindet. Seine einzige Hoffnung besteht darin, vor Batik hineinzugelangen, und das wiederum bedeutet, er müsste durch uns durchmarschieren.«

»Warum machen wir ihm dann nicht einfach den Weg frei?«, fragte Avun. Sonmaga riss ungläubig die Augen auf. Avun geriet ins Wanken. »Na ja, was ich damit sagen wollte … War es nicht unser Ziel, dass die Thronerbin enterbt wird? Wenn wir dem Geblüt Kerestyn im Wege stehen, tragen wir doch nur zur Sicherheit der Hauptstadt bei, bis das Geblüt Batik hineingelangen kann. Das Geblüt Erinima behält den Thron, und die Thronerbin wird an die Macht gelangen.«

»Denkt Ihr etwa, mir sei die Lage nicht bewusst?«, herrschte Sonmaga ihn an. »Seid versichert, ich suche schon die ganze Zeit nach einem Weg, an die Thronerbin heranzukommen, um zu vollbringen, was Eure Tochter hätte tun sollen.« Unwillkürlich duckte sich Avun vor dem Mann, der mit einem Mal doppelt so groß zu sein schien. »Ich will Kerestyn nicht auf dem Thron«, fuhr Sonmaga fort. »Ich will Erinima dort, denn wenn Anais' Tochter stirbt – und vertut Euch nicht, ich komme schon noch an sie heran; andernfalls tut es das Volk von Axekami –, dann bleiben mir noch viele Jahre, um mich vorzubereiten, ehe Anais' Zeit um ist. Und wenn die Kaiserin stirbt – kinderlos und unfruchtbar –, wird das Geblüt Amacha bereit sein, um es selbst mit den stärksten Feinden aufzunehmen und Anspruch auf den Thron zu erheben, den wir nie hatten! Marschiert das Geblüt Kerestyn mit den Streitkräften in Axekami ein, die ihm zur Verfügung stehen, wird es unzählige Jahrzehnte in Saramyr herrschen. Ich kann mich nicht auf einen weiteren törichten Fehler verlassen, wie er Kerestyn schon einmal den Thron gekostet hat. Ich kann Grigi nur aus der Stadt halten und abwarten. Jetzt mag das Geblüt Batik ja die Hauptstadt verstärken, aber tausend Mann können Lucia nicht ewig beschützen. Ich spiele auf Zeit, Avun, denn dies ist nicht der Augenblick für mich, um zuzuschlagen.«

Avun senkte den Blick, offenbar verlegen, weil er Sonmaga beleidigt hatte. Sonmaga stieß ein knappes Grunzen aus und stand auf. Avun verharrte, wo er war, das Haupt geneigt wie ein Bittsteller. Sonmaga rollte mit den Augen. »Steht schon auf, Avun. Wir sollten uns nicht streiten. Ihr wisst so gut wie ich, dass wir uns keinen Rückzug mehr erlauben können. Ich bin fest entschlossen, so wie Ihr. Lasst den Mut nicht sinken.«

Avuns Antwort, wie immer sie hatte lauten sollen, wurde durch eine plötzliche Explosion in der Nähe abgeschnitten, ein Brüllen und grelles Aufblitzen, das das dünne Segeltuch der Zeltwand erhellte. Überrascht stieß Sonmaga einen wüsten Fluch aus; mit einem Schlag verwandelte die Welt sich in eine donnernde Kakophonie, als Tausende Männerstimmen gleichzeitig zu brüllen begannen. Eine weitere Explosion folgte, dann noch eine, das dumpfe Knallen von Feuerkanonen, deren Brandbomben lodernde Gallerte über einen weiten Bereich um ihren Einschlagpunkt spritzten.

»Bei den Göttern, er greift uns an, dieser Dreckskerl!«, brüllte Sonmaga. Er hörte den fernen Schlachtruf der Streitkräfte Kerestyns, die auf den wartenden Feind zurannten, eine Lawine von Schwertern, Piken und heulenden Kehlen, gewaltig und unaufhaltsam wie eine Flut. Das Geschrei der Truppen des Geblüts Amacha mischte sich darunter, wesentlich lauter und näher. Die Generäle sandten die erste Schlachtreihe in den Kampf.

»Ich hätte nicht gedacht, dass er das wagt«, tobte Sonmaga und durchquerte das Zelt, um seine Rüstung zu ergreifen. »Dieser Narr! Ist ihm denn nicht klar, dass er uns beide ins Verderben reißen wird? Ich hätte nicht gedacht, dass er das wagt!«

Plötzlich spürte er einen kräftigen Griff am Arm und wurde zu Avun herumgewirbelt, der flink wie eine Schlange aufgesprungen war.

»Ihr habt vieles nicht bedacht«, bemerkte Avun. Ein langer Dolch funkelte in seiner Hand und stieß unter Sonmagas bärtigem Kinn hindurch bis in dessen Hirn empor. Der größere Mann keuchte vor Schreck. Seine Augen quollen aus den Höhlen und röteten sich von Blut; doch das Leben war bereits mit jenem einzigen Stich aus ihm gerissen worden, und die Augen waren leer. Die einst kräftigen Muskeln waren bar jeder Kraft, und sein Körper erschlaffte. Avun trat zurück und ließ den Dolch los, als Sonmaga vornüber aufs Gesicht fiel und die Nase auf dem Boden zu Brei zermantschte.

Avun schaute auf den gefallenen Barak hinab. Bei den Geistern, er war so leichtgläubig gewesen. So bereit anzunehmen, das Geblüt Koli wäre willens, sich ihm unterzuordnen, nur weil es geschichtlich als Widersacher des Geblüts Kerestyn galt. Sonmaga war ein Mann mit mangelndem Weitblick gewesen, der offenbar nicht hatte begreifen können, dass ein politischer Verbündeter dann am mächtigsten war, wenn man ihn geheim hielt. Die Fassade der Feindschaft zwischen Kerestyn und Koli hatte bis auf ein paar äußerst Gewitzte alle getäuscht. Sonmaga hatte nicht zu diesen wenigen gehört.

Avun stolzierte aus dem Zelt. Führerlos würden die Streitkräfte des Geblüts Amacha in Chaos versinken. Die Truppen des Geblüts Koli würden sich im rechten Augenblick gegen sie wenden, um sie von innen heraus anzugreifen. Grigi tu Kerestyn kannte bereits sämtliche Schlachtpläne Sonmagas – die dieser dankenswerterweise mit Avun geteilt hatte –, und es war zu spät, sie nun noch zu ändern, da seine Generäle ihre Befehle schon hatten. Durch den Vormarsch des Geblüts Batik war die Zeit plötzlich knapp geworden. Sonmaga und seine Männer stellten ein Hindernis dar, das es zu beseitigen galt. Mit Grigis Wissen um Sonmagas Züge würde es ein regelrechtes Schlachtfest werden.

Avun schlug die Zeltklappe auf und trat in die sengende Hitze und grelle Helligkeit hinaus. Ringsum herrschte ein einziges Chaos aus sich drängelnden Männern und Pferden. In der Nähe züngelten Flammen und sandten beißende Rauchsäulen himmelwärts. Ein fernes Branden, träge, gedehnt und gewaltig, kündigte das unmittelbar bevorstehende Aufeinanderprallen der beiden Armeen auf dem Schlachtfeld an, bei dem tausende Klingen sich zu klirrendem Unheil vermengen würden. Avun bahnte sich einen Weg zu seinem wartenden Pferd, das einer seiner Männer hielt. Rasch stieg er auf. Als er seinem Ross die Sporen gab, sah er, wie ein Soldat Sonmagas Zelt betrat, doch es war bereits zu spät, um den Mörder noch zu fangen. Oh, sie würden alsbald herausfinden, wer es gewesen war; doch bis dahin würden die Streitkräfte des Geblüts Koli sich gegen sie gewandt haben, und sie würden wie in der Zange einer der Krabben aus der Mataxa-Bucht gefangen sein, mit denen das Geblüt Koli sich sein Vermögen verdient hatte. Als er losritt, glaubte Avun, einen empörten Aufschrei zu vernehmen, und ein Lächeln stahl sich auf seine Lippen.

Das Einzige, was Avun bei alldem bedauerte, war Mishani. Hätte sie ihm doch nur vertraut, wie es eine gute Tochter hätte tun sollen. Er hegte nicht die Absicht, die Thronerbin zu töten. Dadurch hätten er und das Geblüt Kerestyn einen Großteil der Unterstützung eingebüßt, die sie erlangt hatten. Avun hatte das verseuchte Nachtgewand gegen ein harmloses ausgetauscht, bevor sie zur Feste aufgebrochen war. Er hätte seine Tochter und den Ruf seiner Familie für Sonmaga nicht aufs Spiel gesetzt; dem Barak hätte er einfach gesagt, dass die Krankheit Lucia nichts hätte anhaben können. Wer wusste schließlich schon, wogegen Ausgeburten gefeit waren? Doch Mishani hatte ihn im Stich gelassen, sich gegen ihn gewandt ... und ihn letztlich verlassen. Tot oder lebendig, es scherte ihn wenig. Seine Tochter hatte sich als ungläubig und untreu erwiesen. Sie beschäftigte seine Gedanken nicht länger. Er verfolgte größere Pläne.

Der Klang des Todes umgab ihn beim Reiten, und das Lächeln in seinem hageren Gesicht wurde immer breiter. Oh, wie er diese Spielchen liebte ...

NEUNUNDZWANZIG

Die Nacht brach herein, doch sie brachte den Menschen Axekamis keine Ruhe. Stattdessen trug die Dunkelheit Furcht auf ihrem Rücken, und Panik ritt mit ihr einher. Die westlichen Mauern der Stadt bebten unter dem Angriff der vom Geblüt Kerestyn angeführten Streitkräfte. In der Luft hallte der Lärm von Feuerkanonen wider, und die Erde zitterte. Männer rannten als flammende Umrisse entlang der mächtigen Mauern der Hauptstadt Saramyrs hin und her. In den Wachtürmen herrschte hektisches Treiben. Büchsenschüsse krachten inmitten des unablässigen, dumpfen Tosens der Schlacht. Siedendes Öl wurde aus schweren Kesseln auf die Eindringlinge gekippt, gefolgt von qualvollem Geheul von unten. Leitern prallten klappernd an die Zinnen, wurden zurückgestoßen und rissen im Fallen gellende Soldaten mit sich in die Tiefe. Ferne Stimmen schwangen im heißen Wind, körperloses Befehlsgebrüll oder Heulen und Wehklagen.

Durch die Straßen der Stadt streiften Männergruppen mit Fackeln und behelfsmäßigen Waffen, die im Licht der drei Monde matt schimmerten. Heute Nacht hatten sich alle drei Schwestern herausgewagt: die riesige Aurus, die helle Iridima, die grüne Neryn. Vorerst standen sie an verschiedenen Stellen am Himmel, doch das würde nicht lange währen. Ihre nächsten paar Umlaufbahnen würden sie in gefährliche Nähe zueinander führen. Ein Mondsturm stand bevor.

Niemand schlief in jener Nacht.

Die Tore Axekamis waren geschlossen, sowohl um Eindringlinge draußen zu halten, als auch um die panische Bevölkerung einzusperren. Viele hatten sich selbst auf die

Mauern begeben, da ihr Verlangen, ihr Hoheitsgebiet zu verteidigen, größer war als ihre Abscheu vor der Kaiserin und dem Ungeheuer, das ihrer Vorstellung nach dereinst über das Volk herrschen sollte. Das Weiß und Blau der Rüstungen der Kaiserlichen Wachen vermischte sich mit tausend verschiedenen Aufzügen, als Männer ihre alten Bögen und Büchsen gegen die Streitkräfte Kerestyns zum Einsatz brachten. Die Wochen der Unruhen und Gewalt auf den Straßen hatten das Blut der Bevölkerung Axekamis erhitzt, und während die eine Hälfte sich willig gegen einen gemeinsamen Feind vereinte, der versuchte, gewaltsam in die Stadt einzudringen, begehrte die andere Hälfte auf, indem sie tobend und plündernd umherzog und verlangte, dass Kerestyn eingelassen werde und die Kaiserin den Thron aufgäbe.

Die Wachen am Osttor hatten den ganzen Tag über Leute fortgeschickt und machten auch nach Einbruch der Dunkelheit damit weiter. Händler, besorgte Verwandte, Menschen, die verzweifelt ihre Heime retten oder verteidigen wollten – allen wurde der Zugang verweigert. Am Straßenrand hatte sich ein kleines Lager abgewiesener Reisender gebildet. Nur Adlige und bedeutende Persönlichkeiten wurden in die Stadt gelassen, und selbst die nur nach Genehmigung aus der Feste.

Als ein schlichter, verdeckter Karren heranrollte, der von einem Paar lebhafter Manxthwa gezogen wurde, gelenkt von einem bärtigen, jungen Mann mit seiner eleganten Gemahlin, bereitete der Dienst habende Offizier sich darauf vor, sie so wie die anderen zurückzuschicken. Doch als er die Worte sprach, kam nicht ganz das heraus, was er beabsichtigt hatte, und er wusste bei seinem Leben nicht, weshalb er befahl, das Tor ohne Genehmigung aus der Feste zu öffnen; oder weshalb er nicht einmal daran dachte, den Karren zu durchsuchen. Er wusste danach nicht einmal mehr genau, ob er nicht bloß geträumt hatte. Das Einzige, woran er sich deutlich erinnerte, waren die grünen Augen der Frau in der Kapuze und wie sie sich plötzlich rot verdunkelt hatten.

Wenig später zog der junge Mann die Plane von dem Karren und den unter dem Segeltuch versteckten Fahrgästen. Sie hatten in einer kurzen Sackgasse gleich hinter dem Osttor angehalten. Hohe, verwaiste Gebäude ragten zu drei Seiten über ihnen auf und hielten das grünstichige Mondlicht ab. Leise stiegen die Mitfahrer aus, streckten verkrampfte und eingeschlafene Glieder und scharten sich vor dem jungen Mann und der Frau um den Karren. Die Frau war Cailin tu Moritat, die sich ohne die furchteinflößende Gesichtsbemalung ihres Ordens als überraschend schön erwies. Ihr Haar war zu einem langen Zopf geflochten, ihre Züge waren scharf geschnitten und katzengleich. Der Mann war Yugi, der Anführer ihres Unternehmens: ein spitzbübisch wirkender Bandit Ende zwanzig mit einem dämonischen Lächeln und schmutzig-braunblondem Haar, das ihm ein speckiges rotes Kopftuch aus den Augen hielt. Trotz Cailins Gegenwart war offensichtlich, wer hier das Sagen hatte. Yugi stand für die Libera Dramach, und sie waren es, denen die Gefolgstreue der Mehrheit im Schoß galt. Der Rote Orden besaß nur wenige Mitglieder, und so mächtig sie auch sein mochten, hier waren sie nicht die treibende Kraft.

Mishani glättete ihr kostspieliges Kleid und rückte mit Asaras Hilfe rasch ihr Haar zurecht. Kaiku schaute zu Tane, der Mishani mit hochgezogener Augenbraue anblickte, als wolle er sagen: *Wie eitel!* Kaiku konnte sich ein Lächeln nicht verkneifen. Es war ein Scherz; beide wussten, dass Mishanis Erscheinungsbild von größter Bedeutung war. Am Vormittag hatte sie eine Audienz bei der Kaiserin.

»Das war der einfache Teil«, bemerkte Yugi zu ihnen allen. »Von hier an müsst ihr jeden Augenblick auf der Hut sein. Mishani, Asara: In der nächsten Straße wartet eine Kutsche, die euch zu einem sicheren Haus bringen wird. Morgen früh müsst ihr euch dann zur vereinbarten Zeit auf den Weg in die Feste machen.«

Mishani und Asara nickten.

»Der Rest von uns wird die Nacht auf wesentlich unangenehmere Weise verbringen«, erklärte Yugi grinsend. »Wir gehen von hier aus zu Fuß weiter. Wir müssen uns mit jemand treffen.«

Neun von ihnen brachen in die Stadt auf, nachdem Mishani und Asara fort waren. Zu Kaiku, Tane, Yugi und Cailin gesellten sich fünf weitere Männer der Libera Dramach, die aufgrund ihrer Fähigkeiten als Einbrecher und Krieger auserkoren worden waren. Allein durch die Straßen zu wandeln, war in Axekami derzeit gefährlich; Stärke lag in Zahlen.

Yugi führte sie über schmale Gassen und ein schwindelerregendes Gewirr von Seitenstraßen vom Kerryn weg. Der Lärm des Angriffs auf die Westmauer erreichte sie sogar hier, und die Nacht war voller seltsamer Schreie und beunruhigender Geräusche. Mehr als einmal hörten sie rennende Schritte, die sich jäh vermehrten und sich mit zornigem Gebrüll paarten, als eine Verfolgungsjagd einsetzte. Heute Nacht war der Pöbel unterwegs, und es war niemand auf den Straßen, der nicht nach Gewalt suchte. Diejenigen, denen sie in Seitengassen oder zusammengekauert in dunklen Eingängen begegneten – Mittellose und Stadtstreicher – duckten sich furchtsam von ihnen weg. Yugi schenkte ihnen keinerlei Beachtung. Er führte sie tief ins Armenviertel hinein.

Die Häuser rings um sie herum schienen sich übereinander zu türmen, immer dichter aneinander zu lehnen, unter dem eigenen Gewicht zu ächzen und sich zu verziehen. Balken bogen sich gefährlich durch, und die labyrinthartigen Straßen waren mit Geröll übersät. Läden hingen schief vor dunklen Fenstern. Von Feuersbrünsten verheerte Gebäude präsentierten ihre verkohlten Rippen. Behelfsmäßige Brücken spannten sich über die immer schmaleren Gassen – Leitern, die von Fenstersimsen zu angrenzenden Häuserdächern reichten. Die Gegend wirkte verwaist, dennoch hatte Kaiku das untrügliche Gefühl, beobachtet zu werden. Sie erhaschte flüchtige Blicke auf Gesichter, die von Fenstern zurückhuschten, sobald sie zu ihnen aufschaute, auf Kerzen, die beim Herannahen ihrer Schritte eilig gelöscht wurden. Yugi mied die Hauptdurchfahrtsstraßen, um niemandem zu begegnen, doch in welche Gefahr mochte er sie führen? Aus Sicherheitsgründen war ihnen ein Großteil der Einzelheiten des Plans zur Entführung der Thronerbin vorenthalten worden, aber dass Kaiku nicht wusste, was ihnen bevorstand, verstärkte ihre Nervosität nur noch. Am Rücken spürte sie das beruhigende Gewicht der Büchse, an der Hüfte jenes des Schwerts, doch selbst die Waffen spendeten ihr wenig Trost.

»Hier rein«, sagte Yugi plötzlich und hielt vor einem verfallenen Gemäuer inne, das mit Brettern vernagelt gewesen war, bis jemand sie wieder heruntergerissen hatte. Yugi scheuchte seine Gefährten hinein und folgte als Letzter, nachdem er sich vergewissert hatte, dass die Luft rein war. Das also war ihr Ziel, dachte Kaiku mit einer Mischung aus Erleichterung und Beklommenheit. Sie hatten Glück gehabt, es so weit durch die Stadt zu schaffen, ohne die Wege des Pöbels zu kreuzen. Doch wohin ging es nun vom Herzen des Armenviertels aus weiter?

Drinnen war es noch dunkler. Der grünstichige Schein der drei Monde fiel durch Ritzen und Spalten in den Holzwänden aus drei Richtungen gleichzeitig herein, sodass im Inneren ein düsteres, beunruhigendes Licht vorherrschte. Was immer dieser Ort einst gewesen sein mochte, er war vor langer Zeit aufgegeben worden. Abfall, zerbrochene Bretter und unkenntliches Geröll lag überall in dem kleinen Zimmer verstreut. Insekten surrten in der heißen Nacht und taten sich am Kadaver eines Hundes gütlich, der hier unlängst das Zeitliche gesegnet hatte.

»Wo ist er?«, fragte Cailin scharf, ohne die Frage an jemand Bestimmten zu richten.

»Unten«, antwortete Yugi. »Kommt weiter.«

Er führte sie durch eine Reihe ähnlich verwahrloster Räume, bis sie zu einer Luke gelangten, die er aufzog. Dahinter kam eine wackelige Holztreppe zum Vorschein. Irgendwo unten brannte ein Licht.

»Wir sind's«, zischte Yugi hinab, bevor er nach unten kletterte. Die anderen folgten ihm vorsichtig.

Es war ein Keller. Die warme, feuchte Luft roch nach Schimmel, und die Steinwände wirkten im Schein der Laterne alt und bröckelig. Der Mann, der die Laterne hielt, unterhielt sich murmelnd mit Yugi, als Kaiku unten eintraf. Er war dünn und leicht verhärmt, seine Stirn von Sorgenfalten zerfurcht. Das kurze Haar war im Ergrauen begriffen, was auf etwa vierzig Ernten schließen ließ.

Der letzte Mann zog die Luke hinter ihnen zu, wodurch er sie alle einsperrte.

»Sind alle da? Gut«, sagte Yugi. »Ich möchte euch den Mann vorstellen, der uns den Rest des Weges führen wird. Von Anfang an wurden Zweifel geäußert, ob eine Gruppe von Männern – und Frauen – so wie wir überhaupt in die Kaiserliche Feste gelangen könnte, geschweige denn zur Thronerbin. Aber *dieser* Mann hat es ganz alleine und ohne jede Hilfe geschafft, und er ist der Thronerbin so nahe gekommen, dass er eine Locke ihres Haars hat abschneiden können. Dies ist Purloch tu Irisi.«

Die fünf Männer der Libera Dramach schnappten staunend nach Luft. Kaiku und Tane, die noch nie von dem Mann gehört hatten, schwiegen und schauten einander an. Tane drückte Kaiku aufmunternd die Schulter. Er war ebenso aufgeregt wie sie, doch durch seine Gegenwart fühlte sie sich ein wenig sicherer, und sie war froh, dass er hier war.

»Dort hindurch«, erklärte Purloch und deutete auf eine im Schatten liegende Nische in der Wand. Als er ihnen entgegenkam, hob er die Laterne, und sie sahen, dass ein schmales Loch in die Nische gehauen worden war. »Neben diesem Keller verlaufen die Abwasserkanäle der Stadt.

Außerdem erstrecken sie sich den Hügel hinauf, bis unter die Kaiserliche Feste. Ich habe sie schon zuvor benutzt, um hineinzugelangen, wenngleich ich nicht zu sagen vermag, ob sie es herausgefunden und den Weg versperrt haben. Das glaube ich aber nicht. Niemand geht dort hinunter, wenn es nicht unbedingt sein muss.«

Einer der Männer ging zu dem Loch und spähte hindurch in die Finsternis. »Was ist dort unten?«

»Ich weiß es nicht und will es auch nicht wissen«, antwortete Purloch, »aber letztes Mal habe ich sie auf dem Rückweg gehört.«

»*Was* gehört?«, verlangte der Mann zu erfahren.

»Das ist einerlei«, mischte sich Yugi streng ein. »Zündet die Laternen an. Wir gehen da runter. Meine Damen, ich muss mich im Voraus für den Gestank entschuldigen, aber …«

»Sei nicht töricht«, fiel Cailin ihm in die galanten Worte. »Glaub bloß nicht, wir seien zerbrechliche, kleine Püppchen. Jede von uns könnte dein Herz mit einem einzigen Gedanken zum Stillstand bringen.«

Yugi grinste, wenn auch sichtlich unbehaglich, und kurz wusste er nicht, was er darauf erwidern sollte. Seine Augen hefteten sich auf Kaiku und schätzten sie neu ab. Was Cailin gesagt hatte, entsprach nicht ganz der Wahrheit – zumindest nicht, soweit es Kaiku betraf –, aber es hatte Yugi zum Schweigen gebracht.

»Na, in derart angenehmer Gesellschaft wird die Reise wie im Flug vergehen!«, verkündete er, nachdem er sich bewundernswert rasch wieder gefangen hatte.

Die feuchte Unterwelt der Abwasserkanäle der Stadt war ein Ort, an dem Kaiku sich selbst in ihren tolldreistesten Vorstellungen nie gewähnt hätte. Ihre Welt war von einem Lichtbogen umgeben, der sich über die Tunnelwände vor ihnen spannte. Dahinter erstreckte sich nur ein schwarzer Abgrund, in dem winzige Sterne schimmerten, wo plätscherndes Wasser oder nasse Ziegel den Schein ihrer Laternen widerspiegelten. Der Gestank war unbeschreiblich. Tane hatte sich fast unmittelbar nach dem Einstieg in die Abwasserkanäle übergeben und würgte nach wie vor regelmäßig, obwohl sein Magen mittlerweile völlig leer war. Einigen der anderen Männer erging es ähnlich. Kaiku fühlte sich ständig in Gefahr, sich ihrer letzten Mahlzeit zu entledigen, doch irgendwie versetzte der Moder ihre Eingeweide nie stark genug in Aufruhr. Cailin schien sich an dem Ganzen nicht zu stören – was niemanden überraschte.

Die Abwasserkanäle Axekamis erwiesen sich als Geflecht von Tunneln, Dämmen und Schleusen. Zu beiden Seiten des Wassers verliefen breite Steinpfade für Kanalarbeiter. Bei all den Unruhen oben in der Stadt waren sie zuversichtlich, dass heute Nacht niemand arbeiten würde; stattdessen nagte an ihnen der Gedanke, was sie stattdessen hier unten vorfinden mochten.

Kaiku hielt die Augen auf Purloch gerichtet, während sie die feuchten Pfade entlangwanderten und die Ausscheidungen der Stadt an ihnen vorbeitrieben. Er war offenkundig halb wahnsinnig vor Angst. Seine Augen zuckten zu jedem Schatten, und er erschrak jedes Mal, wenn eine Ratte scharrte oder ein Stück Abfall im Wasser gegen den Rand des Pfades stieß. Was hatte er hier unten angetroffen, das ihn mit solcher Furcht erfüllte? War dieser Mann tatsächlich in die Kaiserliche Feste eingedrungen? Und falls ja, weshalb war er bereit, es erneut zu versuchen? Was hatte ihn dazu bewogen, sich den Zielen der Libera Dramach zu verschreiben? Während Kaiku darüber nachgrübelte, fiel ihr ein, was Mishani geantwortet hatte, als sie ihr in der gemeinsamen Zeit im Schoß einmal dieselbe Frage gestellt hatte.

Du brauchst sie nur zu sehen, um es zu erfahren, Kaiku. Sie wird dich mit einem einzigen Blick für sich gewinnen.

War es das? Hatte die Thronerbin Purloch so tief berührt? War sie tatsächlich ein derart übernatürliches Geschöpf?

Niemand sprach, während sie durch die endlose Dunkelheit der Abwasserkanäle wanderten. Das Dasein schrumpfte auf den Lichtkreis ihrer Laternen zusammen – und das unregelmäßige Trippeln und Plätschern der verseuchten Kreaturen, die hier lebten. Purloch führte sie aus dem Gedächtnis über Anstiege hinauf, durch Engpässe hindurch und über Metallbrücken hinweg. Die allgegenwärtige Übelkeit, die ihre Umgebung verursachte, verschlimmerte ihr Elend noch, doch sie konnten nur weiterstapfen. Sie würden marschieren, bis die Morgendämmerung die Erde über ihnen wärmte, hatte Purloch angekündigt; aber es war notwendig, dass sie am frühen Vormittag unter der Feste eintrafen, denn dann würde der Plan durchgeführt.

Kaiku war von Zweifeln erfüllt. Tane ging vor ihr, und ihre Augen wanderten über seinen geschorenen Schädel und seinen kräftigen Rücken. Sein Anblick bescherte ihr leichte Schuldgefühle. Sie hatte sich unbesonnen in dieses Unterfangen gestürzt, ohne zu wissen, worauf sie sich einließ – aber das war in Ordnung, denn so war sie nun einmal. Sie war schon immer eigensinnig und starrköpfig gewesen ... jedenfalls starrköpfig genug, um alleine in die sturmgepeitschten Berge aufzubrechen. Kaiku hatte die Erfolgsaussichten damals ebenso wenig abgewogen wie jetzt; sie spielten in ihrer Denkweise keine Rolle. Doch ihre Entscheidung hatte bewirkt, dass auch Tane mitgekommen war, und das war etwas gänzlich anderes.

Kaiku war keineswegs entgangen, was er offenkundig für sie empfand. Seit dem Wald von Yuna folgte er ihr und stand ihr sogar zur Seite, nachdem er herausgefunden hatte, dass sie eine der Kreaturen war, vor denen ihm am meisten graute. Er liebte sie – das wusste Kaiku –, und sie konnte das Verlangen nicht verleugnen, das er in ihr weckte. Es war berauschend zu wissen, dass er ihr durch ein einziges Wort gehören, auf ihren Befehl zu ihr ins Bett steigen würde. Und doch war es gefährlich, mit dem Herzen eines Mannes zu spielen, und so grausam war sie nicht. Es wäre nicht richtig –

nicht jetzt, zumal sie noch immer dabei war, mit sich selbst in Einklang zu kommen, mit ihrer Macht und ihrem neuen Leben als Ausgeburt, mit Asara …

Die Erinnerung an jene Nacht in Chaim ließ sie erröten. Die Leidenschaft des Augenblicks war damals überwältigend gewesen, doch andererseits zu kurz, um Schlüsse daraus zu ziehen. Wie berauscht von Asaras Ermutigung, sich von den Einschränkungen zu lösen, die ihr von den Menschen auferlegt waren, hatte sie aus einer fremdartigen Eingebung heraus gehandelt und sich ihr hingegeben. Doch der Augenblick war allzu bald durch Mamak gestört worden … nein … durch das grässliche Gefühl, das sie erfahren hatte, als Asara sie jenes letzte Mal geküsst hatte, die schreckliche *Gier* in ihr und das Gefühl, als würde ihr ihre einstige Zofe die Eingeweide aus dem Leib reißen.

Kaiku war viel zu verwirrt, um nun darüber nachzudenken. Ebenso wenig wagte sie, über die Auswirkungen dessen zu grübeln, was sie im Kloster der Weber erfahren hatte. Das alles war zu viel, viel zu viel, und sie wusste, betrachtete sie alles gleichzeitig, würde es sie zermalmen. Sie würde nur über das nachdenken, was unmittelbar vor ihr lag, einen Schritt nach dem anderen tun. Etwas anderes blieb ihr nicht übrig.

Kaikus Gedanken stieben auseinander, und das Blut gefror in ihren Adern, als ein markerschütterndes Geräusch die Stille zerriss. Einen Augenblick lang rührte sich niemand. Alle lauschten. Abermals ertönte das Geräusch. Diesmal hallte es aus einem anderen Tunnel. Es hörte sich an wie das qualvolle Kreischen eines riesigen, längst verrosteten Rades.

»Das sind sie«, flüsterte Purloch.

»Was?«, verlangte einer der anderen Männer zu wissen. »Das könnte alles Mögliche sein. Ein Abwasserrohr … Ein Tor, das sich öffnet …«

»Nein«, widersprach ihm Cailin leise. »Ich kann sie spüren. Sie kommen.« Sie schaute auf. Ihr Blick wanderte die

Gruppe entlang und verharrte auf Kaiku. »Hier können wir uns ihnen nicht stellen. Lauft.«

Wie zur Antwort ertönte ein drittes Kreischen, lauter und näher als das vorherige. Purloch ergriff die Flucht. Eilig rutschten seine Stiefel über den schlüpfrigen Boden. Die anderen folgten ihm dicht auf dem Fuß, rannten, so schnell sie zu rennen wagten. Plötzlich wirkten die Pfade entlang des Stroms aus schlammigem Wasser schmal. Das Laternenlicht schwang wild um sie herum, spiegelte sich in den funkelnden, schwarzen Augen von allerlei Nagetieren und anderen, weniger deutlich erkennbaren Wesen wider, die ob ihres Herannahens auseinander stieben. Das Gekreisch hallte immer häufiger durch den Gang: unmenschliche, von Böswilligkeit erfüllte Laute, die unmöglich aus der Kehle eines natürlichen Wesens stammen konnten. Sie dröhnten durch die Finsternis, schienen aus allen Richtungen gleichzeitig zu kommen. Kaiku sträubten sich die Nackenhaare: Dämonen.

Shin-shin?, dachte sie, wobei eine jähe, wilde Panik sie erfasste.

Sie rannten eine Treppe hinauf, die neben einer Reihe übel riechender Wasserfälle verlief. Tane stolperte, würgte auf dem Weg nach oben und fiel auf die Knie. Kaiku rannte von hinten in ihn hinein. Ohne stehen zu bleiben, begann sie, ihn auf die Beine zu zerren, vor Furcht recht unsanft. Tane rappelte sich unbeholfen auf und verhedderte sich dabei im Riemen der um seinen Rücken geschlungenen Büchse. Die anderen waren ihnen bereits vorausgeeilt, ließen Kaiku und Tane hinter sich zurück und nahmen das Licht mit sich. Weder Kaiku noch Tane hatten eine Laterne bei sich.

»Wartet!«, rief Kaiku, während sie Tanes Arm aus dem Gewehrriemen befreite und ihn aufrichtete. Wie eine Explosion brach misstönendes Geheul in der Finsternis hinter ihnen aus; mittlerweile war es beängstigend nahe.

»Kommt schon! Rauf hier!«, brüllte Yugi über die Treppe

zu ihnen herab. Endlich brachte Tane die Beine unter sich und rannte. Kaiku folgte ihm dicht auf den Fersen. Hinter sich hörte sie ein scharrendes Geräusch, als würde etwas auf die Treppe zukriechen, doch sie wagte nicht, sich umzusehen. Ihr Atem ging in panischen Stößen, und Tane bewegte sich viel zu langsam für sie.

Schließlich stürmten sie in eine große, sternenförmige Kammer, in die fünf Tunnel mündeten. Das Wasser hier war seicht, und in der Mitte prangte ein großer, runder Abfluss im Boden, dessen rostige Schlitze offen standen, um das faulige Wasser zu schlucken. Durch die Bemühungen des Abflusses und das leichte Ansteigen des harten Steinbodens an dieser Stelle, stand das Wasser nur hüfthoch. Entlang des Rands der Kammer verlief ein schmaler Pfad, den die Eindringlinge jedoch bereits aufgegeben und sich stattdessen im Wasser um den Abfluss Rücken an Rücken geschart hatten. Das Kreischen und Heulen drang aus den dunklen Mäulern der Tunnel auf sie ein. Platschend sprangen Kaiku und Tane ins Wasser, um sich den anderen anzuschließen. Ob der kalten Berührung der Kloake und der menschlichen Ausscheidungen, die seine Hose durchtränkten, würgte Tane erneut.

Und dann verstummte das Geheul unvermittelt. Abgesehen vom Gurgeln des Wassers um ihre Beine herrschte gespenstische Stille. Purloch murmelte ein Gebet vor sich hin. Schwerter und Büchsen wurden in Anschlag gebracht, und alle Blicke hefteten sich auf die fünf Tunnel. Das Licht der Laternen schien zu flackern, was sie daran erinnerte, wie eingeschränkt ihre Sicht hier unten war. Würden die Laternen zu Boden fallen und erlöschen, befänden sie sich in undurchdringlicher Finsternis und wären rettungslos verloren.

Kaiku bemerkte, dass sie am ganzen Leib zitterte, doch nicht vor Kälte, sondern vor Anspannung. Ihr *Kana* ruhte reglos in ihr, gebändigt durch was auch immer Cailin getan hatte, um zu unterbinden, dass Kaiku eine Gefahr für andere verkörperte; nun aber wünschte sie, wenigstens dies stünde ihr als letzter Ausweg zur Verfügung. Alles, wirklich alles war ihr recht, was ihr gegen die Kreaturen nützen konnte, die am Rand des Lichtscheins lauerten.

Dann erhob es sich langsam aus dem Wasser vor ihr, unmittelbar innerhalb der Mündung des Tunnels, aus dem sie gekommen waren: eine schwarze, verdreckte, bucklige Gestalt, der verfilztes Haar ins Gesicht hing und von der fauliges Wasser troff. Aus ihren schimmligen Lumpen ragten zu Klauen erstarrte Hände hervor, weiß, blutleer und verschorft. Hinter dem strähnigen Haarschleier funkelte nur ein Auge, das Kaiku mit einem lähmenden Starren erfasste. Rasselnd und gedehnt stieß das Ding den Atem aus.

»Bei den Göttern! Hier ist auch eins!«, rief jemand, und Kaiku löste die Aufmerksamkeit kurz von dem Ding, um zu der zweiten Kreatur zu schauen, die aus einem anderen Tunnel in den Lichtkreis gehumpelt war. Diese war ausgemergelt und knochig, ein halb verrotteter Leichnam, dessen Unterkiefer nur noch an ein paar verwesenden Fleischfetzen hing. Aufrecht und ruckelnd bewegte sie sich mit baumelndem Kopf vorwärts, doch der scharfe Blick der Augen war starr auf die in der Mitte der Kammer gescharten Menschen gerichtet.

»Was sind diese verfluchten Dinger?«, flüsterte Yugi.

»Maku-sheng«, antwortete Cailin. »Die Geister unreinen Wassers. Sie haben sich der Toten bemächtigt, die sie hier unten gefunden haben und von ihnen Besitz ergriffen.«

»Noch eins!«, rief jemand. Es war unaussprechlich fett und nackt. An einer Flanke klaffte eine grünliche Wunde, durch die feucht und glitschig die Eingeweide schimmerten.

»Und hier!«

»Hier auch!«

Sie waren umzingelt. Die Dämonen zeigten keinerlei Absicht, sich weiter zu nähern, sondern funkelten die Menschen nur unheilvoll an. Ein Tuscheln schien sich in der

Kammer zu erheben, ein zischendes Gemurmel. Die Kreaturen verständigten sich in einer Tonlage knapp außerhalb dessen, was Menschen hören konnten. Mittlerweile zitterte Kaiku hemmungslos.

Plötzlich hob der langhaarige Dämon eine dreckige Hand und deutete auf sie; ohrenbetäubendes Geheul drang aus seiner Kehle. Das Haar fiel ihm aus dem Gesicht zurück, und Kaiku erblickte eine grässliche Fratze runzligen, schlaffen Fleisches und langer, fauliger Zähne; dann griffen die Dämonen an.

Rings um sie herum quollen die Kreaturen aus den Tunneln, brachen aus der Finsternis hervor und drangen humpelnd und auf verwesenden Muskeln zuckend in die Kammer vor. Yugis Büchse brüllte als Erste auf; der Knall der Waffe hallte in alle Richtungen durch die Abwasserkanäle. Der Kopf des fetten Maku-shengs explodierte zu feuchten Knochensplittern und zähen Breibrocken, und die Gestalt fiel rücklings ins Wasser. Diejenigen, die Laternen hielten, brachten ihre Schwerter zum Einsatz, hackten damit auf die heranbrandende Flut toten Fleisches ein, durchdrangen mühelos Mark und Sehnen. Die verrotteten Kreaturen zerfielen regelrecht unter den scharfen Klingen und stürzten ins Wasser; doch kaum einen Lidschlag später, griffen dieselben Wesen, die sie entzweigehackt hatten, von neuem an und mühten sich fuchtelnd durch das schlammige Wasser, während ihre abgetrennten Glieder nutzlos hinter ihnen zuckten.

»Sie bleiben nicht unten!«, rief jemand, dann schrie er, als eines der Wesen über ihn herfiel und die Zähne in seine Kehle grub. Sein Schrei ging in ein kraftloses Gurgeln über, und seine Laterne landete zischend im Wasser. Das Licht in der Kammer verfinsterte sich einen Deut und ließ die entstellten Schemen zusätzlich verblassen, die sie umzingelten.

Rasch brachte Kaiku die Büchse in Anschlag, um auf den langhaarigen Dämon zu feuern, der auf sie zuhielt, doch es ertönte nur ein nutzloses Klicken. Ihr Schießpulver war zu feucht geworden und zündete nun nicht mehr. Der Dämon fletschte die Zähne und stürzte sich auf sie, und dann war mit einem Schrei auf den Lippen Tane da, der das Schwert tief in die Brust der Kreatur rammte. Kaiku taumelte nach hinten, ließ die Büchse ins Wasser fallen und riss das eigene Schwert aus der Scheide. Aber der Dämon hatte sich bereits kreischend losgerissen und Tanes Klinge mit einem Ruck seines Körpers abgebrochen. Mit böse funkelndem Auge wich er ein paar Schritte zurück, und einen Augenblick später tauchte unmittelbar vor Tane eine weitere Kreatur aus dem Wasser auf. Kalte Hände krallten sich an ihm fest, und krumme Zähne bohrten sich in sein Bein.

Tane schrie vor Schmerz, torkelte zurück und ließ die abgebrochene Klinge hinuntersausen; aber obwohl er dem toten Wesen die Kehle fast gänzlich durchtrennte, ließ es nicht von ihm ab, krallte sich an seiner Hüfte fest und bearbeitete den Fleischbrocken, den es im Maul hatte. Kaikus Schwert drohte ihrem furchterfüllten Griff zu entgleiten, doch irgendwie gelang es ihr, damit quer über die Schulterblätter des Ungetüms zu schlagen, heftig genug, dass es unwillkürlich aufkreischte und Tane losließ. Als es unter Wasser tauchte, hob Tane das verletzte Bein an und zermalmte damit den Kopf der Kreatur. Ein abscheulicher Strudel dunkler Flüssigkeit wallte im Wasser auf.

Kaiku spürte rings um sich herum das Wabern des Gewebs und erkannte, dass Cailin ins Kampfgeschehen eingegriffen hatte. Ihre Augen leuchteten in dem dunklen, schwefeligen Rot, das den Einsatz ihrer ausgebürtigen Macht ankündigte. Drei der Maku-sheng segelten durch die Luft und zerschellten an der Kammerwand, hinfortgeschleudert von Cailins *Kana*. Die Kreaturen in ihrem Umfeld zauderten, kreischten und griffen einen Lidschlag darauf mit doppelter Wut wieder an. Die Feste Formation der Verteidiger in der Mitte des Raumes zerbrach unter der Wucht des Ansturms. Das Laternenlicht schwang von Kaiku weg, wodurch sie in Dunkelheit getaucht wurde. Etwas stürzte auf sie zu; sie wehrte es ab und spürte, wie ihr etwas Kaltes und Übelriechendes auf die Wange spritzte, als ihr Schwert sich in totes Fleisch grub. Von Grauen erfüllt, wich sie zurück und stolperte über die Abdeckung des Abflusses in der Mitte der Kammer. Kurz überkam sie ein Gefühl Übelkeit erregender Unvermeidlichkeit; dann verlor sie das Gleichgewicht und fiel. Platschend schlug das frostige, verunreinigte Wasser über ihrem Kopf zusammen.

Kaiku würgte, fuchtelte wild mit den Armen und durchbrach wenige Augenblicke lang die Oberfläche; doch dann war der langhaarige Dämon über ihr, schloss die verschorften Klauen um ihre Kehle und drückte sie ins stockfinstere Nass zurück. Kaiku hatte keine Luft mehr, um zu schreien. Stattdessen trat und schlug sie um sich, doch die Kraft, die sie nach unten presste, war zu stark und unerbittlich. Panik flutete über sie hinweg. Ihre Lungen brannten und brüllten nach Luft, die nicht da war. Bewusstlosigkeit schwelte am Rand ihres Sichtfelds wie ein funkelnder Teppich, der unaufhaltsam auf die Mitte zurollte. Matt nahm sie unter Wasser Geräusche wahr – das Platschen und Gurgeln ihrer eigenen, schwächer werdenden Gegenwehr, den Schuss einer Büchse, aufbrandendes Geheul, als Cailin eine weitere Horde Dämonen auslöschte –, doch all das verblasste zusehends, rückte in weite Ferne, und hinter den Augen sah Kaiku wieder das Geweb, den schillernden Pfad, der sie einst zu den Feldern Omechas und Torhüter Yoru, aber nicht weiter geführt hatte. Vielleicht diesmal, dachte sie, als ihr Widerstand erstarb ... Vielleicht diesmal ... Vielleicht würde sie auf der anderen Seite ihren Bruder wiedersehen.

Doch im Geweb ihres Körpers regte sich etwas und bäumte sich auf. Ein Knoten zerfranste. Das Bewusstsein wich aus ihr, dennoch war noch etwas in ihr wach, das kämpfte und sich wand und an den Fasern von Cailins künstlichem Gebilde zerrte. Kaikus *Kana* war geknebelt und unterdrückt worden, aber es war nicht geschlagen. Selbst als Kaikus Gehirn sich schon mit ihrem Tod abgefunden hatte, stemmte die Kreatur in ihr sich dagegen, riss krampfhaft an ihren Fesseln, bis sie plötzlich nachgaben und sich lösten …

»Kaiku!«, schrie Tane. Er hatte verzweifelt nach einem Zeichen von ihr Ausschau gehalten, nachdem er sie im Gewirr der Schlacht aus den Augen verloren hatte; aber es war nur noch eine einzige Laterne übrig, die einer der Männer der Libera Dramach wie einen Schatz hütete, und das Licht reichte kaum, um die Umgebung auszumachen. Nun hefteten Tanes Augen sich auf den vornübergebeugt im Wasser kauernden Dämon, der etwas zu Boden drückte. Dann erblickte er die schlaff daneben an der Oberfläche treibende Hand. Mit einem gequälten Heulen stürzte er sich auf das Ding. Erschrocken riss es den Kopf hoch, doch in jenem Augenblick befreite sich Kaikus *Kana* vollends. Tane wurde rückwärts geschleudert und schirmte das Gesicht ab, als der Dämon kreischte und explodierte. Ein Feuerstrahl warf gelbes Licht über das trübe Wasser. Getrieben von ein paar Brocken verbliebenen Lebens, wankte die lodernde, zerfetzte Hülle der Kreatur wenige Schritte weg; dann hielt sie inne und brach zischend im Wasser zusammen.

Die anderen Maku-sheng hatten die Gewalt des Flammenschlags gespürt und kreischten von neuem. Tane schenkte ihnen keine Beachtung, rappelte sich auf und watete zu Kaiku hinüber. Er zerrte sie aus dem stinkenden, fauligen Nass; aschfahl tauchte ihr Gesicht daraus auf, und die offenen scharlachroten Augen starrten leer neben dem an den Wangen klebenden Haar empor.

»Nicht sie! Nein!«, brüllte Tane, wenngleich er nicht zu sagen vermochte, an welchen Gott oder welche Form des Schicksals er seine Weigerung richtete. Ungeachtet der in der Finsternis umherkreuchenden Dämonen steckte er das zerbrochene Schwert in die Scheide, schob die Arme unter

Kaikus Achseln und schleifte sie durchs Wasser zum Pfad am Rand der Kammer.

Cailin bot im schwankenden Licht der einzigen Laterne einen furchteinflößenden Anblick: Ihr schwarzes Haar war zerzaust, die Augen loderten feuerrot. Sie sah selbst wie ein Dämon aus. Ohne Unterlass zuckten ihre Hände bald hierhin, bald dorthin, sandten ihr *Kana* rasend die Fäden des Gewebs entlang, um zu zerren, zu knoten und zu drehen und die Leiber der Maku-sheng zu zerreißen. Mit jedem, den sie zerstörte, fühlte sie, wie der Geist des Dämons unsichtbar aus dem nunmehr nutzlosen Leichnam floh und durch das faulige Wasser auf der Suche nach einem neuen Wirt hinfortstieb. Yugi focht neben ihr wie ein Fels in der Brandung, schützte ihren Rücken, feuerte die Büchse immer wieder und wieder ab, wobei er mit bemerkenswerter Geschwindigkeit nachlud.

Dann stieg ein einziges, durchdringendes Heulen von dem Dämonenpack auf. Sie brachen den Angriff ab, zogen sich in sichere Entfernung von den dicht gedrängten Verteidigern zurück und funkelten sie aus den Schatten heraus an. Abermals setzte das zischende Getuschel ein, obschon sich keine Lippen bewegten. Yugi behielt den Finger am Abzug; Purloch stand dicht bei ihm. Vier der fünf Männer der Libera Dramach trieben inmitten der verwesenden Masse der erneut getöteten Leichen. Der letzte noch lebende, ein junger Bursche, der gerade erst der Jugend entwachsen war und Espyn hieß, hielt die Laterne hoch und das blutverschmierte Schwert im Anschlag; aber die Spitze bebte unübersehbar.

Dann regte sich etwas, und die Dämonen traten den Rückzug an, wichen so lautlos aus dem Lichtkreis in die Schatten zurück, wie sie gekommen waren, wurden von den Tunneln um die Kammer verschluckt und waren binnen weniger Lidschläge verschwunden.

Yugi stieß einen zittrigen Seufzer aus. »Sind sie weg?«, fragte er Cailin.

»Die kommen wieder, und dann sollten wir besser nicht mehr hier sein.« Jäh schaute Cailin ob einer Bewegung auf und sah Tane, der Kaiku auf den Pfad am Rand der Kammer hievte. »Bei den Göttern«, stieß sie hervor und watete durch das hüfthohe Wasser, so schnell sie konnte. »Espyn! Bring die Laterne!«, befahl sie, und Espyn folgte ihrem Befehl so schnell er konnte.

Kaikus Lippen waren blau, die roten Augen glasig, das Haar strähnig und triefnass. Als die anderen eintrafen, fasste Tane gerade in ihren offenen Mund und fischte panisch etwas aus ihrer Kehle, das nicht so genau zu erkennen war.

»Atmet sie noch?«, fragte Purloch, während er immer wieder zu den Tunneln hinter ihnen blickte, in denen die Maku-sheng verschwunden waren.

Tane schenkte ihm keine Beachtung. »Könnt Ihr denn nichts tun?«, verlangte er von Cailin zu wissen.

»Sie hat sich aus meinem Gebilde herausgewunden und die Fesseln abgeschüttelt«, stellte sie fest, wobei Verblüffung in ihrer Stimme mitschwang. »Beim Blut des Herzens, sie ist begabter, als ich dachte.« Sie schaute zu Tane. »Ohne ihr bewusstes Zutun würde ihr *Kana* sich widersetzen, sollte ich es versuchen. Es würde sie töten.« Die Ironie ihrer Antwort entging ihr, doch es war ohnehin niemandem nach Scherzen zumute.

»Dann werde ich es machen«, erklärte Tane. Er verschränkte die Hände und presste die Handteller auf Kaikus Brust; dann legte er die Lippen auf die ihren und blies ihr Atem in die Lungen. Wie grausam, dachte er, dass ausgerechnet das ihr erster Kuss sein sollte, so kalt, faulig und leidenschaftslos. Doch dann arbeitete er schon wieder an Kaikus Brust und pumpte, beatmete, pumpte und beatmete, während die anderen ihn beobachteten, als hätte er den Verstand verloren. Niemand von ihnen kannte die Technik zur Wiederbelebung Ertrunkener; Tane aber hatte sie vor langer Zeit von den Priestern Enyus gelernt.

»Wach auf, um der Götter willen!«, brüllte er Kaiku an und pumpte unermüdlich weiter. »Dies ist nicht das Ende deines Pfades! Du hast einen Eid geschworen. *Einen Eid!*« Ein weiterer Atemstoß, mit dem er ihr heißes Leben in die wässrigen Lungen blies. Dann pumpte er wieder. »Du bist zu verflucht stur, um so zu sterben!«, schrie er.

Und als hätte Omecha höchstpersönlich herabgegriffen und sie mit den Händen berührt, kehrte Kaiku zuckend ins Leben zurück, rollte sich auf die Seite und erbrach Galle und Wasser auf den Pfad. Sie würgte und würgte und reinigte sich unter Qualen. Gleichzeitig lachte Tane vor Freude, während ihm Tränen übers Gesicht rannen und er den Göttern dankte. Yugi beglückwünschte ihn mit einem Klaps auf den Rücken und nannte ihn einen Wunderwirker. Nach und nach verebbte Kaikus Würgen und sie lag japsend wie ein gestrandeter Fisch da, schwach, aber unversehrt.

Mit einem Lächeln auf den Lippen schüttelte Cailin vor Erstaunen den Kopf und fragte sich, wie viele Leben ihr vielversprechender Lehrling wohl noch übrig hatte.

DREISSIG

Der Morgen graute, und die Schlacht tobte weiter.

Die Streitkräfte des Geblüts Kerestyn hatten kaum Fortschritte beim Durchbrechen der Mauern gemacht. Die mächtigen Westtore waren vor ihnen verschlossen, und ihre Leitern wurden immer wieder zurückgestoßen. Hätten sie es nur mit den Kaiserlichen Wachen zu tun gehabt, sie hätten die Verteidiger wohl dank ihrer schieren Übermacht schlicht überrannt; doch sie hatten sich darauf verlassen, dass die Wachen alle Hände voll damit zu tun haben würden, die Aufstände in der Stadt zu bekämpfen. Stattdessen hatte sich ein beträchtlicher Teil der Bevölkerung zur Verteidigung ihrer Heime vereint und scherte sich in dieser Angelegenheit wenig um politische Belange. Was auch immer die Menschen für die Thronerbin empfinden mochten, es war eine Frage des Stolzes, dass sie niemandem gestattet würden, Axekami gewaltsam einzunehmen, und so war die Zahl der Verteidiger mannigfach angeschwollen. Grigi tu Kerestyn schrie die Nacht hindurch seine zornige Enttäuschung hinaus und verdoppelte seine Anstrengungen, als Nukis Auge über den Horizont lugte, doch die Streitkräfte des Geblüts Batik marschierten rasch von Osten heran und würden noch vor Einbruch der Dunkelheit in der Stadt sein. Waren sie erst drin, würden sie unantastbar sein, und die Sicherheit des Geblüts Erinima wäre gewährleistet.

Kalt und ruhig saß Anais auf ihrem Thron neben ihrem Gemahl. Die Sonne schien durch die hohen, offenen Fenster des Raumes. Obwohl der Vormittag gerade erst angebrochen war, herrschte bereits eine unerträgliche Schwüle. Bedienstete fächelten der Kaiserin mit großen Zierfächern

Luft zu, was jedoch wenig half. Verschwitzte Kaiserliche Wachen juckte es unter ihren Zeremonienrüstungen aus Metall. Die purpurnen und weißen Banner des Geblüts Erinima hingen schlaff an den Wänden. Aus Kohlenbecken strömte duftender Rauch.

Durun war übler Laune. Er hatte letzte Nacht gezecht. Die Kaiserin hatte um das Überleben ihrer Familie gekämpft, Taktiken erörtert, sich um Meldungen gekümmert, und er hatte sich davongestohlen, um zu saufen. Später war er zu ihr ins Bett gekrochen, und sie hatte ihn abgewiesen. Die Erinnerung an ihren heftigen Streit, die Hitze des Vormittags, sein Kater und der Umstand, dass er so früh geweckt und in den Thronsaal geschleift worden war, hatten allesamt dazu beigetragen, dass er noch jähzorniger war als sonst.

Die Türen öffneten sich und ein Sprecher verkündete:

»Fürstin Mishani tu Koli vom Geblüt Koli.«

In mitternachtsblauen Gewändern trat Mishani ein. Das unglaublich lange Haar war mit Lederstreifen derselben Farbe gebändigt. Sie hatte ihre höfische Maske aufgesetzt, und ihre blasses, zierliches Gesicht wirkte feierlich und offenbarte nichts. Seitlich hinter ihr folgte Asara in schlichtem Weiß, die Hände in der Manier einer Zofe vor sich gefaltet. Die roten Strähnen, die ihr schwarzes Haar durchzogen hatten, waren verschwunden, denn sie waren zu prunkvoll für einen so bescheidenen Rang; außerdem hatte sie die Blässe ihrer Haut künstlich verändert, um die außergewöhnliche Vollkommenheit ihrer Züge abzuschwächen. Die beiden Frauen schritten den gemusterten *Lach*pfad entlang, der zu den Thronen aus geschnitztem Holz und kostbarem Metall führte, wo die zierliche, helle Anais neben ihrem großen, gestrengen und dunklen Gemahl saß, der ganz in Schwarz gekleidet war.

»Ihr habt vielleicht Nerven, Mishani tu Koli«, brummte Durun, bevor eine formelle Begrüßung erfolgen konnte.

Mishanis Augen hefteten sich auf ihn. Kein Deut der

überraschten Verblüffung angesichts seiner Derbheit zeigte sich in ihrem Antlitz.

»Geblütskaiserin Anais tu Erinima«, sagte sie und verneigte sich. Dann, an Durun gewandt und mit einer weniger tiefen Verbeugung: »Kaiser Durun tu Batik. Darf ich fragen, weshalb Ihr an meiner Anwesenheit solchen Anstoß nehmt?« Sie verwendete jene Form des Saramyrrischen, die ausschließlich für den Kaiser und die Kaiserin vorgesehen war, doch Duruns Ausdrucksweise war weit weniger höflich gewesen.

Anais musterte Mishani mit frostigen Blicken vom Thron herab. »Treibt keine Spielchen, Mishani tu Koli. Nur aufgrund der besonderen Umstände, die diesen Tag begleiten, habe ich mich bereit erklärt, Euch zu empfangen. Tragt vor, was Ihr zu sagen habt.«

Hier lief etwas schief, dachte Mishani bei sich. Entsetzlich schief. Hier ging etwas vor sich, wovon sie nichts wusste. Ihr Besuch bei der Kaiserin erfolgte vorgeblich aus Freundlichkeit, wenngleich der wahre Zweck etwas verworrener war. Sie hatte verlangt, Anais unmittelbar nach ihrem Eintreffen zu sehen und auf die übliche Höflichkeit verzichtet, da es für den Plan der Libera Dramach von entscheidender Bedeutung war, dass die Kaiserin den Vormittag nicht mit Lucia verbrachte. Alles konnte zerstört werden, falls Anais – und ihr Gefolge – anwesend waren, wenn sie versuchten, das Kind zu entführen; denn Geheimhaltung war einer der wichtigsten Bestandteile ihres Unterfangens, und niemand durfte erfahren, wer dafür verantwortlich zeichnete. Das Verhalten jedes anderen war berechenbar, nicht aber das der Kaiserin. Sollte sie beschließen, Lucia heute zu besuchen, wäre die Entführung unmöglich. Es wären zu viele Wachen dort. Mishani diente im Grunde genommen als Ablenkung, wofür sie sich ihres Ranges als Adlige bediente.

Doch was hatte sie getan, um diese Feindseligkeit zu verdienen? Jedenfalls verhieß dies nichts Gutes.

»Ich bin gekommen, um Euch meine Gefolgstreue anzubieten«, verkündete sie. Durun grölte vor Lachen, doch Mishani schenkte ihm keine Beachtung. »Als ich Euch und Lucia zuletzt besucht habe, waren meine Absichten unklar, und obwohl ich weiß, dass mein Vater sich gegen Euch gewandt und mit Sonmaga tu Amacha verbündet hat, sollt Ihr wissen, dass Ihr auf jede Unterstützung zählen könnt, die ich Euch zu geben vermag. Bitte verzeiht die Dringlichkeit dieses Treffens, doch ich wollte Euch sehen, um Euch dies zu sagen, ehe die Waagschalen in diesem Streit kippen. Aber in welche Richtung sie auch ausschlagen mögen, meine Treue ist Euch und Eurer Tochter gewiss.«

»Eure *Treue*?«, brüllte Durun ungläubig und sprang auf. »Bei den Göttern, ich muss noch immer betrunken sein! Hier steht der Koli-Balg und bietet uns seinen starken rechten Arm an, obwohl es noch keinen Tag her ist, dass ihr Vater Sonmaga verraten hat und gerade jetzt versucht, die Mauern unserer Stadt zu erstürmen! Ihr selbst hintergeht Euren Vater, indem Ihr Euch seinem Willen widersetzt! In Euren Adern fließt dasselbe verräterische Blut wie in den seinen. Was wollt Ihr uns denn anbieten, Mishani? Wollt Ihr Euren Vater etwa zurückpfeifen? Antwortet! Was wollt Ihr uns anbieten?«

Mishani war erschüttert. Nun begriff sie, erfasste die Lage binnen eines einzigen Augenblicks. Solange ihr Vater an Sonmagas Seite gewesen war, hatte er die Stadt im Grunde genommen verteidigt, indem er Kerestyn fern gehalten hatte. Stünden die Dinge noch so, wie bei ihrem Aufbruch aus dem Schoß, hätte Anais ihre Freundschaft dankbar angenommen. Mehr wäre nicht nötig gewesen. Die Libera Dramach wären bereits in der Feste und auf der Suche nach der Thronerbin ... *wenn* alles nach Plan verlaufen war.

Doch es verlief nicht alles nach Plan. Mishani hatte nichts über das geheime Bündnis ihrer Familie mit dem Geblüt Kerestyn gewusst; ihr Vater hatte es ihr verschwiegen. Er war einer der Angreifer, und in den Augen der Welt verkörperte Mishani noch immer seine Tochter. Sie hatte soeben eine Höhle gereizter Löwen betreten. Nervös sah sie sich um und erblickte neben dem Podium Barak Mos, der sie mit vor der Brust verschränkten Armen beobachtete.

»Sprecht, Mishani tu Koli«, forderte Anais sie mit zorniger und harter Stimme auf. »Weshalb sucht Ihr uns auf diese Weise auf?«

Mishani sagte das Einzige, was sie antworten konnte: »Die Taten meines Vaters beschämen mich«, erklärte sie. Dann kniete sie nieder und verneigte sich tief und unterwürfig, wobei ihr das Haar übers Gesicht fiel. Asara tat es ihr sofort gleich, wie es sich für eine gute Zofe gehörte. »Und sie beschämen das Geblüt Koli. Einerseits bin ich zur Treue meiner Familie gegenüber verpflichtet, andererseits zur Treue gegenüber meiner Kaiserin. Als ich von seinem Vorhaben erfahren habe, habe ich mich von ihm abgewandt. Er mag mein Vater sein, aber er ist ein Mann ohne Ehre. Ich unterwerfe mich Eurer Gnade. Ich will Eurer Tochter beistehen, egal was auch kommen mag, denn wenngleich ich durch meinen Namen vom Geblüt Koli bin, habe ich mich unwiderruflich davon gelöst.«

Anais erhob sich. Unglaube zerfurchte ihre Stirn. »Ihr solltet es wahrlich besser wissen, Mishani. Das Schicksal einer Adelsfamilie ist verflochten. Die Verbrechen Eures Vaters sind ebenso Eure Verbrechen, bis Vergeltung geübt ist.« Sie breitete die Arme aus. »Ihr wisst es besser«, wiederholte sie fast in entschuldigendem Tonfall.

Mishani wusste es tatsächlich besser. Was für eine ungerechte List der Götter, sie in eine derartige Lage zu bugsieren. Es hätte so einfach und zivilisiert sein sollen, ein schlichtes Ablenkungsmanöver. Mishani wäre längst weg gewesen, ehe die Kaiserin bemerkt hätte, dass ihr Kind abgängig war. Und jetzt ... jetzt ...

Traurig schüttelte Anais den Kopf. »Ich werde nie begreifen, was Euch geritten hat herzukommen, Mishani. Ihr wart immer eine listige und rücksichtslose Spielerin bei Hofe.«

Mit diesen Worten setzte sie sich und gab den Wachen ein Zeichen.

»Tötet sie.«

Ob eines metallischen Knarrens schlug Kaiku die Augen auf. Sie zuckte unwillkürlich zusammen und rappelte sich aus einem Albtraum über Maku-sheng hoch, in dem die entsetzlichen Schreie der Dämonen wie das Quietschen rostiger Tore durch die Abwasserkanäle hallten. Tane fing sie mit den Armen um ihre Schultern auf.

»Ruhig«, flüsterte er. »Sei ganz ruhig. Es war nur ein Traum.«

Kaiku entspannte sich in seinem Griff und lauschte ihrem sich verlangsamenden Herzschlag. Nach und nach ergab ihre Umgebung wieder einen Sinn. Sie befanden sich in einer kleinen, feuchten Vorkammer, die von der verbliebenen, in einer Ecke stehenden Laterne erhellt wurde. Der Raum stank nach ihren mit Abwasser getränkten Kleidern, und Kaiku hatte einen widerwärtigen Geschmack in der Kehle, der einfach nicht weichen wollte. Triefnass und niedergeschlagen mühten die anderen sich auf die Beine, als Kaiku erwachte, und sammelten sich zum Aufbruch. Sie konnte sich nicht erinnern, eingeschlafen zu sein. Dafür erinnerte sie sich an die kalte Zunge des Abwassers, die sich ihr in den Hals geschoben, und an die funkelnden Augen des Dings, das sie niedergedrückt hatte ...

Das Knarren ertönte erneut, und Kaiku erkannte, dass es sich um das Geräusch eines Schlüssels handelte. Die Tür, die ihnen den Weg versperrt hatte, wurde geöffnet. Es war Zeit, sich in Bewegung zu setzen.

Kaiku besann sich einer Meinungsverschiedenheit irgendwo in den schwarzen Tiefen hinter ihnen: ein Streitgespräch darüber, was sie mit ihren Toten anstellen sollten. Yugi wollte sie nicht für die Maku-sheng zurücklassen, doch sie konnten sie auch nicht mitnehmen. Kaiku glaubte, dass sie sich darauf geeinigt hatten, ihnen die Köpfe abzuschlagen, damit die Dämonengeister sich ihrer nicht bemächtigten konnten, wenngleich dies ohne weiteres auch ein Teil ihres Albtraums gewesen sein mochte. Tane hatte sich dafür ausgesprochen, Kaiku zurückzubringen, doch irgendetwas hatte sie dazu bewogen zu behaupten, sie könne weitergehen; außerdem war es ohnehin ein müßiger Vorschlag. Sie hatten nur eine Laterne, und die würde in die Feste wandern.

Die Maku-sheng hatten sie nicht wieder belästigt. Offenbar hatten sie genug von Cailins Macht gehabt und waren verschwunden, um sich weniger widerspenstige Beute zu suchen. Kaiku war auf Tanes kräftige Schultern gestützt weitergewankt und dem Licht wie eine Motte gefolgt. Tane humpelte selbst ein wenig, da er Schmerzen durch die Verletzung litt, die ihm eines der abscheulichen Wesen zugefügt hatte; doch der Biss war nicht tief, und er hatte ihn gut verbunden. Vom Rest des Marsches war Kaiku wenig in Erinnerung geblieben, nur allumfassende Erschöpfung und tiefes Elend, durchsetzt mit vereinzelten Augenblicken des Bedauerns. Als sie in der Vorkammer eingetroffen waren, in der sie nun erwacht war, hatte Cailin erklärt, dass sie noch zu früh dran seien.

»Ich schlage vor, du schläfst ein wenig«, hatte sie gemurmelt. »Wenn alles gut verlaufen ist, werden wir im Morgengrauen den Anführer der Libera Dramach treffen. Er wird uns dann weiterführen.«

Tane bekundete seine Neugier, denn Cailin hatte den Anführer zwar bereits mehrmals erwähnt, sich jedoch stets geweigert, seine Identität zu enthüllen, um ihn nicht zu gefährden.

»Es spielt keine Rolle mehr«, hatte sie erklärt. »Nach dem heutigen Tag hat alles Täuschen ein Ende.« Doch trotz allem hatte sie ihnen noch immer nicht seinen Namen verraten.

Kaiku hatte tatsächlich geschlafen, aber die paar Stunden

im süßen Hort der Vergessenheit fühlten sich wie wenige Lidschläge an. Und nun zerrte Tane sie auf die Beine und stellte bedeutungslose Fragen darüber, wie sie sich fühlte. Dabei war es Tane, der schlimmer zu leiden schien als sie. Er wirkte blass und zittrig, seine Haut wächsern, und in seinen Augen loderte Fieber. Er war krank, hatte sich offenbar etwas durch das faulige Abwasser oder den Biss des Makusheng zugezogen. Kaiku betrachtete es als kleines Wunder, dass sie nicht selbst betroffen war, zumal sie eine beträchtliche Menge der schlammigen Brühe geschluckt hatte, als sie darin zu ertrinken gedroht hatte; andererseits bezweifelte sie, dass eine Krankheit das durch ihren Körper fließende *Kana* lange zu überleben vermochte, und schrieb diesem Umstand ihre Gesundheit zu. Außerdem fühlte sie sich so erschöpft und ausgebrannt, dass es ihr wohl kaum aufgefallen wäre, sollte sie tatsächlich krank sein. Schlimmer, als sie sich bereits fühlte, ging es ohnehin nicht mehr.

Mit einem Klicken öffnete sich das Schloss, und die Eisentür schwang auf. Das Licht einer neuen Laterne mischte sich mit jenem der ihren. Die Laterne schwang in der Hand eines Mannes mittleren Alters, groß und breitschultrig, mit kurz gestutztem weißen Bart und zurückgekämmtem Haar.

»Cailin. Yugi«, sagte er zur Begrüßung. »Wo sind die anderen?«

»Wir hatten Schwierigkeiten«, antwortete Yugi. »Schön, dich zu sehen.«

»Kommt weiter«, forderte der Fremde sie auf, und sie gehorchten. Er schloss die Eisentür hinter ihnen. Sie gelangten in ein feuchtes Kellergewölbe, das nach Verwahrlosung, Spinnweben und Schimmel roch. Prüfend musterte der Mann die zerlumpte Gesellschaft vor sich. Von den ursprünglichen zehn, die am Vortag in die Abwasserkanäle gestiegen waren, waren noch sechs übrig.

»Wir machen weiter wie geplant«, verkündete er. »Eure adelige Freundin hat die Feste heute Vormittag wohlbehalten betreten. Die Kaiserin und ihr hohlköpfiger Gemahl sollten in diesem Augenblick mit ihr im Thronsaal sein. Die Thronerbin schlendert wie üblich durch die Dachgärten. Ich habe Dienerkleidung vorbereitet, und es gibt eine Waschgelegenheit für euch. In eurem jetzigen Zustand würden die Wachen sich im Nu auf uns stürzen.« Er musterte Kaiku. »Ich hatte nur eine Frau erwartet. Verzeiht. Ihr werdet Euch mit dem begnügen müssen, was da ist.«

Kaiku war viel zu erleichtert ob der Erwähnung Mishanis, um mit mehr als einem Nicken zu antworten. Inmitten des Grauens in den Abwasserkanälen war ihre Freundin vorübergehend aus ihren Gedanken verschwunden, und wenngleich sie die sicherste Aufgabe von allen hatte, sorgte Kaiku sich unwillkürlich um sie.

»Einige von euch kenne ich nicht«, bemerkte der Mann. »Also gestattet mir, mich Euch vorzustellen. Ich bin Zaelis tu Unterlyn, Lehrerin der Thronerbin Lucia tu Erinima. Außerdem bin ich der Gründer der Libera Dramach und deren Anführer, sofern man von einem solchen sprechen kann.« Er schien noch weiterreden zu wollen, um eine Erklärung für jene hinzuzufügen, die ihn nicht kannten, doch dann entschied er sich anders.

»Die Zeit ist knapp. Kommt mit«, erklärte er stattdessen und ging voraus.

Wie sich herausstellte, befanden sie sich in einem alten, nicht mehr verwendeten Bereich der Verliese, dem Aussehen der Umgebung nach zu urteilen, einem vor langer Zeit in Vergessenheit geratenen Ort. Tane fragte sich, wie viele hundert Jahre wohl verstrichen sein mochten, seit er abgeschottet worden war, wie viele Kaiser und Kaiserinnen nichts von der kleinen, unscheinbaren Eisentür gewusst hatten, die in die Abwasserkanäle führte. Die Zeit verbarg Dinge besser als alles andere. Er schaute zu Purloch und wunderte sich, wie dieser Mann es herausgefunden haben mochte. Immerhin hatte er sich ganz allein, ohne jeden Führer, einen Weg durch die Kanäle gebahnt und war nicht nur in die Feste eingebrochen, sondern bis zu ihrem am strengsten bewachten Schatz vorgedrungen. Tatsächlich hatte Purloch sein Gefühl, sein Glück ein wenig zu sehr zu strapazieren, indem er sie hierher geführt hatte; dennoch hatte er es getan ... für Lucia. Er glaubte, es ihr schuldig zu sein. Obwohl Tane es nicht wusste, wähnte Purloch sich für das Unheil verantwortlich, das über Saramyr gekommen war. Er hatte Sonmagas Geld genommen und Lucias Geheimnis enthüllt; nun aber drohte die Last seiner Schuld ihn Nacht für Nacht zu erdrücken. Er wäre außerstande, je wieder in einen Spiegel zu blicken, sollte jenes reine und überirdische Kind aufgrund seiner Habgier sterben.

Zaelis führte sie in eine kleine, dunkle Kammer, die einst als Waschraum für Wärter und Gefangene zugleich gedient hatte. Zwei notdürftige Duschen sprühten plätschernd Wasser auf die schwarzen, glitschigen Steinkacheln. Auf einem niedrigen Ständer in einer Ecke türmten sich Kleider.

»Wir ihr seht, läuft das Wasser noch. Es ist mir gelungen, es einzuschalten; leider kann ich es aber nicht mehr abdrehen. Macht rasch«, wies Zaelis sie an.

Sie duschten zu zweit, die Frauen zuerst. Das Wasser war sauber und lauwarm, da die Sonne die Rohrleitungen hoch über ihnen aufheizte. Nachdem Kaiku so viel wie möglich von dem stinkenden Dreck abgespült hatte, schlüpfte sie in die Gewänder eines männlichen Dieners, während Cailin sich angemessener kleidete. Kaiku kümmerte es wenig. Ihr passten Männerkleider so gut wie Frauenkleider, und sie bezweifelte, dass jemand daran Anstoß nehmen würde. In einer schlichten grauen Hose und einem weiten Hemd – in weiblicher Weise rechts über links eingeschlagen – trat sie einigermaßen sauber aus dem Waschraum hervor.

Danach duschten die anderen und zogen sich um, und Zaelis befahl, jene Waffen zurückzulassen, die sich nicht verbergen ließen. Das sorgte für einige Aufregung, aber Zaelis brachte sie mit einem finsteren Blick zum Schweigen.

»Bedienstete tragen keine Schwerter und Büchsen!«,

herrschte er sie an. »Unser Ziel ist Heimlichkeit. Käme es im Herzen der Kaiserlichen Feste zu einem Kampf, so bezweifle ich, dass auch nur einer von uns überleben würde, mit Waffen oder ohne. Purloch wird darauf aufpassen.«

Kaiku schaute zu dem Einbrecher, der sich fast dafür zu schämen schien, dass er zurückblieb; aber er hatte seinen Teil erfüllt: Er hatte sie in die Feste gebracht, und weiter wagte er sich nicht vor. Zaelis konnte ohnehin wesentlich einfacher in die Dachgärten gelangen als er. Außerdem war er ihr Führer aus der Feste und somit zu wertvoll, um ihn womöglich zu verlieren. Er würde hier warten und sie zu gegebener Zeit zurück durch die Abwasserkanäle in die Freiheit geleiten.

Die sechs Verbleibenden bahnten sich einen Weg aus dem vergessenen Verlies und kletterten schließlich durch ein großes Gitter, das in einen Lagerraum voller Gläser mit Trockennahrung führte. Das Gitter war in Bodenhöhe angebracht und lag hinter einem Stapel Säcke in einer Ecke verborgen. Kaiku vermutete, dass der Eingang zu dem alten Verlies vor geraumer Zeit verbaut worden war, doch dieses geheime Hintertürchen hatte irgendwie überlebt.

»Von diesem Punkt an seid ihr Bedienstete«, erklärte Zaelis. »Benehmt euch also entsprechend. Meine Anwesenheit sollte genügen, um Fragen abzuwenden.«

Damit führte er sie aus dem Lagerraum in die Feste.

Hinter der Bronzemaske schlug Webfürst Vyrrch die kurzsichtigen Augen auf.

Er befand sich in seinen Gemächern. Irgendwo streunte ein dürrer Schakal umher und nagte an was immer er finden konnte. Vor mittlerweile zwei Tagen hatte Vyrrch befohlen, ihm einen Schakal zu bringen; wofür wusste er nicht mehr. Dem schlauen Tier war es gelungen, hier drinnen eingesperrt am Leben zu bleiben und sich seinem Zugriff zu entziehen. Vyrrch vermutete, er hatte es herbringen lassen, um jenes ganz besonders verschlagene kleine Biest aufzuspüren, das sich noch immer irgendwo in der Nähe versteckte, was sich offenbar als einer seiner weniger sinnvollen Einfälle entpuppt hatte.

Mittlerweile hatte er das Mädchen seit Wochen nicht mehr gesehen, und er war einigermaßen sicher, dass er es nicht getötet hatte. Von Zeit zu Zeit stieß er noch immer auf Spuren des kleinen Balgs: Gegenstände, die von ihrem ursprünglichen Platz entfernt waren, fehlendes Essen. Die Göre hielt sich irgendwo in den zahlreichen Räumen von Vyrrchs Herrschaftsgebiet auf und suchte einen Weg nach draußen, fand aber keinen. Doch wie listig sie war, sich ihm so lange zu entziehen. Fast hegte der Webfürst so etwas wie Respekt für sie.

Ein weiterer seltsamer Schauder im Geweb, und Vyrrch besann sich, was ihn ursprünglich wachgerüttelt hatte. Sorge zuckte über seine unförmige Fratze, wenngleich der Ausdruck auf den durch das lange Einwirken des Hexensteinstaubs der Maske entstellten Zügen nicht zu erkennen war. Seit dem Morgengrauen war er damit beschäftigt, sein Bewusstsein flüchtig und gleichmäßig über die Feste auszubreiten. Bei alldem galt es Zahlreiches ins Spiel zu bringen, und er beaufsichtigte alles. Es war von entscheidender Bedeutung, dass er bereit war, selbst den geringsten Kontrollverlust über die Ereignisse dieses Tages auszugleichen, denn die Zukunft der Weber ruhte auf seinen Schultern. Bei Einbruch der Nacht würde der Stellung der Weber gesichert sein.

Doch es hatte Spannungen gegeben. Letzte Nacht hatte Vyrrch ein Zupfen im Geweb gespürt, ein fremdartiges Ding, den Schritten einer anderen Spinne am Rand seines Netzes gleich. Die Störung war nur geringfügig gewesen – zu schwach, um von einem anderen Weber zu stammen. Vyrrch hatte zu jener Zeit geschlafen und war nur langsam erwacht, da er noch unter dem Einfluss der Amaxa-Wurzel stand, die er in der Nacht zuvor nach einer Sitzung im

Geweb geraucht hatte. Bis er bereit war, danach zu suchen, war es verflogen und verschwunden.

Vyrrch konnte sich nicht vorstellen, um was es sich hatte handeln können, aber es war nah gewesen, und es bereitete ihm Sorgen.

Nun spürte er wieder etwas. Viel schwächer diesmal, aber da er von sich aus danach suchte, erkannte er es und wurde von plötzlicher Furcht erfüllt.

Was auch immer das Geweb letzte Nacht gestört haben mochte, befand sich nun in der Feste – und es war nicht die Thronerbin.

Abermals schloss Vyrrch die Augen und ließ sich ins Geweb zurücksinken. Er suchte die Ranken der Fäden ab, sandte sein Bewusstsein aus, tastete umher; dann, wie eine Anemone angesichts der Berührung einer Hand, verschloss das Ding sich und war verschwunden.

Es hatte ihn *gefühlt* und sich verborgen.

Vyrrch spürte, wie kalter Schweiß durch seine Poren drang. Etwas, das kein Weber war, machte sich im Geweb zu schaffen? Unmöglich! Nicht einmal Lucia vermochte, das Geweb wie ein Weber zu beeinflussen; ihre Macht war feiner, weniger unmittelbar.

Aber er hatte es gefühlt, und es wusste, dass er danach suchte.

Jähes Grauen erfasste ihn. Es konnte nur eine Erklärung für das Ganze geben: Was auch immer es sein mochte, es war geschickt worden, um seine Pläne zu durchkreuzen! Wenn es keine List der Weber war, musste es ein Feind sein. Verzweifelt suchte er danach, doch es war verschwunden wie ein Geist.

Sofort traf Vyrrch eine Entscheidung. Überall in der Feste warteten die letzten seiner Bombenleger mit den Sprengkörpern, die sie gebaut hatten: Bedienstete und Handwerker, deren Verstand er schrittweise bearbeitet hatte so wie jenen der Armee, die angeblich Unger tu Torrhyc angeführt hatte. Ihre Bomben befanden sich versteckt in

Körben, Schränken, Rauchabzügen und um ihre Leiber geschnallt.

Vyrrch konnte nicht länger warten, nicht mit diesem *Ding* in der Feste. Es musste sofort geschehen.

Und so sandte er den Befehl zu handeln durch das Geweb.

Zaelis führte die Eindringlinge durch die Gänge der Bedienstetenunterkünfte in den untersten Gefilden der Feste. Im Gegensatz zur oben vorherrschenden Eleganz bestanden die Dienerquartiere aus kahlem Stein und waren bar jeden Zierwerks. Hier unten war es unerträglich heiß und stickig, denn es gab keine Bogenfenster oder Trennwände, um den Wind einzufangen, keine hellen, offenen Staatsräume oder *Lach*böden. Die schwüle Luft von draußen bahnte sich einen Weg herein und vermischte sich mit dem Dampf von Kleiderpressen und Küchen und dem Atem von an die tausend arbeitenden Menschen. Das Licht stammte von Laternen in Nischen entlang der Wände; doch während sie für ausreichend Helligkeit sorgten, trugen sie gleichzeitig zum Eindruck der drückenden Enge in den vollkommen überfüllten Räumen bei. Dieser Teil des Bauwerks befand sich noch unterirdisch, lag in den Grundfesten des Hügels, und hier wurden all die unangenehmen und unschicklichen Aufgaben erfüllt, die beim Betrieb eines solch riesigen Anwesens anfielen.

Zielstrebig, aber ohne Hast folgten die Entführer Zaelis. Abgesehen von einer flinken Verneigung vor Zaelis schenkten ihnen die Bediensteten, die sich unterwegs zu eigenen Pflichten an ihnen vorbeidrängten, keinerlei Beachtung. Durch die Hitze und den eigenen Schweiß wirkten sie alle zerzaust genug, um selbst wie Bedienstete auszusehen – außerdem fiel dadurch Tanes Krankheit nicht auf. Zaelis' feine Gewänder hingegen kennzeichneten ihn als bedeutende Persönlichkeit. Kaiku begann, sich ein wenig zu entspannen, da sie zu der Überzeugung gelangt war, man würde sie nicht sofort als Eindringlinge erkennen. Sie hielt die Augen zu Boden gerichtet, wie es sich für Diener geziemte, und ging weiter.

Kaiku fühlte den Ruck im Geweb gleichzeitig mit Cailin, doch ihre Wahrnehmung war wesentlich verschwommener als jene der Schwester vom Roten Orden. Das konnte nur der Webfürst Vyrrch sein. Sie sah, wie Cailin sich leicht versteifte; dann spürte sie ein Huschen, als sie sich im Geweb verbarg. Unwillkürlich schaute Cailin zu Kaiku. Die Fesseln ihres *Kanas* hätten es für den Fremden, der nach ihnen suchte, unsichtbar gemacht, aber es war wieder frei und wild, und so weitete Cailin ihren Schutz auf Kaiku aus. Kaiku begegnete ihrem Blick, und kurz zuckte Überraschung über ihre Züge. Cailins Augen hatten sich von Grün zu einem rötlichen Braun verdunkelt. Sollte sie ihre Macht noch stärker einsetzen, würden sie jenes auffällige, ausgebürtige Rot annehmen, und das Spiel wäre vorüber.

»Zaelis«, flüsterte sie in einem der seltenen Augenblicke, da keine Diener in der Nähe waren. »Vyrrch sucht nach uns. Bring mich an einen sicheren Ort. Hier kann ich mich seiner nicht annehmen.«

Zaelis antwortete mit einem kaum wahrnehmbaren Nicken. Er führte sie vom Hauptgang weg in einen schmaleren Flur entlang einer Reihe von Räumen, in denen Kleider in Becken mit heißem Wasser aufweichten und Frauen sie mit großen Stößeln umrührten. Kaiku beschlich das schaurige Gefühl, beobachtet zu werden. Wussten die Weber irgendwie von ihr? Konnten sie den Eid spüren, den sie Ocha geschworen hatte, sich an ihnen zu rächen? Die Luft selbst schien plötzlich von Bewegung erfüllt, von böswilligen Fingern, die unmittelbar außerhalb des Sichtbaren kratzten und nur für ihre ausgebürtigen Sinne wahrnehmbar waren. Sie fühlte, wie sie versuchte, ins Geweb zu gleiten und wie ihr *Kana* sich ob der Aussicht darauf regte; rasch biss sie die Zähne zusammen und kämpfte dagegen an.

Dann schien die Zeit sich plötzlich zu verlangsamen; die Ahnung einer bevorstehenden Katastrophe senkte sich wie ein bleiernes Leichentuch auf ihre Schultern. Kaiku stolperte und war nicht sicher, woher es nahte, nur dass etwas geschehen würde, etwas Unvermeidliches. Ihre Sinne hatten sie zu spät gewarnt; sie konnte nur voll Übelkeit erregender Furcht warten, bis jenes Etwas eintrat. Sie sah, wie Cailin sich langsam wie durch Sirup zu ihr umdrehte, und als ihre Blicke einander begegneten, wusste sie, dass die Schwester vom Roten Orden dasselbe gespürt hatte.

Einen Augenblick später explodierten die Bomben.

EINUNDDREISSIG

Eine grauenhafte Sekunde lang dachte Mishani, die Kaiserlichen Wachen würden sie an Ort und Stelle enthaupten, wo sie wie eine gemeine Dienerin kniete, ohne sich um die Hinrichtungsrituale zu scheren, mit denen man einen adeligen Gegner ehrte. Dann spürte sie raue Hände, die sie in die Höhe zerrten. Mit Asara wurde ähnlich verfahren. Anais und Durun saßen auf ihren Thronen und blickten auf sie herab. Anais' Züge wirkten teilnahmslos, in Duruns prangte ein Grinsen. Man würde Mishani an einen angemessenen Ort führen und ihr dort den Kopf von den Schultern trennen. Auch wenn sie eine Feindin verkörperte, sie war eine Adlige. Man würde ihr gestatten, auf würdevolle Art zusammen mit ihrer Zofe zu sterben, nicht auf dem Fußboden im Thronsaal der Kaiserin.

Barak Mos stand nach wie vor seitlich neben dem Podium und beobachtete sie unverhohlen. Mishani suchte seine Augen, sah aber nichts darin. Es würde ihr keine Hilfe gewähren, nicht ihr, nicht Asara. Ihre Zeit schien tatsächlich gekommen zu sein.

Dann brach Chaos aus.

Das Geräusch war ein ohrenbetäubendes Brüllen, das die Grundfesten des Gemäuers erschütterte. Die Wachen, die Mishani und Asara festhielten, taumelten rückwärts, um ihr Gleichgewicht zurückzuerlangen. Gleich darauf explodierte eine zweite Bombe, diesmal näher. Diese ließ den Raum erbeben, und ein Regen loser Steine prasselte von einer Decke hernieder, die plötzlich von spinnwebartigen Rissen überzogen war. Die Wache neben Mishani ging zu Boden und riss sie mit sich. Alarmgebrüll scholl durch die Luft und vervielfachte sich jäh, als eine dritte, entferntere

Explosion durch den Saal hallte. Durun versuchte aufzustehen, musste sich aber an den Lehnen seines Throns festhalten, um nicht zu stürzen. Barak Mos sah sich wild und wirr um, wobei der Ausdruck in seinem bärtigen Gesicht eindeutig Zorn verriet.

»Was ist das?«, rief Anais, in deren Stimme eine Mischung aus Furcht und Entrüstung lag.

»Was ist das?«

»Die Feste wird angegriffen!«, brüllte irgendjemand zur Antwort.

Die Haupttür des Thronsaals schwang auf, und herein rannten mehrere Dutzend Kaiserliche Wachen mit gezogenen Schwertern. Mishani, die sich dem Griff des Mannes entwunden hatte, der sie hielt, dachte kurz, sie wären gekommen, um sich den bereits im Thronsaal befindlichen Wachen anzuschließen; doch es bedurfte nur eines Blickes, um festzustellen, dass sie sich irrte. Sie waren nicht hier, um irgendjemanden zu beschützen. Sie waren hier, um zu töten.

Schwerter schwangen hoch durch das vormittägliche Sonnenlicht und durchschlugen Rüstungen, Muskeln und Knochen. Jene Kaiserlichen Wachen, die durch die Explosionen aus dem Gleichgewicht gebracht worden waren, erholten sich zu langsam; sie wurden niedergemetzelt, bevor sie überhaupt nach ihren Waffen greifen konnten. Chaos brach im Thronsaal aus. Wachen rannten bald hierhin, bald dorthin, um sich zur Verteidigung der Geblütskaiserin aufzustellen. Der Mann, der Mishani festgehalten hatte, griff nach ihrem Knöchel, als sie von ihm wegkroch. Er wollte einfach nicht von ihr lassen; doch Mishani trat ihm bei dem Gerangel ungestüm ins Gesicht und spürte, wie seine Nase brach. Er sackte in sich zusammen und erschlaffte. Plötzlich war Asara da und zog sie auf die Beine. Ihre Wache lag reglos auf dem Rücken und hatte offenbar ein ähnliches Schicksal erlitten wie Mishanis.

Rings um sie herum prallten Klingen aufeinander, und

Männer brüllten. Sie befanden sich inmitten einer Flut weißer und blauer Rüstungen; es war unmöglich, die Männer der Kaiserin und die Hochstapler auseinander zuhalten, die den Thronsaal gestürmt hatten. Furchtsam scheute Mishani zurück, als jemand rücklings mit ihr zusammenprallte und sich unwillkürlich mit zum Schlag erhobenem Schwert zu ihr umdrehte. Ob der Soldat zugestoßen hätte oder nicht, als er die adelige Frau erkannte, die vor ihm zitterte, war eine Frage, die nie beantwortet werden sollte. Asara rammte ihm mit steifen Fingern die Hand in die Kehle und quetschte ihm so mit einem einzigen Hieb die Luftröhre ab. Der Mann brach zusammen und rang nach Atem, der nicht kommen wollte.

»Raus hier!«, rief Barak Mos seinem Sohn zu, der auf den Stufen des Podiums stand und das große, gebogene Schwert vor sich ausgestreckt hielt. Seine Wahl der Waffen spiegelte seinen Stil in politischen Belangen wider: Gewalt anstatt Feingefühl. Hinter ihm brüllte Anais nutzlose Befehle, da ihre Stimme im allgemeinen Chaos unterging. Sie schien ihrer kaiserlichen Stärke beraubt, und all die Unsicherheit, das Bangen und der Kummer, die sie seit Beginn ihres Leidenswegs hatte erdulden müssen, zeigten sich nun in ihrem Gesicht. Irgendwie war sie verraten worden. Jemand war in die Feste gelangt, und wenn sich jemand in der Feste befand, konnte er auch zu ...

»Lucia!«, schrie sie, als ihr Gemahl sie am Arm packte.

»Komm mit!«, herrschte er sie an und schleifte sie vom Thron weg. Die Betrüger waren durch den Haupteingang eingebrochen, doch es gab noch eine Hintertür für die Kaiserin und den Kaiser, hinter der sich Staatsräume befanden, in denen sie ihre Prunkgewänder für ihr Erscheinen bei einer Audienz anlegen konnten. Die echten Kaiserlichen Wachen hatten eine Schutzmauer gebildet und bahnten sich nun einen Weg zu jener Tür, auf dass Anais und Durun flüchten konnten.

Das Kaiserpaar eilte gerade vom Podium, als eine Wache plötzlich aus dem kämpfenden Gewirr hervorbrach, ein

Betrüger, der sich als einer der echten Verteidiger getarnt hatte, und auf die Kaiserin zurannte. Er machte jedoch Bekanntschaft mit Barak Mos' Schwert, der dazwischensprang, um ihm den Weg zu versperren. Überrascht von dem unerwarteten Gegner, zögerte der Mann kurz, und das sollte sich als tödlicher Fehler erweisen: Mos hieb ihn nieder. Er fiel mit einem nahezu komisch anmutenden Ausdruck der Verblüffung im Gesicht zu Boden.

»Rudrec!«, brüllte Durun, als er seine Gemahlin in Sicherheit führte. Einer der Soldaten, der die Farben eines Kommandanten trug, löste sich aus der Verteidigungslinie und rannte zu ihm. »Geh!«, zischte Durun, sodass nur die drei es hören konnten. »Such Lucia und bring sie in die Sonnenkammer.«

Rudrec grunzte und preschte davon; für einen ordentlichen Salut hatte er keine Zeit. Er war ein ergrauter, alter Veteran, der allgemein wenig von Formalitäten hielt; gleichzeitig aber zählte er zu den vertrauenswürdigsten Männern der Kaiserin. Wenigstens das tröstete Anais ein wenig. Sie klammerte sich an ihren Gemahl und war plötzlich froh über seine Kraft. Trotz ihres blassen, elfenhaften Aussehens und ihres zierlichen Körperbaus war sie immer eine beeindruckende Frau gewesen, doch abgesehen von den Spielchen im Schlafgemach mit Durun war sie noch nie in ihrem Leben mit körperlicher Gewalt bedroht worden. Nun war er derjenige, der die Macht in Händen hielt, und er schwang mit einer Hand das Schwert, während er mit der anderen seine Frau führte.

Sechs Männer schlossen sich ihnen an, als sie durch die Tür eilten, ein Gefolge von Leibwächtern. Alarmglocken wurden in den hohen Räumlichkeiten der Feste geläutet. Anais fühlte, wie alle Hoffnung aus ihrem Herzen wich und einer Leere und Ungewissheit Platz machte, die sie eine Närrin schimpfte, dass sie auch nur anzunehmen gewagt hatte, sie könne ihre Tochter auf den Thron setzen und es überleben ...

Kaiku hustete und würgte, während sie durch den Qualm taumelte und ihre Stiefel über loses Geröll rutschten. In der Nähe hörte sie das Knistern und Knurren von Feuer, dessen Hitze sie durch den dunklen Rauch hindurch versengte, der den Gang erfüllte. Irgendwo heulte jemand; andere brüllten Befehle und Anweisungen, die durch das Surren in Kaikus Ohren zusammenhanglos zu ihr durchdrangen. Sie schirmte mit dem Arm das Gesicht ab, kniff die tränenden Augen zusammen, kämpfte sich weiter durch den heißen Nebel und suchte.

Binnen weniger Augenblicke nach der Explosion hatte sie die anderen aus den Augen verloren. Die Bombe war entsetzlich nahe gewesen, hatte einen Großteil der Spülküche zerstört und die Gänge im Umfeld verwüstet. Die Wucht der Erschütterung hatte Kaiku von den Beinen gerissen; von oben herabfallendes Geröll hatte ihr Blutergüsse beschert, und der Lärm hatte sie vorübergehend ertauben lassen. Als sie wieder zu Sinnen gekommen war, hatte sie die unvertrauten Gänge verheert vorgefunden und ihre Umgebung überhaupt nicht mehr erkannt. Verzweifelte Diener durchstöberten die lodernden Räume nach Überlebenden, doch Rauch behinderte sie in ihrer Sicht. Kaiku wurde auf die Beine gestellt und aus dem Weg gescheucht, als deutlich wurde, dass sie unversehrt war. Man schob sie in einen Seitengang und riet ihr, sich einen Weg nach oben zu bahnen. Bis sie wusste, wo sie sich befand, hatte sie sich auch schon wieder verirrt.

Das Erschreckendste an der Explosion war die unvorstellbare Panik, die sie bei den Bediensteten ausgelöst hatte. Diejenigen, die an Kaiku vorüberliefen, waren zu Tode verängstigt, konnten nicht begreifen, dass ihre zuvor so unerschütterliche Welt sich binnen eines Blinzelns in Rauch und Feuer verwandelt hatte. Mehrere starrten mit ausdruckslosen Mienen blicklos vor sich hin und wandelten wie lebende Leichen umher, als hätte die Wucht der Explosion ihnen den Verstand aus den Köpfen gefegt.

Kaiku hatte noch nie so vollkommen *leere* Menschen gesehen.

Allmählich wurden die Feuersbrünste zu viel; die Flammen hatten sich ausgebreitet und züngelten immer höher. Kaiku konnte sich ihnen kaum nähern, ohne dass sie ihr die Haut versengten. Allmählich erfüllte sie Zweifel, ob sie die anderen inmitten dieses Wahnsinns je finden würde, und noch viel weniger glaubte sie, je einen Weg nach draußen zu entdecken; dennoch suchte sie weiter. Ihr blieb ohnehin keine andere Wahl.

Das Geschrei eines Mannes drang durch das Surren in Kaikus Ohren. Kurz ermahnte sie sich, dass es nichts gab, was sie für ihn oder *irgendjemanden* hier tun könnte. Stattdessen sollte sie lieber ihre eigene Haut retten, denn ihr Unterfangen war wichtiger als sie alle zusammen. Doch es spielte keine Rolle. Kaiku konnte nicht so tun, als wäre er nicht da.

Angetrieben von ihrer Sturheit, kämpfte Kaiku sich in einen Raum vor, dessen Wände lichterloh in Flammen standen. Sie trat einen glimmenden Stuhl beiseite und duckte sich tief, um einen Zug der lungenversengenden Luft einzuatmen; dann duckte sie sich unter dem Durchgang am gegenüberliegenden Ende hindurch.

Bei dem benachbarten Raum musste es sich einst um einen Wäscheraum gehandelt haben, vermutete Kaiku. Nun aber siedete das Wasser in den Waschtrögen, und die aufgetürmten Kleider und Laken waren zu Asche zerfallen. Die Wand am anderen Ende war fast vollständig zerstört, und durch den Rauch sah sie, was von den Räumen dahinter übrig war: ein riesiger Geröllhaufen, denn die Decke war eingestürzt, und das Zimmer darüber war herabgepoltert. Beunruhigt schaute Kaiku zu den Deckenbalken empor und sah, dass sie sich in der Hitze durchbogen und splitterten.

Abermals ertönte das Schreien, und Kaikus tränende Augen erspähten einen Mann, der in einem der Waschtröge lag. Seine Haut war verkohlt, ein Bein ein blutiger Stumpf.

Offenbar hatte die Explosion ihn erfasst, und irgendwie war er in den Trog gekrochen, um im Wasser Schutz zu suchen; nun aber siedete es und kochte ihn wie einen Hummer. Kreischend versank er immer wieder unter der Wasseroberfläche. Frische Tränen des Mitgefühls und des Kummers wallten in Kaikus Augen auf.

Dann entdeckte sie eine Bewegung am gegenüberliegenden Ende des Raums.

Bei dem Anblick verschlug es ihr den Atem. Es war ein kleines Mädchen in einem schlichten Gewand. Langes, helles Haar fiel ihr in wallenden Locken auf den Rücken hinab. Das Mädchen besaß ein rundes Gesicht mit seltsam verlorenem Ausdruck. Doch dies war kein Wesen aus Fleisch und Blut; es war ein Trugbild, ein Geist, der waberte und sich kräuselte, wenn das Mädchen sich bewegte, als wäre es ein Spiegelbild in aufgewühltem Wasser. Ungeachtet der Flammen lief das Mädchen zu dem Mann im Trog. Wie gebannt beobachtete Kaiku, wie die Geisterscheinung eine Hand ins Wasser steckte, das sogleich zu sieden aufhörte wie eine Pfanne, die man vom Ofen nimmt. Der Mann in dem Trog drehte sich zu der Erscheinung um, und in sein Gesicht trat ein Ausdruck freudiger Dankbarkeit. Dann legte der Geist ihm ein zierliches Händchen auf die Stirn, und der Mann schloss die Augen. Mit einem Seufzen sank er unter Wasser.

Dann wandte die Erscheinung sich Kaiku zu, und ihre Züge fügten sich zu jenen eines verträumt dreinblickenden Mädchens mit weit aufgerissenen Augen.

((. . . hilf mir . . .))

Die Worte schienen aus weiter Ferne zu kommen, waren sehr schwach und trafen erst einige Lidschläge nach den Mundbewegungen der Erscheinung ein. Die Decke über ihr knarrte, und Kaiku schaute erschrocken empor. Sie sprang durch den Eingang zurück – unmittelbar bevor die Deckenbalken mit einem gequälten Krachen nachgaben, ein Hagel aus Stein und Flammen in den Raum donnerte und heißen Rauch durch den Durchgang prustete.

Kaiku schirmte das Gesicht ab und spähte mit zusammengekniffenen Augen an die Stelle, an der die Geistererscheinung begraben worden war. Nur noch Geröll war dort zu sehen, und durch das Gewicht wölbte sich nun auch der Boden des Raums.

»Raus hier!«, brüllte irgendjemand. Kaiku drehte sich um und erblickte einen Mann mit geröteten Zügen am anderen Durchgang, der ihr winkte herüberzukommen. Dann verschwand er und ließ einen leeren Türbogen zurück – durch den gleich darauf die Geisterscheinung lief.

Kaiku kämpfte sich durch den lodernden Raum und in den Gang dahinter. Der Geist war gerade noch durch den Rauchschleier zu sehen. Hustend folgte Kaiku ihm und rannte dabei geduckt, um den schwarzen Qualm über ihr zu meiden. Mittlerweile brüllten auch andere den Überlebenden zu, dass alle schleunigst hinaussollten, ehe der Ort ganz in sich zusammenstürzte. Kaiku schenkte ihnen keinerlei Aufmerksamkeit und folgte stattdessen dem Trugbild. Sie hatte das Gefühl, dies sei überaus wichtig, und in letzter Zeit hatte sie gelernt, ihren Eingebungen zu folgen.

»Kaiku!«, ertönte eine Stimme, und Tane packte sie an der Schulter. Kaiku ergriff sein Handgelenk, um sich davon zu überzeugen, dass er tatsächlich da war, doch dabei nahm sie weder die Augen von dem Mädchen, noch verlangsamte sie ihre Schritte.

»Was ist denn?«, verlangte Tane verwirrt zu wissen und eilte neben ihr einher.

»Kannst du es denn nicht sehen?«, fragte sie.

»Was sehen?«

Ungeduldig schüttelte Kaiku den Kopf. »Komm einfach mit.«

»Was ist mit den anderen?«

»Die können für sich selbst sorgen«, erwiderte sie.

Dankenswerterweise führte das Trugbild Kaiku von der schlimmsten Verwüstung weg, und nach ein paar Ecken wurde die Luft klarer, sodass sie wieder ohne Schmerzen atmen konnte. Von der Entschlossenheit in Kaikus Zügen überzeugt, begleitete Tane sie, ohne eine Erklärung zu verlangen. Die durchscheinende Gestalt war stets vor ihnen, betrat einen Durchgang oder huschte über das Ende eines Gangs. Sie schienen sie nie einzuholen. Bald ließen sie das Feuer hinter sich und begegneten auf den Pfaden, die sie entlangeilten, immer mehr rennenden Wachen und Verwaltungsbeamten. Keiner sah das Geistermädchen, das zwischen ihnen hindurchlief. Angesichts ihres Gebarens vermutete Kaiku, dass neben den Explosionen, die sie miterlebt hatte, im Schloss noch mehr Aufregung herrschte, doch sie hatte keine Zeit, sich näher darum zu kümmern. Sie folgte der Geisterscheinung, wohin sie auch ging.

Cailin, Zaelis und Yugi drängten sich durch die Enge der rauchschwangeren Gänge, weg vom Feuer und in Bereiche, in denen die Mauern noch standen und der Qualm so dünn war, dass man mühelos atmen konnte. Die meisten Bediensteten waren in jede vermeintliche Zuflucht geflohen, die ihnen einfiel, nachdem die Explosionen begonnen hatten; deshalb kamen die Eindringlinge hier rascher voran. Cailin kam dies durchaus entgegen. Sie brauchte Ruhe und Abgeschiedenheit.

»Hier hinein«, sagte sie, und sie folgten ihr in eine enge, fensterlose Küche, in der über einem Feuer ein Kessel voll Eintopf brodelte und die Steinwände zu schwitzen schienen. Eisentöpfe und -pfannen hingen ungeordnet an Haken; einige waren herabgefallen, als die Wucht der Explosion sie durchgerüttelt hatte. Cailin sah sich um. »Das wird reichen«, erklärte sie.

»Wofür?«, fragte Zaelis. »Wir sollten weiter vom Feuer weg.«

»Ich muss ungestört sein. Hier kommt niemand herein. Fürs Erste sind wir weit genug von der Feuersbrunst entfernt.«

»Bei den Göttern, habt Ihr Espyn gesehen?«, fragte Yugi hustend und fuhr sich mit der Hand durchs rußgeschwärzte Haar. »Und wo sind die beiden anderen?«

Cailin hatte Espyn tatsächlich gesehen, wie er grässlich verrenkt mit blutüberströmtem Gesicht und zerschmettertem Körper in den Trümmern gelegen hatte. Durch reines Pech hatte er die Wucht der Explosion direkt mitbekommen und es nicht überlebt.

»Tane und Kaiku werden sich wohl oder übel allein durchschlagen müssen«, gab Cailin kalt zurück. Bei all der Hoffnung, die sie in Kaiku gesetzt hatte, ließ Cailin sie keineswegs leichten Herzens zurück, doch vorerst hatte sie Wichtigeres zu tun.

Zaelis war außer sich vor Sorge. »Bomben? Bomben in der Feste? Beim Blut des Herzens, was geht hier vor? Das ist eine Katastrophe.«

»Das ist Vyrrchs Werk«, tat Cailin kund.

Sie schob ein paar Stühle beiseite, um Platz für sich zu schaffen; dann stellte sie sich dem Kessel gegenüber auf. Schweigend beobachteten die anderen, wie Cailin tief einatmete und die Schultern entspannte. Der Geruch von Eintopf erfüllte die Luft, und die Hitze brachte Yugis Haut zum Kribbeln, doch die Schwester vom Roten Orden schien beides nicht zu stören. Sie schloss die Augen und spreizte die Finger der an ihren Seiten herabhängenden Hände. Mit geneigtem Haupt stieß sie ein Seufzen aus; als sie den Kopf wieder anhob und die Augen aufschlug, hatten ihre Netzhäute die Farbe von Blut angenommen, und die Männer wussten, dass sie Dinge sah, die sich ihrer Sicht entzogen.

»Ich werde mich um den Webfürsten kümmern. Ihr beide geht in die Dachgärten. Findet die Thronerbin. Noch sind wir nicht geschlagen. Das Chaos könnte sich sogar noch als nützlich für uns erweisen.«

Zaelis nickte knapp, dann waren er und Yugi verschwunden und warfen die Tür hinter sich zu.

Cailin trieb in einem Meer von Licht. Millionen und Abermillionen hauchdünner, goldener Fäden wogten winzigen Wellen gleich. Wie immer beim Betreten des Gewebs erfasste sie ein Gefühl der Glückseligkeit, das sich unter ihrem Herzen sammelte und es emporhob, ihr mit der Schönheit und Pracht dieser ungesehenen Welt rings um sie herum den Atem raubte. Kurz gestattete sie sich, es zu genießen, dann lenkte sie die Empfindung mit lange geübter Disziplin ab und zerstäubte sie, damit sie sie nicht mit dem falschen Versprechen ewiger Wonne locken konnte.

Nachdem sie wieder einen klaren Kopf hatte, sandte sie ihr Bewusstsein über die Fasern aus, bahnte sich unendlich sorgsam einen Weg dazwischen hindurch und tanzte von Strang zu Strang wie die Finger einer Harfenspielerin über die Saiten. Sie suchte jene Fasern, die verzerrt waren, jene Lichtlinien, die zu Fäden der unwissenden Marionetten in der Feste geworden waren. Jemand beeinflusste die Ereignisse hier; jemand lenkte sie aus der Ferne. Cailin konnte die Fäulnis des Gewebs spüren, die mehrere Menschen in der Feste umgab und wusste, dass sie unter der Herrschaft eines anderen standen. Sie hielten sich für die Urheber des Chaos, das sie gesät hatten, doch der *wahre* Urheber entzog sich ihrer Sicht, und dabei würde es bleiben, bis Cailin ihn aufgespürt hatte.

Und so huschte Cailin zwischen den Fasern hin und her, fand diese und jene und sammelte sie, da jeder Strang eine stärkere Spur zu den Fingern des Puppenspielers bildete. Schließlich war sie bereit und folgte ihnen zu ihrer Quelle.

Seit dem Morgengrauen hatte Vyrrch sich nicht von seiner üblichen Stelle wegbewegt und hockte mit untergeschlagenen Beinen in der Mitte seines Schlafgemachs. Die Greisin, die er in Fleischbrocken gehackt hatte, war an den Rand des Zimmers verfrachtet worden, von wo der rührige Schakal sich verstohlen ein paar Maul voll geschnappt hatte, als er sich außerhalb von Vyrrchs Reichweite wähnte. Natürlich befand er sich nie wirklich außerhalb seiner Reichweite, ebenso wenig das Mädchen, das irgendwo frei herumlief. Vyrrch hätte im Geweb nach ihnen suchen und ihren Herzen einfach befehlen zu können, stehen zu bleiben, oder ihren Knochen zu zerspringen. Doch das wäre so kindlich einfach gewesen, und Vyrrch wollte nicht so unsportlich sein. Es beeindruckte ihn, dass der Balg so weise gewesen war, nicht zu versuchen, ihn anzugreifen, wenn er im Geweb weilte oder schlief, denn ganz gleich, wie weggetreten er auch wirken mochte, sie wäre tot gewesen, bevor sie sich ihm auf einen Meter genähert hätte. Wenn das Mädchen nicht schummelte, würde er es auch nicht tun. Sollte die Göre ihr Versteckspiel ruhig fortsetzen. Der einzige Schlüssel für die Tür hier hinaus baumelte um seinen Hals; sie konnte nicht weg von hier. Es würde lustig werden zu beobachten, wie lange sie das durchhalten konnte.

Frauen. Sie waren ein listiger Menschenschlag – insgesamt *zu* listig, wenn man den Beweisen der Vergangenheit Glauben schenken durfte. Die Ränge der Weber setzten sich aus zwei bestimmten Gründen ausschließlich aus Männern zusammen: Kinder waren zu undiszipliniert, Frauen zu *gut.* In den frühesten Tagen nach der Entdeckung der Hexensteine war nur allzu offenkundig geworden, dass die weibliche Gabe, das Geweb zu beeinflussen, jene von Männern bei weitem übertraf. Das Geweb war der Inbegriff der Natur, und Männer konnten die Natur nur linkisch und gewaltsam ihrem Willen unterwerfen. Frauen hingegen waren ein Teil davon, und für sie war die Natur so selbstverständlich wie die Zyklen der Monde. In jenen ersten Jahren des Wahnsinns, der sich abgeschieden in der Siedlung in den Bergen abgespielt hatte, wo nun das große Kloster Adderach stand, hätten die Frauen die Männer beinahe an Macht übertroffen; doch es war ein Bergarbeiterdorf gewesen, in dem nur wenige Frauen gelebt hatten. Das Gemetzel war rasch vorüber gewesen. Nachdem die Männer die Berührung der Hexensteine gespürt hatten, waren die verkümmerten Überreste ihres Gewissens rasch beiseite gefegt. Von jenem Tag an waren nur männliche Erwachsene in die Bruderschaft aufgenommen worden, Männer, die nach Wissen, Macht oder Erhabenheit strebten.

Dieselbe Denkweise hatte in den letzten Jahrhunderten zu dem Brauchtum geführt, ausgebürtige Säuglinge zu töten, und zwar nachdem man plötzlich festgestellt hatte, dass Mädchen mit der ansatzweisen Gabe geboren wurden, das Geweb zu beeinflussen. Irgendwie, vermutlich durch das Einwirken der Hexensteine auf ihre Eltern und deren Nahrung aus der verseuchten Erde, erlangten sie im Mutterleib einen Instinkt, den die Weber erst erlernen mussten. Für sie hingegen war er so natürlich wie das Atmen. Doch damals hatten die Weber sich bereits ihre Stellung im Reich gesichert, und zudem fürchtete das gemeine Volk die widernatürlichen Fähigkeiten, die solche Kinder an den Tag legten. So begann das Brauchtum des Mordens – nicht nur derjenigen, die das Weben beherrschten, denn dadurch wären die Absichten der Weber zu offenkundig gewesen. Um das Geheimnis der Weber zu hüten, mussten alle sterben.

Doch im Augenblick hatte Vyrrch keine Zeit für derlei Grübeleien. Mit einem Teil seines Bewusstseins durchforstete er die Feste und suchte nach der Störung im Geweb, die ihn zuvor so erschrocken hatte. Die Bombenleger hatten das Bild verlassen, waren von ihren eigenen Schöpfungen ausgelöscht worden. In jenen letzten Augenblicken war Vyrrch gezwungen gewesen, die unmittelbare Herrschaft über sie zu übernehmen, denn es hatte die Möglichkeit bestanden, dass seine unwissenden Handlanger vor Selbstmord zurückgeschreckt wären. Vyrrch hatte dafür gesorgt, dass ihr Wille bis zum grausigen Ende unumstößlich geblieben war.

Unmittelbar nach der Explosion der Bomben hatte der Eindringling seine Deckung kurz fallen gelassen, doch

Vyrrch war mit anderen Dingen gleichzeitig beschäftigt gewesen und hatte sich zu seinem Verdruss nicht auf ihn stürzen können. Nun widmete er seine gesamte Aufmerksamkeit der Aufgabe, ihn wiederzufinden. Da in der Feste vollkommenes Chaos herrschte, würde der Rest des Planes seinen Lauf nehmen. Seine dringendste Sorge galt dem unbekannten Feind in ihrer Mitte.

Aber Vyrrch war schon zu lange ein Webfürst gewesen; er hatte sich zu sehr daran gewöhnt, sich unbehelligt zu bewegen und keinen Widerstand zu erfahren. Er spann und knüpfte am Webstuhl des Gewebs, doch die Schwarze Witwe, die über die Stränge seines Netzes gekrochen kam, bemerkte er erst, als sie ihn schon fast erreicht hatte.

Zu spät erkannte Vyrrch seinen Fehler. Dies war nicht das tollpatschige Umherstolpern eines minderen Webers; dies war ein Gegner von ganz anderer Größenordnung. Selbst die besten Weber verursachten Risse, wo sie sich bewegten, da sie Fäden durchtrennten und Stränge verhedderten; sie hingegen glitt wie Seide durch das Geweb, ohne auch nur die geringste Spur zu hinterlassen. Ja, dies war das Wandeln einer Frau durch jene strahlende Welt, und Vyrrch stellte fest, dass es richtig gewesen war, sie zu fürchten.

Jäh und voller Angst, da er wusste, dass sie sich hinter seinen Verteidigungen befand, zog er sich zurück. Verzweifelt hieb er auf sie ein, doch sie bewegte sich wie ein Windhauch. Sie täuschte Angriffe vor und duckte sich, schlug Fäden als Köder und glitt näher, wenn seine Aufmerksamkeit abgelenkt war. Der Webfürst verfiel mehr und mehr in Panik und versuchte, sich der alten Disziplin zu besinnen, die er so gut gekannt hatte, bevor er selbstzufrieden geworden war. Er haschte nach den hehren Kniffen, die seine Gegnerin aus ihm vertreiben würden, aber der Wahnsinn hatte jenes Wissen aus seinem Gedächtnis vertrieben, und er war außerstande, seine Gedanken wieder zusammenzuführen.

»Geh weg von mir!«, kreischte er laut in die Stille hinein.

Der Schakal erschrak und flüchtete mit über den Boden scharrenden Krallen.

Vyrrch kehrte die Gedanken nach innen, spürte ihr seidenweiches Herannahen entlang der Fäden, die ihn mit der Außenwelt verbanden, den Sog und Fluss seines Atems und die Berührung seiner Haut an seinen Kleidern. Überstürzt begann er, Knoten und Fallen zu bauen, Faserknäuel, die in Irrgärten führten, in denen sie auf ewig verloren wäre. Doch er vermochte kaum, sie zu spüren, geschweige denn, sie aufzuhalten, und alles, was er tat, würde das Unvermeidliche ohnehin nur hinauszögern. Er konnte nicht das geringste Quäntchen seines Verstandes dafür erübrigen, ihre Stränge zu ihrer Quelle zurückzuverfolgen. Er wusste nicht, wer oder wo sie war; er hatte kein Ziel für einen Angriff.

Zudem schien sie aus allen Richtungen gleichzeitig zu kommen, huschte bald hierhin, bald dorthin, um an Strängen zu zupfen und trügerische Schwingungen über die schillernden Fasern ihres Schlachtfelds zu senden. In den Klauen wachsender Panik preschte Vyrrch vor und zurück, legte Fallen und Köder für seine Feindin aus, doch nichts schien zu wirken, und voll Verzweiflung erkannte er, dass ihm keine Mittel mehr zur Verfügung standen. Da begriff er, wie engstirnig und beschränkt seine Fähigkeiten in Wahrheit waren: er, der größte aller Weber. Er hatte die Oberherrschaft so lange genossen, dass sein Geschick, sich anzupassen, verkümmert war, bis er es schließlich verloren hatte. Er konnte sie nicht besiegen.

Mit dieser Erkenntnis ließ er seine Verteidigung sinken. Mehr als alles andere, was er bislang versucht hatte, ließ dies den Eindringling verunsichert zögern, und das verschaffte Vyrrch die Zeit, die er brauchte. Er zog am Geweb, als wolle er ein riesiges Garnknäuel aufrollen, sog es in seine Brust. Zu spät begriff seine Angreiferin, was er vorhatte und konnte nichts mehr tun, um es zu verhindern. Er spie das Knäuel aus und legte alle Kraft hinein, sodass es sich entwirrte und zu Millionen Fasern zerstieb, die wallend und sich kräuselnd über die Landschaft des Gewebs wehten und sich überallhin verteilten. Ein gewaltiger Fanfarenstoß, ein ohrenbetäubender Ruf zu jedem Weber und für das Geweb Empfänglichen in Saramyr und darüber hinaus. Der Eindringling taumelte ob der Gewalt des Schreis, einer wortlosen Warnung an all seine Brüder. *Gebt acht! Gebt acht! Denn Frauen tummeln sich im Geweb!*

Doch Vyrrch war gerissen, und inmitten der unzähligen Fasern befand sich eine, die anders war, straff gespannt und zielgerichtet ... und in der tiefen Finsternis, in der sie sich vor dem Tageslicht verbargen, hoben vier Schattendämonen mit wie Lampen strahlenden Augen im Einklang die Köpfe.

Die Botschaft war schlicht: ein Bild von Lucia tu Erinima, der Thronerbin Saramyrs, überlagert mit Eindrücken von Gerüchen, Orten, den kaum wahrnehmbaren Schwingungen, die ihre Gegenwart darstellten. Das war alles was die Shin-shin brauchten, um sie aufzuspüren. Und mitten darunter ein einfacher Befehl, nicht in Worten, sondern als lodernder Ausdruck eines Willens:

Tötet.

Dann schlug Cailin zu. Der Biss der Schwarzen Witwe schien aus dem Nichts zu kommen, und Vyrrch erkannte, dass sie die letzten seiner Mauern überwunden und seinen innersten Kern erreicht hatte. Seine Sinne waren gelähmt, seine Herrschaft über das Geweb verpufft. Er war hilflos. Es folgte ein Augenblick unaussprechlichen Grauens, als er spürte, wie sie sich in sein Gehirn emporwand und seinen Lebensfaden in die Finger nahm, damit spielte. Dann zerriss sie ihn mit einem Ruck.

In seinen Gemächern schrie der Webfürst auf, zuckte und sackte vornüber.

Stille trat ein. Es dauerte vielleicht eine Stunde, bis der Schakal den Mut beisammenhatte, sich wieder aus seinem Versteck hervorzuwagen. Eine weitere Stunde oder mehr verstrich, ehe das Mädchen auftauchte. Seine Kleider waren zerlumpt und zerrissen, das Gesicht verdreckt. Das Mädchen spähte um die Ecke, zitternd vor Furcht und Hunger. Seit scheinbar einer Ewigkeit war außer einem leisen, schlabbernden Geräusch nichts mehr zu hören gewesen.

Der Webfürst lag mit dem Gesicht nach unten auf dem Boden und war unter den Lumpen nackt. Dickes Blut aus seiner Nase, den Augen und dem Mund hatte sich in der Maske gesammelt und troff nun auf die schmutzigen Kacheln. Der Schakal labte sich noch immer daran.

Das Mädchen stand einfach nur da und beobachtete, wagte kaum zu hoffen. Es fürchtete eine Hinterlist. Erst als der Schakal Vyrrchs Finger zu fressen begann, glaubte sie nicht mehr daran. Er war tot.

Mit einem Schluchzen näherte es sich ihm. Knurrend wich der Schakal zurück. Unter den Lumpen verborgen hing ein Messingschlüssel an Vyrrchs Hals. Das Mädchen nahm ihn vorsichtig ab, allzeit bereit zu flüchten, sollte er sich rühren – was er nicht tat. Eine Weile starrte das Kind ihn an und spuckte schließlich auf ihn hinab. Dann fürchtete das Mädchen, zu weit gegangen zu sein und rannte weg, lief zur verriegelten Tür und in die Freiheit, während der Schakal zurückkehrte und sein Mahl fortsetzte.

ZWEIUNDDREISSIG

»Wer hat so etwas tun können?«, verlangte die Kaiserin von ihrem Gemahl zu wissen, der die hohen Gänge der Kaiserlichen Feste entlangschritt, während sein langes schwarzes Haar durch die Bewegung auf den Schultern zitterte. »Wer hat uns in unserem eigenen Thronsaal angreifen können?«

»Wer auch immer es sein mag, er wird leiden«, antwortete er. »Und jetzt beeil dich.«

Anais spürte ein unangenehmes Kribbeln im Bauch. Sie befanden sich mittlerweile in den weniger genutzten Bereichen der Feste, dem Hoheitsgebiet der Gelehrten, den Gästegemächern und alten, leer stehenden Sälen, die einst für gesellschaftliche Empfänge verwendet worden waren. Sechs Männer begleiteten sie als Leibgarde mit gezogenen Schwertern. Einen, Hutten, kannte Anais seit vielen Jahren, und sie konnte sich keinen getreueren Kämpfer als ihn vorstellen. Einen anderen, dessen Name Yttrys lautete, kannte sie weniger gut; aber sie erinnerte sich an sein Gesicht und war überzeugt davon, dass er nicht zu den falschen Wachen gehört hatte, die in den Thronsaal gestürmt waren. Auch der Rest war Anais vertraut, wenngleich sie sich der Namen nicht zu entsinnen vermochte.

Doch trotz der Wachen fürchtete sie sich. Die Aufstände, die Bomben, der plötzliche Überfall; all das zeugte von einem gemeinsamen Plan, aber einem Plan mit welchem Zweck? Trachtete man nach ihrem oder Duruns Leben? Oder war man hinter ihrem geliebten Kind her? Mit nur sechs Wachen fühlte sie sich entsetzlich verwundbar. Wer auch immer die Unruhen unten in der Stadt angezettelt haben mochte, er hatte haargenau gewusst, was er tat. Ein

Großteil der Soldaten hatte die Feste verlassen, war ausgesandt worden, sich des Pöbels anzunehmen oder die Mauern gegen das Geblüt Kerestyn zu verteidigen. Die Truppen des Geblüts Batik würden bei Einbruch der Nacht in Axekami sein, doch es war noch nicht einmal Mittag, und so schien jedwede Hilfe schrecklich weit entfernt zu sein.

»Lucia«, stöhnte Anais, außerstande ihre Sorge zu unterdrücken. »Wo ist Lucia?«

»Ich habe Rudrec losgeschickt, um sie zu holen; das hast du doch gehört, oder?«, herrschte Durun sie an. »Wir treffen uns mit ihr.«

Er hatte Recht. Wo Lucia sich aufhielt, war es nicht sicher. Zwar war sie versteckt, gut versteckt, aber zu viele Menschen wussten wo. Falls es einen Feind im Inneren gab, wie Anais vermutete, war es am besten, wenn Lucia bei ihren Eltern war, und zwar versteckt an einem Ort, von dem *niemand* wusste.

Die Kaiserin schaute zu ihrem Gemahl. Er war ein Rüpel und ein Nichtsnutz, doch in seinem brodelnden Zorn war er durchaus eindrucksvoll. Als sie von der Gewalt fortgescheucht worden waren, hatte er wiederholt Vergeltung gegen diejenigen geschworen, die ihn – nicht *sie*, wie ihr auffiel – angegriffen hatten. Anais war fest davon überzeugt, dass er seinen Schwur auch erfüllen würde, sollten die Schuldigen seine Wege kreuzen. Sie verspürte einen unangebrachten Anflug von Leidenschaft. Manchmal, wenn etwas Duruns Feuereifer entfachte, glaubte sie fast, einen Mann zu sehen, den sie lieben könnte; doch ein solcher Feuereifer entflammte nur selten in ihm und verlosch rasch, und dann war er wieder der Tunichtgut, mit dem sie seit vielen langen Jahren vermählt war.

In der Sonnenkammer ließ Durun sie anhalten. Anais hatte beinahe vergessen, dass es diesen Ort gab; doch inmitten all der Geschehnisse ringsum bedauerte sie unwillkürlich, ihn nicht öfter aufgesucht zu haben. Es war ein Ort wahrer Schönheit, eine riesige Kuppel verblassten Grüns und stumpfen Goldes mit gewaltigen, blütenförmigen Fenstern, die sich symmetrisch vom Schlussstein an der Spitze herabwölbten. Das Vormittagslicht brach in unterschiedliche Farben, als es sich über das Reliefglas ausbreitete und tauchte den Saal darunter in mannigfaltige Schattierungen. Der Boden bestand aus einem riesigen, runden Mosaik, und die Wände waren von drei Galerien aus Holz und Gold gesäumt. Auf Letzteren hatten einst Ratsmitglieder gestanden, wenn in der Mitte ein Sprecher eine Rede gehalten hatte, oder Zuschauer, wenn darunter Gaukler eine Vorstellung gegeben hatten. Nun war die Kammer wie so viele in den oberen Stockwerken der Feste leer und muffig, ein Schatten ihrer einstigen Pracht.

»Wo ist Lucia?«, sorgte sich Anais. Sie hörte, wie sie klang. Sie sprach nicht mehr wie die Geblütskaiserin, sondern wie die schwache Frau, als die sie alle sehen wollten. Sie hasste sich dafür, doch sie war machtlos dagegen. Der Überfall auf den Thronsaal hatte sie zutiefst erschüttert; zum ersten Mal in ihrem Leben hatte sie in die Augen von Männern geblickt, die sie hatten töten wollen. Es ließ ihre Befehlsgewalt wie einen Witz erscheinen, ein Spiel, das sie gespielt hatte, indem sie Befehle erteilte, die über Leben oder Tod ihrer Untertanen entschieden, während sie selbst wohlbehalten und von allem abgeschirmt in ihrer uneinnehmbaren Feste gehockt hatte. Nun hatte jemand einen Anschlag auf sie verübt, dem sie nur um Haaresbreite entronnen war, und der Schrecken des Todes, den sie verspürt hatte, ließ sich nicht so einfach verdrängen.

Wer steckte dahinter? Vyrrch? Höchstwahrscheinlich … Andererseits hatte Anais mittlerweile an die tausend Feinde. Die Bomben ließen auf Unger tu Torrhycs rachedurstige Armee schließen. Zwar hatte Anais gedacht, sie hätte sie ausgelöscht, aber vielleicht gab es noch mehr, die bereit waren, Vergeltung für den Tod ihrer Brüder zu üben …

Eine der sechs Türen in den Saal öffnete sich, und herein kam Rudrec mit Lucia. Sie trabte mit dem ihr eigenen

Gesichtsausdruck hinter ihm her, den Blick in eine unbestimmte Ferne gerichtet. In der Mischung aus Verwirrung und tiefer Neugier lag gleichzeitig ein Ausdruck, der erahnen ließ, dass sie weit mehr über das Ziel ihrer Aufmerksamkeit wusste, als sie sollte.

Anais stieß einen Ruf der Freude aus, rannte zu ihrer Tochter, kniete nieder und umarmte sie erleichtert. Sie wagte gar nicht, sich auszumalen, was geschehen wäre, hätten die Angreifer das Leben ihrer wunderschönen Tochter geraubt. Zitternd umklammerte sie Lucia, und Lucia streichelte geistesabwesend ihr Haar. Die Thronerbin schien tief in Gedanken versunken und schaute mit großen Augen zu den Fenstern empor, doch Anais war viel zu überwältigt, um es zu bemerken.

»Berichte mir von der Schlacht unten«, befahl Durun. Sie waren vom Thronsaal mehrere Geschosse nach oben geflohen. »Was ist mit meinem Vater?«

Leicht verwirrt runzelte Rudrec die Stirn. »Ich bin gleichzeitig mit Euch aufgebrochen, mein Kaiser, und ohne Umwege in die Dachgärten gerannt, um Lucia zu holen, dann hierher. Ich habe mit niemandem gesprochen. Ich habe keine Neuigkeiten.«

Durun schien zufrieden. »Gut. Dann weiß also niemand, dass wir hier sind? So soll es auch bleiben, bis wir herausgefunden haben, wer für die heutige Gräueltat verantwortlich ist.«

»Niemand weiß, dass wir hier sind«, bestätigte Rudrec. »Soll ich in den Thronsaal zurückkehren und nach dem Barak suchen?«

»Nein, bleibt«, sagte Anais rasch und stand auf. »Wir brauchen eine weitere Wache.«

Durun nickte zustimmend. Lucia klammerte sich an das Kleid ihrer Mutter.

»Wir sollten gehen«, schlug Durun plötzlich herrisch vor. »Wir wissen nicht, wem wir vertrauen können, bis der Feind gefunden ist.«

»Ich schlage vor, wir begeben uns in den Turm des Nordwinds«, meldete Yttrys sich zu Wort. »Dort gibt es nur eine dicke Tür, die sich leicht verbarrikadieren lässt. Meine Kaiserin und mein Kaiser werden in dem Turm sicher sein, bis wir die Wachen zusammgetrommelt und die Meuchelmörder beseitigt haben.«

»Einverstanden«, meinte Rudrec. »Kaiserliche Herrin?«, bat er Anais um Zustimmung.

Anais gab einen gleichgültigen Laut von sich, der als Einverständnis aufgefasst wurde.

Der Turm des Nordwinds war von der Sonnenkammer aus über eine lange, gerade Brücke zu erreichen, die sich über einen schwindelerregenden Abgrund spannte. Seitlich und unterhalb war die Brücke mit Gitterwerk aus Gold versehen, in dem das Sonnenlicht sich in grellen Feuerlinien fing. Die inneren Flächen waren keinen Deut weniger prunkvoll. Die Brüstungen waren an vielerlei Stellen mit Malereien verziert, der Boden mit dunklen Lackfarben geädert. Unter Anais und ihrem Gefolge fiel der Rand der Feste stufig ab, denn die Brücke befand sich an der Ecke, an der zwei der mit zahlreichen Bögen geschmückten Seiten der Feste sich trafen. Stockwerk um Stockwerk türmte sich von der Erde weit unten zu ihnen empor, und vorstehende Skulpturen überblickten das weitläufige Panorama der Straßen Axekamis. Vor ihnen ragte der dünne Finger des Turms auf, eine glatte, goldene Nadel, deren Spitze als Denkmal des Geistes der Nordwinde in den Himmel stak. Seine Geschwister thronten hinter ihnen an den westlichen, östlichen und südlichen Ecken der Kaiserlichen Feste.

Sie traten ins Freie hinaus, spürten, wie der heiße Wind durch ihre Kleider fuhr und hielten inne.

Das Dach des Turms war schwarz vor Raben. Sie kauerten auf der kegelförmig zusammenlaufenden Spitze und hockten auf den Simsen der Bogenfenster, die über die gesamte Länge des Turmes verteilt waren. Näher vor ihnen säumten sie die Zierbrüstungen auf beiden Seiten der Brücke und überzogen den Boden am gegenüberliegenden Ende wie ein sich rastlos regender Teppich. Jeder Einzelne von ihnen hatte seine schwarzen, funkelnden Äuglein, aus denen eine schaurige Klugheit sprach, auf die Neuankömmlinge gerichtet.

Anais lief ein Schauder über den Rücken. Sie hörte, wie Rudrec einen Fluch ausstieß. Durun warf Lucia einen vorwurfsvollen Blick zu, doch Lucia sah ihn nicht an; sie schaute zu den Vögeln.

»Was sollen wir jetzt tun?«, fragte Yttrys an Durun gewandt.

»Beim Blut des Herzens!«, brüllte Durun. »Das sind doch bloß *Vögel.*« Aber er hörte sich weniger überzeugt an, als er vermutlich wollte, und die Worte drangen als tobendes Geschrei aus seiner Kehle.

Er packte Anais am Arm, zog sie mit sich und führte die Gruppe zur Mitte der Brücke. Die heiße Brise zerrte an ihren Kleidern, als suche sie nach einem Halt, um sie hinabzuschleudern und so in den Tod zu stürzen. Zu ihrer Rechten zeichnete Nukis Auge sich als greller, schillernder Ball ab, der böse durch zerfranste, zerklüftete Wolkenfetzen lugte.

Durun hatte offenkundig gehofft, die Raben würden ob ihres Herannahens auseinander stieben – was sie jedoch nicht taten. Sie hüpften von einem Bein aufs andere, putzten sich das Gefieder oder streckten die schwarzen Schwingen, aber sie ließen sie nicht aus den Augen.

»Das ist *dein* Werk, nicht wahr?«, knurrte Durun, schob Anais grob beiseite und packte Lucias zierliches Handgelenk. »Das sind deine verfluchten Vögel!«

Unvermittelt prustete er, ließ Lucia los, zog das Schwert und stieß es in Rudrecs Brust, bevor der Offizier Zeit hatte, auch nur einen Finger zu rühren. Hutton und Yttrys zogen gleichzeitig ihre Klingen, doch während Ersterer sich auf den Kaiser stürzen wollte, trieb Letzterer seine Waffe unter Huttons Rippen. Vor Überraschung und Schmerz schrie er auf, doch seine Stimme verwandelte sich sofort in ein Gurgeln, als Blut seine Kehle emporwallte; dann sank er mit leeren Augen zu Boden.

Die Vögel begannen zu krächzen, stimmten ein allmächtiges und furchteinflößendes Getöse an; doch Durun hatte Lucia in seine Armbeuge gezogen und hielt ihr die Spitze seines Schwertes an den Hals.

»Ruf sie zurück!«, brüllte er. »Wenn sich auch nur ein Vogel in die Luft erhebt, bist du tot, du ausgebürtiges Ungeheuer.«

Das Krächzen der Raben erstarb, und sie rührten sich nicht, doch es schien, als wäre der sengende Sommertag unter ihren unheilvollen Blicken mit einem Schlag frostig geworden. Yttrys stellte sich neben Anais und bewachte sie mit seiner Klinge. Die anderen vier Wachen beobachteten das Geschehen teilnahmslos. Es war augenscheinlich, dass auch sie auf Duruns Seite standen. Nur Rudrec und Hutton waren nicht eingeweiht gewesen und wegen ihrer Unwissenheit gestorben.

Anais' Augen waren auf ihren Gemahl gerichtet und starrten ihn durch einen salzigen Tränenschleier hindurch hasserfüllt an. Das Ganze hatte nur einen Augenblick gedauert, doch nun hatten die Beweise, die ihr ihre Sinne lieferten, ihre Bestürzung überwunden und droschen mit der Wahrheit auf sie ein. Der blanke Verrat, die Ungläubigkeit ...

Durun. Die ganze Zeit über war er es gewesen. Ihr eigener Gemahl.

Und sie hatte seine Truppen in die Stadt eingeladen.

Plötzlich wurden ihre Knie weich, und sie taumelte einen Schritt nach hinten, ohne dabei den Blick von ihrem Ehemann abzuwenden. Da erkannte sie das ganze Bild, und das Ausmaß ihrer Niederlage drohte, sie zu erdrücken. Barak Mos und sein Sohn, die sich verschworen mit ...

»Vyrrch«, flüsterte sie. »Du hast mit Vyrrch zusammengearbeitet.«

Durun gestattete sich ein träges Lächeln. »Selbstverständlich habe ich das«, bestätigte er. »Die Weber waren zutiefst unglücklich darüber, dass du darauf beharrt hast, Lucia weiterhin als Thronerbin anzuerkennen. Er war nur zu gern bereit zu helfen. Aber glaub nicht, dass es erst damit begonnen hat, Weib. Wie lange denkst du wohl, hat es gedauert, so viele Männer zu finden, die getreu zum Geblüt Batik stehen und sie unbemerkt in deine Kaiserlichen Wachen einzuschleusen? Acht Jahre habe ich dies hier geplant, Anais. Acht Jahre, seit dieses *Ding* hier geboren wurde.« Er verstärkte den Griff um Lucia.

Acht Jahre? Anais fühlte sich wie benommen, als schwanke die Brücke wild unter ihr und drohe, sie abzuwerfen. Die Aussichtslosigkeit ihrer Lage hielt sie in festem Griff und presste ihr die Luft aus den Lungen. Das schiere Ausmaß seiner Verbitterung, die er acht lange Jahre genährt hatte, drang mit jedem Wort durch.

»Ich wusste, wie du dich gefühlt hast, Durun«, sagte Anais voll Verwirrung in der Stimme. »Ich wusste, wie du dich gefühlt hast. Kaiser nur dem Namen nach, vermählt mit mir zum Vorteil deiner Familie, Teil eines Pakts. Ich wusste, wie enttäuscht du gewesen bist, aber *das* ...«

»Hier geht es nicht um mich, Anais«, unterbrach er sie, schaute zu den Raben und wieder zurück zu seiner Frau. »Hier geht es um unser Reich. Für dein kleines Mädchen würdest du sogar zulassen, dass wir uns gegenseitig in Stücke reißen.«

»*Unser* kleines Mädchen!«, schrie Anais.

»Nein«, widersprach Durun. »*Dein* kleines Mädchen. Findest du nicht, dass ich genug herumgehurt habe? Schon seltsam, dass es trotzdem nie einen lästigen Bastard gegeben hat, der Anspruch auf den Thron hätte erheben können. Merkwürdig ist auch, dass wir lange versucht haben, einen Erben zu zeugen, du aber nur einmal schwanger geworden bist.«

»Was willst du mir damit vorwerfen?«, schrie Anais, erfüllt

von Scham darüber, dass dies vor ihren Untertanen ans Tageslicht kam, und erfüllt von Furcht ob des Gedankens, was nun aus Lucia und ihr werden würde.

»Ich habe keinen Samen, Weib, und ich hatte nie welchen!«, spie Durun ihr entgegen. »Dieses Ungeheuer in meinen Armen ist die Brut eines anderen, und jeder Blick auf den Balg erinnert mich daran, wie du mir Hörner aufgesetzt hast.«

Nun war es also heraus, und plötzlich ergab alles Sinn. Anais spürte frische Tränen in sich aufwallen und war wütend auf sich selbst, weil sie so schwach war und weinte. Nukis Auge funkelte hinter den dünnen Wolkenfetzen im Osten anklagend auf sie herab: Durun wusste, was sie getan hatte, und nun folgte die längst gefürchtete Vergeltung. Es lag so lange zurück, dass es für Anais in die Schatten der Geschichte eingegangen und vergessen gewesen war. Doch Durun hatte es gewusst, und nun würde es sie und ihre Familie teuer zu stehen kommen.

Trotzig wischte sie sich die Tränen aus den Augen. Sie hatte es vermutet, immer vermutet ... aber bis jetzt war sie nie sicher gewesen. Nun, sie würde weder lügen, noch um Vergebung winseln – nicht vor ihm. »Ja, ich habe mit einem anderen geschlafen!«, brüllte sie. »Denkst du, es war angenehm für mich, dass die gesamte Feste wusste, dass mein Gemahl sich mit Dirnen und Mägden vergnügt hat? Hätte ich deine ehebrecherischen Mätzchen einfach dulden und mich selbst unbefleckt allein für dich und die seltenen Gelegenheiten aufsparen sollen, zu denen es dir in den Kram gepasst hat, mich zu bemerken? Verflucht seist du, ich bin Geblütskaiserin! Kein ungebildetes, braves Fischweib!«

»Wer also war es?«, herrschte Durun sie an und brachte sie so zum Schweigen. »Ein Händler? Ein Barde?« Er schaute zu Lucias Gesicht hinab. Sie war ruhig wie eine Puppe. »Nein, sie hat adelige Züge. Ein Barak vielleicht? Gewiss jemand von hoher Geburt.«

»Das wirst du nie erfahren«, knurrte Anais. Sie aber wusste es – genau wie Lucia.

Durch irgendeine Eingebung hatte sie ihren Vater in dem Augenblick erkannt, als sie ihn in den Dachgärten zum ersten Mal gesehen hatte, und Anais glaubte, dass auch er gewusst hatte, wen er da vor sich hatte: Barak Zahn tu Ikati. Es war nur eine kurze Liebelei gewesen, ein Sturm der Leidenschaft, der allzu bald endete. Es war, als hätte ihr Mutterleib sich nach einem Kind gesehnt und wäre durch die Duruns leere Ergüsse ausgehungert und verzweifelt gewesen; trotz der Kräuter, die sie vorbeugend eingenommen hatte, war sie fast unverzüglich schwanger geworden. Sobald Anais davon erfahren hatte, hatte sie aus Furcht vor den Folgen die Beziehung abgebrochen. War es tatsächlich Zahns Kind? Oder konnte es doch Duruns sein, denn während der Anfänge ihrer Liebschaft hatte sie ab und an auch mit ihm verkehrt, angetrieben von einem unangebrachten Schuldgefühl, weil sie ihn betrog. Was, wenn es Zahns Kind *war* und ihm später ähnlich sehen würde? Was, wenn er Anspruch auf das erhöbe, was rechtmäßig sein war?

Doch trotz des Ausmaßes ihres Fehlers wollte Anais die Schwangerschaft nicht abbrechen. Nach so langem Versuchen war ein Kind – *jedes* Kind – zu kostbar, um es einfach so aufzugeben, ganz gleich, wie die Umstände auch sein mochten. Wie konnte sie nur zu glauben wagen, es wäre nicht von ihrem Gemahl? Jedenfalls war es einfacher, es für das seine zu halten und Zahn nichts zu sagen. In Anbetracht der nachfolgenden Entdeckung, dass ihre Tochter eine Ausgeburt war, verblasste ihre Herkunft ohnehin zur Bedeutungslosigkeit, und es war überraschend einfach, sich einzureden, Durun sei der Vater – was Anais tatsächlich so gut gelungen war, dass sie die andere Möglichkeit nahezu vergessen hatte. Lucia ähnelte ihrer Mutter, nicht Zahn oder Durun.

»Es spielt keine Rolle, wem du dich als Dirne hingegeben hast«, meinte Durun nun, und wieder hörte Anais in seiner

Stimme das ganze Ausmaß seines Hasses. »Deine besudelte Blutlinie endet hier, Anais. Ein hinterhältiger Angriff von Unger tu Torrhycs Männern, und die Kaiserin und ihre Erbin sind tot. Als einziger Überlebender werde ich widerwillig *Geblüts*kaiser und damit der wahre Herrscher Saramyrs.« Allmählich begann er, die Situation zu genießen. Die Raben waren ausgeschaltet; Anais gehörte endlich ihm. So viele Jahre als Marionette auf dem Thron, so viele Jahre im Schatten einer Frau, ein gehörnter Ehemann ohne Macht. Durun würde sie erst sterben lassen, nachdem sie begriffen hatte, wie allumfassend er sie überlistet hatte. »Bei Einbruch der Nacht werden die Kaiserlichen Wachen mir als einzigem Überlebenden der Kaiserfamilie die Gefolgstreue schwören, und die Stadt wird den Truppen meiner Familie gehören. Grigi tu Kerestyn kann sich den Kopf an unseren Mauern ruhig blutig schlagen, aber letzten Endes wird er einsehen, dass es ein hoffnungsloses Unterfangen ist. Der Rat wird mich als Geblütskaiser bestätigen, weil er keine andere Wahl hat. Und um ehrlich zu sein, ich glaube, die hohen Familien werden erleichtert sein, dass dieser ganze Schabernack mit dir und Lucia vorbei ist.«

»Und Vyrrch? Was hast du *ihm* versprochen?«, brüllte Anais.

»Vyrrch ist tot«, erklärte Lucia leise.

»Schweig«, herrschte Durun sie an.

»Die Traumfürstin hat ihn besiegt«, fuhr Lucia unbeirrt fort.

»Ich sagte: *Schweig*!«

Die Raben regten sich; eine schwarze Woge kroch durch den Teppich aus Schnäbeln und Federn.

»Mein Kaiser«, meldete Yttrys sich beunruhigt zu Wort. »Bringen wir es hinter uns, und dann lasst uns von hier verschwinden.«

Durun wollte gerade etwas darauf erwidern, als seine Hand explodierte.

Anais kreischte, als heißes Blut auf sie spritzte, doch ihr

Schrei war nichts im Vergleich zu dem gepeinigten Gebrüll ihres Gemahls, als er den lodernden Stumpf seines Schwertarms zurückzog. Lucia entglitt seinem Griff. Ihr langes, blondes Haar stand in Flammen, und auch sie schrie. Im selben Augenblick erhoben die Raben sich im Einklang wie eine riesige schwarze Wolke in die Lüfte und erfüllten sie mit dem Schlagen und Flattern ihrer Schwingen.

Yttrys war vor Furcht ob des Anblicks der Vögel wie gelähmt und achtete nicht mehr darauf, dass Anais sich von ihm wegduckte, Lucia packte und auf ihren Kopf zu schlagen begann, um die Flammen zu löschen. Auch Duruns Haar brannte mittlerweile lichterloh; gierig leckte das Feuer über die seidige, schwarze Masse. Hilflos drosch er auf sich ein. Yttrys, der plötzlich bemerkte, was aus seiner Gefangenen geworden war, rannte zu Anais hinüber, die über Lucia gebeugt kauerte. Einen Lidschlag lang zögerte er, wohl gebremst durch die letzten Überreste ihrer Befehlsgewalt. Dann schlug er der Kaiserin das Schwert mit einem Schrei in den Rücken.

Anais stieß einen gellenden Schrei aus, der sogar das Krächzen der herannahenden Raben übertönte. Der Schmerz war unbeschreiblich, noch schlimmer aber war die plötzliche, zähe Kälte, die sich wie ein Leichentuch über ihren Körper senkte und sie betäubte. Sie spürte den Ruck kaum, als die Klinge wieder aus ihr gezogen wurde, dabei Organe, Muskeln und Haut zerfetzte und ihren Rücken unter einem Schwall dunklen Herzbluts verließ. Sie versank bereits in den grauen Falten der Besinnungslosigkeit. Verzweifelt umklammerte sie Lucia und schaute ins bleiche Antlitz ihres Kindes; Tränen rannen aus ihren Augen, während der feuchte Fleck auf dem Rücken ihres Kleides sich grässlich ausbreitete.

Yttrys wandte sich zur Flucht, doch im Umdrehen erspähte er Tane und Kaiku am gegenüberliegenden Ende der Brücke: den Mann mit kahl geschorenem Haupt und die junge Frau mit Augen wie Blut. Der Anblick ließ ihn unwillkürlich innehalten, um die Lage kurz neu einzuschätzen. Waren sie Freund oder Feind? Konnte er sie beide töten? Waren sie für das verantwortlich, was Durun widerfahren war? Es war das unwillkürliche Verhalten eines Soldaten, ein winziges Zögern, und mehr benötigten die Raben nicht, um die Kaiserlichen Wachen zu erreichen.

Yttrys schrie auf, als sie ihn umhüllten, sich auf seinen Hals, seinen Kopf und sein Gesicht stürzten, wie tausend winzige Messer auf sein Fleisch einhackten und daran zerrten. Er öffnete den Mund, um abermals zu brüllen, doch die Vögel pickten und hieben auf seine Zunge ein. Sie zerfetzten seine Lider und taten sich am weichen Gallert seiner Augen gütlich. Heulend und um sich schlagend fiel er zu Boden, aber die Vögel zeigten sich unerbittlich, bearbeiteten jeden Zoll seines Körpers, bis keine Stelle mehr unversehrt war. Die anderen Wachen mussten ähnlich leiden, ehe sie starben.

Gleichzeitig bestürmten die Raben den Kaiser. Schwingen schlugen ihm ins Gesicht, rüttelten ihn durch und prügelten seinen Leib. Nach wie vor schlug Durun auf sein Haupt ein, um die sengenden Flammen zu löschen, die ihm die Haut im Nacken und am Rücken versengten, und taumelte nach hinten. Mit einem furchterfüllten Heulen stürzte er über die Brüstung und von der Brücke. Sein letzter Schrei auf Erden verhallte in der Tiefe, bis er jäh verstummte.

Als Kaiku und Tane die gefallene Kaiserin erreichten, war wieder Stille eingekehrt. Nur das Rascheln der Rabenflügel und das leise, feuchte Klicken ihrer Schnäbel war zu hören, als sie die Leichen der Wachen verzehrten. Anais lag schluchzend und keuchend quer über ihrer Tochter. Ihr Rücken war von einem großen, dunklen Fleck durchtränkt; Blut war ihr über die Arme geronnen, troff von ihren Ärmeln und sammelte sich in unheilvollen, roten Pfützen auf der Brücke. Kaiku kauerte sich neben sie und berührte sanft ihre Schulter.

»Lebt Lucia noch?«, fragte Kaiku.

Anais wich zurück, ohne die feuchten Augen auch nur einmal von ihrem Kind abzuwenden. Ihr Gesicht war grau, und sie schien entsetzlich gealtert. Lucia lag reglos und mit geschlossenen Augen da. Ihr Rücken war durch das grüne Kleid, das sie trug, grässlich verbrannt. Die Fasern ihres Gewandes waren geschwärzt, zerrissen und hatten sich voneinander weggekräuselt. Ihr Atem ging flach, und an ihrem Hals war ein Puls zu erkennen, doch sie erwachte nicht, als Anais sie rüttelte.

Das Trugbild, das Kaiku durch die Feste hierher geführt hatte ... Das war dieses Mädchen gewesen. Lucia hatte sie bewusst angelockt. Sie musste gewusst haben, dass sie in Gefahr schwebte.

Doch wie es schien, waren sie zu spät gekommen.

»Helft ihr. Sie ist ... meine Tochter«, keuchte Anais. Die eigene, tödliche Wunde schien ihr einerlei zu sein.

Kaiku nickte, und zum ersten Mal sah Anais sie an, sah die scharlachroten Netzhäute ihrer Augen. Sie hustete, und Blut lief ihr aus dem Mund. Kaiku spürte, wie ihr die Tränen in die Augen traten. Das war sie also, die Kaiserin von ganz Saramyr. So lange hatte sie für Kaiku ein geradezu mythisches Wesen verkörpert, das die Macht über ein riesiges Reich in Händen hielt. Millionen hätten auf ihren Befehl hin gefochten und wären für sie gestorben; Flotten hätten die Meere für sie durchkreuzt; sie kam einer Gottheit so nahe, wie es einem Menschen möglich war. Aber letzten Endes war sie trotz allem eben nur das: ein Mensch. Nun wirkte sie so klein, war lediglich noch eine zerbrechliche, sterbende Frau. Kaiku hörte, wie Tane rituelle Worte an Noctu und Omecha murmelte, einen letzten Segen für die Seele ihrer Herrscherin, und sie fühlte, wie das Gefühl der Tragödie sie zu überwältigen drohte.

Plötzlich erfasste Anais Kaikus Hand und drückte sie so fest, als wäre Kaiku ein Anker, der sie davor bewahren konnte davonzutreiben. Ihre Augen waren glasig, und sie sah nichts mehr.

»Ich habe Angst ...«, schluchzte sie. »Bei den Göttern, ich habe solche Angst ...«

Kaiku streichelte ihr mit der blutigen Hand übers Haar. »Schschsch«, flüsterte sie. »Sterben ist gar nicht so schlimm.«

Doch ob die Kaiserin sie gehört hatte oder nicht, sollte sie nie erfahren, denn das Licht in Anais' Augen war erloschen, und mit einem letzten Seufzer erschlaffte sie.

»Gute Reise«, murmelte Kaiku, wobei ihr Tränen von den Wimpern rollten. Erst als sie wieder aufschaute, bemerkte sie die Raben, die sie einer schwarzen Flut gleich umzingelten, eine Decke aus Federn, Schnäbeln und Augen, die allesamt auf die Thronerbin gerichtet waren.

»Wir müssen los«, drängte Tane plötzlich. Ohne zu zögern, rollte er die Kaiserin beiseite, ergriff das Kind und hob es trotz der Krankheit, die ihn schwächte, mühelos vom Boden. Die Raben rührten sich aufgeregt, aber er schenkte ihnen keine Beachtung. »Hier kann ich ihr nicht helfen. Sie braucht einen Arzt.«

Kaiku erwiderte nichts darauf, sondern stand auf. Ihr Blick ruhte noch immer auf der toten Frau, die vor ihr lag. Sie begann, die einsetzenden Nachwehen ihres *Kanas* zu spüren, diesmal besonders heftig ob der Anstrengung, die es sie gekostet hatte, ihre Energie auf ein so kleines Ziel wie die Hand des Kaisers zu bündeln. Welche Gedanken ihr in jenem Augenblick durch den Kopf geschossen waren, vermochte sie selbst nicht mehr zu sagen; dann aber drehte sie sich um und folgte Tane, der mit der gefallenen Erbin Saramyrs in den Armen zurück in die Feste rannte.

DREIUNDDREISSIG

In der Kaiserlichen Feste herrschte Chaos.

Die Bomben, die gelegt worden waren, um Verwirrung zu stiften, waren wirkungsvoller gewesen, als die Thronräuber sich je vorzustellen gewagt hätten. Gelehrte hetzten durch die Gänge, um kostbare Manuskripte oder Kunstwerke aus von Flammen bedrohten Räumen zu retten; Bedienstete liefen mit Wasser aus den Rohren hierhin und dorthin, um die gierigen Feuerherde zu löschen, und Kinder rannten heulend auf der Suche nach ihren Müttern umher. Die Kaiserlichen Wachen waren vollkommen durcheinander. Da sie selbst den eigenen Leuten nicht mehr trauen konnten, waren sie außerstande, sich auf ein gemeinsames Vorgehen zu einigen. Die kaiserliche Familie war in ein Versteck gebracht worden, und niemand wusste wohin. Am Fuße des Turms des Nordwinds war ein Leichnam entdeckt worden, aber er war so von Raben verwüstet, dass die Überreste wenig mehr als ein blutiges Skelett darstellten. Erst Stunden später sollten die Ringe an den Fingern der Leiche als jene Durun tu Batiks erkannt werden, einstiger Kaiser von Saramyr. Die Kaiserin fand man kurz darauf, doch da war es bereits viel, viel zu spät.

Alles war außer Kontrolle geraten. Die Bomben und der Wahnsinn waren als Ablenkung nötig gewesen, damit die Kaiserin und ihre ausgebürtige Brut im Geheimen getötet und der Mord glaubhaft jemand anderem in die Schuhe geschoben werden konnten. Nun kehrte das Chaos sich gegen seine Urheber, denn inmitten all dessen achtete niemand auf zwei Bedienstete, die ein verwundetes Kind bei sich trugen. Nur wenige Menschen in der Feste hatten die Thronerbin überhaupt je zu Gesicht bekommen, und noch weniger hätten sie in ihrem gegenwärtigen Zustand erkannt – die Kleider verbrannt, das Gesicht von ihrem Haar verdeckt. Etwas auffälliger war der Umstand, dass einer der Bediensteten eine Frau in Männerkleidern war, die mit der Hand an der Schulter ihres krank wirkenden Gefährten und mit einem zerrissenen Lumpen über den Augen einherstolperte; offenbar war sie bei der Explosion von einem Splitter verletzt worden. Doch die Menschen der Feste sollten besser das sehen als eine Ausgeburt, denn in den Nachwehen des Einsatzes ihres *Kanas* leuchteten Kaikus Augen blutrot und würden sich erst in Stunden wieder zurückverwandeln. Die Anstrengung, der es bedurft hatte, ihre Macht nur darauf zu bündeln, Duruns Hand zu zerstören, hatte sie an den Rand der Erschöpfung gebracht, und trotzdem hatte sie versagt. Die Thronerbin war bewusstlos und verbrannt, weil Kaiku die Kraft in ihr nicht ausreichend beherrschen konnte, und sollte sie sterben, wäre Kaiku verantwortlich dafür. Sie glaubte nicht, dass sie die Last dieser Schuld würde ertragen können.

Und so eilten sie voran, so schnell sie konnten, folgten dem Weg in die Bedienstetenunterkünfte, so wie Tane sich daran erinnern konnte, wo Purloch auf sie wartete. Sie hatten keine Zeit, sich darum zu kümmern, was aus den anderen geworden war. Sie mussten einfach nur weg von hier. Raus!

((Asara!))

Asara zog Mishani zurück und zerrte sie an die Seite des Gangs hinter eine Statue Yorus, des Hüters der Tore Omechas, mit erhobenem Weinkrug. Auf den kühlen, schmucklosen Hauptwegen der Kaiserlichen Feste herrschte nun hektisches Treiben. Bedienstete und Soldaten rannten in alle Richtungen; Stiefel polterten über *Lach*böden, und Befehle und Fragen wurden gebrüllt. Die beiden Frauen befanden sich in einem der inneren Gänge, wo es keine nach draußen weisenden Fenster gab, und obwohl die Decke hoch über ihnen prangte, fühlten sie sich entsetzlich eingeengt.

Beide waren verschwitzt und zerzaust. Die Flucht aus dem Thronsaal war knapp gewesen, doch die Kaiserlichen Wachen hatten einer adeligen Frau und ihrer Zofe wenig Beachtung geschenkt, während sie untereinander gefochten hatten. Die der Kaiserin treuen und die verräterischen Wachen hatten sich hoffnungslos miteinander vermischt, und nachdem Barak Mos vom Schlachtfeld geflüchtet war, kämpfte jeder nur noch um das eigene, nackte Überleben. Die in Roben gewandeten Berater und Schreiberlinge, die im Thronsaal gefangen waren, ließ man links liegen, und Mishani und Asara waren mit ihnen hinausgehuscht, als sie endlich die Möglichkeit dazu gehabt hatten. Eine Wache hatte das Schwert erhoben, um sie aufzuhalten, aber Asara hatte den Mann mit bloßen Händen und binnen eines Lidschlags getötet. Mishani konnte noch immer nicht ganz verdauen, was sie gesehen hatte, denn Verblüffung war etwas, das warten musste. Vorerst wollte sie einfach nur weg von diesem Ort. Die Ankündigung ihrer Hinrichtung hatte sie derart erschüttert, dass sie im Augenblick weder die Thronerbin noch die Pläne der Libera Dramach sonderlich kümmerten; sie brauchte Sicherheit und eine Zuflucht.

»Was ist?«, fragte sie, ein wenig erschrocken darüber, so unsanft von Asara zur Seite gerissen zu werden. Sie war nicht daran gewöhnt, von irgendjemandem so behandelt zu werden. Ihre ausgebürtige Gefährtin bedeutete ihr zu schweigen.

((Asara.))

Es war Cailin. Dies war nicht das erste Mal, dass die Schwester vom Roten Orden aus der Ferne zu Asara sprach, und mittlerweile störte es Asara nicht mehr so wie zu Beginn. Es widerstrebte ihr, irgendjemanden in ihrem Kopf zu haben, aber Cailin war zumindest ein rückrücksichtsvoller Gast in ihrem Verstand, und falls sie in Asaras tiefer verborgenen Geheimnissen kramte, dann so unscheinbar, dass sie es nicht bemerkte.

Asara stellte sich eine Reihe von Bildern vor, besann sich in grober Abfolge, was ihnen widerfahren war, und versuchte, es so deutlich wie möglich zu machen. Sie konnte nicht unmittelbar mit Cailin sprechen – sie besaß nicht die Gabe, Worte zu senden –, aber Eindrücke würden ebenso reichen.

Cailin verstand. Sie antwortete mit einer anderen Abfolge von Bildern, die sowohl Anweisungen als auch Auskünfte enthielten.

»Was *ist* denn?«, hakte Mishani nach.

Asara blinzelte, und die Verbindung brach ab. »Das war Cailin«, erklärte Asara. »Sie hat Vyrrch beseitigt und nunmehr freie Hand in der Feste. Sie wirkt jetzt als unsere Augen.« Damit wandte sie sich in die entgegengesetzte Richtung. »Wir müssen noch etwas erledigen.«

»Was müssen wir denn erledigen?« Mishanis Tonfall ließ erkennen, dass sie nicht vorhatte, sich in Bewegung zu setzen, vor allem nicht zurück ins Herz der Feste.

»Kaiku und Tane haben die Thronerbin«, antwortete Asara. »Wir müssen sie finden. Cailin führt uns zu ihnen.«

»Kaiku?«, fragte Mishani nach, und die beiden waren unterwegs.

Eine weitere Explosion hallte durch die Feste und ließ die Mauern erzittern. Diesmal war es keine Bombe, sondern das Schießpulverlager im Keller. An der Kreuzung zweier Gänge stolperte Kaiku und fiel mitten in den Weg einer furchterfüllten Gruppe von Dienerinnen, die sie um ein Haar zertrampelt hätten. Ihnen folgte das Geräusch rennender Füße und klirrender Rüstungen; voll Entsetzen sah Tane, dass eine Schar Kaiserlicher Wachen auf sie zuraste. Er verlagerte Lucias Gewicht auf einen Arm und hievte Kaiku mit dem anderen zur Seite; dann kauerte er sich neben sie und schirmte die Thronerbin mit seinem Körper ab, als die Wachen vorbeipreschten. Die Männer beachteten sie gar nicht.

Kaikus Lider sanken hinter dem Lumpen herab, der ihre Augen verbarg, und ihr Kopf fiel kraftlos auf die Brust. »Ich kann nicht mehr weiter«, stammelte sie. »Ich bin so müde.«

Tane hörte gar nicht hin. Das Fieber, das sich in seinen Knochen eingenistet hatte, schien ihn nur umso entschlossener gemacht zu haben; von Müdigkeit war keine Spur zu sehen, und er war nicht bereit, jemandem Schwäche zuzugestehen, weder sich noch Kaiku. Obwohl er schwitzte und seine Haut gespannt und gelblich wirkte, gestattete er sich nicht aufzugeben und trieb sich stattdessen umso unerbittlicher an. Er ließ Lucia kurz los und zerrte Kaiku auf die Beine. Stöhnend begehrte sie dagegen auf. »Sei still«, zischte Tane beim Klang neuer Schritte. Er hob Lucia auf, legte sich Kaikus Hand wieder auf die Schulter, und sie liefen weiter.

Für Kaiku war es ein Abstieg in einen Albtraum, der ihr allmählich nur allzu vertraut war. Das grässliche Brennen, die entsetzliche Leere in ihr nach einem Ausbruch ihres *Kanas* raubte ihr jeden Willen, etwas anderes zu tun, als sich an Ort und Stelle hinzulegen und zu schlafen. Sofern sie nicht lernte, ihre Gabe zu zähmen, würde sie eines Tages ihr Tod sein. Vielleicht hatte sie ja bereits zum Tod der Thronerbin und der Hoffnungen der Libera Dramach geführt. Kaiku stolperte hinter Tane her, hasste ihn, weil er sie zwang zu rennen, wo sie doch schlafen könnte, und sie hasste sich, weil sie so selbstsüchtig war, obwohl er ein Kind in den Armen trug, das jeden Augenblick sterben konnte.

Tane bewegte sich mit sicheren Schritten. Nach all den vielen Jahren, in denen er sich in Wäldern seine Wege gebahnt hatte, stellten die geordneten Gänge der Feste kein Problem für ihn dar. Unter seiner Führung gelangten sie rasch in die tiefer gelegenen Stockwerke und hielten auf die

Bedienstetenunterkünfte zu. Jeder, der ihnen begegnete, verkörperte eine neue Bedrohung; jedes Augenpaar, das sie musterte, konnte das Kind erkennen, das sie trugen, und damit wären sie am Ende gewesen. Doch immer wieder hatten sie Glück, und so durchquerten sie das Chaos unbehelligt.

»Tane! Kaiku!«

Beim Klang ihrer Namen zuckten sie unwillkürlich zusammen, doch Beklommenheit kehrte sich in Erleichterung, als sie die Stimme erkannten. Sie blieben auf der schmalen Treppe stehen, die sie gerade hinabgelaufen waren, und von hinten schlossen Asara und Mishani zu ihnen auf. Von unten drang der beißende Gestank heißen Rauchs zu ihnen herauf, aber damit war zu rechnen gewesen; sie waren beinahe in den Gängen angelangt, in denen Cailin wartete.

»Kaiku, bist du verletzt?«, rief Mishani, als sie die Binde um Kaikus Augen bemerkte. Kaiku sackte in sich zusammen, doch Asara fing sie auf und hielt sie auf den Beinen.

»Sie hat ihr *Kana* eingesetzt«, erklärte Asara. »Es raubt ihr alle Kraft. Sie braucht nur Schlaf.«

Mishanis Augen zuckten von ihrer Freundin zu dem Kind in Tanes Armen, dann zu Tane selbst. Er wirkte krank; seine Züge waren gräulich und finster. Er fürchtete um die Thronerbin.

»Wir haben keine Zeit zu verlieren«, meinte Mishani, die zu dem Schluss gelangt war, dass alle Fragen warten konnten. »Wir müssen weiter.«

Damit tauchten sie in die Tiefen der Bedienstetenunterkünfte hinab. Giftige Dämpfe kräuselten sich in dünnen Schwaden an der Decke. Ferne Schreie und Hilferufe hallten leise zu ihnen, durchdrangen selbst das dumpfe Summen, das Kaikus Gehör beeinträchtigte, seit sie durch eine der früheren Bomben beinahe taub geworden war. Hier bestanden die Wände wieder aus rauem Ziegelstein statt aus poliertem Holz oder *Lach*; auf dem Boden lag Geröll verstreut. Die Menschen, denen sie begegneten, waren rußverschmiert und verschwitzt, und die Hitze war kaum erträglich. Allerdings herrschte kein so dichtes Gedränge mehr wie beim ersten Mal, als Kaiku und Tane hier durchgekommen waren, denn wer flüchten konnte, hatte es bereits getan; zurückgeblieben waren nur die Verwundeten und jene, die bereit waren, ihnen zu helfen.

Sie begannen gerade zu hoffen, sie könnten es zurück zu dem alten Verlies schaffen, in dem Purloch wartete, als sie drei Kaiserlichen Wachen über den Weg liefen.

Es war schlicht Pech, das die Soldaten den Pfad der vier Gefährten und ihrer bewusstlosen Bürde kreuzen ließ. Die Wachen waren dem Gefecht im Thronsaal entronnen, als der Mut sie angesichts der Verwirrung verlassen hatte, nicht zu wissen, wer ein Verbündeter und wer ein Feind war. Sie waren in die Bedienstetenkammern geflohen, um dem Blutvergießen oben zu entkommen. Für den Fall, dass sie einem vorgesetzten Offizier begegneten, hatten sie sich als Ausrede zurechtgelegt, Überlebende unter den lodernden Trümmern ausgraben zu wollen; aber eine ungünstige Fügung des Schicksals führte die Entführer ihnen direkt in die Arme, und ob sie der Kaiserin treu oder Verräter waren, sie würden nicht zulassen, dass die Thronerbin die Feste verließ, sollten sie Lucia erkennen.

Tane, der zuvorderst lief, rannte beinahe in die Wachen hinein, als die Gefährten in einen schlichten, quadratischen Steinraum hetzten, wo sich drei Gänge kreuzten. Von der Decke hingen hölzerne Trockengestelle und von diesen wiederum Kleider, mittlerweile staubtrocken und zerknittert vor Hitze. Die rauen, braunen Ziegel der Wände waren an mehreren Stellen durch die Wucht naher Explosionen gesprungen, und der Boden war mit Staub und Steinsplittern übersät.

Sie waren viel zu überrascht ob die Anwesenheit von Soldaten in diesen Gefilden, um die Schuld aus ihren Gesichtern zu verbannen. Mishani bildete die ehrenwerte Ausnahme, was jedoch wenig half.

»Was soll das denn werden?«, fragte einer der Soldaten, der die Büchse bereits auf Tane gerichtet hatte. Auch die anderen beiden hoben die Waffen, wenngleich eher vor Schreck angesichts des überstürzten Eintreffens der Neuankömmlinge, denn in Erwartung einer Bedrohung. Sie waren ausgesprochen nervös, denn würde ihre Feigheit entdeckt, würde sie dies Kopf und Kragen kosten. Die drei schwitzten heftig, kochten förmlich in ihren Metallrüstungen, deren weiße und blaue Lackierung dreckverschmiert war.

»Sie ist verletzt!«, rief Tane. »Lasst uns vorbei!«

»Ich habe dich im Thronsaal gesehen«, stellte eine der anderen Wachen fest, deren Blick über Asara wanderte. Dann zuckten die Augen des Mannes zu Mishani. »Dich auch. Die Kaiserin hat euch zum Tode verurteilt.«

Weder Tane noch Kaiku verzogen angesichts der Neuigkeiten eine Miene. Tanes Verstand suchte hektisch nach einer Fluchtmöglichkeit, doch durch das Fieber arbeitete sein Geist träge und lieferte keine Lösung; Kaiku wiederum schlief fast im Stehen.

»Und ihr solltet bei ihr sein, nicht hier unten bei den Bediensteten«, entgegnete Mishani ungerührt. »Das heißt, es sei denn, ihr seid falsche Wachen, wie die anderen, die unserer Kaiserin nach dem Leben getrachtet haben.«

Tane ließ innerlich ob ihrer Kühnheit alle Hoffnung fahren, doch die Worte ließen die Wachen kurz innehalten. Offenbar wogen sie ihre Treue ab und überlegten, wie sie am besten auf die Anschuldigung reagieren sollten.

»Das Mädchen«, brummte der Soldat, der mit Tane gesprochen hatte. »Seht euch die Kleider an. Das ist keine Bedienstete.«

»Es ist die Thronerbin«, meinte der zweite in drohendem Tonfall.

»Das kann nicht sein!«, rief der dritte.

Der zweite kniff die Augen zusammen. »Ich habe in den Gemächern der Thronerbin gedient«, gab er zurück. »Sie ist es.«

Tane spürte, wie sich Übelkeit in seinen Eingeweiden ausbreitete, als der erste Soldat sich mit einem Unheil verkündenden Lächeln Mishani zuwandte.

»Tatsächlich«, knurrte er. »Dann lächelt uns Shintu, denn dieses Kind ist ein Ungeheuer und muss sterben.« Er legte die Büchse an, zielte auf Tane und betätigte den Abzug.

Nichts geschah. Das Pulver zündete nicht. Es war ein Rohrkrepierer.

Die Erwartung des Schusses ließ alle zögern – alle außer Asara. In weniger als einem Augenblick überwand sie die Entfernung zwischen sich und dem ihr am nächsten stehenden Soldaten und rammte ihm den Ellbogen ins Gesicht, während sie mit der anderen Hand gleichzeitig den Lauf der Büchse packte und sie seinem Griff entwand. Ein Schuss löste sich aus der Waffe, der grauen Staub aus der Steinwand neben dem Kopf des zweiten Gefährten riss und diesen mit einem erschrockenen Fluch auf den Lippen zurückspringen ließ. Tane drückte Kaiku das Kind in die Arme; Kaiku war jedoch zu schwach, es zu halten, und die beiden gingen polternd zu Boden. Mittlerweile hatte der Soldat, dessen Büchse nicht feuern konnte, die Schusswaffe beiseite geworfen und das Schwert gezogen; doch Tane war bereit für ihn. Er tauchte unter dem Stoß des Mannes weg, ergriff seinen Arm und schleuderte ihn gegen die Wand. Doch da ihn die von Fieber gebeutelten Muskeln im Stich ließen, konnte er nicht genügend Kraft in den Wurf legen. Der Soldat grunzte, trat mit dem in der Rüstung steckenden Knie zu und traf Tane in den Magen, was zwar schmerzte, ihm jedoch nicht den Atem raubte. Mishani zog Kaiku beiseite, schleifte sie in eine Ecke des rauchverhangenen Raumes und ließ die bewusstlose Thronerbin liegen, wo sie gefallen war.

Asaras Gegner setzte sich heftiger zur Wehr, als sie erwartet hatte, und während ihr erster Schlag die meisten Männer zumindest ins Reich der Träume geschickt hätte, zeigte dieser sich ungewöhnlich widerstandsfähig. Er stieß sie zurück und versuchte, die Büchse zwischen sie zu bringen, doch Asara schlug sie abermals beiseite. Schneller und kräftiger, als sie aussah, packte sie seinen Unterarm und drehte ihn dem Mann auf den Rücken; dann trat sie ihm die Beine weg, sodass er mit seinem gesamten Gewicht darauf stürzte. Mit lautem Knacken brach der Knochen, und sein gellender Schmerzensschrei verstummte jäh, als Asara ihm den in der Sandale steckenden Fuß ins Gesicht und dadurch den Nasenknochen ins Gehirn rammte.

Gleichzeitig schob Tane den eigenen Gegner von sich und brachte ihn aus dem Gleichgewicht, sodass er Richtung Asara taumelte. Gerade wollte er nachsetzen, solange er im Vorteil war, als er aus dem Augenwinkel heraus sah, dass der dritte Soldat die Büchse hob; Tanes Blick folgte dem Lauf, um zu sehen, worauf er zielte.

Sein erster Gedanke war Kaiku, aber sie war noch zu schwach, um eine Bedrohung darzustellen, zudem waren ihre Augen verbunden. Mishani hatte sie in die Ecke aus dem Gefahrenbereich geschafft. Aber es war ohnehin nicht sie, auf die der Soldat zielte. Es war die Thronerbin, die ungeschützt mitten auf dem Boden lag.

Tane stieß einen lauten Fluch aus und preschte auf die Wache zu; doch er war zu weit weg, und es war zu spät, um zu verhindern, dass der Abzug gezogen, der Hammer fallen und das Pulver zünden würde. Hingegen war es nicht zu spät, sich davor zu werfen.

Die Einschlag fühlte sich an wie die Faust eines Riesen, die ihm in die Brust hieb, ihn nach hinten schleuderte und über den kleinen Körper Lucias purzeln ließ und ihm den Atem unter brennenden Schmerzen aus den Lungen trieb. Tane bekam noch mit, dass er fiel, doch die Luft schien sich in eine Federwolke verwandelt zu haben, auf der er langsam zu Boden sank, und obschon der Aufprall schlimmer schmerzte, als er es bei dieser Geschwindigkeit für möglich gehalten hätte, wurde die Pein sogleich vom sanften Kissen des Schocks erstickt, der sich in ihm eingenistet hatte.

Tane hörte jemanden seinen Namen brüllen, konnte aber nur die unzusammenhängenden, lächerlichen Schemen der gewaschenen Kleider über sich sehen, die von den Trockengestellen hingen und sich in den Rauchschwaden wiegten.

Eine Büchse feuerte, wurde nachgeladen und feuerte erneut; zwei Körper fielen zu Boden. Mishani und Asara wirbelten im Einklang herum, um nach der Quelle des Geräuschs zu suchen. Sie erblickten Yugi mit einer Büchse in der Hand und neben ihm Zaelis am Eingang. Die letzten beiden Wachen lagen reglos am Boden. Kaiku robbte quer durch den Raum. Sie hatte sich die Augenbinde vom Kopf gerissen. Schiere Verzweiflung hatte ihr unerwartet Kraft verliehen, und sie schrie unaufhörlich Tanes Namen. Tane konnte ihre Stimme kaum hören. Irgendwie hörte sich alles tonlos und gedämpft an, und sein Körper war wie betäubt.

Mishani zog das Kind unter ihm hervor und reichte es Zaelis. Seine Miene war verkniffen, als er sie begutachtete; er wechselte einen Blick mit Yugi. Sie hatten um die Thronerbin gefürchtet, als sie in den Dachgärten eingetroffen waren und festgestellt hatten, dass Lucia auf Duruns Befehl hin von Rudrec fortgeschafft worden war. Als Cailin sich mit ihnen in Verbindung setzte und sie dorthin geleitete, wo die anderen sich gerade befanden, war die Hoffnung wieder zurückgekehrt. Nun sah Zaelis, wie schwer Lucia verletzt war, und sie verließ wieder der Mut. Die Situation schien sich stetig zu verschlimmern.

»Bring ihn zurück! Asara, bring ihn zurück!«, schrie Kaiku.

Asara ging zu ihr und blieb über ihr stehen. Sie schaute auf Tane hinab. Seine Augen waren auf etwas über ihnen gerichtet, blickten bald klar, bald verschwommen, und seine gebräunte Haut war leichenblass geworden. Ein riesiger schwarzer und roter Fleck hatte sich auf seiner Brust ausgebreitet, und an der Lache, die sich unter ihm bildete, erkannte Asara, dass die Kugel durch ihn hindurchgeschlagen war.

»Das kann ich nicht«, sagte sie.

»Bring ihn *zurück*!«, kreischte Kaiku, hob Tane an und hielt ihn fest. Hätte sie noch einen Funken *Kana* übrig gehabt, sie hätte es eingesetzt, ganz gleich, was sie damit auch angerichtet hätte. Sie hätte versucht, seine Wunde zu flicken, sein Inneres zu vernähen, ihn zu heilen. Sie hatte ihn als so selbstverständlich betrachtet, diesen Mann. Seit er sie im Wald gefunden hatte, war er ihr Gefährte gewesen, und sie hatte ihm nie etwas zurückgegeben, sich im Gegenteil vor ihm verschlossen. Als sie ihn nun an sich drückte, wurde ihr klar, dass es zu spät war, noch etwas wieder gutzumachen. Obwohl ihre Tränen und ihre Stimme es verleugneten, wusste sie, dass seine Zeit gekommen war, und keine ihrer oder jemand anderes Gaben konnten daran etwas ändern.

Tane fehlte der Atem zum Sprechen, selbst wenn ihm etwas eingefallen wäre, was er hätte sagen sollen. Seine Gedanken waren nach innen gekehrt, wirbelten in einen Abgrund der Leere hinab wie Wasser in einen Ausguss; doch was er aufschnappte und zusammenfügen konnte, reichte, um ihm die Antworten zu bieten, die er brauchte. All die Zeit, all die Fragen, Grübeleien und Unsicherheiten, und dabei war alles, was er gebraucht hatte, Glaube gewesen. Er hatte nicht versagt. Er hatte seiner Göttin entgegen aller Zweifel und Ängste vertraut.

Warum war er hier? Warum hatte sie ihn vor den Shinshin verschont und ihn auf einen Pfad mit Ausgeburten gelenkt? Nun wusste er es, und die Antwort war so klar und deutlich, dass Tane darüber staunte, dass er sie bis jetzt übersehen hatte.

Sie hatte ihn hergeschickt, um an Stelle der Thronerbin zu sterben.

Ich schulde den Göttern ein Leben, dachte er, *und endlich ist meine Schuld getilgt.*

Dann richtete er den Blick auf Kaiku, deren Netzhäute rot wie die eines Dämon schillerten. Es waren ausgebürtige Augen, und doch fand er sie deshalb keinen Deut weniger schön. Schließlich hatte er sich für eine Ausgeburt geopfert, um ihrer aller Zukunft zu sichern. Und als das Gerümpel aus seinem Verstand hinfortgefegt wurde, blieb nur die Wahrheit zurück: Dies war etwas Größeres als seine Vorurteile; die Thronerbin war zu kostbar für diese Welt, selbst für die Götter. Sie war viel zu wichtig ... für sie alle. Wenn er sie durch sein Leben gerettet hatte, dann war es das allemal wert gewesen.

Tane sog Kaikus Bild in sich auf, während sie ihn festhielt, und obwohl ihr Gesicht vor Kummer zu einer Grimasse verzogen war, konnte er den Blick nicht davon abwenden, selbst als es zu verblassen schien. Unter ihren Zügen kam ein Geflecht goldener Fasern zum Vorschein, eine strahlende Helligkeit und ein Hochgefühl, wie Tane es nie für möglich gehalten hätte. Er hatte seine Aufgabe erfüllt, und die Felder Omechas warteten in all ihrer Pracht auf ihn.

Und falls es ihm ein wenig widerstrebte, ein Bauer im Spiel der Götter zu sein, der für jemand anderen geopfert wurde, so ließen sie ihm doch wenigstens die Gnade zuteil werden, in den Armen der Frau zu sterben, die er liebte.

VIERUNDDREISSIG

Sie verließen Axekami bei Einbruch der Nacht, indem sie im Schutz der Dunkelheit durch das Südtor flüchteten, was sich als recht einfach erwies. Alle Augen waren auf die Feste und das Osttor gerichtet, wo die Truppen des Geblüts Batik in die Stadt strömten. In der großen, stumpfen Pyramide, die auf Axekamis höchstem Hügel prangte, wüteten noch immer ungebändigte Feuer. Ob des Anblicks des Wahrzeichens der Stadt, aus dem Rauch quoll und das in der zunehmenden Düsternis vor Flammen leuchtete, hatten die Unruhen sich verstärkt, und die Streitkräfte des Geblüts Batik antworteten unbarmherzig darauf. Inmitten all dieser Geschehnisse bemerkte niemand einen abgedeckten Karren, der auf das stille Südtor zurollte. Natürlich hatten die Wachen dort ihre Befehle; doch seltsamerweise setzten sie sich darüber hinweg, nachdem sie ein paar Worte mit der von einer Kapuze verborgenen Frau neben dem Fahrer gewechselt hatten. Die Tore wurden geöffnet, der Karren rumpelte hindurch, und die Entführer ließen Axekami hinter sich und im eigenen Zorn schmoren.

Zwei Meilen außerhalb der Stadt bogen sie von der Straße ab und steuerten auf einen stillgelegten Steinbruch zu. Dort wechselten sie vom Karren auf sieben der zwölf schnellen Pferde, die für sie vorbereitet waren. Der Mann, der auf sie aufgepasst hatte, blickte besorgt auf das Kind, das Zaelis auf den Armen trug.

»Ist sie das?«, fragte der Mann ehrfürchtig, wobei seine Augen im grünstichigen Mondlicht schimmerten. Die Luft fühlte sich geladen an, und die feinen Härchen auf der Haut der Entführer hatten sich aufgerichtet. Morgen oder am Tag danach … Lange konnte es nicht mehr dauern, bis der Mondsturm losbrechen würde. Sie würden sich mächtig ins Zeug legen müssen, um ihm davonzureiten.

»Ja«, bestätigte Zaelis. »Wir müssen los. Jeder vergeudete Augenblick bringt sie dem Tode näher.«

Der Mann schluckte und nickte; dann blickte er ihnen hinterher, während sie durch den Steinbruch davonritten und auf das offene Gelände zuhielten. Er kehrte in die verwahrloste Kate zurück, die ihm die letzten paar Tage als Unterschlupf gedient hatte. Zuvor hatte sie einem Vorarbeiter dieses trostlosen Ortes gehört. Es war einer von mehreren Plätzen entlang des Weges der Entführer, an dem sie die Pferde wechseln würden. Geschwindigkeit war von entscheidender Bedeutung, denn der Plan baute darauf auf, dass die Entführer mit der Thronerbin spurlos verschwanden. Sogar die erschöpften Gäule, die zurückblieben, würden sorgsam versteckt werden, bis sie wieder bei Kräften waren. Sollte ihre Flucht Spuren hinterlassen und würden sie verfolgt, geriete der Schoß in große Gefahr, und dafür standen zu viele unschuldige Menschenleben auf dem Spiel. Der Großteil der Bevölkerung wusste gar nichts über das Unterfangen und hatte keine Ahnung von den Ränken, die jenseits des aufgewühlten Landes des Bruchs geschmiedet wurden. Der Bruch war nicht darauf vorbereitet und nicht in der Lage, sich gegen die Macht der Kaiserlichen Streitkräfte zu verteidigen. Der Mann fragte sich, ob es ihnen gelungen war, das Kind zu stehlen, ohne dass jemand sie entdeckt hatte ... oder ob in diesem Augenblick in der Hauptstadt ganze Armeen für die Verfolgung gerüstet wurden.

Er versuchte zu schlafen, den Großteil der Nacht jedoch ohne Erfolg. Erst gegen Sonnenaufgang nickte er immer wieder kurz ein und wurde von lebhaften, verwirrenden Träumen heimgesucht. Als er später vollends erwachte, war er nicht mehr sicher, was er sich nur eingebildet hatte und was nicht; ein Bild aber bestürzte ihn, und es weigerte sich zu verblassen, wie es Albträume häufig zu tun pflegen.

Der Mann hätte bei den Göttern schwören können, dass er kurz vor Morgengrauen Wesen am Rand des Steinbruchs gesehen hatte: stelzenbeinige Wesen mit Augen wie brennende Laternen.

Sie ritten, was das Zeug hielt bis weit in den Morgen hinein. Als Zaelis sie schließlich anhalten ließ, hatten die Pferde Schaum vor den Nüstern, und ihre Flanken dampften. Sie hatten die Straße gänzlich hinter sich gelassen, preschten querfeldein und befanden sich nun in den sanften Hügeln und Ebenen der pfadlosen Landschaft Saramyrs. Unter den riesigen, uralten Ästen eines Jukaki-Baums, der einsam an einem Hang stand, fanden sie Unterschlupf und ruhten sich aus. In der Luft summten Insekten; die Sonne heizte das Gras auf und erhellte die Farben der Welt. Es war ein unpassend wunderbarer Tag, der gänzlich ihrer Stimmung widersprach.

Kaiku schlief ein, kaum dass sie abgestiegen war. Sie hatte ihre Belastungsgrenzen längst überschritten, war mehrere Male beinahe aus dem Sattel gefallen und hatte die Woge der Bewusstlosigkeit viel zu lange zurückgehalten. Yugi entfachte ein Feuer, um etwas zu kochen. Zaelis legte Lucia ins Gras und kauerte sich mit Cailin neben sie. Mishani, Asara und Purloch saßen wund und müde im Schatten.

Sie hatten es vollbracht. Sie hatten der kaiserlichen Familie die Thronerbin vor der Nase weggeschnappt, und niemand hatte sie dabei gesehen – zumindest niemand, der noch lebte. Das Glück war ihnen hold, ihr Zeitplan vollkommen gewesen. Die Bomben in der Feste, der Putsch seitens des Geblüts Batik, der Umstand, dass Durun Lucia und Anais bewusst an einen geheimen Ort hatte schaffen lassen, sodass niemand wusste, wo sie waren, wenn er sie tötete ... Es war durchaus möglich, dass die Kaiserlichen Wachen noch gar nicht bemerkt hatten, dass die Thronerbin abgängig war und noch immer dachten, sie wäre irgendwo in der

Feste versteckt. Inmitten all des Chaos hatten die Entführer das Kind gestohlen und keinerlei Spuren hinterlassen.

Und dennoch fühlte es sich keineswegs wie ein Sieg an, denn das Kind lag dort im Gras und schwebte zwischen Leben und Tod. Sollte es Letzterem zum Opfer fallen, wäre alles umsonst gewesen.

Zerlumpt lag Lucia vor ihnen. Ihr Atem ging flach. Ein beträchtlicher Teil ihres dichten, blonden Haars war verschwunden, und die Ränder der überlebenden Strähnen waren schwarz angesengt und brachen bei der geringsten Berührung ab. Als Zaelis sie behutsam beiseite wischte, sahen sie die grässlichen Verbrennungen am oberen Teil ihres Rückens und im Nacken. Das Fleisch war aufgesprungen und nässte.

»Warum ist sie in diesem Zustand?«, fragte Zaelis leise. »Warum wacht sie nicht auf?«

»Die Verbrennungen reichen tief«, antwortete Cailin, »fast bis zur Wirbelsäule.«

»Kannst du sie nicht heilen?«

Cailin schüttelte den Kopf. Auch ohne ihre furchteinflößende Schminke besaß sie Ausstrahlung und Würde. »Ich wage es nicht. Sie ist ein beispielloses Geschöpf. Uns bleibt nur zu hoffen, dass ihre Kraft reicht, bis wir im Schoß sind.« Sie schaute zu Kaiku, die zusammengerollt in der Nähe schlief. Ohne sie wäre das Kind schon längst tot, und doch konnte das Kind wegen ihr noch sterben. Cailin weigerte sich, darüber nachzudenken, wie viel Schuld sie daran hatte, weil sie Kaiku gestattet hatte mitzukommen, obwohl sie gewusst hatte, wie gefährlich ihre Macht war.

Mishani war erschöpft und fühlte sich elend, und zwar aus Gründen, die über ihre Sorge um Kaiku und den Zustand Lucias hinausgingen. Sie war von der Kaiserin vor den Augen zahlreicher Kaiserlicher Wachen zum Tode verurteilt worden. Ganz gleich, wer nun den Thron besteigen würde, einige jener Wachen hatten gewiss überlebt und konnten die Kunde weiterreichen. Der Gesinnungswandel ihres Vaters hatte sie mit voller Wucht in den Rücken getroffen. Hatte sie nicht eben das am Hof so geliebt? Dass sich alles ändern konnte, wenn man auch nur einen Lidschlag lang den Blick abwandte? Nun, das hatte sie, und es hätte sie um ein Haar das Leben gekostet. In jedem Fall hatte es sie ihre Familie gekostet. Es gab kein Zurück, nie mehr. Nicht zum Hof, nicht zur Mataxa-Bucht. Sie war eine Geächtete.

Mishani schaute zu Kaiku, deren Züge im Schlaf vollkommen friedlich wirkten. *Aber wenigstens bin ich nicht allein*, dachte sie, was sie jedoch nur wenig tröstete.

Während sie rasteten, zogen sie die Vorräte in den Satteltaschen heran, um etwas zu kochen und zu essen. Zaelis träufelte Lucia mit warmem Honig vermischte Milch in den Mund und war dankbar dafür, dass das Kind unwillkürlich schluckte. Sanft öffnete er ihre Augen, und sie reagierten auf Licht. Aber sie sahen nichts; Lucia schien innerlich gestorben zu sein, hatte sich vor dem Schmerz der Verbrennungen abgeschottet. Ein so empfindsames Wesen, so zerbrechlich …

»Ich muss los«, erklärte eine Stimme an seiner Schulter. Er schaute zu Purloch auf.

»Ich verstehe«, antwortete er. »Mein und ihr Dank ist Euch gewiss. Es war überaus tapfer von Euch, uns in die Feste und wieder hinaus zu führen.«

Purloch nickte, wenngleich nicht gerade überzeugt. Der Marsch durch die Abwasserkanäle war grauenhaft gewesen, aber gnädigerweise waren ihnen auf dem Rückweg die Maku-sheng erspart geblieben. Purloch war mit den Nerven am Ende und zerlumpt, und er fühlte sich seltsam leer. Wäre er nicht gewesen, hätte Lucia unter Umständen unbehelligt aufwachsen, lernen können, ihre Macht zu verbergen, und irgendwann den Thron übernommen. Wäre er nicht gewesen …

»Meine Schuld ist beglichen«, sagte er nun. Die Worte klangen hohl, trotzdem sprach er sie aus. Sein Mut kannte Grenzen, und die hatte er erreicht. »Ich denke, ich werde mich zur Ruhe setzen und nach Osten gehen. Ihr werdet mich nicht wiedersehen.«

»Ich wünsche Euch Glück«, gab Zaelis zurück.

»Ich Euch auch«, erwiderte Purloch und meinte, was er sagte. Noch einmal schaute er auf das verletzte Kind, dann wandte er sich ab, um ein Pferd zu besteigen und über die Hügel wegzureiten.

Allzu bald wurde es wieder Zeit aufzubrechen. Sie löschten das Feuer und weckten Kaiku, die ein paar Brocken aß, bevor sie in den Sattel kletterte. Zwar fühlte sie sich noch immer hundemüde, dennoch hatten ihr die paar Stunden Rast gut getan. Sie gaben den Pferden die Sporen und galoppierten gen Süden in Richtung Xarana-Bruch und Sicherheit.

Am Abend wechselten sie die Pferde und ritten bis spät in die Nacht hinein. Kaiku erinnerte sich an wenig, denn sie versank immer wieder in einen Halbschlaf, während ihr Körper sich mit Mühe und Not im Sattel hielt. Mishani ritt neben ihr und sorgte sich ohne Unterlass, dass ihre Freundin stürzen könnte. Zudem war der Weg gefährlich, doch sie konnten es sich nicht leisten, jemanden mit ihr reiten oder ihr Pferd führen zu lassen, so wie Asara es einst auf Fo getan hatte. Sie konnten die Geschwindigkeit für niemanden verringern.

Später lagerten sie im Windschatten eines niedrigen, schützenden Felsvorsprungs. Sie entfachten ein kleines Feuer, da sie überzeugt davon waren, es würde aus der Ferne nicht zu sehen sein. Zwar brauchten sie die Hitze nicht für die ohnehin warme Nacht, doch sie mussten Essen zubereiten und Wasser kochen. Yugi hatte Kräuter dabei, die ihnen entweder zu tiefem Schlaf verhelfen oder sie wachsam und wach halten würden, je nachdem, wer Wachdienst hatte und wer nicht. Er selbst trank ausgiebig von letzterem Aufguss, da er wusste, er würde ohnehin nicht schlafen können, bis sie zurück im Schoß wären. Asara leistete ihm Gesellschaft, denn sie brauchte wenig Rast und kam durchaus ohne aus. Die anderen streckten sich unter dem Dreiergespann der Monde aus, die am nördlichen Himmel schimmerten, und versanken in süße Vergessenheit.

Bei gewöhnlicher Reisegeschwindigkeit brauchte man vom Nordrand des Bruchs nach Axekami mehrere Tage. Zaelis schätzte, sie könnten es in zwei schaffen, was bedeutete, dass sie das zerklüftete Land des Bruchs etwa bei Einbruch der Dunkelheit am nächsten Tag erreichen müssten. Der Thronerbin ging es sichtlich schlechter; sie war fiebrig und blass, zitterte und murmelte zusammenhanglos vor sich hin. Wäre Tane hier gewesen, er hätte sein Kräuterwissen einsetzen können, um den Wundbrand zu lindern, die Verletzung zu reinigen und dafür zu sorgen, dass sie sich nicht entzündete; sie aber besaßen keine solchen Kenntnisse, und Yugis Erfahrung beschränkte sich auf ein paar einfache Aufgüsse. Sie konnten nur die Stirn des Kindes kühlen und zerrissene Stoffstreifen als Verbände über das verbrannte Fleisch in ihrem Nacken legen. Cailin sandte eine Botschaft an ihre Schwestern vom Roten Orden im Schoß und trug ihnen auf, ihnen einen Arzt und einige Männer zum Nordrand des Xarana-Bruchs entgegenzuschicken; doch wenn sie die Thronerbin ansah, bezweifelte sie, ob sie es überhaupt so weit schaffen würde.

Am nächsten Tag lief eins nach dem anderen schief. Mishanis Pferd brach sich in einem Kaninchenloch das Bein und warf sie ab. Mishani blieb unversehrt, doch das Pferd musste von seinen Qualen erlöst werden. Danach ritt sie mit Kaiku, die nach der nächtlichen Rast wieder viel mehr an ihr altes Ich erinnerte, wenngleich sie wenig sprach und manchmal im Gedenken an Tane weinte. Sie waren gezwungen, die Geschwindigkeit etwas zu verringen, aber Mishani wog wenig, und das Pferd war noch kräftig und ausgeruht, sodass es das zusätzliche Gewicht kaum spürte.

Gegen Mittag brannte Nukis Auge schier unerträglich

heftig herab, und Mishani wurde ob eines Sonnenstichs benommen. Zaelis hielt nicht an, nicht einmal, um zu essen. Er selbst ließ die ersten Anzeichen eines Sonnenbrands auf der Nase und den Wangen erkennen; dennoch trieb er sie weiter, da er ihr Unbehagen als völlig belanglos im Vergleich zum Leben der Thronerbin betrachtete.

Bei Einbruch der Dämmerung waren sie hungrig und erschöpft, und Lucias Atem war nur noch ein flaches Pfeifen. Mit wachsender Furcht beobachteten sie, wie die mattweiße Scheibe Aurus' bedrohlich hinter ihnen am Himmel prangte, die kleine, helle Iridima vom Westen heraufkroch und in schnellem Bogen von Neryn verfolgt wurde. Die Luft begann, sich zu laden, und bekam einen metallischen Geschmack. Wolken rasten scheinbar aus dem Nichts herbei und trieben entgegen der Brise nordwärts.

Sie hatten gerade den äußeren Rand des Xarana-Bruchs erreicht, als der Mondsturm schließlich losbrach.

Er kündigte sich mit einem Brüllen an, das die Pferde wiehern und scheuen ließ; das war das Geräusch der Luft, die unter den gegensätzlichen Schwerkräften der drei Mondschwestern zerrissen wurde. Purpurne Blitze zuckten zwischen den Wolken hervor, die im Mahlstrom der unsichtbaren Kräfte hoch droben in der Atmosphäre zerfetzt wurden. Das Land rings um die Gefährten herum stieg unvermittelt an und präsentierte sich in Form großer Felsgrate, die durch die Naturkatastrophe jener längst vergangenen Zeit entstanden waren, in der die Stadt Gobinda samt der Blutlinie Cho von der Erde verschluckt worden war. Die Jahrhunderte hatten die Ränder durch Gras, Erde und Verwitterung abgerundet, trotzdem konnte man noch immer mit bloßem Augen die Grenzen erkennen, wo das unversehrte Gelände in aufgebrochenes Chaos überging. Mit dem Kreischen der Mondschwestern in den Ohren ritt der kleine Trupp genau in dem Augenblick in die Zuflucht des Bruchs, als die ersten Tropfen warmen Regens auf die Welt herniederprasselten. Binnen Lidschlägen wurde daraus ein heftiger Guss, und der Himmel öffnete seine Schleusen, um eine wahre Sintflut über sie auszuschütten. Zaelis wickelte hastig eine Decke um das Kind in seinem Schoß, aber er ließ nicht zu, dass sie langsamer wurden. Sie preschten zwischen gewaltigen Felsen hindurch, rutschten flache Hänge hinab, die sich bereits in Schlamm verwandelten, und verschwanden in den Irrgarten des Bruchs.

Das Land war vollständig in Dunkelheit versunken, als sie schließlich auf einer Lichtung anhielten, die von hohen Felsblöcken gesäumt war, die wie sagenhafte Riesen rings um sie herum aufragten. Gespenstisches, purpurnes Licht erhellte die Umgebung, gefolgt von einem zornigen Grollen vom Himmel. Mishani, die mit Yugi ritt, um Kaikus Pferd eine Verschnaufpause zu gönnen, zuckte bei dem Geräusch unwillkürlich zusammen.

»Warum halten wir?«, rief Kaiku über das Tosen des Sturms hinweg, während ihr Wasser von den Wangen und vom Kinn troff.

Zaelis zog sein Pferd herum, schaute erst in die eine, dann in die andere Richtung und ließ die Augen suchend über die Felsblöcke wandern. »Cailin?«, fragte er.

»Hier sollten sie uns treffen«, bestätigte sie. »Der Arzt und die Bahrenträger. Sie sollten eigentlich wissen, dass sie sich nicht verspäten dürfen.«

»Aber sie *sind* zu spät dran«, stellte Zaelis fest.

»Ich weiß«, gab Cailin wertfrei zurück.

Das Geräusch, als Asara den Hahn ihrer Büchse spannte, fasste ihre Sorge auch ohne Worte treffend zusammen. Yugi sah sich beunruhigt um.

Kaikus Blick fiel auf einen schmalen Bach, der sich sanft plätschernd und tröpfelnd in einen winzigen Teich ergoss, den der vertiefte Fels darunter bildete. Sie hätte nicht zu sagen vermocht, welche Eingebung sie dazu veranlasste, die Augen zu verengen und genauer hinzusehen, doch in jenem Lidschlag zuckte ein gespenstischer Blitz durch die Nacht, und sie sah, dass sich in das klare Regenwasser etwas

Dunkleres gemischt hatte, das von irgendwo hinter dem Felsblock her strömte. Aufgrund des schlechten Lichts war es durch den bloßen Anblick unmöglich zu sagen, worum es sich handelte, aber sie erkannte es an der langsamen, trägen Weise, auf die es sich in dem Teich sammelte: Blut.

»Deine Männer sind tot, Zaelis!«, brüllte sie. All ihre Sinne bestürmten sie gleichzeitig, so schnell wie möglich zu verschwinden. »Das ist eine Falle! Reitet!«

Vielleicht war es die Überzeugung in ihrer Stimme, vielleicht der Umstand, dass sie alle zum Bersten angespannt waren, jedenfalls setzten sie sich sofort und ohne Fragen in Bewegung ... was ihnen das Leben rettete.

Sie preschten im selben Augenblick von der Lichtung, als zwei der Shin-shin aus ihrem Versteck sprangen, in dem sie noch Augenblicke zuvor gelauert hatten. Die übrigen beiden Dämonen rasten bereits den Rand der Felsblöcke entlang; ihre leuchtenden Augen waren starr auf ihre Beute geheftet, während die dürren Stelzenbeine sie flink über das unebene Gelände trugen. Blitze tauchten sie in flackerndes, purpurnes Licht und zeichneten ihre Umrisse vor die versammelten Monde; dann kehrte wieder Düsternis ein, und nur die zwei Lampenaugen waren zu sehen, während sie hinter der Thronerbin herhetzten.

»Verteilt euch!«, brüllte Cailin, die die Zügel in einer Faust hielt und das Pferd herumriss, um nicht im feuchten Schlamm auszurutschen und in einen der düster aufragenden Felsblöcke zu prallen. Es gab Tausende von verschiedenen Wegen in der zerklüfteten Felslandschaft, und man konnte sich ohne weiteres auf ewig in dem Gewirr verirren, was Cailin im Augenblick jedoch wenig kümmerte. Flucht war die einzige Möglichkeit, die sie hatten. Ohne die Unterstützung ihrer Schwestern konnte sie die Gruppe nicht vor vier Shin-shin beschützen.

Zaelis riss sein Pferd ebenfalls herum, sodass Regenwasser von dessen Flanken spritzte, duckte sich über Lucia und trieb den Gaul durch eine Engstelle zwischen zwei gewaltigen Granitbrocken. Auch Kaiku schlug diesen Weg ein. Asara war zu spät dran, um den Schwung abzubremsen und sich hindurchzuzwängen; sie hielt stattdessen auf einen kurzen, schlammigen Abhang zu. Yugi folgte ihr mit Mishani. Cailin schlug eine ganz andere Richtung ein.

Der Himmel brüllte, als zürnte er ob des vereitelten Anschlags, und Kaiku zog die Schultern bei dem Toben an, während sie um die Herrschaft über ihr Pferd rang. Zaelis ritt mit halsbrecherischer Geschwindigkeit zwischen Felsen und Bäumen hindurch, die er oft nur um Handbreite verfehlte, während der Regen sich zusätzlich gegen sie verschwor und ihnen mit feuchten Böen die Sicht raubte. Zweimal wäre er mit Lucias Schädel beinahe gegen unbarmherzig vorstehende Steine geprallt, denn sie lag an seine Brust gedrückt, und ihr Kopf baumelte zur Seite. Kaiku achtete nur auf Zaelis' Rücken und orientierte sich an seinen Bewegungen. Sie wagte kaum zu atmen, als sie zwischen Lücken hindurchpreschte, die ihr die Kniescheiben zu zerschmettern drohten, und sie konnte keine Sekunde für einen Blick zurück erübrigen, um zu sehen, wo die Shin-shin waren.

Ihr kriegt mich nicht, dachte sie voll überraschender Gehässigkeit. *Ich habe euch einmal geschlagen, und ich werde es wieder tun.*

Sie brachen auf ein kurzes Flachstück hervor, einen durchtränkten Grasstreifen mit vereinzelten Steinflächen. Während sie auf eine Baumreihe zudonnerte, fand Kaiku kurz Zeit, um über die Schulter zurückzuschauen.

Drei der Dämonen konnte sie sehen; einer raste auf dem Boden hinter ihnen her, zwei huschten zwischen den Felsblöcken und -vorsprüngen dahin, die gleichsam die Mauern des Irrgartens bildeten, durch den ihre Beute ritt. Sie glichen lebendigen Schatten, dürren, dunklen Flecken, die sich dem Auge zu entziehen schienen und mit insektenhafter Geschwindigkeit durch den Regen rannten.

Kaiku hörte Zaelis vor sich aufschreien. Der vierte Shinshin war aus den Bäumen aufgetaucht und versperrte ihnen den Weg, indem er sich kreischend auf den Stelzenbeinen aufbäumte. Zaelis' Pferd wieherte angsterfüllt und machte einen Schwenk, um dem Dämon in seinem Pfad auszuweichen. Die Hufe traten auf glitschigen Stein und rutschten aus, und Kaiku beobachtete voll Entsetzen, wie das Tier sich krümmte und zu Boden ging. Zaelis fing die Wucht des Sturzes ab und bremste Lucias Fall mit seinem Körper; Kaiku hörte ein Knacken, als Zaelis' Bein unter der Flanke des Pferdes brach. Er brüllte vor Schmerz, doch Kaiku hielt bereits auf ihn zu und lehnte sich aus dem Sattel.

»Gebt sie mir!«, rief sie verzweifelt und verlangsamte ihr Tempo, so weit sie es wagte.

Zaelis, der durch den Schleier seiner Pein verschwommen begriff, hob das Kind, so hoch er konnte, und Kaiku schnappte sich die Thronerbin. Das Gewicht des sterbenden Mädchens riss an ihren Armen und hätte sie beinahe aus dem Sattel gezogen. Sie riss die Zügel herum, richtete sich auf und sah sich dem Shin-shin, der aus den Bäumen gesprungen war, Auge in Auge gegenüber. Sie holte einmal keuchend Luft ...

... und Asaras Büchse knallte durch die nächtliche Luft, und der Shin-shin wurde durch die Wucht des Schusses beiseite geschleudert. Zuckend lag der Dämon auf dem Boden und trat mit den schwarzen Stelzenbeinen krampfhaft in die Luft. Seine drei Gefährten schauten sich nach dem Schützen um, und einer von ihnen fing heulend Feuer. Cailin war da und löste sich mit rot leuchtenden Augen aus einer Felsspalte.

»*Verschwinde!*«, brüllte Zaelis, dessen volltönende Stimme vor Schmerz zu brechen drohte, als das Pferd sich aufrappelte und ihn liegen ließ.

Kaiku brauchte keine zweite Aufforderung. Sie gab ihrem Pferd die Sporen, und es sprang auf die Bäume zu, gefolgt vom schnarrenden Kreischen des Sturms, als die Mondschwestern sie fortpreschen sahen.

Kaiku tauchte ein in die dunkle, feuchte Welt des Unterholzes, in der jeder Schatten ein hartes Gesicht aus Holz war und jede falsche Bewegung ein jähes Ende versprach. Ihre Ohren füllten sich mit dem unheilverkündenden Zischen der vom Angriff des Himmels gebeutelten Zweige, die im Vorbeipreschen über ihre Schultern peitschten. Sie ritt mit einer Hand; den anderen Arm hatte sie um Lucia geschlungen. Der Kopf der Thronerbin baumelte an ihrer Brust.

Plötzlich fiel das Gelände vor ihr ab. Ihr Pferd erkannte es vor ihr und drehte sich, um den Hang im bestmöglichen Winkel zu bewältigen. Kaiku hielt sich krampfhaft fest, während das Pferd zwischen den Bäumen und Felsen hindurchrutschte und -schlitterte. Jedes knappe Ausweichen schien sie dem Augenblick näher zu bringen, in dem sie gegen einen Baum prallen und wie eine Porzellanpuppe zerbrechen würde; ihr Glück schien unmöglich anhalten zu können.

Doch irgendwie meisterte das Tier den Hang, und sie preschten durch eine schmale Rinne, an deren Boden ein Bach entlangfloss. Sie hetzten durch das seichte Rinnsal, stieben und spritzten hinter sich Wasser auf. Kaiku wusste, dass es für sie nun keine Hilfe mehr gab. Die anderen konnten ihr unmöglich hier hinunterfolgen, geschweige denn, sie wiederfinden. Ihre einzige Hoffnung bestand darin, dass die anderen Shin-shin dasselbe Schicksal erlitten hatten wie jener, den Cailin verbrannt hatte, doch sie wagte nicht innezuhalten, um sich zu vergewissern. Ob die Shin-shin hinter ihr oder ihrer Last her waren, sie flüchtete einfach.

Die Böschung der Rinne schien schmäler zu werden, und als der Sturm abermals kreischte, kreischte Kaiku mit ihm, denn das Geräusch wurde entlang des Felsflurs ohrenbetäubend verstärkt. Kaiku kniff die Augen zum Schutz vor dem prasselnden Regen zusammen; dennoch schien sie kaum etwas zu sehen und hatte keine Ahnung, ob sie auf ebenes Gelände oder einen Abgrund zusteuerte, wo sie in den Tod stürzen würde.

Letzteres war der Fall. Eine Eingebung warnte Kaiku, ein

Teil ihres Unterbewusstseins, der die Veränderung im Verlauf des Baches vor ihr spürte, und sie riss so heftig an den Zügeln, dass sie dem Pferd das Maul quetschte. Der Hengst wieherte vor Schmerzen und bremste ab. Kaiku lehnte sich im Sattel zurück und drückte Lucia fest an sich, um nicht über den Hals des Pferdes, in die tödliche Tiefe hinab und auf die in Mondlicht getünchten Baumwipfel unten geschleudert zu werden. Hufe rutschten über feuchten Stein, und Kaiku spürte, wie sich ihr der Magen umdrehte, als sie erkannte, dass sie womöglich nicht rechtzeitig würden anhalten können; doch dann fand das Pferd Halt, und sie kamen wenige Zentimeter vor dem Abgrund zum Stehen. Kaiku schaute über die dunkle Landschaft tief unter ihr; abermals drehte sich ihr der Magen um, als sie sich den endlosen Fall vorstellte, vorbei an den schartigen Felswänden, während der Regen ihr ins Gesicht peitschte und sie auf den Boden unten zuraste …

Unsanft riss sie an den Zügeln und wirbelte den Hengst herum. Dabei blickte sie über die Schulter zurück. Zwei der Schattendämonen sprangen aus den Wipfeln in die Rinne hinter ihr, die Laternenaugen starr auf das Kind in ihren Armen gerichtet.

»Ihr kriegt sie nicht!«, spie Kaiku ihnen im heulenden Wind entgegen. Dann zog ihr Pferd gegen die Zügel nach links, und Kaiku sah, dass die Rinne am Rand des Abgrunds gebröckelt war und einen zerklüfteten, unstet wirkenden Hang gebildet hatte, den sie verwenden konnten, um hinauszuklettern. Angetrieben durch das Grauen der Kreaturen hinter ihnen, wollte der Hengst es versuchen, aber Kaiku wusste es besser. Seine Hufe waren für derart unebenes Gelände nicht geschaffen – Kaikus Füße hingegen schon.

Sie sprang vom Pferd und warf sich Lucia wie einen Sack über die Schulter. Ihre Arme und Beine schmerzten, und das Kind bedurfte eigentlich einer sanfteren Behandlung als dieser, doch Kaiku hatte keine Zeit, behutsam mit der Thronerbin umzugehen.

»Ihr kriegt sie nicht!«, brüllte sie erneut, und der Mondsturm grollte zur Antwort. Damit erklomm sie wenige Zentimeter vom Abgrund zu ihrer Rechten den aufgewühlten Hang. Eine dünne Wasserschicht strömte unter ihren Füßen hinab, und zweimal stolperte sie und musste eine Hand zu Hilfe nehmen, um das Gleichgewicht zu bewahren, aber sie schaffte es bis zur Böschungsoberkante und sah, dass dort wieder Bäume wuchsen, die sich dicht an den Rand des Abgrunds drängten. Mit brennenden Lungen warf Kaiku sich in die finstere Zuflucht der Äste, doch sie wusste, dass sie vor den Shin-shin keinerlei Schutz boten.

Ihr Atem ging keuchend, und das Herz dröhnte in ihren Ohren, während sie durch die dunkle, triefende Welt unter den Bäumen rannte. So konnte sie ihnen nicht entwischen; sie konnte nur hoffen, sich zu verstecken, bis der Tag anbrach oder Hilfe eintraf. Ein wilder Gedanke zuckte durch ihren Kopf. Wenn sie einen Ipi finden könnte wie Asara beim ersten Mal, als sie den Shin-shin begegnet waren ... aber Ipi weilten nur in den tiefsten Wäldern, und dies war wenig mehr als ein dichter Baumstreifen.

Du kannst dich nicht verstecken. Du kannst ihnen nicht entwischen. Denk nach!

Kaikus Verstand kreiste tückisch um ihr *Kana*, jenes schlummernde Ding in ihr, dass ihr schon so viel Pein verursacht hatte. Obwohl sie es trotz des Wissens, dass es um ein Haar Asara getötet hätte und womöglich noch für den Tod des kleinen, an ihrer Schulter ruckenden und zuckenden Mädchens verantwortlich sein würde, wohl als letzten Ausweg eingesetzt hätte, wusste sie, dass ihr nun nicht einmal mehr diese Möglichkeit zur Verfügung stand. Kaiku hatte sich seit dem letzten Ausbruch noch nicht ausreichend erholt; in ihr war nichts, auf das sie hätte zurückgreifen können. Sie war völlig leer.

Diesmal würde es keine Gnadenfrist geben.

Plötzlich endeten die Bäume, und Kaiku gelangte auf

eine flache, regengepeitschte Felsplatte, die in den nächtlichen Himmel hinausragte. Die drei unmittelbar vor ihr prangenden Monde funkelten böse zu ihr herab. Ihre Ränder überlappten einander inmitten eines Nests wirbelnder Wolken und gezackter, purpurner Blitze, und heller Schein spiegelte sich feucht auf dem kalten Stein zu ihren Füßen wider. Taumelnd kam Kaiku zum Stehen.

»Nein ...«, flüsterte sie, doch selbst aus dieser Entfernung konnte sie erkennen, dass sie in eine Sackgasse gerannt war. Die Felsplatte endete in einem weiteren Abgrund; Kaiku sah es an der Kurve, die der Rand zu beiden Seiten beschrieb. Sie war einen stetig schmäler werdenden Überhang entlanggeflüchtet, von dem es nur einen Ausgang gab: den Weg zurück, den sie gekommen war.

Sie hörte die Shin-shin zwischen den Bäumen hinter ihr kreischen und wirbelte von Grauen erfüllt herum. Das war kein Ausweg.

Voller Panik raste sie über den kahlen Stein an den Rand der Felsplatte. Vielleicht gab es einen Weg hinunter, vielleicht war es nicht so schlimm, wie es schien; selbst wenn es dort unten nur einen See oder Fluss gäbe, würde sie wohl zu springen wagen ...

Doch der Abgrund fiel in ein Gewirr von Felsbrocken ab, das einem hungrigen Maul voller feuchter Zahnstumpen gleich auf sie wartete.

Mit der schlaffen, noch immer in die triefnasse Decke gehüllten Lucia in den Armen wirbelte Kaiku herum, doch schon vorher wusste sie, was sie sehen würde. Die Shin-shin waren da und krochen zwischen den Bäumen hervor ... zu dritt. Der Dämon, auf den Asara geschossen hatte, war nicht liegen geblieben, und die drei waren Cailin entwischt, bevor sie ihnen weiteren Schaden hatte zufügen können. Drohend schlichen sie ins Mondlicht. Ihre Körper schwangen tief zwischen den Stelzenbeinen, und die gelben Augen funkelten wie brennende Juwelen.

Kaiku drückte das Kind fest an sich und spürte das

Pochen von Lucias kleinem Herz an ihrer Brust. Die Kreaturen bewegten sich langsam, da sie wussten, dass ihre Beute hilflos ihrer Gnade ausgeliefert war. Schaudernd holte Kaiku Luft und schaute über die Schulter in den Abgrund hinter ihr, in den der Regen hinabstürzte und tief unten auf die Steine prasselte.

Sterben ist gar nicht so schlimm, dachte sie und besann sich ihrer Worte zur Kaiserin. Aber sie hatte noch so vieles zu erledigen: einen unerfüllten Eid, ein neues Leben beginnen ... Sie wollte hier nicht sterben.

Wimmernd rührte Lucia sich.

»Schschsch«, murmelte Kaiku, ohne den Blick von den sich stetig nähernden Dämonen abzuwenden. Mit der Ferse streifte sie den Rand des Abgrunds. »Ich werde nicht zulassen, dass sie dich holen, Lucia.« Der Wind peitschte sie und zerrte an ihr, und Kaiku stellte sich vor, wie es wohl sein würde, nie wieder einen solchen Wind auf dem Gesicht zu spüren; am liebsten hätte sie geweint.

Plötzlich versteiften die Shin-shin sich und erstarrten. Sie wandten die Köpfe himmelwärts und richteten sich auf die Spinnenglieder auf, als schnüffelten sie die Luft. Kaiku beobachtete sie mit einer Mischung aus Verwirrung und Entsetzen. Was war das?

Ein Windstoß blies einen Regenschleier quer über die Felsplatte, und im Vorbeihuschen schien etwas darin zu schimmern. Es war so schnell verschwunden, dass Kaiku schon glaubte, sie hätte sich das eingebildet; die Shin-shin aber richteten die Blicke wie gebannt an die Stelle, wo der Schimmer sich befunden hatte. Einer der Dämonen wich unsicher einen Schritt zurück.

Einen Augenblick lang schaute Kaiku über die Schulter zurück, erfüllt von der jähen Überzeugung, hinter ihr wäre etwas, das sie nicht zu sehen vermochte; doch da waren nur das riesige, gesprenkelte Antlitz Aurus', das groß genug wirkte, um den Himmel zu verschlingen, daneben die weiße Scheibe Iridimas mit den blauen Spalten und Linien, die ihre Haut zerfurchten und hinter und zwischen den beiden der klare grüne Ball Neryns.

Kaiku drehte sich wieder um und sog geräuschvoll die Luft ein, denn nun *konnte* sie etwas sehen, ein mattes Schillern, das in der Luft zu hängen schien. Vor ihren Augen verdichtete das Schillern sich und spaltete sich in drei Teile. Der Mondsturm brüllte zornig hinter ihr, und die spitzen Glieder der Shin-shin klapperten auf dem Stein, als sie mit verwirrt wackelnden Köpfen ein paar Schritte zurückkrabbelten.

Nun nahmen die Leuchterscheinungen Gestalt an und ragten doppelt so hoch wie Kaiku auf. Langsam fügte der funkelnde Regen sich zusammen und bildete aus den gefallenen Tropfen Formen, die zu einer gespenstischen Masse verschmolzen.

Die Luft selbst schien reglos zu verharren, als die Geister Gestalt annahmen; Kaiku stockte der Atem.

Sie waren zierlich, aber über ihre Rücken wallte langes, federähnliches Haar hinab, und sie erstrahlten in einem matten, kalten Licht. Lange Roben, die zugleich prächtig und zerlumpt wirkten, waberten um ihre Knöchel und Handgelenke, Fetzen wirbelnden Stoffes und seltsamen Zierrats, die sich in Einklang mit ihren Bewegungen wiegten. Ihre Haut war viel zu straff und spannte sich als ein Spottbild menschlicher Form über ihr Fleisch. Sie wiesen die Gestalten von Frauen auf, boten aber einen furchteinflößenden Anblick, da ihre Züge waberten und sich kräuselten wie der Widerschein der Monde in einem aufgewühlten Teich. Sie wirkten ausgemergelt und gleichzeitig irgendwie *glatt*, die Winkel und Kanten zu gerundet und nicht scharf genug geschnitten, wie in der Sonnenhitze geschmolzenes Wachs. Lange, krumme Fingernägel ragten aus dünnen, grausamen Händen. Sie blickten auf Kaiku und das Kind hinab, und in ihren Augen war Bosheit, eine unzusammenhängende Absicht, die Kaikus Körper taub werden und ihre Seele schrumpfen ließ. Es war, als schaue man in die Ewigkeit und sah nur gähnende Leere.

Doch trotz ihrer Todesfurcht erkannte Kaiku sie als das, was sie waren, denn seit lange vor ihrer Geburt, rankten sich Legenden um sie. Sie kamen in Nächten wie diesen – manchmal, um Vergeltung zu üben, manchmal, um Boshaftigkeiten auszuteilen; andere Male um zu heilen, zu beschützen und zu retten. Ihre Beweggründe überstiegen das menschliche Verständnis; sie waren so wahnsinnig wie die Wölfe, die ihren Herrinnen in finstersten Nächten zuheulten. Die Geister des Mondsturms. Die Kinder der Monde.

Dann drehten die Wesen sich zu den Shin-shin um, und die Schattendämonen wichen argwöhnisch zurück, drückten sich unterwürfig zu Boden. Doch so einfach waren die Kinder der Monde nicht zu besänftigen. Die Shin-shin wimmerten und krümmten sich, und als Kaiku sah, wie die Kreaturen, die sie so sehr gefürchtet hatte, sich vor diesen schaurigen Geisterfrauen erniedrigten, erkannte sie voll Grauen, wie viel gewaltiger die Macht der Kinder der Monde sein musste. Die Shin-shin schienen ihres dämonischen Hochmuts beraubt und kuschten hilflos, während die Geister sich ihnen näherten. Helle Schwerter zuckten unter zerfransten, schillernden Gewändern hervor. Die Shin-shin verfielen in Panik, doch wie aufgespießte Schmetterlinge konnten sie nur wild um sich schlagen. Sie konnten nicht flüchten. Die Schwerter funkelten und hoben sich in hohem Bogen.

Das Gemetzel war kurz und abscheulich. Krampfhaft schlugen die Shin-shin um sich, während sie zerschnitten und zerhackt, ihre Leiber in Stücke gerissen wurden; ihr Blut dampfte und verflüchtigte sich, als es aus unzähligen Wunden quoll. Die Kinder der Monde zerstückelten die Dämonen, hieben sie mit ihren leuchtenden, regennassen Klingen in kleine Brocken. Der furchteinflößende Anblick der Geisterfrauen versperrte Kaiku die Sicht auf das Gemetzel, aber sie hörte das ekelerregende – und überraschend menschlich anmutende – Aufeinanderprallen von Klingen auf Fleisch, das Brechen von Knochen, das Knirschen von Knorpel. Das ausgelassene, schnarrende Kreischen der Kinder der Monde vermischte sich mit dem Heulen und Wehklagen der Shin-shin und trieb in den sturmgepeitschten Himmel davon.

Kurz darauf war es vorüber, und die Dämonen lösten sich gleich einem Traum in nichts auf.

Das Mädchen noch immer fest an sich gedrückt, schauderte Kaiku in Regen und Wind. Das Verschwinden der Shin-shin linderte ihre Furcht nicht im Geringsten, denn nun richteten die gespenstischen Augen der großen Geister sich auf sie, und sie näherten sich, bis sie über ihr aufragten. Kaiku konnte nirgends hin, konnte keinen Zoll zurückweichen, ohne in den sicheren Tod zu stürzen.

Krampfhaft kniff sie die Augen zu. Bei den Göttern, wäre es besser gewesen zu springen, als sich dem zu stellen? Waren diese Kreaturen auch nur einen Deut besser als die Shin-shin? Kaiku hatte das Gefühl, ihre von Angst, Schmerzen und Erschöpfung gepeinigte Seele könne es nicht mehr ertragen. Sie wollte es nur noch hinter sich bringen. Damit es vorbei sein würde.

Kaiku öffnete die Augen wieder und sah sich einem der Kinder der Monde von Angesicht zu Angesicht gegenüber.

Der Geist hatte sich auf ein Knie niedergelassen, um mit Kaiku auf Augenhöhe zu sein. Das riesige, furchteinflößende Antlitz prangte nur wenige Zentimeter vor Kaikus; die Nase und die Wangen schienen durch das leichte Neigen des Hauptes zu zerfließen und sich sofort wieder neu zu formen, und die Augen glichen Abgründen in die Unendlichkeit. Kaiku spürte, wie ihr Blut abkühlte und sich verlangsamte, während sie in sie hineinschaute.

Dann hob der Geist die Hand und berührte mit dem langen, krummen Nagel des Zeigefingers das Bündel in Kaikus Armen, streifte mit kaum merklichem Druck die Decke, in die das Kind gewickelt war. Kaiku spürte, wie ein Schauder sie durchströmte, ein sanftes Knistern von etwas so Erhabenem, dass sie keinen Ausdruck dafür fand. Sie fühlte sich von innen her angehoben, als schwebe ihr Körper mit einem Mal. Eine Woge der Glückseligkeit erfasste sie, wie Kaiku sie erst einmal empfunden hatte, als sie den Saum des Todes berührt und ins Geweb geblickt hatte. Freudige Ehrfurcht beseelte sie und drohte, sie mit Haut und Haaren zu verschlingen, und plötzlich erkannte sie das wahre Wesen der Geschöpfe vor ihr, sah die unergründliche, alles beherrschende *Unendlichkeit,* die sie verkörperten, so weit jenseits des menschlichen Verständnisses, dass Kaiku sich im Vergleich dazu wie ein winziger Fisch in den Weiten des Meeres fühlte. Einen Lidschlag lang blickte sie in die Welt der Geister, und das erfüllte sie mit tiefer Demut.

Dann peitschte ein Windstoß ihr einen Regenschwall über das Gesicht, und sie schloss die Augen davor. Als Kaiku sie wieder öffnete, waren die Kinder der Monde verschwunden.

Sie stand am Rand des Abgrunds, während rings um sie herum der Regen wirbelte und der Mondsturm am Himmel hinter ihr mit Blitzen auf die Wolken einschlug. Zitternd wankte sie vom Abgrund weg und taumelte in die Sicherheit festen Bodens. Die Bäume raschelten leer, gleich einer hohlen Zuseherschaft des Wunders und der Schrecken der vergangenen Augenblicke. Kaiku hob das Gesicht gen Himmel und spürte den Regen, der es wie warmer Speichel benetzte. Ihr fielen keine Gedanken, keine Worte ein, um die Erfahrung zu beschreiben, in das Antlitz eines der großen Geister geblickt zu haben, ja, sogar von ihm berührt zu werden. Von Ehrfurcht erfüllt, bemerkte sie kaum, wie das Kind in ihren Armen sich regte. Ebenso wenig sah sie, wie die Thronerbin die Augen aufschlug. Sie registrierte erst, dass Lucia erwacht war, als das Kind ihr die Arme um den Hals schlang und sie drückte.

»Bist du meinen Freundinnen begegnet?«, fragte Lucia, und Kaiku nickte, lachte und weinte zugleich.

FÜNFUNDDREISSIG

Wochen gingen in Monate über, und der Sommer wurde alt.

In Erwartung eines Vergeltungsschlags aus Axekami blieben die Libera Dramach in ständiger Bereitschaft. Ihre Spitzel hielten die Augen in den Straßen der Hauptstadt und im gesamten Xarana-Bruch unablässig offen; doch im Laufe der Zeit gelangten sie zu der Überzeugung, dass es keiner solch strengen Wachsamkeit bedurfte, und sie entspannten sich ein wenig. Die Thronerbin war tatsächlich unbeobachtet entführt worden. Saramyr war ein riesiges Reich, in dem tausend Mann tausend Jahre suchen konnten und sie doch nie finden würden. Sie war spurlos verschwunden.

Ein Großteil des Schoßes hatte keine Ahnung, wer das neue Mädchen war. Die Mehrheit hatte dieses Leben inmitten der Klüfte und Täler des Bruchs gewählt, um einfach den Fesseln in der Welt dort draußen zu entrinnen oder um die Weber zu meiden. Diese Menschen hegten keinerlei Interesse an der Politik der Libera Dramach; sie wollten lediglich ihr Leben führen und hatten einen Ort gefunden, an dem dies möglich war. Und so kannte nur der Kern der Libera Dramach das Geheimnis des Mädchens in ihrer Mitte, wusste um die Macht, die es beherbergte und wer es wirklich war. Für das gemeine Volk des Schoßes war Lucia lediglich ein weiteres neues Mädchen, das vor den ein oder anderen Zwistigkeiten geflohen war, was keineswegs ungewöhnlich schien.

Lucia erholte sich zwar von den Verbrennungen, die sie erlitten hatte, die Narben aber behielt sie. Der obere Teil ihres Rückens und der Nacken waren runzlig; wenngleich die Röte mit der Zeit verblasste, war es ein abscheulicher Makel im Vergleich zur unversehrten Haut ringsum. Entgegen allen Erwartungen entschied Lucia, das Haar nicht wieder auf die vorherige Länge wachsen zu lassen, sondern es sich stattdessen knabenhaft kurz zu stutzen. Als Zaelis behutsam andeutete, langes Haar könne die Narben verbergen, bedachte Lucia ihn nur mit einem ihrer unergründlichen Blicke und schlug seinen Rat in den Wind.

Anfangs behütete Zaelis Lucia wie eine Glucke und spielte den Vaterersatz. Sein gebrochenes Bein war jämmerlich verheilt, sodass er fortan mit einem unverkennbaren Hinken geschlagen war, was ihn jedoch nicht daran hinderte, Lucia von anderen Kindern und jeder möglichen Gefahr fern zu halten. Ausgerechnet Mishani überzeugte ihn schließlich davon, die Zügel locker zu lassen. Lucia hatte noch nie Freiheit gekostet, nie ein Leben außerhalb eines vergoldeten Käfigs geführt; stets war sie zu bedeutend gewesen, um einem Wagnis ausgesetzt zu werden. Doch am Tag der Krönung des neuen Kaisers begab Mishani sich zu Zaelis, um mit ihm zu reden – und sie war schon immer höchst überzeugend gewesen.

»Hier ist sie nicht die Thronerbin«, führte Mishani an, »und sie sollte auch nicht so behandelt werden. Die Leute werden noch argwöhnisch.«

Letzten Endes gab Zaelis widerwillig nach und gestattete Lucia, sich in der Schule einzuschreiben, statt sich von ihm unterrichten zu lassen. Kaiku und Mishani stellten sich bereitwillig als ihre großen Schwestern zur Verfügung. Lucia war ein seltsames, zurückhaltendes Mädchen, dennoch hatte sie etwas an sich, das die Menschen anzog, und binnen weniger Tage war sie in die eingeschworene Gemeinschaft der Kinder des Schoßes verwoben, Narben hin, Narben her. Zaelis zeigte sich beunruhigt und besorgt, bis Cailin ihn auf die Raben hinwies, die sich seit kurzem auf den Dächern der Gebäude einfanden und in den Bäumen im Nachbartal Nester gebaut hatten.

»Sie werden wesentlich besser über sie wachen, als du es kannst«, erklärte sie.

Kaiku fand nach der Entführung der letzten Vertreterin des Geblüts Erinima eine merkwürdige Art Glückseligkeit. Hier betrachtete sie sich nicht mehr als Ausgeburt. Mittlerweile war ›Ausgeburt‹ ein bedeutungsloses Wort für sie geworden, ein Begriff, der allen Bezug zu Scham und Erniedrigung verloren hatte, mit dem er den Großteil ihres Lebens über behaftet gewesen war. Zum ersten Mal, seit die Weber ihre Familie in den Tod getrieben hatten, konnte Kaiku einfach sie selbst sein, eine Weile vor sich hin treiben, ohne dass sie irgendeine Form von Druck verspürte. Natürlich war da noch ihr Ocha geschworener Eid, den sie keineswegs vergessen hatte, doch sie hatte noch ihr ganzes Leben vor sich, um ihn zu erfüllen. Außerdem hatte sie ihren Feinden bereits einen verheerenden Schlag versetzt. Ihre Entdeckung, dass die Hexensteine für den Verfall des Landes und die Ausgeburten selbst verantwortlich waren, hatte unter den Libera Dramach für gehöriges Aufsehen gesorgt, und es wurden längst Pläne geschmiedet, um sich der Angelegenheit anzunehmen. Sollten sie ruhig planen, dachte Kaiku. Sie hatte festgestellt, dass sie ihre Sorgen in den gemächlichen Tagen des Spätsommers ein Weilchen vor sich herschieben konnte. Die Weber konnten warten. Ihre Zeit würde noch kommen.

Doch zuerst musste Kaiku lernen. Sie widmete sich den Lehren Cailins und jenen der anderen Schwestern, die regelmäßig von ihren geheimen Besorgungen in anderen Teilen Saramyrs zurückkehrten. Nach und nach wandelte ihr *Kana* sich von einem Feind zu einem Freund, und Kaiku lernte, es nicht zu fürchten, sondern zu schätzen. Wenngleich die Beherrschung ihrer Fähigkeiten noch in weiter Ferne lag, hatte sie die ersten Schritte getan, und sie erfüllten Kaiku mit größerer Freude, als sie sich je auszumalen gewagt hätte.

Mishani und sie teilten sich ein Haus auf einer der mittleren Stufen der Felsebenen, die das Rückgrat des Schoßes bildeten. Es hatte lange Zeit leer gestanden, und Zaelis schenkte es ihnen als Anerkennung für ihre Taten. Bereitwillig nahmen sie es an und gestalteten es zu dem ihren. Ihre Freundschaft war nunmehr besser und stärker, wie schon seit Jahren nicht mehr, seit Mishani in die Stadt gezogen war, um die Spielregeln des Kaiserhofs zu erlernen. Sie unterstützten einander an Tagen, in denen Trübsal sie überkam und sie den Verlust ihrer Familien und Freunde beklagten. Kaiku dachte oft an Tane, öfter als ihr lieb war. Für jemanden mit einem so kurzen Auftritt in ihrem Leben hatte er einen tieferen Eindruck hinterlassen, als sie es zu seinen Lebzeiten für möglich gehalten hätte. Erst nachdem er von ihr gegangen war, war ihr das klar geworden, und da war es zu spät gewesen.

Ihres Vaters Maske ruhte in einer Truhe in ihrem Haus. Ab und an holte Kaiku sie hervor, um sie zu betrachten, und manchmal fühlte sie ein Zupfen, einen eigenartigen Drang, sie aufzusetzen, um wieder in dem Geruch und den Erinnerungen ihres Vaters zu schwelgen. Bisweilen glaubte sie, die Maske flüstere ihr in der Dunkelheit des nächtlichen Hauses etwas zu, rief sie zu sich. In solchen Nächten lag sie wach, doch sie ging nie zu der Truhe. Etwas an dem Ruf missfiel ihr, ein gewisses Sehnen, dem sie sich nicht ergeben wollte. Gelegentlich dachte sie sogar daran, sie wegzuwerfen, aber irgendwie vergaß sie es kurz darauf stets wieder.

Und was Asara anging: Sie verließ den Schoß kurz, als feststand, dass niemand Lucia folgen würde. Die unbeschwerten Tage des Friedens, die Kaiku und Mishani genossen, waren Asara ein Gräuel, und so verkündete sie ihnen eines lauen Abends, als sie auf den Hängen des Tales saßen, dass sie aufzubrechen gedachte. Wohin sie ging oder wann sie zurückkehren würde, wusste nur sie allein; aber Kaiku besann sich des Blickes zwischen ihnen, als sie sich zum Abschied umarmt und einander auf die Wangen geküsst hatten – jenes Lidschlags der Unsicherheit, als es schien, ihre Lippen könnten sich flüchtig berühren, jenes unbehaglichen Aufwallens einer Mischung aus Widerwillen und Verlangen. Dann schlug Asara die Augen nieder, setzte ein seltsames Lächeln auf und trabte von dannen. Manchmal suchte jenes Lächeln Kaiku heim. Sie stellte fest, dass sie es wiedersehen wollte.

Und so verlief ihr Leben in der Sicherheit ihrer Zuflucht. Die Tage verstrichen, der Sommer zog ins Land, und sie schufen sich ein neues Leben und führten es wie die übrigen Menschen des Schoßes. Dennoch war ihnen stets bewusst, dass unter ihnen eine kleine Blüte der Hoffnung gedieh, ein Kind, auf dem ihre Zukunft ruhte ... ein Kind, das noch immer den Thron besteigen und ihre Welt zum Besseren wenden konnte.

Lucia wuchs heran. Sie brauchten lediglich zu warten.

Der neue Geblütskaiser Saramyrs schritt aus der Ratskammer der Kaiserlichen Feste. Missbilligendes Gebrüll hallte durch die Gänge. Seine Züge glichen einer Gewitterwolke, doch er hatte kein anderes Verhalten im Zuge seiner Ankündigung erwartet. Dieselben Adligen, die seinen Amtsantritt mit Jubel begrüßt hatten, die zugegen gewesen waren, als er in ganz Axekami proklamiert und gepriesen worden war, hatten sich heute gegen ihn gewandt. Aber mächtiger als der Sturm der Entrüstung gegen die Gesetze, die er erlassen hatte, war das Wissen, dass sie nichts dagegen unternehmen konnten. Der Rat war geschwächt. Die Adligen schwankten, waren dabei, sich zu sammeln, hatten noch deutlich die jüngsten Kampfhandlungen in Erinnerung und wollten keinesfalls in weitere verwickelt werden. Es gab niemanden, hinter dem sie sich gegen ihn vereinigen könnten. Das Geblüt Amacha war bei der Niederlage vor Axekami so gut wie ausgelöscht worden. Kerestyn und Koli hatten den Großteil ihrer Streitkräfte beim Sturm auf die Stadt verloren und dennoch mit leeren Händen abrücken müssen. Sie waren klug genug, sich vorübergehend nicht am Hof blicken zu lassen. Stattdessen versteckten sie sich und leckten ihre Wunden.

Geblütskaiser Mos tu Batik fegte durch ein Doppeltürenpaar in sein Privatgemach und wusste, dass niemand übrig war, der ihm die Stirn zu bieten wagte.

Es war derselbe Raum, in dem er sich einst mit der früheren Geblütskaiserin getroffen hatte, um sie davor zu warnen, dass Vyrrch und Sonmaga sich gegen sie verschworen. Damals hatte sie keinerlei Verdacht gehegt, dass nicht Sonmaga, sondern Mos selbst und sein Sohn mit dem Webfürsten unter einer Decke steckten. Zwar behagte einem Mann von Mos' Unverblümtheit Lug und Trug nicht, doch wenn die Umstände es verlangten, war er der Herausforderung durchaus gewachsen.

Der Raum war größtenteils unverändert. Er war von der Feuersbrunst verschont geblieben, die einen Teil der Feste verbrannt und zahlreiche kostbare Artefakte zerstört hatte – eine weitere Auswirkung der unvollkommenen Durchführung ihres Planes. Vyrrch hätte da sein sollen, um das Löschen der Flammen nach dem Staatsstreich mit seinen gottlosen Kräften zu leiten und zu unterstützen. Stattdessen war er irgendwie getötet worden. Die Tür zu seinen Gemächern war von innen geöffnet geworden, und sofern die Weber etwas darüber wussten, spuckten sie keinen verfluchten Ton darüber aus.

So hatte Mos das nicht gewollt. Er hatte sich seinen Sohn an seinem Platz gewünscht, als Geblütskaiser zum Ruhme des Geblüts Batik und seiner Familie. Es war nicht rechtens, dass es so gekommen war, dass der Vater die Rolle des Sohnes übernahm, während Durun drunten in den Katakomben als unkenntlicher Leichnam lag. Andererseits würde er nicht zulassen, dass Duruns Tod vergeblich gewesen war. Das Geblüt Batik war nunmehr die Herrscherfamilie, und es würde Veränderungen geben.

Mos sah sich um und vertrieb die verbitterten Gedanken

aus seinem Kopf, die darin umherschwirrten. Das gewaltige Elfenbeinrelief der Rinji-Vögel, die einander im Flug kreuzten, beherrschte die eine Wand; eine Tür darin führte hinaus auf einen offenen Balkon, hinter dem die heiße Brise von der Stadt unten heraufwehte. Neben einem niedrigen Tisch aus schwarzem Holz standen zwei Sofas. Wie von Mos erwartet, hatte sein Gast abgelehnt, darauf Platz zu nehmen.

»Kaiser Mos«, sprach er mit einer Stimme, die als träges Krächzen hinter der Ledermaske hervordrang.

»Webfürst Kakre«, antwortete Mos.

Mos ging zum Tisch und schenkte sich ein Glas Wein ein, ohne daran zu denken, seinem Gast ebenfalls welchen anzubieten. Er leerte es in einem Zug. Der frisch gebackene Webfürst wahrte erwartungsvolles Schweigen. Sein Gesicht prangte wie das eines Leichnams inmitten des zerlumpten Gewirrs aus Pelzen und Häuten, die seine Kutte bildeten.

»Es ist vollbracht«, meinte Mos schließlich.

Eine Weile musterte der Webfürst ihn auf beunruhigende Weise. »Ihr seid ein Mann, der zu seinem Wort steht«, stellte er fest. »Somit ist unser Pakt erfüllt.«

Mos schenkte nach, leerte das Glas und nickte. »Die Adligen können sich mir nicht widersetzen. Die Weber erhalten sämtliche Vorrechte und Ehren einer Adelsfamilie, als wären sie alle von einem Geblüt. Es wird euch gestattet, am Hof und bei Ratsversammlungen anwesend zu sein. Eure Stimme erhält dasselbe Gewicht wie das jedes anderen Adligen. Ihr dürft Land auf den Ebenen Saramyrs besitzen, statt droben in den Bergen zu hausen, wo keine Landgesetze gelten. Ihr seid nicht mehr nur Berater und Vermittlungswerkzeuge, sondern eine eigene politische Kraft.«

»Und selbstverständlich werdet Ihr nicht den Beistand vergessen, den die Weber Euch geleistet haben«, bemerkte Kakre. »Ihr, der Geblütskaiser Saramyrs, werdet nicht vergessen, wer Euch auf den Thron verholfen hat.«

»Beim Blut des Herzens!«, fluchte Mos. »Wir sind einen

Handel eingegangen, und ich habe meine Ehre! Ich werde es nicht vergessen. Wir sind Partner. Seht zu, dass Ihr Euren Teil erfüllt und ich auf dem Thron bleibe.«

Bedächtig nickte Kakre. »Ich sehe eine lange Beziehung zu beiderseitigem Vorteil zwischen dem Geblüt Batik und den Webern voraus«, sprach er.

»Gewiss«, pflichtete Mos ihm bei, doch es gelang ihm nicht, die leichte Abscheu in seiner Stimme zu verbergen. Kakre ließ sich nicht anmerken, ob er das bemerkt hatte oder nicht. Er verabschiedete sich und überließ Mos seinen Gedanken.

Der Kaiser füllte das Glas zum dritten Mal. Er war ein großer, stämmiger Mann, und geistige Getränke brauchten lange, um ihn zu beeinträchtigen. Er nahm den Wein mit auf den Balkon hinaus und spürte die Hitze von Nukis Auge auf der Haut, das die Straßen Axekamis in mildes, abendliches Licht tauchte. *Seine* Stadt. *Er* hatte sie zurechtgerückt, den Menschen Ordnung beschert, ihnen ein Oberhaupt gegeben, an das sie wieder glauben konnten. Das Geblüt Erinima war verdrängt, und Friede war eingekehrt.

Mos ließ den Blick über den Hügel schweifen, auf dem die Kaiserliche Feste aufragte, dann weiter über das Kaiserviertel, vorbei am geschäftigen Marktviertel zu den Docks und dem funkelnden Band des Kerryn und letztlich darüber hinaus zu den Ebenen und zum fernen Horizont.

Der Leichnam der Thronerbin war nie gefunden worden. Sie war spurlos verschwunden, wie vom Erdboden verschluckt. Mos beste Männer waren mit leeren Händen zurückgekehrt, und obwohl sie selbst jetzt noch suchten, bezweifelte er, dass sie je etwas finden würden. Wie ein Trugbild, ein Nebelschleier hatte Lucia sich in Luft aufgelöst. Es gab tausend Möglichkeiten, wie sie in dem Chaos umgekommen sein konnte, das an jenem Tag in der Feste geherrscht hatte. Mos glaubte an keine davon.

Hätte Vyrrch doch nur gewartet, bis seine Truppen in der Stadt waren, wie sie es geplant hatten. Mos würde wohl nie erfahren, was den damaligen Webfürsten dazu bewogen hatte, die Bomben frühzeitig auszulösen. Auch was sich auf der Brücke zwischen der Feste und dem Turm des Nordwinds zugetragen hatte, von der sein Sohn gestürzt war, würde ihm vermutlich ebenfalls auf ewig verborgen bleiben. Auf ebenjener Brücke hatte man die Kaiserin mit durchbohrtem Rücken entdeckt, und während alle Soldaten, die man bei ihr fand, bis auf die Knochen abgenagt gewesen waren, hatte sie unberührt dort gelegen. Ob es eine Teufelei oder ein abartiger Kniff gewesen war, spielte keine Rolle. Entscheidend war, wer es getan hatte … und was aus Lucia geworden war.

Mos schaute hinaus, so weit er konnte. Irgendwo dort draußen versteckte sich die entrechtete Thronerbin, wuchs heran und scharte Unterstützung um sich. Mos konnte es förmlich spüren. Man würde sie nicht finden, bis sie sich zu erkennen gab.

Eines Tages würde sie zurückkehren, und jener Tag würde die Grundfesten des Kaiserreichs erschüttern.

Personen der Handlung

Abinaxis	der Urstern
Anais tu Erinima	Geblütskaiserin von Saramyr
Asara	einstige Zofe Kaikus
Aspinis	eine Tochter Enyus, Göttin der Bäume und Pflanzen
Aurus	eine der drei Mondschwestern
Avun tu Koli	Barak, Oberhaupt des Geblüts Koli
Bizak tu Cho	dritter Geblütskaiser Saramyrs
Geblüt Kerestyn	Herrscherfamilie vor dem Geblüt Erinima
Blood Nabichi	eine Adelsfamilie
Bracch	Weber im Dienste Sonmaga tu Amachas
Cadis tu Othoro	einstiger Kaiser Saramyrs, Schreckensherrscher
Cailin tu Moritat	Schwester vom Roten Orden
Chel tu Tamak	Barak, Oberhaupt des Geblüts Tamak
Chomi	Kaikus Großmutter
Copanis	Gelehrter im Dienste des Geblüts Tamak
Durun tu Batik	Anais' Gemahl, Kaiser von Saramyr
Emen tu Gor	einstiger Kaiser Saramyrs, unfähiger Herrscher
Enyu	Göttin der Natur und der Fruchtbarkeit
Eris tu Jeribos	Tanes Vater

Frusric	einer der ersten Weber
Gomi	Stallknecht im Dienste des Geblüts Koli, Onkel von Yokada
Hule	ein Berater der Kaiserin
Hutten	Soldat der Kaiserlichen Wachen
Iridima	eine der drei Mondschwestern
Isisya	Göttin des Friedens, der Schönheit und der Weisheit
Isya tu Jeribos	Tanes Schwester
Jaan tu Vinaxis	erster Kaiser von Saramyr
Jalis	Befehlshaber der Kaiserlichen Wachen
Jin	Deckname Asaras
Jujanchi	ein Priester Enyus und großer Denker
Juun tu Lilira	Barakin, Oberhaupt des Geblüts Lilira
Kaiku tu MaKaima	Heldin und Hauptperson
Kakre	ein Weber in Adderach
Karia	eine Zofe Kaikus
Kenda tu Jeribos	Tanes Mutter
Lucia tu Erinima	Thronerbin Saramyrs
Machim	Kaikus Bruder
Mamak	ein Bergführer aus Chaim
Mamasi tu Nira	Barak, Oberhaupt des Geblüts Nira
Milla tu Erinima	Barakin, Oberhaupt des Geblüts Erinima
Misamcha	ein Gott
Mishani tu Koli	eine Freundin Kaikus
Mos tu Batik	Barak, Oberhaupt des Geblüts Batik
Naris	Gott der Gelehrten
Narisa	Tochter des Gottes Naris
Neryn	eine der drei Mondschwestern

Noctu	Omechas Gemahlin
Nuki	ein Gott, dessen Auge als die Sonne gilt
Ocha	Kaiser der Götter
Olec	ein Priester Enyus
Omecha	Hüter des Jenseits
Ottin	ein Karawanenführer
Panazu	Gott der Flüsse und des Regens
Purloch tu Irisi	berühmter Dieb
Rudrec	Befehlshaber der Kaiserlichen Wachen
Ruito tu Makaima	Kaikus Vater, ein Gelehrter
Shintu	Gott des Schicksals
Sonmaga tu Amacha	Barak, Oberhaupt des Geblüts Amacha
Suran	eine Göttin
Tabaxa	ein Weber im Dienste Zahn tu Ikatis
Tamala tu Jekkyn	ein Weber, einer der ersten Träger von Vyrrchs Maske
Tane tu Jeribos	Priesteranwärter, Weggefährte Kaikus
Torus tu Vinaxis	einstiger Kaiser Saramyrs, Jaans Sohn
Ugati	ein barbarisches Volk
Unger tu Torrhyc	ein Aufwiegler
Urric tu Hyrst	ein Weber
Vyrrch	Webfürst im Dienste von Anais
Xami	Dienstmädchen des Geblüts Tamak
Yokada	Dienstmädchen des Geblüts
Yoru	Hüter des Tors zu Omechas Feldern
Yttrys	Soldat der Kaiserlichen Wachen

Yugi	Mitglied der Libera Dramach
Zaelis tu Unterlyn	einer von Lucias Lehrern
Zahn tu Ikati	Barak, Oberhaupt des Geblüts Ikati
Zanya	Göttin der Reisenden

Illustrierte Neuauflage des Meisterwerks von Lloyd Alexander

Taran träumt von Abenteuern, doch das Leben eines Hilfsschweinehirten ist eher selten aufregend—bis eines Tages Hen Wen, das Schwein des Zauberers Dalben, davonläuft und Taran es einfangen will. Die Jagd durch die Wälder führt ihn weit von zu Hause fort und hinein in große Gefahr. Denn im Lande Prydain erwacht das lang vergessene Böse aus seinem Schlaf. Plötzlich findet Taran sich an der Seite einer ganz ungewöhnlichen Schar von Gefährten wieder, mitten im Kampf gegen einen diabolischen Gegner ...

3-404-20470-0

BASTEI
LÜBBE

ROBIN HOBB

Die Legende vom Weitseher

Eine der beliebtesten
Fantasy-Trilogien
der letzten Jahre:
Die Saga von Fitz
dem magisch
begabten Assassinen,
ein Epos über
Ruhm und Ehre,
Liebe und Rache.

›*Ein Buch voller lebendiger Charaktere und von einer fesselnden Schönheit.*‹
Publisher Weekly

BASTEI LÜBBE

Sprich »Freund« und tritt ein!

Die Erfindung von Sprachen ist die Grundlage von J. R. R. Tolkiens Werk. *Der Herr der Ringe* spielt vor dem Hintergrund der Geschichte der unsterblichen Elben und ihrer Sprachen, die eine Zeit von mehr als zehntausend Jahren umfasst.
Lernen Sie die Sprachen der Elben des Dritten Zeitalters kennen, das feierliche Quenya und das anmutige Sindarin. Schreiben Sie in der Schrift der Elben, in Tengwa-Buchstaben und Certhas-Runen. Verstehen Sie, was sich hinter den Namen der Wesen, Orte und Dinge verbirgt.
Die Sprachen von Mittelerde sind der Schlüssel zum Buch des Jahrhunderts.

3-404-20476-X

BASTEI LÜBBE

›Nach dem HERRN DER RINGE war die Welt der Fantasy nicht mehr dieselbe‹, hieß es auf dem Klappentext zum Vorgängerband dieser Anthologie: DIE ERBEN DES RINGS herausgegeben von Martin H. Greenberg (Bastei Lübbe Band 13 803). In jenem Band verbeugten sich anglo-amerikanische Autoren vor dem großen Erzähler. Doch nicht nur im englischsprachigen Raum hat Tolkien seine Spuren hinterlassen, auch eine junge Generation von deutschen Schriftstellern wird auf die ein oder andere Art von ihm beeinflusst. In dieser Anthologie sind neue Geschichten gesammelt, die Tolkien zu Ehren geschrieben wurden, oft mit einem Augenzwinkern, aber stets voller Respekt. Autoren sind u.a.: Helmut W. Pesch, Wolfgang Hohlbein und Kerstin Gier

ISBN 3-404-20421-2

BASTEI LÜBBE